D1849356

AtV

Eva Maaser wurde 1948 in Reken (Westfalen) geboren. Sie studierte Germanistik, Pädagogik, Theologie und Kunstgeschichte in Münster. Sie veröffentlichte die Romane *Der Moorkönig* (1999), *Der Paradiesgarten* (2001) und *Die Astronomin* (2004) sowie die Kriminalromane *Das Puppenkind* (2000), *Tango Finale* (2002), *Kleine Schwäne* (2002) und *Die Nacht des Zorns* (2004), in denen Kommissar Rohleff und sein Team spektakuläre Fälle im Münsterland lösen.

Niemand konnte ahnen, daß aus der Tochter des hannoverschen Hofmusikers Herschel etwas Besonderes werden sollte. Doch Caroline war nicht nur aufgeweckt und begabt, sondern fürchtete zudem nichts so sehr wie ein Schicksal als abgehärmte Ehefrau. So folgte sie 1772 beherzt ihrem Bruder Wilhelm nach Bath, der in dem mondänen Kurort als Musiker und Konzertveranstalter Fuß gefaßt hatte.

In der Fremde erwartete sie ein aufregendes und strapaziöses Leben. Sie war Haushälterin, Sängerin und obendrein Mitarbeiterin bei Wilhelms astronomischen Beobachtungen. Caroline sollte zwar als eine der wenigen Frauen ihrer Zeit wissenschaftliche Anerkennung finden, sie hatte sich jedoch nicht ungestraft über die gesellschaftlichen Regeln für ihr Geschlecht hinweggesetzt. Mehr als einmal mußte sie sich zwischen einer Liebe, ihrem Bruder und der Karriere entscheiden.

Eva Maasers sorgfältig recherchierter Roman läßt uns miterleben, welchen Mut eine Frau damals brauchte, um aus dem Schatten eines Mannes herauszutreten und ein selbstbestimmtes Leben zu führen.

»... mit viel Einfühlung und spannungsreich erzählt.«

Lausitzer Rundschau

»Eva Maaser zeichnet ein aufschlußreiches Bild des 18. Jahrhunderts mit detaillierten und amüsanten Milieubeschreibungen. Höchst unterhaltsam.« *Münstersche Zeitung*

Eva Maaser

Die Astronomin

Roman

Aufbau Taschenbuch Verlag

ISBN 3-7466-2167-4

1. Auflage 2005
Aufbau Taschenbuch Verlag GmbH, Berlin
© Rütten & Loening Berlin, GmbH, 2004
Umschlaggestaltung Dagmar & Torsten Lemme
unter Verwendung eines Ausschnitts aus dem Gemälde »Allegorie der Vergänglichkeit« von Antonio Pereda, Picture Alliance
Druck und Binden GGP Media GmbH, Pößneck
Printed in Germany

www.aufbau-taschenbuch.de

Auftakt

Meine Geschichte ist eine Liebesgeschichte und daher nichts Ungewöhnliches. Obwohl sie so offen, allen sichtbar verlief, hat sie nie jemand so recht bemerkt – nicht einmal ich selbst. Das ist um so erstaunlicher, weil sie schließlich alles enthielt, was Liebesgeschichten gern in den Brennpunkt allgemeiner Aufmerksamkeit rückt: ein sehnsüchtiges Verlangen, eine idiotische und die üblichen Konventionen sprengende Besessenheit für den Gegenstand der Sehnsüchte, tragische Konflikte, schmerzhafte Trennungen, Enttäuschungen, aber auch das süße Gefühl des Triumphs. Es ist die Geschichte eines langen, zähen Ringens und unaufhörlichen Werbens, und das Ziel rechtfertigte jede Mühe, ohne allen Zweifel. Und doch ist es ein Zweifel, der mich jetzt bedrückt, mich müde macht, mich voller Fragen in eine lange Dunkelheit entlassen hat, in die von fern das Licht, die Schönheit vergangener Tage leuchtet.

Ich muß wohl an den Anfang zurückkehren und alles noch einmal erleben, um jene ewigen Rätsel zu lösen, denen sich jeder am Ende stellen muß. Hier ist meine Geschichte, die vor mehr als neunzig Jahren begann:

Kapitel 1

Von C nach C

Die Prime ist das Intervall, das eigentlich gar keins ist, weil nur der gleiche Ton wiederholt wird.

1

Hinter mir klappte die Haustür zu. Nur noch gedämpft hörte ich, wie Jakob oben im Flur aufgebracht meinen Namen schrie, während ich die drei Stufen zur Straße hinabsprang. Ohne Verzug lief ich Vater und Wilhelm nach, voller Angst, nicht schnell genug zu sein. In dem spärlichen Licht, das so spät abends in die Gasse fiel, sah ich sie bereits um die nächste Ecke biegen.

Nur noch in ein oder zwei Fenstern auf jeder Seite flackerte ein ungewisser gelber Schein von Lampen oder Kerzen, der sich verloren in der Schmutzwasserrinne spiegelte, die die Straße in der Mitte teilte. Ich strich dicht an den nachtdunklen Häusern entlang, eine Hand an den Mauern, als könnte mir der harte Stein etwas Sicherheit verleihen. Düster und verlassen wirkte die Straße breiter als sonst, vollkommen unvertraut. Wie hätte ich wissen sollen, daß die Leere so bedrohlich sein konnte?

Verschreckt schaute ich zurück. Eine schwarze Katze kreuzte die Straße und wandte jäh den Kopf nach mir. Ihre Augen glühten, und sie machte keine Anstalten, ihren Weg fortzusetzen. Vielleicht wäre ich jetzt doch umgekehrt, ohne diese Katze, die mich unbeirrt belauerte und nun auch noch fauchte, den Rachen weit aufgerissen. Ein Teufelstier. Warum lief es nicht weg? Gleichzeitig hallten die Schritte der beiden Davoneilenden immer schwächer, ich sah daher keine andere Wahl, als ihnen doch weiter nachzustürzen.

Als ich die beiden in der Kleinen Duvenstraße beinahe eingeholt hatte, ging ich langsamer. Ich wollte nicht riskieren, noch so nah bei unserem Haus entdeckt zu werden, denn sie würden mich ohne Frage zurückschicken. Außerdem wußte ich jetzt ziemlich sicher, daß sie zum Wall wollten, es war nun leicht, ihnen zu folgen. Während sie ab und zu stillstanden und nach oben deuteten, drückte ich mich vorsichtshalber flach an eine Hauswand.

Am Friedekenstift begannen sie, den Wall zu ersteigen, der hinter dem Stift eine lange Spitze bildete. Nun wurde es Zeit für mich, sie auf mich aufmerksam zu machen. Auf keinen Fall wollte ich riskieren, mich ohne sie durch das finstere Gebüsch schlagen zu müssen, das sich den Wall hinaufzog.

Oben gab es Plätze, von denen man über die Schanzwerke und den breiten Graben dahinter nach links bis zur Ihme und rechts zur Leine sehen konnte und noch weiter über das flache hannoversche Land.

An diesem kalten Oktoberabend lag natürlich alles um mich herum, der Wall und das Gemäuer des Stifts hinter mir, im Dunkeln. Es war unheimlich, so allein im riesigen Schatten der Mauern, auf einmal mochte ich weder weitergehen noch nach den beiden rufen. Statt dessen zog mich das Sternenlicht über mir magisch an, denn hier war bereits ein größeres Stück vom Himmel zu sehen, mehr als in unserer Gasse. Ich spähte nach oben und zuckte im gleichen Augenblick zusammen.

»Lina!« Wilhelm war unbemerkt zurückgekehrt und hatte mich an der Schulter gefaßt. »Vater, warte.« Er wandte sich der Gestalt zu, die im Schatten der Büsche beinahe unsichtbar geworden war.

»Hab ich doch richtig vermutet, Lina ist uns gefolgt.«

Mein Atem ging flach, als ich neben Wilhelm darauf wartete, daß Vater zu uns kam und sich zu mir herabbeugte.

»Was willst du denn hier bei Nacht?« Seinen Augenausdruck konnte ich nicht erkennen, aber er fragte nicht unfreundlich.

»Der Komet, Vater«, stieß ich trotzdem voller Furcht hervor. Hinter uns auf dem Weg waren nämlich mittlerweile Schritte zu hören und die Stimme Jakobs, die gedämpft, aber doch scharf klang.

»Vater? Wilhelm? Ist euch Lina ...« Die Stimme stockte.

»Da ist ja das Gör.«

Mit einer raschen Bewegung schob mich Wilhelm hinter sich.

»Wir nehmen die Kleine mit nach oben.«

Vater lachte belustigt auf, bevor Jakob etwas erwidern konnte.

»Ja, richtig, die Mamsell soll den Kometen sehen, warum auch nicht. Geh nach Hause, Jakob, oder komm mit uns, ganz wie du willst.«

Ich stahl mich wieder nach vorn und drängte meine Hände in die von Wilhelm und Vater, die bereitwillig zufaßten, jetzt fühlte ich mich sicher vor Jakob.

»Ich hab nicht die Absicht, mir den Hals zu verrenken oder in dem scharfen Wind auf der Mauer durchzufrieren«, brummte er. Vielleicht störte es ihn nur, daß ich meinen Willen bekam, und er wäre eigentlich gern bei uns geblieben. Aber dann fügte er hinzu: »Außerdem muß einer ja Mutter Bescheid sagen, daß der Dirn nichts passiert ist.«

Er stapfte davon, und wir anderen verharrten noch ein wenig, fast wie gescholtene Schulkinder. Plötzlich zog Vater an meiner Hand, und ich wurde mit meinen kurzen Beinen von den beiden Männern den Wall hinauf mitgerissen – mein Bruder war zwölf Jahre älter als ich, und ich ein Kind von fünf.

Von da an erschien mir alles nur noch wie ein wunderbares Abenteuer, das mich vor Glück ein wenig schwindlig machte. Vater und Wilhelm schleppten mich die Treppe zum Umgang an der Schanzmauer hinauf und redeten dabei unentwegt von dem Kometen. Ich hörte zu und begriff nicht viel, was meine Begeisterung aber keineswegs schmälerte. Die beiden schauten zu den Sternen hinauf, und schließlich hob mich Wilhelm hoch, damit ich den funkelnden Sternen über uns etwas näher kam.

»Halt mich höher, Wilhelm, noch höher.«

Dann schwebte ich über der Erde und vergaß, daß ich gehalten wurde. Die Leine schimmerte, gekrümmt wie ein flachgewalztes Horn, ganz schwach im Sternenglanz, aber nicht golden, sondern silbriggrau. Auch sonst war gar keine Farbe da, das ganze Land verfloß wie in einem Traum, als gäbe es nichts Festes mehr dort unten.

»Das da ist der Orion, der große Jäger.«

Vaters Stimme drang aus der Tiefe zu mir herauf, er zählte die Sterne auf, die das Bild des Jägers ausmachen: die beiden Schultersterne, die drei, die den Gürtel bilden, die zwei Kniesterne, der rechte, besonders gleißende, heißt Rigel.

Später, im Bett, habe ich den Namen wiederholt, immer wieder, bis ich einschlief.

Meine Mutter hatte uns nach unserer Heimkehr alle drei heftig ausgezankt. In dem mir zugedachten Teil ihrer Schimpftirade klang Verwunderung durch, es war das erste Mal, daß ich mich selbständig gemacht hatte.

Meine Zähne klapperten vor Kälte, ich zitterte am ganzen Leib, die Finger waren zu klamm, um die Bänder meiner Schürze zu lösen. Mutter mußte mich wie einen Säugling auskleiden, aber das empfand ich seltsamerweise nicht als Erniedrigung, sondern wie eine leise, unbeabsichtigte Belohnung. Unverzüglich steckte sie mich in mein Bett hinter dem Wandschirm am Stubenofen. Tief ins Federbett verkrochen, lauschte ich, wie Vater und Wilhelm weiter über den Kometen debattierten. Ich fragte mich, was so besonders an einem Stern sein sollte, der nicht einfach still stand wie die anderen. Würde er vielleicht herunterfallen? Wie ein Ball, nachdem er eine Kurve in den Himmel beschrieben hatte? Und würde er in die Ihme fallen oder in die Leine und dort verzischen wie ein Stück glühende Kohle?

Ab und zu mischte sich Jakob brummend in das Gespräch, bis es endlich verebbte. Am Ende drang nur noch ein Stimmengemurmel aus der Schlafkammer, die sich Wilhelm und Jakob mit Alexander teilten, dem Bruder, der mir im Alter am nächsten stand, er war nur gut vier Jahre älter als ich.

Am nächsten Morgen ging das Gerede schon vor dem Sonntagsgottesdienst weiter, und danach standen Vater und Wilhelm wie so oft in der Stube über den blankgescheuerten, großen Tisch gebeugt, in dessen Platte eine Schiefertafel eingelassen war. Auf diese schrieben sie Zahlenkolonnen und kritzelten allerhand Zeichen und Figuren.

»Vater«, wagte ich schließlich zu fragen, »warum fallen die Sterne nicht vom Himmel?« Angespannt wartete ich auf eine Antwort, darauf, daß er den Kopf hob und mich ansah. Es schien mir von größter Bedeutung, daß ich eine Antwort erhielt. Dann wäre ich mir sicher gewesen, mein Erlebnis am Abend zuvor nicht bloß einer Laune zu verdanken. Bitte, Vater, flehte ich stumm mit weit aufgerissenen Augen.

Er rechnete, während der Stift stetig eine Zahlenreihe entlangglitt. Seine Lippen bewegten sich ohne einen Laut, und mit der freien Hand machte er rasch eine abwehrende Geste. Nur Wilhelm schaute zu mir hin, lächelte mich ein bißchen geistesabwesend an und senkte dann wieder den Blick, um Vaters Berechnungen zu folgen. Enttäuscht schlich ich zurück zu meinem Stühlchen am Fenster und setzte mein kleines Spinnrad in Gang, es war alles wieder beim alten.

Sein Geld verdiente Vater als Heeresmusiker, aber der Sold reichte nicht aus, um eine stetig gewachsene Familie zu ernähren. Daher gab mein Vater außerhalb des Dienstes noch Unterricht und kopierte Noten, die er an Musikalienhändler verkaufte. Und wenn er neben all diesen Verpflichtungen noch Zeit erübrigte, unterrichtete er seine Söhne.

Meinem ältesten Bruder Jakob hatte er so früh als möglich eine Geige ans Kinn gelegt. Eine ganz winzige, beinahe puppenhafte, wie sie eine dreijährige Kinderhand gerade greifen kann. Die Adempken wurde in unserem Hause sehr geschätzt und gepflegt, alle vier Herschelsöhne haben darauf spielen gelernt. Ich habe sie manchmal heimlich in die Hand genommen und den Tönen nachgelauscht, die ich vorsichtig mit zwei Fingern auf einer Saite zupfte. Ein gezupfter Ton schwirrt. Ein gestrichener dehnt sich dagegen in meiner Erinnerung wie ein Band. Die Töne eines Menuetts entrollten sich seidig, in zarten Farben wie Hellblau, Rosa oder Lindgrün, die einer Pavane konnten samtig sein und viel dunkler. Ich sah, wie sie sich wellten, sich kräuselten, rippten und in aufsteigenden Spiralen drehten, während ich versunken Vaters Unterricht verfolgte, auf dem Stühlchen am stillstehenden Spinnrad hockend, gänzlich unbeachtet. Bis mich die Hand meiner Mutter an der Schulter rüttelte.

»Träum nicht«, mahnte sie, »was soll aus dir nur werden, wenn du so träge bist?«

Diese Unterbrechungen verblüfften mich mehr, als daß sie mich erschreckten. Meistens hatte ich ja doch das Gefühl, überhaupt nicht wahrgenommen zu werden, ein Nebel schien mich von den anderen zu trennen, etwas, was mich für diese Familie beinahe unsichtbar machte.

Meine Brüder brachten schon sehr früh Geld heim, Wilhelm bekam mit vierzehn eine Anstellung als Oboist im gleichen Musikkorps wie Vater. Außerdem spielte er noch Geige und Orgel wie Jakob. Jakob wurde bereits mit neunzehn Jahren Organist an der Garnisonskirche, aber ein Jahr später trat er wie die anderen beim Militär ein, denn der Heeresdienst bot das sicherste Einkommen.

Möglicherweise fühlte ich mich von Wilhelm so angezogen, weil er sich nicht nur mit Musik befaßte, sondern auch noch mit etwas völlig anderem, das mir wie eine Geheimwissenschaft erschien. Etwas reizvoll Fremdartiges, das mich an jenem Abend auf dem Wall zum ersten Mal berührt hatte. Vor allem aber mußte es ja doch eine Auszeichnung gewesen sein, überhaupt mitgenommen zu werden.

Wenn gerade mal niemand in der Stube war und zufällig nichts oder nur wenig auf der Schieferplatte stand, nahm ich den kantigen Griffel und malte sehr vorsichtig kleine, schwache Kreise auf die Tafel, um ja nichts zu vergessen. Sieben Kreise, die zusammen ein Geheimzeichen bildeten: die beiden Schulter- und die zwei Kniesterne und den Gürtel des Orion.

Weil ich so oft wie möglich unbemerkt zuhörte und hinschaute, beherrschte ich bald ein paar weitere Sternbilder: das Fünfeck des Fuhrmanns und das Zeichen der Zwillinge, deren zwei Hauptsterne ich gern etwas kräftiger malte. Sie erinnerten mich an zwei glühende, unheimliche Lichter, an die Katzenaugen, die mich daran gehindert hatten, zurückzulaufen, und so gewissermaßen zwangen, meinen Weg bis zum Wall fortzusetzen. Bevor jemand die Stube betrat, der mich hätte ertappen und vielleicht unangenehme oder spöttische Fragen stellen können, gelang es mir noch jedesmal, die Schiefertafel blank zu putzen. Vor allem wollte ich gar nicht hören, was meine Mutter zu dem Treiben zu sagen hatte. Für sie war alles, was nicht einem praktischen Zweck oder, genauer, dem Broterwerb diente, unvernünftig und überflüssig.

2

Von den zehn Kindern meiner Eltern überlebten immerhin sechs, von den vieren, die im Säuglingsalter starben, wurde nicht mehr gesprochen. Nur einmal besuchte ich mit meiner Mutter ihr winziges gemeinsames Grab. Auf einer schlichten, schon verwitterten Holztafel standen schwarz eingebrannt vier Namen, die wir damals beide nicht lesen konnten, Mutter hatte nie lesen gelernt. Eins der Kinder, versicherte sie mir, habe Caroline geheißen. Auf einmal überkam mich Sehnsucht nach dieser toten, unbekannten Schwester und Trauer über einen schwer auslotbaren Verlust. Vielleicht wäre gerade sie eine Vertraute gewesen, mit der ich meine Geheimnisse hätte teilen können, wir hätten uns gestritten und vertragen. Meine siebzehn Jahre ältere Schwester Sophia Elisabeth, die Erstgeborene, war bereits vor meiner Geburt bei einer Familie in Braunschweig in Dienst gegeben worden. In diesem Herbst war von ihr öfter die Rede als bisher, denn sie würde nach Hause kommen, um zu heiraten.

Ein paar Tage vor ihr traf ein geflochtener Korb ein, der ihr Braunschweiger Zeug und etwas Hausrat für ihre eigene zukünftige Haushaltung enthielt. Sophia würde mit ihrem Mann in die kleine Wohnung über unserer ziehen, aber vorerst sollte der Weidenkorb bei uns unter Mutters Aufsicht stehen. Meine beiden ältesten Brüder hatten Mühe, diesen Korb durch die Tür zu zwängen, er fand nur schwer Platz unter einem der beiden Stubenfenster. Seinetwegen mußten alle übrigen Möbel verrückt werden. Mein Bett mit dem Wandschirm wurde so hinter den Ofen geschoben, daß ich nur noch vom Fußende her hineinschlüpfen konnte. So nah beim Ofen ließ mich die Hitze nachts kaum schlafen.

Meine Brüder freuten sich auf die Schwester, ja, die ganze Familie geriet in eine taumelige Geschäftigkeit. Mich dagegen ergriff nur Verwirrung, ich fühlte mich nicht berechtigt, an der Aufregung vollen Anteil zu nehmen, da ich Sophia als einzige nur aus Erzählungen kannte. Mutter sorgte seit Monaten für Berge von Haushaltsleinen aus selbstgesponnenem Garn, Wilhelm fertigte hübsche Scherenschnitte. Die Motive dafür hatte er sich bei Galakonzerten in den Salons abgeschaut, und ich bestaunte mißtrauisch die pechschwarzen Schatten von teetrinkenden Damen und Herren mit Federhüten auf gefährlich zerbrechlichen Stühlen.

Noch mitten in der Einrichtung der Räume traf das Brautpaar ein, Vater hatte die beiden an der Poststation abgeholt. Mein Vater war ein sehr ausgeglichener, heiterer Mensch, desto befremdlicher schien mir, daß er nicht einmal höflich lächelte, als er Sophias Zukünftigen hereinkomplimentierte. Und dieser selbst blickte ebenso ernst, beinahe verdrossen drein.

Auf einmal war von der freudigen Erwartung nichts mehr zu spüren. Etwas stimmte nicht bei diesem Familientreffen. Wir alle standen wie erstarrt und warteten darauf, daß ein Wort, eine Geste die Erstarrung löste.

Unbeachtet von den übrigen, irrte mein Blick von einem zum anderen, und dabei fiel mir auf, daß Sophia wie Jakob groß, blond und sehr hellhäutig war. Beide hatten sie feine Gesichtszüge, und damit glichen sie unserer Mutter. Wilhelm und Vater dagegen waren beide dunkel und nicht mehr als mittelgroß, mit abfallenden Schultern und im ganzen sehr viel unscheinbarer als der schönere Teil der Familie, zu dem auch ich nicht gehörte, wie ich in diesem Augenblick traurig, aber klar feststellte. Mausbraun hatte Mutter einmal zu meiner Haarfarbe gesagt, und es klang nicht eben wie eine Nettigkeit. Außerdem war ich kleiner als andere Kinder meines Alters, und wahrscheinlich flößten mir deshalb sehr große Menschen leicht Furcht ein.

Nie hatte ich mich so unscheinbar gefühlt wie jetzt, als ich meine Schwester betrachtete, ich wünschte mir brennend, zu einer ihr ebenbürtigen, stattlichen Schönheit heranzuwachsen. Ich ballte die Hände zur Faust und bohrte die Nägel in die weiche Innenseite, um den Wunsch nur heftig genug zu unterstreichen. Flüchtig schaute ich zu Alexander. Bei ihm war noch nicht entschieden, zu welcher Seite er tendierte, in sein blondes Haar mischten sich seit einiger Zeit dunklere Strähnen.

Griesbach aber, der Bräutigam, wirkte auf mich geradezu erschreckend riesig und ungeschlacht, vor ihm wich ich in Gedanken sofort zurück.

Die ungute Stimmung verflüchtigte sich erst, als Mutter mit zwei raschen Schritten auf ihre Älteste zutrat und ihr vor Freude aufschluchzend um den Hals fiel. Eine ganze Weile hielten sich die Frauen umschlungen.

Der Mann, der mein Schwager werden sollte, hatte sich unterdessen in den Ohrenbackensessel gesetzt, unser einziges bequemes Sitzmöbel, das bisher allein Vater zugestanden hatte. Die Ungehörigkeit seines Verhaltens dürfte Griesbach kaum bewußt geworden sein, ich nahm sie aber als eine mögliche Erklärung für Vaters anhaltende Grabesmiene, eine andere bot sich vorerst nicht an.

Sophia antwortete halbwegs bereitwillig auf die Fragen meiner beiden ältesten Brüder, aber es war ihr die Erschöpfung von der Reise anzumerken, sie wirkte so leidend, daß ihr Ton manchmal geradezu schroff ausfiel. Dann zog auch meine Mutter unwillig die Brauen zusammen, denn auf Höflichkeit und Anstand wurde in unserer Familie viel Wert gelegt. Wohl deshalb bemerkte Alexander auf einmal, daß sich niemand um Griesbach, das neue Familienmitglied, kümmerte. Beherzt trat er an diesen heran.

»Sie spielen ebenfalls Oboe im Korps, wie Vater? Und Sie waren zum Sommermanöver mit ihm in Braunschweig?« Beiläufig schaute er von unserem Gast zu Sophia.

»Misch dich nicht in die Gespräche Erwachsener«, polterte Griesbach, »das gehört sich nicht.«

Alexander starrte den Mann verblüfft an, der ihn nicht weiter beachtete, sondern Vater ansprach. »Herschel, Sie sollten mehr Zucht halten.«

Gleich darauf wuchtete Griesbach sich aus dem Sessel, um sich zu verabschieden und zur Garnison zurückzukehren, in der er bis zur Hochzeit logierte. Nach seinem Verschwinden hellte sich die Stimmung merklich auf, trotzdem hatten wohl alle noch den schweren Mann vor Augen, das mehlweiße, stumpf wirkende Gesicht, er war ein richtiger Klotz, mit dem niemand warm wurde.

Ich fühlte mich ebenfalls erleichtert, sah aber noch eine schwierige Aufgabe vor mir.

Wie sollte ich mich mit einer Schwester vertraut machen, die so viel älter war und plötzlich, als mir gänzlich Unbekannte, in mein Leben geschneit war? Sobald meine Brüder von ihr abgelassen hatten, ging ich bedacht langsam auf sie zu, faßte meinen Rock seitlich mit beiden Händen und knickste mit aller Eleganz, zu der mich meine fünfeinhalb Jahre befähigten, wobei ich recht gut die Balance hielt.

»Ich bin froh, so eine schöne ältere Schwester wie dich zu haben, Sophie.«

Sie stemmte beide Hände in die Hüften, beugte sich ein wenig herab, um mich zu mustern, und lachte hell auf.

»Mein Gott, Mutter, was ich die ganze Zeit schon sagen wollte, sie ist ja wirklich ein Zwerg.«

Wie hätte ich nicht gekränkt sein sollen? War meine mangelnde Größe wirklich alles, was ihr an mir auffiel, nichts, nichts sonst? Weder mein Mut, sie aus freien Stücken anzusprechen, noch meine kindliche Würde, noch meine offenkundige Bereitschaft, ihr einen Platz in meinem Herzen einzuräumen? Versteinert schaute ich zu ihr auf. Modisch ringelten sich ein paar Locken an ihre ungewöhnlich blassen Wangen. Sie trug ein enggeschnürtes Mieder, aus dem die Brüste herausquollen, das gab ihr etwas unerwartet Damenhaftes, zumindest in meinen Augen. Ein merkwürdiger Geruch haftete ihr an, der Geruch einer anderen Stadt und eines anderen Lebens. Sie würde mich erdrücken mit dieser Fremdheit, wenn sie mir noch näher käme. Unauffällig rückte ich von ihr ab und deutete gleichzeitig mit großer Geste zur Wiege, die mit meinem jüngsten Bruder Dietrich in der Ecke stand. »Und der da ist noch kleiner, du siehst ihn kaum.«

Ich war bis zum Tisch zurückgewichen und spürte auf einmal jemanden hinter mir, aufblickend erkannte ich Wilhelm, er zwinkerte mir zu.

»Sie mag ja klein für ihr Alter sein, aber sie ist pfiffiger als jedes andere Mädchen, paß nur auf, sie steckt dich in die Tasche, eh du dich versiehst. Auf unsere Kleine laß ich so leicht nichts kommen«, sagte er zu unserer Schwester. Dann beugte er sich zu mir herab und senkte verschwörerisch die Stimme. »Nicht wahr? Auf die Größe kommt es doch wirklich nicht an.«

»Nein«, antwortete ich ebenso leise, »Jakob ist größer als du, aber das macht gar nichts. Du spielst die Oboe viel besser als er«, ich zögerte ein wenig, bevor ich fortfuhr, »und ich mag auch braune Haare, du mußt nicht blond sein.«

Wilhelm legte mir die Hand auf die Schulter. »Ich weiß, was du sagen willst, wir zwei gehören zusammen.«

»Ja, für immer.« Es war mir sehr ernst damit. Zur Bekräftigung rückte ich eng an ihn heran. Den Hinterkopf an seinen Bauch gepreßt, konnte ich mit einem Anflug von Trotz und Zuversicht zu Sophia spähen, aber sie hatte längst das Interesse an mir verloren.

Nachts lag ich auf einem Strohsack in der elterlichen Schlafkammer. Mein Bett hatte Sophia mit Beschlag belegt, weil sie nicht allein in der neuen Wohnung nächtigen wollte. Sie mußte sich ordentlich krümmen, um hineinzupassen. Es hatte lange gedauert, bis sich endlich alle zur Ruhe begeben hatten, und eine Weile dachte ich, die letzte zu sein, die überhaupt noch wach war.

Aus dem Bett meiner Eltern drang ein Rascheln herüber, einer der beiden wälzte sich unruhig auf der harten Strohmatratze herum.

»Ilse«, sagte mein Vater plötzlich, »wir hätten die Sophie nie aus dem Haus geben dürfen, und wir hätten sie wie die Buben zur Schule schicken sollen.«

»Isaak Herschel, du redest närrisches Zeug, weil du den Griesbach nicht magst. Mein Vater mochte dich anfangs auch nicht, Väter sind manchmal so.«

Ich hörte, wie Vater sich mit rasselndem Atem hochstemmte. »Hast du ihre Hände gesehen? Meine älteste Tochter hat die Hände einer Spülmagd. Wenn sie etwas gelernt hätte, wäre ihr das erspart geblieben.«

»Woher denn? Was glaubst du, wer nun für sie spült?«

Vater hustete, es klang nicht gut. »Und dieser Griesbach ist ein elender Musiker, was der kann, konnten meine Söhne nach zwei Jahren Unterricht, Alexander macht ihm auf der Geige leicht was vor. Noch ist sie nicht verheiratet, sag ich dir.«

»Du ärgerst dich doch nur, daß du die beiden miteinander bekannt gemacht hast. Man macht eine erwachsene Tochter nicht so mir nichts dir nichts, ohne sich was dabei zu denken, mit einem Mann bekannt, das hättest du wissen müssen. Und bitte rede mir nicht wieder von Zufallsbegegnung und Höflichkeit, Zufälle haben in solchen Angelegenheiten nichts zu suchen. Am besten gibst du jetzt Ruhe, denn hadern hat ja doch keinen Sinn mehr, dafür ist es zu spät.«

Nach Mutters Mahnung blieb es eine Weile still. Mein Körper wollte zwar Schlaf, aber Anspannung und Müdigkeit stritten sich schmerzhaft, außerdem wagte ich nicht, mich in eine bequemere Lage zu drehen. Da begann Vater von neuem.

»Lina geht zur Schule, sag mir nichts dagegen, Wilhelm hat recht, das Mädchen ist aufgeweckt.«

In der Schlafkammer herrschte wie üblich um diese Jahreszeit klamme Kälte, dazu zog es übel vom Fenster. Ich schauderte, denn ich war an die Wärme der Stube gewöhnt, wo unser einziger Ofen stand. Aber auf einmal wurde mir warm. Es begann im Bauch mit einem unbeschreiblichen Gefühl, das wie glühende Zungen in Beine und Arme fuhr und die Hände kribbeln ließ. Meine Fingerkuppen, fest in die Faust geballt, wurden prall und heiß. Bis dahin hatte ich nicht gewußt, daß sich Freude, Erwartung, Begeisterung so bemerkbar machen konnten.

Ich mußte daran denken, wie ich zuweilen nicht nur Sternzeichen auf die Schieferplatte kritzelte, sondern Wörter. Zwei, drei Buchstaben hatte ich bei Alexanders Schreibübungen verstohlen abgeschaut, alle anderen erfand ich einfach hinzu. Ich wollte schreiben, um zu lesen. Um anders als Mutter zu werden, der das Unverständnis für alles Gedruckte ins Gesicht geschrieben stand, sobald sie beim Aufräumen ein Buch in die Hand nahm oder jemand von den anderen in einem blätterte oder etwas auf die Platte schrieb. Den anderen genügte ein Fingerzeig, ein Blick zur Verständigung. Die Frage nach der Schule hätte ich nie zu stellen gewagt, sie erübrigte sich, denn meine Mutter hatte sie bereits beantwortet, ziemlich oft sogar allein mit Gesten oder Anweisungen, bevor sie mir überhaupt in den Sinn kam. Spinnrad und Spindel statt Schiefertafel und Griffel, so eindeutig waren die Verhältnisse zwischen Frauen und Männern geregelt, bei allen, die wir kannten, bei uns, bis jetzt, bis zu dieser Nacht.

Ja, jetzt würde es damit ein Ende haben, daß ich Alexander jeden Morgen beneidete, sobald er zur Schule aufbrach. Ich würde in die Welt meiner Brüder eindringen, die Zeichen auf der Schiefertafel im Tisch verstehen lernen und ganz selbstverständlich auf die Stubentür deuten, wenn meine Mutter fragte, wann der nächste Schüler für Vaters Geigenstunde zu erwarten war.

»Da steht es, Mama: um 5 Uhr, der Friedrich Hoppenstedt.« Und würde zum Beweis an die Tür treten, mich auf die Zehen stellen und auf die fünfte oder sechste Zeile von unten tippen und darauf achten, daß ich die Kreide nicht verschmierte.

3

Am nächsten Morgen war ich vor allen anderen auf, ergriff den Wassereimer, rannte im Dunkeln in Pantoffeln, ein Tuch um die Schultern, zum Brunnen und hatte als Morgengruß und Überraschung das Wasser in der Waschschüssel gewechselt, obwohl es erst drei Tage stand. Vater schätzte Reinlichkeit über alles wie sonst kein vernünftiger Mensch.

Kurz vor sieben wartete ich ausgehfertig auf Alexander. Er warf mit geübtem Schwung sein Schulbündel am Riemen über die Schulter und wollte sich an mir vorbei zur Tür hinausdrängen. Ich hielt ihn auf, indem ich nach dem herabbaumelnden Ende des Riemens faßte.

»Ich komm mit zur Schule, Vater hat es erlaubt.«

»Was?« schrie Alexander und drehte sich zum Tisch um, an dem die anderen frühstückten. »Stimmt das?«

Unwillkürlich hatte ich mich auf die Zehen gestellt, um einerseits größer zu wirken und andererseits die Reaktion meines Vaters besser verfolgen zu können. Gespannt hielt ich den Atem an.

Vater zwinkerte seltsam verlegen und sog bedächtig an seiner Pfeife, er rauchte, um seinem Asthma Linderung zu verschaffen, zumindest glaubte er an eine heilsame Wirkung des Tabaks. Ansonsten schien er nicht zugehört zu haben, eine erste Unsicherheit beschlich mich, ich überlegte, ob ich meinen Spruch wiederholen sollte. Aber da erhob sich Mutter bereits, ergriff energisch meine Hand und zog mich von der Tür fort, wobei sie Vater einen bösen Blick zuwarf.

»Hier hat keiner gesagt, du sollst mitgehen. Und du, Alexander, machst, daß du fortkommst.« Damit gab sie meinem Bruder einen Klaps, der ihn bewog, schleunigst zu verschwinden.

Ein Schweigen kann eine Antwort sein auf eine nicht gestellte Frage, ein Flehen, ein Nachbohren. Vater verstand sich bestens aufs Schweigen, sehr angelegentlich kratzte er mit dem Federmesser seine Pfeife aus. Beide Fäuste in die Augen gebohrt, schluchzte ich verzweifelt auf. Plötzlich nahm ich wieder diesen fremden Duft wahr. Sacht wurden meine Hände heruntergezogen. Ich blickte in Sophias Gesicht. Diesmal glänzten ihre blauen Augen hell und klar, der Schlaf hatte die Abgeschlagenheit vom Vortag getilgt. Durch einen Tränenschleier fielen mir ihre langen gebogenen Wimpern auf, die rosige weiche Kurve der Wangen, der Duft war auch nicht mehr fremd, sondern erfrischend süß und seltsam tröstlich. Meine schöne, große Schwester hatte sich vor mich hingehockt, hatte sich für mich ganz klein gemacht und wandte nun den Kopf zum Tisch.

»Ja, schickt sie zur Schule, das ist eine ausgezeichnete Idee. Die Zeiten ändern sich, immer mehr Mädel lernen lesen und schreiben, und warum auch nicht, wo euch der Unterricht nicht einmal etwas kostet. Schiefertafel und Fibel werden sich von Jakob oder Wilhelm finden. Ich wollte, ich hätte ...«

Meine Mutter krampfte ihre Hände in den Umhang über dem Nachthemd, ihr Gesicht war verschlossen und abweisend. Brüsk fiel sie Sophia ins Wort.

»Red du nur. Mich kostet es was. Daran denkst du nicht, niemand hier. Und hast du nicht gestern selbst gesagt, sie ist noch ein Zwerg? Wie soll sie da in der Schule zurechtkommen?«

Als Sophia sich erhob und neben Mutter stellte, wurde die große Ähnlichkeit zwischen ihnen wieder deutlich, gleichzeitig aber der Unterschied, der auf das Konto der Jahre ging, die beide trennten. Ich meine damit nicht so sehr die zwei tiefen Kummerfalten, die sich in Mutters Gesicht von der Nase bis zum Kinn eingekerbt hatten, und die Spuren ständiger Übermüdung wie die aschgraue Haut, sondern vor allem der runde Rücken und die Schultern, die nach vorn fielen, als würden sie von einem viel zu schweren Korb herabgezogen. Nur die Hände waren bei beiden gleich rot und rissig.

Sophia ist an diesem Morgen zu einer Schwester geworden, wie ich sie mir immer gewünscht hatte. Rückhaltlos bewunderte ich sie mit ihrer kleinen koketten Nachthaube und dem rüschenbesetzten Umhang, der sich über dem Nachtgewand an der Taille bauschte. Ich wollte nicht mehr glauben, daß sie in Braunschweig nur Spülmagd gewesen war, Spülmägde waren derb und schwerfällig und bewegten sich nicht so gewandt und leicht wie sie.

»Sie könnte es doch wenigstens einmal versuchen, nicht? Woher willst du wissen, daß sie nicht zurechtkommt, wenn du ihr nicht einmal erlaubst, einen Versuch zu wagen? Und was die Hausarbeit betrifft: Jetzt bin ich ja wieder da, und es macht mir nichts aus, bei euch mit Hand anzulegen, wenn Mutter

Hilfe braucht, soviel hab ich in der Wohnung oben nicht zu tun.«

Noch während Sophia redete, maß Mutter sie mit einem abschätzenden Blick, der vom Gesicht abwärts glitt und unterhalb der Taille hängenblieb.

»Wird nicht lange dauern, und du wirst mich um Hilfe anflehen«, murmelte sie gedämpft.

Sophia war langsam errötet, sie senkte verlegen die Augen. Ohne mich anzuschauen, faßte sie meine Hand und ging mit mir zum Tisch zurück.

»Du hast ja kaum was gefrühstückt, setz dich und iß.«

Willenlos ließ ich mich neben ihr nieder, ich wagte keinen Einwand, da Vater fortfuhr, sich mit der Pfeife zu beschäftigen, als gäbe es nach Mutters Einspruch nichts hinzuzufügen.

Den ganzen Tag blieb ich gedrückter Stimmung und wich Mutter aus, weil sie mich mehrmals scharf musterte, aber nichts dazu äußerte, als müßte dieser Blick mir schon klarmachen, daß ich mir am Morgen etwas herausgenommen hatte, auf das sie nicht ausdrücklich zurückzukommen wünschte. Aber natürlich ging mir die Schule nicht aus dem Kopf.

Vor dem Abendbrot war ich mit Sophia allein in der Stube. Sie kramte in der Ecke in ihrem Weidenkorb, der noch immer nicht in ihre Wohnung hinaufgeschafft worden war. Ich trat neugierig hinzu und bemerkte erstaunt, daß es im Korb gar nicht so ordentlich aussah, wie ich erwartet hatte, denn Mutter hatte mir Sophia mehrmals als Muster aller weiblichen Tugenden, zu denen fraglos auch die Ordnung gehörte, vorgehalten. Im Augenblick aber hatte ich etwas anderes im Sinn. Mit einem kleinen Ruck zog ich an ihrer Schürze.

»Ich muß dir was zeigen, Sophie.«

Zerstreut wandte sie sich mir zu. »Laß mich.«

»Es ist aber etwas ganz Besonderes, du wirst sehr staunen.« Ich ließ nicht locker und zog sie mit mir zum Tisch, wo ich mich auf die Bank davor kniete und den Griffel aufnahm, den ich bereits zurechtgelegt hatte.

Sorgfältig malte ich sieben kleine Kreise auf die Platte in der

Tischmitte, während Sophia mit allen Anzeichen von Ungeduld zu ihrem Weidenkorb schielte.

»Du sollst nicht auf der Platte herumschmieren, Vater und die Brüder werden sich darüber ärgern.«

Über meiner Zeichnung standen hell auf dunkelgrau ein paar Worte und Zahlenreihen in Vaters steiler akkurater Handschrift.

»Das glaub ich nicht«, sagte ich forsch, »schau, das ist das Sternbild des Orion, des großen Jägers, der jetzt am Himmel steht. Ich kann dir auch den Fuhrmann aufmalen und die Cassiopeia, und wenn die Sternlein heut nacht funkeln, zeige ich sie dir, du brauchst Wilhelm und Vater nicht darum zu bitten.«

Meine Schwester sollte mich trotz meiner geringen Größe nicht für ein gänzlich unwissendes Kind halten. Mittlerweile hörte sie mir zu, ja, sah mich sogar mit aller Verblüffung an, auf die ich gehofft hatte, ich rutschte näher zu ihr und drückte mich an ihre Röcke. Jetzt war der Zeitpunkt gekommen, meine Geheimnisse vor ihr auszubreiten.

»Du darfst mir glauben, es hat alles seine Richtigkeit, ich hab's bei Vater und Wilhelm ganz genau abgeschaut.«

Sophia legte eine Hand auf meine Zeichnung, zwischen den gespreizten Fingern lugten die Schultersterne des Orions hervor. Ungläubig schüttelte sie den Kopf.

»Mein Gott, was hast du nur für Flausen in deinem kleinen Kopf, das ist ja nicht auszuhalten! So etwas Verdrehtes habe ich noch nie gehört.«

Unversehens schossen mir Tränen in die Augen.

»Nichts ist verdreht. Die Sterne stehen doch am Himmel.«

Sophia stöhnte auf, stemmte die Fäuste in die Hüften und blickte zur Decke, während ein paar meiner Tränen auf die Zeichnung tropften. Die Kreise schwammen auf einmal und verbogen sich.

»Laß bloß Mutter diesen Unsinn nicht hören.«

»Sophie«, fragte ich schluchzend, »warum willst du denn, daß ich zur Schule gehe, wenn das mit den Sternen nur Unsinn ist?«

Sophia seufzte ungehalten, blieb aber bei mir am Tisch stehen. »Das sind ja wohl zweierlei Sachen. Dieses Gekritzel und das, was du in der Schule lernst.«

»Ja?« fragte ich zweifelnd.

Sie blickte mich streng an und rückte mit ihrem Kopf näher. »In der Schule geht es nicht um Phantastereien. Was du dort lernst, bewahrt dich davor, Dummheiten zu machen, und hilft dir, im Leben voranzukommen.« Ein bitterer Zug erschien um ihre Mundwinkel.

»Sophie«, fragte ich leise, »hast du Dummheiten gemacht?« Der Korbinhalt fiel mir ein, dessen Unordnung ein seltsames Licht auf meine schöne und so perfekte Schwester warf. Ich fand das sehr beunruhigend, denn nichts sollte das wunderbare Bild von ihr trüben. »Hast du?« wiederholte ich trotzdem, weil sie nicht antwortete.

Heftig wischte sie sich über die Augen. »Ach was, aber eins merk dir: Wenn du die Gelegenheit hast, was zu lernen, schlag sie ja nicht aus. Und putz das weg, bevor es jemand anders sieht. Vater und Wilhelm werden es nicht mögen, wenn du in ihren Berechnungen herumschmierst.«

Eh ich noch etwas sagen konnte, hatte sie die Stube verlassen. Ich starrte auf die Zeichnung und die Worte samt den Zahlenkolonnen darüber. Ich hatte vergessen, Sophia zu sagen, daß ich in die Schule gehen wollte, um all das zu verstehen, was auf der Schieferplatte stand, und um einmal über das mitreden zu können, was Vater und Wilhelm so sehr bewegte.

Den Griffel hielt ich noch immer fest. Ich war so stolz auf meine Zeichnung gewesen, deren Zauber ich Sophia ganz umsonst preisgegeben hatte. Vorsichtig zog ich einen der kleinen, halbverwischten Kreise nach, traf aber nicht exakt die Linie. Rasch führte ich den Stift noch einmal rund und noch einmal, und aus meinem schönen Kreis war ein Auge geworden, das hämisch zu mir heraufglotzte und mich dazu trieb, in einem Zickzack darüber hin- und herzufahren und danach ein wildes Gekrakel über alle Worte und Zahlen zu setzen, bis von ihnen nichts mehr zu erkennen war, während ich am ganzen Leib vor

Wut zitterte. Als ich fertig war, warf ich den Griffel mitten auf den Tisch.

Obwohl es ihn am wenigsten anging, begann Jakob herumzuschreien, als er gleich nach seiner Heimkehr vom Dienst das Gekritzel entdeckte, ich hatte es aus Trotz nicht weggewischt.

»Jetzt schaut euch das doch einmal an, Wilhelm, Vater! Diese kleine Kröte.« Offensichtlich hegte er keinerlei Zweifel, von wem das Geschmier stammte.

Ich kniete auf der Ofenbank und schaukelte Dietrichs Wiege, um mich selbst zu beruhigen, kletterte nun aber eilig herunter und wollte mich an Jakob vorbeidrücken.

Sophia trug gerade das Brot herein, mit einer Hand ergriff sie Jakob am Arm, als dieser gegen mich ausholte.

»Wag es ja nicht, sie zu schlagen, sie ist ein Kind und weiß nicht, was sie tut.«

Er hätte mich geschlagen, ich bin ganz sicher, er war ja viel stärker als Sophia und schüttelte sie mühelos ab, aber sobald er erneut ausholte, stand auf einmal Wilhelm neben ihm.

»Sie ist schon ein lustiges Mädelchen, unsere kleine Caroline. Wenn's nach mir ginge, würde sie in die Schule gehen, sie hat das Zeug zum Lernen, sie begreift im Flug. Weißt du, was sie neulich auf die Platte gemalt hat? Die Zwillinge mit allen Haupt- und Nebensternen, ich kann mich nicht einmal erinnern, ihr das Sternbild erklärt zu haben«, sagte Wilhelm ruhig und schlug Jakob leicht auf die Schulter. »Du darfst ihr nicht böse sein. Sie muß mit ihren erwachenden Geisteskräften und ihrer Neugier ja irgendwohin.«

Rasch griff ich nach seinem Rockschoß. »Du hast es gesehen? Ich dachte, ich hätt's weggewischt. Du bist nicht böse? Zeigst du mir noch mehr von den Sternbildern, ja? Ich will sie alle lernen.«

Er lachte. »Wenn ich einmal viel Zeit habe, Herzchen, dann lernst du alles von mir, was ich weiß, ich versprech's dir. Aber die Platte laß bis dahin sauber.«

Ich nickte zögernd, wußte aber bereits, daß die Zustimmung eine Lüge war, ich würde wieder auf die Tafel kritzeln, ich spürte geradezu den Griffel in der Hand, aber gleichzeitig einen kleinen Stich, ein leises Schuldbewußtsein, weil ich Wilhelm hintergehen würde.

Über die Schule wurde nicht mehr gesprochen, wie sehr ich auch darauf lauerte und um Vater herumstrich, als er wie gewöhnlich abends Noten kopierte.

Gegen zehn Uhr am nächsten Morgen, einem Sonntag, kam Griesbach. Kein Mensch in Hannover kleidete sich morgens an, bevor es Zeit für einen Ausgang wurde, so traf er uns naturgemäß in Schlafröcken und Nachtmützen an und nahm sich inmitten unseres familiären Treibens in seinem adretten Rock und der geblümten Weste etwas befremdlich aus. Nach der allgemeinen Begrüßung trat er auf mich zu und gab mir seine dicke, fischig-kalte Hand, die ich sofort angeekelt fahren ließ.

»Vorgestern war etwas zuviel Trubel, um sich richtig bekannt zu machen. Also, Caroline Herschel, sei mir daher heute besonders gegrüßt und willkommen in der Familie.«

Selbst ich Fratz merkte, daß sich bei allem feierlichen und ernsten Gehabe in Griesbachs Oberstübchen die Räder nicht ganz korrekt bewegten.

Vater starrte ausdruckslos vor sich hin, Mutter aber lächelte angetan, als Griesbach zur Wiege ging und vom acht Wochen alten Säugling Dietrich ähnlich förmlich Notiz nahm.

Die Hektik der Hochzeitsvorbereitungen hielt an. Die freudige Stimmung schlug aber zuweilen kurz um, wenn Sophia, die Hand auf dem Leib, erneut blaß und leidend, auf einen Stuhl sank, und eine Mahnung Mutters sie auffahren ließ – vor allem in Gegenwart von Nachbarinnen, die sich einen raschen Blick zuwarfen. Natürlich wußten inzwischen alle Bescheid, sogar ich hatte etwas aufgeschnappt. Nur sprach keiner in unserer Stube das Offensichtliche aus, nicht einmal in Griesbachs Abwesenheit, zu heikel und auf seine Ehre bedacht, bewegte er sich unter uns. Vater verabscheute ihn immer mehr.

Aber das beschäftigte mich nur am Rande.

Es war der dritte oder vierte Morgen nach der Nacht, in der ich die Eltern belauscht hatte, als ich meine Unruhe und meine Sehnsüchte nicht mehr aushielt. Ich war wie schon einmal vor allen anderen angekleidet und lief Alexander nach. In diesen Tagen achtete sowieso kaum einer auf mich. Am Ende unserer Gasse holte ich ihn ein und krallte mich weinend an seinem Rock fest.

»Nimm mich mit zur Schule, der Vater würde nichts dagegen sagen, bitte, Alexander, ich tu alles, was du willst, für dich.«

Alexander schüttelte mich ab, blieb aber stehen.

»Du hast keine Ahnung, wie es in der Schule zugeht. Du bist strohdumm, du weißt gar nichts. Außerdem kannst du ja nicht mal über die Bank schauen.«

Unschlüssig und unbehaglich musterte er mein tränenfeuchtes Gesicht.

»Ich will dir was zeigen.«

Mit rascher Geste hob er seinen Rock hinten hoch, zog sich die Hose herunter und bückte sich ein wenig.

»Siehst du's?«

Vater schlug uns nicht, von Mutter bekamen wir höchstens Ohrfeigen. Über Alexanders Hinterteil aber liefen akkurat gerade blaurote Striemen, die die Haut daneben sehr hell schimmern ließen.

»Tut das weh?« Neugierig drückte ich meinen Finger auf eine etwas aufgequollene, dunkelrote Stelle.

Alexander zuckte mit einem Aufschrei zurück, bevor er seine Hose richtete.

»Heute schon weniger, aber gestern! Und wenn der alte Bock nicht den Rohrstock nimmt, dann das Lineal, und die Backpfeifen zähl ich gar nicht. Er haut auch die Mädchen, er kennt keine Gnade, glaub ja nicht, du kommst ohne Hiebe davon.«

Im Reden hatte er das Schulbündel aufgehoben und entfernte sich im Laufschritt.

»Von mir aus kann er mich hauen, so viel er möchte, ich will aber lesen lernen und schreiben und rechnen«, schrie ich ihm aufgebracht nach. Nicht daß ich mir wirklich vorzustellen vermochte, derart geschlagen zu werden, ich war nur wild entschlossen, jeden Einwand, jedes Hindernis niederzuschreien.

»Du begreifst die Zahlen nie, kein Mädchen kann das«, rief Alexander, bevor er in die nächste Quergasse verschwand.

In der Nacht hatte es geregnet. Durch den Regen war der Schmutz in der Gasse aufgequollen, kleine Pfützen standen auf dem unregelmäßigen Pflaster, dunkle Augen, in denen Kot schwamm, den das Vieh bei seinem morgendlichen Austrieb hinterlassen hatte. Entmutigt drehte ich mich um und schlurfte nach Hause, ohne darauf zu achten, wohin ich trat. Auf der Stiege merkte ich dann wohl, daß mir etwas an den Sohlen klebte und sich eine stinkende Spur bis in unsere Stube zog. Mutter musterte meine Schuhe, den Fußboden, holte aus und gab mir eine Ohrfeige, die ich als unausweichlich hinnahm, den Schmerz spürte ich nur dumpf.

Woher dieser unbändige Wille zu lernen rührte, kann ich auch heute noch nicht sagen, vielleicht hatte ich ihn von meinem Vater geerbt. Ich hatte so viele Fragen, die mich bedrängten, die herauswollten, für deren Beantwortung kaum jemand die Zeit erübrigte. Manchmal preßte ich die Hände gegen die Ohren, in der Hoffnung, den Tumult in meinem Kopf zum Schweigen zu bringen. Meine Mutter, mit der ich die meiste Zeit zusammen war, hielt nicht viel vom Reden. Es lenke von der Arbeit ab, sagte sie einmal sehr bestimmt.

Die Hochzeit Sophias war mir vollständig verleidet. Den Hochzeitsschmaus, für den sich Jakob und Wilhelm je zwei Monatsgehälter hatten vorab auszahlen lassen, rührte ich kaum an.

Alle anderen dagegen ergaben sich der ungewohnten Völlerei, die zeigen sollte, daß die Herschels nicht zum Pack gehörten und es sich leisten konnten, eine Tochter anständig unter die Haube zu bringen. Sogar der Bräutigam lächelte an diesem Tag ausgesprochen leutselig.

Sophias Herrschaft hatte ihr das Hochzeitskleid als Abschiedsgeschenk für jahrelange Plackerei spendiert. Der braune Seidenrock war mit roten und gelben Blumen durchwirkt, dazu gehörte eine grasgrüne Schnürbrust, mit einer ganz schmalen Goldlitze abgesteppt. Genau vor dem Spalt zwischen den Brüsten steckte ein Kunstblumensträußchen, das für ähnlich feierliche Gelegenheiten aufbewahrt werden sollte. Vielleicht dachte Mutter bereits an meine Hochzeit, denn sie warf mir, als sie die Blumen befestigte, einen bedeutungsschweren Blick zu, der mich jedoch wenig kümmerte.

Abends wurde in der Gastwirtschaft, in der das Fest stattfand, zum Tanz aufgespielt. Normalerweise ließ Tanzmusik mein Herz sofort höher schlagen, aber an diesem Abend steckte mich nicht einmal die Fröhlichkeit eines Rundtanzes an, auch wenn ich mich dem Rhythmus nicht vollständig entziehen konnte. Voller Traurigkeit drehte ich mich ganz allein zwischen all den Paaren.

4

Genau zehn Tage nach der Hochzeit stand ich am späten Morgen in der Schlafkammer zwischen Mutters Knien, das Gesicht der Tür zugekehrt, und bog den Kopf bei jedem Bürstenstrich ein bißchen nach vorn, ganz hingegeben an diese seltene, wenn auch nicht ganz angenehme mütterliche Zuwendung. Es ziepte, wenn die Bürste Knötchen erfaßte, und alle nasenlang wurde ich ermahnt: »Halt still!«

Auf einmal drängten Vater, Sophia und Griesbach aufgeregt herein, ihnen folgten Wilhelm und Jakob, die Instrumente noch unter dem Arm.

Alle redeten voller Entsetzen durcheinander, einer fiel dem anderen ins Wort. Mich verdroß der Rummel. Um die Aufmerksamkeit Mutters wieder auf mich zu lenken, zog ich heftig an ihren Röcken und drängte mich mit dem Rücken an ihre Brust. Sie aber schob mich von sich, und nun hörte ich widerwillig zu. Vater mußte Mutter haargenau erklären, was ein Erdbeben sei und was für verheerende Auswirkungen so ein Beben nach sich zöge. Ich versuchte mir vorzustellen, wie das wäre, wenn die Erde bebte, Mauern zerbarsten und die Häuser über den Menschen zusammenstürzten. Es habe Tausende von Toten gegeben, sagte Vater bewegt. Auf einmal meinten wir, das Nachbeben in den Fußsohlen zu spüren, und mir war, als klapperte das Geschirr im Schrank. Wo lag Lissabon? Wie weit weg von Hannover war diese Stadt zu suchen, von der ich noch nie gehört hatte?

Ich hätte Vater gern danach gefragt, aber er ließ sich aufs Bett fallen und starrte den Nachttopf an, der noch nicht geleert war und neben der Tür vor sich hinstank.

»Was wir dir noch sagen müssen, Ilse, wir gehen nach England, auf unbestimmte Zeit. Das Regiment soll dort richtigen Schliff bekommen. Der Krieg ist ja wohl unvermeidlich.«

Das war die andere schlechte Nachricht, die wichtigere. Die erste, die vom Erdbeben, sollte uns wohl nur einstimmen und uns vielleicht ein bißchen ablenken, damit wir den eigentlichen Schlag nicht so spürten.

Deutlich tickte die Stubenuhr in der plötzlichen Stille.

Mutter hielt noch immer die Bürste in der Hand und wußte nicht mehr, was sie damit anfangen sollte, ihre Hand schwebte ziellos in der Luft.

»Die Preußen gegen die Österreicher«, fuhr Vater monoton fort, »da müssen wir auf seiten der Preußen mitmachen, damit die nicht am Ende über uns herfallen.«

Als ob Mutter diese Einzelheiten interessierten!

»Heute haben wir den ersten, am fünfzehnten geht's los«, ergänzte Wilhelm.

Ich schrie auf und schlang die Arme um seine Beine.

»Du auch?« heulte ich.

Einen Augenblick sah es so aus, als wollte er sich sofort losmachen, ich spürte den Widerstand in den Beinen, in den Knien, die er abwehrend schüttelte, aber dann griff er mir unter die Arme, hob mich hoch, bis ich rittlings auf seiner Hüfte saß. Er schaute mir ins Gesicht, wischte eine Träne ab und küßte mich sanft auf die Wange.

»Du wirst mich vermissen, nicht?« Sein Blick glitt zur Mutter, er lächelte sie an und wandte sich wieder mir zu. »Ja, du bist mein Sonnenscheinchen, und ich werde dich auch vermissen und mich täglich fragen, ob du gewachsen bist und was du gerade machst.«

Ich betrachtete ihn prüfend, um zu sehen, ob er nicht nur scherzte. Aber seine Augen zwinkerten kein bißchen, das beruhigte mich, ich fuhr ihm mit einem Finger über die weich geschwungene Oberlippe, als müßte ich so noch einmal der Wahrheit nachgehen, und dann schlang ich meine Arme fest um seinen Hals, zu fest, er wehrte sich lachend.

»Ich glaube, du willst mich lieber umbringen als mich weglassen.«

»Nein«, sagte ich traurig, »aber ich werde sterben, wenn du zu lange wegbleibst.«

Er küßte mich noch einmal, und das ermutigte mich, seine Haarschleife vorsichtig aufzuziehen und mir das Band ums Handgelenk zu wickeln, während ich den Kopf in seine Halsgrube schmiegte. Es war ein fleckiges, schwarzes Satinband, das nach Talg roch und das ich von nun an selbst nachts um den Hals trug.

Vater sah die Beschwernisse der Manöver genau voraus, er wollte nichts dem Zufall überlassen und hielt daher Vorträge über die richtige Zusammenstellung des Marschgepäcks, denn er war derjenige, der militärische Erfahrung hatte.

Jakob nörgelte aufsässig über jede Anordnung, Wilhelm dagegen lauschte seltsam aufgekratzt, fast wie von einer geheimen Freude erfüllt. Als einziger beherrschte er ein paar Brocken Englisch, ich mochte das Gezischel nicht, das er probeweise hören ließ.

Ich wußte, daß unser Kurfürst Georg auch König von England war. Noch im Sommer hatte er Hannover besucht und seine Untertanen davon überzeugt, daß die Schattenfigur, die in einem braunen Rahmen auch in unserer Stube hing, leibhaftig existierte. Jakob behauptete allerdings verdrossen, er sei viel dicker als seine Silhouette an der Wand.

Wilhelm sortierte seine Ausrüstung auf dem großen Tisch, damit Vater sie absegnen konnte: Notenblätter lagen zwischen säuberlich aufgerollten Gamaschen, wollenen Pulswärmern, Leinenbrustwickeln und Geigenbogen. In der Schlafkammer herrschte dagegen Chaos, seit Jakob dort ungestüm seine Sachen herumwarf.

Soweit es möglich war, hielt ich mich in Wilhelms Nähe auf,

folgte ihm von einem Zimmer ins nächste, ich wußte mir nicht anders zu helfen, leise jammernd vor Herzensnot. Ab und zu strich er mir geistesabwesend über den Kopf. Einmal zog ich ihn an der Hand zum Globus, der auf der Tischecke stand, um nicht im Durcheinander Schaden zu nehmen. Eine vierzöllige Kugel, von meinem Bruder sauber aus einem Holzklotz gedreht. Die Welt hing aber schief in ihrer Achse.

»Wo liegt dieses England?«

Wilhelm nahm mich mit einem Seufzen auf den Schoß. Ich rückte soweit nach hinten, bis ich seine Brust spürte und den Kopf in seine Halsgrube einpassen konnte. So hatte ich es am liebsten, ganz dicht bei ihm, ich zog noch seinen Arm um mich, das erhöhte das Glücksgefühl, jetzt gehörte er nur zu mir und ich zu ihm, ich war geborgen in seiner Wärme. Sacht ließ er die Kugel kreisen und führte dann meinen Finger.

»Da liegt Hannover und dort – England.«

Eine Fingerlänge bis England, so ein Stück konnte man nicht mal spucken, hätte Alexander gesagt. Und dafür die ganze Aufregung? Mißtrauisch betrachtete ich die Kugel. Warum sollte die Erde überhaupt eine Kugel sein, wenn sich das hannoversche Land hinter dem Wall doch ganz flach ausbreitete?

»Warum hast du in der Mitte so eine Linie eingegraben?« fragte ich statt dessen.

»Das ist der Äquator, der läuft rund um die Erde.«

»Und da hast du erst den Äquator einritzen wollen, aber die Linie ist ganz schief geraten, und jetzt kriegst du sie nicht mehr weg.«

»Das ist die Ekliptik, die verläuft mal über, mal unter dem Äquator, sieh mal, sie geht auch einmal rund.«

Ich hätte jetzt nach den Begriffen »Ekliptik« und »Äquator« fragen müssen. Wilhelm sprach aber davon, als müßte ich Bescheid wissen, das hörte sich sehr schön an, und ich wußte nicht, wie ich nachhaken sollte, ohne mir eine zu deutliche Blöße zu geben.

Jakob stand in der Tür, hochrot im Gesicht. »Wilhelm, kommst du …«

Rasch strich ich mit beiden Händen über die stachligen Wangen meines Bruders und hielt seinen Kopf fest.

»Warum fallen die Sterne nicht vom Himmel, haben die Engel sie dran festgestickt?«

Wilhelm lachte auf. »Gar keine so schlechte Idee, Herzchen, tatsächlich haben Aristoteles und andere alte griechische Philosophen so etwas Ähnliches geglaubt: daß der Himmel eine große, hohle, kristallene Kugel sei, in deren Mitte unsere Erde schwebt.«

Jakob trat mit raschen Schritten auf uns zu, ich haßte ihn dafür, daß er sich das Recht nahm, so selbstverständlich Wilhelms Aufmerksamkeit einzufordern.

»Und die Sterne?«

Wilhelm faßte mich um die Taille und hob mich von seinem Schoß, obwohl ich mich eigensinnig an seinen Rockaufschlägen festkrallte, bis ich auf dem Boden stand. Und nicht einmal dann gab ich ihn frei, er mußte selbst meine Hände lösen.

»Haften im Kristall, haben die Griechen gedacht.« Er drehte sich noch einmal zu mir, verschmitzt lächelnd. »In einer Kristallsphäre.«

Jakob hoffte bis zuletzt, daß ihm die Englandreise erspart bliebe, denn ihm war ein Posten in der Hofkapelle in Aussicht gestellt worden: Er wollte möglichst bald weg vom Militär.

Drei bis vier Tage vor der Abreise, beinahe im letzten Augenblick, sorgte aber Griesbach für die größte Aufregung. Als wir hinter ihm her nach oben rannten, fanden wir die Wohnung bereits halb leer vor. Griesbach blieb gewichtig mitten in der Stube stehen, die Arme ausgebreitet.

»Es ist ja blödsinnig, wenn Sophie hier die nächsten ein oder zwei Jahre allein hockt und unten in der Wohnung auch nur noch vier Leute oder vielmehr zwei und zwei halbe hausen«, sein Blick streifte mich, »da ist Platz genug für meine Frau und alles, was sie braucht, und sie ist sowieso am liebsten bei ihrer Mutter.«

Woher wußte er, wieviel Zeit Sophia bei uns verbrachte, wenn er im Dienst war?

Mutter und sie hatten täglich etliches zu bereden, sie flüsterten miteinander auf der schmalen Bank am Stubenofen, auf der man kaum zu zweit sitzen konnte, weit weg von mir, wenn sie sich nicht in die Küche zurückzogen. Einmal hatte ich den Kufen der Wiege einen kräftigen Schubs gegeben, der Dietrich aufschrecken ließ. Er brüllte los.

»Diese Kinder«, hatte Sophia unwillig gestöhnt, als sie zurück in die Stube gestürzt kam, um nach dem Rechten zu sehen.

Erst wenn der Tritt ihres schwergliedrigen Mannes unten auf der Treppe zu hören war, eilte sie nach oben in ihre Wohnung. Schon bald waren die Stimmen über uns lauter und heftiger geworden, und eines Abends floh Sophia sogar, die Augen rotgeweint, die Treppe zu uns herab.

Ich war im Begriff, mir das Nachthemd überzustreifen, und hielt erschrocken inne, als Mutter Sophia zunächst in den Arm nahm, sie aber dann von sich wegdrückte. Die beiden achteten nicht auf mich, ich wich hastig zum Bett zurück, während Mutter Sophia zur Geduld mahnte. So sei die Ehe nun mal, erklärte sie mit harscher Stimme. Es klang, als knüpfte sie an eine alte Mahnung an, die sie nicht weiter auszuführen brauchte, als wäre doch vollkommen klar, was sich Sophia mit der Ehe eingehandelt hatte: etwas Trostloses, Endgültiges. Sophia mußte sie sofort verstanden haben, denn ihr Geschluchze verstummte. Ich verkroch mich ins Bett, das Nachthemd um den Hals gewurschtelt, ich wollte nichts mehr sehen oder hören, so verstörte mich die Szene.

Meinem Vater fehlten vor Ärger die Worte, als uns Griesbach nun mit unverhohlener Genugtuung, fast Schadenfreude mitteilte, daß die Wohnung bereits gekündigt sei. Die meisten Möbel waren irgendwo untergestellt, und Sophia saß auf einem der letzten Stühle, die Hände im Schoß, und sagte gar nichts. Mutter ging rasch zu ihr, stellte sich neben sie, und Sophia blickte lächelnd zu ihr auf.

»So ist das also«, sagte mein Vater gedehnt und wandte sich zur Tür, »das hättet ihr mir sagen sollen.«

Beim Hinausgehen streifte er meine Wange und drehte sich noch einmal zu den beiden Frauen um.

»Dann hast du ja alle Hilfe, die du brauchst, Ilse.«

Was hinter dieser Bemerkung steckte, erfuhr ich erst einige Stunden später.

Auf der Straße dröhnte seit Tagen Trommelwirbel. Wir hörten ihn sogar bei geschlossenen Fenstern, der ständige dumpfe Schlagrhythmus war selbst für uns, die wir Musik gewohnt waren, nicht leicht auszuhalten. Ich spürte ihn als Kribbeln auf der Haut und als Echo im Magen, selbst mein Herzschlag nahm ihn auf, ich mußte ständig in Bewegung bleiben, so sehr trieb er mich an. Als nun Sophia mit Mutters und Griesbachs Hilfe unverzüglich begann, ihren restlichen Kram nach unten zu räumen, gerieten Alexander und ich den dreien auf der Treppe wieder und wieder in die Quere, weil wir es nicht lassen konnten, die Stiege hinauf- und hinunterzujagen.

Sophia verlor die Beherrschung, als Alexander sie anrempelte und sie beinahe, einen Stapel Wäsche unter den Arm geklemmt, das Gleichgewicht verlor. Derb faßte sie Alexander am Arm.

»Mutter«, schrie sie durchs Treppenhaus, »warum schickst du die beiden Rangen nicht nach draußen?«

Bevor Mutter etwas sagen konnte, langte ich bereits nach meinem Umschlagtuch, und Alexander sprang, ohne eine Aufforderung abzuwarten, die Stufen zur Haustür hinunter. Ich sputete mich, um ihn nicht im Gedränge auf den Straßen zu verlieren.

Allerdings ahnte ich, wohin es ihn zog, denn am Paradeplatz, nahe beim Schloß, schallte der Lärm am heftigsten, ständig fanden dort Aufmärsche statt. Heute scheint mir, als hätten wir seit der Ankündigung bis zum Abmarsch zwei Wochen später keinen Augenblick Ruhe gefunden, und so ging es allen, die wir kannten, die ganze Stadt hatte eine unglaubliche Erregung erfaßt.

Als wir bei Einbruch der Dunkelheit durchgefroren, aber immer noch aufgekratzt heimkehrten, platzten wir in einen Wortwechsel.

»Sieh mal, Ilse«, sagte Vater gerade verhältnismäßig ruhig, »ich laß die Hälfte meines Solds an einen Agenten gehen, und er wird dir pünktlich auszahlen, was du zum Leben brauchst. Für euch ist also bestens gesorgt, und du hast Sophie hier. Sie hat ja nichts zu tun, wo sie keinen eigenen Haushalt mehr führt. Warum also weiter die Einwände?«

Den Gesichtern meiner Eltern war eine gewisse Verstimmung anzusehen, deshalb blieb ich vorsichtshalber in der Stubentür stehen, bereit, mich blitzschnell in eine der Schlafkammern zurückzuziehen, falls die Sache eine heftigere Wendung nehmen sollte. Vorerst hielt mich die Neugier noch fest.

»Wir haben das oft genug besprochen, und ich bleibe bei meiner Meinung. Du setzt ihr nur Flausen in den Kopf, du mit deinem ewigen Ehrgeiz für die Kinder«, antwortete meine Mutter hitzig.

Ohne Vater Zeit zu einer Entgegnung zu lassen, verschwand sie in der Küche, mich zog sie mit sich fort, damit ich ihr half, das Abendbrot zu richten. Während sie mit heftigen Bewegungen Milch aufsetzte und Brot schnitt, sprach sie kein Wort mit mir, so daß ich den Eindruck gewann, die Auseinandersetzung müsse etwas mit mir zu tun haben. Verunsichert beeilte ich mich, ihr alles recht zu machen und ihr nicht vor die Füße zu geraten, denn jeder ihrer Schritte glich einem Stürmen, für das unsere Küche viel zu wenig Platz bot.

Erst beim Zubettgehen teilte mir Vater die für mich so bedeutsame Neuigkeit mit, während er mir beiläufig über den Kopf strich.

»Morgen gehst du mit Alexander zur Schule, mit der Anmeldung ist alles geregelt. Wilhelm hat sein altes Schulbündel für dich herausgelegt. Und jetzt nichts mehr davon.« Er warf mir einen strengen Blick zu, folgsam schlug ich die Augen nieder und huschte ohne ein Wort auf mein Nachtlager. Vorübergehend schlief ich in der elterlichen Kammer, weil ich mein Bett wieder an Sophia abgetreten hatte, während Griesbach bis zum Abmarsch in der Garnison logierte.

Eine Weile lag ich regungslos, während ich darauf wartete, daß es endlich still wurde, das hieß, nur die üblichen Atemzüge von tief Schlafenden zu hören waren. Es fiel mir nicht einmal schwer, so lange wach zu bleiben, mich kitzelte eine freudige Erregung, die mich unentwegt zappeln ließ und mir sogar zwei Mahnungen Mutters eingetragen hatte, bevor sie selbst in den Schlaf glitt. Ich wußte genau, was ich wollte, als ich leise aufstand und in die Stube schlich. Endlich, nachdem ich mir ein Schienbein am Kohleneimer geprellt hatte, der aber zum Glück nicht schepperte, und nachdem ich auf etwas Spitzes getreten war, so daß ich nun humpelte, stießen meine Finger auf das Richtige. Eindeutig ertastete ich flache Kanten, eine glatte Oberfläche, über die ein Lederriemen lief. Mein Schulbündel! Es lag auf meinem Stühlchen am Spinnrad.

Als ich vorsichtig, Schritt für Schritt meinen Weg zurück suchte, prallte ich gegen Wilhelm, der im Hemd über den Flur tappte.

»Was machst du denn hier mitten in der Nacht?« flüsterte er und schob mich mit einer Hand auf die Tür der elterlichen Schlafkammer zu.

Rasch drehte ich mich herum, das Schulbündel gegen die Brust gepreßt. »Ich muß dir ein Geheimnis verraten, aber du darfst es niemandem erzählen. Morgen gehe ich in die Schule, Vater hat's erlaubt.« Dann fiel mir etwas ein. »Aber du weißt es schon, nicht? Es ist ja dein Schulkram, also ich dank dir recht schön dafür.«

Er hockte sich vor mich hin und zog mich an sich. Ich liebte die Mischung von Tabak, Kolophonium, einem leisen Hauch Duftwasser und Schweiß, die sich in sein langes Hemd gesetzt hatte, in das ich nun meine Nase steckte, bis ich von seiner Wärme ganz eingehüllt war.

»Du bist doch die einzige, der ich mein Schulzeug überlassen würde. Es ist etwas Besonderes, damit beginnt der Weg in die Wissenschaft, das Beste, was es überhaupt gibt, aber man muß den Verstand dazu haben. Und du wirst mir Freude machen, weil du rasch lernst, am Ende haben wir gar eine Gelehrte in der Familie«, flüsterte er in mein Haar hinein. Ich hätte ihn jetzt gern etwas gefragt, aber er stand auf.

»Marsch ins Bett, morgen geht's früh raus.«

Der Ton seiner Stimme hatte gewechselt. Erst hatte ein leises Lachen durchgeklungen, aber die letzten Worte sprach er mit einer Strenge, die ich von Wilhelm nicht gewöhnt war. Daher machte ich gehorsam die paar Schritte bis zur Tür und ließ mich über die Schwelle schieben.

Obwohl es ziemlich unbequem war, schlief ich mit dem Kopf auf seinem Schulbündel, das jetzt meines war. Der Lederriemen hatte am Morgen einen blassen Abdruck auf meiner Wange hinterlassen.

5

»Er wird dich fragen, wer du bist, und du mußt schnell und richtig antworten.«

An diesen ersten Gang zur Garnisonsschule erinnere ich mich in allen Einzelheiten, nur kann ich nicht mehr sagen, was wir für Wetter hatten. Ich nehme an, es war ein typischer nieselgrauer Novembertag, aber er leuchtete strahlend hell, sonnig und vor Farben funkelnd in meinem Kopf, zumindest für die ersten Stunden. Ich war mir ziemlich sicher, in der Nacht ein Stück gewachsen zu sein. Insgeheim schaute ich nach Leuten aus, denen sich mitzuteilen lohnte, daß ich nun ein Schulkind sei. Die Aufregung in meinem Inneren genoß ich mit jedem Atemzug, selbst die Angst vor dem Kommenden, dem Unwägbaren daran.

Wichtigtuerisch erklärte mir Alexander, was ich dem Lehrer zu sagen hatte.

»Ich will nicht, daß du herumstotterst. Zapple ja nicht, zupf nicht an deiner Schürze, steh still und gerade. Bernhard Völlers blöde Schwester sitzt in der Klasse ganz hinten, sieh zu, daß du nicht neben sie zu sitzen kommst, sonst kannst du allein nach Hause gehen.«

Die Garnisonsschule hatte nichts mit der Garnison zu tun, sondern hieß so, weil sie neben der Garnisonskirche lag. Diese Schule besuchten die mittellosen Kinder, denn sie kostete nichts, aber deswegen handelte es sich keinesfalls um eine schlechte Schule. Eher war das Gegenteil der Fall.

Da hier zukünftige Lehrer ausgebildet wurden, dienten die Schüler als willkommene Übungsobjekte, und die angehenden Lehrer gaben sich die größte Mühe mit dem Unterricht.

Einige verfügten über recht weitreichende Kenntnisse, daher ließ Vater seinen Söhnen bezahlten Sonderunterricht in Französisch, Latein und Arithmetik erteilen. Es war schon richtig, was Mutter über Vaters Ehrgeiz gesagt hatte. Jetzt endlich sollte auch ich davon profitieren, denn am Morgen hatte Mutter ihren Widerstand fürs erste aufgegeben, was mich zusätzlich beflügelte. So schwerelos hatte ich mich bisher nur einmal gefühlt, damals, als ich, auf Wilhelms Schultern stehend, die Sterne betrachtete.

Im Flur des Gebäudes roch es dumpf nach Schweiß, ein bißchen nach vergangener Angst und alter Pisse. Es herrschte beklemmende Stille, kein Schüler, kein Lehrer ließ sich blicken, nur durch eine der geschlossenen Türen drangen kurzes konzentriertes Füßescharren und das Quietschen von Bänken. Hastig griff Alexander nach meiner Hand, zog mich zur nächsten Tür, riß sie auf, schubste mich über die Schwelle und drängte nach mir hinein. Als erstes sah ich die steif in den Bänken stehenden Kinder, dann nahm ich verschwommen eine Gestalt wahr, die hinter dem Katheder Platz genommen hatte. Mit einem Mal wurde mir klar, daß wir auf dem Weg zur Schule zu viel Zeit damit vertrödelt hatten, meine Antworten auf die ersten Fragen des Schulmeisters zu üben.

»Das gibt Hiebe fürs Zuspätkommen«, raunte Alexander wie zur Bestätigung, während er mich auf das Pult zuschob, hinter dem uns ein alter Mann mit undurchdringlicher Miene entgegensah. Ein paar Kinder kicherten.

Der Schulmeister schlug zweimal hart mit einem langen Lineal auf das Katheder, und jeder Laut verstummte. Ich mochte nicht aufschauen, dunkel und bedrohlich ragte die Holzfront des Pults vor mir auf, mein Blick fing sich in einem Astloch, saugte sich geradezu daran fest.

»Eine neue Schülerin«, drang die Stimme ölig zu uns herab. »Caroline Herschel, geboren am 16. März 1750, Tochter des

Isaak Herschel, Oboist im Musikkorps, und der Anna Ilse Herschel, geborene Moritzen, wohnhaft in der …«

Alexander sprach für mich, nachdem er mir einen Stups versetzt hatte, dem ich aber nicht schnell genug hatte folgen können.

Ein Räuspern von oben ließ ihn abrupt innehalten.

»Hab ich dich gefragt? Setz dich sofort auf deinen Platz.«

Mir wurde kalt im Rücken, als ich merkte, wie Alexander sich entfernte. Nun stand ich allein vor dem Pult, hatte aber keine Zeit, mich noch mehr zu fürchten als ohnehin schon.

»Nun, wer bist du?« Die Stimme klang etwas näher, und wie gezwungen sah ich auf.

Der Schulmeister hatte sich über das Pult gebeugt, sein Blick wirkte überraschend neugierig.

»Caroline Herschel …« Ich sprach langsam, aber ohne zu stocken, und hielt mich gerade dabei, aus den Augenwinkeln bemerkte ich die Schüler in der ersten Bankreihe, die allesamt feixten. Unter ihren Blicken kam ich mir wie ein gut dressierter Hund vor. Vielleicht war ich am Ende auch nur froh, den langen Sermon fehlerfrei hinter mich gebracht zu haben.

»Caroline Herschel, du scheinst kein dummes Kind zu sein. Du darfst dich in die zweitletzte Bank setzen, und wenn du fleißig bist, was ich dir rate, wirst du bald aufrücken.«

Als ich an Alexander vorbeieilte, sah ich an seinem Lächeln, daß er zufrieden mit mir war, und mich überfiel Erleichterung, weil mir die letzte Bank erspart blieb. Das Hochgefühl half mir sogar, nicht aufzuschreien, sondern nur leise zu wimmern, als wir am Ende der Stunden zwei rasche Hiebe mit dem Lineal erhielten, die übliche Strafe fürs Zuspätkommen.

Um sieben Uhr früh hatte der Unterricht angefangen, um zehn war er für den Vormittag vorbei, um ein Uhr sollten wir für zwei weitere Unterrichtsstunden wieder erscheinen. Aus den anderen Türen im Flur drängten Trauben von Schülern unterschiedlichen Alters. Zwischen die Schüler mischten sich die angehenden Lehrer, dunkel wie Pastoren gekleidet. Wie die älteren Herren gaben sie sich miteinander gravitätisch, geradezu altväterlich, dabei konnten doch selbst die mehlweißen

Perücken nicht darüber hinwegtäuschen, wie jung die Gesichter waren.

Zwei von ihnen unterhielten sich neben mir, und ich schnappte aus ihrem hochtrabenden Kauderwelsch ein gewichtiges Wort auf, das ich erst in der Nacht zuvor gehört hatte und das mein Herz heftiger schlagen ließ, als es das ohnehin schon tat, denn alles war gut gelaufen an diesem ersten Schulvormittag. Die Hand tat kaum noch weh.

Unser Weg nach Hause führte über den Marktplatz, an der Marktkirche vorbei. Zwischen Ständen mit kreischendem Federvieh, Kornsäcken und eingesalzenem Kohl lungerten Soldaten in ihren bunten Röcken. Das Schwirren der Stimmen übertönte ein tiefes Brummen. Es klang tiefer als der Nachhall einer Kesselpauke, es gab kein Instrument, das einen solchen Ton hervorbringen konnte, zumindest keins, das ich kannte. Neugierig spähte ich nach der Ursache aus, machte eine halbe Drehung und erblickte eine zottelige Kreatur, die sich auf einmal auf die Hintertatzen hob und sich unversehens zu einem Riesen auswuchs, größer als der längste Kerl, den ich je gesehen hatte, und dabei viel massiger und ungeschlachter. Die breiten, klauenbewehrten Tatzen fuhren angriffslustig durch die Luft. Wie gebannt war ich stehengeblieben, bis ich plötzlich gewahr wurde, daß sich der Bär direkt auf mich zuwiegte, mich mit seinen hinterlistigen Äuglein fixierte und die Schnauze aufriß. Eine Riesenschnauze, die immer weiter klaffte und gelbe Hauer entblößte.

»Alexander?« rief ich zaghaft.

Der Gestank der Bestie hatte mich erreicht. Obwohl ich es für gefährlich hielt, auch nur einen Moment die Augen abzuwenden, blickte ich rasch über die Schulter zurück. Schwatzende Marktfrauen, gelangweilte Soldatengesichter, Gelächter von rechts, alle Blicke gingen über mich hinweg, als wäre ich gar nicht vorhanden. Ich wich einen Schritt zurück und noch einen, dann stieß ich an einen prallen Kornsack.

»Alexander!«

Ich schrie wie noch nie im Leben. Die Kette am Hals des Monstrums straffte sich, der Bärenführer, den ich erst jetzt bemerkte, grinste breit, und seine verfaulten Zähne wurden sichtbar. Durch mein Geschrei hatte er auf einmal alle Aufmerksamkeit für sich und sein Tier, das nun damit begann, die Füße in einem Takt zu heben, den der schwarzäugige Mann auf einem Tamburin schlug.

»Wo bleibst du denn? Laß doch diesen verlausten Bären, der war gestern schon da und kommt morgen wieder«, raunzte Alexander neben mir. »Da hinten bieten sie Kanaris feil, so einen bunten Vogel hätt ich zu gern.«

Meine Kehle war wund vom Schreien, die Zunge fühlte sich pelzig an und merkwürdig trocken, ich konnte kein Wort mehr herausbringen und lief daher stumm neben meinem Bruder, hielt mich ganz dicht bei ihm, und nur weil ich seine Abneigung gegen zuviel Anhänglichkeit kannte, krallte ich mich nicht an seinem Ärmel fest. Erst als wir in unsere Gasse einbogen, wagte ich aufzuatmen.

Auf der Treppe fiel mir das Wort wieder ein. Ich wälzte es ein paarmal stumm im Mund herum und überlegte, wann ich es am besten einsetzen könnte. Wilhelm mußte es unbedingt hören, ebenso Vater, ich war sicher, ich würde die beiden damit überraschen. Was wollte ich denn anderes, als ihnen gefallen? Statt Wilhelms Kram standen die Zinnteller für das Mittagessen auf dem Tisch, und es kam meinen Absichten entgegen, daß gerade alle in Erwartung einer frühen Mahlzeit in die Stube drängten.

»Na, Mamsell?« fragte Vater aufgeräumt.

Ich schaute ihm fest ins Gesicht. »Ich will Gelehrter werden.«

»Lina will Gelehrter werden«, wiederholte Jakob ausdruckslos, bevor er zu lachen begann, da lachten auch schon Vater, Sophia und selbst Wilhelm. Er lachte mit den anderen, als hätte es die vertrauliche Unterhaltung in der Nacht nicht gegeben, er stellte sich auf ihre Seite, ich verstand nicht, wie er so etwas tun konnte. Wilhelm lachte mich ungeniert aus, dabei war er es gewesen, der mich auf diese Idee gebracht hatte, aber jetzt begriff ich, daß er sich schon da über mich lustig gemacht hatte. Er war auch nicht besser als die anderen.

Mutter stemmte die Hände in die Hüften, schwankend zwischen Ärger und Belustigung, und während das Gelächter verebbte, sagte sie: »Da siehst du, Herschel, was bei deinem blödsinnigen Ehrgeiz herauskommt.«

Bevor sie das Essen auftrug, nahm sie mich in der Küche beiseite. »Willst du denn wirklich morgen wieder in die Schule gehen? Fürchtest du dich nicht vor dem Herrn Lehrer?«

Mir tat immer noch das Herz weh, ich fühlte mich verraten, aber ich nickte entschieden, dann schüttelte ich, sachter allerdings, den Kopf, und Mutter strich mir übers Haar.

»Dann soll es wohl so sein.«

Am liebsten wäre ich in der Küche geblieben, das beschämende Gelächter hing mir noch lange in den Ohren, und Alexander zog mich auf, wo er nur konnte. Er jedenfalls wolle um alles in der Welt nie eine so staubtrockene Profession ausüben, wie er mir grinsend, aber nicht eben erhellend erklärte. Mittlerweile hätte ich zu gern gewußt, was ein Gelehrter zu tun hatte, verkniff es mir aber beleidigt, danach zu fragen.

Am Ende des Tages blieb dann doch der Stolz übrig. Das erhebende Gefühl, den ersten Schultag zufriedenstellend gemeistert zu haben, wog entschieden schwerer als Spott, Neckereien und jede Art von Kränkung. Jedenfalls ging ich satt vor Zufriedenheit ins Bett und lag noch eine Weile glücklich mit offenen Augen auf meinem Strohsack. Vater röchelte, Mutter atmete schwer, die vertrauten Geräusche lullten mich allmählich ein.

Da schob sich aus dem Niemandsland zwischen Wachen und Traum eine riesige, dunkle Gestalt heran, setzte sich als Alp auf meine Brust und preßte mir den Atem ab. Ich mußte in den gähnenden Schlund seines gräßlichen Mauls schauen, in den ich gleich hinabstürzen würde, es gab kein Entkommen, ich roch bereits den fauligen Atem der Bestie, schreckte hoch, versuchte wach zu bleiben, verfiel aber augenblicklich ins Grübeln. Mit Bestimmtheit erinnerte ich mich daran, daß Alexander gesagt hatte, der Bär wäre am nächsten Tag noch da. Wie ich meinen Bruder kannte, würde er nichts von einem Umweg vor und nach der Schule halten, der mir die Überquerung des

Marktplatzes ersparte. Die Bestie würde mich schon zu finden wissen, dessen war ich mir vollkommen gewiß, so im Dunkeln, und niemand würde mich vor ihr retten, ich war ihr auserkorenes Opfer.

Als ich aufstehen sollte, rollte ich mich ganz klein zusammen und zog mir die Decke über den Kopf. Mutter schlug das Bett zurück.

»Mamsellchen, die Schule wartet, es hat sich jetzt was mit dem Ausschlafen.«

Ohne ein Wort drehte ich das Gesicht ins Laken und wimmerte.

»Nanu, was höre ich denn da? Gibt's denn das? Dich hat doch nicht etwa der Mut verlassen? Das hätte ich aber wirklich nicht gedacht von dir, wo du uns so hartnäckig mit der Schule und dem Lernen gekommen bist, als gäb's nichts anderes mehr im Leben.« Ihre Stimme klang dicht an meinem Ohr, rasch drehte ich mich herum und erhaschte ein sachtes, zufriedenes Lächeln, das nur für einen Moment ihr Gesicht erhellte. Noch immer stumm, wandte ich mich wieder ab.

Gleich darauf setzte ihre Stimme wieder ein, sie sprach diesmal laut genug, um auch in der Stube gehört zu werden.

»Da siehst du's, Isaak. Das Kind hat sich mit der Schule zuviel vorgenommen, ich kenn doch meine Tochter. Sie hält nicht durch, sie ist ängstlich. Nichts als Luftblasen, diese hochfliegenden Wünsche, die du ihr ins Ohr gesetzt hast ...«

Obwohl ich nicht einmal Schritte gehört hatte, spürte ich Vaters Anwesenheit. Da er nichts sagte und Mutter weiterreden ließ, lugte ich unter einem Arm durch zu ihm hoch. Er schüttelte nur bedauernd den Kopf und zuckte mit einem tiefen Atemzug die Schultern, und da kroch ich innerlich noch mehr zusammen, um das kalte, klumpige Gewölle der Scham in Brust und Bauch möglichst klein zu pressen. Sogar zum Mittagessen blieb ich im Bett, ich wagte nicht, in die Stube zu treten, mir neuen Spott anzuhören und schlimmer noch, ein weiteres Mal der Enttäuschung in Vaters Miene zu begegnen, weil ich nicht genügt hatte. Ich würde bleiben müssen, was ich war, nämlich klein und dumm, es war wie eine Verurteilung.

Als hätten sich alle miteinander abgesprochen, störte mich niemand, so rasch hatten sie sich mit meinem Versagen abgefunden.

Warum fragte nicht wenigsten Wilhelm nach mir?

Ich wartete, bis es nach Tisch wieder ruhiger wurde und Mutter und Sophia in der Küche plauderten, dann schob ich mich aus dem Bett, schlüpfte in Kleider und Schuhe, griff wie im Fieber nach meinem Schulbündel und huschte aus dem Haus. Einen weiten Umweg einschlagend, vermied ich den Marktplatz. Nur indem ich rannte, konnte ich überhaupt an meinem Vorhaben festhalten. Die Kunst, ins Klassenzimmer zu gelangen, bestand nun darin, keinesfalls innezuhalten und noch im Laufen die Tür aufzureißen. Daß sie hinter mir zuschmetterte, das allerdings hatte ich nicht gewollt, mir war die Klinke aus der Hand gerutscht.

Auf einen Schlag wandten sich mir alle Gesichter zu. Der Schulmeister zog die Brauen so hoch, als könnten sie die Perücke nach hinten schieben, und begann bei jedem zweiten Wort rhythmisch mit dem Lineal auf das Katheder zu pochen. Ich wußte, was das zu bedeuten hatte, meine Hände ballten sich zur Faust, die Innenflächen brannten bereits, ich sah im Geist die roten querlaufenden Striemen, während ich unerbittlich von diesem strengen, harten Blick nach vorn dirigiert wurde.

»In der Schule herrscht Pünktlichkeit, hier kommt man nicht nach Belieben zum Unterricht, Caroline Herschel.«

Die Bestrafung gestaltete sich dann aber anders, als ich erwartet hatte, denn gleich darauf lag ich über die erste Bank gebeugt, und der Lehrer bleute mir mit dem Rohrstock Zucht und Ordnung ein. Zum Glück dämpften meine Röcke, die ich aus Gründen der Schicklichkeit nicht hatte hochziehen brauchen, die Schläge. Vom körperlichen Schmerz weitgehend verschont, spürte ich die Demütigung so einer öffentlichen Bestrafung um so mehr. Ich vermied es, zu Alexander hinüberzuspähen.

Danach folgte ich dem ausgestreckten Finger des Schulmeisters und ging reichlich zittrig, mit gesenktem Kopf, an den

Reihen entlang bis zur letzten Bank, von der mir Bernhard Völlers blöde Schwester beglückt entgegenlächelte. Ich rückte aber so weit von ihr ab, wie es die kurze Bank zuließ.

Als wir heimgehen durften, war Alexander bei den ersten, die aus der Tür rannten. Trotzdem wartete er vor der Schule auf mich.

»Warum bist du nicht gleich heute morgen mitgekommen?« fragte er neugierig.

Ich hatte mich entschlossen, ihm die Wahrheit zu sagen. »Weil ich Angst hatte, daß der Bär auf dem Markt mich fressen würde.«

Alexander lachte überrascht auf. »Du bist mir eine Trine. Heute findet sowieso kein Markt statt, sondern erst am Samstag wieder, und bis dahin ist der Bär längst weg.«

»Der Bär ist heute gar nicht da? Und kommt auch nicht wieder? Dann hast du mich angelogen.« Ich puffte ihn aufgebracht.

»Nein, hab ich nicht. Du hättest halt selbst ein bißchen nachdenken müssen, dann wär dir eingefallen, wann Markt ist«, rief er mir im Weglaufen zu, ich mußte hinter ihm hertraben. Es war ja klar, daß er mich nicht neben sich haben wollte, wo ich jetzt in der letzten Bank gelandet war.

6

Am 15. waren sie plötzlich fort. Ihr Marschgepäck auf dem Rücken, hatten die Brüder und Vater Abschied genommen. Obwohl ich bereits die nachfolgende Verlassenheit spürte, die mir das Herz gefrieren ließ, waren meine Augen seltsam trocken geblieben. Unstet wanderte ich in der Wohnung herum und betrachtete die Unordnung, die die Leere betonte. Es gibt kaum etwas Traurigeres als so ein Durcheinander von Dingen, das über die Zeit hinaus die Spuren gemeinsamen Lebens festhält. Nur einmal noch, viel später allerdings, habe ich etwas Ähnliches erlebt.

Alexander lief mit bis zum Paradeplatz. Sophia hatte sich in das Zimmer zurückgezogen, das jetzt das ihre sein sollte, nachdem Jakob und Wilhelm ausgezogen waren. Nachdrücklich hatte sie die Tür hinter sich geschlossen.

Mutter saß, die Hände im Schoß gefaltet, den Kopf gesenkt, an der Wiege. Sonst sah ich sie nie untätig, zumindest die Spindel ließ sie unablässig auf- und abtanzen. Ihre starre Haltung rief mir blitzartig ein Bild aus dem vorigen Winter ins Gedächtnis. In einem Gebüsch nahe der Ihme hatten Alexander und ich einen Hausierer gefunden, der erfroren neben seiner Kiepe voll armseligem Kram hockte. Eiszapfen hingen von den Brauen des Mannes, seine Augen blickten milchigtrüb. Genauso zusammengesunken wie den Toten fand ich Mutter vor. Ich mußte mich anstrengen, sie überhaupt anzusprechen, sie wirkte fern und unnahbar.

»Mutter?«

Als sie den Kopf hob, waren ihre Augen leer. Leise war ich näher getreten, fürchtete mich aber plötzlich, sie zu berühren, womöglich war auch ihr unversehens Eis unter die Haut gekrochen.

Vater hatte ein Tuch über einer Stuhllehne vergessen, ein langes Halstuch, vom Tragen verknittert, das holte ich, zog es auseinander, angelte einen Fußschemel heran, setzte mich und schob dabei Mutter eines der Stoffenden zu, langte noch einmal nach, weil sie sich nicht rührte, und wartete, bis sie es mit drei Fingern ergriffen hatte, während ich das andere Ende festhielt. Flüchtig schaute sie mich an und lächelte geisterhaft, ich war schon froh, überhaupt einen Funken von Leben in ihr zu bemerken. So saßen wir lange gemeinsam an der Wiege, traurig und doch nicht mehr ganz so trostlos. Die Trommeln draußen, das Hurrageschrei waren verstummt. Wer von uns beiden mit dem Weinen begann, weiß ich nicht mehr. Mutter wischte sich auf einmal die Augen, und da spürte auch ich, wie mir längst still die Tränen die Wangen herabliefen, so nah habe ich mich meiner Mutter selten gefühlt.

Nach ein paar Wochen trafen die ersten Briefe ein. Ich war begierig, sie selbst entziffern zu können, und sah voller Verlangen zu, wie Mutter feierlich das Siegel erbrach, die Bögen entfaltete, mit gerunzelten Brauen die für sie unverständlichen Zeichen musterte und dann mit einem leisen Ausdruck der Hilflosigkeit die Blätter an Alexander weiterreichte.

Wilhelms Schrift erkannte ich sofort und malte mir aus, wie er uns diese Botschaften schrieb und fragte mich, welche Worte trotz der allgemeinen Anrede für mich bestimmt waren, nur für mich. Darüber hätte ich gern mit dem Finger gestrichen, wenn ich allein war, er mußte das spüren und würde dann wissen, daß ich an ihn dachte.

Mutter und Sophia mußten Alexander jedesmal drängen, den einen oder anderen Brief noch einmal zu lesen, es enttäuschte sie, daß bei so vielen Worten auf dem Papier manchmal nur so wenige Mitteilungen herauskamen.

Ich spähte zusammen mit meinem Bruder auf das Geschriebene, aber das hatte er nicht gern. Er hielt das Blatt möglichst so, daß ich kaum verfolgen konnte, an welcher Stelle oder Zeile er sich gerade befand. Hier und da erkannte ich jedoch Worte, die nur zwei oder drei Buchstaben hatten wie »da« und »ach«.

Obwohl wir unsere Mahlzeiten nur noch in der Küche einnahmen, scheuerte ich jeden Morgen vor dem Frühstück gewissenhaft den Tisch in der Stube. In langsamen Kreisen näherte ich mich der Mitte, bis ich die Schiefertafel erreichte, auf der von Wilhelms und Vaters astronomischen Berechnungen eine Zeile stehengeblieben war. Einige Zahlen und ein Wort mit sechs Buchstaben konnte ich ausmachen, es begann mit einem A. Der dritte Buchstabe enthüllte sein Geheimnis nach einem knappen Monat Unterricht: Es war ein I. Großmütig schenkte mir Alexander den zweiten, ein Z, weigerte sich aber störrisch, den Rest aufzudecken, und begann lieber seine Violinübungen, wohl wissend, daß Sophia das Geigengekratze nicht lange aushielt.

Meine Schwester benahm sich überhaupt immer unleidlicher, mit drei Kindern schien ihr die Wohnung zu eng. Ich liebte sie, obwohl sie rasch die Geduld verlor, etwa wenn ich das Waschwasser nicht schnell genug hereintrug oder den Ofen nicht vorsichtig auskehrte und eine Rußwolke bis zur

Zimmerdecke stieg. Meist sorgte sie dafür, daß wir unsere Freizeit außer Haus verbrachten.

Im April wurde sie sehr schwerfällig. Statt Mutter eine Hilfe zu sein, beanspruchte Sophia sie im Gegenteil in einem fort. Obwohl wir daher alle das Ende der Schwangerschaft herbeisehnten, überraschte uns doch das Einsetzen der Wehen an einem Morgen, gleich nach dem Frühstück. Aber erst abends schickte Mutter Alexander nach der Hebamme, brachte danach Sophia zu Bett und hieß mich, neben ihr zu sitzen und ihre Hand zu halten.

Es war nicht sehr warm in der Kammer, trotzdem warf Sophia schon bald die Decke zurück, dabei trug sie nur noch ein dünnes Hemd. Bei jeder Wehe preßte sie meine Finger so sehr, daß wir zusammen aufstöhnten. Ich fühlte mich wie gefesselt an das Bett, an Sophias Not, die ich zwangsläufig teilen mußte. Heute denke ich, man sollte einem Kind so etwas nicht antun, schließlich begriff ich nichts weiter als die ungeheure Angst und die Wellen von Schmerzen, gegen die Sophia ankämpfte, noch dazu vergeblich. Mein Blick wurde von diesem riesigen, geblähten Bauch festgehalten, von dem ich vermutete, er würde platzen und das Kind ausspeien. Nach einer weiteren, besonders heftigen Wehe, bei der ihr Leib schrecklich zuckte und ich wieder mit ihr aufschrie, teilte ich meiner Schwester meine Befürchtung mit.

Sie warf den Kopf mit den schweißnassen Haaren abwehrend hin und her, aber erst, als meine Mutter wieder nach uns sehen kam, flehte sie sie an: »Bitte, Mama, bring bloß Lina weg, sie muß das doch nicht mit ansehen.«

Die letzten Stunden vor der Geburt verbrachte ich daher bei einer Nachbarin, selbst dort hörte ich meine Schwester noch und ballte bei jedem Schrei die Hände zur Faust.

Nachdem ich bei den Nachbarn auf der Bank vor Übermüdung eingeduselt war, holte mich Mutter mitten in der Nacht in unsere Wohnung zurück. Schlaftrunken trat ich an Sophias Bett. In ihrer Armbeuge lag das Neugeborene. Mit aller Vorsicht fuhr ich dem Säugling über das dunkle Flaumköpfchen, das Kind schmatzte im Schlaf.

»Freust du dich über den Kleinen?« fragte ich meine Schwester.

»Natürlich freu ich mich«, antwortete sie nicht eben lebhaft, drehte den Kopf zur Wand und begann zu weinen, ich wich erschrocken vom Bett zurück und griff nach dem Rock meiner Mutter.

»Was hat sie denn?« Nun schluchzte ich auch. »Hat sie noch Schmerzen und warum denn nur?«

»Aber nein, das ist alles ganz natürlich, die Erschöpfung und das Weinen, das hab ich oft genug erlebt. Morgen geht es ihr besser, da freut sie sich erst so richtig über das gesunde Kind. Laß sie nur schlafen.« Mutter führte mich in die Kammer, die ich mit ihr und Alexander teilte, und redete beruhigend auf mich ein, bis ich im Bett lag.

Wenige Tage später gelang es mir, das Wort auf der Schiefertafel im Stubentisch zu entziffern. Es hieß *Azimut*. Das klang geheimnisvoll. Wenn ich es aussprach, schwang darin meine Sehnsucht nach Wilhelm mit, er hatte mir das Wort auf der Tafel hinterlassen, damit ich etwas hätte, an das ich mich halten konnte, ein wunderbares Wort in seiner flüchtigen, mir vertrauten Handschrift. Leider wußte nicht einmal Alexander, was es bedeuten sollte.

Vielleicht wollte er es mir auch nicht sagen, weil ich ihn bloßgestellt hatte. Mir war es nämlich endlich doch gelungen, ihm beim Vorlesen einigermaßen zu folgen. Ich hatte mich hinter seinen Stuhl geschoben, sobald er sich genügend in den Brief vertieft hatte, und schaute ihm unbemerkt über die Schulter. Auf einmal war ich mir meiner Sache sehr sicher. Ich streckte den Arm vor und tippte mit dem Zeigefinger nachdrücklich auf ein Wort.

»Das hast du nicht gelesen.« Ich war sehr stolz auf meine Leistung und begriff nicht sofort, was ich angerichtet hatte.

»Was?« erbost fuhr Alexander zu mir herum.

Mutter verlangte daraufhin, daß er den Finger unter jedes Wort legte, bevor er es laut las, und sah ihm dabei genau zu. Erst als er fertig war, hat sie ihm ein paar Ohrfeigen gegeben, die er natürlich später an mich weiterreichte.

7

Es roch verführerisch nach scharf angebratenem Fleisch, als wir aus der Schule kamen. Die blonden Locken, die sich aus Mutters Haube ringelten, glänzten golden im Küchendunst, unter ihrer Schürze trug sie bereits den Sonntagsrock. Sie wirkte ein bißchen aufgekratzt, und der Grund für ihre Vorfreude lümmelte am Tisch in der Wohnstube.

Ausgerechnet Jakob, der Bruder, den ich von allen am wenigsten mochte, war als erster zurückgekehrt. Ohne feste Aussicht auf eine andere Stellung, hatte er den Militärdienst gekündigt. Trotzdem hatte ihm Vater erlaubt, das letzte Stück mit der Postkutsche zu reisen, während er selbst und Wilhelm weiter mit dem Troß zu Fuß marschierten.

Das Datum ihrer Ankunft stand mittlerweile fest, sie würden heute noch eintreffen, ich konnte daher an nichts anderes denken, als zum Paradeplatz zu laufen, um sie vor allen anderen zu begrüßen. Wilhelm sollte mich als erste sehen, mich in die Arme nehmen, und die Zeit der langen Trennung würde in nichts zusammenschrumpfen. Am liebsten wäre mir gewesen, er würde mich nach Hause tragen. Aber ich malte mir auch die Überraschung aus, wenn er bemerkte, wie viel ich in dem einen Jahr gewachsen war, und dazu paßte das Getragenwerden nicht. Er sollte von mir sofort erfahren, wie gut ich bereits zu lesen verstand, er mußte stolz auf mich sein, und bald würden wir die gelehrten Dinge miteinander bereden, auf die er sich so gut verstand. Wie zum Beispiel die Sternenkunde.

Bis mir Mutter jedoch erlaubte zu gehen, war es bereits so spät, daß ich befürchtete, ihre Ankunft zu verpassen. Erst vor der Haustür fiel mir ein, daß ich mein wollenes Umschlagtuch vergessen hatte. Ich mochte aber nicht noch mal hinauf in die Wohnung laufen, obwohl ein scharfer Wind durch unsere Gasse fegte. Es war wieder Herbst, die Bäume am Wall hatten sich längst verfärbt, ein grauer schwerer Himmel hing über der Stadt.

Alexander hatte sich geweigert mitzukommen, er wollte lieber auf der Geige üben, wahrscheinlich war ihm eingefallen, daß er sein Spiel in dem einen Jahr arg vernachlässigt hatte.

Auf der Straße mußte ich rempelnden Gassenbuben, einem Eselskarren, schwatzenden Weibern mit Wasserkrügen auf der Schulter und endlich mehreren buntberockten Reitern ausweichen. Eine Kapelle marschierte, laut die Trommeln schlagend, an mir vorbei. Ängstlich spähte ich zu den Gesichtern der vorbeiziehenden Männer hoch: staubgraue Wangen über wuchernden Schnurrbärten, schiefsitzende Perücken, unter denen das Naturhaar hervorlugte, dazwischen müde, übernächtigte oder herausfordernd forsch dreinblickende Augen, nichts als Unbekannte. Dabei meinte ich, Vater und Wilhelm schon von weitem entdecken zu müssen, ich konnte es doch kaum noch erwarten, sie endlich auftauchen zu sehen, so kurz vor dem Ziel hatte sich mein Verlangen zu einem heftigen Schmerz zusammengeballt. Immer häufiger stieß ich gegen Leute, wenn ich mich herumdrehte, vergeblich Ausschau haltend, ich bewegte mich zwischen Erwachsenen, die soviel größer waren als ich und die sich von einem kleinen Hindernis wie mir nicht davon abhalten ließen, ihren Weg fortzusetzen. Ich taumelte wie ein Kreisel die Straßen entlang und verlor jeglichen Überblick.

Erst auf dem weiten Paradeplatz atmete ich ein bißchen auf. Männer standen in Gruppen zusammen, rauchten und schlugen sich herzhaft auf die Schultern. In kleinen Pyramiden, ähnlich den Heukegeln im Juni, hatten die Heimkehrer ihre Gewehre zusammengestellt. Aus einem nahen Wirtshaus torkelten Betrunkene, die lautstark ihre Heimkehr feierten. Mir war schon kalt, ich mochte aber nicht aufgeben, denn ich mußte an Mutter denken, die vorher schon prophezeit hatte, daß mein Eigensinn zu gar nichts führen würde.

Die Soldaten, die ich schließlich verzagt und immer ängstlicher nach Vater und Wilhelm fragte, schüttelten die Köpfe. Aber erst, als sich die Menge allmählich verlief, wagte ich heimzugehen, durchgefroren und mit einer Leere im Bauch, die sowohl vom Hunger als auch von Verzweiflung herrühren konnte, das war nicht mehr so genau zu unterscheiden.

Schon vor der Wohnungstür roch ich wieder Mutters Braten. Kaum hatte ich den Flur betreten, fiel mir das Stimmengewirr auf, das aus der Stube drang, ich meinte sogar, Vaters Stimme herauszuhören. Verwirrt blieb ich in der offenen Tür stehen und starrte in die Stube. Unbekümmert plaudernd saßen alle am Tisch, Jakob, auch Griesbach, neben sich die strahlende Sophia mit ihrem Kind, gegenüber Vater und Wilhelm.

Mitten auf dem Tisch standen die große Suppenschüssel und eine flache Schale mit dem gebratenen Fleisch, das es sonst nur an Festtagen gab. Daneben lag wie immer Kommißbrot, in dicke Scheiben aufgeschnitten. Alexander langte soeben über den Brotteller nach der Fleischplatte, um sich zu bedienen.

Ratlos stemmte ich eine Hand gegen den Türrahmen. Mich hatte keiner vermißt, und es gab nicht einmal einen freien Platz für mich an der Tafel. Auf einmal kam ich mir wie eine Fremde vor, ein unerwünschter Gast, jemand Überflüssiges, jemand, der für die anderen nicht vorhanden war. Ich konnte die Stube nicht betreten, eine unsichtbare Schranke hielt mich zurück.

Wohl nur zufällig schaute Wilhelm in meine Richtung, ließ aber gleich Messer und Gabel sinken und stieg aus der Bank. Mit wenigen Schritten hatte er mich erreicht, kauerte sich vor mir nieder und drückte mich zärtlich an sich. Ich legte ihm die Arme um den Hals und schmiegte mich an ihn.

»Na, endlich! Mutter hat uns gesagt, daß du uns abholen wolltest, ich hab mich schon gefragt, wo ausgerechnet du dich so lange herumtreibst. Ich habe mich doch so auf dich gefreut.«

»Hast du an mich gedacht Wilhelm? In England?«

Er flüsterte mir ins Ohr: »Jeden Tag, Herzchen. An dich besonders, oft nur an dich, aber laß es die andern nicht wissen, es könnte sie traurig machen.«

Prüfend sah ich ihm ins Gesicht, er blickte ernst und offen drein, und erst als er den Kopf wandte, zwinkerte er ganz leicht, als wäre ihm etwas ins Auge geraten.

Ich wollte verhindern, daß er sofort zu den anderen zurückkehrte. Rasch schob ich das Brusttuch am Hals auseinander und zupfte an dem schwarzen Band darunter.

»Schau doch, was ich hier habe.«

In seinen Augen leuchteten goldene Pünktchen, die ich noch nie bemerkt hatte, und einen Moment überkam mich die

Furcht vor einer Fremdheit, die er aus England zurückgebracht haben könnte.

»Es ist deins, weißt du«, fügte ich kläglich hinzu, »ich trag's immer.«

Behutsam fuhr er mit dem Finger über das Band.

»Das abgenutzte Ding? Das sieht ja aus wie ein Stück Speckschwarte. Da müssen wir dir aber bald ein neues, schöneres kaufen.«

Vehement schüttelte ich den Kopf und legte ihm den Finger auf die Lippen, er sollte jetzt nicht mehr sprechen, ich würde ihm später erklären, wieso das ungewaschene Band ein Talisman wäre, etwas Kostbares, Unersetzliches, nun aber wollte ich noch einmal in Ruhe Zug um Zug sein Gesicht betrachten, bis ich mich vergewissert hatte, daß er wieder ganz bei mir war.

Am nächsten Morgen lockte mich Alexanders empörter Aufschrei: »Ich war's nicht!« aus der Küche. Ich schlich an die Stubentür und gab ihr einen Stoß, damit sie etwas weiter aufsprang. Wilhelm hielt seinen Globus in beiden Händen.

»Gib es zu, daß du damit herumgespielt hast! Schau ihn dir an. Siehst du die Delle, genau hier bei England? Mit was hast du draufgehauen?«

Alexander verschanzte sich hinter Vaters Lehnstuhl. »Ich hab überhaupt nicht draufgehauen.«

Als er plötzlich auf mich deutete, hielt ich mich vor Schreck am Türpfosten fest.

»Frag lieber die da.«

Wilhelm fuhr zu mir herum und hielt jetzt mir die Weltkugel entgegen.

»Du warst das?«

Meine Kehle zog sich zu, angestrengt schluckte ich. Vater stand auf und schlurfte mit seiner kalten Pfeife in der Hand zu uns heran, in allen Blicken las ich eine einzige Anklage, die sich in Gewißheit wandelte, obwohl ich keinen Ton herausgebracht hatte.

»Na?« Wilhelms Stimme schwankte noch zwischen Verurteilung und Nachsicht.

Zitternd holte ich Atem, hob den Arm und tippte behutsam an die Delle, fuhr die Linie entlang, die sich durch die Vertiefung weiter nach oben zog, bis zu dem Punkt, aus dem die Achse herausragte, dem Nordpol, wie ich erst später wußte.

»Ich wollte«, ich holte noch einmal Luft, »die Achse geraderücken, sie ist doch ganz schief, und dabei ist der Globus vom Tisch gefallen, auf England drauf.«

Lange hab ich in die Schürze meiner Mutter geheult, weil meine Brüder und mein Vater so gelacht haben und den Witz einige Male wiederholten, bis ihn auch Jakob und Griesbach gehört hatten und sogar Sophia und Mutter, die ihn doch genausowenig verstanden wie ich.

Mit einem Mal kam mir das ganze Lernen und die Plage mit dem Schulmeister, jeder Schlag mit dem Lineal auf die Hand, umsonst vor. Wilhelm hatte mich wieder ausgelacht, so kurz nach dem Wiedersehen machte er sich herzlos über meinen Unverstand lustig, für den ich doch gar nichts konnte, wenn er nicht da war, um sein Wissen mit mir zu teilen.

Ja, warum bloß hing die Erde schief im Weltall, wie er behauptete?

Sophia und Mutter nahmen kopfschüttelnd die Küchenarbeit wieder auf, Wilhelm und Vater, angeregt durch meine Unwissenheit, beugten sich über die Schiefertafel und wischten das Wort *Azimut* fort, nach dessen Bedeutung ich jetzt nicht mehr fragen mochte.

Azimut, der Winkel, mit dem der Längengrad eines Sterns auf der Himmelskugel bestimmt wird, der Kristallsphäre, als die sich die alten Griechen den Himmel noch vorstellten, das habe ich dann viel später gelernt.

8

Es war mir, als hätte mich jemand gerufen. Leise erhob ich mich und tappte in den Flur hinaus. Die Tür zu Sophias Kammer war nicht fest geschlossen, die Stimmen der beiden Eheleute drangen klar zu mir heraus.

»Laß mich doch nur mal eine Nacht in Frieden, ich bitte dich, ich hab doch schon genug mit dem Kind zu tun«, flehte Sophia.

Den Geräuschen nach fand hinter der Tür ein Gerangel wie ein Handgemenge statt.

»Ihr Weiber seid doch alle gleich. Erst umgarnt ihr einen, aber sobald man fest an der Angel zappelt, heißt es, laß mich in Frieden. Ich werd dir zeigen, wie ich es mit den ehelichen Pflichten halte.« Die wütende Stimme Griesbachs klang grob und rauh, anders als das ölige Gerede bei Tag.

Nach der ersten Freude des Wiedersehens hatte sich in den vergangenen zwei Wochen beinahe unbemerkt eine allgemeine Gereiztheit eingeschlichen. Unsere Wohnung teilten sich nun elf Menschen, darunter zwei, die wegen ihrer Winzigkeit zwar wenig zählten, aber zeitweilig zum Geräuschpegel enorm beitrugen: der sonst meist wohlgelaunte, gut einjährige Dietrich und Sophias schreilustiges Kind.

Griesbach hatte seine Fühler schon von England aus nach Coppenbrügge ausgestreckt, und es sollte nur eine Frage der Zeit sein, wann die junge Familie dorthin ziehen würde. Warum also für ein paar Wochen noch eine Wohnung mieten? Die drei Griesbachs hausten in der einen Kammer, meine ältesten Brüder schliefen auf den Bänken in der Stube, wo auch die Wiege mit Dietrich stand, wir anderen waren in die zweite Schlafkammer gepfercht.

Ich wußte nicht, was ich tun sollte, ich fürchtete mich, wagte aber nicht, mich bemerkbar zu machen. Ich hörte dumpfe Schläge, die mich zusammenzucken ließen, und das unterdrückte Jammern Sophias. Vom Fußboden zog mir die Kälte in die Füße, trotzdem bewegte ich mich nicht, ich hätte vor Angst und Hilflosigkeit schreien können. Unaufhörlich sah ich Griesbachs Hand vor mir, einen ekligen breitgeklopften Fleischklops, der auf meine Schwester niederfuhr.

Plötzlich stand Mutter neben mir.

»Was machst du hier, komm sofort ins Bett«, zischte sie mir scharf ins Ohr.

Bevor ich etwas sagen oder ihr folgen konnte, schwang die

Tür auf. Griesbach erschien mit verstrubbelten Haaren und gänzlich nackt. Mit einer Hand preßte er ein zusammengeknülltes Hemd gegen seine Scham. Voller Abscheu starrte ich in dem schwachen Kerzenlicht aus dem Zimmer hinter ihm auf den massigen Körper und die erstaunliche, beinahe schwarze Haarfülle, die sich über Brust und Bauch, Ober- und Unterschenkel zog. Behaart wie ein wildes Tier, hatte er Ähnlichkeit mit dem Bären vom Markt, besonders als er den Mund aufriß und uns anraunzte.

»Hat man nicht mal nachts seinen Frieden in diesem Haus? Müßt ihr uns ins Bett gucken? Schämt ihr euch nicht?«

Schnell trat ich einen Schritt zur Seite und lugte an ihm vorbei ins Zimmer, während mich Mutter bereits an einem Hemdzipfel rückwärts zu ihrer Kammer zog.

»Wir wollen auch bloß ungestört schlafen«, schimpfte sie verhalten genug, um die anderen nicht aufzuwecken.

Ich sah Sophia auf dem Bett liegen, ebenfalls nackt, das Gesicht mir zugewandt, und ich meinte, ein Flehen darin wahrzunehmen, aber wahrscheinlich flackerten ihr nur Schatten über Wangen und Stirn. Sie kam mir sehr schutzlos vor, diesem Kerl ausgeliefert, der die Tür nun nachdrücklich schloß.

»Mutter«, flüsterte ich, »er hat sie geschlagen, ich hab's gehört.«

»Denk nicht darüber nach. Sophia hat sich was eingebrockt, was sie jetzt auslöffeln muß, da hilft ihr gar nichts«, sagte sie ärgerlich, »es sieht schlimmer aus, als es ist, hör auf, dich zu grämen.«

Die Szene, deren Zeugin ich geworden war, mußte etwas mit der Dummheit zu tun haben, die Sophia begangen hatte. Davor hätte sie ein bißchen Klugheit, zu der ihr die Schule verholfen hätte, sicherlich bewahren können, wenn ich auch nicht wußte, wie.

Überraschenderweise taten Sophia und Griesbach am Morgen so, als wäre in der Nacht nichts vorgefallen, und auch Mutter verhielt sich ganz wie sonst. Mir aber ging die Angst nach, die ich um meine Schwester ausgestanden hatte. Mitten unter uns war ihr etwas zuleide getan worden, und doch half ihr keiner. Nie hätte ich so etwas für möglich gehalten. Vor Griesbach graute mir von nun an endgültig, ich ging dem abscheulichen Kerl nach Möglichkeit aus dem Weg.

9

Anfang Juli zogen Sophia und Griesbach endlich mit ihrem Kind nach Coppenbrügge. Meine Schwester war erneut schwanger. Zum Abschied schenkte sie mir ein bedrucktes Tuch mit Rosenranken auf hellem Grund und ließ das Kästchen mit ihrem Hochzeitssträußchen für mich da.

Etwa zwei Wochen später fuhr dann Jakob zu ihnen, obwohl es gar keinen Anlaß für diesen Besuch gab. Nur einen Tag nach seiner Abreise traf ich Mutter morgens in der Bubenschlafkammer dabei an, wie sie Wäsche sortierte und Strümpfe und Brustwickel einrollte. Sie hatte mich nicht bemerkt und fuhr zusammen, als ich sie ansprach.

»Was machst du da? Wer muß denn jetzt weg?«

»Was redest du denn. Kümmere dich nicht darum, was ich tue, setz dich ans Spinnrad oder geh nach draußen, aber daß du mir auf der Straße kein dummes Zeug herumerzählst. Von uns verreist keiner.« Sie schob mich hinaus und schloß hinter mir die Tür.

Ich war mir meiner Sache sicher, ich hatte Reisevorbereitungen ja schon mehr als einmal beobachtet. Dinge, die Wilhelm gehörten, wie ein kleines Notenbuch, eine besonders verzierte Stimmgabel, einen Silberstift und andere Kleinigkeiten, verschwanden aus der Stube, aber wenn ich ihn darauf ansprach, ging er leichthin darüber hinweg. Mutter fuhr mit ihrem heimlichen Treiben fort, verweigerte aber jede Auskunft, stritt sogar ab, irgend etwas vorzubereiten.

Ein oder zweimal stockte eine Unterhaltung zwischen meinen Eltern, sobald ich die Stube betrat. Solche Geheimniskrämerei hatte es bis dahin in unserer Familie nicht gegeben.

Wenige Tage darauf hockte ich spätnachmittags auf der Türschwelle und beobachtete eine Katze, die nach einer toten

Ratte in der Gosse angelte, als sich Wilhelm an mir vorbei aus dem Haus drängte. Ohne mich zu beachten, schritt er rasch die Straße hinab. Ich frage mich heute noch, ob mich eine Ahnung gelähmt auf der Schwelle sitzen ließ, ich hätte ihm ja wenigstens nachrufen können. Aber eine merkwürdige Dumpfheit im Kopf hielt mich gefesselt und ließ mich stumm meinem Bruder nachstarren.

Das fahle Grau seines Rocks schien sich auf seinen Gang zu übertragen, Wilhelm schlich geradezu an den Hauswänden entlang und verschmolz fast mit ihnen, eine Schattengestalt. Als ich mir verwirrt über die Arme strich, spürte ich eine Gänsehaut.

Ich kratzte mich, das half mir beim Nachdenken.

Vor dem Aufbruch der Truppe nach England war oft vom Krieg die Rede gewesen, so wie jetzt wieder, denn mein Vater und Wilhelm warteten bedrückt darauf, ausrücken zu müssen. Schon deshalb verstand ich die Unruhe meiner Mutter, spürte sie selbst seit Wochen, aber das konnte nicht das Geheimnis sein, das sie vor mir hüteten.

Heute war Wilhelm etwas früher als gewöhnlich vom Dienst heimgekehrt, noch vor Vater, und sofort in seiner Kammer verschwunden, ohne Mutter und mich wie üblich mit ein paar Worten und einem raschen Kuß auf die Wange zu begrüßen, und nun war er schon wieder ausgegangen. Unversehens tippte mir jemand auf die Schulter, aufschauend erblickte ich meine Mutter und rückte zur Seite, damit sie ungehindert über die Schwelle treten konnte.

»Bleib hier, rühr dich nicht von der Stelle oder geh ins Haus«, sagte sie gedämpft. Ein großes, in alte Leinwand eingewickeltes Paket in den Händen, verschwand auch sie um die Ecke, in Richtung Calenberger Tor. Ich kam nicht einmal auf die Idee, ihr nachzurennen.

Am Abendbrottisch saßen wir nur noch zu viert, die ganze Mahlzeit über herrschte ein bedrücktes Schweigen. Verstört ging ich zu Bett und fiel in einen Halbschlaf, aus dem ich unversehens aufschreckte, als hätte mich etwas berührt. Verschwommene Traumbilder, die allesamt mit einem Gefühl von

Trauer und Angst einhergingen, ließen mich keine Ruhe mehr finden. Leise stand ich auf und begann, in der Wohnung herumzuwandern.

Die Stille war unheimlich und bedrückend. Wie Gespenster standen die Instrumente an der Stubenwand aufgereiht. Zwei Geigen, die dritte, die Wilhelm meist gespielt hatte, fehlte. Vorsichtig berührte ich eine Saite, nur so leicht, daß der Ton mehr zu ahnen als zu hören war. Und doch rief er wie ein Echo die Erinnerung an eins der letzten Gespräche über Musik wach, das Jakob, Wilhelm und Vater geführt hatten. Nun beschlich mich die Furcht, es sollte damit für eine ungewiß lange Zeit vorbei sein.

Jakob hatte ein Buch in der Hand gehalten und erregt mit einem Finger darauf geklopft.

»Du kannst aus Musik keine mathematischen Gleichungen machen«, erklärte er.

Alexander übte unbeirrt ein Diminuendo auf der Geige. Musik war bei uns Neben- und Hauptsache zugleich, Bach, Händel und Pergolesi hatten wir Kinder von frühester Kindheit an gehört, jeden Takt konnte ich fehlerfrei bereits als Dreijährige mitklopfen. Das Notenlesen hatte ich wie nebenbei erlernt.

Wilhelm haschte nach dem Buch und riß es an sich.

»Bereits Pythagoras hat auf die Kraft der Zahlen vertraut und darauf hingewiesen, daß in der Musik wie im Kosmos allgemein gilt: Alles ist Zahl.«

Wilhelm war versessen auf Bücher.

Während Jakob aus England mit neuen Manschettenspitzen, fein gewirkten Baumwollstrümpfen und mehreren weichen Halstüchern heimgekehrt war, brachte Wilhelm lediglich John Lockes *Versuch über den menschlichen Verstand* mit. Nichts sonst. Nicht einmal die allerschlichteste Halsbinde aus der begehrten englischen Baumwolle, die es hier kaum zu kaufen gab.

»Musik ist nicht wissenschaftlich mathematisch zu begründen, das ist Blödsinn. Schau mal, ich habe den von dir so verehrten Leonhard Euler auch gelesen.« Jakob deutete auf das Buch, das Wilhelm an sich preßte. »Eulers seltsame Musiksätze laufen wider jegliche praktische Harmonie. In der Theorie mag alles ja schön und nett klingen, aber spiel so was mal auf der Geige, und du hast ein disharmonisches Gejaule. – Gis, nicht g«, fauchte er beiläufig zur Ofenecke hin, wo Alexander erschrocken das Instrument sinken ließ.

Den falschen Ton hatte ich natürlich auch bemerkt. Ich starrte die mit Kreide geschriebenen Zahlenkolonnen an der Stubentür an – die Aufrechnung von Vaters Tageseinnahmen vom Unterricht seiner Schüler –, den Kopf schwer vor Müdigkeit. Aber ich mochte nicht ins Bett gehen. Viel zuviel Aufregung schwang in diesen Diskussionen mit, die ich nicht verpassen wollte, obwohl ich so gut wie nichts davon verstand.

»Du kannst doch aber nicht leugnen, daß die Schwingungszahlen der einzelnen Töne ...«

»Du mußt Musik fühlen, sie ist eine Herzensangelegenheit.« Jakob war, puterrot im Gesicht, unserem Bruder ins Wort gefallen. »Wenn du sie nicht empfindest, bleibt sie tot.«

»Mag ja sein, daß Mathematik nicht unmittelbar die Natur der Töne erfaßt ...«

Vater ist ihnen an jenem Abend zwar noch mit Kepler und Newton gekommen, aber er ist vor allem Musiker gewesen, Praktiker, und um aus einer Kantate keine Katzenmusik zu machen, brauchte es seiner Ansicht nach zunächst Präzision, der durchaus etwas Mathematisches anhaften mochte, vor allem aber ein gutes Gehör. Und noch wichtiger war ihm ein sicheres Gespür für Rhythmus. Er gestikulierte mit beiden Händen, seine Augen glänzten, und die Perücke hing verrutscht über einem Ohr, weil er vergessen hatte, sie wie sonst nach dem letzten Unterricht abzulegen. Der ganze Raum schien von diesen erregten Stimmen zu vibrieren. Wie sie da redeten und sich ereiferten, liebte ich sie alle. Kein Mensch, den ich kannte, hatte so eine Familie, ich war stolz dazuzugehören. Wenn die Kinder in meiner Klasse über ihre Väter sprachen, ging es nur um Arbeit, Geld und das tägliche Brot.

»Jetzt aber ins Bett, die Kleinen müssen um sechs Uhr raus«, fuhr Mutter unverhofft in diesen edlen, leidenschaftlichen Rausch.

Alexander hatte halb schlafend die Hände über seiner Geige gefaltet, und ich hatte den Kopf auf die verschränkten Arme gelegt. Mit einem Schlag verpuffte alle hochfliegende Gestimmtheit.

Es mußte schon beinahe Morgen gewesen sein, als ich beschloß, zurück ins Bett zu kriechen. Aber plötzlich plagte mich Durst, ich tappte zur Küche, um mir etwas Wasser zu holen, und kam dabei an der Tür zur Schlafkammer der Eltern vorbei. Ich hörte ein Husten und dann Vaters Stimme.

»Ist er gut weggekommen?«

Das Bett knarrte.

»Er hat die Herrenhauser Wache passiert, ohne angehalten zu werden, danach hat er sich umgezogen, sobald ich ihn mit meinem Packen eingeholt hatte«, antwortete Mutter, sie mußte schon einige Zeit wach sein, sie klang nicht verschlafen. »Er wird uns sofort schreiben, wenn er in Coppenbrügge eingetroffen ist. Jakob wird sich um ihn kümmern, es ist gut, daß er mit nach England geht.« Eine Weile blieb es still, dann erst sprach sie weiter. »Isaak, wann wird Wilhelm zurückkommen können, nachdem er nun desertiert ist? Hast du darüber nachgedacht?«

»Wir sind Musiker, keine Schützen. Ich hab den Buben immer gesagt, duckt euch, wenn die Kugeln fliegen, ich will keine Helden in der Familie, schon gar keine toten. Sollen die im Heer ihren Krieg allein ausfechten. Es reicht, daß ich mitziehen muß, aber ich bin auch ein alter Krauter.«

»Aber die Desertion? Wenn man ihn doch noch faßt, könnte er füsiliert werden. Mein Gott, Isaak, der Junge! Ich würd's nicht überleben.«

»Hör auf zu unken, Ilse. Er läuft ja nicht direkt vor dem Feind davon, wir rücken ja erst in ein paar Wochen aus. Es wird sich regeln lassen – ich hoff darauf. Ich kenn den Oberst ganz gut. Der weiß auch, daß wir an der Oboe mehr taugen als am Gewehr. Nach einem Jahr oder so bitt ich ihn um ordentliche Entlaßpapiere.«

»Wieder ein Jahr! Ach Isaak!«

Ich huschte ohne das Wasser zurück ins Bett, denn dem Geraschel und dem heftigeren Husten nach waren die Eltern im Begriff aufzustehen. Anscheinend konnten auch sie nicht länger schlafen.

Wilhelm hatte mir nicht einmal zugelächelt, er war an mir vorbeigegangen, als säße da eine Katze auf der Schwelle oder ein streunender Hund.

Einen Tag nach Jakobs Abreise hatte er mir das schönste Sternbild des nächtlichen Sommerhimmels gezeigt. Ich hatte so lange gequengelt, bis er meiner Bitte nachgab. Diesmal führte er mich aber nicht zum Wall, sondern nur eilig die Gasse hinunter bis zu einer Ecke, wo sich die Straße verbreiterte und über uns ein größeres Stück Himmel zu erkennen war. Und dort zeichnete er mit seinen schönen, schmalen Händen Kopf und Flügel des Schwans nach, und es fiel mir nicht schwer, zu sehen, wie der Schwan mit weit gebreiteten Schwingen durch das tiefe Nachtblau glitt. Er hatte wohl schon gewußt, daß er abreisen würde, daß er der Zugvogel war, der davonflog und auf dessen pünktliche Wiederkehr wir hofften. Die Traurigkeit ergriff mich wie ein wirbelnder Sog und zog mich in die Dunkelheit, während es draußen langsam dämmerte. Es war nicht nur der Verlust ohne Abschied, als würde ich ihm gar nichts bedeuten, ebenso bedrückte mich das unbestimmte Gefühl, unsere Familie löse sich zunehmend auf.

Kapitel 2

Von C zu c

Die Oktave besteht aus der Wiederholung des ersten Tons im Abstand der sieben Töne dazwischen, ein Intervall, das einem großen Hohlraum gleichkommt, einer Leere, die noch zu füllen sein wird und deren zwei Töne das Urpaar aller Töne bilden.

1

Unser Treppenhaus wurde nur spärlich von einem winzigen Fenster am obersten Absatz erhellt. Im Dämmerlicht hatte ich den Mann nicht bemerkt, der auf der Treppe stehengeblieben war, um sich die Stummelpfeife zu stopfen.

»Na, Kleine.«

Einen kurzen Augenblick blitzten weiße Zähne auf, wahrscheinlich rauchte der Mann noch nicht lange. Ein junger Kerl, dem der Uniformrock knapp an den Schultern und der gewölbten Brust saß. Als ich mich an ihm vorbeischieben wollte, wurde ich unversehens gegen die Wand gedrückt.

»Nicht so schnell, ma petite.« Seine breite, kräftige Hand legte sich in meinen Nacken.

Alexander und ich hatten einmal auf dem Markt einen Gaukler beobachtet, der Kunststücke mit Hühnern anstellte. Er fuhr ihnen über Kopf und Rücken, und plötzlich bewegten sie sich nicht mehr. Er konnte mit ihnen machen, was er wollte, sie gaben keinen Pieps von sich.

»Hypnose«, hatte ein Zuschauer gesagt.

»Du bist ein niedliches Hühnchen.« Der Atem des Mannes roch nach Broyhan, dem hannoverschen Bier, an sich ein angenehmer Geruch, nur nicht, wenn er aus dem Mund eines angesoffenen französischen Soldaten kommt.

Über das Benehmen der Fremden in Hannover liefen die häßlichsten Gerüchte um. Sechzehn gemeine Soldaten und fünf Offiziere umfaßte allein die Einquartierung, mit der wir in unserem Haus leben mußten, nachdem die Preußen zusammen mit den Hannoveraner Truppen eine wichtige Schlacht gegen die Österreicher und ihre französischen Verbündeten verloren hatten. Es war dabei um Schlesien gegangen. Als Folge davon besetzten die Franzosen unsere Stadt, ohne daß die Kanonen auf den Schanzwerken einen Schuß abgefeuert hatten. Die komplette Fortifikation hatte sich als nutzlos erwiesen.

Zu viert – Vater zog ja mit dem Heer weiter – blieb uns nur die eine Kammer und die Küche, während drei Soldaten in der anderen Schlafkammer und zwei Offiziere in der Stube hausten. Dieser hier, der so schiefmäulig lächelte und dabei bedächtig die Pfeife genau vor meiner Nase in die Rocktasche schob, gehörte nicht zu unserer Belegschaft, ich kannte ihn aber und seine Schwäche für alles, was Unterrock und Schürze trug. Er war der einzige von den gemeinen, der ein bißchen Deutsch sprach.

Ohne den Blick zu heben oder zu senken, beobachtete ich ihn aus den Augenwinkeln und gewahrte sehr wohl, wie der Wulst vorne in seiner Hose anschwoll, während er sich mit einer Hand am Gürtel zu schaffen machte.

»Geht ganz schnell«, sagte der Kerl leutselig.

Ich konnte meine Spucke nicht mehr schlucken, die Kehle schloß sich hinten wie zugepreßt, dabei lag die Hand ganz locker und warm an meinem Hals, die Finger begannen, die Haut entlangzustreichen. Atmen ging jetzt auch nicht mehr, mich bewegen schon gar nicht. Einer der blinkenden Knöpfe am Hosenlatz war aufgesprungen, der Latz hing in einem spitzen Winkel nach unten. Ich mußte unbedingt die Luft ausstoßen, sonst sprengte mir der eingesperrte Atem die Brust.

Unten klappte die Haustür sehr deutlich in der nachmittäglichen Stille, und da fand ich die Stimme wieder, mit dem Atem strömte sie heraus und war von nichts und niemandem aufzuhalten.

»Wilhelm!« Der erste Name, der mir einfiel.

Ich schrie ihn dem Mann entgegen, der mich mit offenem Mund anglotzte, das Gesicht in völliger Überraschung verzogen. Ich habe nie erfahren, welcher Hausbewohner die

Stiegen heraufgetappt kam, ich hatte mich losgerissen und war in unsere Wohnung gerannt, noch bevor er uns erreicht hatte.

Später habe ich Alexander erzählt, daß mich einer der Soldaten auf der Treppe erschreckt hatte und wer es gewesen war. Einzelheiten ersparte ich mir. Dem prüfenden Blick meines Bruders nach konnte er sich allerdings einiges zusammenreimen, der Kerl war für ihn ja auch kein Unbekannter.

»Weißt du was, Lina«, sagte Alexander nachdenklich, »du kennst doch genug Lieder. Sing halt, sobald du durch die Haustür trittst, sing, so laut du kannst, bis du oben bist, dann hört Mutter, wenn du plötzlich stockst.«

So bin ich zum Singen gekommen.

Ich habe heute noch, mit über neunzig Jahren, eine schöne Stimme.

Alexander lernte inzwischen Französisch, für mich kam zusätzlicher Unterricht nicht in Frage, denn bereits die fünf Stunden, die ich täglich in der Schule verbrachte, fehlte ich Mutter bei der Hausarbeit. Mehr als einmal beklagte sie sich darüber. Außer mir hatte sie ja keine Hilfe. So beschränkte sich mein Französisch auf Worte, die ich bei den Soldaten und von den Straßenkindern aufschnappte. Cochon beispielsweise, Schwein, und merde für Scheiße oder Mistkerl und eine Reihe von ungewöhnlichen Ausdrücken für den Beischlaf, allesamt nicht gerade ausreichend, um eine gepflegte Unterhaltung zu führen.

Unser Leben spielte sich beinahe ausschließlich in der Küche ab, ständig horchten wir auf die Schritte der Soldaten, die unsere Dielen in der Stube knarren ließen. Ich war mir sicher, sie knarrten anders, als wenn sich Vater oder Wilhelm dort bewegten.

Ja, Wilhelm! Ein bißchen machte ich ihn dafür mitverantwortlich, daß wir jetzt so schutzlos waren, keiner von uns fühlte sich wohl mit diesen Fremden, von denen uns nur eine dünne Tür und der Flur trennten. Mir spukte ständig die Gestalt aus dem Treppenhaus im Kopf herum, vor jedem Franzosen wich ich seitdem zurück, auch wenn sich die in unserer

Wohnung alles in allem manierlich aufführten, da hatten wir wirklich Glück. Einer der Offiziere benahm sich sogar recht charmant gegenüber Mutter. Er höre sie so gerne singen, sagte er in seinem gebrochenen Deutsch.

Wir sangen tatsächlich häufig. In der Küche, auf dem Hof beim Wäschewaschen und bei jeder sonstigen Gelegenheit, ich glaube, nicht nur ich machte mir mit dem Singen Mut. Das überraschendste dabei war, wie schön Mutter sang. Ihre Stimme klang weich und voll, ihre Augen bekamen Glanz, die Müdigkeit schwand daraus, es war ein richtiges Wunder, die Komplimente des Franzosen hätte es dazu gar nicht gebraucht.

»Was der Kerl bloß redet«, sagte sie einmal abwehrend, aber ihre Augen verrieten sie. Heimlich freute sie sich doch über das Kompliment des geschniegelten Lackaffen.

Wenn ich ganz sicher war, die Stube verlassen vorzufinden, wagte ich mich hinein, den Schiefergriffel in die Faust gekrampft, schlich ich zum Tisch und malte das eine oder andere Sternzeichen auf die Platte. Schwan, Pegasus, Orion, Löwe, ein Jahreslauf in Sternzeichen, eine heimliche Beschwörung, der ich damit Nachdruck verlieh, daß ich meine Zeichnung trotz der Eile, trotz der Angst, überrascht zu werden, mit liebevoller Inbrunst, mit einem vor Sehnsucht überquellenden Herzen so exakt wie möglich ausführte. Jeder Fehler hätte den Bann der Beschwörung gebrochen. Vater hatte gesagt, Wilhelm bliebe nicht länger als ein Jahr fort, das war schon sehr lange, das war entsetzlich lange, aber an seine Versicherung klammerte ich mich.

Meist ließ ich das Sternzeichen als unbestimmte Mahnung an die Besatzer auf der Platte stehen, und einmal zwinkerte mir der eine, der freundliche Franzose, im Flur vor der Küche zu. Als er mir jedoch über den Kopf strich, zitterten mir unversehens die Knie, und ich mußte mich an der Türklinke festhalten. Mit einem Finger der anderen Hand tupfte er Punkte in die Luft, die zusammen ein bestimmtes, mir wohlbekanntes Zeichen ergaben.

»Tu t'amuse avec les miracles des etoiles, eh? Très bien, ma petite.«

Ich schüttelte die garstige Hand ab, drückte die Tür auf und schlug sie hinter mir zu. Die Stube konnte ich nicht mehr betreten, wie sollte ich Wilhelm jetzt erreichen?

Weil Mutter Alexander im Verdacht hatte, trotz aller Kontrolle hier und da ein Wort zu unterschlagen, übertrug sie recht bald mir die Aufgabe, die Briefe meiner Brüder aus England vorzulesen. Ich war so begierig wie sie auf die Briefe, mochte mir aber Wilhelm in England gar nicht richtig vorstellen, ich fror sein Bild gleichsam ein, damit er daraus nach einem Jahr unverändert hervortreten konnte. Ich hatte noch keine Ahnung davon, daß bereits unser Reden über ihn sein Bild veränderte. Seine Grüße am Ende der Briefe richteten sich immer an alle seine Lieben, die er so schmerzlich vermisse, keines seiner Wort bezog sich nur auf mich.

Mir oblag es anschließend, die Briefe zu beantworten. Sehr genau achtete Mutter darauf, daß die Bögen und Striche der einzelnen Buchstaben akkurat ausfielen, sich die Worte klar voneinander absetzten und das Schriftbild insgesamt gestochen scharf und doch fließend wirkte. Mit der Zeit entwickelte ich einen gewissen Stolz auf meine schöne Handschrift. Obwohl Wilhelm sie nie erwähnte, mußte sie ihm doch auffallen, und damit knüpfte ich wieder ein unsichtbares Band zwischen ihm und mir, das ihn am Ende zurückführen würde.

Mutter trug mein Lob überall herum, so daß ich bald gebeten wurde, auch die Korrespondenz für andere Soldatenfrauen zu führen.

Als uns die Franzosen bereits verlassen hatten, nachdem sie in einer Schlacht bei Minden geschlagen worden waren, durfte Vater zwischen zwei Feldzügen eine Woche zu Hause verbringen. Wir hatten uns noch nicht richtig an unsere neue Freiheit gewöhnt. Der preußische Krieg um Schlesien sollte allerdings noch weitere vier lange Jahre dauern.

Ich erinnere mich an einen Abend, als er am Tisch saß, Notenblätter vor sich, und doch nicht schrieb. Statt dessen rollte er einen Blechzylinder gedankenverloren auf der Tischplatte hin und her.

»Vater?« fragte ich zaghaft.

Er schreckte auf.

»Oh«, sagte er nur, legte den Zylinder beiseite und griff nach der Schreibfeder.

Jetzt hatte ich den Tisch erreicht und streckte die Hand nach dem Zylinder aus, einem der Dinge, mit denen sich Vater und Wilhelm beschäftigt hatten. Ein selbstgebautes Fernrohr mit zwei kostbaren geschliffenen Linsen. Leider hatte ich es nie in die Hand nehmen, geschweige denn ans Auge führen dürfen, das hatte mir Wilhelm ausdrücklich untersagt, obwohl ich immer wieder darum gebettelt hatte.

»Vater«, begann ich erneut, »zeigst du mir noch einmal die Sterne?«

Zerstreut schaute Vater auf, als hätte er mich nicht verstanden, es war ja auch höchst ungehörig, ihn bei der Arbeit zu stören. Sein Blick heftete sich auf das Fernrohr und meine Hand, die ich langsam zurückzog, da sprang er plötzlich auf und nahm mit einem raschen Griff das Instrument an sich.

»Hol deinen Umhang und komm mit.«

Auf dem Weg zum Wall und zur Schanzmauer konnte ich kaum mit ihm Schritt halten. Aus Angst, ihn zu enttäuschen, wenn er mir den Sternenhimmel erklären würde, begann ich bereits, während wir noch den Wall hochhasteten, nach oben zu starren, wobei ich beinahe mit dem Gesicht voran im Gebüsch gelandet wäre. Ich war mir nicht sicher, ob ich noch alle Sternbilder fehlerfrei beherrschte, es war ja mehr als zwei Jahre her, seit ich Vater und Wilhelm zum letzten Mal bei ihrer Sternenkunde belauscht hatte, und meist redeten sie ja ohnehin nicht über so einfache Dinge wie Sternfiguren.

Dann entdeckte ich etwas Bekanntes.

»Sieh mal, Vater, da steht der Orion.«

»Ach was, Orion! Saturn müßte gerade in Konjunktion zur Sonne stehen. Er hat jetzt seine größte Helligkeit erreicht, und die Ringe sind maximal geöffnet. Sieh mal.«

Mit einer gewissen Ungeduld hielt er mir das Fernrohr hin, kaum daß er es selbst einen Moment benutzt hatte.

Er hätte mich warnen müssen. So aber traf mich beim Blick

durch die Linsen völlig unvorbereitet ein greller Lichtstrahl, der in tausend farbige Funken zerstob. Eine Eigentümlichkeit der Linsenteleskope, an die man sich erst gewöhnen muß. Ich erschrak, und es kam mir ein bißchen so vor, als hätte mich Wilhelm aus der Ferne bestraft. Später wußte ich, die Linsen bündeln das einfallende Licht, und an den Rändern der Gläser entstehen verwirrende Farbeindrücke, die die Sterne bunter erscheinen lassen, als sie in Wirklichkeit sind. Ich kniff beide Augen zu und blieb ein bißchen benommen neben Vater stehen, der meine Verwirrung nicht bemerkte, mir das Fernrohr aus der Hand zog und sich wieder in den Anblick des Nachthimmels versenkte.

»Selbst mit so einer geringen Vergrößerung sieht man ein paar Unterscheidungen in den Ringen.« Mein Vater hat noch eine Menge gesagt, hauptsächlich zu sich selbst. Es fiel ihm wohl nicht auf, daß ich auf Fragen nicht antwortete.

Wir haben den Mars betrachtet, er durchs Fernrohr, ich mit bloßem Auge, weil ich keinen zweiten Versuch mit dem Ding riskierte, aus dem die farbigen Blitze schlugen. Nachdem ich begriffen hatte, daß der Mars kein besonders hell leuchtender Stern, sondern wie die Erde ein Planet ist – ein Himmelsobjekt mit einer Eigenbewegung –, machte mich Vater, weil er gerade so schön im Schwung war, mit weit ausholenden Gesten gleich noch mit dem Bau des Universums vertraut.

»Und das alles bedeutet die Harmonie des Himmels?« fragte ich schließlich zaghaft, eine geheimnisvolle Formulierung aufgreifend, die ich aufgeschnappt hatte.

Vater fuhr sich ein bißchen irritiert über die Perücke, als wäre ihm gerade erst wieder eingefallen, wer ihm da zuhörte.

»Na ja«, sagte er, »so ungefähr wenigstens. Schau mal, das Wintersechseck ist jetzt klar zu erkennen. Du beginnst bei Rigel, dem rechten Kniestern Orions, gehst weiter zu Aldebaran im Stier, dann zu Capella, dem hellsten Stern im Fuhrmann, läufst zu Pollux, dem unteren der Zwillinge, weiter zu Procyon, dem Auge des Kleinen Hundes, und schließlich zu Sirius im Großen Hund.«

»Sirius?«

»Der silberweiße Stern dort über dem südlichen Horizont, der fortwährend blinkt.«

»Sieht Wilhelm die Sterne genauso?«

Nach zwei Jahren Abwesenheit war Jakob allein heimgekehrt, denn ihm war endlich die ersehnte Stelle im Hoforchester zugesagt worden. Seine Ankunft hatte bei mir nur mäßigen Enthusiasmus ausgelöst, ich wartete ja vor allem auf Wilhelm, den ich mir nur immer undeutlicher vorzustellen vermochte. Die breite Stirn, die dunklen Augen, der freundliche, auf mich gerichtete Blick, den ich nun verunsichert aus meiner Erinnerung strich. Hatte mein Bruder nicht uns alle enttäuscht? Warum blieb er trotz unserer Botschaften in der Fremde?

»Das hoffe ich, Lina, über England stehen sie im Augenblick nicht so sehr viel anders als über uns, England liegt etwa zehn Grad weiter westlich. Ach ja, Wilhelm.« Vater ließ das Fernrohr mit einem leisen Seufzer sinken.

»Stecken die Sterne doch nicht fest an der Kristallsphäre?«

»Sieh mal, Lina ...« Vater faßte meine kalte Hand.

Wie groß das Weltall ist, wisse niemand, erklärte er, noch, wie fern die einzelnen Sterne stünden, obwohl man sich bereits seit der Antike bemühte, Entfernungen zu messen ...

Ich lauschte aus Liebe zu einem Vater, der mich derartiger Erläuterungen für würdig erachtete, wenn auch nur in Vertretung eines anderen, Abwesenden, dessen Gegenwart wir beide an diesem kalten, funkelnden Abend beschworen, und auch, weil ich ihn nicht zu unterbrechen wagte.

»Wann kommt Wilhelm denn nun endlich heim?« fragte ich erst, nachdem wir uns auf den Rückweg gemacht hatten.

Vater blieb stehen und seufzte schwer. »Wenn wir das nur wüßten!« Er starrte noch einmal nach oben und ich mit ihm, als könnten die Sterne ganz unmittelbar eine Verbindung zu Wilhelm schaffen.

»Ist es wegen dem Krieg und der Desertion?« fragte ich weiter.

»Wer hat dir was von Desertion gesagt?« fuhr mich Vater an, ich zuckte zusammen, aber im nächsten Augenblick lag seine Hand begütigend auf meinem Kopf.

»Kind, darüber darfst du nicht reden, zu niemandem. Wir müssen uns ganz ruhig verhalten, bis der Krieg aus ist, aber das kann noch dauern.« Er seufzte erneut.

»Ach, Vater.«

»Still, ich weiß ja auch nicht, wie's weitergehen soll, und denke andauernd, wenn nur Wilhelm wieder da wäre.«

Als Tochter eines Musikers verfügte ich über ein ausgezeichnetes Gehör, dem keine Schwingung, kein unsicheres Zögern, kein noch so leises, entmutigtes Dämpfen der Stimme entging, und ich ahnte auf einmal, wie schwer auch meinem Vater ums Herz war, wie ihn die Abwesenheit seines Lieblingssohns bedrückte und wie sehr der Frieden in unserer Familie gerade von diesem einen abhing, weil alle immer nur an ihn dachten.

Den Winter 1759 hindurch habe ich das Wintersechseck im Auge behalten und zugesehen, wie es westwärts über den Himmel wanderte.

Und im Frühjahr habe ich meinen Talisman, Wilhelms Band, verloren. Mutter hatte es mir weggenommen und in die Wäsche gesteckt, und schon in dem Gemuddel im großen Kessel war es von den anderen, gleichartigen, nicht mehr zu unterscheiden. Ich habe noch versucht, es wieder herauszufischen, aber mir dabei die Finger verbrüht. Wie sollte ich jetzt noch meine ganz persönliche, geheime Verbindung zu Wilhelm halten?

2

Etwa ein halbes Jahr später, an einem Abend im Mai, schleppte sich ein müder alter Mann in einem zerschlissenen Soldatenrock die Gasse zu unserem Haus hoch. Ich sah ihn langsam näherkommen und wollte gerade das Fenster zuschlagen, als mich eine Geste innehalten ließ: der Griff zum Pfeifenkopf, der aus der Rocktasche hervorsah. Das Fenster klapperte im Wind, ich rannte in die Küche.

»Der Vater kommt, hast du gewußt, daß er wieder Urlaub erhalten hat?«

Mutter lief zum Fenster, ich drängte mich neben sie und deutete hinunter in die Gasse.

»Da schau, ich lauf ihm entgegen.«

»Warte«, Mutter hielt mich am Ärmel fest, »du bist viel zu ungestüm. Laß ihn allein heraufkommen, und sag ja nichts, bevor er nicht selbst den Mund aufmacht. Er ist der Hausherr, vergiß das nicht. Es soll gleich alles wieder seine Ordnung haben.«

Ihre Anweisung erstaunte mich. Mutter schien tatsächlich etwas erfahren zu haben, das sie uns Kindern nicht mitgeteilt hatte, oder der Blick aus dem Fenster hatte ihr mehr verraten als mir. Verunsichert drückte ich mich still an die Wand, als Vater an mir vorbei die Stube betrat, ein zerbrechlicher Mann, den der Tornister auf seinem Rücken viel mehr beugte als früher. Bis dahin war er mir nie alt vorgekommen.

Sein erster Blick schweifte langsam durch die Stube, während er mit einer Bewegung der Schulter das Marschgepäck lockerte. Es plumpste mit einem häßlichen Laut auf den Tisch. Ohne sich nach uns umzusehen, schlurfte er zu einem Bord an der Wand, nahm die kleine Übungsgeige, die Adempken, herunter und klemmte sie zwischen die Knie, nachdem er in seinem Lehnstuhl Platz genommen hatte. Er zog der Geige neue Saiten auf.

»So«, sagte er, sobald er fertig war, »jetzt bin ich zu Hause angekommen, das war der letzte Feldzug für mich.«

Erst jetzt durften wir ihn begrüßen.

Vater war es tatsächlich gelungen, noch mitten im Krieg wegen seines fortschreitenden Asthmas und den wiederholt auftretenden Gliederschmerzen seine Entlassung durchzusetzen.

Nach dem Abendessen winkte er Dietrich zu sich heran, den blonden Knirps, der uns seit zweieinhalb Jahren, seit er die Wiege endgültig verlassen hatte, vor den Füßen herumrutschte und der noch vor nicht allzulanger Zeit wie eine Puppe für mich gewesen war, mit der ich herumgealbert hatte.

Vater setzte ihn vor sich auf den Fußschemel und reichte ihm die Adempken. Einen Augenblick hoffte ich, daß Dietrichs kleine Wurstfinger nicht um den Hals der Geige reichten, aber er schaffte es, wie geheißen, die Kuppe des Mittelfingers auf die erste Saite zu legen. Ich stand hinter ihm, machte einen langen Hals und meinte, selbst die hart gespannte Darmsaite unter den Fingern zu spüren und wie die Rundung der Geige gegen das Kinn drückte und mit der Zeit dort einen kaum noch verblassenden Abdruck hinterlassen würde. Mein kleiner Bruder quengelte nicht, sondern konzentrierte sich genau wie ich, nur daß meine Konzentration ins Leere lief, denn Vater nahm keine Notiz von mir, seine Aufmerksamkeit war voll auf Dietrich gerichtet. Irgendwann kam ich mir, so nach Beachtung lauernd, töricht vor, und mit einem Rest von Selbstachtung zog ich mich ans Spinnrad zurück. Von da ab saß ich während der Geigenstunden gewöhnlich in meiner Ecke, strickte oder spann und lauschte dabei.

Am Ende der fünften oder sechsten Stunde verharrte mein Vater noch eine Weile, bis er aufschaute und mich forschend ansah.

»Dietrich macht noch raschere Fortschritte als alle anderen, hättest du das gedacht, Vater?« sagte ich hastig, unter seinem Blick befiel mich eine plötzliche Unsicherheit.

»Lina, leg das Strickzeug weg, und komm einmal her.«

Ich dumme Gans rührte mich nicht sofort.

»Na, nun komm schon.«

Vater klang nur müde, nicht ungeduldig, aber er erhob sich jetzt, gleich würde der Augenblickseinfall vergessen sein. Ich sputete mich, die Geige zu ergreifen, die er mir hinhielt.

Mit einem leichten Schwung nahm ich das Instrument hoch und setzte es genau links unter den Kiefer ans Schlüsselbein.

»Jetzt greif den Bogen, nicht so fest, leichter, das Handgelenk muß beweglich bleiben.«

Ich hatte die Bewegung tausendmal studiert und in Gedanken nachvollzogen und stellte nun fest, in den Dingen, mit denen ich es zu tun bekam, steckte eine widerspenstige Energie, die ich gar nicht vermutet hatte. Dabei durfte ich mir nicht allzu viele Ungeschicklichkeiten erlauben, die Vaters Geduld strapazieren würden. Ich schielte zu ihm, als ich den Geigenbogen auf ein und derselben Note strich, und bemerkte diesen

Ausdruck, der gewöhnlich an Zahnschmerzen denken läßt, und dachte ja selbst, jede Katze kreischt melodischer. Erst als ich mir ein Band vorstellte, gab der Druck in meiner Brust ein wenig nach. Anfangs flatterte Wilhelms Band noch unmäßig. Ein breites Band, mit der vollen Bogensaite erzeugt, ein D-Dur-Ton in leuchtendem Kornblumenblau ohne die geringste Trübung, den ich immer glatter, immer straffer, als schimmernde leuchtende Bahn vor mir ausdehnte. Vaters Miene entspannte sich allmählich, und sein mahnender Zeigefinger sank herab.

»Ja, jetzt singt der Ton, er quietscht und wackelt nicht mehr, versuch's mal piano und nun pianissimo.«

Ich ließ den Ton verhauchen und stand erstarrt in Erwartung eines ersten Urteils. Mein Vater nickte wohlwollend, den Kopf leicht schief geneigt. »Morgen machen wir weiter«, sagte er bloß.

Mir lag die Versicherung auf der Zunge, mir die größte Mühe geben zu wollen und ja nicht zu versagen und überhaupt ebenso schnell zu lernen wie der kleine Dietrich, möglicherweise noch rascher, schließlich war ich ja fünf Jahre älter und verständiger. Aber ich brachte keinen Ton heraus vor lauter Freude und Erleichterung. Noch etwas anderes, Wichtiges war passiert, das mir erst so nach und nach klar wurde. Ich brauchte keinen Talisman mehr, ich hatte jetzt die Musik, die mich mit Wilhelm verband.

3

Kaum hatte sich herumgesprochen, daß Vater jetzt in der Stadt bleiben und wieder unterrichten würde, kamen die Schüler nur so geströmt und beileibe nicht nur Anfänger.

Bald wurde es üblich, daß er bei uns zu Hause kleine Konzerte mit seinen Schülern veranstaltete. Auch mit Dietrich selbstverständlich, und ich durfte ab und zu die zweite Geige spielen.

Die Konzerte, bei denen wir sangen, gerieten besonders stimmungsvoll. Dietrichs Kindersopran und meine helle

Stimme traten gegen die dunkleren der übrigen Schüler an, jungen Männern von wenigstens fünfzehn, sechzehn Jahren. Die jüngeren Burschen, die sich wie Alexander gerade mit dem Stimmbruch quälten, beschränkten sich auf die instrumentalen Partien.

Während einer Probe zu einem kleinen Weihnachtsoratorium, in einer Pause, als alle in den Noten blätterten, stellte ich mich neben Mutter, die, wie ich sonst, mit der Spindel in der Hand in einer Ecke saß und zuhörte.

»Mutter sollte mitsingen, Vater, sie singt wunderschön und würde die Sopransoli genauso gut ausführen wie Dietrich und ich.«

Mutter fuhr auf. »Was du bloß sagst!« Sie warf einen Blick auf die anderen Schüler – der eine oder andere grinste –, dann ging sie hinaus und war den ganzen Abend nicht mehr zu bewegen, die Küche zu verlassen.

Kaum hatten wir uns nach der Probe zu einer späten Brotzeit um den Tisch in der Stube gesetzt, kam ich auf meinen Vorschlag zurück.

»Als die Franzosen noch da waren, hat Mutter oft mit uns gesungen, und einer der Offiziere war begeistert von ihrer Stimme. Warum soll sie jetzt nicht mitsingen? Sieh mal, Vater ...« Wenn es um Musik ging, maß ich mir schon einigen Sachverstand zu. Mutter erhob sich, um noch einen Krug Bier aus der Küche zu holen, blieb aber stehen und strich sich mit der Hand unaufhörlich die Schürze glatt.

»Hör nicht auf das dumme Geschwätz deiner Tochter, Isaak.«

»Ja, warum denn nicht? Wir haben früher viel zusammen gesungen, und wenn selbst ein französischer Offizier dich lobt ...« Mein Vater schmunzelte.

Mutters Wangen liefen verdächtig rosa an, sie wirkte immer verlegener, was uns jetzt alle amüsierte.

Ich rutschte aus der Bank und suchte rasch die Noten zusammen. »Schau, Vater! Mutter könnte auch allein die zweite Stimme bestreiten, ihre Tonlage ist ja ein bißchen tiefer als unsere«, plapperte ich so eifrig, daß ich den Umschwung in Mutters Stimmung nicht gleich mitbekam.

»Jetzt reicht's aber mit den Späßen auf meine Kosten, Lina, und laß dir nicht einfallen, sie vor den anderen Leuten zu wiederholen.«

Verständnislos schaute ich zu ihr auf und danach zu meinem Vater.

»Also, ich hätte nicht unbedingt was dagegen, Ilse, wenn du dich trautest.«

Mittlerweile überzog eine flammende Röte die Wangen meiner Mutter, ich sah, wie ihre Hand verdächtig zitterte, dachte, gleich holt sie zum Schlag aus, und duckte mich vorsichtshalber.

Sie hielt sich aber zurück. »Das möchte ich doch ein für allemal klarstellen: Es ist eine Sache, wenn ich in der Küche sitze und singe, damit mir etwas leichter ums Herz wird. Es war ja sonst nicht auszuhalten mit diesen Fremden in der eigenen Wohnung. Und eine andere, vor ein Publikum zu treten. So etwas gehört sich nicht für eine anständige Frau und für eine in meinem Alter schon gar nicht.«

»Aber es kommt doch nur auf die Stimme an«, widersprach ich aufgebracht.

Ihr Blick flackerte, mit meiner Hartnäckigkeit hatte sie nicht gerechnet. Auf einmal begriff ich: Sie genierte sich, vor ein paar halberwachsenen jungen Burschen, den Schülern meines Vaters, und einer Handvoll Freunden der Familie aufzutreten! Aber warum bloß? Ich hatte meine Mutter sonst nie feige erlebt, sondern im Gegenteil überaus mutig, ich brauchte mich nur daran zu erinnern, wie sie Wilhelm zur Flucht verholfen hatte. Ihre Scheu war mir ein Rätsel, das mir zu denken gab und das mich gegen sie einnahm. Erst viel später sollte ich sie verstehen lernen.

Mir jedenfalls bereiteten die kleinen Konzerte in unserer Stube ein ungetrübtes Vergnügen.

Mutter nörgelte hin und wieder über die vielen Leute, die sich zu allen Tageszeiten in unserer Wohnung drängten. Erst jetzt wurde mir klar, wie beliebt Vater war und wie anerkannt als Musikexperte, denn es kamen ja auch etliche Kollegen auf einen Schwatz vorbei. Als Mutter am Ende einer meiner Geigenstunden wieder einmal darüber murrte, daß sie dauernd all die Leute mit Kaffee bewirten mußte, schüttelte Vater unwillig den Kopf.

»Ilse, du solltest selbst ein wenig in Gesellschaft gehen. Warum triffst du dich nicht mit Freundinnen? Ihr könntet auf dem Wall spazierengehen, und zu reden hättet ihr sicherlich genug.«

Mutter hielt einen Packen frisch ausgebesserter Leintücher auf den Armen. »So, meinst du? Na, schön wär's schon. Ich hab ja sonst auch gar keine Erholung.« Sie wandte sich zur Tür. »Wenn ich Lina den ganzen Tag zu Hause hätte, könnt ich schon hier und da mal weg.«

Ich wartete nicht einmal, bis sie zur Tür hinaus war.

»Vater«, rief ich atemlos, »ich darf doch weiter zur Schule gehen? Bis zur Konfirmation wie Wilhelm und Jakob?«

Vater kratzte sich nur viel- oder auch nichtssagend mit dem Geigenbogen hinter dem Ohr. Mutter drehte sich um und musterte uns einen nach dem anderen in dem sicheren Bewußtsein, in diesem Augenblick die stärkere zu sein.

»Was glaubst du denn, was aus dem Kind einmal werden soll, Isaak? Wenn wir großes Glück haben, findet sich ein zweiter Griesbach für sie, aber find den mal ohne einen Taler Mitgift. Mit ein bißchen Hausleinen gibt sich heutzutage keiner mehr zufrieden.«

Bei der Erwähnung von Griesbach verzog Vater angewidert das Gesicht. Mutter bemerkte sofort, daß sie einen taktischen Fehler begangen hatte. Er sollte ihr kein weiteres Mal unterlaufen, wenn es um mich ging.

Um meine Zukunft hatte ich mir bis dahin nicht so viele Gedanken gemacht. Einen Mann wie Griesbach ehelichen? Pfui Teufel!

Von da ab fand ein heimtückischer Kampf statt, in dem ich die schwächste Partei bildete, außerdem auch die verwundbarste. Es war für mich nicht einmal vorstellbar, die Schule aufzugeben. Jeden Morgen zog sich mir der Magen zusammen, wenn ich beim Aufbruch Mutters mißbilligenden Blick bemerkte, und während des Unterrichts mußte ich wiederholt daran denken, wie sie die Gelegenheit ergriff, auf Vater einzureden. Manchmal flimmerte mir die Schrift an der Tafel vor den Augen, und ich gab dem Lehrer hin und wieder falsche Antworten, weil mich seine Fragen aus meiner Grübelei rissen. Ich fühlte mich weder zu Hause noch in der Schule mehr wohl.

Ostern 1761 war die Sache entschieden. Karfreitag, nach der Messe, teilte mir Vater seine Entscheidung mit.

»Lina, ich kann nicht zusehen, wie sich Mutter totrackert, und für eine Magd fehlt mir einfach das Geld. Ich beziehe als Pensionär doch nur noch halben Sold. So viel bringen mir die Schüler und das Notenkopieren auch nicht ein. Allein die Ausgaben für die Miete!«

Den ganzen Heimweg über redete er mich weich, ich schlurfte neben ihm wie die Spülmagd, die jetzt aus mir werden sollte, oder die Frau, die jedes Jahr ein Kind gebar, deren Becken immer breiter wurde. Solche Weiber sah ich täglich, manche watschelten ungelenker als die Gänse, die die Bauern auf den Markt brachten. Vor unserer Haustür legte er mir beschwörend die Hand auf den Arm.

»Ich will sehen, was ich tun kann. Vielleicht läßt sich hier und da etwas für dich arrangieren. Ein paar Stunden bei einer Putzmacherin, ein wenig Tanzunterricht.«

»Französisch, ja, Vater? Wenigstens Französisch!« bettelte ich inbrünstig.

Kaum war eine Woche seit meinem letzten Schultag verstrichen, fühlte ich mich bereits nach dem Aufstehen merkwürdig matt und kraftlos. Diese Müdigkeit konnte nicht von der Arbeit herrühren, die jetzt täglich auf mich wartete. Mutter nahm mich tüchtig ran, um mir keine Zeit zu lassen, der Schule nachzujammern, übertrug mir aber nur die leichteren Aufgaben wie Treppe fegen, Töpfe ausscheuern, Wäsche stampfen und die Zinnteller mit Asche und Sand blankscheuern.

Gegen Mittag, beim Gemüseputzen, setzten heftige Kopfschmerzen ein, danach wurden meine Bewegungen immer langsamer und fahriger, ich mußte das Messer weglegen. Den

Ofen konnte ich schon nicht mehr auskehren, ein eigenartiges Reißen schlich sich in die Glieder, und am nächsten Morgen gelang es mir nicht einmal mehr, aufzustehen.

Als Mutter eingesehen hatte, daß mich nicht Faulheit oder Aufsässigkeit im Bett festhielten, rief sie eine Nachbarin, die sich mit Krankheiten auskannte.

»Zieh ihr das Hemd mal hoch, Ilse.«

Trotz des Fiebers, das mich nicht mehr klar denken ließ, schämte ich mich, so entblößt zu werden. Die Nachbarin betrachtete eingehend meinen Bauch.

»Noch nichts zu sehen. Ich könnt aber wetten, daß sie das Fleckfieber hat. Wenn sie Stippen auf dem Bauch kriegt, weißt du jedenfalls Bescheid, aber so lang würd ich nicht zuwarten. Leg sie extra, und halt alle anderen von ihr fern. Wäre doch schade, wenn sich dein Kleiner ansteckt, das goldige Kerlchen.«

Es leuchtete mir ein, daß man mich in diesem Zustand allein in die Bubenschlafkammer sperrte. Ich fiel in die Krankheit wie in einen tiefen Brunnenschacht. Das Licht in der kreisrunden Öffnung über mir entschwand immer weiter, das Fallen selbst wurde zur Krankheit, zur Bestimmung, der finstere schlammige Grund sandte seine Kälte aus, und mit ihr kam eine allumfassende Gleichgültigkeit, die mich meine Verlassenheit kaum noch spüren ließ. Ab und zu erschien einer von den Meinen an der Tür, aber außer Mutter kam niemand zu mir herein.

Zwei oder drei Wochen verbrachte ich in diesem eigenartigen Dämmerzustand. Manchmal drangen Gesprächsfetzen bis zu mir, auf die ich nicht weiter achtgab. Ich hätte mir auch nicht die Mühe gemacht, einer Unterhaltung zu lauschen, wenn sie nicht direkt vor der angelehnten Tür im Flur stattgefunden hätte.

»Man weiß nie, wozu es gut ist, Ilse«, sagte Vater.

»Ach trotzdem, das arme Kind, es war ja doch ein liebes gewesen«, sagte Mutter bekümmert.

»Aber so ist es nun mal, sie kommen und sie gehen, und nur Gott weiß, warum es so ist, man muß sich halt damit abfinden.

Ich hätt jetzt Zeit fürs Abendessen, danach fallen noch zwei Stunden Unterricht an.«

Zweifellos sprachen sie über mich!

Ich versuchte, mich zu räuspern, brachte aber keinen Laut heraus. Dabei war es mir auf einmal wichtig, mich irgendwie bemerkbar zu machen. Mir wurde furchtbar kalt bei der Erkenntnis, daß sie sich mit meinem Tod bereits abgefunden hatten. Deshalb redeten sie über mich wie über eine Leiche. War es ähnlich abgelaufen, als meine Brüder und Schwestern starben? Hatte Mutter über den kleinen, steifen Körpern geweint? Oder ging sie gleich daran, das Abendbrot zu richten, ich hörte sie ja in der Küche hantieren.

Vielleicht habe ich in diesem Moment beschlossen, auf keinen Fall schon jetzt zu sterben.

Quälend langsam nur schritt die Genesung voran. Für ein paar Monate verwandelte ich mich zurück in ein Kleinkind, das buchstäblich auf Händen und Knien herumrutschte, als sollte sich auf diese Weise wahrhaftig ein Neubeginn in ein besseres Leben ergeben.

Als ich meine Glieder wieder gebrauchen konnte, wartete auf mich jedoch nichts anderes als die übliche Plackerei und allerhöchstens ab und zu eine Geigenstunde, wenn Vater die Zeit dafür fand.

4

Eine Schneiderin wuselte um mich herum, den Mund voller Stecknadeln. Sie hantierte an mir, als ob ich eine Gliederpuppe wäre, ihr Gesicht war sehr ernst. Konzentriert murmelte sie unentwegt Zahlen, während sie mir ein Maßband um die Taille legte und anschließend um die Brust schlang.

»Wir werden ein paar Rüschen ins Mieder nähen müssen, das gibt die nötige Fülle.«

Nicht einmal ihr bedauernder Blick auf meinen dürftigen Busen verdroß mich wirklich, auch wenn ich fand, sie hätte ruhig weniger deutlich auf meinen Mangel hinweisen können.

Ich war gerade vierzehn geworden und sollte mein erstes

neues Kleid erhalten. Bisher hatte ich nur die abgelegten und zurechtgekürzten Sachen von Sophia getragen. Ein Kleid aus echter schwarzer Seide zur Konfirmation. Die Konfirmation selbst gehört bekanntermaßen zu den zwei herausragenden Ereignissen im Leben eines Christenmenschen, die er bei wachem Verstand mitbekommt. Ob ich je meine Hochzeit erleben würde, wagte ich im stillen zu bezweifeln, wußte nicht einmal, ob ich sie mir wünschen sollte. Daher war ich gewillt, aus der Konfirmation so viel Genuß wie nur möglich zu schlagen, im vollen Bewußtsein, ein vielleicht langes, wenig ereignisreiches Leben hindurch davon zehren zu müssen.

Während ich bügelte, lernte ich Katechismusverse auswendig, rein mechanisch, um den Inhalt würde ich mir später Gedanken machen – nicht der Ernst des Lebens erreichte mich, sondern der Leichtsinn.

Mich beflügelte der beste aller Gründe zu überschwenglicher Freude. Wilhelm würde zum ersten Mal seit sieben Jahren nach Hause kommen, in seinem letzten Brief hatte er sich angekündigt und danach gefragt, ob an der Kirche noch derselbe alte Pastor den Dienst versah, der auch ihn konfirmiert hatte. Es schien mir sonnenklar, daß er das große Ereignis in meinem Leben nicht versäumen wollte, den definitiven Abschied von der Kindheit.

Von Neugier auf ihn zu sprechen, wäre schlicht untertrieben. Er hatte, den Briefen zufolge, in England eine unglaubliche Karriere gemacht. Verlassen hatte er uns als Vogelfreier, als jemand, dem der Galgen drohte oder bestenfalls ein Erschießungskommando, und überhaupt galt ein Heeresoboist, wie er oder Vater, in der strengen Gesellschaftsordnung unserer Stadt nicht mehr als ein besserer Lakai. In England dagegen hatte er sich mittlerweile noble Freunde zugelegt, Leute von Adel, die ihn keineswegs lediglich als Gelegenheitsunterhalter schätzten, den man nach einer Vorstellung wohlwollend entlohnte und bis zur nächsten vergaß. Sie luden ihn auf ihre Landsitze ein, er speiste von gleich zu gleich an ihrer Tafel. In den Briefen war allerdings bis zuletzt von seiner Sehnsucht nach uns und nach seiner Heimatstadt die Rede gewesen. Daran hielten wir uns nur zu gern, keiner mochte laut die an sich naheliegende Frage stellen: Konnten wir ihm nach sieben Jahren der Abwesenheit noch glauben?

Denn die Angelegenheit mit der Desertion hatte Vater längst geregelt, Wilhelm hatte in Hannover nichts mehr zu befürchten und hätte ohne weiteres bereits vor Jahren zurückkommen können.

Manchmal sagte ich mir, daß sieben Jahre eine zu lange Zeit waren, um dort wieder anzuknüpfen, wo wir getrennt worden waren, und daß ich kein kleines Kind mehr war, das ihm in unverständiger Anhänglichkeit an den Rockschößen hing. Aber die überwältigende, närrische Freude auf ihn ließ sich nicht bremsen, sie überflutete mich mit einer Fülle von Bildern aus der Vergangenheit: Wie er mir die Sterne gezeigt, wie ich mich in seine Arme geschmiegt hatte und er mir sein Schulbündel vermachte, in der Gewißheit, daß ich mich ihm würdig erwiese. Wegen ihm wollte ich keine dumme Gans sein, kein kichernder Backfisch wie meine Freundinnen, aber was sollte ich für ihn sein?

Er trug keinen steifen Zopf mehr, sondern einen samtenen Haarbeutel, und redete mit näselndem Unterton Hannoverisch. Ich fand ihn ziemlich klein und eher unansehnlich, er war ja kaum größer als Vater, und mein Blick blieb an seiner dicken Nase hängen, die sein breites Gesicht mit dem langen Kinn dominierte, während ich einigermaßen verwirrt einen Knicks machte.

Sein Blick ruhte recht wohlwollend auf mir, das war aber dann schon alles an momentaner Zuwendung, ich hatte wirklich mehr erwartet.

Kaum war er angekommen, da breitete er schon Noten aus und vertiefte sich mit Jakob darein, so selbstverständlich, so vertraut mit ihm, als wäre er nie weggewesen. Es war schwer zu fassen, woher diese herzliche Nähe rührte, gerade bei Jakob, dem Kälte und Neid hätten näherliegen müssen. Ratlos beobachtete ich die beiden.

»Ich beginne mit dem Ritornell, um die Leute aufzuwärmen und sie neugierig zu machen«, erläuterte Wilhelm.

Vater, mit der Geige in der Hand, beugte sich zwischen die beiden.

In den vergangenen vier Jahren, seit seiner endgültigen Heimkehr aus dem Heeresdienst, hatte Vater beträchtlich an Schwung verloren. Anfangs hatte er noch mit viel Energie seine Schüler unterrichtet, war in Konzerten aufgetreten – nicht nur in unseren Hauskonzerten –, aber unmerklich hatte sich Erschöpfung breitgemacht, ablesbar an seinem Gesicht, das zusehends wie Pergament verknitterte. Früher war mir Mutter im Vergleich zu Vater alt vorgekommen, jetzt war es genau umgekehrt. Bis auf die zwei vertieften Falten naseabwärts war ihre Haut weitgehend glatt geblieben, ihre Haare schimmerten noch so golden wie früher, während die Perücke über Vaters Altmännergesicht ein paar graue Zauseln platt drückte. Neben mir hatte er Wilhelm am meisten vermißt, sein unverhoffter Besuch verlieh Vaters Stimme auf einmal wieder Klang und Nachdruck.

Am nächsten Tag sollte ein Konzert stattfinden, alles war vorbereitet, der Saal gemietet, die Karten verkauft. Die Herschels würden sich mit eigenen Kompositionen vorstellen, Wilhelms Kompositionen, die er Jakob aus England zugeschickt hatte, sie führten darüber eine lebhafte Korrespondenz. Vater hoffte, daß sich nach dem Konzert die aufgeführten Stücke an einen Verleger verkaufen ließen. Eine neue Einnahmequelle für einen notorisch klammen Haushalt.

Einen Tag später klatschte ich meinen Brüdern Beifall und schaute gerührt zu, wie sie sich auf der Bühne gegenseitig nach vorn schoben, um die Ovationen wie routinierte Komödianten wieder anzuheizen. Wilhelm hatte dirigiert, Jakob die erste Geige übernommen. Alexander hatte ebenfalls mitgespielt, und zuletzt hoben sie Dietrich herauf, der gar nichts beigetragen hatte, aber es machte sich gut, als sich vier junge Herschels, in einer Reihe vor das Orchester tretend, verbeugten. Mutter saß neben mir, ganz andächtig gestimmt. Daß auch ich hätte spielen können, war nicht in Erwägung gezogen worden, nicht einmal von mir.

Danach eilte ich mit ihr voraus, um das Festmahl zu richten. Als dann alle zusammen um den Tisch saßen und sich's wohl sein ließen, redeten vor allem Wilhelm, Jakob und Vater, ganz wie früher Nachlese haltend, hin und wieder schnappte ich, immer auf dem Weg zwischen Küche und Tisch, einen Gesprächsfetzen auf.

Acht Tage lang sehe ich mich eigentlich immer nur rennen. Nicht nur zwischen Küche und Tisch hin und her, auch in die Kirche und zum Konfirmandenunterricht für die letzten Unterweisungen. Wahrscheinlich war es nicht Wilhelms Schuld, daß wir bis dahin wenig Zeit füreinander hatten. Bei der fortwährenden Herumjagerei stellte sich bei mir allerdings so etwas wie Herzbeklemmung ein und Nackenschmerzen, als hätte ich mich ständig angestrengt nach ihm umgeschaut, um wenigstens einen Blick zu erhaschen.

Nach der ersten Überraschung über diesen ja eigentlich unscheinbaren jungen Mann waren wir alle von ihm bezaubert. Sein eleganter Rock, sein souveränes Auftreten, seine leutselige Miene zeigten uns auf die liebenswerteste Art, wie weit es jemand von uns bringen konnte, wenn er seine Chancen zu nutzen verstand. Meine Brüder umschwirrten ihn wie die Fliegen den Honigtopf, und irgendwie fühlte ich mich mitgerissen in eine immer heftigere Erwartung.

Frühmorgens am Konfirmationstag war es dann soweit, jetzt endlich hatte ich Wilhelms volle, ungeteilte Aufmerksamkeit. In meinem neuen Kleid stand ich in der Stube, und Mutter hielt ihm ein Kästchen entgegen.

»Ach, mach du das, das wird sie freuen«, sagte sie höchst feierlich, auch mir war andächtig zumute, fast ein bißchen erhaben. Mein Bruder hob bereitwillig Sophias Brautsträußchen heraus. Die knittrigen Seidenblumen schimmerten nur wenig blasser als an dem Tag, an dem meine Schwester sie getragen hatte.

Jetzt würde er etwas sagen, was diesem Tag seine besondere Weihe verlieh, er mußte sich seit seiner Ankunft etwas für diese Stunde aufgehoben haben, eine Überraschung, denn ab morgen begann das Leben als Erwachsene für mich.

Der Gedanke an die Zukunft war das, was ich bei aller Erwartungsfreude für diesen Tag so ziemlich ausgeklammert hatte. Seit aber Wilhelm seinen Besuch angekündigt hatte, setzte ich ohne eine konkrete Vorstellung meine Hoffnung auf ihn. Er würde das tun, was ich selbst nicht vermochte: mir ein Leben entwerfen, das mir Glück und Zufriedenheit schenken würde. Meine Zukunft hing von ihm ab.

Wilhelm betrachtete versonnen die Blumen, bevor er sie an meine Brust heftete. Dann ergriff er meine Hand, und ihrem Druck gehorchend, drehte ich mich im Kreis.

»Groß bist du geworden!« Wilhelm lächelte über seine eigene Schmeichelei, wußten wir doch alle nur zu genau, daß ich ihm gerade einmal bis zur Schulter reichte. »Ich werde Sophia sagen, wie hübsch und erwachsen du in deinem neuen Kleid ausgesehen hast.«

Daß er bereits von mir in der Vergangenheit sprach, wurde mir in dem Augenblick klar, als Jakob die Reisetasche hereinbrachte und auf einen Stuhl plumpsen ließ. War mir etwas entgangen? Verwirrt schaute ich von einem zum anderen.

»Aber die Feier in der Kirche!« begehrte ich reichlich kläglich auf.

»Tja, sieh mal, Lina, ich habe doch nur diese knapp zwei Wochen, und ich muß, wenn ich schon mal hier bin, wohl auch Sophia, Griesbach und ihre Kinder besuchen, ich weiß schon nicht mehr, wie viele sie jetzt haben. Ich kann nicht abreisen, ohne sie gesehen zu haben, das siehst du ein, nicht wahr? Wie früh die Postkutsche nach Coppenbrügge abfährt, muß ich dir ja nicht extra erklären.«

»Sophia hat das Riekchen verloren«, sagte ich verzweifelt, »und auch das hast du vielleicht gar nicht erfahren: Ich war selbst so krank damals, daß ich beinahe gestorben bin.« Meine Stimme zitterte verräterisch, als ich, weiß Gott warum, auf diese Zeit vor drei Jahren zu sprechen kam und mir das Gespräch meiner Eltern einfiel, das ich in meiner fiebrigen Benommenheit auf mich bezogen hatte.

»Ja, die arme Sophia und ihr Riekchen«, Wilhelm tätschelte mir wohlmeinend die Hand, »dann laß uns jetzt Abschied nehmen, Mutter sagt, du mußt früher als die anderen in der Kirche sein. Komm, laß dich umarmen.«

An einem Ehrentag sollte tunlichst nicht vom Tod die Rede sein, ich selbst hatte aber davon angefangen, und nun hing der Gedanke fest wie ein klebriger Rest Galle vom Seifekochen, während mich Wilhelm an sich zog, freilich so sachte, daß das Bouquet nicht zerdrückt wurde.

Von da an spiegelte sich dieser Tag nur noch in den schwärzesten Farben in meiner Seele. Ich schaute dem Pastor dabei zu, wie er gestikulierte, bei den gleichen Anweisungen vermutlich wie hundertmal vorher, damit auch der letzte Trottel unter uns nichts falsch machte – ich hörte nicht hin. Ich war in den kostbaren Augenblicken, die meine Brüder und die Eltern mit Wilhelm noch verbrachten, nicht dabei, wahrscheinlich waren es die allerletzten auf Jahre hinaus, vielleicht sah ich ihn ja überhaupt nicht mehr wieder. Zum Sterben war mir sowieso zumute.

5

»Seine rechte Seite«, diagnostizierte der Arzt mit unbeteiligter Stimme, »ist komplett gelähmt, da bestehen wenig Aussichten auf Besserung.«

Während er Vater demonstrativ betastete, starrte dieser hilflos, das Gesicht fratzenhaft schief gezogen, die Geige an, die noch von der letzten Stunde am Tisch lehnte. Mutter kramte aus ihren Erinnerungen eine Feldnacht im Winter nach der Schlacht bei Dettingen hervor, die Vater in einem feuchten Graben verbracht hatte, ich sah ihn vor mir, die Glieder am Morgen hart wie ein Stück Holz, aber auch mich selbst, wie ich drei Jahre zuvor monatelang auf Händen und Knien herumgekrochen war.

Diesmal hatte er, vier Monate nach meiner Konfirmation, einen Schlaganfall erlitten.

Ohne daß wir uns absprechen mußten, bildeten Mutter und ich eine Allianz: waschen, füttern, die Finger sachte biegen, den Arm anwinkeln, tausendmal am Tag und tausendmal auf eine Reaktion warten. Dietrich spielte ihm auf der Geige vor, aber das trieb ihm Tränen in die Augen.

Auf der Suche nach etwas, das ihn anregen, aber nicht aufregen könnte, ging ich einen Stoß alter Briefe und Papiere durch, fand aber nichts Brauchbares. Die richtige Idee kam mir, als ich mit Sand den großen Eßtisch scheuerte und immer wieder Sandkörner von der Schiefertafel blies. Einen Moment starrte ich auf die Tafel, sah im Geist eigenartige Figuren und Zeichen, die sich klar von dem dunklen Grau abhoben, und rannte dann, um Tinte, Feder und ein leeres Blatt zu holen.

»Sieh mal«, begann ich im Plauderton, »ich will mal versuchen, die Sache mit der Erde und den Planeten aufzuzeichnen, und du schaust, ob ich diese Ellipsen richtig hinkriege, ja?« Als ich ihm das Blatt vorhielt, zwinkerte er. Die rechte Hand bewegte sich.

»Wilhelm«, fuhr ich entschlossen fort, »hat mir die Sache nie genau erläutert und du übrigens auch nicht.«

»Wi, wi«, nuschelte Vater.

Erklär es mir bitte, Vater, ich hab doch nur noch dich dafür, beschwor ich ihn so oft als nötig, vorsichtshalber sind wir beim Thema Universum geblieben.

Jeden Tag kamen wir mit unserem Gespräch ein Stück voran, und brav habe ich in ganzen Sätzen alles wiederholt, was er mir über Wochen stammelnd, stockend, mit langen Pausen erzählte, wobei ihm anfangs der Speichel aus den Mundwinkeln lief. Jedes Wort mußte er erst durchkauen, bevor es herauskam.

Die alten Griechen, sagte er röchelnd, haben geglaubt, die Sonne drehe sich um die Erde und die Planeten ebenso.

Das denkt ja jeder, der den Lauf der Sonne nur einen Tag lang verfolgt.

Aber sicher doch, wo die größten Astronomen, nämlich die persischen, auch davon überzeugt waren.

Ich wartete, bis er aufhörte zu spucken.

Bitte, Vater, von persischen Astronomen habe ich noch nie gehört.

Also – er begann, mit der linken Hand einen holprigen Takt auf die Armlehne zu klopfen, und in diesem Takt stieß er die Worte hervor –, jede Zeit hat sich ihren eigenen Himmel gebaut, und die alten Perser haben die Himmelserscheinungen bereits vor Jahrtausenden sehr genau beobachtet.

Ich lächelte ihn aufmunternd an. Schön, daß ich das jetzt auch weiß, erzähl weiter. Ich streichelte seine Hände, um ihn zu beruhigen.

Die Weisen aus dem Morgenland – er stockte wieder einmal quälend lange –, die aus der Bibel, die dem Jesuskind ihre Aufwartung gemacht haben, waren selbstverständlich Astronomen. Weiser und Astronom bedeutete damals ein und dasselbe. Die Astronomie ist die erste Wissenschaft, von der die Geschichte berichtet.

Wenn er etwas länger sprach, hörte ich nicht mehr genau hin.

Astronomische oder wissenschaftliche Geräte befanden sich jetzt nicht mehr in unserem Haus, Wilhelm hatte den Globus und den Blechzylinder und alles, was ihm sonst noch wichtig war, mitgenommen, und damit erlosch auch mein Interesse an der Sternenkunde. Erst mein Gespräch mit Vater rief Erinnerungen hervor, zum Beispiel daran, wie er mir im Jahr nach Wilhelms Flucht, voller Sehnsucht nach seinem Lieblingssohn, die Sternbilder zeigte und Begriffe wie Ekliptik, Planet, Längen- und Breitengrad gebrauchte, die sich sehr gelehrt anhörten und mir ihre Magie mitteilten und eine leise Ahnung davon, welche vorzügliche Himmelsmechanik dem Schauspiel der Sterne und Planeten zugrunde liegt. Jetzt beschwor die Erinnerung ein Gefühl der Wehmut, der Schwermut und der Abwehr hervor.

Und es ist ja klar, fuhr Vater schon flüssiger fort, daß auch in Ägypten die Sterne beobachtet wurden, überhaupt rund ums Mittelmeer, wo man auf See eine Orientierung brauchte, wenn die Küsten hinter dem Horizont verschwanden und nur noch die Sterne den Weg wiesen.

Zum ersten Mal kam mir in den Sinn, mir vorzustellen, wie eine Reise nach England verlief. Zwischen Holland und England klaffte ein Meeresspalt, wie ich auf Wilhelms Globus gesehen hatte, und der eigentlich dumme Verdacht stellte sich ein, daß mein Bruder schon von früher Jugend an einem geheimen Plan gefolgt war, der ihn stetig von uns entfernt hatte.

Die Kreter fuhren zur See, die Phönizier und auch die Griechen. Die Stimme meines Vaters leierte. Als die Griechen etwa im achten Jahrhundert vor Christus mit systematischen Sternbeobachtungen anfingen, gab es bereits uralte Sternlisten aus der Zeit der Babylonier, Verzeichnisse von Auf- und Untergängen, Aufzeichnungen über Planetenbewegungen, Daten über deren Sichtbarkeit, Sonnenwenden, Tagundnachtgleichen und und …

Vater schlief unversehens ein, aber es war mir klargeworden, daß er auf alle Fälle ins Leben zurückwollte.

Dank des Himmelshokuspokus hing seine rechte Hand bald nicht mehr so schlaff über der Armlehne.

Ein paar hinkende Schritte bis zum Tisch sollten ihm auch bald gelingen.

So ganz hat er sich nicht mehr erholt, er schaffte es aber, wieder Geigenunterricht zu erteilen, Dietrich vor allem und ab und zu auch mir. Nur für Konzerte reichte die Beweglichkeit der Finger nicht mehr aus.

Meine Brüder lieferten ihren gesamten Lohn zu Hause ab, von Jakobs Einlage blieb aber für den Haushalt kaum etwas übrig, weil er ziemlich viel Geld für seine Kleidung und für die Bewirtung von Freunden ausgab, die er, wie Vater früher, zu uns einlud.

Wilhelm schrieb uns 1766, daß er zu einer sehr einträglichen Stellung in Bath gekommen sei und endlich daran denken könne, die Familie zu unterstützen. Als tatsächlich wenig später ein Geldbetrag von ihm eintraf, machte ich mir wieder ein bißchen Hoffnung und wagte es eines Tages, Vater an ein Versprechen zu erinnern.

»Dietrich ist jetzt alt genug, um Französisch zu lernen, und wir könnten zusammen Stunden nehmen«, bettelte ich.

Leider hatte ich nicht mit Mutter gerechnet. Seit Vaters Krankheit belastete sie der Haushalt noch mehr als je zuvor, und seitdem hatte sich auch das Verhältnis zwischen meinen Eltern geändert. Mutter ließ Vater gar nicht zu Wort kommen, was um so einfacher war, da Vater immer noch nach jedem Wort erst ein bißchen suchen mußte.

»Ich will dir was sagen, Isaak. Ich habe nichts dagegen, daß Lina etwas dazulernt, ich war immer dafür, daß die Kinder was lernen. Es muß aber das richtige sein. Ein paar Monate bei einer Weißnäherin zum Beispiel.«

Wütend sprang ich auf und stieß den Schemel, auf dem ich zu Füßen Vaters gestrickt hatte, mit einem Tritt zurück.

»Du willst, daß ich ein richtiger Klotz bleibe, ein nützlicher Küchen- und Putztrampel. Wenn ich Hemden zuschneiden und säumen kann, bin ich für noch mehr zu gebrauchen als bisher.«

Mutter funkelte mich erbost an, sie war immer noch ein Stück größer als ich.

»Jetzt halt aber die Luft an, wäre ja noch schöner, wenn meine Kinder in der Wohnung herumbrüllen dürften und glaubten, sich gegen die Eltern erheben zu können.«

»Vater«, flehte ich, »sag du was!«

Vater war in seinem Lehnstuhl zusammengesunken, die Hand aufs Herz gekrampft.

Ich starrte in dieses verbrauchte Gesicht, in dem der Mund wie ein Fischmaul auf- und zuklappte, während seitlich ein Speichelfaden herauslief, drehte mich um und rannte aus der Wohnung. Ich rannte die Straße hinunter zum Calenberger Tor, passierte im Laufschritt die Wache und folgte der Landstraße. Nur weg von zu Hause. Ein wahnsinniger Grimm auf meine Familie, besonders aber auf den alten, kranken Mann und den Bruder in England, vernebelte mir nicht nur den Verstand. War es wirklich zu fassen? Ich ließ meinen Vater, den ich doch so zu lieben meinte, einfach im Stich und dachte nur an mich selbst. An mein Elend, an meine Hoffnungslosigkeit, die dieser halbtote Mann noch verstärkte, den ich von neuem würde pflegen müssen, bis in alle Ewigkeit wahrscheinlich. Ich hörte nicht die im Heimkehrrausch schwatzenden Zugvögel, ich sah nicht die blühenden Obstbäume in den Vorstadtgärten, spürte nicht die laue Luft, den Frühling. In mir herrschte seit längerem Winter.

Neben mir wurde ein Pferd gezügelt, widerwillig wandte ich den Kopf, denn ich wollte in meinem ausgedehnten Selbstmitleid nicht gestört werden. Auf einem Leiterwagen hockte eine bunte Gesellschaft, einer trug tatsächlich eine Narrenkappe, an der klingelnde Schellen hingen. Gaukler, Komödianten, ein junges Mädchen, das sich lachend über die Seitenwand des Karrens beugte, ein junger Mann mit zerzausten Haaren, der auf einer Gitarre klimperte. Er warf mir einen feurigen Blick zu und ließ mit einer Kopfbewegung das Haar nach hinten fliegen. Ein hübscher, ungenierter Kerl.

»Komm mit, auf dich haben wir gerade noch gewartet, auf so blitzende Augen. Wir mögen Temperament.«

Ich blieb stehen, stemmte beide Hände in die Hüften, maß ihn abschätzend von oben bis unten. Er winkte, er lockte, ich brauchte nur seine Hand zu fassen und mich hinaufziehen zu lassen. Mein Blick schweifte die gerade Landstraße entlang, der Kutscher auf dem Bock wandte sich um, bisher hatte ich nur beiläufig den in schwarzes Tuch gekleideten Rücken bemerkt. Furchen im Gesicht, tiefliegende, prüfend blickende Augen, eine kurze Pfeife hing dem Alten im Mundwinkel.

Da wirbelte ich auf dem Absatz herum, rannte zurück zur Stadt, ignorierte das spöttische Rufen hinter mir, hörte nur auf meine innere Stimme.

»Lieber Gott«, flehte ich, »straf mich, aber laß Vater nicht sterben. Lieber Gott, ich versprech's dir, ich fang nie wieder Streit mit Mutter an, zumindest nicht, wenn er dabei ist.«

Immer zwei Stufen auf einmal nehmend, sprang ich die Treppe in unserem Haus hinauf. Beim ersten Absatz kam ich nicht weiter. Ein Gepolter und Fluchen hätten mich unten im Flur schon warnen müssen, weiter oben wuchtete ein vierschrötiger Kerl allein eine eisenbeschlagene Truhe von Stufe zu Stufe. An diesem Hindernis hätte ich mich noch vorbeigedrängt. Ein anderes hielt mich dagegen eine Weile auf.

Das Mädchen, das sich auf der Treppe vor mir umdrehte, schätzte ich auf achtzehn, neunzehn Jahre. Sie mußte wenigstens einen Kopf größer als ich sein, unter ihr stehend, kam ich mir wirklich wie ein Zwerg vor oder wie ein Kind. Obendrein lächelte sie mit jener Art Herablassung, wie Ältere sie zuweilen viel Jüngeren gegenüber zeigen. Wenn ich nicht so in Eile gewesen wäre, hätte ich mich geärgert. Und wenn mir nicht eingefallen wäre, sie vollkommen idiotisch, mit offenem Mund anzustarren.

Selbst in unserem düsteren Treppenhaus leuchtete ihr Haar wie Feenhaar. Ein durch und durch gelocktes, feines Gespinst, das sich wie eine blaßgoldene Aureole um ihr schmales Gesicht legte, nur von einem blauen Samtband nachlässig gebändigt, das seitlich über der Stirn eine kokette Schleife bildete. Ihre Haut schimmerte in einem makellosen Alabasterweiß, wie es keine Schminke zuwege bringt. Ein geradezu überirdisches Wesen versperrte mir den Weg, der ausladende Rock ihres gestreiften hellen Kleides aus feinem, glänzendem Chintz nahm die gesamte Breite der Treppe ein.

Wer ist denn so verrückt, ein Kleid wie dieses auf einem Umzug zu tragen? dachte ich, so was paßt zu einer Hochzeit.

»Es ist zu ärgerlich«, sagte sie, »aber ich hänge fest.«

Erst da bemerkte ich, daß sich die Spitze ihres Unterrocks an einem Splint verfangen hatte, der aus dem Geländer ragte. Sie konnte ihn nicht erreichen, weil sie diverse Schachteln auf den Armen hielt. Aus einer der Schachteln ragte eine Goldlitze.

Ihre Stimme klang überraschend heiser, dieser Mißton half mir aus meiner Verwirrung.

»Warte, ich helfe dir, zieh bloß nicht so.«

In diesem Moment glitt die oberste Schachtel herab, der Rest folgte, polterte die Treppe hinunter, und der Inhalt ergoß sich über die Stufen: Seidenbänder, Stickgarne, Glasperlenschnüre in allen Regenbogenfarben, Tressen, Bordüren, Posamenten, dazwischen war das Klingeln von eisernen Nadeln, Häkchen und einer Schere zu hören.

Zu meiner Verblüffung ließ sich die neue Nachbarin lachend auf eine Stufe sinken.

»Das habe ich nun davon, daß ich immer zuviel auf einmal will.«

Unwillkürlich langte ich nach einem Samtband, das sich

über drei Stufen schlängelte und rollte es auf. »Lindgrün wie Frühlingsgras«, murmelte ich.

»*Sterbender Affe*, ein *Frühlingsgras* gibt's nicht.« Das Mädchen zog eine Schachtel heran und stopfte sie mit beiden Händen voll. »Wohnst du hier im Haus? Dann komm mit, und schau dir in aller Ruhe den Flitterkram an.« Sie lächelte mir nachsichtig zu.

Auf einmal hätte ich die Unbekannte am liebsten angeschrien, weil sie mich so verwirrt hatte.

»Laß mich durch. Mein Vater ist todkrank, ich muß ja zu ihm.« Hastig schob ich mich an ihr vorbei und riß den Unterrock vom Splint los, ohne Rücksicht auf die Spitze. Ich jagte die Treppe hinauf, der Möbelträger mit seiner Last war längst verschwunden.

Meiner Mutter unter die Augen zu treten, traute ich mich kaum. Wenn sie mich sofort mit Vorwürfen empfangen hätte, wäre mir wohler gewesen, ich hatte nichts anderes verdient, selbst Schläge hätte ich hingenommen. Sie schaute mich aber nur flüchtig an, während sie eine Decke um meinen Vater feststeckte, der in seinem Lehnstuhl schlief. Seine Brust hob und senkte sich gleichmäßig, der Kopf war zur Seite geglitten, das Gesicht wirkte durchscheinend blaß, aber entspannt, nicht verzerrt, wie ich ja beinahe erwartet hatte. Vor lauter Scham wagte ich weder etwas zu fragen, noch in der Stube zu bleiben, mit eingezogenem Kopf schlich ich in die Küche. Ich kam mir wie ein Ungeheuer vor, weil ich nur noch eine überwältigende Erleichterung verspürte. Kein zweiter Schlaganfall, war alles, was ich denken konnte.

Nach einer Weile gesellte sich Mutter zu mir und begann herumzukramen. Plötzlich fiel mir auf, daß sie Messer und Löffel von einer Lade in die andere räumte, eine völlig sinnlose Beschäftigung.

»Wenn Vater nicht diesen Ehrgeiz gehabt hätte«, begann sie auf einmal heftig, »wäre Wilhelm jetzt hier. Das ist die ganze Wahrheit der Geschichte. Ihr Kinder wißt nicht mehr, wo euer Platz ist. Es ist nicht so, wie ihr alle denkt, daß ich euch Steine in den Weg legen will.«

Ich schwieg.

»Neun Jahre ist er jetzt fort, und er hat sich nur einmal hier blicken lassen und dabei sein restliches Zeug eingepackt. Es sollte dir wohl einleuchten, daß er das nicht getan hat, um uns nicht weiter mit seinem Kram zu belasten.«

Mutter hatte noch nie kritisch von Wilhelm gesprochen, wider Willen fühlte ich mich gedrängt, ihn zu verteidigen. »Aber es ist doch auch großartig, was er in England bisher erreicht hat, und eines Tages vielleicht ...«

Sie schüttelte bedächtig, beinahe bedauernd, mit einem kleinen Aufseufzen den Kopf. »Kein Vielleicht. Du wirst mich erst verstehen, wenn du selbst Kinder hast und weißt, wie es ist, wenn sie sich in Fremde verwandeln, die allerfreundlichsten und liebenswertesten Fremden, denen du nicht einmal verargen kannst, was sie tun.«

Ganz verstanden habe ich sie damals wohl nicht.

6

Am nächsten Tag stieg ich eine Treppe höher, um mich bei Elisabeth Neureuther, der neuen Nachbarin, zu entschuldigen, weil ich ihren Unterrock zerrissen hatte, und um ihr anzubieten, den Schaden zu beheben. Hauptsächlich aber trieb mich Neugier.

Elisabeths Vater hatte einen Posten als Stadtschreiber inne, sie war das einzige Kind und eine Erbin, wie sie mir gleich zu Anfang unserer Bekanntschaft etwas hoffärtig mitteilte. Beerben würde sie einmal ihren Onkel, den kinderlosen Besitzer eines einigermaßen gutgehenden Galanteriewarengeschäfts, der sie mit all dem Glitzerzeug versorgte, das ich auf der Treppe bewundert hatte. Sie würde einen Vetter heiraten, Anselm, der seit einigen Jahren dem Onkel im Laden half. Es beeindruckte mich, wie wohlgeordnet ihre Lebenspläne aussahen, während um sie herum mit den halbgeleerten Schachteln und dem ganzen bunten Tand ein Durcheinander herrschte.

»Ach, du bist schon sechzehn«, bemerkte sie süffisant mit

dieser Stimme, die mir wie ein Reibeisen in die Ohren fuhr, auf die entsprechende Erkundigung. »Das hätte ich nicht gedacht, ich hatte dich auf höchstens vierzehn geschätzt.«

Jeder anderen hätte ich eine solche Bemerkung übelgenommen, zumal sie selbst gerade erst siebzehn geworden war. Sie hatte die schmalste Taille, die ich je sah, und ihr Busen war platter als meiner.

Von da an kam ich jeden Morgen noch vor dem Frühstück zu ihr herauf – sie schlief schlecht und war sehr früh schon auf –, um mit ihr ein bißchen Handarbeit zu betreiben, auch wenn sie nicht das allermeiste davon verstand. Das Geplauder mit ihr lenkte mich vom raschen Verfall meines Vaters ab. Manchmal, wenn ich besonders traurig war, sang ich ihr etwas vor, ihre Stimme taugte ja überhaupt nicht zum Singen.

Wenn ich sang, lauschte Elisabeth ganz ergriffen. Selbst die einfachsten Kantaten riefen ein weiches, liebliches Lächeln auf ihren Zügen hervor, daß sie noch schöner erscheinen ließ. War ich verstummt, lehnte sie ein bißchen erschöpft und in völliger Vertrautheit ihren Kopf an meinen, unsere Haare fluteten ineinander, braune Wellen wurden von Silbergespinst umspielt, besänftigt sah ich unser Doppelbild in dem kleinen Spiegel, der über dem runden Salontisch hing.

Ein halbes Jahr später, im Mai, hatte ich keine Zeit mehr für sie, denn mein Vater brauchte mich ständig. Fast bis zuletzt, als er kaum noch laufen konnte, kopierte er Noten, ich half ihm dabei. An den nahenden Tod wollte ich nicht denken und noch weniger glauben. Ich lebte mit Vater von einem Tag zum anderen, voller Angst, voller Unruhe, unfähig, über diese immer neu bemessene kurze Zeitspanne hinauszusehen. Als das Ende unwiderruflich absehbar war, schrieb ich einen Eilbrief an Wilhelm und hoffte, daß sich mein Bruder unverzüglich zu uns aufmachen würde.

Mein Vater starb im Juni.

Drei Wochen nach der Beerdigung traf eine Antwort ein. Nachdem ich sie vorgelesen hatte, ging ich zu Elisabeth hinauf, weil ich Mutter nicht sagen konnte, was ich dachte und fühlte, und obwohl ich auch nicht sicher war, ob ich mich

Elisabeth wirklich anvertrauen wollte. Meine Gedanken erschienen mir auf einmal viel zu ungeordnet und unklar.

Frau Neureuther ließ mich ein, ich grüßte mit einem knappen Knicks und hastete in Elisabeths Kammer.

»Nicht einmal jetzt kommt Wilhelm her, wo es Mutter so schlecht geht. Statt dessen hat er Jakob nach England eingeladen«, platzte ich heraus.

Elisabeth saß am Fenster und wickelte Garn auf. »Die Beerdigung hätte er auf alle Fälle versäumt, so schnell, wie's mit deinem Vater zu Ende ging« – sie drehte sich zu mir um und musterte mich –, »das ist es nicht, was dich aufbringt, zumindest ist das nicht alles. Ich seh doch, was mit dir los ist, auch wenn du dir's nicht eingestehst. Du würdest selbst gern nach England gehen, statt hier bei deiner Mutter zu versauern. Aber was sollte dein Bruder mit dir anfangen? Mit Jakob kann er wenigstens Musik machen.«

»Du verstehst mich nicht. Es schmerzt mich so sehr, daß Vater Wilhelm nicht noch einmal gesehen hat. Bis zuletzt hat er sich doch nach ihm gesehnt und sich so furchtbar gequält. Ich kann an gar nichts anderes mehr denken«, stammelte ich schluchzend.

Ich brach jetzt ständig in Tränen aus, die letzten Gedanken, Wünsche, vergeblichen Hoffnungen meines Vaters bedrückten mich so, als wären sie mit seinem letzten Atemzug auf mich übergesprungen.

Elisabeth blieb ungerührt. »Deine Brüder offensichtlich schon. Das Leben geht weiter. Und was ich dir längst sagen wollte, dieser da gefällt mir übrigens.«

Immer versuchte sie, mich auf andere Gedanken zu bringen, Geschluchze war ihr zuwider, einmal hatte sie mich sogar fortgeschickt, als ich ihr zu trübsinnig daherkam. Um mich wieder zu fassen, fuhr ich mir über die nassen Wangen und schaute über ihre Schulter hinweg der Gestalt nach, die gerade aus dem Haus getreten sein mußte und sich rasch die Gasse hinab entfernte.

»Jakob? Ausgerechnet der?«

»Deinen hochberühmten Bruder Wilhelm, das Familienaushängeschild, kenne ich ja nicht. Ja, Jakob! Ein Mannsbild zum

Verlieben. Schau dir bloß diese breiten Schultern, die strammen Waden und die ausnehmend hübschen Züge an, dann weißt du, was ich meine. Aber wahrscheinlich nimmst du ihn nie richtig wahr. Und immer ist er so schön ernst. Nach allem, was man hört, ist er obendrein ehrgeizig und fleißig und ein begabter Musiker. Außerdem befaßt er sich nicht mit so versponnenem Kram wie Sternenkunde. Gestern bin ich ihm im Flur begegnet und hab mich mit meinen Röcken so breit gemacht, daß er sich ganz dicht an mir vorbeischlängeln mußte. Wie er die Lippen aufwarf! Ich frage mich, wie es wohl wäre, von ihm geküßt zu werden, vermutlich würd ich mich nicht lange zieren.«

Zu allem Überfluß zog sie eine Kußschnute.

Mir war nicht klar, ob sie mich veralberte. Ich hätte ihr sagen können, daß Jakob sie »Kanarienvogel« nannte, wegen ihrer Vorliebe für farbige Bänder, mit denen sie ihre Garderobe aufputzte, wenn er nicht wie Alexander von der »Bohnenstange« oder dem »Spargel« sprach. Außerdem ging mir auf, daß ich ihr eventuell in meinem heillosen Mitteilungsdrang etwas zuviel über unsere Familie erzählt hatte, wie sonst kam sie auf Sternenkunde?

»Findest du nicht, du solltest solche Bemerkungen unterlassen, wo du doch mit Vetter Anselm verlobt bist?«

Ich kannte den jungen Mann inzwischen. Diesen Anselm bezeichnete ich nun wieder für mich als »Fahnenmast«, ich hätte dem ewig leichenbitterernst dreinblickenden Mann keinen zweiten Blick gegönnt, wäre er mir zufällig auf der Straße begegnet.

»Was du dich gleich aufplusterst! Denk lieber über dich nach und darüber, was du nun mit dir anfangen willst. Ich hab gehört, Frau Küster nimmt noch Schülerinnen in ihre Stickschule auf. Frag Jakob, ob du bei ihr Unterricht nehmen darfst, aber frag ihn möglichst erst direkt vor seiner Abreise, damit ihm nicht viel Zeit zum Überlegen bleibt.«

So kurz nach Vaters Tod fand ich es pietätlos, mich mit etwas anderem als meiner Trauer zu beschäftigen. Verständnislos hatte ich dabei zugehört, wie Mutter und meine Brüder über Wilhelms Brief sprachen, Pläne schmiedeten und sich über die Zukunft unterhielten. Vor mir klaffte die Zukunft nur wie ein großes schwarzes Loch auf.

»Ich könnte ja doch nie etwas mit feinen Handarbeitskünsten anfangen«, wandte ich lahm ein, ich wehrte mich seit Wochen gegen jeden Gedanken, der den Sumpf meiner Trauer hätte durchdringen können. Ich glaube, ich wollte einfach leiden.

»Das stimmt, wenn du dich weiterhin wie ein braves Schaf aufführst. Such dir eine Stelle als Gouvernante.«

Ich winkte wieder nur müde ab, konnte aber nicht verhindern, daß mir ihr letzter Vorschlag bereits ein bißchen zu schaffen machte. Tatsächlich hatte ich selbst schon einmal daran gedacht, die Idee aber sofort wieder verworfen. Die Gründe, die gegen so ein Engagement sprachen, führte ich lediglich an, um zu hören, wie sie mir zustimmte.

»Ich habe einfach zu wenig gelernt, ich spreche nicht einmal Französisch.«

Elisabeth drückte mir ein Gewirr von Garnen zum Sortieren in die Hand. »Na, wenn schon. Nicht jede Familie legt auf Französisch so viel Wert. Du spielst Geige, verstehst etwas von Musik, beherrschst Lesen und Schreiben und jetzt auch ein bißchen Sticken. Wenn du dich aber nicht einmal aufraffst, in Frau Küsters Zirkel zu gelangen, bleibst du ewig deiner Mutter Putztrampel. Am Ende gefällt dir das noch.«

Ich brauchte eine Woche, um einzusehen, daß Elisabeth in allen Punkten recht hatte, und zwei weitere Tage, um mich aus meiner inneren Trägheit zu lösen.

Es wurde auch höchste Zeit, denn es blieben nur noch zwei Tage bis zu Jakobs Aufbruch. Im Abreisetrubel gelang es mir dann leichter als gedacht, erst Mutters Zustimmung zu erhalten und mit ihrer Hilfe schließlich auch seine. Obwohl er genug anderes zu tun hatte, nahm er sich die Muße, mich ins Gebet zu nehmen: Ich dürfe von den neuen Fertigkeiten nur für mich selbst Gebrauch machen. Putzmacherei gegen Entgelt zu betreiben käme nicht in Frage, wir wären schließlich etwas Besseres oder zumindest auf dem Weg nach oben. Ich fragte mich zwar, wieso mir das noch nicht aufgefallen war, ließ ihn aber reden.

7

Eine Woche nach Jakobs Abreise saß ich in einem Salon, inmitten zwanzig junger Damen aus den »hübschen Familien«, die mit aller Selbstverständlichkeit mit Brokaten und Damast umgingen. Es gehörte zum Schliff in diesen anderthalb Dutzend Familien, die gleich nach dem Adel kamen, die Töchter ein wenig Putzmacherei lernen zu lassen. Selbstverständlich nur zum Zeitvertreib, damit sich die Damen zwischen Nachmittagskaffee und Opernball nicht langweilten.

Madame Küster hatte von Mutter erst überredet werden müssen, mich für nur einen Taler Lehrgeld im Monat aufzunehmen.

Unter den jungen Damen gab es keine, die nicht Paniers oder Halbpaniers trug oder zumindest Tournüren, über denen die Röcke an den Hüften ausluden und sich hochbauschten. Da vor einigen Jahren noch zwei Dienstmädchen in Dresden verurteilt worden waren, weil sie gegen die Kleiderordnung verstoßen hatten, indem sie in Reifröcken in der Kirche erschienen, war mir nicht ganz klar, ob ich Tournüren überhaupt tragen durfte. Aber Elisabeth hatte mir kurzerhand erklärt, ich verhielte mich in diesen Modefragen etwas kleingeistig und überängstlich, und schließlich wäre ich keine Stallmagd. Sie hatte mir ihre Tournüren geliehen, damit ich mir nicht so deplaciert vorkam. So richtig wohl fühlte ich mich in den ungewohnten Dingern nicht gerade.

Außerdem schüchterten mich schon die Tapeten an den Wänden ein, denn sie bestanden nicht aus dem bei uns üblichen, braun verräucherten Tuch, sondern aus farbig bedruckten, seidig glänzenden Papierbahnen, über die ich verstohlen mit meinen rauhen Händen strich.

Ich hielt den Kopf möglichst gesenkt und konzentrierte mich auf die vor mir liegende Arbeit, weil ich mich dabei einigermaßen sicher fühlte. Bedachtsam griff ich nach einem dünnen Strang Roßhaar und wickelte gekonnt, als hätte ich mich nie mit anderen Dingen beschäftigt, einen hochfeinen Goldfaden um das elastische Haar, einigermaßen besorgt, den Faden nicht reißen zu lassen. Hin und wieder streifte mein Blick aber doch über den Nebentisch, auf dem sich heller Seidenstoff in modischen Farbnuancen bauschte, die ich dank Elisabeth nonchalant benennen konnte. Etwa *kranker Spanier* für ein Zitronengelb, bei *Stutzers Eingeweide*, einem Braunton, war ich mir dagegen nicht sicher, ob mich das alberne Kichern, das mir die Kehle hochstieg, nicht doch als Außenseiterin bloßstellte. Putzmacherei ist eine ernste Angelegenheit.

Als ich endlich doch einmal etwas freier meinen Blick schweifen ließ, begegnete er dem eines kleinen, zarten Mädchens von zehn oder elf Jahren, das mich zutraulich anlächelte. Mit dieser Kleinen habe ich in den zwei Monaten Unterricht kein Wort gewechselt, sondern nur ein gelegentliches Lächeln und Nicken, aber es half mir, die Stunden zu überstehen.

Ich hatte erwartet, wegen des geringeren Schulgelds nur mit niederen Arbeiten betraut zu werden, aber selbst das Zusammenräumen der Handarbeitsutensilien besorgte ein Dienstmädchen, bevor es den Salon nach jeder Stunde auskehrte, während wir zum Abschluß eine Tasse Tee zu uns nahmen. Nicht mit einer Geste ließ Frau Küster erkennen, daß ich ja doch nicht dazugehörte, nur ich konnte das nicht eine Minute vergessen.

Nach Vaters Tod war Mutter mit uns auf der gleichen Etage in eine kleinere und wesentlich schäbigere Wohnung gezogen, die nur aus zwei engen Zimmern und einem Küchenverschlag bestand. Alexander schlief mit Dietrich in der größeren Kammer, und ich teilte mir mit Mutter die andere, die nicht einmal ein richtiges Fenster aufwies, sondern nur eine verdreckte runde Luke, die sich nicht öffnen ließ. Daß wir über keine eigentliche Wohnstube mehr verfügten, wäre nicht so schlimm gewesen, wenn Alexander nicht neuerdings immer häufiger Besuch mitgebracht hätte, der uns mit unseren Spinn- und Näharbeiten in die Küche vertrieb. Alexander suchte diese Einschränkung durch Leutseligkeit wettzumachen, die er sich gern hätte sparen können. Einmal fing er mich an der Tür zur Küche ab, legte mir den Arm um die Taille und hauchte mir seinen Broyhanatem ins Gesicht.

»Komm, Schwesterchen, laß die Flickerei sein, und setz dich zu uns. Etwas fröhliche Gesellschaft täte dir gut, hab ich nicht recht?«

Seine zwei Kumpane schlugen rhythmisch die Bierseidel auf die Tischplatte.

»Ja, Alex, spiel uns auf, und wir veranstalten mit der Jungfer ein Tänzchen«, lallte der eine der Gäste, ein fetter Kerl, der mit seinen ungeheuren Glupschaugen gleich bei der Begrüßung in meinen Ausschnitt geschielt hatte.

Unwirsch machte ich mich von Alexander los und schloß nachdrücklich die Küchentür hinter mir.

Vermutlich war es kein Zufall, daß der Dicke aufbrach, als ich gerade einen Kübel Unrat die Treppe hinabschleppte. Er kam mir nach und griff mit einer Hand nach dem Eimer und mit der anderen nach mir.

»So laß dir doch helfen, Mädchen.«

Mir war nicht nur die Hand an meinem Arm zuwider, der ausgeatmete Bierdunst, die Körperwärme und der Gestank lange nicht gewaschener Kleider, sondern vor allem die heraufbeschworene Erinnerung an den französischen Soldaten, die im Treppenhaus immer noch auf mich lauerte und mich jetzt wie ein wildes Tier ansprang. Nur war ich kein kleines Kind mehr. Mit aller Kraft stieß ich ihm den freien Ellbogen in den Wanst, so daß er wie ein erschrockenes Schwein aufquiekte, während ich ihm die Treppe hinab entwischte.

»Du, Lina«, sagte Alexander später mit einem Augenzwinkern zu mir, »der dicke Rudolph ist nüchtern ein ganz anständiger Kerl. Er spielt zwar nicht im Hoforchester, aber er schmeißt reichlich mit dem Geld um sich, das der Vater in seinem Kramladen verdient. Auf 'ne Mitgift würde der pfeifen.«

Ganz nah rückte ich an meinen Bruder heran. »Alex, wenn du Mutter gegenüber nur ein Wort über diesen Saufhahn Rudolph verlauten läßt, steck ich ihr, daß du dir letzte Woche Kutsche und Pferde am Markt gemietet hast, statt wie unsereins zu Fuß zu gehen und das Geld im Beutel zu behalten.«

Alexander zog erschrocken den Kopf ein. »Woher weißt du das? Versprich mir, daß du Mutter nichts davon erzählst.«

»Das überleg ich mir noch sorgfältig. Vorher sag mir aber noch eins: Wie hoch stehst du bei deinen Freunden und diversen Händlern in der Kreide?« setzte ich nach, um ganz sicher zu gehen, daß er auf das Thema Rudolph nie mehr zurückkam.

Merkwürdigerweise vermißte ich auf einmal Jakob – aber nicht meinetwegen. Mit Alexanders ungeschickten Kuppelversuchen oder seinen rüpelhaften Freunden würde ich allemal allein fertig. Aber Alexander brauchte dringend jemanden, der seinem leichtsinnigen Treiben wirksam Einhalt gebieten konnte. Nur Jakob als der älteste Herschelsohn hätte die nötige Autorität dazu gehabt, unsere Mutter würde sich vergeblich aufregen.

Über Alexanders Schuldenmacherei hatte mich Elisabeth aufgeklärt. Sie selbst ging zwar selten aus und empfing nur wenig Besuch, wußte aber trotzdem über alles, was sich in der Stadt tat, bestens Bescheid durch ihren Verlobten Anselm und vor allem ihren redseligen Onkel, dessen Galanteriewarenladen ein Umschlagplatz für alle Neuigkeiten unseres Viertels war.

8

»Jakob hat sich an sein Versprechen erinnert. Vater hatte ihn auf dem Sterbebett schwören lassen, daß er sich um Dietrich kümmert, und jetzt wollen ihn meine Brüder nach England holen. Aber Mutter ist dagegen, weil er noch nicht konfirmiert ist.«

Zu meiner Überraschung saß Elisabeth nicht in ihrem Lehnstuhl, sondern putzte Fenster. Zum ersten Mal traf ich sie in einer Küchenschürze und bei einer der für mich gewohnten Drecksarbeiten an. Tatsächlich war sie das einzige junge Mädchen meiner Bekanntschaft – außer den jungen Damen aus Frau Küsters Nähzirkel –, das sich nie um die unerfreulichen Haushaltsdinge kümmern mußte. Wie eine Prinzessin residierte sie in ihrer Kammer, und das machte viel von der Faszination aus, die sie auf mich ausübte.

»Dann kannst du ja statt seiner nach England gehen, nutz die Gelegenheit, schreib deinen Brüdern, daß du alles für sie tun wirst, kochen, putzen und Noten kopieren. Und wenn du erst einmal da bist, suchst du dir was anderes.«

Mir schwante, sie würde gleich unweigerlich auf ihre Lieblingsidee kommen, den Gouvernantenposten, den sie mir wenigstens einmal die Woche empfahl.

»Sie wollen Dietrich, nicht mich. Er soll bei ihnen eine Ausbildung erhalten.«

»Aber er ist zu jung, das hast du doch selbst gesagt.« Sie warf mir einen listigen Seitenblick zu. »Gib es zu: Du ärgerst dich, daß sie deinen kleinen Bruder vorziehen und an dich wieder mal keinen Gedanken verschwenden. Warum bis du nicht beherzt genug, selbst etwas in die Wege zu leiten?«

Ich ergriff einen Lappen und wischte energisch über den anderen Fensterflügel, ich war viel zu gut dressiert, um länger als fünf Minuten untätig zuzusehen, wie jemand anders arbeitete. Außerdem wollte ich durch meine Mithilfe die Arbeit schneller beendet sehen. Schließlich setzte ich auf Elisabeth als teilnahmsvolle Zuhörerin, nicht abgelenkt von banaler Hausarbeit.

»Weil meine Mutter mich braucht.«

»Erst war's der Vater, und jetzt ist's die Mutter. Weißt du, was ich glaube? In Wirklichkeit bist du feige und ängstlich, und das warst du schon immer, von klein auf. Du bist vor einer Katze weggelaufen und hast dich von einem Bären erschrekken lassen.«

»Das ist aber ein schöner Zug von dir, daß du diese lächerlichen Kindergeschichten herauskramst, die ich dir mal im Vertrauen erzählt habe. Außerdem verdrehst du sie, indem du das Ende wegläßt«, empörte ich mich.

»Ach ja? Damals hast du wenigstens eine Spur Courage aufgebracht, als du doch noch zur Schule gelaufen bist, heutzutage läßt du dich von der ganzen Familie gängeln, als hättest du Mus statt Hirn im Kopf.«

»Und du?« schrie ich aufgebracht. »Du gibst dich mit dieser Trauerweide, mit dem langen Elend Anselm zufrieden, der täglich länger scheint und trübseliger obendrein, weil du seit einem Jahr die Heirat aufschiebst, und schmachtest heimlich Jakob hinterher.«

Elisabeth lachte trocken auf, ließ sich auf einen Stuhl fallen und tupfte sich mit ihrem Putzlappen über die Stirn. »Puh, ist das heiß heute.«

Verdutzt sah ich zu ihr hinüber und fuhr fort, die Ecken auszuwischen, denn ich konnte gar nicht aufhören, wenn ich erst einmal angefangen hatte. Ich stritt mit ihr und putzte dabei freiwillig ihre Fenster, statt aufgebracht den Lappen beiseite zu werfen. Tatsächlich genoß ich sogar den Streit mit ihr.

»Es ist nicht heiß, kein bißchen. Du bist bloß ein fauler Strick und läßt andere für dich arbeiten.«

»Ich mach wenigstens aus meinem Herzen keine Mördergrube und schmachte Jakob ganz und gar nicht heimlich an. Aber es wird mir auch nichts ausmachen, Anselm zu heiraten. Ich liebe ihn auf meine Weise, wir sind miteinander verbunden, wie du es dir gar nicht vorstellen kannst. Du aber bist unzufrieden und maulst und haderst mit deinem angeblich schweren Schicksal. Jammern kostet nichts. Aber wenn du dich wenigstens um deinen Bruder Alexander kümmern würdest, wäre das nützlicher, als unsere Fenster zu putzen, die eh wieder verdrecken. Alexander landet nämlich noch im Arrest, wenn er so weitermacht, sagt mein Onkel.«

Ein paar Schweißtröpfchen liefen ihr tatsächlich die Schläfen hinunter. Wie man bei einer so leichten Arbeit ins Schwitzen geraten konnte, war mir rätselhaft. Da sie aber zu husten anfing, schlug ich rasch die Fenster zu, offensichtlich vertrug sie die Zugluft nicht. Sie hustete ohnehin ziemlich viel, was bei ihrem rauchigen, schlecht ziehenden Stubenofen nicht weiter verwunderlich war. Ich sank auf den Stuhl neben ihr und vergaß jetzt tatsächlich die Putzerei. Was sie mir über Alexander zu erzählen hatte, war wichtiger.

9

Jakob holte Dietrich nach England und blieb mit ihm zusammen ein Jahr dort. Gleich nach ihrer Rückkehr wurde mein jüngster Bruder Mitglied des Hoforchesters. Jakob bekam seine alte Stelle wieder und drangsalierte mich auf gewohnte Weise mit seinen Extrawünschen. Zum Beispiel mußte jederzeit ein gestärktes und gebügeltes Halstuch für ihn bereitliegen, und wehe, es wies auch nur eine Knitterfalte auf. Das Zusammenleben in der engen Wohnung bedrückte mich manchmal derart, daß ich sogar flüchtig eine Ehe mit diesem Rindvieh Rudolph in Erwägung zog, oder ich dachte ernsthaft daran, mir eine Stelle als Gouvernante zu suchen. Meist half es mir bereits, mir zu vergegenwärtigen, daß es Alternativen zu meinem jetzigen Leben gab, wenn auch nur sehr bescheidene. Bevor ich soweit war, endlich wirklich etwas zu unternehmen, traf ein Brief ein, der mich in helle Aufregung versetzte. Ein Brief, in dem es eindeutig um mich ging.

Am liebsten wäre ich damit sofort zu Elisabeth hinaufgerannt, hatte aber zuviel zu tun, Mutter und ich hatten Waschtag. Erst nachdem ich einen letzten Stoß halbfeuchter Wäsche gebügelt hatte, darunter ein halbes Dutzend von den verhaßten Halsbinden für Jakob, konnte ich mich für eine knappe Stunde davonstehlen, bevor das Abendessen zu richten war.

»Wilhelm will, daß ich nach England komme.« Den Brief hielt ich zum Beweis in der Hand, ich konnte selbst kaum glauben, was ich gelesen hatte.

Elisabeth saß in einem hohen Sessel am Fenster, nur eine Kerze brannte, so daß das Zimmer voll düsterer Schatten hing.

»Das ist wunderbar«, sagte sie leise.

Ich hockte mich wie ein kleines Kind auf ein Schemelchen zu ihren Füßen.

»Nein, überhaupt nicht«, entgegnete ich mit einem unterdrückten Schluchzen.

Sie schien mir nicht richtig zuzuhören. »Endlich hat dein wunderbarer Bruder Wilhelm mal eine Idee, die mir gefällt. Was sagt mein wunderschöner Jakob dazu?«

»Das ist es ja gerade, er macht sich darüber lustig. Ich versteh nicht, wie du in ihn vernarrt sein kannst. Er ist ein Ekel.«

In dem diffusen Licht sah ich sie geisterhaft lächeln. »Männer sagen direkt, was sie denken. Und du hast was gegen ihn, weil du früher ein paar Ohrfeigen von ihm bezogen hast. Wenn das nicht töricht ist, diese alten Kamellen immer noch mit sich herumzutragen! Aber bei dieser Entscheidung kommt es ohnehin auf Wilhelm an.«

»Das glaubst du. Jakob ist der Familienvorstand, nicht Wilhelm. Du weißt ja noch gar nicht alles.«

Wilhelm hatte geschrieben, daß er mich in England zur Sängerin ausbilden wollte, und meine Brüder hatten ausführlich über seine Beweggründe spekuliert.

»Er wird sie gegen Linleys Tochter antreten lassen wollen«, hatte Dietrich gesagt.

»Warum nicht, Lina hat doch eine hübsche Stimme«, hatte sich Alexander eingemischt.

Dietrich und Jakob hatten sich angeschaut und waren gleichzeitig in ein herzhaftes Gelächter ausgebrochen.

»Elisabeth Linley ist erstens eine Dame, zweitens eine Schönheit und drittens eine ausgebildete und erfahrene Sängerin, und Wilhelms Idee, Lina nach England kommen zu lassen, damit sie in den Konzerten auftritt, die er neuerdings als Linleys Konkurrent auf eigene Rechnung veranstaltet, ist eine ausgesprochene Schnapsidee.«

Ein- oder zweimal hatte Wilhelm in seinen Briefen einen Thomas Linley erwähnt, einen bekannten Kapellmeister, mit dem er sich zunächst angefreundet, aber dann zunehmend zerstritten hatte. Anfangs hatte er sogar im Orchester Linleys die erste Geige gespielt, es war seine erste einträgliche Stelle in England gewesen.

»Nicht, wenn du Lina möglichst bald Gesangsunterricht gibst, wie Wilhelm vorschlägt. Die Begabung hat sie, das wissen wir so gut wie er, es fehlt ihr nur an Ausbildung«, redete Alexander scharf dagegen. Das überlegene Getue der andern ging ihm offensichtlich gegen den Strich, denn es war sonst nicht seine Art, meine Partei zu ergreifen.

»Ich will ja nicht stänkern, aber Elisabeth Linley singt wirklich außerordentlich gut«, fiel Dietrich erneut ein.

»Ach, und was tust du gerade, du obergescheiter Bursche? Gönn deiner Schwester auch mal was.« Alexander warf unserem jüngsten Bruder einen giftigen Blick zu.

»Apropos, gönnen«, Jakob schaute Alexander scharf an, »gestern traf ich einen deiner Freunde, er fragte, wie es dir denn so ginge.« Er rieb vielsagend Daumen und Zeigefinger aneinander, und Alexander errötete heftig.

Unversehens hatte die Auseinandersetzung eine gänzlich andere Richtung genommen, und zwar so geschickt, daß unsere Mutter nicht begriff, was von da an tatsächlich besprochen wurde. Offensichtlich wollte Jakob nicht, daß sie gewisse Dinge erfuhr, die ihr nur unnötig Sorgen bereiten würden. Daher wagte ich nicht zu protestieren.

Als ich Elisabeth den weiteren Verlauf des Gesprächs schilderte, stiegen mir vor Empörung Tränen in die Augen.

»Jetzt soll plötzlich Alexander an meiner Stelle nach England gehen, damit er hier aus dem ganzen Schlamassel, den er selbst angerichtet hat, herauskommt, es ist so beschlossen. Dabei bin ich mir nicht einmal sicher, ob Jakob weiß, wie schlimm es Alexander tatsächlich getrieben hat.«

»Kann ich mir denken. Tugendhaft, wie du bist, hast du's ihm nicht gesteckt. Du schwärzt ja keine Leute an, nicht wahr? Wäre aber mal ganz angebracht gewesen. Ich hab dir doch immer gesagt, Jakob ist ein kluger und beherzter Bursche.«

Schon war sie wieder bei Jakob angelangt, dabei wollte ich über mich reden, über diese furchtbare Enttäuschung, über die Selbstverständlichkeit, mit der meine Brüder meine Belange zugunsten denen eines anderen zurückgestellt hatten, als wäre ich nichts als ein Pfand, das man einsetzen oder auslösen konnte. Ich zog an ihrem Rock.

»Immer nur Jakob! Aus mir wird nie was.«

»Aus dir wird nichts, weil du auf ein Wunder hoffst. Eins, das aus England kommen muß.«

Leider hatte sie recht. Nie war mir das so klar gewesen wie jetzt, als das unverhoffte Wunder in Sicht schien und sich bereits wie eine geplatzte Seifenblase verflüchtigt hatte. Auf dieses Wunder spekulierte ich seit meiner Konfirmation, nein, länger noch. Wilhelm sollte wie der sprichwörtliche Märchenprinz daherkommen und mich in ein besseres Leben entführen, raus aus der Düsternis dieser engen Wohnung und raus aus der Tretmühle dumpfen Einerleis.

»Also, ich möchte nicht auf einer Bühne stehen und mich angaffen lassen«, sprach Elisabeth weiter, ich hatte einen Moment nicht mehr richtig zugehört. »Was hast du gegen das Heiraten? Warum soll ausgerechnet für dich nicht taugen, was für alle anderen Mädchen taugt? Wenn du erst einmal unter der Haube bist, wirst du schon von alleine ruhig. Heirate doch diesen Rudolph, das wäre nicht das schlechteste.«

Sie hatte ihren Spaß daran, mich zu provozieren, aber diesmal tat es weh. Ich ärgerte mich, daß ich so dumm gewesen war, ihr von dieser merkwürdigen Unruhe zu erzählen, die mich von kleinauf daran hinderte, mich mit dem abzufinden, was als mein naturgegebenes Schicksal galt. Allzuoft verstand ich ja selbst nicht, was in mir vorging und warum ich so unglücklich war.

Ich sprang auf. »Nie im Leben! Nicht so einen Kerl, der in ein paar Jahren alles Geld versoffen hat. Und auch deinen Anselm würde ich nicht einmal geschenkt nehmen.«

Sie schwieg, den Kopf an der Rücklehne, die Augen halb geschlossen.

»Entschuldige«, sagte ich kleinlaut, aber nur halb davon überzeugt, mich entschuldigen zu müssen, schließlich war sie ja auch nicht gerade zimperlich in ihren Äußerungen.

»Anselm ist krank, du wirst ihn eh so bald nicht mehr sehen.«

Jetzt fühlte ich mich wirklich unbehaglich, in einer derart elegischen Stimmung hatte ich Elisabeth noch nie erlebt. Machte sie sich wirklich Sorgen um ihren Anselm? Bisher war sie ihm nie anders als gleichmütig, um nicht zu sagen gleichgültig, begegnet, ich glaubte nicht, daß sie ihn liebte.

»Ich hoffe doch, er kommt bald wieder auf die Beine«, sagte ich mit belegter Stimme. Ich überlegte, ob ich fragen sollte, was ihm fehlte, ich wußte aber, daß sie nicht gern über Krankheiten sprach.

Bevor sie antworten konnte, trat ihre Mutter mit einer Lampe herein.

»Was sitzt du denn hier im Dustern, mein Täubchen, noch dazu mit deinem Besuch?«

»Es gefällt mir so, bring die Lampe nur gleich wieder hinaus, Mutter«, sagte sie ein wenig barsch.

Die Magerkeit und die Statur hatte Elisabeth von ihrem Vater geerbt, das fiel mir wieder auf, als ich ihre Mutter mit der Lampe sah. Frau Neureuther glich ihrem rundlichen Bruder, dem Galanteriewarenhändler. Sie blieb überrascht stehen, zögerte und verließ uns dann tatsächlich. Nur flüchtig war der Schein der Lampe in unseren Winkel gefallen, ich hatte aber gesehen, was ich eventuell nicht sehen sollte – und vielleicht auch nicht sehen wollte, weil ich zu sehr mit meinen eigenen Kümmernissen beschäftigt war. Nämlich die dunklen Ringe unter Elisabeths Augen, die schwarzen Löchern glichen, ein Gesicht, dem jeder Hauch von Frische fehlte und dessen unnatürliche Blässe mir diesmal nicht als Zeichen einer besonderen Schönheit erschien.

»Elisabeth?« Ich wagte auf einmal kaum zu atmen.

»Geh nach unten, laß mich allein, ich bin nur müde.«

10

Nachdem mein Bruder Alexander abgereist war – Jakob begleitete ihn und blieb wieder für eine Weile in England –, drängte mich Elisabeth noch stärker, mir eine Stellung als Gouvernante zu suchen.

»Du hast einfach nicht den Mut, allein von zu Hause wegzugehen«, stellte sie eines Tages bündig fest.

Unlängst hatte sie erfahren, daß derartige Stellen in der Zeitung ausgeschrieben wurden, aber ich hatte nicht einmal versucht, eine ausfindig zu machen.

»Das mußt du mir gerade sagen. Sitzt hier schlafmützig und nichtsnutzig in der Kammer und hältst Maulaffen zum Fenster heraus feil. Nicht einmal in der Kirche sieht man dich mehr.«

Obwohl wir Sommer hatten, lag eine Decke über ihren Knien.

»Mir ist es zu kalt draußen, außerdem gefällt es mir, hier in meinem Sessel zu sitzen und die Leute auf der Straße zu beobachten. Ich leide ja weder an Unzufriedenheit noch an unerfüllten Wünschen. Warum willst du Rudolph nicht heiraten? Es wäre doch das normalste und schicklichste von der Welt. Dir liegt doch soviel an Schicklichkeit.«

Der lästige Rudolph ließ sich trotz meines abweisenden Verhaltens nicht davon abhalten, mir hin und wieder Obst und Konfekt zu senden, und Mutters Blicke ließen eine gewisse Hoffnung erkennen, die ich auf keinen Fall bestärken wollte. Nur einmal, in rabenschwarzer Stimmung, war es mir gelungen, mir Rudolph schönzureden.

»Weil ich nicht so ein Leben wie Mutter oder Sophia führen möchte. Meine Schwester zieht inzwischen sechs Kinder groß, das sind nur die, die überlebt haben. Und einer wie Griesbach wäre wirklich der allerletzte Ausweg. Ich glaube, lieber ertränkte ich mich im Brunnen. Was macht übrigens dein Anselm? Ich hab ihn seit Monaten nicht gesehen.«

»Wenn du partout nicht heiraten willst, schreib deinen Brüdern nach England. Erinnere Wilhelm an seinen Vorschlag und erinnere Alexander daran, wie ihr früher zusammen gesungen habt. Und sing mir bitte endlich einmal wieder etwas vor, heute ist mir wirklich etwas eintönig zumute«, sagte sie schleppend.

Um ehrlich zu sein, sie verfiel vor meinen Augen, ohne daß ich es wahrnahm. Im Gegenteil, sie wurde immer ätherischer und durchscheinender, und das bewunderte ich sogar. Wenn ich neben ihr saß, kam ich mir derb und bäurisch vor und versteckte meine roten Hände unter der Schürze.

Heute muß ich bewundern, wie geschickt sie beinahe bis zuletzt ihr Leiden vor mir verborgen hielt. Sie hat mir nie mitgeteilt, daß sie zwei Brüder an eine Krankheit verloren hatte, die wie ein Fluch auf dem einen Teil ihrer Familie lastete.

Ohne Elisabeths Drängen hätte ich nie an Alexander geschrieben, jedenfalls nicht so bald, und beim Schreiben des Briefs kam ich auf eine Idee.

Falls ich tatsächlich je eine Chance erhalten sollte, wollte ich etwas vorzuweisen haben. Nicht umsonst war ich die

Tochter eines Musikers, ich begann daher damit, mich selbst im Gesang auszubilden. Als erstes steckte ich mir einen Knebel in den Mund und begann Triller zu üben, die ich vorher auf der Geige strich, außerdem arbeitete ich immer, wenn ich mich allein zu Hause befand, an einer klaren Aussprache.

Einige Monate später nahm der Plan, auch mich nach England zu holen, tatsächlich konkretere Gestalt an. Anfangs mochte ich es kaum glauben, denn ich hatte zu lange mit vergeblichen Hoffnungen gelebt. Wilhelm wollte mir zwei Jahre in England zugestehen. Sollten sich seine Erwartungen an meine Stimme nicht erfüllen, würde ich zurückgeschickt.

Ich verschwendete inzwischen keinen Gedanken mehr an die heiße Kinderliebe, die ich Wilhelm früher entgegengebracht hatte. Daß auch von seiner besonderen Zuneigung nicht sehr viel übriggeblieben war, wurde mir deutlich, als er seine Bedingungen für den Englandbesuch festschrieb. Ich konnte aber nicht verhindern, daß mich hin und wieder ein leises Herzweh befiel, eben doch eine Erinnerung an verlorene Innigkeit und Vertrautheit.

Ganz klar war mir sein Angebot nicht. Wollte er mich zwei Jahre ausbilden und dann als Sängerin etablieren, oder sollte ich nur insgesamt zwei Jahre in England verbringen? Das letztere hieß, im Eiltempo in die Sangeskunst eingeführt zu werden, um nach ein paar Monaten auf der Bühne stehen zu können. In beiden Fällen saß mir aber die Drohung im Nacken, bei einem Versagen umgehend zurückgeschickt zu werden. Die Aussicht auf eine unehrenhafte Heimkehr ließ mich fast mutlos werden, denn ich kannte ja Wilhelms Ansprüche nicht.

11

Im Herbst kehrte Jakob zurück, und zwar wider Erwarten allein. Er hatte England verlassen, um nun in Hannover wieder im Hoforchester zu spielen, es hatte ihn unwiderstehlich nach Hause gezogen. Nach seiner Ankunft versicherte er uns, Wilhelm würde zu Besuch kommen.

»Ja, aber wann denn, wir erwarten ihn doch schon so lange«, sagte Mutter.

Ich hatte mich voller Spannung halb von meinem Stuhl erhoben, von der Beantwortung dieser Frage hing für mich soviel ab, daß ich fürchtete, eine neue Enttäuschung nicht mehr ertragen zu können.

»Keine Sorge, Mutter, er wird wahrscheinlich früher hier eintreffen, als du vermutest. Alexander wird in Bath bleiben, um die Stellung zu halten. Es ging uns nie besser in England«, sagte Jakob.

»Linley macht Wilhelm keine Schwierigkeiten mehr?« fragte Dietrich.

»Ach, Linley, der arme Kerl«, Jakob lachte, »seine hochgelobte, wunderschöne Elisabeth ist mit einem Schauspieler durchgebrannt, und damit ist ihre ganze Ausbildung für die Katz. Linley hat jetzt keine erstklassige Sängerin mehr und Wilhelm in Zukunft nichts von ihm zu befürchten, so schnell löst sich ein Problem, ohne daß man selbst etwas dazutun muß.« Jakobs Augen fixierten mich nun, bis mir langsam die Röte in die Wangen stieg.

Hatte ich seine Gehässigkeit verdient? So wie er ging niemand in der Familie mit mir um, ich fragte mich ernsthaft, ob es zu den Naturgesetzen gehört, daß in jeder Familie ein Mistkerl auftritt.

»Um so besser für Lina«, sagte Dietrich entspannt, »dann hat sie in England ja nichts zu befürchten.«

Jakob lächelte süffisant und wirkte dabei sehr groß und überlegen. »Lina hat es doch hier sehr gut, sie braucht sich um nichts zu sorgen, und ich weiß nicht, ob sie in ihrem Alter überhaupt noch mit dem Singen beginnen sollte. Wäre das nicht ein bißchen verrückt?«

Ich bin aus der Stube gerannt, weil ich seine katzenhafte Quälerei nicht länger aushielt. Jedesmal, wenn wir später meinen Englandaufenthalt erörtert haben, zog Jakob Wilhelms Plan ins Lächerliche und redete sich um eine eindeutige Stellungnahme herum. Nie sagte er klar, ob ich nun fahren dürfte oder nicht. Mutter dagegen erklärte sich einverstanden, nachdem ihr

Wilhelm schließlich mitteilen ließ, daß er ihr, falls er mich nach England holen sollte, eine kleine Rente aussetzen würde, von der sie eine Hilfe für den Haushalt als Ersatz für mich bezahlen könne.

Im Januar war noch immer alles offen.

Ab Februar warteten wir vergeblich auf eine Nachricht Wilhelms. Im März gingen Jakob und Dietrich mit dem Hof nach Göhrde, da der Regent dort ein Treffen mit der Königin von Dänemark arrangiert hatte.

Im Juni gab ich jegliche Hoffnung auf.

Nur Elisabeth wollte nichts davon wissen, daß Wilhelm seine Pläne mit mir vergessen haben könnte. Ich hatte sie ein paar Tage nicht gesehen, weil ihre Mutter mich an der Tür abgewiesen hatte. Inzwischen wußte ich Bescheid, im Februar war Anselm an der Schwindsucht gestorben. Elisabeth hatte es mir selbst mitgeteilt und dabei geradezu heiter gewirkt, so daß es mich kalt überlief.

»Lange braucht er ja nicht auf mich zu warten«, hatte sie damals mit einem Lächeln gesagt.

Ich kniete bekümmert neben ihrem Sessel und umfing sie. »Sag doch bloß nicht so etwas.«

Sie schob mich weg. »Werd jetzt bloß nicht rührselig. Anselm und ich haben uns sehr gut verstanden, wir haben ja gewußt, was auf uns zukommt, und jeder für sich hat versucht, damit fertig zu werden.«

»Wenn ich doch nur netter und mitfühlender gewesen wäre, und ihm habe ich auch unrecht getan. Wie leid mir das nun tut.« Ich sagte noch mehr solcher Blödheiten, es gibt keine Schule, die uns auf derartige Situationen vorbereitet. Am Ende flüchtete ich mich ins Weinen.

Ärgerlich fuhr Elisabeth auf. »Wenn du die Tränensuse geben willst, scher dich weg. Du glaubst doch nicht ernsthaft, deine Heulerei wäre zu irgend etwas nütze. Weine meinetwegen an meinem Grab.« Sie schwieg einen Augenblick und preßte ein Tuch an den Mund, um das Husten zu unterdrücken. »Ich hab immer eine Menge Spaß an unserer Unterhaltung gehabt, vergiß das nie.«

Auf einmal bäumte sich ihr Körper auf, sie riß die Augen weit auf, und im nächsten Moment färbte sich das Tuch rot. Es war der erste Blutsturz, den ich miterlebte.

Die Wochen danach hatte sie nur noch gelegen, auch an diesem Tag traf ich sie im Bett an.

»Ich habe eine Überraschung für dich.« Sie deutete auf eine Truhe. Es war dieselbe, die der Möbelpacker am Tag ihres Einzugs die Treppe heraufgeschleppt hatte. Über den Deckel lag das Kleid ausgebreitet, das sie damals trug. Die glänzenden Streifen des Rocks wechselten mit solchen, in die zarte Röschen gestickt waren.

»Es ist mein schönstes. Ich hab mit Mutter gesprochen. Du sollst es haben, ich will, daß du es sofort für dich abänderst. Tournüren kriegst du ebenfalls dazu, damit du für mich in England Ehre einlegst.«

»Ich weiß nicht, ob es überhaupt richtig wäre, meine Mutter allein zu lassen, ich würde ihr doch sehr fehlen. Außerdem hat Wilhelm sowieso nichts mehr von sich hören lassen.« Meine Stimme klang so heiser und belegt wie ihre.

»Er kommt, verlaß dich drauf.« Sie kniff die Augen zusammen. »Und wenn er da ist, sag mir Bescheid, ich will doch wenigstens aus dem Fenster einen Blick auf ihn werfen, und wehe, er ist nur halb so stattlich wie Jakob.«

An einem lauen Tag, an dem sich der scheidende Sommer und der herannahende Herbst erstmals die Hand reichten, als etwas Müdes, Flaues in der Luft lag, eine Milde, die sehr wohltut und Alten, Kranken und Trauernden den Gedanken an den Tod erleichtert, am zweiten August 72, traf Wilhelm dann doch überraschend ein. Ich hatte wirklich nicht mehr mit ihm gerechnet und brauchte Zeit, um aus der Schwermut, in die mich Elisabeths Tod geworfen hatte, herauszufinden. Elisabeth war bereits im Juli gestorben.

Als Wilhelm in unserer größten Kammer stand, habe ich ihn einen Augenblick mit Elisabeths Augen betrachtet. Er wirkte untersetzter, als ich ihn in Erinnerung hatte, und sein ohnehin nicht schönes Gesicht mußte gröbere Züge angenommen haben. Ich fand nichts, aber auch gar nichts Beeindruckendes an ihm. Fast war ich erleichtert, daß ich mir wegen seines Aussehens keine spöttischen Bemerkungen von meiner Freundin anhören mußte.

Für Wilhelm stand von vornherein fest, daß ich mit ihm nach England reiste.

Statt in unverhohlenen Jubel auszubrechen, fragte ich dagegen beklommen: »Aber was ist mit Jakob? Er hat mir noch nicht seine Einwilligung erteilt.«

Wilhelm schien einen Augenblick verwirrt, dann lächelte er flüchtig. »Du hast ja recht. Ich werde ihm nach Göhrde schreiben.«

Jakobs Antwort war so unbestimmt, wie ich es von ihm bereits kannte. Er ging überhaupt nicht auf meine Englandreise ein und bedauerte nur, daß er in Göhrde unabkömmlich sei.

»Was soll ich denn jetzt tun?« fragte ich bestürzt, nachdem Wilhelm den Brief vorgelesen hatte.

»Ist dir Jakobs Einwilligung denn tatsächlich so wichtig? Was mich betrifft, nehme ich deine Reise auf meine Kappe.« Er musterte mich prüfend.

Ich hätte daheim bleiben können, wenn ich auf einer klaren Entscheidung meines ältesten Bruders als Familienvorstand beharrt hätte, packte aber statt dessen meine Sachen zusammen. Immer noch fehlte etwas, oder es gab unerwartet etwas zu richten. Ich holte meine Nähutensilien hervor, nur um sie im nächsten Augenblick wieder wegzulegen, weil mir Dringenderes eingefallen war. Meine Verwirrtheit, die Zweifel, die Zerstreutheit führte ich auf meine unsichere Lage zurück, das ungute Gefühl, etwas nicht ganz Erlaubtes zu tun.

Elisabeth hätte mich glatt ausgelacht. Sie hätte sich auf ihrem Stuhl zurückgelehnt und mich angefunkelt, so wie damals, als ich zu ostentativ dieser ewigen Unordnung in ihrer Kammer ein Ende zu setzen suchte, indem ich alle Schachteln auf dem Tisch ausleerte, um den Putzkram einmal gründlich zu sortieren.

»Das juckt dir schon lange in den Fingern, nicht wahr? Meinst du, ich seh nicht, wie du jeden Teller geraderückst, den meine Mutter auf den Tisch stellt? Jede Abweichung von der hergebrachten Ordnung ist dir unangenehm, du hältst sie nicht aus.«

Ich schaute sie von oben herab an. »So bin ich nun einmal erzogen worden. Ordentliche Stube, ordentliches Leben.«

»So einfach stellst du dir das vor? Es muß nur alles an seinem Platz sein, alle Regeln müssen befolgt werden, und der Verstand gibt Ruhe, und der Geist versinkt in einen satten Dämmerschlaf. Nur jammerschade, daß das bei dir gar nicht so gut klappt.«

»Du willst bloß deinen Schlendrian schönreden.«

»Das brauch ich gar nicht, ich bin mit mir ja soweit im reinen. Du hingegen willst jedesmal eine Absegnung, bevor du einen eigenen Schritt wagst. Wo bleibt denn da der Witz? Ja, bilde dir nur ein, ein gutes Werk zu tun und unerhört nützlich zu sein, und versteck nur weiter alles Zaudern, Zögern und jedweden Zweifel hinter akkurat aufgerollten Bändern und Litzen.« Es bereitete ihr nun mal ein diebisches Vergnügen, mich aufzustacheln.

Jetzt war ich zwar bereit, auf Jakobs Erlaubnis zu pfeifen, aber auf einmal erschien mir auch die Trennung von meiner Mutter als unüberwindliche Hürde. Wie konnte ich sie nur allein lassen? Elisabeth hätte auch diese Bedenken mit einer spöttischen Bemerkung weggewischt.

Am Morgen des vierzehnten August, unserem Abreisetag, zog ich Elisabeths Kleid an und ließ den Rock über die ausladenden Hüftpolster fallen, so konnte ich wenigstens äußerlich als Dame durchgehen, und Wilhelm mußte sich nicht für seine Reisebegleiterin schämen.

Die Taille saß perfekt: schmal und vorne in eine Spitze auslaufend. Die Ärmel umspannten meine Oberarme so fest wie nötig, um zu betonen, daß es nicht mehr die mageren Arme eines Kindes waren. Neugierig betrachtete ich mich im Spiegel, ich wollte mich so sehen, wie mich Fremde sehen würden. Mein Blick wanderte über dichtes, dunkles Haar, das in weichen Locken herabfiel, und dicke, gerade Brauen, die den Ausdruck meiner braunen Augen viel zu eindringlich erscheinen ließen.

Hastig trat ich zwei Schritte zurück, um die Einzelheiten wieder zu einem Gesamtbild zusammenzufügen, zur Erscheinung einer gut gewachsenen jungen Frau mit kräftigen Farben. Ich drehte mich vor dem Spiegel und fand mich mit jeder Drehung und dem Rauschen der Unterröcke anmutiger, hübscher, ja geradezu unwiderstehlich.

Als mir Elisabeth dieses Kleid schenkte, hatte ich sie gefragt, warum sie es ausgerechnet beim Umzug getragen hätte.

»Das hat dich verwirrt, nicht wahr?« antwortete sie. »So ein Festkleid bei einer derart schmuddeligen Angelegenheit. Weißt du, man fühlt sich sofort besser, wenn man gut gekleidet ist. Die Welt schaut weniger trüb aus. Es war gerade zwei Monate her, daß wir Anselms Vater durch die Krankheit verloren hatten, und bei mir zeigten sich gerade die ersten Anzeichen. Ich wußte gleich, was die Glocke geschlagen hatte.«

Wilhelm wandte mir den Rücken zu, als ich in die Stube trat, und ich wartete gespannt, obwohl ich mir bei diesem Herumstehen blöd vorkam, bis er sich umdrehte. Dietrich, mit dem er sich unterhielt, hatte ihm einen Wink gegeben.

Mit zwei langen Schritten trat Wilhelm auf mich zu und klopfte ungeniert auf die Tournüren.

»Lina, zieh bloß diese altmodischen Dinger aus. Keine Frau in England trägt die mehr. Außerdem nimmst du so in der Postkutsche viel zuviel Platz ein, ich hab keine Lust, mich neben dir auf die Bank zu quetschen. Hast du nichts Passenderes für die Reise? Was bist du doch bloß noch für ein Kind!«

KAPITEL 3

Von C zu G

Die Quinte besteht aus dem Tonpaar, das der Oktave zwischen C und c Spannung verleiht.

1

Totenstille.

Nicht ein Laut drang zu mir außer dem gleichmäßigen Ticken eines Holzwurms, der vermutlich das häßliche unlackierte Holzgestell benagte, in das die irdene Waschschüssel eingesenkt war.

Der Stuhl neben dem Bett sah aus, als wenn er in die Küche gehörte, und daß das Tischchen am Fenster wackelte, hatte ich gestern nacht noch bemerkt. Wenn ich mir das zusammengewürfelte Mobiliar in dieser Dachkammer so anschaute, kam es mir nicht so vor, als wäre ich hier wirklich willkommen. Wilhelm hatte für Sophias erste eigene Wohnung vor siebzehn Jahren Scherenschnitte angefertigt. Die Wände hier jedoch waren weiß wie die Augen mancher Blinder. Es irritierte mich, keinen Halt für meinen Blick zu finden, die Kahlheit der Wände spiegelte auf erschreckende Weise mein Alleinsein. So allein war ich noch nie gewesen. Wie mitten im Winter vor die Tür gesetzt in Kälte und Einsamkeit. Ich hatte Elisabeth früher darum beneidet, daß sie ihr Zimmerchen mit niemandem teilen mußte, ich hatte es mir herrlich vorgestellt, so für sich zu sein. Jetzt wünschte ich mir nichts sehnlicher als Gesellschaft. Mir ging auf, daß eine Wohnung mit lauter vertrauten, in den Jahren abgenutzten Gegenständen, mit Flecken an den Wänden, die die eigenen Finger hinterlassen hatten, eine zweite Haut bildet, deren Verlust ohne gravierenden Schaden nicht überstanden wird.

Ich lag im Bett und starrte, noch müde und vollkommen zerschlagen von der elftägigen Reise, die frisch gekalkten Wände an.

Es war ein kapitaler Fehler gewesen, mich auf diese Reise eingelassen zu haben.

Ich horchte noch einmal, ob nicht doch ein Scheppern von Töpfen, das Klappen einer Tür oder Kindergeschrei zu hören wäre, wenigstens ein Wagen, der am Haus vorbeiratterte. Bath war eine Stadt der Kranken und Siechen, das hatte ich mir noch nicht genügend klargemacht, vielleicht war es deshalb so unnatürlich ruhig hier.

Elf Tage auf Reisen und nur zwei Nächte in einem Bett.

Anscheinend war man hier in England mit den Vorzügen von Federbetten nicht vertraut. Trotzdem hatte ich nicht erwartet, daß sich Wilhelm so weitgehend an die hiesigen Sitten hielt und mir nichts als eine dünne Wolldecke und ein Überschlaglaken zumutete, in denen ich mich in der Nacht rettungslos verheddert hatte. Gefroren hatte ich wie ein Schneider, wie schon in dem Londoner Gasthaus, wo ich allein wegen des Straßenlärms kaum ein Auge zubekam. England war wohl nichts für mich, dachte ich pessimistisch.

Es ist eine durchaus nützliche Sitte, junge Herren auf eine Reise zu schicken, damit sie sich bilden. Ich hatte gehofft, daß mir die Fahrt hierher wenigstens einen Schimmer von Weltläufigkeit bescheren würde, von elf Tagen durfte ich nicht zuviel erwarten. Ich hatte zumindest gedacht, diesen Fremden, meine Reisebegleitung und meinen Schutz, der offiziell als mein Vertrauter galt, ein bißchen näher kennenzulernen.

Nach der Überfahrt waren wir in einem Gasthaus in London abgestiegen und blieben dort zwei Tage. Einen ganzen langen Tag ließ mich Wilhelm dort allein ausharren unter lauter Engländern – an sich schon eine Frechheit –, während er in eigenen Angelegenheiten unterwegs war. Danach schleppte er mich den Abend und die halbe Nacht durch das Gewühl auf den Straßen.

So ein Gedränge hatten wir in Hannover nicht einmal an den Markttagen, es fehlte jegliche Gemächlichkeit. Mehr als einmal beobachtete ich, wie sich zwei anrempelten und sich nicht einmal Zeit für eine höfliche Entschuldigung nahmen, bevor sie würdelos weiterhasteten. In London schien niemand

Zeit für den kleinsten Austausch zu haben, nur Sinn für Geschäfte. Bei einem dieser Zusammenstöße ist mir im Gedränge mein Taschentuch gestohlen worden, mein einziges spitzengesäumtes, es war ein echter Verlust. Ich spürte einen Ruck am Ärmel und sah einen Bengel noch geschwinder als die anderen davoneilen.

»Da«, sagte ich fassungslos, »da läuft mein Schnupftuch.«

Wilhelm achtete nicht auf mich, sondern klopfte hastig die Taschen seiner Weste ab, prüfte, ob die Uhrkette mit den silbernen Berlocken samt Uhr noch im Knopfloch eingehakt hing, und schüttelte den Kopf.

»Du mußt halt aufpassen.«

Am Ende konnte ich vermutlich froh sein, daß mir das Londoner Diebsgesindel nicht unter der Hand das Kleid vom Leib riß, obwohl es um den alten Fetzen nicht schade gewesen wäre.

Obwohl wir bei diesem sogenannten Spaziergang lediglich Halt vor Optikerläden machten, schwante mir längst, daß mein Bruder, wenn er nicht komponierte, spielte oder Schüler unterrichtete, seine Zeit auch damit verbrachte, Frauenzimmern nachzujagen. Er hatte nämlich eine Schwäche für sie, das hatte ich immerhin herausgefunden. Nur, an diesem Tag jagten sie ihn. London wimmelte vor Huren, die Wilhelm meiner Begleitung zum Trotz am Ärmel zupften. Einige waren kaum älter als zwölf und alle so aufgetakelt, daß ich mir in meinem glanzlosen braunen Gewand noch schäbiger vorkam. Natürlich trugen sie Tournüren wie die meisten Frauen, denen ich in der allgemeinen Hast nachschaute.

Wilhelm verfügte über eine eiserne Natur, mir zitterten längst die Beine, und ich war dankbar, wenn er wenigstens hin und wieder verhielt, um in Schaufenstern Okulare und Linsen zu mustern, während ich mal den einen, mal den anderen meiner brennenden Füße hob.

Wahrscheinlich hing mir die Haut in Fetzen von den Fersen, ich würde wohl ein paar Tage nur unter Mühen laufen können. Wenn ich allerdings die Wahl hätte, würde ich direkt das nächste Schiff zurück nehmen.

Die Überfahrt hatte ich mir übrigens auch vergnüglicher vorgestellt.

Mir mißfiel bereits das Postschiff, dem wir uns in einem bauchigen Kahn näherten und das auf den Wellen auf- und abwippend immer größer und dunkler vor unserem Nachen aufragte. Ich starrte diese glitschig glatte, sich nach oben vorwölbende Wand an und fragte mich verängstigt, wie wir auf das Schiff gelangen sollten. Nicht eine Luke oder irgendeine Öffnung, die ich mit den Händen erreichen konnte. Kein Steg, der den Füßen Halt bot.

Meine verkrampften Hände klammerten sich an die Bordwand unseres Bootes, das ja auch alles andere als ruhig auf der See lag. Über uns hatten sich die Wolken tintenschwarz zusammengeschlossen, der Vorläufer eines Sturms erreichte gerade die Küste.

Die Überfahrt sollte vierundzwanzig Stunden dauern, aber es waren keine zwei vergangen, da hatte ich übergenug von der Erkenntnis, daß Wasser keine Balken habe, wie einer der Passagiere mir launig zugerufen hatte, bevor er in einer Art Heringsnetz an Bord gezogen wurde. Die Augenblicke, die ich dann selbst im Netz hing, trübes, aufgewühltes Wasser unter mir, möchte ich gern vergessen.

Wilhelms fortdauernde Aufgeräumtheit ging mir auf die Nerven, weil ich beim besten Willen nicht mehr mithalten konnte, obwohl ich es wenigstens versuchte. Eine Hand um das wippende Tau der Reling gekrallt, deutete ich auf einen der Matrosen, die mich an Bord gehievt hatten.

»Hast du den gesehen? So jung noch und praktisch keine Zähne mehr im Maul.«

Als hätte er mich gehört, was bei dem Windgetöse garantiert unmöglich war, drehte sich der Junge um und grinste so breit, daß wir die zwei Eckzähne sahen, die ihm geblieben waren. Seltsam genug ragten sie aus dem Unterkiefer wie die Hauer in einer Hundeschnauze.

»Skorbut«, sagte Wilhelm lakonisch.

Ich blickte mich argwöhnisch um und spähte nach Gefahren der Seefahrt aus, die mein Bruder zu erwähnen vergessen hatte. Wenn Mutter gewußt hätte, was ihren Kindern blühte, hätte sie keinen von uns weggelassen.

»Weißt du« – Wilhelm rückte näher zu mir –, »das hat was mit dem Längengrad zu tun.«

Ich hatte mich geweigert, wie die anderen Passagiere unter Deck zu gehen, genauer gesagt, mein Magen weigerte sich. Als ich mich, tief über die Reling gebeugt, übergab, wehte mein Hut ins Meer. Fassungslos schaute ich zu, wie er auf den Wellen herumtanzte, da zog mich Wilhelm von der Reling weg, strich mir das Haar aus der Stirn und reichte mir sein Schnupftuch. Es war der erste, leise Hauch von Fürsorglichkeit.

Es kann keine Rede davon sein, er habe nicht gewußt, wie elend mir zumute war.

Riesige graue Wogen rollten auf uns zu, türmten sich vor dem Bug auf, schienen unser Schiff verschlingen zu wollen, es ächzte mit allen Brettern, Masten und Tauen hörbar auf, bevor es sich schwerfällig auf die nächste Welle hob. Auch der Mast in der Mitte knirschte bedenklich. Auf einmal stand er nicht mehr senkrecht zu den Planken unter uns, was aber wegen der allgemeinen Schräglage kaum auffiel. Der Wind machte mich so benommen, daß ich das Gefühl für die Wirklichkeit verloren hatte, ich wunderte mich bloß, als Wilhelm mich hastig in die nächste Luke zerrte. Daß er uns gerettet hatte, begriff ich erst, als der Mast herunterkrachte und in der See davonschwamm. Wir erblickten ihn durch eins der kleinen Bullaugen des düsteren Raums, in den sich die übrigen Passagiere – allesamt wachsbleich – geflüchtet hatten.

»Wer hätte denn gedacht, daß so ein Mast wie ein Kienspan brechen kann«, sagte ich unbedacht.

Eine Frau neben mir fuhr auf und ließ sich halb ohnmächtig vor Schreck in den Sitz zurücksinken.

Die Füße fest auf den Boden gestemmt, beugte ich mich rasch vor und legte Wilhelm, der mir gegenüber saß, beide Hände auf die Knie. Sofort schlossen sich seine darüber, unsere Blicke trafen sich. Er brauchte mir gar nichts zu sagen, seine Hände genügten mir. Musikerhände, kräftig, aber fein gebildet, auf den verschiedensten Instrumenten geübt, jeder

Finger für sich ein Virtuose an Beweglichkeit. Nun lagen die Hände so still, daß sich die meinen unter ihnen geborgen fühlten. Wir saßen wie auf einer kleinen privaten Insel inmitten einer Welt, die sich auflöste. Am Fenster stürzte die See vorbei, mal bedenklich nach links, mal nach rechts gekippt, mal verschwand das trübe, runde Glas vollständig unter Wasser.

»Du weißt nicht, was Skorbut ist, nicht?« Wilhelm wischte sich über den Mund. »Also, die Beine schwellen dir an, überall erscheinen blaue Flecke, obwohl du dich nirgends gestoßen hast. Die Adern platzen einfach unter der Haut, du blutest nach innen. Von Tag zu Tag wirst du schwächer. Die Zähne wackeln«, er griff sich in den Mund und rüttelte an einem Zahn, mir wurde dabei sonderbar zumute, weil ich wieder an den Matrosen denken mußte, »und das Blut quillt zwischen ihnen hervor. Schließlich fallen sie dir einer nach dem anderen aus. Am Ende bist du so schwach, daß du dich nicht mehr auf den Beinen halten kannst. Man muß fast sagen, dein Körper verfault, während du noch bei Verstand bist, und eh du dich versiehst, bist du ganz hinüber.«

Einer der Passagiere beugte sich vor und angelte nach einem Eimer.

Wahrscheinlich führte Wilhelm unsere Unterhaltung fort, um mich auch weiterhin abzulenken, vielleicht ebenso wegen der günstigen Gelegenheit, sich vor mir mit seinen Lieblingswissenschaften, der Astronomie und der Mathematik, hervorzutun.

Über die Sangeskunst hatte sich mein Bruder bisher nicht verbreitet, auf die Astronomie kam er dagegen während dieser Reise nicht zum ersten Mal, diesmal aber besonders auffällig, als ob er meine Bereitwilligkeit prüfen wollte, ihm auch innerlich überallhin zu folgen.

Ich wünschte, daß er wieder seine Hände auf meine legte. Sie würden meine gerade bedecken, denn ich hatte ebenfalls kräftige Hände, Waschfrauenhände mit gestählten Sehnen, die über dem Handrücken hervortraten. Wenn er mir früher tröstend über Stirn, Haar und Nacken gestrichen hatte, spürte ich manchmal die Verdickungen der Haut an den Fingerkuppen, sie kamen vom Geigenspiel.

Es war wirklich schade, daß wir nicht mehr für uns waren. In jedem Moment, in dem das Schiff besonders heftig schwankte und Gepäckstücke kanonenkugelgleich gegen eine Wand oder einen festgeschraubten Tisch prallten, kreischte wenigstens die Hälfte der Passagiere ängstlich auf.

»Es ist nicht ganz leicht, überhaupt einen Längengrad genau zu bestimmen, auf einem so wüst schlingernden Schiff erst recht nicht. Und ohne Längengrad keine Orientierung auf See. Weißt du, jahrhundertelang haben die Astronomen das Rätsel um die Bestimmung des Längengrads zu lösen versucht, indem sie Himmelserscheinungen beobachteten.«

Trotz meiner Magenschwäche, die mich wieder hundsgemein überkam, begann sich eine leichte Begeisterung für die Astronomie zu regen. Wenn sie dazu beitragen konnte, dies Unglücksschiff sicher über den Kanal zu bringen, war sie möglicherweise ja doch zu etwas nützlich.

»Ja, was denn nun? Haben die Astronomen das Problem gelöst, oder laufen wir doch demnächst auf Grund, weil der Kapitän in dem Tohuwabohu draußen die Richtung verloren hat?« fuhr ich Wilhelm an.

Eine schweißnasse Locke hing ihm in die Stirn, er grinste verschmitzt. Genau betrachtet, wirkte das Grinsen ja doch etwas angestrengt.

»Es war ein Uhrmacher, John Harrison, der diese besondere Nuß knackte. Er baute einen zuverlässigen Schiffschronometer. Sieh mal, die Sache an sich ist simpel. Du mußt eine Uhr mit auf die Reise nehmen, die stur und exakt die Zeit in deinem Heimathafen angibt. Wenn du dann die Ortszeit auf See bestimmst, nach dem Höchststand der Sonne um 12 Uhr natürlich, kannst du den Unterschied zwischen den Zeiten in Grad ausrechnen. Eine Stunde entspricht 15° Entfernung, oder vier Minuten machen ein Grad. Das Problem waren die verflixten Uhren. Die blieben stehen, wenn sich das Schiff zu stark neigte oder das Öl im Getriebe zu fest wurde, oder gingen bei Temperaturschwankungen langsamer oder schneller.

1715 hat der englische König deshalb den Longitude Act erlassen, in dem er für eine praktikable Methode zur Bestimmung des Längengrads 20000 Pfund Sterling als Belohnung aussetzte. Ich denke, John Harrison wird die 20000 einsacken. Seine Uhren sind die ersten, die nicht stehenbleiben und immer genau gehen.«

Ich habe mich seufzend zurückgelehnt, die Hände flach auf den Magen gedrückt. Wenn ein einfacher Uhrmacher die hochgelehrten Astronomen aus dem Feld geschlagen hatte, bestand am Ende auch für jemanden wie mich Aussicht, das zu verstehen, was mir Wilhelm zu erklären versuchte.

»Die Krux bei der Seefahrerei ist die Länge mancher Reisen«, fuhr Wilhelm fort, »und nicht wenige dauerten wesentlich länger als unbedingt nötig, weil die Kapitäne auf dem Meer wochenlang hin und her kreuzten, bis sie endlich die Küste gefunden hatten, wo es frische Nahrung und Wasser für die entkräfteten Seeleute gab. Und es ist ja klar, viele hielten so lange nicht durch.«

2

Als wir die englische Küste erreichten, besaß das Schiff statt der Masten nur noch Stümpfe und war kaum noch seetüchtig. Wir wurden erneut in ein schlingerndes Boot hinabgelassen und anschließend von zwei Matrosen – einer davon der zahnlose – wie Warenballen an Land geworfen, das Gepäck flog hinterher. Dann wateten wir durch nassen, weißen Sand und arbeiteten uns einen steinigen Abhang hoch zu einer Reihe sauberer kleiner Häuser, von denen eins ein Gasthof war.

Mein Gott, war diese Ankunft eine Erleichterung! Reinlich gekleidete Frauen gingen zwischen gescheuerten Tischen hin und her und boten uns frisches, in Scheiben geschnittenes und mit köstlicher, gesalzener Butter bestrichenes Weizenbrot an. Es sah höchst appetitlich aus. Trotzdem konnte ich nichts essen, sondern nur Wilhelm zusehen und an einer Tasse Tee nippen.

Ein paar Brocken Englisch hatte ich bereits auf der Überfahrt gehört, aber nicht weiter auf die fremden Laute geachtet. Im Gasthaus hatte sich das Klanggemisch so verändert, daß ich auf einmal nicht mehr verstand, was die Leute neben mir redeten. Es war unglaublich, daß das seltsame Gelispel eine Bedeutung haben sollte. Und noch schlimmer war, daß Wilhelm mühelos in den Strom der Laute eintauchte und mich damit so gut wie sprachlos machte. Als er mich überdies verließ, um allein in die Stadt zu gehen, war ich wirklich in der Fremde gestrandet.

Im Haus rührte sich immer noch nichts. Ich ließ einen Arm aus dem Bett hängen und angelte nach dem Nachtgeschirr. Leider war da keins. Nicht einmal auf die selbstverständlichsten Dinge konnte ich mich mehr verlassen. Doch ohne eine gewisse Vertrautheit, ja Intimität kann ich nicht gut leben.

Eine Erkenntnis, die mich beispielsweise nach unserer Abfahrt in Coppenbrügge dazu zwang, in meiner Kutschenecke wie auf einem Nadelkissen zu sitzen.

Eine zweite Erkenntnis: Trau keinem Mann, auch deinem Bruder nicht, wenn er etwas über Mode zu wissen vorgibt.

Die beiden Damen, die mit uns reisten, warfen geringschätzige Blicke in meine Richtung, soweit sie überhaupt von mir Notiz nahmen. Ihre Taftröcke bauschten sich über gewaltigen Tournüren, die ihren Ellbogen bequeme Polster boten. Der Herr zwischen ihnen wirkte, als hätte er keinen Unterleib.

Auf Wilhelms Rat hin hatte ich Elisabeths hübsches Kleid gegen ein allzu schlichtes, dunkles ausgetauscht und wegen des Reisestaubs auch auf ein helles Fichu verzichtet und selbstverständlich auf Tournüren. Meine Röcke hingen so traurig herab wie die gebrochenen Flügel einer Martinsgans. Erst als Wilhelm neben mir eine Hand hob und dabei die elegante, zweireihige Spitzenmanschette deutlich ins Auge fiel, ging mir auf, daß er sich bei seiner eigenen Reisegarderobe keine Beschränkung auferlegt hätte.

Mit seiner angenehm modulierten Stimme begann er, eine Lücke von etlichen Jahren zu füllen, die Briefe nur unvollkommen hatten überbrücken können.

»Ja, wenn ich Cook nicht gehabt hätte, Sir Bryan Cook, ich hab euch von ihm geschrieben, erinnerst du dich? Er hat mich überall herumgereicht, durch ihn kam auch die Bekanntschaft mit den Milbanks zustande. Lady Milbank wurde eine meiner ersten Schülerinnen, ein kapitaler Glücksfall, nachdem ich mich ja ohne Jakob durchschlagen mußte.«

Nach den ersten Sätzen taten die mitreisenden Damen nicht einmal mehr so, als lauschten sie nicht. Es war nicht schwer zu erraten, was sie dachten, wahrscheinlich rückte ich in ihren Augen von einer Scheuerfrau zu jener kreuzbraven, minderbemittelten Verwandten auf, die ich tatsächlich war.

»Auf dem Konzert vor dem Herzog von York, dem Bruder des Königs, hab ich etwas von Händel gespielt. Der Tod Händels 1759 hatte alle sehr getroffen, vor allem aber den König, der bis zuletzt an Händel festhielt, obwohl keiner ihn mehr hören wollte. Ich hatte Jakob wegen Händel geschrieben ...«

Schon zum zweiten Mal hatte er Jakob erwähnt, jedesmal zuckte ich unmerklich zusammen. Mir hatte er nie einen Brief geschrieben, in vierzehn Jahren nicht einen einzigen. Ich war darauf angewiesen, heimlich in dem Pappkarton zu stöbern, in dem Jakob seine Korrespondenz aufbewahrte, um etwas mehr über Wilhelms Leben zu erfahren, als er uns in seinen allgemeinen Briefen an die Familie mitteilte. Auch von Damenbekanntschaften war die Rede gewesen bis hin zu sehr intimen Einzelheiten, die mich verlegen machten – sogar, wenn ich allein in der Kammer war.

Die jüngere der Damen lächelte auf eine Weise, die ich mir merken wollte. Dabei kam es vor allem auf die leichte Kopfneigung an, die dem Augenausdruck etwas Seelenvolles verlieh, von dem sich Wilhelm stark beeindruckt zeigte. Sein Blick glitt genießerisch ihren Hals entlang und noch etwas tiefer. Obwohl wir bei geöffneten Fenstern fuhren, hatte die Mitreisende ihr Fichu abgelegt und ihr Dekolleté dem eindringenden Fahrtwind preisgegeben. So warm war es wirklich nicht.

Das eintönige Räderrattern trug dazu bei, meine Gedanken abschweifen zu lassen. Nach unserer Abreise von Hannover hatten wir zunächst Sophia in Coppenbrügge besucht.

Sophia und Griesbach spielten uns zwei Tage lang häusliches Glück und Zufriedenheit vor. Sechs Kinder waren ihnen von elf geblieben, und alle erwiesen sich als außerordentlich wohlgeraten und hochbegabt. Fünf angehende Musiker, die, wenn sie zusammen spielten, diese eheliche Verbindung nachträglich in das günstigste Licht rückten. Hübsche Kinder, anhängliche Kinder, der Jüngste schmiegte sich alle nasenlang in die Röcke der Mutter, und sie herzte ihn ungeniert.

Ins Grübeln konnte man da schon kommen. Der Kleine war ein Ebenbild des süßen Dietrich in diesem Alter. Irgendwann strich sich Sophia lächelnd eine Strähne aus dem Gesicht, und da überkam mich die Erinnerung an einen Besuch bei ihr, der etwa zwei Jahre zurücklag.

Damals herrschte Julihitze. Nach einem Waschtag rückte Sophia mit letzter Anstrengung die Waschbütt ein Stück von der feuchten Wand ab, zog ihre Kleider aus, reichte mir einen Krug mit kaltem Wasser und stieg in den Zuber.

»Schütt's mir über den Kopf, schütt's ganz langsam, ich werd sonst noch verrückt in dieser Hitze.«

Sie hob die Arme und löste ihr schönes blondes Haar, das ihr bis zur Taille herabflutete. Dann ließ ich das Wasser in einem fadendünnen Rinnsal über ihren Leib rieseln und seine Formen nachzeichnen. Dabei mußte ich an den Morgen nach der Geburt ihres ersten Kindes denken, als ich sie das letzte Mal nackt gesehen hatte. Ihr Körper war schön und glatt gewesen, trotz der gerade überstandenen Strapazen, ihr Bauch hing nicht wie ein alter fleckiger Sack herab, von häßlichen, narbigen Streifen zerfurcht, und die Brüste pendelten nicht wie ausgemolkene Ziegeneuter vor dem unteren Rippenbogen.

Das Bild ihres zerstörten Körpers trug ich lange mit mir herum, und ohne daß es mir klar war, spielte es auch eine Rolle bei einem Gespräch mit meiner Mutter.

Es war ungefähr vor einem halben Jahr gewesen, als ich Mutter gefragt hatte, was sie davon hielte, wenn ich nun Sängerin würde.

»Wenn Wilhelm es so will, wird es damit seine Richtigkeit

haben.« Sie blickte starr an mir vorbei, in ihrem Gesicht regte sich nichts.

»Ja, hast du denn nie selbst daran gedacht, was aus dir hätte werden können, du mit deiner schönen Stimme?«

Sie funkelte mich an. »Glaubst du, ich hätte mich auf einer Bühne so allen Blicken preisgeben wollen, in einem Theater gar?«

»Warum nicht? Wilhelm, Alexander, Jakob, auch Vater früher hat ...«

»Kind«, fiel sie mir brüsk ins Wort, »eine Frau gehört ins Haus. Ich habe früh geheiratet und Kinder aufgezogen, und nie hat mich jemand schief angeschaut oder mir den geziemenden Gruß verweigert. Überleg du dir daher genau, worauf du dich in England einläßt und ob es das wert ist.«

Ich hätte gern über Sophia gesprochen, aber ich wußte nicht, wie ich das bewerkstelligen sollte, ohne Dinge zu berühren, über die bei uns nicht geredet wurde, wahrscheinlich wäre es ohnehin zwecklos gewesen.

»... das Konzert in Leeds«, fuhr Wilhelm fort, »das brachte 1761 den Durchbruch. Weißt du, den englischen Orgeln fehlen gemeinhin die Register, dadurch klingen sie natürlich reichlich simpel, und als ich das Angebot in Halifax bekam – was heißt Angebot, es gab noch ein paar andere Aspiranten auf die Stelle, aber ich habe sie mit einem Trick aus dem Feld geschlagen. Hab einfach Töne in der hohen und tiefen Oktave mit Bleigewichten belegt und damit Vierstimmigkeit vorgetäuscht, das hat vielleicht Eindruck gemacht, als die Orgel voll aufrauschte!« Wilhelm hob wieder die Hand und zwinkerte der Dame gegenüber zu, die leise, aber unverhohlen auflachte.

Das wird aber eine heitere Reise, schoß es mir durch den Kopf. Wir hatten noch fünf Tage in dieser Kutsche bis Helvotsluis in den Niederlanden vor uns, wo wir uns einschiffen sollten. Und womöglich mußte ich die ganzen fünf Tage das gockelhafte Gespreize Wilhelms vor den Damen ertragen, mich wollte er doch wohl zu allerletzt mit seinen Geschichten unterhalten.

»Die neue Orgel in Halifax hab ich mit Händels *Messias* eingeweiht, danach mußte ich das Stück noch andernorts aufführen, in Leeds und Wakefield, alle wollten auf einmal wieder Händel hören. Die Stelle in Bath als Organist der Oktogon-Kapelle verdanke ich letztlich Händel.«

Von Bath war später nicht mehr die Rede. Ich mochte auch nicht fragen, weil ich vor unseren Reisegefährten nicht so furchtbar unwissend erscheinen wollte. Überhaupt schwieg ich die meiste Zeit, Wilhelm redete ja genug für uns beide, außerdem hätte ich nichts Interessantes zu erzählen gehabt.

Erst als nachts auf der Bank gegenüber drei schlafende Gestalten beim Rattern der Kutsche hin- und herschwankten, begann ich die Reise trotz der Müdigkeit, trotz der durchgeschüttelten Knochen ein bißchen zu genießen. Denn die inneren Verspannungen, die sich unter den taxierenden Blikken eingestellt hatten, lösten sich. Über uns flimmerten die Sterne des Sommerhimmels, neugierig spähte ich nach ihnen aus und entdeckte einen, der besonders hell ins Fenster strahlte.

Auch Wilhelm beugte sich vor, um besser hinausschauen zu können.

»Warte mal, das muß der Mars sein, Kulmination bei 40° etwa, das war beim letzten Mal, als ich ihn beobachtet hatte, drüben in England natürlich ...«

Ich hätte nicht gedacht, daß mein Bruder, der erfolgreiche und angesehene Kirchenmusiker, Kapellmeister und Komponiteur, noch immer solchen Kindereien nachhing. Bezeichnend war freilich, daß er erst jetzt das Thema anschnitt, wo ihm außer mir niemand mehr zuhörte. Das verführte mich dazu, ihn ein bißchen aufzustacheln, indem ich mich über die komischen Ellipsenbahnen mokierte, auf denen die Planeten um die Sonne herumrutschten. Tatsächlich war mir vollkommen gleichgültig, auf welchen Bahnen sich die Planeten bewegten. Schließlich konnte man den Sternenhimmel schön finden, ohne sich weiter Gedanken darum zu machen.

»Weißt du überhaupt, wo die Sonne steht?« fragte Wilhelm daraufhin streng.

»In der Mitte so einer Ellipse natürlich.«

Wilhelm lachte, die Schlafenden uns gegenüber zuckten gestört zusammen.

»Sie steht in einem der zwei Brennpunkte der jeweiligen Ellipsenbahn. Da werden wir aber viel zu tun haben, bis du etwas mehr von Mathematik verstehst, du wirst dir Mühe geben müssen.«

Mühe mit Mathematik? Verwirrt äugte ich im Dunkeln zu meinem Bruder, der die Vorhänge schloß, sich seelenruhig zurechtrückte und einschlummerte. In seine Halsgrube hätte mein Kopf noch immer gut gepaßt, wenn ich mich an ihn gelehnt hätte. Verlockt hätte es mich, so eingekuschelt wie früher in den Schlaf zu gleiten.

Ich zog die Beine an, verschränkte die Arme und spähte, den Kopf an die Wagenseite gepreßt, durch einen Schlitz zwischen den grauen Samtvorhängen in die Nacht hinaus. Das Dunkel draußen barg so gänzlich Unbekanntes, ich konnte nicht einmal ahnen, wo ich mich befand. In Hannover war mir jeder Winkel vertraut gewesen.

Die Garnisonsbäckerei fiel mir ein, ich beschwor den Duft des frischen Brots herauf, stellte mir vor, wie ich eine dicke Ecke abbrach, die schwer und verlockend in meiner Hand lag, die rösche Kruste hatte ich immer als erstes abgeknabbert. Wasser lief mir im Mund zusammen, und ich wunderte mich, daß auch meine Augen schwammen.

Ich schielte wieder zum schlafenden Wilhelm, dessen Kopf im Rumpeln der Kutsche sacht an die fleckige Lederbespannung zu seiner Seite schlug. Beim Mittagsimbiß hatte er mir und den Mitreisenden erzählt, wie er früher in der Ihme gebadet hatte, zusammen mit Jakob und anderen Jungen. Sie hatten die Kuhhirten geneckt und das Vieh verrückt gemacht und waren nackt auf den Wiesen am Fluß herumgesprungen, bevor sie sich ins kalte Wasser stürzten.

In den Augen der beiden Damen spiegelte sich der Anblick der hellen Knabenhaut und der schlanken wendigen Körper, während Wilhelm, ganz ergriffen, nur noch vom glitzernden Fluß, von den hohen Mauern und den vier Türmen Hannovers sprach und der Heimkehr am Abend, wenn die Knaben trotz der letzten Tageswärme ein bißchen fröstelten und sich aufs Abendbrot freuten, auf dem Weg über die breite Calenberger Straße an der Neustädter Kirche vorbei.

Mir drückte das erste Heimweh unerträglich aufs Herz. Der schwere Schatten der Fremdheit machte mich schon seit Beginn der Reise linkisch und schüchterte mich ein, auch wenn ich mir Mühe gab, mir nichts anmerken zu lassen. Ich konnte mir wirklich nicht vorstellen, wie sich die Kluft zwischen diesen zwei doch sehr verschiedenen Leben überbrücken lassen sollte.

Bevor ich kurz vor der Morgendämmerung einduselte, dachte ich daran, daß ich doch zur Sängerin ausgebildet werden sollte, wobei mir mathematische Kenntnisse ziemlich überflüssig vorkamen, ich hatte aber zum ersten Mal den Eindruck, daß die Stetigkeit der Zahlen etwas so Angenehmes sein könnte wie der Sternenhimmel, von dem ich erwartete, ihn in England genauso vorzufinden wie in Hannover, das Sommerdreieck nur leicht nach Osten verschoben: Deneb, der hellste Stern im wunderbaren Bild des Schwans, Atair als Kopf des Adlers und die Wega in der Leier, alle drei ein sehr schönes, spitzes Dreieck bildend.

3

Die Schüssel im Waschtisch führte mich in Versuchung, doch endlich die Bettdecke zurückzuschlagen und aufzustehen, um einem massiven Bedürfnis abzuhelfen. Ich machte mich aber lieber auf den Weg nach unten, ohne in die Schüssel gepinkelt zu haben, was das einfachste gewesen wäre. An sich wäre ich lieber oben geblieben, bis mich einer gerufen hätte. Denn es roch nicht wie bei uns im ganzen Haus nach Essen, nach gut gekochtem Kohl zum Beispiel, und auch nicht nach Waschlauge oder Ofenruß, selbst das wäre mir eine Beruhigung gewesen.

Zwischen ziemlich viel glänzend poliertem Holz kam mir in der Wohnstube eine ältere Frau entgegen, Mrs. Bulman, die uns bereits in der vergangenen Nacht mit heißem Tee empfangen hatte. Nach einer Beschließerin sah sie eigentlich nicht aus, sie hatte etwas gleitend Entrücktes, hoheitsvoll Distanziertes wie eine Wachsmadonna, nur daß sich ihre Augen nicht nach oben verdrehten, sondern mit einem distinguierten Blick auf mich richteten, wobei die Wirkung annähernd die gleiche war: Ich fühlte mich nicht ganz wahrgenommen. Wilhelm mußte sie kurz vor Bath erwähnt haben, daran erinnerte ich mich dunkel. Vielleicht eine gefällige Nachbarin. Sie redete gemessen auf mich ein, hier und da schnappte ich eins der Wörter auf, die mich Wilhelm auf der Herreise gelehrt hatte. Mir war aber weder nach einer mühseligen Konversation zumute, noch fragte ich mich, was sie schon wieder bei uns zu suchen hatte. So gezielt, wie sie sich bewegte, nahm ich aber an, daß sie sich in Wilhelms Wohnung auskannte.

Während sie sprach, brach mir wegen meiner akuten Bedrängnis bereits der Schweiß aus, und das trieb mich dazu, mich mit möglichst eindeutigen, beinahe schon übertriebenen Gesten verständlich zu machen. Zunächst kniff sie peinlich berührt die Augen zusammen, ich hatte noch nie erlebt, daß sich Indigniertheit mit einer minimalen Blickveränderung so niederschmetternd ausdrücken ließ, dann führte sie mich eilig zu einem von außen unscheinbaren Kabinett unter der Treppe, hielt mir eine schmale Tür auf und ließ mich allein. Örtchen wie diese waren mir in Hannover nie untergekommen: die Wände mit echten Papiertapeten ausgeschlagen, von grünen Ranken geziert.

Die Verrichtung, wegen der ich über dem eingebauten Kübel hockte, wollte mir trotz der Dringlichkeit nicht ohne weiteres gelingen. Mein Körper widerstrebte, so lange mein Blick den eleganten grünen Ranken folgte, die sich leicht und luftig bis zur Decke hinaufschwangen und oben in einer zarten Randleiste von rosa Blüten gekrönt wurden. Wie Augen spähten sie zu mir herab, noch stetiger von Überlegenheit beseelt als Mrs. Bulman.

Müde war ich immer noch. Meine Füße schmerzten, an einer Ferse hatte sich wie erwartet eine Blase gebildet. Jedenfalls verspürte ich kein Verlangen, die fremde Wohnung ohne den Hausherrn noch weiter zu durchstreifen, und die englische Dame mochte ich nicht nach Wilhelm oder Alexander fragen. Daher hinkte ich rasch die Treppe in mein Zimmer hinauf. Dort habe ich mich ein wenig zurechtgemacht und anschließend die Sachen aus meinem Reisekorb genommen, den jemand, während ich schlief, heraufgetragen hatte. Unweigerlich dachte ich dabei an Hannover.

Selbstverständlich hatte ich weggewollt, fort von dem dunklen Kasten mit dem schummrigen Treppenhaus, in dem ich zu viele Schrecken erlebt hatte. Der Gedanke an meine Mutter bedrückte mich trotzdem, vielleicht gerade wegen der heimlichen Freude, von ihr loszukommen. Merkwürdigerweise hegte ich nun, aus der Ferne, viel zärtlichere Gefühle für sie als jemals zuvor, mein Herz quoll geradezu über vor mitleidiger Liebe, weil sie zusehen mußte, wie einer nach dem andern von uns sie verließ. Jakob würde bald heiraten, er hatte tatsächlich eine gefunden, die ihn nehmen wollte.

Alles in allem habe ich dann zwei Stunden auf dem Bett gesessen und mutlos die Wände angestarrt, bis die Engländerin an die Tür pochte und gleich darauf eintrat.

»Tea« war das erste englische Wort, das ich auf dem Weg die Treppe hinab richtig schätzenlernte.

Meine Brüder saßen bereits am Tisch, in eine leise Unterhaltung vertieft. Beide trugen elegante Schlafröcke, und ein Duft feinen Tabaks hing im Raum, der sich sehr von dem beißenden Aroma von Vaters Knaster unterschied. Ich hielt mich am Türrahmen fest und zögerte einzutreten, da schaute Wilhelm lächelnd auf.

»Arme Lina, wir haben dich vernachlässigt, Mrs. Bulman sagte mir, du wärst bereits vor Stunden aufgewesen. Komm, trink Tee mit uns.«

Alexander rückte mit einer Hand den Stuhl neben sich für mich zurecht. Wir hatten uns über ein Jahr nicht gesehen, nach der Ankunft gestern war ich ihm voller Erleichterung um den Hals gefallen und hatte mich gefreut, als er mich in den Arm zwickte und in die Seite knuffte, ganz der unausstehliche Bursche von früher. Er war es auch, der mich nach dem Tee die Treppe hinaufgeleitet hatte, wobei er leicht dahinplauderte, ohne auf Antworten zu warten.

»In den Dachkammern hausen hier an sich die Bediensteten, Lina«, erklärte er, »das ist nicht viel anders als bei uns.« Allerdings sind sie gewöhnlich zu zweit oder dritt untergebracht, hätte ich sagen können, als er die Tür zu meiner Kammer aufstieß. Ich fühlte mich so zerschlagen, daß ich nur das Bett sah, dessen Decke einladend zurückgeschlagen war.

»Ausgeschlafen?« fragte Alexander jetzt träge. »Du siehst blaß aus.«

Daraufhin betrachtete auch Wilhelm mich besorgt. »Wahrscheinlich hätte ich dir vorher einiges erklären müssen. Hier im Salon empfange ich meine Schüler, von denen einige der ersten Gesellschaft angehören, solche Leute kannst du nicht in einer Rumpelkammer unterrichten. Auf dieser Etage gibt es außerdem noch das Frühstückszimmer, und eine Treppe höher betreibe ich meine Studien und schlafe dort auch, und so bleiben nur die Mansarden, um dich und Alexander unterzubringen. Aber mit der Zeit machen wir's dir oben schon komfortabel.«

»Die Dachkammer«, sagte ich vorsichtig, »ist schon recht. Und was noch fehlt, läßt sich ja beschaffen.«

Wilhelm schien erleichtert aufzuatmen. »Dann laßt uns Pläne schmieden. Also, ich unterrichte dich täglich in allem, was du so können mußt. Aber bevor wir anfangen, wollen wir hören, was bei Jakobs Gesangsunterricht herausgekommen ist.«

»Jakob«, sagte ich ganz ruhig und kam mir dabei großartig vor, »hat mich nie singen gehört. Es ist ihm gar nicht eingefallen, mir Unterricht zu geben.«

In meiner Einfalt hatte ich mir vorgestellt, mit meiner Bemerkung einen Keil zwischen meine ältesten Brüder zu treiben, es macht ja immer Spaß, jemandem Niedertracht nachweisen zu können, der einen lang genug gequält hat.

Kein Zweifel, Wilhelm war entsetzt. Seine Augen weiteten sich, der Mund stand ein bißchen offen. Ich genoß meine Genugtuung, die so lange vorhielt, bis er die Sprache wiedergefunden hatte, und leider ging das erstaunlich rasch.

»Anders ausgedrückt, du kannst nicht singen, und die ganze Anstrengung, dich herzuholen ... und meine Pläne mit dir ...« Während er sprach, hatte er den Stuhl zurückgeschoben und war eine kleine Runde durch den Salon gelaufen, die vor mir endete. Der Blick, mit dem er mich von oben herab fixierte, enthielt einen eindeutigen Tadel, als wäre ich hier der Betrüger.

Natürlich war ich drauf und dran, ihm zu widersprechen und noch dies und das über Jakob zu erzählen und meine einsamen Übungen mit einem Knebel im Mund, aber Alexander sprang sofort auf und legte mir die Hände auf die Schultern.

»Ich hab dir gesagt, Lina hat eine gute Stimme, und es lohnt sich, sie nach England zu holen. Sie braucht nur einen anständigen Schliff.«

Wilhelm ging mit raschen Schritten zum Pianoforte zwischen den beiden Fenstern und schlug den Deckel auf.

»Dann leg mal los. Ich will jetzt gleich wissen, ob wir mit deiner Stimme etwas anfangen können.«

Ein Augenblick der Sammlung wäre mir sehr lieb gewesen, mit einer so prompten Erprobung meiner Fähigkeiten hatte ich nicht gerechnet, wagte aber nicht, um eine Schonfrist zu bitten. Wilhelm machte mir durch seine unmißverständliche Ungeduld klar, daß er mich lediglich zu einem sehr begrenzten Zweck nach England geholt hatte. Eine Bedingung, die ich ausdrücklich akzeptiert hatte, als ich die Reise antrat. Daher erhob ich mich ohne Verzögerung und trat neben ihn. Zumindest äußerlich gefaßt, legte ich die rechte Hand graziös auf die Seitenwange des Instruments, eine Geste nachahmend, die ich vor Jahren einer Sängerin in einem Konzert bei uns in Hannover abgeschaut hatte.

Wilhelm schlug Tonleitern in einer aufsteigenden Reihe an und wechselte danach zu Quintensprüngen und Terzen, denen ich erstaunlich mühelos zu folgen vermochte. Ich setzte mit einem Pralltriller als nicht geforderte Dreingabe nach und führte noch dazu eine kunstvolle Ribattuta di gola aus, einen zunehmend rascheren, trillerartigen Wechsel zwischen zwei Noten, ich fühlte mich immer sicherer, geradezu euphorisch durch den reinen Klang meiner Stimme.

»Gar keine Frage, sie quetscht, was das Zeug hält«, stellte Wilhelm enttäuscht fest.

Erst jetzt bemerkte ich sein Stirnrunzeln und Alexanders angespannten Blick.

»Macht die Kehle hinten nicht weit genug auf, aber das ist hinzukriegen. Sie hat noch nicht entdeckt, was der Bauch mit dem Singen zu tun hat. Die Töne selbst sind nicht schlecht, sie verschleift sie nicht. Unser Schwesterchen hat einen erstklassigen Sopran, meinst du nicht?« fiel Alexander, immer nervöser werdend, ein.

Wilhelm knallte den Deckel zu, das Geräusch fuhr mir wie ein Schlag direkt in die Kniekehlen. Meine Hand auf dem Instrument war keine elegante Geste mehr, ich brauchte jetzt diesen Halt. Ich nickte entschieden.

»Mach den Deckel wieder auf, von mir aus können wir gleich beginnen.«

Um die Sache zu beschleunigen, langte ich hinüber und hob selbst den Deckel an. Sehr bedachtsam schloß Wilhelm das Pianoforte zum zweiten Mal.

»Das muß alles Methode haben«, sagte er streng genug, um mir zu verdeutlichen, daß jeder weitere Einwand zwecklos sei. »Du wirst dich erst einmal mit unserer Häuslichkeit vertraut machen, ab heute bist du hier für alles zuständig.«

Ich blinzelte ungläubig, mir war nicht ganz klar, was er meinte. Dabei gab es eigentlich nicht viel zu rätseln. Um die Situation überhaupt irgendwie zu retten, hatte mein Bruder soeben seine Pläne geändert. Wo ich schon mal da war, erwartete mich jetzt kaum noch etwas anderes, als ich in Hannover zurückgelassen hatte, nämlich die Plackerei mit einem Haushalt, angefangen vom Ofenauskehren bis zum Ausleeren des Unratkübels, allerdings auf einem höheren Niveau, denn es würde nicht angehen, in einem so vornehmen Haus ungeniert mit dem Eimer zu klappern, so etwas würde die Herren Musiker in der Konzentration stören. Eben noch angehende Sängerin und jetzt wie gewohnt ein Putzteufel.

4

»Die Bulmans machen dir ihre Aufwartung, Mrs. Bulman kennst du ja bereits«, fuhr Wilhelm fort.

Es blieb keine Zeit, ihn um eine nähere Erklärung zu bitten. Eingeschüchtert wandte ich mich den Angekündigten zu, die gerade eingetreten waren, und erwiderte mechanisch Mrs. Bulmans Lächeln. Als nächstes nickte ich steif Mr. Bulman und einem jungen Mädchen neben ihm zu, der Ähnlichkeit nach wohl die Tochter.

»Mr. Bulman«, erläuterte Wilhelm, »bekleidet einen Posten an der Oktogon-Kapelle, zu dem ich ihm verholfen habe.«

Mr. Bulman verbeugte sich aus der Hüfte heraus, als Wilhelm einen Satz in englisch anfügte.

»Die Familie logiert in Parterre und Souterrain, so haben wir es schon in Leeds gehalten, als ich dort noch tätig war, aber das Haus war nicht so bequem und luftig wie dieses, und so sind wir hier recht glücklich wieder vereint. Du wirst sehen, daß du dich auf Mrs. Bulman in allem vollkommen verlassen kannst.«

Ein weiterer Wortschwall auf englisch veranlaßte die Dame mit dem Wachsmadonnenantlitz zu einem angedeuteten Knicks.

Alexander, der der offiziellen Begrüßung bisher stumm beigewohnt hatte, trat rasch neben das Mädchen und legte ihm nur für einen Augenblick den Arm um die Schulter. Es war keine intime Geste, aber dennoch eine, die mich verwunderte.

»Mit unserer hübschen Deborah«, säuselte er, »wirst du dich bald anfreunden.«

All dieses Hin- und Hergerede in zwei Sprachen war leicht und mühelos vor sich gegangen, ein Nicken hier und Verbeugen da, und auch Deborah knickste höchst anmutig. Mr. Bulman trug wie meine Brüder einen Schlafrock, der seine allerdings spannte vorn ein wenig und warf seitlich unschöne Falten, und das teigige Gesicht des Herrn wirkte ungesund trotz der beiden exakt abgezirkelten roten Flecken auf den Wangen, aber ohne Zweifel strahlte er Würde aus, ebenso wie seine Gattin, die mich abwartend, aber wohlwollend betrachtete. Die Tochter erschien mir keineswegs hübsch, sie konnte gerade noch als ansehnlich durchgehen.

Die beiden Damen Bulman trugen keine Tournüren, bewegten sich aber so, als wären sie mit ihrem Erscheinungsbild rundum zufrieden, ihre Morgenkleider wirkten auch nicht eben schlicht. Ich geriet schon wieder ins Grübeln über leidige Modefragen, denn ich hatte Elisabeths Tournüren angelegt, die nicht so recht zu meinem alten Kleid paßten, ich hatte mir nur gedacht, so ausstaffiert weniger bäurisch zu wirken. Es war zum Verzweifeln.

Allen drei Bulmans haftete eine Gewandtheit an, die mir vollkommen fehlte. Deborah lächelte schon seit geraumer Weile, ohne daß dieses Lächeln starr wirkte. Ich dagegen merkte, wie mein Gesicht in einem Grinsen erfror.

»Oh, Gott«, platzte ich heraus und wich einen Schritt zurück, »wer sind denn nun diese Bulmans?«

Ich hatte offensichtlich etwas Falsches gesagt, denn Wilhelm krauste leicht die Stirn, bevor er zu einer weiteren Erklärung anhob, in der er einen nuanciert schärferen Ton anschlug.

»Mit den Bulmans habe ich ein für beide Seiten nützliches Arrangement getroffen. Mr. Bulman besorgt uns das Haus als eine Art Verwalter, und seine Frau kümmerte sich bisher um die Haushaltsangelegenheiten und ist natürlich bereit, dich in alles einzuweisen, dafür zahlen sie für ihre Wohnung einen geringeren Beitrag. Du siehst ja wohl ein, daß du schnellstens Englisch lernen mußt.«

»Halte dich an Deborah, es ist ein kolossaler Vorteil, daß sie kein Wort Deutsch versteht, das verführt dich nicht dazu, Unterhaltungen zu führen, die dich keinen Deut weiterbringen.« Alexander grinste und rückte diesmal unverschämt dicht an das Mädchen heran. Ich fragte mich, was die junge Bulman von meinem aufdringlichen Bruder hielt, und registrierte, wie geschickt sie sich ihm gegenüber verhielt. Sie schuf Abstand, ohne ihn zurechtzuweisen, indem sie zur Seite glitt, dabei ihren Rock mit beiden Händen raffte, wieder einen graziösen

Knicks vollführte und aufschauend Alexander sanft anlächelte, so daß ich mich fragte, ob sie ihn nicht etwa ein bißchen anhimmelte. Ein gutaussehender Bursche war er ja.

Ich war so vertieft in meine Beobachtung, daß ich auf das Gepolter hinter mir an der Tür zunächst nicht weiter achtgab. Erst als eine alte Frau, die mit einem großen, leeren Tablett eingetreten war, an mir vorbeischlurfte, nahm ich von ihr Notiz. Halblaut stieß sie einige grob klingende Laute aus, die sich wie Verwünschungen anhörten, aber vermutlich eine Begrüßung darstellen sollten, denn sie schielte einmal flüchtig zu mir hin, bevor sie ihr Tablett so heftig auf den Tisch setzte, daß die Tassen schepperten.

»Und hier haben wir unsere prächtige Betty, die unter der Aufsicht Mrs. Bulmans allerlei Hausarbeit verrichtet, und damit wären wir jetzt komplett«, sagte Wilhelm gelassen, während die prächtige Betty die Reste des Frühstücks zusammenraffte.

Eine halbe Stunde später war ich allein. Mittlerweile fühlte ich mich doppelt zerschlagen, von der Reise und von den Eindrücken, die das Haus und seine Bewohner auf mich machten. Am liebsten hätte ich mich die Treppe hinauf in meine Kammer und direkt ins Bett geflüchtet. Die Bettdecke über den Kopf gezogen, auf Rufen nicht geantwortet und mich ganz klein gemacht. Darauf gehofft, daß man mich auf unbestimmte Zeit in Ruhe ließe.

Ganz so leicht klein beigeben wollte ich dann doch nicht. Ich begann nachzudenken, um meine Situation besser zu begreifen.

Es konnte keine Rede mehr davon sein, daß ich hier den Haustrampel abgeben sollte, diese Stelle war bereits besetzt. Von mir wurde etwas anderes erwartet. Während meine Hand über eins der polierten Mahagonimöbel strich, rekapitulierte ich die Liste meiner bescheidenen Fertigkeiten und fand mich alles in allem ungenügend. Das Holz unter meinen Fingern hatte etwas Seidiges, Glattes, Flüchtiges und dabei doch Festes an sich, und ich ahnte, daß sich darin Wilhelms englisches

Leben gleichsam auf den Punkt widergespiegelt fand. Ich bezweifelte sehr, daß ich jemals imstande sein würde, mich darein zu fügen.

Schließlich stieg ich ein Stockwerk höher, um mir die Kammern anzuschauen, die Wilhelm ganz für sich reserviert hielt.

Unter dem Fenster des Vorderzimmers stand ein großes Schreibpult mit seinem Globus, die Delle über England beschwor unvermeidlich Erinnerungen herauf. Die Fingerlänge, die Hannover von England trennte, der kleine blaue Spalt zwischen Küste und Küste, das alles hatte sich als ausgedehnte elftägige Mühsal voller Überraschungen entpuppt. Mein Verhältnis zu Wilhelm schien mir ähnlich beschaffen zu sein. Vermutlich hatte mein Wissen aus der Kindheit, die Vertrautheit, schon immer getrogen, aber nicht einmal das wußte ich mit Sicherheit.

Heiß und innig, wie nur eine Kinderliebe sein kann, hatte ich an Wilhelm gehangen. Er war mein Abgott gewesen, mein Ritter, mir kamen die Tränen bei der Erinnerung. Jeder Blick, jede Berührung wurde damals zum Ereignis, an dem sich meine Zuneigung stets neu entzündete. Was hatte er eigentlich bei so viel unbedingter Hingabe und Anbetung selbst empfunden? Hatte ihn das Kind amüsiert? Jetzt erinnerte ich mich auch schmerzlich daran, wie er mich ein paarmal mit den anderen ausgelacht hatte.

Wie ich es schon auf der Reise geahnt hatte: Wir beide, er und ich, mußten miteinander von vorn anfangen, und der Anfang, den ich gerade erlebt hatte, war alles andere als ermutigend. Nur, davonzulaufen war eben auch nicht möglich. Ich hatte nicht einmal das Geld, um die Rückfahrt zu bezahlen.

Ich wollte mich bereits abwenden, da blieb mein Blick an einem Brief hängen, die Handschrift hatte ich sofort erkannt, denn die Anfangsbuchstaben gerieten Jakob immer besonders groß und schwungvoll, um nicht zu sagen eine Spur anmaßend.

Jakob ist immer schon vor mir da, hab ich bloß entmutigt gedacht, das ist ja nicht anders als in der verflixten Geschichte vom Hasen und vom Igel, der gutgläubige Hase hatte mir ja schon immer leid getan.

Ich streckte meine Hand aus, ergriff aber nicht den Brief, sondern rückte die Schreibfedern daneben gerade und stellte das Tintenfaß akkurat in die Vertiefung auf dem Pult. Ich ordnete rasch ein paar herumfliegende Schreibblätter zu einem Stapel. Mir war beim Eintreten aufgefallen, daß die Bücher im Regal krumm und schief standen, dem war leicht abzuhelfen. Ich arbeitete zwanghaft und dabei methodisch, schließlich hatte mich unsere Mutter zu bedingungsloser Ordnung erzogen.

Eine breite Flügeltür trennte das Studierkabinett vom Schlafzimmer. Vor der hinteren Wand stand ein Baldachinbett mit einer gesteppten weichen Bettdecke, an einem Pfosten hing der Brokatschlafrock. Über den Unterschied zwischen Wilhelms und meiner Kammer nachzudenken wäre naheliegend, aber ungehörig gewesen. Hinter einem niedrigen Tischchen mit Rauchutensilien entdeckte ich zwei verknitterte Halsbinden, ich bückte mich, um sie aufzuheben. Im Umwenden fegte ich mit meinen durch die Tournüren aufgebauschten Röcken eine Porzellandose herunter. Zwar rollte sie unbeschädigt über die Dielen, aber der Deckel zerbrach genau in zwei Teile. Er muß schon vorher angeschlagen gewesen sein, hab ich dumpf gedacht, als sich der Tabak auf dem Fußboden verteilte.

Der Deckel schloß wohl nicht dicht, denn der Tabak war viel zu trocken, er hätte längst angefeuchtet gehört, überlegte ich, immer noch merkwürdig unbeteiligt, weiter, während ich auf allen vieren herumkroch, mit den Fingern den Tabak zusammenklaubte, in die Dose stopfte und den sichtbaren Rest mit dem Ärmel unters Bett fegte. Zuletzt habe ich den Deckel aufgesetzt und dabei die beiden Teile akkurat zusammengerückt.

Bevor ich hinausging, sah ich mich noch einmal um. Die hinterlassene mustergültige Ordnung trog, aber das sollte nur ich wissen, kühl nahm ich mir vor, gleich am nächsten Tag genau hier mit der Hausarbeit anzufangen und den Brokatschlafrock auszubürsten, den ich nicht einmal mit dem Finger berührt hatte.

Die Tabakdose klammerte ich bis auf weiteres aus meinen Gedanken aus.

Mittags servierte mir Betty einen Imbiß und gab dabei wieder etwas von sich, was sich wie ein Fluch anhörte. Trotzdem ermunterte ich sie zu ein paar artikulierteren Wörtern, indem ich auf Teller, Messer und Gabel deutete, langsam und betont das deutsche Wort dafür sagte und sie so beharrlich anblickte, bis sie verstand, was ich von ihr wollte. Auf diese Weise mit dem Englischlernen zu beginnen erschien mir raffiniert, denn ich umging damit, mich von Deborah Bulman einschüchtern zu lassen. Dann versuchte ich, Betty mit einer Handbewegung hinauszuschicken, aber sie ignorierte die Geste. Stur blieb sie neben mir stehen und sah mir bei jedem Bissen zu. Ich würgte das Brot hinunter, als hätte ich den Schlund voller Sägespäne. Als ich fertig gegessen hatte, riß sie das Tablett mit Teller und Besteck wieder an sich, polterte hinaus und ließ mich kleinlaut sitzen.

Am späten Nachmittag kehrten meine Brüder zurück und verschwanden sofort in ihren Räumen. Wenig später gesellte sich Wilhelm, wieder in seinen Schlafrock gekleidet, zu mir. Ich lächelte ihm etwas unsicher entgegen, aber er erwiderte meine Freundlichkeit nicht. Er klopfte sich nachlässig, als wäre ihm die Geste gar nicht bewußt, Tabak vom Ärmel.

»Wir müssen noch einmal über die Hausarbeit sprechen.« Seine Stimme klang ungemütlich beherrscht, mir kroch sofort eine Eiseskälte das Rückgrat hoch.

»Ach, wirklich?« lispelte ich, der Mund wurde mir trocken.

Wilhelm schaute mich nicht an. »Um es einmal klarzustellen. Diese Räume hier dienen uns allen, wenn sie nicht einer von uns beiden, Alexander oder ich, für den Unterricht benötigt, du kannst aber zuhören, um etwas für dich vom Unterricht aufzuschnappen. Hier unten liegt natürlich auch dein Wirkungsbereich.«

Ich wußte, was er gleich sagen würde, beklommen betrachtete ich die Tabakskrümel, die geradezu tückisch langsam zu Boden schwebten.

»Eine Treppe höher wünsche ich dagegen keinerlei Einmischung, unsere Betty hat dort bisher alles Nötige besorgt und macht es weiter so. Sie weiß, daß an meinem Schreibpult und bei meinen Büchern niemand außer mir etwas verloren hat. Punktum.«

Ich hatte nie bemerkt, welch harte Linie sein Unterkiefer bildete. Auf einmal fragte ich mich, was er eigentlich von mir wußte? In den Briefen, die ich im Familienauftrag an ihn geschrieben hatte, hatte ich höchstens mal verschämt einen Satz über mich eingefügt: »Ich habe Strümpfe stricken gelernt«, oder: »Ich nehme jetzt zwei Monate Unterricht bei einer Putzmacherin.« Die kindlichen Sätze waren mir nun peinlich. Jakob hätte nie so etwas Belangloses in seinen Briefen mitgeteilt.

Wilhelm redete längst weiter.

»Obwohl Betty ein Trampel ist, bin ich mit ihr soweit zufrieden. Das mag dich verwundern, aber bisher gab's wenig Scherereien mit ihr. Heute hat sie allerdings den Deckel meiner Tabakdose zerbrochen.«

Natürlich hätte ich jetzt etwas sagen müssen, allein schon weil Wilhelm eine Pause einlegte und mich eindringlichst musterte. Unter diesem schweren Blick schrumpfte ich zu einer hirnlosen Maus zusammen. So hatte ich mir mein Leben hier nicht vorgestellt.

»Leider war es meine einzige, und ich weiß nicht, ob ich einen anderen, passenden Deckel finde, da muß wohl eine neue Dose her. Ich werde Betty den Betrag dafür vom Lohn abziehen.« Er fixierte mich wieder. »Du hast das jetzt begriffen? Wenn du ein Buch aus meinem Regal haben willst, sag's mir, und ich stell es dir zur Verfügung. Ansonsten ...«

Umständlich kramte er etwas Weißes aus der Rocktasche hervor und hielt es mir mit einem grimmigen Lächeln hin.

»Das gehört dir, nehme ich an. Es lag bei mir herum. Was Betty betrifft, man muß Nachsicht mit ihr haben. So jung ist sie ja nicht mehr.«

Mit dem Taschentuch in der Hand versank ich gleichsam vor Scham im Boden und bekam noch immer nicht die Zähne weit genug auseinander, um mein Mißgeschick zu gestehen.

Statt dessen starrte ich auf die zwei winzigen weißen Buchstaben des in eine Ecke gestickten Monogramms, das auf dem schlicht gesäumten Stoffetzen aus der Entfernung einer Armlänge wirklich nicht zu erkennen war.

Kurz darauf trat Alexander mit einer Reisetasche herein. Als müßte ich längst Bescheid wissen, sagte er: »Also, Schwesterherz, bis in sechs Wochen, dann bin ich wieder da.« Ich mußte ihn wohl sehr verwirrt angesehen haben, denn er fuhr zu Wilhelm gewandt fort: »Hast du ihr nicht gesagt, daß ich zurück nach Bristol muß und nur ihretwegen kurz hergekommen bin?«

»Du kannst nicht noch etwas länger bleiben? Zwei, drei Tage wenigstens?« fragte ich entsetzt.

»Lina, ich sitz bei unserem Bruder nicht rum und halt Maulaffen feil, während er das Geld verdient. Ich habe den Sommer über ein Engagement in Bristol, das ist jedes Jahr so, Anfang Oktober, wenn die Saison in Bath beginnt, komm ich zurück. Du bist hier gut aufgehoben und wirst dich doch wohl nicht fürchten.«

Als hätte er zuviel gesagt, schaute er betreten drein und sandte einen raschen Blick zu Wilhelm, der sich langsam dem Fenster zuwandte, die Hände auf dem Rücken, als wollte er mit uns nichts mehr zu schaffen haben. An sich war mir danach, aufzuschreien und Alexander anzuflehen, mich mitzunehmen, ich riß mich aber zusammen und seufzte nicht einmal.

»Mich fürchten? Wie kommst du denn darauf?« sagte ich gepreßt.

»Na, dann mach jetzt kein Theater.« Mit einer Kopfbewegung forderte er mich auf, ihm zu folgen. »Wenn du dich so schwer von mir trennst, begleite mich die Straße hinunter, dann kennst du wenigstens schon mal die New King Street und weißt, wo du nun zu Hause bist.«

»Auf keinen Fall«, gab ich zurück, »ich hab keinen Hut mehr, und ohne Hut kann ich nicht auf die Straße gehen.«

Niedergeschlagen stieg ich hinter ihm die zwei Treppen ins Parterre hinab. Vor der Haustür drehte er sich zu mir um.

»Erinnerst du dich noch an den Bären auf dem Markt?

Weißt du, wie so ein Tier zum Tanzen dressiert wird?« Er grinste mich spitzbübisch an, öffnete die Haustür und trat auf die Straße hinaus. Ich folgte ihm verblüfft, denn ich konnte mir keinen Reim darauf machen, warum er ausgerechnet jetzt die alte Geschichte mit dem Bären hervorkramte.

»Der Bärenführer zwingt es, über glühende Asche zu laufen, und schlägt dabei das Tamburin. Wenn er das oft genug gemacht hat, hebt der Bär am Ende die Hintertatzen, sobald er das Tamburin hört. Genial, was?«

Alexander war die Straße hinab verschwunden, bevor ich mich von meiner Verblüffung erholt hatte. Ich warf nur noch einen flüchtigen, beinahe schon ängstlichen Blick auf die benachbarten Häuser, schlug die Tür zu und begann, die Stufen wieder hinaufzusteigen.

5

»Welchen Winkel bilden die zwei geraden Seiten des Kuchenstücks? Das wirst du doch wohl schätzen können.«

Ich fixierte meinen Teller, wurde dabei aber von Betty abgelenkt, die neben mir mit Teedose und -einsatz hantierte, eine reine Anmaßung, weil das Abmessen des Tees nur mir zukam. Sollte ich meiner Hausfrauenpflicht genügen oder meinem Bruder gehorchen? Die Alte brabbelte vor sich hin, und automatisch versuchte ich auch noch, ein paar Worte Englisch aufzuschnappen.

»Der Winkel, Lina.« Wilhelm klang nicht einmal ungeduldig, nur unpersönlich kühl.

Gleich am zweiten Morgen nach der Ankunft, noch beim Frühstück, hatte er mit dem Unterricht angefangen, wir waren jetzt die fünfte oder sechste Woche dabei. Eine rasche Geste von ihm hatte mich davon abgehalten, meine Gabel in den Kuchen zu versenken. Gerade hatte er mit der seinen auf das Stück Napfkuchen zum Nachtisch vor mir gedeutet und die Form nachgezeichnet. Mit der Mathematik hatte ich mich noch nicht so recht anfreunden können, zumindest nicht beim Essen.

Betty schaufelte Löffel um Löffel Tee in den Einsatz, laut zählend, und jede Zahl zog gleich die nächste nach sich in einer hypnotischen Abfolge, bis Wilhelm über meinen Platz hinweglangte und energisch den Deckel auf die Dose setzte.

»That's enough, my dear«, sagte er mit freundlicher Herablassung zu der alten Trutsche und wandte sich im gleichen Atemzug und im gleichen Ton an mich. Schon deshalb war es mir nicht möglich, zu antworten, ich hatte mich innerlich völlig verkrampft, wie sollte ich da denken oder sogar rechnen können?

»Wenn du den Winkel nicht bestimmen kannst, gibt's heute keinen Kuchen für dich, dann gehen wir die Sache mit der Winkelteilung noch einmal von vorn an, so lange, bis du's begriffen hast.«

Betty lächelte hinterhältig, nahm den Teller mit meinem Nachtisch feierlich entgegen und verließ damit rascher als jemals zuvor den Raum.

Hatte ich da bereits an den unseligen Bären gedacht und die heiße Asche, über die so ein armes Tier stolpern mußte? Hatte mich Alexander warnen wollen? Um die Wahrheit zu sagen, als Wilhelm diese Spielchen mit Pudding, Kuchen und allerlei anderem, was sich dazu eignete, einige Male wiederholt hatte, wußte ich, daß ich jetzt den Bären abgab. Eine entzückende Vorstellung. Denn Wilhelm warf mir die Brocken zu, unbekümmert darum, ob ich in der Lage war, sie aufzuschnappen.

Was mich am meisten aufbrachte, war Wilhelms gleichbleibende Sachlichkeit, eine metallene Liebenswürdigkeit, bei der jeder meiner Hilfeschreie schon verstummte, bevor er überhaupt die Kehle passierte.

Er mochte mich nicht, ich spürte die leise Abscheu und das Bedauern, mich überhaupt bei sich zu haben. Wegen der Sache mit dem Dosendeckel, die er natürlich mühelos durchschaut hatte, behandelte er mich, eine erwachsene Frau, wie ein Schulkind.

Dabei war ich mir inzwischen sicher oder fast sicher, daß Betty den Deckel zerbrochen hatte und nur etwas früher genauso schlau gewesen war wie ich.

Ich litt im stillen und betrieb Heimlichkeiten. Wenn Wilhelm das Haus verlassen hatte und Betty ins Untergeschoß zu den Bulmans verschwunden war, schlich ich trotz des Verbots in Wilhelms Schlafzimmer, überflog rasch und ängstlich die Reihen seiner Bücher, griff vorsichtig eins heraus, das mich reizte, und verschlang ein paar Seiten.

Wissen ist kein allgemeiner, sondern ein höchst privater Besitz, auch wenn es in Büchern steht. Indem ich mich heimlich kundig machte, gewann ich ein bißchen Mut, um mein Elend mit guter Miene zu ertragen. Ich hätte natürlich auch direkt um ein Buch einkommen können, aber bitte, um welches, wenn ich doch Wilhelms Räume nicht mehr betreten durfte?

Zwischen dem Geschirr lagen unsere Hefte ausgebreitet, darunter eins, in das er ständig Notizen eintrug, meistens Notensätze, aber manchmal auch mathematische Berechnungen. Wahllos deutete ich mit dem Teelöffel auf eine Zeile.

»Eine ähnliche Gleichung habe ich doch einmal auf der Schieferplatte des alten Tischs in Hannover gesehen, aber damals ...« Es war ein kleines Ablenkungsmanöver, inszeniert, ohne mir viel dabei zu denken, aber unversehens hatte ich eine Eingebung: Wollte ich denn nicht das Eis auf seiner Haut zum schmelzen bringen und den Bruder von früher darunter hervorschimmern lassen?

Der harte Glanz in Wilhelms Augen trübte sich tatsächlich, eine ungewohnte Besinnlichkeit bemächtigte sich seiner Züge, während er bedächtig zum Federmesser griff und mit geneigtem Kopf die Feder schärfte, als gäbe es nichts anderes mehr, was Aufmerksamkeit erforderte. Meiner ersten Eingebung folgend, half ich ihm, das Bild, das sich gerade vor seinem Geist zusammensetzte, zu vervollständigen.

»Weißt du, ihr wolltet mir nie sagen, was ihr da gerechnet und geschrieben habt. Ich erinnere mich noch an das Wort Azimut. Der Azimutalwinkel gibt ja wohl den Längengrad eines Sterns an«, fuhr ich fort, und auf einmal holten auch mich die Erinnerungen ein.

Wilhelm fuhr noch eine Weile mit seiner sinnlosen Tätigkeit fort, bevor er sich endlich wieder mir zuwandte.

»Es ist nett, daß du dich für die Astronomie interessierst, da haben wir ja etwas Gemeinsames, und wenn jetzt unser Tisch hier stünde …«, er sprach nicht weiter, sondern blickte zum Fenster, seine Stimme hatte ungewohnt bewegt geklungen, voller unausgesprochener Sehnsüchte. Die Zeit zurückdrehen, an unserem Tisch in der Stube sitzen, voller Hoffnung, Begierde und Zärtlichkeit, das wünschten wir uns wohl beide.

Pythagoras hatte sich auch für die Sterne begeistert, im Gegensatz zu mir. Der alte griechische Mathematiker und die Sternenkunde überhaupt kamen mir lediglich gelegen, um wenigstens ab und zu eine Unterhaltung mit Wilhelm führen zu können, in der er mich recht eigentlich wahrnahm, als Mensch sozusagen. Denn während er mich unterrichtete, aß und kritzelte er ständig in sein Heft; sich nur mit mir zu beschäftigen war ihm zu langweilig. Allein Sternenkunde vermochte ihn zu fesseln.

Pythagoras war ein Anbeter der Zahl. Zahlen an sich erschienen ihm geradezu göttlich, in ihnen spiegelte sich eine vollkommene Wirklichkeit oder wirkliche Vollkommenheit, und seiner Ansicht nach war praktisch alles im Himmel wie auf der Erde nach den gleichen Zahlenverhältnissen gebaut. Das Erstaunlichste an seiner Lehre war, daß sie die Musik mit dem Kosmos – übrigens ein Wort für das All, das er erfunden hatte – in eine seltsame, auf Zahlen begründete Übereinstimmung brachte.

»Daß bereits Pythagoras die Sache mit den Schwingungsverhältnissen der Töne zueinander herausbekommen hat! Aber was um alles in der Welt hat das mit dem Kosmos zu tun?«

Ich wollte mich mit meiner sprunghaften Frage nur bei meinem Bruder einschmeicheln, um nicht als hirnlose Idiotin dazustehen. Wie konnte ich ahnen, in was ich mich da auf lange Sicht hineinmanövrierte? Viel verstanden hatte ich in den paar Wochen, die er mich unterrichtete, nicht, ich setzte aber darauf, daß Wilhelm meine Rolle als bloße Stichwortgeberin nicht so schnell durchschaute.

Er hatte seine Gabel wieder aufgenommen, aber beim letzten Satz legte er sie nieder und sah mir voll ins Gesicht.

»Pythagoras war davon überzeugt, daß ähnliche Zahlenverhältnisse wie bei den Tonintervallen auch den Abstand der Himmelskörper zueinander bestimmen müßten und damit also mathematische Proportionen, du kannst ebensogut sagen, musikalische, den Bau des gesamten Weltalls.«

»Bißchen verstiegen. Heute weiß doch jeder, nicht einmal seine Grundannahmen waren richtig: Für ihn stand die Erde im Mittelpunkt, und die Sonne war ein Planet wie der Mond.«

Wilhelm blätterte bereits wieder in seinem Heft, während ich verstohlen seinen Teller zu mir heranzog. Wenn er mich schon zu einem Kind machte, wollte ich mich auch wie eins benehmen.

»Die Kernidee kann so falsch nicht sein. Noch Kepler hat versucht, die Abstände der Planeten mit Pythagoras' Theorie in Übereinstimmung zu bringen.«

»Das hat er aber nicht geschafft, nicht wahr?«

»Daß in der Musik mathematische und sogar geometrisierende Elemente wirksam sind, hat auch Platon nachgewiesen. Gott ging es in der Schöpfung um Harmonie, und Gott ist Mathematiker, soviel steht fest.«

Ich hatte jetzt nur noch den Kuchen im Sinn. Es war daher nicht ganz einfach, etwas halbwegs Vernünftiges einzuwerfen.

»Und du bist Musiker, du machst deine Musik auf der Erde für die Erde, was schert dich der Kosmos?«

»Musik an sich ist langweilig, wenn du sie nur als gefühlvolles Gefiedel auffaßt. Weißt du, Pythagoras hat etwas Entscheidendes geahnt. Ebenso Aristoteles. Jede der kristallenen Sphären, in denen seiner Überzeugung nach Mond, Merkur, Venus, Sonne, Mars, Jupiter und Saturn um die Erde kreisen, erzeugt ihren eigenen Ton. Zusammen ergeben die Töne die seit der Antike berühmte Sphärenmusik, die die Menschen wegen ihrer Allgegenwärtigkeit nicht wahrnehmen können, sondern nur die Götter. Ja, auch Kepler hat versucht, die ›harmonice mundi‹, die Weltharmonik, zu ergründen, auch für ihn war die Musik wie für Platon und Aristoteles rein göttlichen Ursprungs, und alles, woraus sie gemacht ist, wie zum Beispiel die Tonintervalle von der Prim bis zur Septime, ein Spiegelbild des Ganzen. Einer der alten Astronomen und Mathematiker, Anaxagoras, hat mal gesagt, daß der Sinn des Lebens darin besteht, Sonne, Mond und Himmel zu erforschen.«

In meinem Hirn gab es einen kleinen Ruck, verschiedene durcheinanderwirbelnde Wissensteilchen ordneten sich zu einem klaren durchschaubaren Ganzen, es war eine Offenbarung. Ich deutete auf den Kuchenteller, der jetzt vor mir stand.

»Dreiundvierzig Grad, würde ich sagen, beinahe ein Achtel von einem Vollkreis.«

Wilhelm langte nach dem Winkelmaß, um nachzumessen, halbwegs gelassen sah ich ihm dabei zu. Tatsächlich braucht es nicht viel Übung, um einen kreisrunden Kuchen zu vierteln und jedes Stück noch einmal einigermaßen exakt durchzuschneiden, schwerer dagegen ist es, in diesem Akt die mathematischen Größen zu entdecken und den einmaligen und erhellenden Sprung von der praktischen auf die abstrakte Ebene zu vollziehen. Ein Meilensprung, ein Sprung in die wahre Welt des reinen Geistes.

Es waren nur einundvierzig Grad, aber aber die dreiundvierzig waren keine wahllos geratenen, sondern nach den Regeln geschätzt. Damit hatte ich einen Sieg über meine Schwerfälligkeit errungen, der mir reichte, um Wilhelms Kuchen mit andächtigem Genuß zu verzehren, jeden Bissen auszukosten – so also schmeckte Wissen. Ein Augenblick der stillen Freude, den ich gern geteilt hätte. Mein Bruder hatte aber nur anerkennend genickt und fuhr, nicht sonderlich beeindruckt, mit seinen chaotischen Belehrungen fort.

Am Ende habe ich gelernt, Winkel zu berechnen und trigonometrische Gleichungen aufzustellen, beherrsche aber bis heute nicht mit genügender Sicherheit das Einmaleins.

6

Mein Spiegelbild entsetzte mich. Die letzte Nacht hatte ich mit kalten und warmen Umschlägen zugebracht, beides hatte so gut wie gar nichts geholfen. Vorsichtig versuchte ich, den

Unterkiefer mit der Hand hin- und herzubewegen, und sofort schossen mir vor Schmerzen Tränen in die Augen.

Seit sechs Wochen genoß ich endlich auch Gesangsunterricht – zwei bis drei Lektionen pro Tag – und sang schlechter als je zuvor. Wilhelms zahllose Anweisungen hatten ebenso wie in der Mathematik lediglich zu einer zunehmenden Verwirrung geführt. Gestern hatte er sich mit meiner Kinnlade beschäftigt und daran herumgeschoben und -gedrückt, damit ich sie locker hielt und doch die Töne kontrolliert hervorrollen ließ. Das entmutigende Ergebnis seiner Bemühungen feixte mir als traurige Fratze aus dem Spiegel entgegen. Am Ende, dachte ich verzweifelt, bleibt mir wirklich nur noch die Hoffnung, mich im Haushalt einigermaßen nützlich zu machen. Einen Moment erwog ich, Alexander um Beistand zu bitten. Er war vor zwei Tagen aus dem Sommerengagement in Bristol zurückgekehrt, aber gesprochen hatten wir uns seither kaum, weil ihn Wilhelm sofort mit Beschlag belegt hatte. Aber wie sollte er mir helfen können?

Ich zog mir die Morgenhaube tiefer ins Gesicht, trat vom Spiegel zurück und begann, den Frühstückstisch zu decken.

»Guten Morgen, Schwesterherz«, Alexander war hereingekommen und drückte mich mit einem Arm freundschaftlich an sich, bevor er sich niederließ. »Gestern habe ich mit Wilhelm abgemacht, daß du mir heute deine Gesangskunst vorführst. Leg am besten gleich die Noten zurecht, Wilhelm sagt, wir sollten die Zeit nutzen, bis Betty das Frühstück bringt und der Tee fertig ist.«

Mein erster Impuls war, aus dem Zimmer zu stürzen. Ich drehte mich auf dem Absatz herum und prallte gegen Wilhelm. Er faßte mich an den Schultern und sprach dabei über meinen Kopf hinweg zu Alexander.

»Wir haben gründliche Arbeit geleistet, das wirst du hören, sobald sie den Mund aufmacht. Aus der Vorklasse kann ich sie jetzt entlassen und in allem etwas mehr Tempo vorlegen.« Er musterte mit einem schwer deutbaren Blick mein ängstliches, verzerrtes Gesicht, gab mich plötzlich frei und schritt zum Pianoforte. Bevor er auf dem Schemel vor dem Instrument Platz nahm, wandte er sich noch einmal an Alexander.

»Diese Motette kennst du nicht, Alex, ich hab sie erst letzte Woche komponiert. Ich spiel sie dir kurz vor, denn ich möchte wissen, was du davon hältst, wenn wir sie in eins der Konzerte einbauen.«

Ungefähr so wie ich in diesem Augenblick muß sich ein Verurteilter fühlen, wenn der Henker das Beil nicht heruntersausen läßt, sondern in der Bewegung erstarrt. Nichts ist zurückgenommen, die Exekution nur für eine sehr begrenzte Zeit aufgeschoben. Ich konnte nicht einmal aufatmen, weil sich Alexander von seinem Stuhl erhoben hatte, hinter Wilhelm trat und mich dabei mitzog.

»Eins nach dem anderen, ja? Erst ist Lina an der Reihe, dann hör ich dir zu.«

Wilhelm hatte unterdessen zu spielen begonnen.

»Der Rhythmus ist nicht das entscheidende, auch nicht das Thema, aber achte mal auf die kleinen Verzierungen, hübsch nicht?«

Verstohlen glitt mein Arm aus Alexanders Hand, ich glaubte mich vergessen und machte mich daran, davonzuschleichen, da wandte sich Wilhelm, ohne das Spiel zu unterbrechen, an mich.

»Ach ja, Lina, ab heute müssen wir uns ganz auf dich verlassen können. Mrs. Bulman sagt auch, es wird Zeit, daß du die Einkäufe ohne ihre Hilfe machst.«

»Du schickst mich ganz allein zum Markt?« Ich war stehengeblieben.

»Sprich mit Mrs. Bulman ab, was du einzukaufen hast. Und vergiß nicht: Du gehst heute allein.«

Alexander faßte wieder meinen Arm. »Was soll das, Wilhelm? Ich bin nur so früh aufgestanden, um Lina singen zu hören, also, was ist jetzt damit?«

»Was jetzt ist? Na, das ist doch offensichtlich: Frühstück.« Wilhelm grinste uns entwaffnend an, als er sich auf dem Schemel herumdrehte und zur Tür deutete.

Betty schob sich schwer schnaufend mit dem Frühstückstablett herein, diesmal hätte ich die trampelige Alte vor Dankbarkeit umarmen können.

Ein bißchen kannte ich mich inzwischen aus in der Stadt, auf den Weg zum Markt brauchte ich nicht zu achten.

Bath bot in der Saison eine gigantische Fülle an Lustbarkeiten auf. Etwa achttausend Kurgäste strömten im Herbst in die Stadt und belegten bis Ostern jedes freie Quartier bis zur letzten Dachkammer. Um sechs Uhr in der Frühe trafen sich die Kurwilligen, um ein oder zwei Gläser von dem angeblich heilkräftigen Wasser zu trinken, das seit Jahrtausenden aus der Tiefe sprudelt. Die einen erhofften sich mehr Stuhlgang, die anderen eine Milderung ihrer Gicht, alle aber von den vielen restlichen Tagesstunden eine Menge Unterhaltung, zu der vor allem Musik gehörte.

Nicht nur in den Ball- und Konzertsälen oder im Theater, sondern ebenso in jeder Kirche wurde Musik gemacht. Wilhelm hatte sein festes Engagement als Organist und Musikmeister an der Oktogon-Kapelle, einer privaten Einrichtung, die sich rentierte, weil die Kirchen in Bath notorisch überfüllt waren.

Aber ein Teil seines Einkommens kam durch öffentliche Konzerte in verschiedenen Sälen herein. Allerdings war er nicht der einzige Veranstalter, es gab noch den offiziellen Musikdirektor, Mr. Linley, der den Posten bereits innehatte, bevor Wilhelm sich in Bath niederließ.

Jetzt stand die nächste Konzertsaison bevor, und daher mußte er sich mit Alexander, der bei ihm die erste Geige spielte, über das Programm verständigen. Der abrupte Themenwechsel vor dem Frühstück ließ sich damit aber nicht begründen. Ich war sehr im Zweifel, ob Wilhelm Rücksicht auf meine Ängste genommen hatte oder ob wieder nur sein Desinteresse an der unbegabten, zu nichts tauglichen Schwester durchgebrochen war.

Ich passierte den Platz vor der Oktogon-Kapelle. Um den Zustrom zu besonderen musikalischen Ereignissen wie einem Oratorium von Bach oder Händel zu kanalisieren, wurden Wochen vorher Listen ausgelegt, in die sich die Besucher eintrugen, damit sie ein Diener vor dem Konzert in Empfang nehmen und auf reservierte Plätze führen konnte. Eine Aufführung hatte ich bislang noch nicht erlebt. Ich mußte aber den Proben beiwohnen, die in der Kapelle stattfanden, obwohl ich keinen Gewinn für mich dabei sah, wenn nicht gesungen wurde.

Bis ich den Markt erreicht hatte, dachte ich über mein Leben in dieser Stadt nach. Bath bedrückte mich. Da die Stadt in einem Talkessel lag, vermittelte sie mir das Gefühl, wie eine Maus in einem Loch gefangenzusitzen. Ringsum nichts als Hügel, die eine freie Sicht nicht zuließen, wie ich sie von den Festungswällen Hannovers genossen hatte.

Daß ich mich in Bath bisher weder heimisch noch wohl fühlte, genügte mir als Erklärung, warum mich bei meinen einsamen Marktgängen in den folgenden zwei Wochen ziemlich häufig ein Kribbeln im Nacken überkam, ein Ziehen, ein leiser Schauder, der mich zwang, mich gelegentlich rasch und nervös umzuwenden. Einmal entdeckte ich Alexander, der aber in eine andere Richtung starrte, obwohl er nur ein paar Meter entfernt stand. Die Gemüsefrau vor mir wurde ungeduldig, zwei Augenblicke später, nachdem ich bezahlt hatte, war er verschwunden. Aber ich fand ihn bald wieder und bemerkte erstaunt, wie er hinter einen Karren huschte. Ich behielt meine kuriose Beobachtung für mich, achtete jedoch beim nächsten Mal genau auf meine Umgebung, und dann überlegte ich nicht lange.

Rasch wand ich mich zwischen verschiedenen Ständen durch und schlug einen Haken, meinen Vorteil ausnutzend, Alexander unbemerkt auf die Schliche gekommen zu sein. Nicht ganz so gut berechnet hatte ich dagegen die Wut, die mittlerweile in mir kochte. Meine Stimme überschlug sich sofort, nachdem Alexander, dem ich herrisch von hinten auf die Schulter geklopft hatte, herumgefahren war.

»So! Du spionierst mir also nach«, schrie ich, »was hast du dir dabei gedacht?«

Er musterte mich verblüfft, blieb aber ruhig.

»Wilhelm hat gemeint, wir können dich nicht ganz ohne Aufsicht losschicken, wo du dich noch nicht so richtig auskennst.«

»Bin ich vielleicht ein Kleinkind? Hab ich meine Sinne etwa nicht beisammen? Was seid ihr für ein elendes Pack, daß ihr glaubt, mich ständig demütigen zu müssen!«

Es war eine unglaubliche Befreiung, so zu schreien. Gelöstes, befreites Schreien, mit voller Lungenkraft, noch dazu in dem Bewußtsein, daß mich niemand außer meinem Bruder verstand. Natürlich glotzten hier und da Leute, aber das scherte mich nicht, sollten sie mich doch hören. Meine Aufmerksamkeit war herrlich konzentriert auf Alexander gerichtet, ich war bereit, bedenkenlos in einen Kampf einzutreten, den ich längst hätte ausfechten müssen.

Unversehens schlug Alexanders Laune um. Erbost griff er nach dem Henkel meines Marktkorbs, ein paar Äpfel kollerten heraus.

»So, du bist also erwachsen und beherrschst alles, was? Und das faule Obst, das du neuerdings anschleppst?«

Ich hatte mich hingehockt, um die Äpfel aufzuklauben, er bückte sich und riß mir einen aus der Hand, so daß ich kaum Zeit hatte, wieder hochzukommen, bevor er weiterschnauzte.

»Matsch, bevor er auf dem Teller liegt.« Er wies auf eine braune Stelle.

Inzwischen hatten sich immer mehr Gaffer um uns versammelt.

»Wenn ihr doch nie pünktlich zu den Mahlzeiten erscheint? Wozu koch ich überhaupt? Ihr nutzt mich schamlos aus und trampelt noch auf mir herum, ihr seid ein ganz und gar undankbares Geschmeiß!« Ich schnappte nach Luft. Natürlich wurde ich von den Händlern übers Ohr gehauen. Die Gemüsefrau hatte mir vor meinen Augen angefaulte Äpfel ausgewogen, und während ich nach dem passenden Einspruch auf englisch suchte, hatte sie mir die Äpfel bereits in den Korb gelegt und sich dem nächsten Kunden zugewandt.

Alexander zog wieder den Korb an sich und roch daran.

»Hast du uns einmal meckern gehört? Etwa über das zähe Fleisch, das du uns auftischst? Und was ist das hier? Das stinkt jetzt schon so, als wär's drei Tage beerdigt gewesen. Direkt vom Schindanger. Willst du uns damit vergiften?«

Wir keiften schlimmer als Kesselflicker, bis mir plötzlich jemand auf die Schulter tippte.

Mit ungebremstem Zorn wandte ich mich um. Hätte Wilhelm hinter mir gestanden, hätte ich den Korb fallengelassen und wäre auf ihn losgegangen. Eigentlich vertrat Alexander ja nur seine Stelle, mitten im Geschrei war mir das klargeworden. Vor mir baute sich ein rundlicher, untersetzter Herr mittleren Alters auf, dunkel gekleidet, geradezu feierlich, eine sorgfältig eingedrehte Perücke rahmte ein weißes Pfannkuchengesicht, aus dem nur die Augen mit einem ungeheuer bekümmerten Blick hervorstachen.

»Pfui!« oder so etwas Ähnliches sagte die traurige Erscheinung, trat zwei Schritte zurück und schüttelte mit einer Miene vollkommenen Abscheus den Kopf.

Ich hätte den Kerl glatt ausgelacht, aber Alexander zog mich energisch mit sich fort.

»Was ist, kennst du diese Trauerweide etwa, oder hat der uns verstanden?«

Mit einem etwas unguten Gefühl dachte ich an Ausdrücke wie Mistkerl und Räuberpack, die kaum auf eine gute Kinderstube hindeuteten.

»Sag mal, hast du was mit deinen Augen? Das war der Beschließer der Oktogon-Kapelle, unser höchst ehrenwerter Mr. Bulman. Er wird jetzt überall herumerzählen, daß sich Wilhelm Herschels Schwester auf dem Markt wie ein Fischweib aufgeführt hat.«

Rasch drehte ich mich herum, um zu sehen, ob mir Alexander gerade einen Bären aufgebunden hatte. Leider war der Mann bereits im Gewühl verschwunden. Sollte ich ihn wirklich nicht erkannt haben? Mißtrauisch beäugte ich meinen Bruder, der inzwischen eine wahre Unschuldsmiene aufgesetzt hatte.

»Ach, und du nicht?« spottete ich.

Alexander schüttelte den Korb ein bißchen, wir hatten beide den Henkel gefaßt.

»Nun hör schon auf mit dem Theater. Wenn Wilhelm …« Den Rest verschluckte er.

Auf einmal wirkte er betreten.

Bisher war es für mich so gewesen: Ich stand allein auf der einen Seite und meine älteren Brüder alle miteinander auf der anderen, von der sie auf mich herabblickten. Plötzlich verstand ich, daß sich Alexander zumindest zeitweilig nicht weniger vor Wilhelm, unserem großen Meister, fürchtete als ich. Das amüsierte mich jetzt, mein Zorn war verflogen.

Ich begann, den Korb zwischen uns zu schaukeln.

»Na, und wenn schon. An mich verschwendet er doch sowieso nicht mehr als zwei Gedanken hintereinander.«

Alexander grinste breit. »Und weißt du was? Wenn du richtig Luft holst, hast du wirklich eine prächtige Stimme. Ganz sicher warst du auf dem ganzen Markt zu hören, von einem Ende bis zum anderen.«

Die Bemerkung gefiel mir aber doch nicht so gut, auch wenn sie nett gemeint war, denn sie spielte auf das Vorsingen an. Zwei Tage, nachdem sich meine Maulsperre von allein gegeben hatte, hatte es endlich stattgefunden und war eher kläglich verlaufen, weil ich bereits auf die Stimme gedrückt hatte, bevor ich überhaupt zu singen begann. Die ganze Prozedur über füllten eingebildete hühnereigroße Kieselsteine meinen Mund aus und ließen nicht einen klaren Ton zu, von der Artikulation ganz zu schweigen. Erst als meine Brüder aus dem Haus waren, gelang es mir, nur für mich so leicht und heiter zu singen, wie ich es mir im Unterricht immer vorgestellt hatte.

Obwohl Wilhelm über meinen Auftritt auf dem Markt nie ein Wort verlor, hatte ich ein paar Tage danach den Eindruck, er sei ihm doch zu Ohren gekommen. Wie auch nicht, in einem Ort mit lauter Müßiggängern, die Klatsch als Lebenselixier betrachteten. Ganz abgesehen von Mr. Bulman.

Jedenfalls schaute mich Wilhelm auf einmal – er kam von einer stundenlangen Probe in der Oktogon-Kapelle heim und mußte müde sein – recht aufmerksam an und fragte mich: »Dir geht's gut?«

Vor Überraschung habe ich nur stumm nicken können. Ich rang noch nach Worten, da war er schon eine Treppe höher verschwunden.

Aber beim Abendessen hob er einige Male den Kopf von den Blättern, auf die er nebenbei einen Notensatz skizzierte, und musterte mich mit einem belustigten Lächeln, ohne jedoch den Grund für seine Heiterkeit anzugeben. Dabei erinnerte ich mich an etwas, das ich auf dem Markt aus vollem Hals herausgeschrien hatte, ich meinte beinahe ein Echo zu hören:

»Du und Wilhelm, ihr beide seid Geschwüre an meinem Hintern. Jedesmal, wenn ich mich setze, tut's weh.«

7

Zum ersten Mal sollte ich als Gast an einer vornehmen Abendgesellschaft teilnehmen. Lady Lothian, die jedes Jahr ein paar Monate der Saison in Bath verbrachte und während dieser Zeit Unterricht bei Wilhelm nahm, hatte eingeladen.

An die erste Stunde, die ich mit ihr erlebte, erinnere ich mich aus verschiedenen Gründen noch sehr gut. Sie rauschte in einem Seidengewand herein und verströmte so betörende Düfte, daß ich hinterher das Fenster aufreißen mußte, um wieder richtig zu Sinnen zu kommen. Vielleicht tat ich das auch nur, um den überwältigenden Eindruck, den sie auf mich machte, abzuschwächen. Ich saß, dem Unterricht lauschend, in einer Ecke, nachdem ich sie linkisch begrüßt hatte. Mir fehlte jegliche Erfahrung im Umgang mit einer derart hochgestellten Dame.

Wilhelm gab sich dagegen so überraschend ungezwungen, daß ich seinetwegen in noch größere Verlegenheit geriet. Ungeniert und ausdauernd betrachtete er ihren wunderschönen Busen, der sich beim Singen mit jedem Atemzug aus seinem Spitzennest hob, wenn er nicht ebenso dreist seinen Blick auf ihre vollen, weichen Lippen heftete, die verführerische Ohs formten.

Gelegentlich trat er hinter Lady Lothian, um ihre Schultern geradezurücken oder sie federleicht hier und da mit den Fingerspitzen zu berühren, um ihr Lage und Bedeutung des

Zwerchfells klarzumachen. Mit mir pflegte er das leider auf ruppigere Art zu tun, aber ich war schließlich nur seine Schwester. In Gedanken stemmte ich mich gegen seine Finger, ich sehnte mich danach, daß sie sich wie früher in einer brüderlichen, zärtlichen Geste um meine Schultern legten. Vielleicht hätte ich mich dann endlich einmal behaglich gefühlt.

Die meiste Zeit war ich in dieser Stunde aber damit beschäftigt, zu studieren, wie kunstvoll die Marquise geschminkt war. Sie trug das Rouge nicht abgezirkelt auf weißem Grund, so daß jeder sehen konnte, es handelte sich um Schminke, sondern so verstrichen, daß es völlig natürlich wirkte und damit höchst anstößig.

Genaugenommen habe ich sie geradezu unhöflich angestarrt, während mich ab und zu ein belustigtes Funkeln aus ihren ein wenig vorquellenden Augen streifte. Nach der Lektion kam sie leichtfüßig auf mich zu und redete auf mich ein. Das eine oder andere Kompliment schnappte ich richtig auf und versuchte unbeholfen, es zu erwidern. Mein Bruder hielt sich ganz still dabei. Die blauen Augen der Dame blitzten immer fröhlicher, und schließlich brach sie in ein unbändiges Gelächter aus, sich beide Seiten haltend.

Der Seidenstoff ihres Kleides straffte sich, und ich konnte sehr schön beobachten, wie bei jedem Atemstoß das Zwerchfell hüpfte. Unter lautem Gelächter sagte sie etwas, das ich leider nur halb verstand, so sehr verwirrte mich diese Unterhaltung. Aufklärung heischend wandte ich mich an Wilhelm, und er bequemte sich endlich, die letzte Bemerkung der Lady zu übersetzen.

»Sie sagt, dein Englisch wäre schon recht nett, aber das Walisisch darin sei überwältigend, trotzdem rät sie dir, beides getrennt zu halten.« Wilhelm sprach mit unbeteiligter Stimme, seine Miene blieb nahezu ausdruckslos. »Und ich dachte, du hättest einfach nur eine grauenhafte Aussprache.«

In diesem Moment trat Betty mit einem Imbiß aus Wein und Gebäck ein und strebte damit auf ein winziges Tischchen zu. Ich sah an der Anzahl der Gläser – zwei nämlich –, daß zum Unterricht hochgestellter Personen so ein intimer Imbiß gehörte, wichtiger war mir aber etwas anderes. Unmißverständlich deutete ich auf das alte Weib.

»Sie hat mir das falsche Zeug eingeblasen, bestimmt mit Absicht.«

Wilhelm nickte unbekümmert, wandte sich auf englisch an die Lady, die versöhnlich lächelte und meine Hand ergriff.

»Never mind, my dear, it's so funny.« Dann küßte sie mich zärtlich auf die Wange, hüllte mich dabei mit ihrem Duft ein, und ein, zwei Atemzüge lang war mir seltsam benommen zumute.

Wilhelm goß Wein ein. »Betty ist Waliserin«, sagte er ungerührt, als sei damit alles geklärt und bereinigt.

Ich sah, wie diese teuflische Vettel den Raum verließ, gar nicht mal verhalten feixend, und alles, was mich davon abhielt, ihre sofortige Entlassung zu fordern, war die unangenehme Erinnerung an den zerbrochenen Deckel der Tabakdose, jenes Mißgeschick, das ich ihr in einem Moment der Feigheit angelastet hatte.

Das Ergebnis der unerwarteten Begegnung mit Lady Lothian war, daß sie mich auf eine ihrer nächsten Gesellschaften einlud, eine Selbstverständlichkeit, wie mich Wilhelm wissen ließ.

Ich glaube, die Lässigkeit, mit der er diese Erklärung abgab, wiegte mich in einer völlig unangebrachten Sicherheit. Jedenfalls dachte ich erst wieder an die Abendgesellschaft, als Wilhelm sie beim Frühstück erwähnte. Bis zum Mittagessen war ich bereits in helle Aufregung geraten. Was sollte das überhaupt heißen, ich sei eingeladen? Wilhelm, der noble Herr, hielt eine nähere Aufklärung für überflüssig, er konnte sich offensichtlich nicht vorstellen, in welcher Verlegenheit ich mich befand. Unser Vater hatte seine Söhne sorgfältig auf den Auftritt in der feinen Welt vorbereitet, denn das Heeresmusikkorps, dem er angehörte, hatte ja auch bei Hofkonzerten gespielt.

Ich dagegen hatte keine Ahnung, was mich erwartete.

Zwar flößte mir Lady Lothian trotz ihrer hohen Stellung inzwischen weniger Ehrfurcht ein, aber die anderen, Fremden, denen ich noch nicht begegnet war, die von Wilhelm nebenbei erwähnten »alten« Freunde wie Lady Milbank und Sir Cook dagegen sehr wohl.

Das einzige, was ich erfuhr, war, daß es sich um eine kleine, eher private Zusammenkunft handelte, an der Alexander nicht teilnehmen würde. Das genügte mir bei weitem nicht. Was hatte »privat« in solchen Kreisen zu bedeuten? Als ich auch noch zufällig herausbekam, daß Wilhelm für diesen Abend ein Honorar erhalten sollte, war meine Verwirrung kaum noch zu steigern. Ich hatte ein Blatt Papier gefunden, auf das Wilhelm wie früher Vater auf der Stubentür eine Aufstellung von Einnahmen gekritzelt hatte. Dieser Abend war mit einer sogar ansehnlichen Summe vermerkt.

Wilhelm warf erst einen prüfenden Blick auf meinen Aufzug, als wir in die Kutsche stiegen, die uns zu Lady Lothians Haus bringen sollte. Ich trug Elisabeths Kleid.

»Ah, ja, du trägst dein Festgewand, sehr passend«, sagte er und lächelte mir recht warmherzig zu.

»Ja, findest du?« ging ich eifrig auf seine Bemerkung ein, bereit, mich einmal um die eigene Achse zu drehen und bewundern zu lassen.

Leider hatte Wilhelm bereits wieder seinen Gelehrtenblick aufgesetzt, der über die Banalitäten des Lebens hinwegzugleiten pflegte. Er selbst trug einen makellosen neuen Rock aus dunkler rauchblauer Seide, der seine stattliche Figur sehr hübsch zur Geltung brachte.

Ein Gentleman pflegt nun einmal gut gekleidet zu sein, hatte er mir mitgeteilt, als das gute Stück vor einigen Tagen nach Hause geliefert wurde. Sein Tonfall hatte mir deutlich gemacht, daß er diese Ausgabe nur getätigt hatte, um sich nachsichtig einer Konvention zu beugen, die ihn keinen Deut interessierte.

Ohne Frage war mein Bruder bemerkenswert uneitel.

Kaum waren wir angekommen, da bewegte er sich vollkommen ungezwungen zwischen raschelnden voluminösen Seidenröcken und kaskadenartigen Spitzenjabots.

In den Momenten, in denen mich nicht meine Angst vor Fehlern besetzt hielt, beobachtete ich ihn wie einen Fremden.

Er strahlte eine natürliche Würde und Vornehmheit aus, gegen die manch anderer wie ein lackierter Geck wirkte. Wenn er mir davon doch nur eine winzige Prise hätte abgeben können.

Lady Lothian trippelte auf Wilhelm zu, hakte sich vertraulich bei ihm ein, er neigte charmant den Kopf zu ihr, sie bildeten ein perfektes Paar. Ich blinzelte den beiden nach, einen Stich hundsgemeiner, unzweideutiger Eifersucht in der Brust. Ach, wie lächerlich, hab ich gedacht.

An diesem Abend sang Lady Lothian selbst, und Wilhelm begleitete sie auf dem Cembalo. Ihre Stimme klang eine Spur ungeschliffen, erst später sollte ich erfahren, daß solche Nuancen beabsichtigt waren, denn eine Dame trat niemals in Konkurrenz zu einer ausgebildeten Sängerin. Solche Unterschiede, das ganze feine Gefüge dieser Gesellschaft, mußte ich erst einmal begreifen.

Während ich noch meinen Gedanken nachhing, nahm mich jemand an die Hand und redete auf mich ein, bis ich neben dem Cembalo stand, ich wußte nicht einmal, wie ich dorthin gekommen war.

Hilflos sah ich mich nach Wilhelm um, der den Schemel einem anderen Spieler überließ, weil ihn Lady Lothian von seinem Sitz gezogen hatte, damit auch er sich vor dem applaudierenden Publikum verneigte.

Mit einem Augenzwinkern nickte er mir zu, legte dem Spieler Noten vor, drückte mir ein Blatt in die Hand und klopfte aufs Cembalo, zum Zeichen, daß wir beginnen sollten.

Mich hatte eine wahre Todesangst befallen, sobald ich begriff, was von mir erwartet wurde. Als wäre mir ein Kübel mit Eiswasser über den Kopf gegossen worden, erstarrte ich, im nächsten Moment zitterten mir die Knie, die Schwäche stieg mir bis in den Kopf und ließ die Haut kribbeln, ich spürte deutlich, wie sich meine Haare, gedreht wie lauter kleine Korkenzieher, sträubten. Wahrscheinlich sah ich wie eine zerzauste Krähe oder wie ein zerrupfter Besen, mit einem Wort einfach unmöglich aus.

Meine Kehle schwoll zu, krampfhaft versuchte ich zu schlucken.

Wenn nur nicht diese Unbekannten gewesen wären, einige mir sogar recht leutselig zugewandt, aber alle einen Abstand wahrend, der mir nicht die geringste Chance ließ, mich rasch zu verstecken. Hinter dem breiten Rücken jenes fetten Gockels zum Beispiel, der sich genüßlich über die Lippen strich und mich abschätzend musterte.

So war das also! Genau davor hatte mich meine Mutter warnen wollen, ich wünschte, sie hätte es unverblümter getan und für ein paar offene Worte die Ehrfurcht vor Wilhelm einmal vergessen.

Wie konnte er mich so preisgeben?

Ohne Vorwarnung? Ohne mich zu fragen?

Die eine Hand, die kein Notenblatt hielt, krampfte sich in die Falten von Elisabeths Rock. Auf der Flucht vor den zudringlichen Blicken, die mich der Lächerlichkeit aussetzten, senkte ich den Kopf und betrachtete die gestickten Röschen zwischen den glatten, glänzenden Stoffbahnen.

Es gibt eine Magie der Dinge. Unversehens steigt aus so einem banalen Stück Stoff, das deine Finger zwirbeln, Beistand auf, ein Anflug von Trotz, eventuell sogar ein bißchen Mut.

Wilhelm klopfte ein weiteres Mal, ich nahm in einer raschen Kopfwendung sein flüchtiges, aber zuversichtliches Lächeln wahr.

Der Einsatz, der erste Ton.

Glückt er dir, hast du das Publikum bereits halb gewonnen. Ich machte die Kehle hinten weit auf und ließ den Kiefer locker. Zwischendurch dachte ich, das Cembalo hätte besser gestimmt sein müssen, es waren leichte Dissonanzen spürbar, eventuell hätte Pythagoras sagen können, um wie viele Schwingungen das eingestrichene c seinen besten Klang verpaßte. Ich schlug den Ton mühelos an, wechselte gekonnt zu cis in einem leichten Triller und folgte in Gedanken den farbigen Bändern, die meine Phantasie vor mir aufflattern ließ. Die Imagination hilft. Zu viele fremde Augen hingen jetzt unerbittlich an mir, ich wich ihnen aus, indem ich in meine Noten schaute.

Erst als der letzte Ton verklungen war und ich einen wackligen Knicks vollführt hatte, wagte ich, nach Wilhelm auszuspähen, den ich schon nach den ersten Takten aus dem Blick verloren hatte. An sich hätte er sich direkt vor mir in die erste Reihe der Zuhörer plazieren müssen, mir vollkommen zugewandt, damit ich sein Mienenspiel hätte studieren und meine eigenen Töne gleichsam durch seine Ohren hören und so optimal hätte nuancieren können. Ein vollkommener innerer Gleichklang zwischen uns beiden. Während man mir durchaus galant zu meinem Auftritt gratulierte, suchte ich ihn immer noch und fragte mich nervös, ob der Beifall für Lady Lothian nicht heftiger ausgefallen sei.

Mrs. Colebrook, eine der Violinschülerinnen Wilhelms, rauschte auf mich zu und umarmte mich geziert.

»Sie haben so wunderbar klar intoniert. Ich habe jedes Wort verstanden, wirklich jedes Wort. Ihre Aussprache ist ja so perfekt, wie man es sich nur wünschen kann, dabei weiß ich doch, daß Sie erst seit ein paar Monaten bei uns im Lande sind. Wo haben Sie nur dieses Englisch gelernt?«

Ich hatte eigentlich etwas anderes erwartet als ein übertriebenes Lob meiner Aussprache. Was dachte sie über meine Stimme? Sie hatte weiter geredet, ich bekam gerade noch mit, daß sie das Thema gewechselt hatte und jetzt über London sprach. Hatte ich sie richtig verstanden? Ich sollte mit ihr nach London reisen?

»Unbedingt«, mischte sich Lady Lothian in unsere Unterhaltung ein. »Sie müssen mitfahren, es wird ein Vergnügen sein. Covent Garden Theatre, Drury Lane. It's a must.«

Wilhelm lächelte unverbindlich, als er unerwartet neben mich trat und seine Hand unter meinen Ellbogen schob. Begierig schaute ich ihn an und hoffte auf ein Wort zu meinem Auftritt, mit dem ich nicht fertig werden konnte, ohne seine Meinung gehört zu haben. Argwöhnisch und gereizt beobachtete ich, wie er sich mit Lady Lothian und Mrs. Colebrook in Plaudereien erging, eine volle halbe Stunde lang. Und erst in der Chaise, die uns nach Hause brachte, erlöste er mich aus meiner Ungewißheit.

»Die Leute mögen dich, ich habe ein Stück hinter dir gestanden, damit ich sie genau beobachten konnte. Wir werden sehen, wie du bis Ostern singst.«

Die restliche Fahrt schaute er dösend aus dem Fenster. Tief beleidigt sah ich zum anderen Fenster hinaus und schwieg ebenfalls. Wenn er mir nicht mehr zu sagen hatte, wollte ich ihn keinesfalls um einen ausführlicheren Kommentar anbetteln, wie er früher bei uns zu Hause in Hannover nach einem Auftritt selbstverständlich gewesen war.

Wir standen schon im Hausflur, als er dann doch noch einmal den Mund aufmachte.

»Mrs. Colebrooks Einladung anzunehmen, mit ihr einige Tage in London zu verbringen, ist keine schlechte Idee. Aber willst du wirklich mitfahren, so allein? Ich kenn doch deine Ängstlichkeit.«

Ich drängte mich an ihm vorbei zur Treppe und drehte mich vor der ersten Stufe zu ihm um.

»Gewiß will ich das, von mir aus morgen schon«, sagte ich schnippisch.

Er schüttelte ungläubig den Kopf. »Ihr fahrt frühestens in zwei Tagen, ihre Kutsche wird dich abholen.«

8

Ich reiste also mit einer genaugenommen mir völlig unbekannten Frau nach London. Meine Brüder waren in einer Art über mein erstes, beinahe öffentliches Auftreten als Sängerin hinweggegangen, daß mir aus Trotz und Verzweiflung nur die Flucht blieb. Alexander hatte sich nicht einmal nach diesem Abend erkundigt, zumindest nicht bei mir. Während ich insgeheim nach einer weiteren Bemerkung Wilhelms lechzte, sprachen die beiden aufs angelegentlichste über nichts anderes als ihre demnächst stattfindenden Konzerte. Mrs. Colebrook dagegen sandte mir ein Billett, auf dem sie ihre Einladung wiederholte und etwas Nettes über meine Stimme anfügte. Als angehende Sängerin, schrieb sie, würde es mich beflügeln, das

Londoner Musikleben kennenzulernen. Es sei ihr eine Ehre, mich dort herumzuführen.

Es dauerte noch eine knappe Woche, bis wir aufbrachen. Diese Zeit nutzte ich, um meine Garderobe aufzubessern, soweit es meine begrenzten Mittel erlaubten, und den Haushalt auf meine Abwesenheit vorzubereiten. Dabei stellte ich mich taub gegen die Vorwürfe Alexanders, die er zunächst mehr versteckt und zuletzt am Vortag der Abreise laut und unmißverständlich vortrug.

»Du bist eine undankbare Kröte, weiß du das eigentlich? Wilhelm hat alles Menschenmögliche für dich getan, und jetzt, wo du anfängst, uns ein bißchen nützlich zu sein, läßt du uns mit dem Haushaltskram allein.«

Es war ja keineswegs so, als hätte ich nicht wenigstens ansatzweise etwas Ähnliches empfunden, und es kostete mich eine gewisse Sturheit, gegen meine eigenen Bedenken festzubleiben. Ich hätte nicht einmal zu sagen vermocht, warum ich mich letztlich so verhielt.

»Was sagst du, Wilhelm?« fuhr Alexander fort. »Du zahlst schließlich für den Spaß.«

Ja, Wilhelm, dachte ich, nörgle an mir herum, spiel den Beleidigten, komm hinter den Schanzwerken deiner Höflichkeiten hervor.

Wilhelm schlug gelassen ein Bein über das andere und hob nicht einmal eine Augenbraue. Seine schönen Kniestrümpfe hatte ich gestrickt.

»Schliff lernt sie nicht in einem Haushalt mit zwei biederen deutschen Junggesellen. Um hier in England einigermaßen erfolgreich herauszukommen, muß sie einmal sehen, wie es in großen Häusern zugeht, wobei mir das von Mrs. Colebrook gerade recht ist. Nicht die ganz feine Gesellschaft, aber dicht dabei. Und außerdem weiß ich nicht, warum du dich über die paar Tage aufregst. Nächsten Sonntag ist sie wieder da.«

»Und was das Zahlen angeht«, mischte ich mich lebhaft ein, »Mrs. Colebrook hat mich eingeladen, die eine Woche liege ich Wilhelm bestimmt nicht auf der Tasche.« Um zu zeigen, wie ernst es mir mit meinen Absichten war, verließ ich mit energischen Schritten den Salon, um fertig zu packen.

Mir war aber nicht sonderlich wohl, als ich zu Mrs. Colebrook in die Kutsche stieg. Wilhelm hatte mir etwas Nadelgeld aufgedrängt, das ich mit einer gleichgültigen Geste in Empfang nahm.

»Ich werde es nicht anrühren und dir jeden Penny wieder mitbringen«, sagte ich von oben herab, während ich mich zu einem letzten Abschiedsgruß aus dem Kutschfenster lehnte.

»Ihr Bruder ist so ein Gewinn für die hiesigen Musikkenner, vor ihm hat ja nie jemand Pergolesi aufgeführt. Jetzt lohnt es sich wieder, eine Messe zu hören. Durch Ihren Bruder kommt mehr Leben in so einen langweiligen Ort wie Bath, wo man sich bei all den Podagrakranken am Ende selbst krank fühlen muß. Ich kenne niemanden, der liebenswürdiger ist als Mr. Herschel, und doch hat er etwas an sich, das alle anderen zu Höchstleistungen anspornt.«

Mrs. Colebrook hatte das Gespräch eröffnet, bevor wir die New King Street verlassen hatten, und ein Thema gewählt, dem sie bis London treu blieb. Zwar verstand ich nicht alles sofort, aber es gab derart viele Variationen und Ausschmükkungen, daß ich problemlos den Sinn erfaßte und mein Sprachschatz im Hinblick auf eine gesellschaftsfähige Unterhaltung ungeahnt rasch wuchs. Während ich den schwärmerischen Glanz ihrer Augen registrierte, drängte sich mir unweigerlich der Verdacht auf, ihre Vorliebe für Wilhelm entspringe einer lächerlichen zärtlichen Neigung, die über ein bloßes Wohlwollen hinausging. Dabei gehörte sie zu den nicht mehr ganz jungen Schülerinnen meines Bruders und konnte nur noch mit erheblichem Aufwand die Verwüstungen der giftigen Schminken überdecken, die Krater und Pusteln, die sich auf einer bleigrauen, aufgeschwemmten Haut gebildet hatten.

Das Geplapper aus ihren dünnen, herzförmig übermalten Lippen klang seltsam blechern. Monotoner in ihren Wiederholungen als jede Geigenübung, ging es zum Glück halbwegs im Geratter der Kutsche verloren, und es fiel mir bald nicht mehr schwer, glatt darüber hinwegzuhören und vor mich hin zu dösen.

Gegen Ende der Reise fuhren wir bereits seit einer Weile durch Straßen, die ich London zuordnete, die aber doch noch zu Dörfern davor gehörten, die sich unaufhaltsam auf London zu ausbreiteten, während die Stadt selbst auf diese Orte zuwuchs. Wo genau London begann, wußte Mrs. Colebrook nicht zu sagen. Sie hatte angefangen, mich nach meinem Vorleben auszufragen, nach meiner Kindheit in Hannover, auf eine anteilnehmende, freundliche Art, der schwer auszuweichen war. Aber Wilhelm wäre es sicherlich nicht recht gewesen, wenn ich unsere ärmliche Kindheit vor der Engländerin ausgebreitet hätte. Von ihr selbst hatte ich nur in Erfahrung gebracht, sie sei die Ehefrau eines vermögenden Kaufmanns aus der City.

Ihr Haus in London erschien mir nur unwesentlich größer als das Wilhelms. Engbrüstig lehnte es sich an zwei gleichartige mit ebenso hohen, schmalen Fenstern und zwei pompösen Säulen, die ein kleines Giebeldach über der Haustür trugen. Das Haus hatte aber beträchtliche Tiefe, und es wimmelte von Dienstboten, zu denen vier Stubenmädchen gehörten. Eins davon, das sich um meine Belange kümmern sollte, schlief mit mir in einem Bett, und ich lernte, daß in England keine Frau auf die Idee kam, die Nacht ganz allein zu verbringen. Mein Mädchen stöhnte im Schlaf, stieß mir die Ellbogen in die Rippen und verhedderte das auch hier aus Laken und dünnen Decken bestehende Bettzeug. Doch selbst wenn sie ruhiger gelegen hätte, hätte ich mich in ihrer unvertrauten Gegenwart nicht behaglich gefühlt.

9

»Wir sind etwas spät dran«, schrie mir Mrs. Colebrook ins Ohr, hastete vorwärts und zog mich rigoros mit, als sie mich zögern sah. Ihr Gatte hatte zwei Cousinen untergehakt, die drei pflügten vor uns in breiter Front durch das Gedränge im

Theaterfoyer von Covent Garden bis zu einer der Flügeltüren, ich folgte ihnen benommen. Mehr als der Tollhauslärm machte mir die plötzliche Verwandlung der Colebrooks in eine Bande von Rüpeln zu schaffen. Zwei livrierte Saaldiener nahmen Mr. Colebrook mit stoischer Ruhe die Karten aus der Hand und winkten uns durch die Tür ins Parkett.

Es würde meine erste Vorstellung sein, Mr. Colebrook hatte uns mit den Karten zum Abendessen überrascht. Ich hätte gern Näheres über die Aufführung erfahren, hatte aber keine Fragen stellen mögen, denn das Gehabe meines Gastgebers schüchterte mich ein. Er war ein massiger Mann, der mich zwar ernst und höflich begrüßt hatte, dessen stumpfe Miene aber kaum eine Regung zeigte, als wäre jeder Anflug von Lebhaftigkeit oder gar Aufgeräumtheit in seinem Haus unerwünscht. Trotz des Dieners, der hinter seinem Stuhl stand, bot er selbst jedem am Tisch die lauwarmen Speisen einzeln an, jede Geste war von einer zeremoniellen Frage begleitet, die eine geziemende Antwort erforderte, und das alles kostete endlos Zeit. Mein Magen, der seit einem späten Frühstück nichts mehr bekommen hatte, knurrte aufsässig.

Die zwei jungen, unverheirateten Cousinen Mrs. Colebrooks waren erst vor ein paar Stunden zu einem längeren Besuch eingetroffen. Geduldig machten sie den Mund auf, um mitzuteilen, ob sie Gemüse oder Fleisch wollten und wieviel davon, und auch diese Mitteilungen kamen in einem so schleppend würdevollen Ton, daß ich bis zu diesem Theaterbesuch geglaubt hatte, die Londoner der besseren Gesellschaft bestünden nur aus stocksteifer Vornehmheit.

»Nur für die Logen kann man Plätze vorbestellen«, schrie mir jetzt Mr. Colebrook ins Ohr, weil ich in meiner Verwirrung nicht so zielsicher wie der Rest unserer Gruppe nach freien Plätzen ausspähte, um diese unverzüglich anzusteuern und einzunehmen. Der Lärm hielt währenddessen unvermindert an. Noch bevor die Vorstellung begann, wurde eine Frau hinausgetragen, die im Gewühl ohnmächtig geworden war, wie leicht hätte ich das sein können.

»Nehmen Sie den Hut ab, schnell, nehmen Sie bloß Ihren

Hut ab!« drängte mich Mrs. Colebrook atemlos, kaum daß wir in unsere Sitze gesunken waren. Ich nestelte noch erstaunt an den Bändern, da tippte mir bereits jemand ungeduldig auf die Schulter.

»Bitte, meine Dame«, sagte der Herr hinter mir und deutete tiefernst auf meine Kopfbedeckung. Ich duckte mich, nun vollends verschreckt, den Hut auf den Knien.

Das Stück auf der Bühne, ein Drama von Shakespeare, schritt mit Unterbrechungen voran, die außer mir niemanden wesentlich störten. Sobald einer der Schauspieler nur geringfügig die Stimme senkte, johlten die Leute auf der Galerie oberhalb der Logen, bis er seinen Text eine Spur lauter wiederholte. Ohnehin deklamierten alle mit Stentorstimme.

Die Logen blieben während des ersten Akts größtenteils leer und füllten sich erst gegen Ende, als Damen und Herren in unglaublich festlichen Roben die Plätze in der ersten Reihe einnahmen. Das entsprach der im Theater geltenden Kleiderordnung, nur im Parkett, wo wir saßen, war Straßenkleidung erlaubt.

In die Loge schräg über mir trat erst so spät ein Besucher ein, daß ich glaubte, auch sie wäre leer geblieben, bis ich eine wohlgeformte, beringte Hand auf der vergoldeten Brüstung entdeckte. Jemand beugte sich vor und spähte hinunter. Zwangsläufig begegneten sich unsere Blicke. Der Mann nickte mir merkwürdigerweise wie einer guten Bekannten zu.

Es hatte nichts mit Höflichkeit oder Anstand zu tun, als ich zurücknickte. Die hiesigen Gepflogenheiten waren mir ja ohnehin nicht geläufig. Möglicherweise verstieß ich bereits gegen die guten Sitten, indem ich den Gruß eines Fremden erwiderte, eines allerdings sehr gutaussehenden Fremden, der weder Perücke trug, noch die Haare gepudert hatte. Wie einem Bierkutscher hing ihm eine hellbraune Locke keck in die Stirn, diese Unordentlichkeit bei einem der Kleidung nach durchaus vornehmen Besucher schien mir so ungewöhnlich, daß ich ihn weiter anstarrte.

Vielleicht lag es nur an der aufgeheizten Luft, am Flirren zwischen den Besuchern, der überall spürbaren Bereitschaft, sich für ein paar besondere Stunden gemeinsam zu amüsieren, daß ich mir einbildete, in seinen Augen ein tieferes Interesse aufflackern zu sehen.

Sarah, die Cousine neben mir, lachte grell auf und drückte vertraulich meine Hand, was mich zwang, mich höflich mit einer halben Drehung dem Geschehen auf der Bühne zuzuwenden. Als ich es endlich wagte, wieder hochzuschauen, war der junge Mann im Hintergrund der Loge verschwunden, den ich von meinem Platz aus nicht einsehen konnte. Die vordere Reihe blieb bis zum Ende des ersten Aktes frei. Auf einmal interessierte mich das Theater nicht mehr sonderlich.

Nach der Pause besetzten einige Damen in tiefdekolletierten Abendroben die bis dahin freien Plätze über uns. Sie beugten sich weit über die Balustrade und riefen wesentlich ungenierter als andere Besucher den Herren in den angrenzenden Logen etwas zu. Ich hatte mich anscheinend so auffällig nach den späten Besucherinnen umgedreht, daß mich Mrs. Colebrook zurechtwies.

»Ich bitte Sie, schauen Sie weg, kein Mensch guckt dorthin, diese Frauen sind ... Sie wissen schon, allerdings die besseren, die nicht auf der Straße stehen. Die muß es auch bei Ihnen zu Hause geben.«

Ich blätterte, während der zweite Akt begann, konzentriert in meinem kleinen Wörterbuch, das ich überallhin mitschleppte.

»Ja.« Mrs. Colebrook, die meine Bemühungen um Verständigung überwachte, tippte nachdrücklich mit dem Finger auf ein Wort. »Das ist es. *Whores*. Sie dürfen auf die Logenplätze, wenn diese bis zum zweiten Akt leer geblieben sind, eine Schande ist das.«

Trotz der Mahnung schaute ich mich noch einmal gründlich um, um herauszufinden, was die ersten Damen der Gesellschaft von den Kokotten unterschied, die sich jetzt in ihre Nähe drängten, die Kleidung war's bestimmt nicht.

Da das Publikum nach besonders gelungenen Passagen so lange *encore* schrie, bis der Schauspieler an die Rampe trat und seinen Monolog noch einmal vortrug, hatte ich ausführlich die

Gelegenheit, wie im Schulunterricht durch Wiederholung zu lernen. Trotzdem sprach ich den Text nicht halblaut mit wie einige Leute im Publikum. Warum gingen sie überhaupt hin, wenn sie das Stück auswendig konnten, und was hatten die Wiederholungen für einen Sinn?

Als zweites Stück wurde eine kleine Oper gegeben. Ich lauschte immer aufgeregter und verblüffter, und mit einiger Verzögerung begriff ich das seltsame Lob Mrs. Colebrooks nach meinem Auftritt bei Lady Lothian. Die Londoner wollten selbst bei der schönsten Arie jede Silbe verstehen, sie legten viel mehr Wert auf die Aussprache als auf den Ton, und was dabei herauskam, war mehr oder weniger ein Sprechgesang, der teilweise in Gebrüll ausartete, in dem die Konsonanten wie Nüsse geknackt wurden.

Zum Ensemble gehörte eine junge Sängerin meines Alters. Es war in der Tat kein verfetteter Kastrat wie in der italienischen Oper, wo die Frauenpartien von verschnittenen Männern übernommen wurden, das Kostüm ließ keinen Zweifel am Geschlecht. Sobald sie die Bühne betrat, richtete ich mich erwartungsvoll in meinem Sessel auf. Sarah hatte mir zugeraunt, daß es sich um eine gefeierte Virtuosin handelte, eine Covent-Garden-Schönheit. Ich wollte mehr von ihren Bewegungen sehen als nur eine erhobene Hand oder ein Rucken des mit Federn und Glitzerzeug geschmückten Kopfes, denn natürlich hatte ich die Absicht, mich in Gedanken an ihr zu messen. Wozu sonst saß ich hier?

Mir fiel ziemlich schnell auf, daß sie sich ständig ganz nach vorn drängte, nah ans Orchester, oder von einer Bühnenseite zur anderen schweifte bis unter die ersten Logen. Einmal sah ich rasch zu drei Herren links oben hinauf, die anscheinend auf den Stuhlkanten hockten, so weit lehnten sie sich vor. Von dort oben mußten sie einen exzellenten Einblick in das tiefe Dekolleté der Sängerin haben. Beim ersten Applaus wären ihr die Brüste endgültig aus dem Mieder gerutscht, wenn sie nicht mit drei gespreizten Fingern dagegen gehalten hätte.

Dieser Auftritt hatte mich derart nachdenklich gemacht, daß der Rest der Oper an mir vorbeirauschte.

Wir befanden uns bereits auf der Rückfahrt, als ich mich nach der Sängerin zu erkundigen begann, aber Cousine Sarah fiel mir sogleich ins Wort.

»Sie haben Miss Catley dreimal *encored* heute abend, ich hab's gezählt.«

»Habt ihr Mr. Russel bemerkt?« hakte die andere Cousine, Georgina, ein, »er saß in der dritten Loge von rechts und hat sie nicht aus den Augen gelassen.«

Ich rechnete nach und kam darauf, daß der junge Mann schräg über mir eine Loge weiter gesessen haben mußte, war mir aber nicht ganz sicher.

»Wer ist Mr. Russel?« fragte ich nach.

Mrs. Colebrook warf ihrem Gatten einen prüfenden Blick zu. Dickleibig und starr schuf er durch seine bloße Anwesenheit eine ungemütliche Atmosphäre in der engen Kutsche, gegen die Mrs. Colebrook mit verhaltener Stimme anplapperte. »Miss Catley hat eine große Karriere vor sich, sie ist heute bereits eine der beliebtesten Sängerinnen, drei Wiederholungen sind das Optimum, aber keine Frau kommt so weit ohne Unterstützung.«

An diesem Abend habe ich Verschiedenes begriffen. Über die Unterstützung, die Mr. Russel der jungen Sängerin gewährte, machte ich mir, dem Tonfall Mrs. Colebrooks nach, keine Illusionen, und ich verstand auch, daß Wilhelm sich sehr gnädig erwiesen hatte, als er über meinen dilettantischen Auftritt lieber stillschweigend hinwegging. Niemand hatte mir ein *Encore* zugerufen.

Zwei Tage später lauschten wir einem Konzert, das in einem Saal mit hoher Deckenwölbung am Grosvenor Square stattfand. Der Name der Sängerin, Elisabeth Sheridan, kam mir vage bekannt vor. Animierende Gesten wie Miss Catley hatte diese Sängerin nicht nötig. Sie trat in einer blaßblauen schimmernden Robe auf, um die man sie nur beneiden konnte. Wahrscheinlich gab es keine drei Schneider in London, die etwas so Elegantes und gleichzeitig Dezentes zuwege brachten. Dabei war die Sängerin ein Mädchen von achtzehn oder vielleicht neunzehn Jahren und von einer so frappierenden Schönheit, daß ihr Anblick schmerzliche Gefühle in mir wachrief und die Erinnerung an eine andere Elisabeth, meine Freundin, obwohl äußerlich nicht die geringste Ähnlichkeit bestand.

Dunkle Locken umrahmten ihr Gesicht, sie lächelte selten, aber ihr Ernst zog nicht nur mich in ihren Bann. Ich hatte es hier mit einer ganz anderen Art zu tun, die Aufmerksamkeit eines Publikums zu fesseln, ich selbst kam mir inzwischen immer unzulänglicher vor. Obendrein sang die junge Dame mit einer Vollendung, wie ich sie mir immer erträumt hatte. Eine Stimme, die ich hier und da in meinem Kopf hatte hören können, ein reiner, überirdischer, beinahe sphärischer Klang. Ich fragte mich, woher sie die Gelassenheit nahm, mit der sie auf das *Encore*-Geschrei reagierte. Wenn sie in einer kleinen, bedachten Geste die Hand hob, flaute der Lärm unmittelbar ab, und sie wiederholte die letzte Arie mit der gleichen Perfektion und unerschütterlichen Anmut. Vor Ergriffenheit brannten mir regelrecht die Augen.

Auch vor Scham. Vor Scham ganz besonders, denn die ganze Zeit über hatte ich ja Vergleiche angestellt und dabei an Wilhelm denken müssen, meinen Lehrer und Gönner, und jetzt hätte ich ihn gern um Verzeihung angefleht, ein schieres, überwältigendes Bedürfnis danach erschütterte mich.

Alles, was Mrs. Colebrook über ihn gesagt hatte, erwies sich als nur zu wahr: Er war großzügig und gutherzig und ein hervorragender Musikexperte, auf dessen Urteil ich mich bedenkenlos verlassen konnte. Warum hatte ich das vorher nicht erkannt?

Elisabeth Sheridans Bild verschwamm ein bißchen vor mir, eine kleine Weile sah und hörte ich nichts, dann drang die Musik wieder in mein Bewußtsein. Als ich aufschauend den Kopf zufällig zum Ausgang wandte, bemerkte ich den jungen Mann aus dem Theater. Er sah mich an, als habe er nur darauf gewartet, mir mit allen Anzeichen des Wiedererkennens zuzunicken. Diesmal lehnte er an einer Säule, auch jetzt fielen ihm die Locken in die helle, breite Stirn. Ich starrte ihn an wie eine Erscheinung. Es war unhöflich, so zu starren, es war zutiefst aufdringlich, wirklich wider jede Regel. Aber eine unglaubliche Verwirrtheit hatte mich befallen, ich konnte mich beim besten Willen nicht von seinem Anblick lösen und kam mir dabei immer dümmer und linkischer vor. Wäre ich Miss Catley gewesen, hätte ich ihm einen schmachtenden Augenaufschlag zugedacht, statt nur kuhäugig dumpf zurückzustarren.

Dreh dich um Himmels willen um, vergiß ihn einfach, konzentrier dich auf das, was dir wirklich wichtig ist. Trotz dieser Selbstermahnung wandte ich mich halblaut mit einem höflichen Lächeln an Cousine Georgina.

»Ist das Mr. Russel da an der Säule, und ist er auch ein Gönner Mrs. Sheridans?«

Warum ich die beiden in Verbindung miteinander brachte, fiel mir erst ein, als ich es aussprach, an sich hatte ich mich nur nach dem Mann an der Säule erkundigen wollen. Aber noch während ich meinen Blick rasch hin- und herschweifen ließ, ging mir auf, daß die beiden ein perfektes Paar bilden würden. Es berührte mich eigenartig schmerzlich.

»Das ist Thomas Linley, ich bin ihm letztes Jahr in Bath begegnet.« Sie schlug mit einer theatralischen Geste die Hand vor den Mund, bereit, jeden Augenblick loszuprusten.

Mrs. Colebrook beugte sich zu mir, Georgina beiseite drückend.

»Sie müßten Mr. Linley kennen. Haben Sie ihm nicht im Theater zugenickt? Es ist so großzügig von Ihrem Bruder, ihn trotz des Streits mit seinem Vater weiter zu unterrichten.«

Mrs. Sheridan war also jene Elisabeth Linley, von der in Hannover ein- oder zweimal die Rede gewesen war, die erste Sängerin ihres Vaters, die Attraktion von Bath und meine unerreichbare Konkurrentin, falls sie dorthin zurückkehren würde, um für ihren Vater aufzutreten. Gerade verneigte sie sich und lächelte huldvoll, als das *Encore* wieder erklang. Während das Gejohle anschwoll, tauschte sie mit Mr. Linley über die Köpfe der Leute hinweg einen Blick aus, es war wie eine Intimität unter Geschwistern. Die Ähnlichkeit fiel mir jetzt erst auf. Am liebsten hätte ich mich zwischen die beiden gedrängt und diesen intensiven Blickkontakt unterbrochen, aus dem gewiß die unerschütterliche Sicherheit der Sängerin erwuchs.

Auf der Rückfahrt bemühte ich mich, möglichst nicht mehr an die Linleys zu denken, und dachte selbstverständlich an nichts anderes, vor allem aber an Mr. Linley. Es traf sich gut, daß Mrs. Colebrook gleich am nächsten Morgen beim Frühstück sehr bereitwillig auf die Linleys zu sprechen kam.

Die drei Damen des Hauses nippten, in weiße Spitzennegligés bis zum Hals verhüllt, an ihrem Tee, den Mrs. Colebrook umständlich zubereitet hatte. Diese englische Zeremonie mit dem Vorwärmen der Kanne und konzentrierten Abmessen des Tees hatte ich bereits von Mrs. Bulman ertragen gelernt und daher ohne äußerliche Anzeichen von Ungeduld ausgeharrt, während Mrs. Colebrook die üblichen Fragen stellte, ob ich den Tee mit Milch, Zucker oder Zitrone, stark oder weniger stark wünschte, und noch ein oder zwei andere, ohne deren korrekte Beantwortung kein Tee ausgeschenkt werden durfte. Mit einem leisen Aufatmen hatte ich die Tasse schließlich entgegengenommen.

»Wissen Sie noch, was Mrs. Sheridan gestern abend als letztes gesungen hat?« fragte ich im Plauderton.

Mrs. Colebrook goß sich selbst Tee ein und nahm gemächlich Platz, den ausladenden Rüschenrock ihres Negligés über den Stuhl ausbreitend.

»Ich kann mich gar nicht daran gewöhnen, daß die junge Lady jetzt Mrs. Sheridan heißt, eigentlich ist sie für mich noch immer Miss Linley.«

Georgina lachte schrill. »Ihrem Vater wäre das auch lieber so.«

Ich wartete darauf, daß Mrs. Colebrook ihrer jungen Cousine einen warnenden Blick zuwarf, denn ostentative Lustigkeit galt in der feinen Gesellschaft ja als Entgleisung, aber da uns Mr. Colebrook schon wieder allein gelassen hatte, sah sie wohl keinen Anlaß zu übermäßiger Strenge, dabei blieb sie selbst würdevoll ernst.

»Da magst du recht haben. Es muß aber auch deprimierend für Mr. Linley gewesen sein, daß die Mühe, die er auf die Erziehung und Ausbildung des Mädchens verwendet hat, umsonst war.«

»Er hat ja noch andere Kinder«, warf ich ein.

»Die jüngere Tochter Mary singt zwar auch, aber sie soll an Elisabeth nicht heranreichen. Ich weiß noch genau, wie Elisabeth in der Oktogon-Kapelle sang, als Mr. Herschel Pergolesis *Stabat mater* vorstellte, ein Stück, das wir bis dahin nicht kannten.«

Ich war verblüfft. »Elisabeth Linley hat für meinen Bruder gesungen?«

»Selbstverständlich. Sie ist in allen wichtigen Aufführungen in Bath als erste Sängerin aufgetreten, das war vor dem bedauerlichen Zerwürfnis.«

Miss Sarah warf mir einen Katzenblick zu, ihre Augenlider verschwanden beinahe in den Fettpolstern der Wangen.

»Ich habe gehört, Mr. Sheridan hat auch einige Monate in der New King Street gewohnt, haben Sie ihn kennengelernt?«

Ich benötigte immer etwas Zeit, bis ich eine kompliziertere Frage oder eine längere Bemerkung verstanden hatte, das war auch diesmal der Fall, aber die Damen wollten diese Verzögerung nicht hinnehmen, nachdem sie gerade aus ihrer vormittäglichen Trance erwacht waren.

»Unsere Miss Herschel ist ja erst im Sommer in Bath angekommen, und da hatte Mr. Sheridan Elisabeth Linley bereits aufs Festland entführt«, erläuterte Georgina an meiner statt und brach in sinnloses Gekicher aus.

»Es ist wirklich ein Unglück«, fiel Mrs. Colebrook ein, »daß so viele Dinge zusammengetroffen sind. Die Entfremdung zwischen Ihrem Bruder und Mr. Linley, die doch anfangs so hervorragend zusammengearbeitet haben, Ihr Bruder war erster Violinist unter Linley, haben Sie das gewußt? Seine eigene Tätigkeit als Konzertmeister setzte erst später ein, und es war für uns natürlich ein Genuß, zwei so exzellente Musiker zu haben. Wenn Linley das übliche Händelprogramm ankündigte, etwa *Acis und Galatea* oder *Judas Makkabäus*, setzte ihr Bruder das *Miserere* von Allegri dagegen oder Marcellos *Psalmen*.«

»Und Elisabeth Linley sang für beide?«

»Anfangs schon, bis sich auf einmal Terminüberschneidungen ergaben, man wußte nicht mehr, wo man hingehen sollte, früher hatten sich die Herren noch abgesprochen.«

»Ehrlich gesagt, ich versteh überhaupt nichts«, wagte ich einzuwerfen.

Georgina verdrehte die Augen, bevor wieder das unvermeidliche Kichern einsetzte. »Wer versteht das auch. Da singt Elisabeth plötzlich nur noch für ihren Vater, und der ist spinnefeind mit Ihrem Herrn Bruder, aber dieser unterrichtet weiter Thomas Linley, als wenn nichts wäre, während ein paar Häuser entfernt Richard Sheridan logiert, der gerade daran denkt, sein Studium an den Nagel zu hängen und zum Theater zu gehen.«

Die drei waren Katzen, die um einen heißen Brei herumstrichen. Was für ein intrigantes Pack, habe ich nur gedacht.

»Lauter *coincidences?*« fragte ich harmlos.

Mrs. Colebrook nickte zustimmend. »Ja, meine Liebe, Koinzidenzen, so sollte man sagen, ein Gemengsel von Ereignissen und Bekanntschaften und ein kluger Mann, Ihr Herr Bruder, der auf den glücklichen Einfall kommt, Sie zu sich zu holen und zur Sängerin auszubilden, nachdem Elisabeth Linley nun mit Mr. Sheridan vereint ist und seit der Hochzeit keinen Fuß mehr in das Haus ihres Vaters gesetzt hat.«

Sarah lächelte hinterhältig. »Es heißt, Mr. Sheridan sei im Begriff, sich mit seinem Schwiegerpapa auszusöhnen, ist das nicht großartig? Ich finde Zwistigkeiten in der Familie, von denen obendrein alle Welt weiß, vulgär.«

Die Damen Colebrook waren im Begriff, mir einzureden, mein Bruder hätte seine Hand im Spiel gehabt, als Elisabeth Linley mit Richard Sheridan davonlief, eine schnöde Art, seinem Hauptkonkurrenten eins auszuwischen. Zu so einer Gemeinheit hielt ich Wilhelm nicht für fähig. Nun ja, mir fiel der Trick ein, mit dem er vor Jahren die anderen Bewerber in Halifax aus dem Feld geschlagen hatte.

Wie es aber zu dem Zerwürfnis mit Linley gekommen war, konnte ich Mrs. Colebrook nicht entlocken, im Gegenteil schien es so, als hätte sie sich insgeheim von mir Aufklärung erhofft. Einzig Wilhelm selbst oder höchstens noch Alexander wußten, was ich nun unbedingt auch zu wissen wünschte. Vor allem interessierte mich, warum keiner bisher Thomas Linley und seine Rolle in diesem shakespeareschen Drama um zwei verfeindete Familien erwähnt hatte.

»Übrigens, wann fahren wir nach Bath zurück, sollte das nicht morgen sein?« erkundigte ich mich.

Mrs. Colebrooks Miene verzog sich zu einer Maske des Bedauerns.

»Es tut mir furchtbar leid, meine Liebe. Aber wie es aussieht, sitzen wir hier fest. Haben Sie noch nicht vor die Tür geschaut? Wie sollten Sie auch, wo Sie noch nicht einmal den Tee ausgetrunken haben. Wir sind über Nacht eingeschneit. Unsere Diener sind gerade dabei, die Einfahrt freizuschaufeln.«

Es schneite immer noch, als ich vor die Haustür trat. Mrs. Colebrooks Kutsche hatte mich am 29. November abgeholt, an einem Tag mit milder Witterung, und nicht einmal an diesem Morgen kam es mir wesentlich kälter vor. Trotzdem rieselten mit dem Ruß aus den Schornsteinen weiße Flocken herab, ohne Unterlaß fielen sie aus dem ewig diesigen Himmel über London, der mir in sechs Nächten nicht einmal die Sterne gezeigt hatte. Mutlos griff ich eine Handvoll Schnee auf und buk ihn zu einer schmutzgrauen Kugel zusammen. Ich habe damit nach der noch brennenden Nachtlaterne gezielt, aber sie knapp verfehlt. Einer der Bediensteten, die neben mir ihre Schaufeln schwangen, pfiff trotzdem anerkennend.

10

Durch die Verzögerung unserer Abreise lernte ich ungewollt den unverfälschten englischen Sonntag kennen, an dem alles, was Spaß machte, wie musizieren, singen, Theater besuchen und andere Bücher als die Bibel lesen, verboten ist, eine Regelung, an die sich meine Brüder selbstredend nicht hielten und nie halten sollten. Vor lauter Langeweile sehnte ich mehr als zuvor die Rückfahrt herbei. Keine Minute ließ mich das Gefühl von Unbehagen los, es machte mich säuerlich wie eine Magenkranke und zunehmend mißtrauisch gegenüber meinen

Gastgebern. Mittlerweile lauschte ich nur noch voller Argwohn den Klatschgeschichten der jungen Cousinen, ich meinte, sehr gut durchschaut zu haben, wie die beiden Gänse mich quälten. Aber leider war ich auch weiterhin auf ihre Gesellschaft angewiesen.

Nach einer weiteren Woche, in der der Schnee den Überlandverkehr endgültig zum Erliegen brachte, besaß ich keinen Penny mehr, denn es hatte sich nicht vermeiden lassen, den Dienern, Kutschern, Sänftenträgern hier und da ein Trinkgeld zuzustecken oder kleine Einkäufe zu tätigen. Wir besuchten wiederholt Covent Garden und andere Theater und saßen im Parkett, da mir die Abendgarderobe fehlte, aber selbst im Parkett machte ich mir Sorgen um meine Kleidung, die mir, verglichen mit der der Colebrook-Damen, immer schäbiger erschien.

»Ach, könnten wir doch endlich heimfahren«, platzte ich schließlich heraus, »es macht wirklich keinen Spaß, ohne einen Penny hier festzusitzen.«

»Aber meine Liebe«, Mrs. Colebrook zeigte sich voller Anteilnahme, »Sie befinden sich in Verlegenheiten? Machen Sie sich nur keine Gedanken über etwas derart Nebensächliches wie Geld, selbstverständlich helfe ich Ihnen aus, Mr. Herschel hat mir versichert, daß er für alle Auslagen aufkommt.«

Es gelang mir, meine Überraschung zu verbergen, indem ich mich nahezu automatisch in eine linkische Sprachlosigkeit rettete, was nicht einmal sehr übertrieben war. Dabei hätte es Mrs. Colebrook sicherlich interessiert, warum ich mich plötzlich so elend fühlte, so klein und schrecklich dumm für mein Alter. Es ist nämlich ziemlich ekelhaft, von der gönnerhaften Großzügigkeit von jemandem, dem man deswegen nicht einmal gram sein darf, abhängig zu sein.

In den folgenden Tagen bemühte ich mich, unauffällig herauszufinden, was mein Ausflug meinen Bruder inzwischen gekostet hatte, und war immer ängstlicher darauf bedacht, weitere Ausgaben zu vermeiden.

Als sich das Wetter endlich gebessert hatte, schleppte mich Mrs. Colebrook an unserem letzten Abend zu einer Tanzveranstaltung, für die Eintritt erhoben wurde, also wieder einmal Wilhelms Geld. Ich trug Elisabeths Kleid, weil ich außer meinem Konfirmationskleid nichts dabeihatte, um auch nur halbwegs passabel zu erscheinen. Mein Konfirmationskleid hatte im Laufe der Jahre einige kunstvolle Änderungen durchgemacht, war aber im wesentlichen immer noch schlicht und schwarz.

Elisabeths bunt bestickter Rock wies mich neben den einfarbigen Seidenroben der anderen jungen Damen eindeutig als Landpomeranze aus, soviel hatte ich immerhin mittlerweile über die hiesige Mode gelernt. Trotz meines Aufzugs schritt der schönste und eleganteste Mann im Saal zielsicher auf mich zu und verbeugte sich erst vor mir und dann vor den Damen Colebrook, bevor er sich an Mrs. Colebrook wandte.

»Würden Sie so freundlich sein und mich der Dame vorstellen? Wir hatten noch nicht persönlich das Vergnügen.«

Thomas Linley brauchte mir zwar niemand mehr vorzustellen, ich wartete aber mit klopfendem Herzen Mrs. Colebrooks offizielle Besiegelung unserer Bekanntschaft ab, um endlich eine von vielen Unterhaltungen führen zu können, die ich in meinen Wachträumen längst durchgespielt hatte, allerdings ohne zu stottern und rot zu werden.

»Ich habe Sie vor ein paar Wochen gesehen, als Sie das Haus Ihres Bruders verließen, aber Sie haben mich nicht beachtet, dabei hatte ich mir schon damals gewünscht, Sie kennenzulernen.«

Der schmeichelhafte Ton genügte mir vollauf; um den exakten Inhalt seiner Worte würde ich mir später Gedanken machen. Im Augenblick wollte ich nur seiner Stimme lauschen und seinen Arm unter meiner Hand spüren, während er mich geschickt beiseite führte, damit wir unsere Konversation ohne Zeugen genießen konnten.

Zu meinem Glück hörte er sich gern reden. Ich durfte mich auf kurze Sätze beschränken und dabei die neiderfüllten Blicke einheimsen, die mir Georgina und Sarah nachsandten. Es gelang mir sogar, in einem leidlich vollständigen Satz das bedauerliche Mißverständnis zwischen meinem Bruder und seinem Vater zu streifen, an das ich natürlich mit leisem Unbehagen denken mußte, und Mr. Linleys erstaunliche Antwort zu begreifen.

»Much ado about nothing«, sagte er und schenkte mir einen schelmischen Seitenblick, um sich zu vergewissern, ob ich die Anspielung verstanden hatte.

Mr. Linley, hätte ich bemerken können, Shakespeares Stück habe ich durch die ewigen Wiederholungen selbst für mein langsames Verständnis öfter als nötig gesehen, bis zum Überdruß sogar. Ich lächelte aber nur gewinnend, das umständliche Reden ersparte ich mir, weil mich jedes falsche Wort in seinen Augen möglicherweise herabgesetzt hätte. Es war mir daher an einem Austausch ohne viele Worte meinerseits gelegen, er sollte nur ruhig allein weitersprechen und sich leicht zu mir herabneigen, so daß wir sichtbar ein Paar bildeten. Von mir aus hätte es stundenlang so weitergehen können.

Als die Musik zum ersten Menuett aufspielte, verbeugte er sich wieder vor mir.

»Darf ich Sie ...?«

Ich verwünschte meine Mutter, die mich nicht hatte tanzen lernen lassen, und suchte gleichzeitig nach einer einigermaßen glaubhaften Ausflucht. Wenn er auch nur ahnen würde, daß ich nicht tanzen konnte, stünde ich unweigerlich als Trampel da. Sittsam schlug ich die Augen nieder und spähte zu Mrs. Colebrook hinüber.

»Ich bin ja nur zu Besuch hier, Mrs. Colebrook ist keine Verwandte von mir, und ohne ausdrückliche Erlaubnis meines Bruders ...«, ich verfiel jetzt doch unaufhaltsam ins Stottern.

Auf die Zeremonienversessenheit der Engländer durfte ich mich verlassen wie auf sonst nichts im Leben, und auch Thomas Linley reagierte wie erwartet, aber keineswegs von Herzen erwünscht. Er brachte mich umgehend zu den Colebrooks zurück, nachdem er mir versichert hatte, auf dem nächsten Ball in Bath mit mir zu tanzen, wenn ich nur bereit wäre, ihm dazu die Hand zu reichen, mit Wilhelm würde er selbst sprechen. Er habe die Absicht, seine Schwester nach Bath zu begleiten und eventuell wieder Stunden bei meinem

Bruder zu nehmen. Hatte er das tatsächlich gesagt oder hatte ich ihn mißverstanden?

Daß er vor meinen Augen mit der plumpen, fetten Sarah und anschließend mit der unentwegt kichernden Georgina tanzte, begriff ich durchaus als Chance. So war es mir immerhin möglich, ihn ungeniert zu betrachten, wobei jedes Vorübergleiten, jeder gelegentliche, flüchtige Blick von ihm mir das Blut verdächtig in die Wangen trieb und einen brennenden Neid auf die Colebrook-Cousinen hervorrief. Beim zweiten Rundtanz durfte ich mir sicher sein, daß die Aufgeregtheit in meinem Inneren, das seltsame Flattern ernste Ursachen hatte. Spätestens jetzt hätte mir aufgehen müssen, daß es besser für meinen Seelenfrieden gewesen wäre, dem Sohn von Wilhelms Hauptkonkurrenten strikt aus dem Weg zu gehen.

Tatsächlich fragte ich mich aber nur, ob er seine Absicht wohl wahrmachen und nach Bath zurückkehren würde, und was meine Brüder dazu zu sagen hätten.

Kapitel 4

Von G nach c

Die Quarte bringt die Unruhe der Quinte wieder ins Gleichgewicht und füllt mit ihr zusammen harmonisch den Raum der Oktave.

1

»Mrs. Barry als Beatrice in *Much ado about nothing* muß man einfach gesehen haben, und man glaubt nicht mehr, daß sie heimlich trinkt, und Garrick als Hamlet, wie er dem Geist begegnet, jagt einem einen kalten Schauder über den Rücken, wer das nicht erlebt hat, hat Shakespeare und das englische Theater nicht begriffen, und Weston ist ein so drolliger Kerl, ganz egal, was er sagt, es klingt lächerlich, und die Leute fangen schon an zu brüllen, wenn er nur die Bühne betritt und noch gar nichts gesagt hat.«

Alexander verdrehte angewidert die Augen, wie ich es tausendmal gern getan hätte, als ich noch Georgina und Sarah zuhören mußte. Offenbar imitierte ich Georgina schon zu perfekt.

»Hör bloß auf mit dem Londoner Theatergewäsch.« Böse starrte er mich an. »Du mußt dich ja über die Maßen amüsiert haben in den drei Wochen, in denen wir uns vorwiegend von kaltem Roastbeef ernährt haben. War's das wert, daß du sie nach London geschickt hast?« wandte er sich an Wilhelm.

Ja, diese Frage interessierte mich auch. Ich wollte wissen, ob er eine Veränderung an mir bemerkte, ob ihm meine neuen geschliffenen Manieren imponierten, von denen er gerade eben eine Kostprobe erhalten hatte. Nicht, daß ich mir derartiges Geschwätz wirklich angewöhnen wollte, es ging ja nur darum, mich damit in der besseren Gesellschaft behaupten zu können.

Auf meine Brüder hatte ich mich wie närrisch gefreut. Schon als Mrs. Colebrooks Kutsche in die New King Street einbog, hatte ich das sichere Gefühl, eine Heimkehr zu erleben, und wollte das Heimkehren voll auskosten. Eine anständig zelebrierte Heimkehr macht eine Reise erst richtig vollkommen.

Wir saßen bei einer Tasse Tee vor einem ziemlich weit heruntergebrannten Kaminfeuer. Es ging auf Mitternacht zu. Ich war hundemüde von der langen Rückfahrt, aber auch meine Brüder machten einen abgekämpften Eindruck, denn sie hatten ein Konzert gegeben, und bis sie ihre Noten zusammengepackt, die übrigen Musiker entlassen und mit dem Saalinhaber abgerechnet hatten, war es spät geworden.

Während ich die Cousinen nachäffte, betrachtete ich ihre grauen Gesichter und ließ nun unauffällig meine Blicke durch den Salon wandern, auch das war ein Teil meiner Heimkehrzeremonie. Der Raum kam mir längst nicht mehr so nobel vor wie noch vor drei Wochen, dagegen geradezu angenehm heimelig. Hauptsächlich deshalb, weil überall Noten verstreut lagen, sogar auf dem Fußboden, und auf dem Pianoforte hatte bis vor kurzem noch ein Teller mit einer schimmeligen Brotkante und einem angebissenen schrumpeligen Apfel gestanden. Ich will nicht sagen, daß es mich gefreut hat, wie die zwei hier gehaust hatten, aber es bewies doch, daß ich gebraucht wurde, daß ich einen Platz bei ihnen gefunden hatte.

Bei meiner Ankunft vor einer Stunde hatte ich nur Mrs. Bulman und Betty angetroffen und an unserem Waliser Juwel gleich meine neue Gewandtheit erprobt. Es war mir eine Genugtuung, daß Betty sofort merkte, die leichteren Zeiten mit mir waren vorbei, denn ich benötigte nur zwei Wiederholungen meines Befehls statt bisher drei oder vier, und sie trug den Teller hinaus, wenn auch so mürrisch und langsam wie immer.

Meine Brüder wirkten hausbacken, fast schon gewöhnlich, wie sie mit vorgerecktem Hals ihren Tee aus der Untertasse schlürften, trockene Kekse knabberten und dabei die Krümel über ihre Schlafröcke verstreuten. Beinahe wäre mir Mr. Colebrooks zeremonielles Gehabe jetzt lieber gewesen. Ein paar kurze Strähnen standen über Wilhelms Stirn senkrecht hoch wie die Federn eines Wiedehopfs, ein lächerlicher Anblick, der aber eine Welle erstaunlicher Zärtlichkeit hochspülte, ungetrübter, lauterer Zärtlichkeit. Ich hätte ihm diese Strähne gern liebevoll zurechtgestrichen.

Wilhelm beäugte mich nachdenklich, mit schief geneigtem Kopf, als würde er jede neue Schleife an meinem Kleid begutachten.

»Paß mal auf, Alexander, in einem Jahr ist aus unserer kleinen Schwester eine waschechte englische Lady geworden.«

Leider gab mir sein Tonfall keine schlüssige Auskunft darüber, ob er sich über mich nur lustig machte oder es auch ein bißchen ernst meinte, denn genau darauf kam es mir bei der Neuordnung unseres Verhältnisses an. Um ernstgenommen zu werden, hatte ich mir noch etwas aufgespart: Nachrichten aus der City, die für meine Brüder wichtig waren.

»Übrigens bahnt sich eine Verständigung zwischen Mrs. Sheridan und ihrem Vater an, sie kommt nach Bath zurück, wenn sie nicht schon eingetroffen ist.«

Wilhelm nickte nicht sehr beeindruckt. »Das war irgendwann zu erwarten. Thomas Linley hat mir außerdem gerade erst geschrieben, es scheint so, als suchte er jetzt wieder Kontakt zu mir.«

Meine Tasse klirrte überlaut auf der Untertasse. Thomas Linley hatte ich absichtlich nicht erwähnt, denn noch beim Reden wurde mir klar, wie verräterisch Stimmen sein können und daß ich meine voraussichtlich doch nicht so gut unter Kontrolle hatte. Während der langen Fahrt von London und dem unentwegten Geschwätz Mrs. Colebrooks und sogar noch bei der etwas ernüchternden Ankunft hatte der Gedanke an Thomas Linley beständig in meinem Hinterkopf gelauert. Ein dünner, langer, aber reißfester Gedankenfaden, gespannt wie eine Geigensaite, bei jedem meiner Worte, jedem Satz unauffällig mitschwingend. Aber den Namen auszusprechen, hätte die Saite überstrapaziert, und eine Saite reißt ja in einem abscheulichen Mißton. Doch jetzt, wo der Name einmal gefallen war, drängte es mich, nach Thomas Linley zu fragen und nach Wilhelms Verhältnis zu ihm, ich wollte überhaupt über ihn sprechen hören.

Zum Glück kam mir Alexander unabsichtlich zu Hilfe.

»Und du bist imstande, dich wieder mit Thomas abzugeben.«

Meine gerade erst demonstrierte Selbstsicherheit war restlos verflogen, ich hielt vor unerträglicher Spannung den Atem an, während ich auf Wilhelms Antwort wartete.

»Warum denn nicht? Mit ihm habe ich doch keinen Streit, und Linley weiß genau, was er an mir als Lehrer seines Sohnes hat.«

»Du hattest wirklich keine Skrupel, den Sohn deines Hauptkonkurrenten zu unterrichten?« fragte ich ungläubig.

»Ich unterrichte ihn doch längst nicht mehr, dem Unterricht ist Thomas entwachsen. Wenn er kommt, plaudern wir nur ein wenig, und ich wüßte nicht, was dagegen spräche. Hier gewesen ist er außerdem bereits eine ganze Weile nicht mehr, er hat sich nicht einmal sehen lassen, als er vor ein paar Wochen in Bath war, ich hab's von anderen erfahren.« Er zögerte beim Sprechen, als würde er nicht ganz das sagen, was er dachte, zumindest drängte sich mir dieser Eindruck auf.

Mir fiel ein, daß Thomas Linley mir gegenüber erwähnt hatte, daß er mich vor unserem Haus gesehen hatte. Vielleicht hatte er von meiner Ankunft gehört und sich zu einem Anstandsbesuch aufgemacht, bei dem er unauffällig herausfinden wollte, wen sich meine Brüder zur Verstärkung geholt hatten. Durch meinen Ausgang hatte ich ihm einen Strich durch die Rechnung gemacht, er konnte mich ja nicht gut auf der Straße ansprechen. Ohne die Schulung durch Mrs. Colebrook und die Cousinen hätte ich mich nie in derart komplizierte Überlegungen verstrickt. So aber kam mir ein weiterer, noch ungeheuerlicherer Gedanke, der ja eigentlich, wenn man ihm nur ein bißchen nachging, auf der Hand lag.

»Du bist ja so klug, Wilhelm! So lange du einen von den Linleys auf deiner Seite hast, können sie nicht alle zusammen gegen dich Front machen.«

Er wirkte nicht gerade überrascht oder gar beleidigt, eher eine Spur zweifelnd, ein bißchen unsicher, wenn ich seinen Ausdruck jetzt richtig deutete. Mir war nicht wohl dabei. Ich wollte aber die Wahrheit erfahren, ich mußte unbedingt wissen, wie mein Bruder zu Thomas Linley stand, es schien geradezu überlebenswichtig für mich.

»Tja, also daran ...« Er dehnte unerträglich die Vokale.

Alexander lachte indigniert auf. »Schau an, unsere kluge, kleine Katze.«

»Ach, sei doch bloß still!« Das Gespräch drohte, eine unangenehme Wendung zu nehmen, die ich nicht beabsichtigt hatte. Wilhelm hielt mir die leere Tasse hin, automatisch goß ich Tee nach, holte Luft und wollte neu ansetzen, unverfänglicher, liebenswerter, da kam er mir zuvor.

»Es gibt Nachrichten von zu Hause, die du erfahren mußt. Keine schönen Nachrichten, aber es hat keinen Zweck, damit bis morgen zu warten. Ich wünschte, ich müßte dir nicht damit die Heimkehr verderben.« Er hielt inne und sah mich abwartend an.

Ich hatte ein bißchen Mühe, dem unverhofften Themenwechsel zu folgen.

»Ist was mit Mutter?« fragte ich schließlich und blickte besorgt von einem zum anderen.

»Sophie hat uns mitgeteilt, daß Griesbach gestorben ist.«

Beinahe hätte ich vor Erleichterung aufgelacht, Griesbach war der Entbehrlichste in der Familie, zumindest was meine Sympathien betraf und ebenso die meiner Brüder. Aber darum ging es gar nicht, wurde mir sofort klar.

»Wie nimmt Sophie es auf?«

»Sehr schwer.«

»Bei diesem Klotz?« Ich biß mir auf die Zunge, so redete man nicht von einem toten Schwager. Wilhelm warf mir auch richtig einen tadelnden Blick zu.

»Sophie trauert um ihren Ehemann. Ja, sie trauert. Es sind gleich zwei Briefe auf einmal gekommen, du weißt ja, wie unzuverlässig die Post ist. Sophie kann es nicht fassen, daß sie jetzt allein in der Welt steht. Ihr Mann war weiß Gott nicht der sympathischste, da gebe ich dir gern recht, aber anscheinend hat sie mehr an ihm gehangen, als wir gedacht haben.«

Wilhelm reichte mir die Briefe herüber, die er aus der Tasche des Schlafrocks gezogen hatte. Rasch überflog ich sie und fühlte mich in ein Meer von Trost- und Hoffnungslosigkeit hineingezogen. Meine Schwester war das Ekel von Ehemann los und versank in Trauer. Das verstand ich nicht, aber trotzdem wurden mir die Augen feucht, denn Sophias Kummer ging mir ihretwegen nah.

»Und was jetzt? Wer von uns fährt zu ihr?«

Wilhelm hatte sich erhoben, reichte mir die leere Tasse und winkte ab, als ich nachfüllen wollte.

»Mitten in der Saison? Unmöglich. Was zu tun war, habe ich schon erledigt. Ihr geschrieben und unsere Anteilnahme bekundet. Ich geh ins Bett, gute Nacht ihr beiden.«

»Was, das ist alles?« begehrte ich auf. Sofort mußte ich an Vaters Tod denken, wie ich mich damals an Wilhelm gewandt hatte. Ich hatte genau die gleiche Verzweiflung gefühlt wie jetzt Sophia und ebenso die Hoffnung, daß er käme, daß er uns beistünde und unser Elend linderte. Ein bißchen aufgebracht starrte ich ihm nach, als er den Raum verließ, dann wandte ich mich an Alexander.

»Das war wirklich alles? Ein höfliches Kondolenzschreiben?«

»Ach, geh! Er hat es dir doch gesagt. Was hätten wir tun sollen? Alles stehen und liegen lassen, nach Coppenbrügge eilen und Sophie die Hand halten? Das machen andere für uns, sie ist ja nicht wirklich allein, da sind immer noch Mutter und die Kinder. Wilhelm hat ihr Geld geschickt, einen ordentlichen Batzen sogar, der wird für die Beerdigung gereicht haben und bessert eine Weile die Witwenpension auf. Außerdem hat er sich verpflichtet, ihrem Ältesten in ein oder zwei Jahren, sobald er soweit ist, ein Engagement in England zu verschaffen.«

Überraschenderweise streckte Alexander die Beine weit von sich und ließ sich tiefer in den Sessel sinken, statt sich wie Wilhelm zurückzuziehen, das wäre mir lieber gewesen. Eigentlich hatte ich gehofft, noch ein bißchen allein mit meinen Gedanken am Kamin sitzen bleiben zu können. Eine Weile starrten wir beide in die verlöschende Glut, aber plötzlich kicherte er in sich hinein.

»Wie war's denn wirklich in den letzten drei Wochen?

Neben den Theaterbesuchen komm ich auf drei englische Sonntage mit Bibellesen und Predigten, und die könnten es dann schon wert gewesen sein, bis London zu fahren, oder seh ich da was falsch?« Er pfiff leise.

Zunächst wollte ich nicht darauf eingehen. Eingedenk der Nachricht von Griesbachs Tod und Sophias Trauer fand ich es unpassend und albern, daß er noch einmal davon anfing, aber dann tat ich ihm doch den Gefallen. Ich wurde sogar immer lebhafter bei meiner Schilderung, sie amüsierte mich selbst. Alexander wischte sich die Lachtränen ab, während ich ein letztes Mal Georgina nachäffte.

»Alex«, unvermittelt wechselte ich das Thema, »über diesen Streit mit dem alten Linley weiß ich gar nichts.«

Abwehrend schüttelte er den Kopf. »Mußt du auch nicht, es reicht, daß er nicht aufhört.«

»Den Streit muß aber mal einer angefangen haben.«

»Da denkst du doch gleich an den armen Linley, nicht wahr, weil du auf unseren Bruder nichts kommen lassen willst.«

Plötzlich lachte Alexander wieder laut auf und hielt mir seine leere Tasse entgegen, überlegte sich's dann aber anders. Unvermittelt sprang er auf und holte aus einem Schränkchen eine bauchige braune Flasche und zwei Gläser. Mit gemischten Gefühlen sah ich dabei zu, wie er die geschliffenen Gläser in der Hand drehte, bevor er sie auf dem Tisch absetzte, und wie er Wilhelms kostbaren Portwein, der seinen besseren Schülern vorbehalten war, eingoß, und zwar so vorsichtig, als handelte es sich um Meßwein, von dem kein Tropfen vergeudet werden durfte. In dieser Zeit hätte ich einen halben Strumpf stricken können. Auf die Hausarbeit freute ich mich auf einmal, nach drei Wochen Müßiggang wollte ich mich nützlich machen und richtig arbeiten. Ich mußte direkt an mich halten, um nicht aufzuspringen und Alexander die Flasche aus den Händen zu winden. Endlich hielt er mir ein Glas hin, in dem der Portwein ölig schimmerte.

»Na schön, ich erzähl's dir. Der Streit begann, als Wilhelm noch als erster Geiger in Linleys Konzerten spielte. Du kannst dir doch das Hin und Her von einem Konzertsaal zum anderen mit Instrumenten, Noten und Pulten vorstellen, das klappt nicht immer reibungslos. Unser Bruder mußte zwei Tage lang ohne Notenpult auskommen und warf Linley deshalb vor, ihn unfreundlich zu behandeln. Wilhelm war beleidigt, weil er seine Noten auf dem Fußboden ausbreiten und in leicht gebückter Haltung, ein Auge auf die Noten geheftet, fiedeln mußte. Das schicke sich nicht für einen ersten Geiger. Das sei ein Affront, eine Ungeheuerlichkeit, hat er Linley in einem Leserbrief im *Bath Chronicle* unmißverständlich mitgeteilt.«

Anscheinend äffte Alexander jetzt mich nach. Er traf meinen spöttischen Tonfall, unterstrich das Gesagte mit ironischen Gesten, und richtig prustete ich in mein Portweinglas.

»Das ist nicht etwa ein bißchen kleinlich gewesen, daß er sich wegen eines vergessenen Notenpults so aufgeregt hat? Öffentlich? In der Zeitung?«

»Linley hat postwendend ebenfalls einen Brief an den *Chronicle* geschickt, in dem er sich über sensible Künstlernaturen lustig machte, und Wilhelm hat sich nicht lumpen lassen und hämisch darauf geantwortet, und so ging's die ganze Saison fort.«

Nach drei Wochen Abwesenheit sah ich nun vieles klarer, vor allem, was Alexanders Verhältnis zu Wilhelm betraf. Er wußte, daß er unseren Bruder nie erreichen, daß er immer der Zweite bleiben würde. Trotzdem hing er an Wilhelm, und zwar nicht nur aus Dankbarkeit oder Ängstlichkeit, was seine Stellung und die gewährte Unterstützung betraf. Aber um nicht vollständig in Abhängigkeit zu versinken, mußte er sich ab und zu zur Wehr setzen, und deshalb stichelte und stänkerte er. Ich spürte aber keine allzu große Lust, ihm weiter dabei zur Hand zu gehen.

»Du bist angesäuert, weil ich drei Wochen weggeblieben bin, und erzählst mir den Schmarrn, um mich hochzunehmen, stimmt's?«

Alexander schwenkte nachdenklich den letzten Schluck Portwein im Glas und warf mir nur einen flüchtigen Blick zu.

»Das kratzt an dir, daß sich Wilhelm über Kinkerlitzchen derart hartnäckig aufregt. Das Gezänk um das Pult war aber nur ein Geplänkel, um sich von Linley loszueisen, wenn du so willst. Wilhelm hatte nie vor, nur erster Geiger zu bleiben. Daß jeder von ihnen nach dem Zerwürfnis seine eigenen Konzerte veranstaltete, lief anfangs sogar recht gut, weil sie mit dem Veranstaltungskomitee der Stadt abgesprochen hatten, nicht beide am selben Tag zu spielen. So konnte letztlich Elisabeth viel besser zum Zug kommen, das war also auch in Linleys Interesse. Aber dann hatte Linley ein Konzert für einen Tag organisiert, für den Wilhelm ebenfalls etwas plante, angeblich hat unser Bruder seinen Termin zu spät beim Komitee bekanntgegeben. Elisabeth trat selbstverständlich bei ihrem Vater auf. Und kurz darauf hat sie sich mit Sheridan aus dem Staub gemacht, und Linley stand dumm da. Übrigens, was die Linley-Front betrifft, dazu gehören noch andere. Oziah, der jüngere Sohn, war auch ein Schüler Wilhelms, ein genauso übler Bursche wie der Vater. Die Hauptperson neben dem Alten ist aber Elisabeth. Wie's jetzt weitergehen soll, falls sie wirklich wieder nach Bath zieht, weiß ich nicht, die Saison könnte hart für uns werden. Übrigens, hast du einen von ihnen gesehen? Oder gesprochen? Bei all deinen Konzertbesuchen mußt du ja praktisch über den einen oder anderen gestolpert sein.«

Alexander stand auf und musterte mich abwartend, während ich die letzten Tropfen mit zurückgelegtem Kopf aus dem Glas schlürfte, der Portwein war mir längst zu Kopf gestiegen. Die kleine Verschnaufpause nutzte ich, um mir trotz der leichten Benebelung darüber klarzuwerden, daß ich immer noch nicht in der Lage war, über Thomas Linley zu sprechen, ohne meine Gefühle durch ein Schwanken der Stimme oder einen Hauch von Befangen- oder Verlegenheit zu verraten.

»Du gehst ins Bett?« fragte ich in der Hoffnung, er hätte seine eigene Frage schon vergessen.

»Wird auch für dich Zeit. Was ich dir noch sagen wollte, deine Freundin Deborah hat sich täglich erkundigt, wann du endlich heimkommst.« Er zwinkerte belustigt.

»Meine Freundin?« fragte ich erstaunt.

»Ist sie das nicht? Wo sie soviel Anteil an dir nimmt? Seit zwei Wochen steigt sie täglich zu uns herauf und fragt nach dir. Na, gute Nacht dann.«

Ich hörte, wie er die Tür schloß und die Treppe ins Dachgeschoß hinauftappte.

Deborah Bulman war nicht meine Freundin.

Sie war nicht mehr als eine Hausgenossin, mit der ich mich bereitwilliger abgegeben hatte, als ich nicht mehr auf Betty setzte, um Englisch zu lernen. Davor war ich ihr nach Möglichkeit aus dem Weg gegangen, denn ich hatte immer vor Augen, wie sie mich bei der Ankunft in Bath durch ihre Gewandtheit, das Geschmeidige, Glatte ihrer Bewegungen, das gekonnte, höfliche Lächeln und die fließend gelispelten Laute dieser fremden Sprache praktisch zur Idiotin abgestempelt hatte, weil ich nicht im mindesten mithalten konnte. Wenn sie mich besuchte, strengte ich mich ungeheuer an, den einen oder anderen vollständigen Satz herauszubringen, ich würgte regelrecht an jeder Wendung, und deshalb artete die Konversation anfangs so gut wie immer in Peinlichkeit aus.

Noch im nachhinein mußte ich ihre Geduld bewundern und ihr Taktgefühl, denn sie korrigierte mich sehr, sehr vorsichtig. Vielleicht wäre mir eine direktere Art wie die von Elisabeth lieber gewesen. Auf mich wirkte Deborah immer etwas selbstzufrieden, ihre großen blauen Augen waren viel zu stetig auf mich gerichtet, während ich mich in dem Gewirr der Sprache hoffnungslos verhedderte. Daher hatte ich Betty vorgezogen, weil sie mir in ihrer schnoddrigen Art etwas beibrachte, ohne Höflichkeit, Rücksicht oder Dankbarkeit zu erwarten, denn sie war viel zu sehr damit beschäftigt, in unserem Haushalt herumzuwuseln und beim Staubwischen Vasen zu zerbrechen und die Noten auf dem Pianoforte durcheinanderzubringen.

2

»Ach, hier steckst du, ich hab im ganzen Haus nach dir gesucht, und Alexander sagte ...« Deborah lehnte in der Tür des kleinen Waschhauses, das hinter dem Haus die Hälfte des winzigen, mit Backsteinen gepflasterten Hofs einnahm.

Nach dem Aufstehen hatte ich mich umgehend an die große

Wäsche gemacht, in drei Wochen war eine Menge zusammengekommen. Betty bearbeitete mit einem langen hölzernen Stampfer die Wäscheteile in einem großen Zuber, während ich die feineren Sachen wie Seidenstrümpfe und Halstücher in einer kleineren Wanne in einer Wolke von kaltem Schaum herumschwenkte. Etwas ärgerlich über die Unterbrechung, hatte ich mich auf die Fersen gehockt, bereit, Deborah kurz abzufertigen, denn ich hatte kein Interesse an müßigem Geschwätz, davon hatte ich in den letzten Wochen genug gehabt.

»Du hast dich täglich bei ...«, ich hatte »meinen Brüdern« sagen wollen, korrigierte mich aber, weil mir ein kurioser Gedanke gekommen war, »... Alexander nach mir erkundigt, hat er mir gesagt.«

Ich hatte mich nicht getäuscht, der rosa Schimmer auf ihren Wangen, den ich der Kälte draußen zugeschoben hatte, vertiefte sich eindeutig. Für diese Beobachtung war ich bereit, die Wascherei für einen Augenblick aufzuschieben. Deborahs Verlegenheit wollte ich voll auskosten.

»Ja, ich dachte, du bleibst nur eine Woche fort.« Ihre Stimme klang nicht die Spur fest und gelassen wie sonst.

Langsam erhob ich mich, während mir Verschiedenes durch den Kopf ging. Darauf hätte ich viel eher kommen können, eigentlich hatte sie sich bereits bei unserer ersten Begegnung verraten, schon da war ihr Bemühen deutlich geworden, mit Anstand die Situation zu meistern.

Amüsiert umarmte ich sie. »Ich freu mich, wieder daheim zu sein und dich zu sehen.« Wie leicht und flüssig mir dieser Satz über die Lippen kam.

Auch Deborah mußte das überrascht haben, ebenso wie die Umarmung, denn so herzlich waren wir bisher nicht miteinander umgegangen, ich hatte sie nie anders als mit einem unsicheren Lächeln begrüßt. Sanft schob sie mich von sich, hielt mich aber an den Armen fest.

»War's schön in London?« Ihre Stimme zitterte immer noch ein bißchen. »Du hast all die Theater besucht?«

Vor meiner Abreise hatte ich ihr von meinem Amüsierprogramm erzählt, von den Aufführungen und den Konzerten in berühmten Theatern, die mir Mrs. Colebrook in Aussicht gestellt hatte, und sie hatte mir stoisch und scheinbar unbeteiligt zugehört.

»Ich war noch nie in London«, fuhr sie fort, langsam ihre alte Ruhe zurückgewinnend, aber inzwischen hatte ich erkannt, daß ihre ganze Selbstsicherheit nur erkünstelt war, eine gut kaschierte Schüchternheit. Mein Londonaufenthalt machte sie zur Provinzgans, denn sie hatte außer Leeds und Bath ja nichts gesehen.

Ungeniert umfaßte ich mit meinen nassen Händen ihren Kopf, küßte sie herzlich auf beide Wangen, und da strahlte sie auf.

»Darf ich dir helfen?« bettelte sie. »Dann könnte ich noch bleiben.«

Gemeinsam wrangen wir die großen, schweren Leinenlaken aus, eine scheußliche Arbeit, vor allem im Winter, weil dabei die Hände im Nu klamm und rot werden. Am Ende schmerzen sie dir vor Kälte. Wir keuchten vor Anstrengung, als wir das letzte Laken auseinanderzogen und gemeinsam über die Leine hängten.

»Deborah, sag mal, werden irgendwo in Bath alte Ausgaben von Zeitungen aufbewahrt?«

»Du meinst die von letzter Woche?« Sie trocknete sich die Hände an der Schürze ab. Ich an ihrer Stelle hätte weitergefragt, aber sie sah mich nur an und wartete.

»Ältere, ich suche Artikel, die vor ein paar Jahren erschienen sind. Meinst du, die sind noch irgendwo aufzutreiben?«

Sie überlegte.

»In einer der Leihbüchereien vielleicht? Wir haben vier in Bath, dort werden auch die Zeitungen ausgelegt. Wenn du willst, begleite ich dich.«

Dank ihrer Zurückhaltung konnte ich ganz entspannt mit ihr die Leihbüchereien aufsuchen, leider ohne Erfolg, landete aber schließlich bei der Zeitung selbst – wieder mit Deborahs Hilfe – und erhielt nach einigem Hin und Her Zugang zu einem muffigen Kellerraum, in dem Stapel von Zeitungen aufbewahrt wurden.

Das Zeitungsarchiv des *Bath Chronicle*. Wolken von Staub, der in die Nase stieg und uns husten ließ. Beim Umblättern der Seiten wurden unsere Finger schwarz, und der strenge Geruch nach alter fettiger Druckerschwärze setzte sich in die Haut. Deborah hielt tapfer aus, sie las nicht einmal mit, als ich die gesuchten Artikel fand. Wenn ich sie nicht inzwischen schätzengelernt hätte, hätte ich gedacht, so ein stumpfer Geist sei mir noch nie begegnet. Keine Spur von Neugier.

Ich hatte mir vorgenommen, die Sache mit dem Notenpult restlos aufzuklären, denn ich wollte den Zwist zwischen den Linleys und den Herschels ergründen. Tatsächlich gelang es mir, die ganze elende Geschichte nachzulesen.

Alexander hatte ein paar nicht unwesentliche Details ausgelassen. Wilhelm war für einen Musiker eingetreten, den Linley entlassen hatte, nachdem dieser eine einzige Probe versäumt hatte. Mein Bruder warf Linley Rücksichtslosigkeit und Protektionismus vor, weil er sich eines Musikers entledigt hatte, um dessen Posten einem Familienmitglied zuzuschanzen. Und erst als Fußnote sozusagen, um Linleys Rücksichtslosigkeit mit einem weiteren Beispiel zu belegen, erwähnte Wilhelm den Vorfall mit dem Notenständer.

Vielleicht hätte ich mir die ganze Mühe sparen und Wilhelm direkt befragen sollen. Seit meiner Heimkehr sah ich ihn in einem anderen Licht, sogar meine Angst war weitgehend geschwunden und hatte der alten Anhänglichkeit Platz gemacht, einer Zuneigung, die er sich längst verdient hatte. Wilhelm trat rückhaltlos für andere ein, auch mich hatte er nicht nur wegen seiner eigenen Interessen nach England geholt, sondern um mir eine Chance einzuräumen, die mir Hannover nie geboten hätte. Jakob schon gar nicht. Noch in all dem Staub der vergilbten Zeitungen beschloß ich, Wilhelm nicht zu befragen und das Thema überhaupt ganz fallenzulassen. Immerhin hätte es ja sein können, daß Thomas Linley das Familienmitglied gewesen war, das den Posten des Entlassenen übernommen hatte.

Thomas Linley hatte bestimmt die Machenschaften seines Vaters mitgetragen, versuchte ich mir nüchtern klarzumachen.

Andererseits widerstrebte mir der Gedanke, daß er sich an irgendeiner Niedertracht beteiligte hätte, das paßte nicht zu meinem romantischen Bild von ihm. Und hätte Wilhelm so einen Fiesling noch mögen können? Es wäre doch besser, offen mit Wilhelm zu reden, ich mußte nur sicher sein können, den Namen neutral auszusprechen, ohne mich wie Deborah zu verraten. Leider fürchtete ich mich vor Wilhelms Hellsichtigkeit, mein Bruder würde sich nicht scheuen, mir einen Haufen peinlicher Fragen zu stellen.

3

Deborah kam seit ein paar Wochen täglich zu mir herauf und half mir manchmal, Hemden zu säumen, oder schaute mir andächtig dabei zu, wie ich Noten kopierte. So vertraut wie mit Elisabeth wurde ich trotzdem nicht mit ihr, ich schätzte es aber, daß ich durch sie eher als durch meine Brüder Neuigkeiten aus der Stadt erfuhr.

»In drei Wochen gibt es in den Assembly Rooms einen *fancy ball*. Hättest du nicht Lust, mit mir dorthin zu gehen?« fragte sie mich ein paar Wochen nach Weihnachten.

»Zu einem Ball? Du meinst, zu einem richtigen Ball?«

»Nur zu einem *fancy ball*, dafür brauchst du nicht einmal eine Ballrobe, gewöhnlicher Sonntagsstaat genügt vollkommen.«

»Wir beide allein auf einem Ball? Wie stellst du dir denn das vor?« Verwundert musterte ich sie.

Es war, als hätte Deborah einen meiner verborgensten Wünsche erraten, dessen Verwirklichung ich kaum für möglich gehalten hatte. An die Tanzsäle von Bath hatte ich seit meiner Rückkehr ziemlich häufig gedacht, vor allem an das Versprechen Thomas Linleys.

»Alle gehen dahin, meine Freundin Jane auch. Vielleicht könnte uns Alexander begleiten, und wenn du ihn fragst ...«

Belustigt wartete ich schon darauf, daß sie wieder rot anlief. Sie hatte sich also den Ballbesuch ausgedacht, um mit meiner Hilfe Alexander näherzukommen. Leider gab es eine unüberwindliche Schwierigkeit.

»Ich kann nicht tanzen«, sagte ich knapp.

Drei Wochen später stellte uns Alexander Mr. Fishbone vor, dem Zeremonienmeister von Bath, der sich wunderte, daß drei junge Damen mit nur einem Herrn den Ball besuchen wollten. Erst zog er seine buschigen, sorgfältig nach oben gebürsteten Brauen hoch und spitzte die Lippen, sehr volle Lippen, ein richtiges Fischmaul, dann erbot er sich, für die beiden überzähligen Damen Tanzpartner zu bestimmen. Wir lehnten schon deshalb ab, weil wir uns auf keine Erörterung einlassen wollten, wer die überzähligen Damen waren.

Während ich aufgeregt in den Tanzsaal spähte, drückte mir Mr. Fishbone ein steifes Blatt Papier in die Hand und säuselte mit gedämpfter Stimme Anweisungen, die ich glatt überhörte. Schließlich hegte ich festumrissene Pläne, was diesen Ball betraf.

In den vergangenen drei Wochen hatte ich Tanzstunden genommen. Tanzen zu lernen hatte Wilhelm überraschenderweise für eine ausgezeichnete Idee gehalten. Alles, was mich auf dem gesellschaftlichen Parkett voranbrächte, gefiele ihm, sagte er, und dafür zahle er auch gern. So nett das gemeint war, traf er mit seiner Bemerkung einen empfindlichen Punkt, mein nicht ganz reines Gewissen. Auch jetzt mußte ich daran denken, daß ich im Begriff stand, seine Großzügigkeit auszunutzen. Andererseits sah ich den Tanzunterricht als Entschädigung dafür, daß mein Gesangsstudium kaum Fortschritte machte, seit die Lektionen immer kürzer ausfielen. Mitten in der Saison fand Wilhelm nur wenig Zeit dafür.

Da nicht alle Schüler in Bath wohnten, einige der vornehmeren aber erwarteten, daheim unterrichtet zu werden, und Wilhelm bis zu einer Stunde mit dem Pferd unterwegs war, trug er gelegentlich schon Reithosen, wenn er für mich den Deckel des Pianofortes hochklappte. Wir übten ein paar Tonleitern, eine halbe Arie aus Bachs *Johannes-Passion*, dann schlug die Uhr, und Wilhelm griff nach seinem Mantelsack, der mit Noten und einem feineren Beinkleid auf einem Schemel bereitlag.

Um ehrlich zu sein, mir erschien der Gesangsunterricht seit einigen Wochen auch nicht mehr ganz so wichtig.

Nach einem halben Dutzend Tanzstunden einen Ball zu besuchen, stellte ein Wagnis dar, zu dem mich meine Freundin Elisabeth wahrscheinlich rückhaltlos ermutigt hätte. Sobald ich aber den Saal betrat, umklammerte ich voller Nervosität Alexanders Arm, während ich neben ihm an einer Phalanx von Matronen entlangtrippelte, die jeden Neuankömmling mit Argusaugen musterten. Mütter von Töchtern, die Konkurrenz fürchteten, Mütter von Söhnen, die geflissentlich mögliche Heiratskandidatinnen taxierten.

Ein Ball war natürlich ein Heiratsmarkt. In Bath nicht anders als in London, nur hatte ich bis zum letzten Abend in London solche Veranstaltungen nicht ernstgenommen.

Um die gar nicht so geheimen Absichten der Gesellschaft zu fördern, oblag es Mr. Fishbone, dafür zu sorgen, daß es den Abend über äußerst streng und gesittet zuging. Herren in Reitstiefeln und mit lockeren Halsbinden hatten keinen Zutritt, geflucht werden durfte unter keinen Umständen.

Wir hätten wenigstens für Deborahs Freundin Jane Ruskin einen Tänzer bestimmen lassen sollen, das hätte Mr. Fishbone mit einem Wink seiner in weißes Ziegenleder gehüllten Hand erledigt. Jane war wesentlich hübscher als Deborah, daher war es ein Fehler, sie überhaupt mitzuschleppen, ein so hübsches Mädchen brauchte keinerlei Protektion. Kaum hatte sich Alexander von mir losgemacht, da glitt sie geschickt an seine Seite, und genau in diesem Moment hob Mr. Fishbone seinen Zeremonienstab. Der Goldknauf blinkte über unseren Köpfen, Hälse reckten sich, erwartungsvolles Füßescharren setzte ein, gleich würden die Musiker aufspielen. Rasch ergriff ich Jane am Arm und zerrte sie aus Alexanders Reichweite auf eine Reihe verlassener Stühle zu, aber sie schüttelte mich mühelos ab. Zum Glück hatte sich Alexander bereits vor Deborah verneigt und zog sie in die Reihe der Paare, die sich gerade aufstellte. Jane mußte sich mit einem dickbäuchigen Tolpatsch begnügen, der ihren unbedeckten Arm begrapschte, während er vorgab, sich mit ihr einzureihen.

Meinen Stuhl hatte ich etwas vorgerückt, um einen ungehinderten Blick auf die Tanzenden zu haben, wobei ich an Deborah und Alexander weniger interessiert war. Es ging mir darum, zügig die Reihe nach einem bestimmten Gesicht zu durchforsten, um danach, falls ich es nicht gefunden hatte, in Ruhe, soweit sich von Ruhe sprechen ließ, die übrigen Besucher mustern zu können.

Im letzten Augenblick, als Mr. Fishbone zurücktrat, weil er die Tänzer zu seiner Zufriedenheit geordnet hatte, streng in einer Reihe wie die Zinnsoldaten ausgerichtet, die Paare in gleichen Abständen aufgestellt, Damen und Herren einander höflich lächelnd zugewandt, kam ein Individuum auf mich zugestürzt, das mich vage an Rudolph, meinen alten Hannoveraner Verehrer, erinnerte. Ich rettete mich, indem ich hastig aufstand, wobei ich den Stuhl umwarf, was mir allgemeine Aufmerksamkeit und einen unwirschen Blick Mr. Fishbones eintrug. Als mein potentieller Tänzer kurz stockte, nutzte ich die Gelegenheit, hinter den ausladenden Röcken zweier Damen zu verschwinden. Wie einige der anderen älteren Ladys standen die beiden noch herum und schwatzten.

Vorläufig durfte ich aufatmen, denn jetzt setzte die Musik ein, weitere Paare wurden zu diesem Tanz nicht mehr zugelassen.

In den letzten Tagen hatte ich daheim mehr als einmal mitten im Notenkopieren aufgeschaut und mich, blind für meine augenblickliche Umgebung, in eine verführerische Situation hineingeträumt. Genau in diesem Ballsaal hatte ich Thomas Linley auf mich zukommen sehen. Während mein Herz zu rasen begann, hatte mich Thomas zum Tanz aufgefordert und meine Hand ergriffen – das war einer der schönsten Momente, darin verweilte ich gern.

Mich befiel keine Spur von Unsicherheit, die schwierigen Tanzschritte lagen ja noch meilenfern. Zunächst würde ich seine Hand mit soviel Emphase drücken, wie es der Anstand gerade noch erlaubte. Denn ehrlich gesagt, wollte ich auf keinen Fall Zeit verlieren und möglichst rasch einen Zustand der Vertrautheit erreichen, in dem jeder gemeinsame Moment doppelt zählt. Ich stellte mir einen Ball vor, der überhaupt nie endete, sondern auf ewig in der Zeit schweben würde.

Jetzt entdeckte ich, daß hinter der Vorstellung, die ich mit soviel Liebe ausgemalt hatte, immer schon eine zweite gelauert hatte, und zwar die, die tatsächlich Wirklichkeit wurde. Dieser Mensch, dieses Ebenbild Rudolphs, war mir gefolgt, drängte sich neben mich, zog mir mit einem schiefen Lächeln das gefaltete Blatt aus steifem Papier aus den Fingern und schrieb mit einem Silberstift flugs etwas hinein, bevor ich es ihm entreißen konnte. Für mindestens drei Tänze war ich nun an einen Mann gebunden, den ich auf Anhieb nicht leiden mochte. Er hatte seinen Namen gemurmelt, sich nochmals verbeugt und sich, ehe ich noch einen Ton äußern konnte, mit einem triumphierenden Blick zurückgezogen. Fassungslos starrte ich ihm nach, die Tanzkarte in der Hand, die mir Mr. Fishbone feierlichst überreicht hatte, machte eine halbe Drehung und sah mich meinem Spiegelbild gegenüber.

Die Assembly Rooms waren sehr elegant ausgestattet. Kunstvoll drapierte lachsfarbene Portieren rahmten die Fenster, zwischen zweien hing jeweils ein goldgefaßter, beinahe bodentiefer Spiegel. Zu Hause hatte ich mir vor unserem kleinen Salonspiegel den Hut aufgesetzt und mich im großen und ganzen recht passabel gefunden, auch neben Deborah, die sich, seitlich hinter mir stehend, eine hellbraune Locke aus ihrem zwar sympathischen, aber nicht aufregend hübschen Gesicht strich.

Nur allzu gern hätte ich mich hier so gelassen und selbstbewußt wie noch daheim betrachtet, mich beherrschte aber nur noch Unsicherheit.

Während ich mich wieder dem Saal zuwandte und mich zwischen den beiden fülligen Damen durchschlängelte, weil das Verstecken ja doch zu nichts geführt hatte, flatterte mir die Tanzkarte aus der Hand und verschwand zwischen den ausladenden Röcken der Matronen irgendwo auf dem Fußboden, wahrscheinlich trat gerade eine darauf. Nicht einmal eine Ecke des Papiers war zu sehen.

Leider hatte ich mir nicht die Mühe gemacht, den Namen

meines Galans nachzulesen, und wußte nicht, für welche Tänze er sich eingetragen hatte. Ohne diese Rückversicherung war ich ihm mehr oder minder ausgeliefert. Ich hätte auf die beiden Damen zutreten und ihnen das Mißgeschick erklären müssen und wäre dann auf dem Parkett herumgerutscht, um meine Karte zu suchen. Diese Szene konnte ich mir lebhaft vorstellen, und vermutlich wäre das der Moment, in dem mich Thomas Linley entdeckte. Hochrot im Gesicht, mit verknittertem Rock käme ich vom Boden hoch und stünde ihm gegenüber. So einem schrecklichen Zufall wollte ich keine Chance lassen.

Nicht weit entfernt, tanzte Alexander immer noch mit Deborah. Ich hatte mich gefragt, ob ich ihn um Hilfe gegen Rudolph angehen könnte. Das Quartett auf dem Balkon strich lustlos ein Menuett, nicht mehr als etwas Takt, Rhythmus und einen Hauch von Melodie als Vorwand für die Bewegungen der Paare. Die Musik reichte aber aus, Deborah ihre Zurückhaltung vergessen zu lassen. Unter Alexanders Blick blühte sie geradezu auf und sah auf einmal nicht mehr so fad aus.

Alexander war tatsächlich zum stattlichsten meiner Brüder herangewachsen und gehörte auch in diesem Saal zu den ansehnlichsten Kavalieren. Bei keiner Drehung ließ ihn Deborah ganz aus den Augen, sie kehrte sofort zu ihm zurück und reichte ihm wie im Fieber die Hand.

Ich erinnerte mich daran, wie er bei der Vorstellung kurz nach meiner Ankunft in Bath ihre Schulter umfaßt und sie ihn abgeschüttelt hatte. Später dann hatte er kaum Notiz von ihr genommen, wenn er ihr bei uns begegnete. Nun aber strahlte er sie unverhohlen an.

Ohne Zweifel war etwas zwischen den beiden aufgeflammt, genau so mußte es sein, wenn die Liebe wie der Blitz einschlug, wenn sich in Sekundenschnelle ein Band entwickelte, das zwei fest zusammenschloß, genau so hatte ich es für mich erträumt. Für mich und Thomas Linley.

Es war erst zwei Tage her, da hatte mir Deborah eine merkwürdige Frage gestellt.

»Hast du je erwogen, eine Ehe mit einem Musiker einzugehen?« Bevor ich mich zu einer Antwort aufgerafft hatte, fuhr sie hastig fort: »Ich bewundere dich für deinen Mut, in ein fremdes Land zu gehen, und eigentlich lebst du ja nur für deine Brüder. Aber irgendwann mußt du eine Entscheidung für dich selbst fällen, so wie ich das sehe. Aber verzeih, es ist höchst indiskret von mir, dich so unverblümt auf derart Persönliches anzusprechen, laß es mich deshalb anders formulieren: Was wird von der Frau eines Musikers erwartet?«

Eine interessante Frage, der ich mich aber nicht so ausführlich widmen wollte, wie es Deborah offensichtlich wünschte, die mir für ihre siebzehn Jahre viel zu gesetzt vorkam.

Der Tanz hatte geendet, ich sah aus den Augenwinkeln den zweiten Rudolph auf mich zueilen. Er verneigte sich schwungvoll, nahm meine Hand, die ich ihm schlaff wie eine Hundepfote hinhielt, und führte mich auf die Tanzfläche. Er tanzte gar nicht mal übel, besser jedenfalls als ich, mehrmals mußte er einen meiner falschen Schritt ausgleichen.

Alexander setzte bei einem Rundtanz sein Tête-á-tête mit Deborah fort, zwischendurch grinste er mich kurz an und nickte meinem Tänzer knapp zu, der den Gruß erwiderte. Anscheinend kannten sich die Herren, wahrscheinlich hatte mir mein Bruder diesen Kavalier sogar auf den Hals gehetzt, alles schien sich zu wiederholen.

Musiker war auch dieser Rudolph, ein Cellist. Erst als der Name Linley fiel, hörte ich ihm wirklich zu.

»Sie kennen die Linleys?«

Rudolph zwei funkelte mich an. »Aber davon rede ich doch die ganze Zeit, liebste Miss Herschel, ich spiele im Linley-Orchester, die vier dort oben sind Kollegen, und einen von ihnen werde ich nachher ablösen, das halten wir hier immer so. Ihr Bruder Wilhelm hat ...«

Nicht gerade höflich unterbrach ich ihn. »Sie scheinen auch die Herschels recht gut zu kennen.«

Er wirkte amüsiert. »Die Musiker in Bath behalten sich alle gegenseitig im Auge. Ich habe Sie einmal auf dem Markt gesehen und habe es seitdem sehr bedauert, daß wir bisher nicht das Vergnügen miteinander hatten.«

Seine Augen funkelten geradezu unverschämt, und daran erkannte ich, an welchem Tag er mich auf dem Markt gesehen und gewiß auch in voller Lautstärke gehört hatte.

Die Röte, die ich aufsteigen fühlte, schien sich bis zu den Haarwurzeln auszubreiten, sehr zur Freude meines Galans, der mit mir immer übermütiger durch den Saal jagte, mich fest im Griff haltend. Beim dritten oder vierten Tanz schaute ich wieder nach Alexander aus und sah ihn diesmal mit Jane Ruskin tanzen. Jane lächelte ihn so honigsüß an, wie ich es niemals fertigbrächte, bei wem auch immer.

Du brauchst dir gar keine Mühe zu geben, hätte ich ihr zurufen können, der Mann ist seit mindestens einer Stunde vergeben.

Jane Ruskin hatte mich und Deborah vor einer Woche zu Einkäufen begleitet, und zufällig waren wir vor einem Handschuhladen auf Alexander gestoßen. Jane hatte sich bei Deborah eingehakt und an dem Gespräch mit meinem Bruder beteiligt, wie sich manche Freundinnen zu beteiligen pflegen, um nicht ganz unbeachtet zu bleiben: ein bißchen spöttisch, ein bißchen aufreizend.

Diese Jane nun gab mir mit ihrem Gehabe einen Anstoß, meinen Tänzer ziemlich direkt zu befragen.

»Sagen Sie, was ist mit Mr. Linleys Söhnen? Keiner sieht sie in der Stadt, kann er denn so einfach auf diese Unterstützung verzichten? Ich dachte, sie spielen bei ihm im Orchester.«

Rudolph zwei winkte nonchalant ab. »Neuesten Gerüchten zufolge mauschelt Thomas in London mit dem Schwager Sheridan, wer weiß, was für eine Allianz dabei herauskommt, jedenfalls schaut es nicht danach aus, als würde er demnächst wieder nach Bath wechseln. Und Oziah kuriert gerade ein lästiges Fieber aus, aber er zählt auch nicht, er ist nicht viel mehr als ein Knabe. Diese Konkurrenz brauchen die Herschels doch nicht zu fürchten.«

Vermutlich versuchte er, mir zu schmeicheln, ich aber wollte ihn loswerden und überhaupt den Ball schleunigst verlassen. Das war sicherlich ungerecht, denn der Mann besaß neben seiner Aufdringlichkeit genug Galanterie, damit ich mir hübsch und begehrenswert vorkommen konnte, aber mich deprimierte dieser Abend nur noch. Alle meine Träume waren zerronnen.

4

Seit die Saison in Bath geendet hatte – die in Bristol hatte vor wenigen Wochen begonnen –, überraschte uns Alexander öfter als früher, sowie er ein oder zwei Tage frei hatte, mit einem Besuch. Meist dauerte es nicht lange, dann gesellte sich Deborah zu uns, vermutlich lauerte sie täglich darauf, seine energischen, raschen Schritte die New King Street heraufkommen zu hören, vielleicht rückte sie noch schnell vor dem Spiegel ihr Häubchen zurecht, band die Schürze straffer um die Taille, ergriff ihren Handarbeitskorb und rannte zu uns die Treppe hinauf. Wenn sie eintrat, atmete sie noch heftig. Dann aber blieb sie viel zu beherrscht und still. Ich fand es seltsam, daß sie so wenig auf ihn einging, wo ihr gewiß die Liebe das Herz abdrücken und sie zu allem anderen Lust haben mußte, als zu einer konventionellen Unterhaltung. Irgendwo mußte sie doch die Lebhaftigkeit gelassen haben, die sie auf dem Ball gezeigt hatte.

Als gute Freundin hätte ich sie gern mit ein paar Ratschlägen aus der Reserve gelockt: Jetzt schmachte ihn ein bißchen an, laß wenigstens die Augen funkeln, und richte den Blick auf ihn und nicht auf Nadel und Häkelspitze in deinem Schoß. Ihre Zurückhaltung wirkte sogar dämpfend auf mich, so daß ich mich selbst in einen Holzklotz verwandelte, der nichts Gescheites über die Lippen brachte. Zugegeben, es ist nicht gerade erhebend, bei einem Techtelmechtel Zuschauer zu sein, wenn man selbst an einer unerfüllten Liebe leidet.

Andererseits lenkte mich die verhaltene Romanze ein bißchen ab. Die Stadt war merkwürdig öde geworden, nachdem die Saisongäste abgereist und nur die ernsthaft Kranken geblieben waren und ich jede Hoffnung verloren hatte, daß die jungen Linleys doch noch nach Bath kamen.

»Da bin ich.« Alexander warf den mit einem räudigen Fuchspelz besetzten Mantelsack achtlos auf einen Stuhl, er war gerade in Bath eingetroffen. »Wo ist Wilhelm? Ich habe ein paar kolossale Neuigkeiten für euch.«

»Die müssen wohl bis morgen warten.« Ich stopfte gerade im trüben Schein einer Tranlampe Wilhelms beste seidene Strümpfe und biß mit einem Ruck einen Faden ab.

In gespielter Entrüstung stemmte Alexander die Arme in die Hüften.

»Wieso? Ist er ausgegangen? Dann warte ich eben auf ihn.«

Es war wohl bereits zu spät für Deborah, noch heraufzukommen, es ging ja schon auf elf zu.

Beflissen schaffte ich alles für die Teezubereitung Nötige heran, während Alexander begonnen hatte, unruhig hin- und herzulaufen. Auch als der Tee fertig war und ich ihm eine Tasse eingegossen hatte, zappelte er herum, wippte mit dem Fuß, starrte die Tür an und langweilte mich mit einem überflüssigen Bericht über die Leute in Bristol und das Wetter dort. Es war offensichtlich, daß er sich vor Mitteilungsdrang kaum im Zaum halten konnte, und ebenso, daß ich ihm als teilnahmsvolle Zuhörerin nicht genügen würde. Wieso wartete er so ostentativ und für mich schon beleidigend auf Wilhelm?

Plötzlich stockte die Unterhaltung, weil Alexander mitten im Satz mit schiefgeneigtem Kopf auf Schritte lauschte, die sich aus dem Stockwerk über uns die Treppe herabbewegten. Wenig später erschien Wilhelm in der Tür in Nachthemd und Nachtmütze, den Schlafrock um die Schultern gehängt, in der Hand hielt er ein Buch, einen Finger zwischen die Seiten geklemmt.

Überrascht starrten meine Brüder sich an, Alexander war aufgesprungen, Wilhelm einen Schritt zurückgewichen, bevor er zu uns hereintappte. Er strich sich mit einer Hand über das Gesicht und riß die Augen auf.

»Bist du schon lange hier? Die ganze Zeit schon war mir so, als hörte ich ein Gemurmel von unten, aber weil's so spät ist, hab ich nicht mit dir gerechnet, ich wäre ja sofort heruntergekommen.«

»Warum hast du nicht gesagt, daß er zu Hause ist?« schimpfte Alexander in meine Richtung.

Eine wahrheitsgemäße Erklärung abzugeben, wäre mir peinlich gewesen. Wilhelm hatte sich kurz nach acht die Schlafmütze über den Kopf gezogen, sich mit einem Glas klarem Wasser und Fergusons *Astronomics* sowie Smiths *Harmonics and Optics* zu Bett begeben und mich ungerührt einen trübseligen, unbehaglichen Abend lang allein gelassen, und es war nicht der erste dieser Art seit Ende der Saison.

»Was willst du eigentlich?« fuhr ich Alexander an. »Kommst hier unangemeldet hereingeschneit und erwartest, daß Wilhelm gleich Zeit für dich hat. Siehst du denn nicht, wie erbärmlich abgekämpft er nach dieser anstrengenden Saison aussieht? Kannst du dir nicht denken, daß er mal Ruhe braucht? Und wer ist schon hier, um sie ihm zu verschaffen, du eigensüchtiger Pinsel?«

Alexander zupfte sich verlegen am Ohr und strich sich über die Haare, so daß eine helle Puderwolke aufstieg. Wilhelm rückte bedächtig einen Stuhl heran und musterte mich dabei heimlich von der Seite, wohl nicht ganz sicher, was er von meinem Ausbruch halten sollte. Es war erst zwei Stunden her, da hatte ich ihm eine Schale warme Milch als Aufmerksamkeit ins Schlafzimmer nachgetragen. Ich hatte es mir auf der Bettkante gemütlich gemacht und ihn gefragt, ob er nicht auch das Bedürfnis verspürte, ein Stündchen zu plaudern. Er aber wollte nur lesen.

Normalerweise hätte ich ihn in Ruhe gelassen, aber ich sehnte mich gerade an diesem Tag nach Gesellschaft. Eigentlich schon seit mehr als einer Woche, denn Deborah hatte sich ein wenig rar gemacht. Ein richtig inniger Austausch hatte allerdings ohnehin nie mit ihr stattgefunden.

Vor allem hätte ich mit ihr nicht über Thomas Linley reden können oder den Konflikt zwischen den Linleys und den Herschels, der sie vermutlich nicht interessierte. Es war schon merkwürdig und manchmal beunruhigend, daß mir Thomas immer noch so viel bedeutete. Obwohl mein Verstand sagte, er kommt nicht mehr, behauptete mein Herz das Gegenteil. Dumm und hartnäckig, wie Herzen nun mal sind, behielt es die Oberhand. Herzlich gern hätte ich mich durch Singen abgelenkt, durch intensives Studium, das zumindest wollte ich Wilhelm begreiflich machen, dafür hatte ich gewagt, ihn in seinem Refugium zu stören. Immerhin verwahrte er sich nicht mehr direkt gegen eine derartige Zumutung. So weit waren wir jetzt gekommen, daß er von Müdigkeit sprach und nicht von Belästigung.

Meine Zukunft als Gesangsvirtuosin erschien mir dank des mangelnden Unterrichts immer vager und fragwürdiger. Wo blieb aber ohne diese Aussicht meine Berechtigung für den Englandaufenthalt, auch das hätte ich wissen wollen.

Unglücklich hatte ich meinen Bruder betrachtet, der sich die Nachtmütze zurechtschob und mich mit Duldermiene musterte.

»Gibt's noch was? Ich will keine Milch, ich bin wirklich müde.«

Mit der Nachtmütze sah er dem Vater sehr ähnlich, vielleicht drängte es mich deshalb, mich derart stark an ihn zu hängen. Mir wurde aber klar, daß ich ihm in der Vergangenheit ganz gegen meine guten Absichten oft lästig gewesen sein mußte, denn schließlich wollte ich ihm nur alles recht machen. Deshalb störte ich mich zum Beispiel nicht daran, daß er unter einer seidenen Bettdecke schlief und ich noch unter diesen häßlichen Wolltüchern. Nachdem er sogar die Tanzstunden bezahlte hatte, war es mir unmöglich, ihn um irgend etwas nicht absolut Notwendiges für mich zu bitten.

Die Milch habe ich selbst ausgetrunken, um einen Vorwand verlegen, noch etwas zu bleiben. Schleimig lief sie mir die eng gewordene Kehle hinunter, erzeugte in der Bauchgegend eine Wärme, die nicht aufsteigen konnte, weil mich von der Gestalt im Bett eine abweisende Kühle anwehte. Wie ich da so eingeschüchtert hockte, mochte ich nicht glauben, was ich sah: meinen lieben Bruder, der seine Augen beharrlich auf das Buch gerichtet hielt, konzentriert, selbstverloren, so fern wie der Mond.

»Tja«, begann Alexander jetzt eine Spur kleinlaut, »da wir ja nun glücklich vereint sind, will ich nicht länger hinter dem

Berg halten. Also«, er zögerte, dann gab er sich einen Ruck, »ich hab mich verlobt. Ich wäre früher hier eingetrudelt, aber ich mußte so lange bleiben, bis Mr. und Mrs. Ruskin sich hinlänglich mit der Idee angefreundet hatten. Das ist ja verständlich, wenn sich die einzige Tochter verloben will.«

»Sag mal, Alex«, hakte ich ein, »liegt da nicht eine kleine Verwechslung vor? Deborah heißt, so weit ich weiß, Bulman mit Nachnamen.«

Wilhelm rührte sich nicht, stumpf schaute er vor sich hin, als Alexander fortfuhr.

»Wie du auf Deborah kommst, begreif ich nicht. Ich hab mich mit Jane Ruskin verlobt, der Tochter von Reverend Ruskin, und gegen diese Wahl ist wohl nichts einzuwenden. Du bist in diesen Dingen nicht ganz auf der Höhe.«

Alexander vermied den Blickkontakt mit mir, er wirkte verlegen, vielleicht kam er sich nun nicht mehr ganz so schlau vor, mich nicht vorgewarnt zu haben. Aber ich hätte ohnehin nicht mit meiner Meinung hinter dem Berg gehalten.

»Ach nein, bin ich das nicht? Weil ich darauf Wert lege, daß ein Mann nicht einfach nur zum Spaß mit einer unbescholtenen und unverheirateten jungen Frau herumtändelt, die ihm eindeutig Sympathie entgegenbringt?«

»Wenn du auf Deborah anspielst, sie ist ein siebzehnjähriges Gänschen, mit dem ich mich lediglich mal nett unterhalten habe.«

»Dem du den Kopf verdreht hast, ich war dabei, wenn du dich gütigst erinnern würdest.«

»Du meinst doch nicht etwa den Ball? Meine Tänzchen mit Deborah? Da gab es doch etwas viel Interessanteres. Wilhelm, unsere Schwester hat sich mit einem Linley-Musiker ...«

»Lenk nicht ab«, fuhr ich ihn an, »wir sind bei deiner Verlobung mit Jane Ruskin.«

»Wenn das deine Neuigkeit war, Alexander, kann ich ja jetzt wieder zu Bett gehen.« Wilhelm hatte uns mit steinerner Miene gelauscht, stellte nun seine Tasse Tee, die ich ihm eilfertig gereicht hatte, bedächtig beiseite, ohne auch nur daran genippt zu haben, und erhob sich.

Sein abweisendes Verhalten gab mir Rätsel auf, es konnte nicht nur an der Müdigkeit liegen. Sicher hatte er die Romanze mit Deborah nicht bemerkt und empfand nicht die gleiche Wut und Empörung wie ich. Aber dafür Enttäuschung, das wurde mir mit einem Mal klar, als ich ihn mit hochgezogenen Schultern zur Tür schlurfen sah.

Wilhelm hatte dem Jüngeren auf die Beine geholfen und ihn vor größeren Ungelegenheiten bewahrt, und dafür durfte er zumindest Vertrauen erwarten. Daß er in wichtige Entscheidungen einbezogen und nicht mit vollendeten Tatsachen vor den Kopf gestoßen wurde.

Alexander zeigte sich in keiner Weise einsichtsvoll.

»Gratulierst du mir nicht wenigstens? Und ich hatte über die Hochzeit mit dir sprechen wollen. Da gibt es doch allerhand zu regeln und vorzubereiten.« Er war aufgesprungen und breitete emphatisch die Arme aus.

»Dann gratulier ich dir auch recht schön, und mit der Hochzeit hat es wohl noch eine Weile Zeit.«

Auf dem Ball hatte ich nicht genügend aufgepaßt, dabei hatte da schon alles klar auf der Hand gelegen. Alexander hatte noch mehrfach mit Jane getanzt und sich dabei offensichtlich nur zu gut mit ihr unterhalten, ich hatte nicht wahrgenommen, daß er im Grunde genommen öfter mit Jane als mit Deborah getanzt hatte, aber ich hatte nur das Paar gesehen, das ich beobachten wollte. Wie dumm von mir. Außerdem war ich ziemlich beschäftigt gewesen. Denn mein Galan spielte inzwischen im Quartett mit drei seiner Kollegen, und ich hatte die Gelegenheit genutzt, seiner Versicherung zum Trotz ungestört den Saal nach Thomas Linley abzusuchen, als ob ihn mein intensives Hoffen und Wünschen herbeizaubern könnte, ich hatte mich in diese Idee regelrecht verrannt. Auf einmal hatte Alexander neben mir gestanden.

»Du wartest doch hoffentlich nicht auf den da?« Er wies mit dem Kinn auf den zweiten Rudolph.

»Und wenn? Du willst doch, daß ich mich mit ihm abgebe.«

Kopfschüttelnd sah er mich an. »Bist du verrückt? Der gehört zur Linley-Truppe, wie alle, die dort spielen. Laß dir nicht einfallen, dich noch mal auf so einen einzulassen, die haben alle nur eins im Sinn, nämlich uns auszuspionieren. Egal, was Wilhelm sagt, in dieser Hinsicht ist er ein gutgläubiger Narr. Trau keinem über den Weg, der Linley heißt oder an die Linleys gebunden ist.«

Das gab mir für den Abend den Rest. Alexander hat noch zwei Tänze mit mir absolviert, und danach sind wir gegangen.

Deborah ertrug die Neuigkeit mit einem schwer zu fassenden Anstand. Ich hätte mich anders verhalten. Auf meine vorsichtigen Fragen erklärte sie mir sehr bedachtsam, daß Alexander ihr nie irgendwelche Versprechungen gemacht hatte. Das mochte sogar wahr sein, traf die Sache aber nicht so ganz. Schließlich hatte ich doch selbst gesehen, wie er sich ihr Vertrauen erschlichen hatte. Allein schon beim Gedanken an diesen hinterlistigen Verrat wurde mir übel, kotzübel sogar, gewissermaßen litt ich an Deborahs Stelle. Nebenbei nahm ich Abstand von der Vorstellung, daß meine kurzen Begegnungen mit Thomas Linley zärtliche Gefühle für mich erweckt haben könnten.

5

Normalerweise hätte ich Alexander keinen Brief geschrieben, denn seit unserer letzten Unterredung war ich nicht gut auf ihn zu sprechen. Aber ich plagte mich mit einem Problem, bei dem ich Hilfe brauchte, und er war der einzige, den ich in dieser Angelegenheit um Unterstützung angehen konnte.

Deshalb hatte ich ihm mitgeteilt, daß Wilhelm vor lauter Erschöpfung auf die sonderbarsten Einfälle käme und es höchste Zeit wäre, seinen Einfluß auf unseren Bruder, falls er überhaupt einen hatte, geltend zu machen. Daß Alexander extra anreiste, um Wilhelm seine Meinung persönlich mitzuteilen, war mehr, als ich erwartet hatte.

Da Wilhelm bei seiner Ankunft gerade in der Stadt unterwegs war, ergab sich glücklicherweise die Gelegenheit, erst einmal mit Alexander allein zu sprechen. Weil mir die Sache so auf den Nägeln brannte, schob ich ihn sofort in den Salon und ließ ihm nicht einmal Zeit, nach der Reise das verschwitzte Hemd zu wechseln oder sich mit einem Schluck kaltem Bier zu erfrischen. Bei der Julihitze draußen und der stickigen Zimmerluft lechzte wohl jeder nach Abkühlung, aber das Problem, mit dem ich rang, duldete keinen Aufschub.

»Ich hab's dir geschrieben«, begann ich verzweifelt, »er läßt nicht mit sich reden und ist fest entschlossen, das Haus hier aufzugeben und umzuziehen. Der Mietvertrag ist schon gekündigt. Aber vielleicht läßt sich die Kündigung noch rückgängig machen. Es ist doch verrückt, ein so schönes Haus wie dieses aufzugeben.«

Nervös hockte ich mich in der Nähe der Tür auf eine Stuhlkante, während sich Alexander in den nächsten Sessel fallen ließ und die langen Beine von sich streckte.

»Weißt du, wann Wilhelm zurückkommt?« Er wedelte sich mit der Hand Kühlung zu.

»Gleich, wir haben nicht viel Zeit, uns etwas zu überlegen.«

»Und warum will er umziehen? Du hast was von Astronomie geschrieben. Das klang mir ziemlich verdreht.«

»Verdreht!« Ich rieb mir die Stirn, weil ich schon seit dem frühen Morgen Kopfschmerzen hatte, die sich verstärkt hatten, seit ich auf Alexander wartete. Die Kutsche aus Bristol war mit Verspätung eingetroffen. »Jetzt begnügt er sich nicht mehr damit, abends im Bett Ferguson zu lesen.« Angewidert verzog ich den Mund. »Zuerst hat er astronomische Tabellen und einen Quadranten nach Hause geschleppt, und dann vor drei Wochen ...« Vor Empörung konnte ich nicht weitersprechen.

»Ich versteh immer noch nicht, warum er ausziehen will, wohin denn überhaupt?« Alexander sah flüchtig zur Uhr.

Das Wippen mit dem Fuß fiel mir auf, seine Unruhe, die Ungeduld. Daß er nicht richtig bei der Sache war, das kannte ich doch. Kein Zweifel, er war nicht wegen meines Briefs gekommen.

»In eine verwohnte Bruchbude am Fluß. Schwarzer Schimmel an den Wänden, überall Mäusedreck, aber ein riesiger Grasplatz hinterm Haus.«

»Ach, nee«, Alexander lachte ungläubig, »was will er denn damit?«

»Ein Fernrohr aufstellen«, sagte ich knapp.

Endlich hörte er mir mit voller Aufmerksamkeit zu.

Wie ein neugieriges Kind war ich vor drei Wochen Wilhelm und einem Laufburschen bis ins Dachgeschoß nachgestiegen und hatte zugesehen, wie sie ein nicht leicht zu handhabendes Instrument installierten, das der Junge mit einer Schubkarre bis zu unserem Haus transportiert hatte. Das war das Fernrohr. Kein selbst fabriziertes wie das in Hannover, das man bequem in die Hand nehmen konnte, auch kein Galileisches Linsenfernrohr, sondern ein Newtonscher Reflektor von stattlichen dreieinhalb Fuß Länge, wie mir Wilhelm mit allem Stolz erklärte. Er hatte das Ding samt einem sperrigen Stativ in einem Laden aufgetan und zu einem günstigen Preis gemietet.

Aber nach nur einer Woche war Wilhelm zu der Erkenntnis gelangt, daß die Aussicht, die das Dachfenster für die Sternenbetrachtung bot, zu beschränkt sei und wir uns nach einer anderen Bleibe umschauen müßten.

Natürlich hatte ich protestiert, vor allem, nachdem ich das verlotterte Haus gesehen hatte, ich hatte mehrfach versucht, soweit es mir möglich schien, Wilhelm zur Rede zu stellen. Wilhelm lächelte jedesmal makellos freundlich und geduldig und ging über alle Einwände hinweg.

»Warum bloß die Astronomie? Das ist eine Kinderei«, hatte ich ihn dann gestern angeschrien, als ich nicht mehr höflich an mich halten konnte.

Wilhelm lächelte nachsichtig. »Ach, das verstehst du nicht.«

»Nein, ich versteh's nicht. Dafür bin ich zu dumm. Ich versteh mich nur auf backen, kochen, bügeln, einholen und ein bißchen singen.«

Er runzelte die Brauen. »Und ein bißchen Sternenkunde, nicht zu vergessen. Ich hab dir manches davon erklärt.«

Maßlos erbittert nickte ich. »Die Sonne und die Planeten. Sehr schön, aber was nützt das einem Musiker? Du machst dich lächerlich, wenn du wegen so einer Grille in ein verwanztes

Gemäuer ziehst, die Leute werden dich für verrückt halten, und du verspielst am Ende deinen Ruf.«

Von all diesen Albernheiten hatte ich genug, deshalb ließ ich ihn stehen, lief zur Küche und langte nach der Schürze, die an einem Haken hinter der Tür hing. Überraschenderweise kam er mir nach, zog sich einen Hocker heran und stemmte die Ellbogen auf die Tischplatte. Anscheinend war für ihn die Unterredung noch nicht beendet.

»Mach, was du willst, aber ich zieh nicht mit um.« Ich nahm den Teig, den ich am Vortag angesetzt hatte, aus der Schüssel und ließ ihn auf den Küchentisch fallen. »Wenn du jetzt als Sterngucker leben willst, hab ich hier nichts mehr verloren. Ich geh wieder nach Hannover.«

Auf gar keinen Fall wollte ich zurück zu dem öden Leben in Hannover. Mir wurde direkt flau bei der bloßen Vorstellung, ich bemühte mich aber, möglichst entschlossen dreinzuschauen. Voller Wut begann ich, den Teig zu kneten und auf den Tisch zu klatschen, es klang wie lauter Ohrfeigen.

Wilhelm sah mir nachdenklich zu. »Wieviel Kraft doch für so ein Brot gebraucht wird. Das macht man sich viel zu wenig klar.« Er schaute mich Abbitte heischend an. »Musiker hab ich gar nicht werden wollen. Vater hat das so bestimmt, für uns alle.«

»Und?« knurrte ich ungnädig.

»Unser Großvater Abraham war noch kurfürstlicher Gärtner gewesen, hast du das eigentlich gewußt?«

Mißtrauisch äugte ich zu ihm hinüber und fragte mich, worauf diese Mitteilung hinauslaufen sollte.

»Unser Vater sollte natürlich in seine Fußstapfen treten, aber er weigerte sich. Er wollte Musik machen. Du glaubst es vielleicht nicht, aber er hat sich das Violinspiel als halbes Kind selbst beigebracht, so stark war sein Hang zur Musik, und erst für die Oboe hat er Unterricht genommen, nachdem er sich das Geld für sein erstes, eigenes Instrument zusammengespart hatte.«

»Wilhelm«, mahnte ich, »das hat mir Vater vor Jahren lang und breit erzählt, hundertmal wohl insgesamt.«

»Du hast aber nie darüber nachgedacht, was es für mich bedeutete, stimmt's? Ich hab's sehr lange bei der Musik ausgehalten und tu's noch. Es ist ja nicht so, als wäre mir die Musik zuwider. Nur die Wissenschaft hat mich seit jeher mehr gereizt und darum ...«

Ich fiel ihm heftig ins Wort. »Musik reizt dich nicht wirklich, ja? Brotbacken reizt mich auch nicht so besonders, das Kneten geht auf die Arme. Mich hat noch nie jemand gefragt, was mich eigentlich reizt. Weil Vater seine eigenen Wege gegangen ist, willst du jetzt das gleiche tun, versteh ich dich richtig? Vater war fast noch ein Kind, als er die Musikerlaufbahn einschlug. Du bist dagegen schon seit Jahren erfolgreich im Musikgeschäft tätig. Reicht dir das plötzlich nicht mehr? Wenn's dem Esel zu wohl wird ...«

Lächelnd winkte er ab. »Die Astronomie ...«

Seine Gelassenheit steigerte meine Wut nur noch mehr.

»Sie bringt dir nichts ein, die Astronomie bringt niemandem etwas ein.«

»O doch. Ohne die Wissenschaft der Astronomie gäbe es keine exakte Kartographie. Nur mal ein Beispiel: Vier Monde umkreisen den Jupiter mit schöner Regelmäßigkeit, und dadurch haben wir eine prächtige Uhr am Himmel. Damit ist es fast eine Kleinigkeit, die Zeit auf dieser Himmelsuhr etwa mit der in London oder Paris zu vergleichen, und schon hast du einen Unterschied, den du in eine Entfernung umrechnen kannst. Ludwig der XIV., der aufgrund solcher astronomischen Beobachtungen und Berechnungen endlich eine zuverlässige Karte von Frankreich erhalten hat, sagte, er habe mehr Land durch die Astronomie verloren als durch alle seine Kriege. Das ist doch schon was.« Versonnen rollte er Teigbröckchen zwischen den Fingern.

Plötzlich tauchte ein Bild aus der Vergangenheit vor mir auf. Meine Brüder und Vater nach einem Hofkonzert. Sie sprachen über die Aufführung, ihr Auftreten und über die Musik. Während sich meine Brüder erhitzten, streiften sie sich den Brotteig aus den Haaren, der den Zopf steif machte und nun in ekelhaften, grindigen Bröckchen auf den Tisch herabfiel und später von meiner Mutter zusammengefegt wurde.

Damals hatte ich immer nur zuhören können, jetzt stritt ich zum ersten Mal richtig gleichberechtigt mit Wilhelm, und das gefiel mir. Ich klopfte ihm auf die Finger.

»Laß den Teig in Ruhe. Du willst also auf Kartographie hinaus? Das ist noch verrückter, es ist ganz unglaublich.«

Geschwind rollte Wilhelm wieder einen kleinen Teigbatzen zusammen und behielt ihn in der Hand.

»Keine Kartographie oder die nur nebenbei. Ich will den Bau des Universums ergründen. Schon immer wollte ich wissen, wie die Dinge ineinandergreifen, wie sich diese kolossale Weltharmonie zusammenfügt, die letztlich alle Gegensätze aufhebt. Die Musik ist lediglich ein Teil davon, auch die Sterne selbst, ich und du, jeder von uns. Bevor ich sterbe, will ich erfahren haben, was hinter allem steckt.«

Seit damals in Hannover hatte ich ihn nicht mehr so eindringlich reden gehört. Mit beiden Händen ergriff ich den Teig und ließ ihn ein letztes Mal auf den Tisch fallen.

»Du willst ein bißchen Gott spielen.«

Wilhelm schüttelte den Kopf. »Ich will nur wissen, was er sich bei allem gedacht hat und wie groß seine Güte ist, die uns alle umfängt. Nur das ist mir wichtig.«

Seine Stimme war leise geworden und hatte einen Ton feierlichen Ernstes angenommen, so sprach er sonst nicht zu mir. Was sollte ich jetzt noch sagen? Einigermaßen verwirrt schaute ich auf meine vom Mehl bestäubten Hände.

Nach den Vorstellungen war es früher ja nie bloß um das gegangen, was die meisten anderen Musiker interessierte: das Geld, der Erfolg, das Fortkommen. Darin waren sich Vater, Jakob und Wilhelm einig gewesen, sie strebten alle drei nach tieferer Erkenntnis oder höherem Wissen, ein unwiderstehlicher Drang trieb sie über das Naheliegende, leicht Faßbare, den Alltag hinaus. Wenn ich es recht bedachte, mußte es das gewesen sein, was mich als kleines Mädchen an diesen Gesprächen gefesselt hatte. Die Inbrunst, die Begeisterung. Es sah fast so aus, als sollte ich diesmal wirklich darin einbezogen werden.

Von all dem erzählte ich Alexander jetzt kaum die Hälfte, seine Aufmerksamkeit war ohnehin wieder abgeglitten. Und dann geschah, worauf wir die ganze Zeit gelauert hatten. Das Klappen der Haustür, Schritte auf der Treppe, das Klicken der Klinke, Wilhelm in der Tür.

Als Alexander aufsprang und unseren Bruder überschwenglich umarmte, schwante mir bereits eine böse Überraschung.

»Lina hat mir schon alles berichtet. Wir ziehen um, an den Fluß. Na, da haben wir doch mal ein bißchen Aussicht. Ich hab schon immer am Fluß wohnen wollen.«

»Alexander!« schrie ich dazwischen. Machtlos hörte ich zu, wie er mir in den Rücken fiel. Ungeduldig winkte er ab, weil er bemerkt hatte, daß ich wieder auffahren wollte.

»Lina sorgt sich wegen des Drecks und der Mäuse, sie ist ein bißchen empfindlich. Komm, Wilhelm, ich hab auch eine Neuigkeit, ich weiß nur nicht, wie ich's sagen soll, Lina hat mich mit ihrer Schauergeschichte von dem neuen Haus ganz aus dem Konzept gebracht. Diesmal sollt ihr aber gleich Bescheid wissen. Die Sache ist bloß ein wenig heikel, das werdet ihr sogleich verstehen.« Im Reden hatte er Wilhelm genötigt, Platz zu nehmen, sah aber an ihm vorbei, als er fortfuhr.

»Ums kurz zu machen, ich will die Verlobung lösen. Jane ist nicht die Richtige für mich.« Er zwinkerte mir zu, als hätte er einen Witz gemacht.

»Das überrascht mich nicht, ich hätte dir gleich sagen können, daß Jane Ruskin nur ein hübscher Hohlkopf ist.« Es war nicht das, was ich sagen wollte, aber das, was mir zuerst durch den Kopf ging, denn ich hatte mich mit dem Themenwechsel noch keineswegs abgefunden und brannte darauf, wieder auf Wilhelms Pläne zurückzukommen.

Alexander betrachtete mich erstaunt. »Was du nicht sagst, das ist wirklich das Neueste, denn im Grunde genommen habe ich gar nichts an ihr auszusetzen.«

»Was stört dich dann?« fragte Wilhelm nüchtern.

»Ehrlich gesagt, ich glaube, es ist Jane gegenüber unfair, auf der Verlobung zu beharren. Ihr Vater ist schließlich ein ehrenwerter Reverend, das verpflichtet doch irgendwie, nicht wahr? Ich habe über all die englischen Sonntage nachgedacht, die mir blühen, und daß ich die nicht aushalte.«

Am liebsten hätte ich Alexander geohrfeigt.

»Aber mal im Ernst, was jetzt?« fragte er, ließ unvermittelt den Kopf hängen und stöhnte auf. »Wie komme ich aus der Geschichte wieder heraus?« Langsam hob er den Kopf und sah uns Mitleid heischend an. »Ich bin ein Depp, ein vollkommener Narr. Was, frag ich euch, will ich mit einer Ehefrau und demnächst mit einem Haufen Kindern? Um die Mäuler zu stopfen, fiedele ich mich zu Tode, genau wie Vater.«

Sprachlos hatte ich zugehört, faßte mich aber schnell. »Hör auf zu winseln.«

»Laß ihn!« Wilhelms Stimme klang unangebracht scharf. »Besser, er jammert jetzt als später, wenn nichts mehr zu ändern ist. Nicht jeder hat deine überragende Vernunft, Lina.« Bedachtsam kratzte er sich am Kopf. »Es ist schon gut, daß du gleich damit herausgerückt bist, Alex, und die junge Dame nicht noch lange hinhalten willst, vielleicht ist der Schaden noch nicht allzu groß.«

»Es ist wirklich nicht so, daß ich sie nicht mehr gern hätte, ganz im Gegenteil, ich könnte heulen, wenn ich nur daran denke, daß ich sie verliere. Glaub ja nicht, daß ich wetterwendisch bin wie der Hahn auf dem Kirchdach. Die Geschichte zerreißt mich noch. Aber es geht nicht. Mit meinem Lohn kann ich keine Familie anständig ernähren, nicht, wenn sie jedes Jahr größer wird. Das muß Mr. Ruskin einsehen, seltsam, daß er nicht selbst daran gedacht hat, ich hab ihm ja nichts vorgemacht, was meine Aussichten betrifft.«

»Zum Glück kenne ich den Reverend Ruskin flüchtig, er gilt als verträglicher Mensch. Überlaß das alles mir, Alex, ich rede mit ihm, das wird das beste sein.«

Warum Wilhelm Alexander keinerlei Vorhaltungen machte, war einfach nicht zu begreifen. Er reagierte nicht einmal mit einem Stirnrunzeln. Als hätte die Auflösung einer Verlobung kaum eine Bedeutung, verzieh er ihm im voraus jegliche Ungelegenheit, die ihm die Geschichte noch bescheren mochte. Sein einziger Tadel hatte mich getroffen, jedenfalls faßte ich seine Bemerkung über meine Vernunft so auf. Unversehens beschlich mich Bitterkeit, ich fühlte mich mißverstanden, ein bißchen herabgesetzt, fast wie geohrfeigt. Dabei hing ich doch nicht weniger an dem Esel Alexander als er. Überdies glaubte ich nicht, daß er Jane Ruskin wirklich liebte. Auf einen kurzen heftigen Rausch war prompt Ernüchterung gefolgt. Echte Liebe kapitulierte doch nicht so leicht.

Wilhelms Tadel machte mir ziemlich hartnäckig zu schaffen, während ich den beiden weiter lauschte. Mir ging es wie einer Katze mit gesträubtem Fell, und es ärgerte mich, zu sehen, wie schnell Alexander seine Jammerhaltung aufgab, obwohl er alles in allem recht hatte, es Wilhelm zu überlassen, die Angelegenheit für ihn zu regeln.

Tatsächlich war die Verlobung binnen drei Tagen gelöst.

Mit einem Einspruch hatten wir dagegen nicht gerechnet. Alexander war bereits nach Bristol zurückgekehrt, als Mr. Bulman höchst förmlich bei Wilhelm um eine Unterredung einkam. Alle drei Bulmans traten hintereinander in unser Empfangszimmer, die beiden Frauen nahmen Platz und schauten nicht uns an, sondern Mr. Bulman, der sich steif vor dem kalten Kamin postierte.

Nach meinem Auftritt auf dem Markt hatte ich mich davor gegrault, ihm zu begegnen. Leider traf ich dann schon einen Tag später auf ihn und wand mich vor Verlegenheit. Aber er tat so vollendet, als wäre nichts gewesen, daß ich selbst daran zu glauben begann. Konnte man sich einen höflicheren Menschen vorstellen?

»Mrs. Bulman und ich haben beschlossen, mit Deborah nach Leeds zurückzukehren, wenn Sie dieses Haus aufgeben, Sir.«

Weil Mr. Bulman einen Stuhl abgelehnt hatte, blieb auch Wilhelm stehen. Hinter dem Rücken hielt er ein paar Blätter in der Hand, auf denen er gerade noch astronomische Beobachtungen und Berechungen niedergeschrieben hatte. Als ich nun sah, wie er unruhig die Blätter ineinander drehte, bezweifelte ich, daß er voll bei der Sache war.

»Wenn Sie mit etwas unzufrieden sind, Mr. Bulman, vielleicht mit dem Zeitpunkt der Übersiedelung, denn selbstverständlich rechnen wir mit Ihnen …«

»Ja, Mr. Herschel.« Als einziges wahrnehmbares Zeichen von Erregung zitterten Mr. Bulmans bleiche Hängebacken, die Stimme behielt den öligen Ton. Auf einmal war er mir höchst sympathisch, weil er seine Würde so konsequent wahrte und seine Verletztheit kaum durchblicken ließ. »In der Tat gibt es da einen Punkt. Wie mir Mrs. Bulman mitteilte, hat Ihr Herr Bruder die Verlobung mit Miss Jane Ruskin gelöst. Wir sind den Ruskins sehr verbunden und gedenken es zu bleiben, insbesondere Deborah pflegt eine schöne, wertvolle Freundschaft mit Jane, und unter den obwaltenden Umständen sehen wir uns nicht in der Lage, unsere an sich ja befriedigende Übereinkunft aufrechtzuerhalten ...«

Zwar drückte er sich noch eine Weile sehr gespreizt aus, der Sinn war aber höchst klar. Auf dem betretenen Gesicht von Mrs. Bulman war alles zu lesen, von den enttäuschten Hoffnungen, was die Zukunft ihrer Tochter betraf, bis zur Demütigung. Mir sollte keiner weismachen wollen, daß wir wirklich über Jane Ruskins Gefühle sprachen.

»Deborah?« Es konnte nicht sein, daß sie das alles so ergeben hinnahm. Ich wollte ihre Meinung hören, sie sollte einmal offen aussprechen, was ihr auf der Seele lag.

Sie saß sehr aufrecht da. Die Füße nebeneinander gestellt, den Rock über den Knien geglättet, die Hände locker im Schoß gefaltet, nahm sie eine perfekt damenhafte Haltung ein, sie zeigte nicht die Spur Verstimmung oder Verkrampfung, wenn nicht die Augen gewesen wären. Ihre Augen verrieten sie, in ihnen erkannte ich klar den Schmerz, der sicher kaum auszuhalten war.

Noch während ich mit ausgestreckter Hand auf sie zutrat, erhob sie sich ruhig und stellte sich hinter ihren Stuhl wie hinter ein Schutzschild.

»Es ist nicht schön, mitzuerleben, wie eine gute Freundin getäuscht wird, und in Leeds habe ich mich schon immer wohler gefühlt.«

Wilhelm und ich, wir haben uns beide geschämt, obwohl wir nicht die Schuldigen waren.

6

Nachdem ich unsere neue Wohnung gründlichst inspiziert hatte, war ich hinters Haus getreten, hatte die Augen mit der Hand beschattet und über den freien Platz geblickt. Ein Duft von trägen Sommertagen auf üppigen Wiesen, in denen die Grillen summen, veranlaßte mich, die Schuhe stehenzulassen und in Strümpfen bis zum Fluß zu laufen. Am Ufer ließ ich mich ins Gras fallen.

»Lina!« Wilhelm war aus dem Haus getreten, er winkte, ich winkte zurück.

Auf dem Weg zu mir stutzte er an eben jener Stelle, wo meine Schuhe standen, dann machte er es mir nach, streifte die Schuhe ab, entledigte sich des blauen Rocks, der gelben Weste, die Halsbinde flatterte ins Gras, im Laufen glitten seine Hände über die hohen Halme wie meine kurz zuvor. Abwechselnd auf einem Bein hüpfend, zog er außerdem die Strümpfe aus, setzte sich neben mich und reckte die Zehen, als wären sie in den engen Schuhen vor langer Zeit taub geworden.

Vor Wilhelm konnte ich getrost den Rock hochziehen. Während auch ich meine Strümpfe langsam herunterrollte, legte er mir die Hand aufs Knie.

»Du hast schöne, kräftige Waden wie ich, nicht so dünne Stöcke wie manche anderen Damen.«

Ich verkniff es mir, zu fragen, woher Wilhelms intime Kenntnisse über Frauenbeine stammten. Er tätschelte mir noch einmal brüderlich das Knie, und ich war versucht, den Kopf an seine Schulter zu legen, dachte aber, daß ihm so eine Geste schon zuviel Nähe aufbürdete, und deutete statt dessen mit offener Hand auf den Fluß, als wollte ich ihm die Aussicht als Geschenk darbieten. Die Sonne glitzerte auf den kleinen sachten Wellen, die langen Zweige einer Trauerweide hingen am anderen Ufer bis in das dunkle, spiegelnde Wasser, und ein Vogelpaar schoß quirlig zwischen den Wedeln hindurch, als spielte es Verstecken – eine einzige Idylle, die keiner Worte bedurfte.

Gelöst sah ich zu, wie er einen langen, breiten Grashalm abknickte und ihn, zwischen die hohlen Hände gespannt, vor die Lippen hielt, und wartete auf den schrägen, mißtönenden Laut, der uns beide amüsieren und die Stille zerreißen würde.

Alexander störte unsere beschauliche Zweisamkeit, er rief vom Haus herüber, und wenig später legte er jedem von uns eine Hand auf die Schulter und drängte sich zwischen uns. Ebenso wie wir hatte er sich im Laufen aller überflüssigen Kleidung entledigt.

»Die Ihme ist breiter und fließt schneller«, sagte er gut gelaunt.

Mit meinen Brüdern war ich noch keineswegs im reinen, wollte mich aber der friedlichen Stimmung nicht widersetzen. Egal, was uns sonst beschäftigte oder entzweite, in diesem Augenblick gab es nur drei Herschels auf einem Fleck, die völlig einer Meinung waren.

7

Das Dach unseres neuen Hauses lief nicht wie bei den meisten Häusern oben spitz zu, sondern bildete eine Plattform, eine Art Dachterrasse mit einem eisernen Gitter ringsum. Eine steile Bodentreppe führte zu einer Luke neben dem Schornstein. Noch am Tag unseres Einzugs ließ Wilhelm das Teleskop Stück für Stück hinaufschaffen. Die Hand auf dem mattglänzenden Rohr, blickte er sich um, als könne er es kaum erwarten, daß die Nacht hereinsank.

»Das hier wird mein Observatorium, Lina, ich muß nur noch überlegen, wo ich den ganzen anderen astronomischen Kram unterbringe, damit er mir immer gleich zur Hand ist.«

Unter uns in den Räumen, in denen erst am Tag zuvor Maler und Tapezierer damit fertig geworden waren, die gröbsten Schäden einigermaßen unter Tünche und Tapeten zu verbergen, herrschte Chaos. Wir waren uns noch nicht einmal einig geworden, wer welchen Raum beziehen sollte. Alexander war schon vorher nach Bristol zurückkehrt. Von mir aus hätte Wilhelm ihn begleiten können, weil er nur um seine Bücher, Noten und Instrumente besorgt war und ich mich um alles andere kümmern mußte.

»Sieh dir das doch mal an, Lina.«

Ich reagierte nicht, sondern studierte das Panorama von Bath, das die Hügel hinauf golden im Abendlicht schimmerte. Bath war recht einheitlich aus einem Stein erbaut, der in Steinbrüchen der Gegend gewonnen wurde. Ein Stein, der dem Ort selbst an Regentagen etwas Sonniges verlieh und ihn im dunstigen Abendlicht noch warm und heiter erscheinen ließ, als könnten ihm die Schatten der Nacht, düstere Gedanken und schwere Träume nichts anhaben. Zum ersten Mal spürte ich, daß mir die Stadt schon besser gefiel, vor allem sehnte ich mich in die New King Street zurück, die kaum dreihundert Meter entfernt lag.

»Lina, du mußt mir die Schrauben halten.«

Wilhelm hatte die einzelnen Teile des Teleskops säuberlich auf einer Decke ausgebreitet wie ein Kind sein Spielzeug. Neugierig trat ich näher und hockte mich neben die beiden gewölbten Gläser, in denen sich das letzte Tageslicht fing.

Sofort kniete sich Wilhelm neben mich. »Bei so einem Teleskop, wie es Galilei verwendet hat, werden die Strahlen durch die Glaslinsen gelenkt, um sich ganz am Ende des langen Rohrs in einem Brennpunkt zu konzentrieren, wo dann ein kleines Bild entsteht. Du brauchst ein Okular, das dir das Bild vergrößert, hier ist es.« Eine schnelle Bewegung von ihm, und ich hielt das runde Ding in der Hand. Es war schon erstaunlich, wie unverfroren er darauf baute, daß mich das alles ebenso interessierte wie ihn.

»Weißt du« – ich legte das Okular auf die Decke zurück, stand auf und klopfte mir den Rock aus –, »daß ich bis in die Nacht hinein Kisten auspacken und Geschirr einräumen muß? Und wenn du heute noch etwas zu essen haben willst, hilfst du mir am besten.«

Da Wilhelm nicht auf mich einging, blieb ich unschlüssig stehen und glitt so immer tiefer in einen folgenreichen Fehler. Dabei hätte ich mich umwenden und vom Dach steigen müssen, und zwar auf der Stelle.

»Sind wir jetzt wirklich wegen deiner Sternguckerei umgezogen? Nur wegen der Sterne diese mühselige Umzieherei, wo wir es doch in der New King Street so bequem hatten?«

Er schaute flüchtig auf. »Ich erklär's dir später, laß mich das hier fertig machen.«

»Ich hab's jetzt viel weiter bis zum Markt und bis zur Oktogon-Kapelle. Du weißt gar nicht, was du mir aufbürdest. Ich glaube nicht, daß du dir darüber auch nur einen Gedanken gemacht hast.«

Ungerührt drehte er an den Schrauben des Stativs und beäugte kritisch den schrägen Winkel des Rohrs. Immer noch auf eine Antwort wartend, betrachtete ich unterdessen das verblassende Blau des Himmels, das allmählich in Rauchblau überging. Der Tag glitt davon, und auf einmal flammte der erste Stern auf, als habe ein einsamer Wächter am Himmel eine besonders helle Kerze entzündet. Wie aus einem seltsamen Dunst traten von einem Augenblick auf den anderen nacheinander die Sterne aus der Unsichtbarkeit hervor. Die am Rand der Wahrnehmung ungewiß flimmernden und die großen majestätischen, die den Himmel beherrschten, fügten sich zusammen zum großen Bären, dem Bärenhüter, dem Drachen, dem Löwen, und links über dem Tal des Avon breitete der Schwan seine Flügel aus.

Unversehens hatte mich dieselbe Faszination ergriffen, die ich aus meiner Kindheit kannte. Der Blick in den Kosmos ist ein Abenteuer, ein gewaltiger Zauber, ein Gleiten, ein Sinken in eine märchenhafte Verwunschenheit. Ein Sog. Ein Sog, der dich aus der Zeit reißt und in die Ewigkeit katapultiert, wenn du nicht aufpaßt, und dich alles vergessen läßt, was im täglichen Leben wichtig ist.

Der Abendwind strich mir wie ein kalter Finger den Nacken hinunter und machte mich frösteln, ich schlug daher die Arme eng um mich. Abwehr regte sich. Dort unten schlängelt sich nicht die Ihme, sagte mir mein Verstand, und das hier ist nicht Hannover. Das hier ist mehr als eine kleine gelehrte Narretei.

Spätestens jetzt hätte ich etwas sagen müssen, um Wilhelm aus seiner Versunkenheit aufzuwecken. Als er mich überreden wollte, durch das Okular zu schauen, erzählte ich ihm, wie ich bei Vater zum ersten Mal das selbstgemachte Fernrohr ausprobiert hatte und geblendet worden war. Wilhelm ließ meine Bedenken nicht gelten.

»Natürlich fangen die Linsen das Licht verstärkt ein, aber daran gewöhnst du dich. Blick nur hindurch, inzwischen haben sich deine Augen an die Dunkelheit angepaßt, dafür allein brauchst du schon eine halbe Stunde. Und gut ist, daß hier in dieser abgelegenen Gegend am Fluß nicht so viele Laternen ihr Licht verbreiten. Wir haben eine fast perfekte Dunkelheit.«

Diesen Umzug mußte er sehr genau bedacht haben.

Nach dem ersten vorsichtigen Blick durchs Teleskop deutete ich hinauf zum Hauptstern des Bärenhüters, auf den die Spitze des Rohrs wies.

»Mit bloßem Auge sehe ich ja mehr. Arctus steht schön und fest am Himmel, aber in deinem Fernrohr ist nur ein trübes Pünktchen zu erkennen inmitten von Farbschlieren.«

Ich fühlte mich verstimmt. Da hatte Wilhelm in aller Stille etwas vorbereitet, von dem ich und Alexander viel zu spät in Kenntnis gesetzt worden waren, mir kribbelte die Haut vor Ärger über eine Rücksichtslosigkeit, die uns zu unmündigen Kindern degradierte, mit denen man die wichtigen Dinge nicht besprach, beziehungsweise erst, wenn sie zu unabänderlichen Tatsachen geworden waren.

Wilhelm schob mich beiseite und spähte selbst durchs Okular, bevor er behutsam erneut an den Schrauben drehte, um das Rohr zu bewegen.

»Schau noch einmal durch.«

Jetzt endlich hätte ich vom Dach steigen sollen, statt mir auch nur den geringsten Anflug von Interesse abnötigen zu lassen. Aber Wilhelm stand abwartend neben mir, ein Schatten in der Dunkelheit, der mich bewog, mit einer Hand das Okular zu fassen und ein Auge zuzukneifen.

Vor unverhohlener Überraschung hielt ich den Atem an. Ja, das könnte er sein, dachte ich, so hell wie der Mond und antimongelb wie eine Sonne, die nur bei Nacht scheint, ein leuchtender Punkt mit einem farbigen Strahlenkranz, in dem das Licht von hundert Kerzen brennt.

»Was du vorher gesehen hast«, raunte Wilhelm bezwingend

an meinem Ohr, »war nur ein Stern fünfter oder sechster Ordnung, den du mit bloßem Auge kaum siehst. Er steht ein Stück neben Arctus. Aber jetzt paß mal auf.«

Während er mir den Jupiter zeigte und danach den Saturn, habe ich zumindest eines begriffen: Der Blick in die Sterne lenkte Wilhelm gefährlich von der Erde ab.

Als wir mitten in der Nacht unser Abendessen einnahmen, war er noch immer nicht von den Sternen losgekommen. Unser Eßzimmer war nur behelfsmäßig eingerichtet, auf dem Tisch stand angeschlagenes irdenes Küchengeschirr, aber es war mir gelungen, einen appetitlichen Imbiß zuzubereiten. Zwei silberne Kerzenleuchter verbreiteten eine beinahe festliche Stimmung. Wilhelm hatte sich nach dem letzten Bissen gesättigt zurückgelehnt, die Arme hinter dem Kopf verschränkt. Er war noch in Redestimmung, davon zeugten seine funkelnden Augen. Ein letztes Mal vorm Schlafengehen richtete ich mich aufs Zuhören ein.

»Die Ringe des Saturn hat Galilei mit seinem Linsenfernrohr entdeckt, es war eine absolute Sensation, nicht nur die Entdeckung, sondern das Fernrohr selbst, das ja erst die Entdeckung möglich machte. Dabei hat Galilei die Saturnringe für Henkel gehalten, weil seine Linsen nur eine bescheidene Vergrößerung lieferten. Mit den richtigen Instrumenten kannst du dagegen ganz anderen Dingen auf die Spur kommen. Es entscheidet eben nicht nur der Kopf, sondern auch das Werkzeug über den Fortschritt in der Wissenschaft. Man müßte daher viel bessere Teleskope bauen.«

Allein wegen seiner Begeisterung, die er mit eleganten Handbewegungen unterstrich und in die er mich jetzt schon ganz selbstverständlich einbezog, mußte ich ihm noch etwas Gesellschaft leisten. Worin äußert sich denn Zuneigung, wenn nicht in unbedingter Anteilnahme?

Gerührt von meinen eigenen Emotionen, hatte ich bei jedem Satz bedenkenlos Zustimmung genickt, obwohl mich unabwendbare Müdigkeit überfiel. Ein bißchen schreckte ich auf, als er endete und sich Stille um uns ausbreitete, und ich wurde gewahr, daß er mich intensiv musterte, als warte er auf einen Kommentar von mir. Vergeblich versuchte ich, den letzten Satz in meinem Hirn zusammenzuklauben, ein Satz von einiger Bedeutung, soviel wußte ich noch.

Eigentlich hätte ich mich geschmeichelt fühlen können. Dafür, daß er sich mit mir unterhielt ohne gleichzeitig Notizen vorzunehmen oder halb abgelenkt in einem Buch zu blättern.

»Reicht es dir denn immer noch nicht?« fragte ich dagegen abgespannt.

Überraschung malte sich auf seinem Gesicht und ging plötzlich in einen Anflug von Schuldbewußtsein über.

»Also jetzt, wo du es sagst: Ich könnte mich hier auf den Fußboden legen und einschlafen. Und ich habe ja überhaupt nicht an dich gedacht. Jetzt wundert es mich, daß du noch nicht vor Müdigkeit vom Stuhl gefallen bist.«

In den folgenden Wochen schraubte Wilhelm das Teleskop einige Male auseinander und wieder zusammen. Das war schwierig und kostete viel Zeit, und ich nahm an, daß diese Maßnahme für die Instandhaltung nötig sei, das Instrument war ja lediglich geliehen.

Als ihm zwei tellergroße Linsen aus London zugestellt wurden und Wilhelm große Bogen Pappe nach Hause schleppte, ahnte ich nicht, daß er längst im Begriff war, eine Grenze zu überschreiten. Zuerst lagen nur Wilhelms astronomische Bücher im Salon herum und der Quadrant und ein paar Holzleisten, aber die Pappen erforderten bereits, daß ich den Tisch im Eßzimmer freiließ, damit sie ausgebreitet werden konnten. Wilhelm legte mir Schneidmesser, Lineale und Meßzirkel zurecht und stellte einen Topf Leim daneben, und ich tat ihm den Gefallen, die Pappen zu einer Riesenröhre zusammenzukleben.

Ob seine Anweisungen eventuell nicht ausgereicht hatten, weiß ich nicht. Jedenfalls setzten wir die zwei Linsen ein, schleppten die unhandliche Röhre abends hinter das Haus auf die gemähte Wiese und bockten sie auf ein behelfsmäßiges Holzgerüst auf. Das Gerüst wackelte auf dem unebenen

Boden, daher versuchte ich, auf einer Seite einen flachen Stein unterzuschieben, während Wilhelm bereits einen Blick durch die Linsen riskierte. Ich hörte nur, wie er fluchte und sah, wie die Pappe sich bog und daß alle Mühe umsonst gewesen war.

Seine Enttäuschung traf natürlich auch mich, obwohl die ganze Angelegenheit nicht wirklich meine Sache war, wie ich damals dachte.

8

Anfang Juni kehrte Wilhelm sehr nachdenklich von einem Gang in die Stadt zurück. Soweit ich wußte, hatte er das Veranstaltungskomitee wegen eines ersten Gesprächs über die kommende Saison aufgesucht, vielleicht war er auf seinen Konkurrenten Linley gestoßen. Nach dem Mittagessen, bei dem er sehr einsilbig gewesen war, begann er, sich auf einem Stück Papier etwas zu notieren, seine Lippen bewegten sich in einem lautlosen Selbstgespräch, und sein Gesicht verzog sich immer mehr zu einer angespannten düsteren Miene, bis ich die Neugier nicht mehr aushielt, mein Flickzeug beiseite legte und ihm über die Schulter blickte.

Offensichtlich überschlug er den künftigen Verdienst der Saison, und auf der anderen Hälfte des Blatts notierte er unsere Ausgaben und addierte sie zusammen.

»Brauchst du nicht das Haushaltsbuch? Warte, ich hol's dir, ich habe alles korrekt aufgeschrieben.«

Die Führung des Haushaltsbuchs hatte mir Wilhelm bereits an meinem dritten Tag in England anvertraut und damit bestätigt, daß der gesamte Haushalt von da ab an mir hing.

Wilhelm schaute nicht auf. »Bleib hier. Ich zweifle nicht an deiner korrekten Buchführung. Sag mir lieber, ob es eine Möglichkeit gibt, bei unseren gewöhnlichen Ausgaben etwas einzusparen.«

Alarmiert setzte ich mich neben ihn.

»Daß wir derart knapp dran sind, hab ich nicht geahnt. Auf dem Markt wird auch billigeres Fleisch angeboten, du kaust bloß länger darauf herum, weil's so zäh wie Stiefelleder ist, und die Waschfrau brauchte nur noch einmal im Monat zu kommen, wenn du einverstanden bist, die Hemden weniger häufig zu wechseln.« So richtig mit Enthusiasmus war ich nicht dabei. »Wenn das nicht reicht, entlaß ich das Mädchen. Auf den Knecht könnten wir notfalls auch verzichten.« Heroisch zwang ich mich zu einem aufmunternden Ton, der aber nicht sehr echt klang.

»Das geht nicht. Es würde sich in Null Komma nichts herumsprechen, wenn wir ohne Dienerschaft unsern Haushalt führten. Linley wäre es ein Fest, zu verbreiten, ich sei finanziell am Ende. Und du sollst deine neue Betty behalten, ich weiß doch, wie du dich über die alte Zange geärgert hast.« Er lächelte fürsorglich, was mich überraschte.

Die Waliserin war zu meiner Freude mit den Bulmans nach Leeds gegangen. Allerdings hatte ich bis jetzt nicht gewußt, daß Wilhelm meinen Kampf mit dem alten Zankweib bemerkt hatte. Vielleicht hatte er sogar darauf gedrängt, daß Betty mit den Bulmans fortzog.

»Wir werden es schon gemeinsam schaffen, und wenn ich mich wieder selbst an den Waschtrog stelle.« Meine Aufmunterung hätte ich mir sparen können, unvermittelt versank Wilhelm erneut in sein Brüten über Zahlen, die mir persönlich gar nicht so hoffnungslos erschienen.

So viel verstand auch ich von der Mathematik, um die Summe der Ausgaben gegen die der potentiellen Einnahmen zu setzen, und selbst wenn man noch Extravaganzen wie die Miete für das Teleskop einbezog, die Wilhelm gar nicht aufgeführt hatte, sollte ein erstaunlicher Betrag übrigbleiben. Ich hatte nicht einmal gewußt, daß Wilhelm derart im Geld schwamm. Es gab kein Problem mit unseren Finanzen. Ihn mußte also etwas anderes beschäftigen. Flüchtig habe ich sogar an eine Heirat Wilhelms gedacht, den Einfall aber sofort verworfen. Auf Anhieb fiel mir keine Dame ein, die dafür in Frage kam. Eine Weile schaute ich ihm zu, schließlich tippte ich ihn an.

»Du könntest mir schon verraten, warum dir unsere Finanzen solche Sorgen machen.«

Irritiert sah er von seinen Notizen auf. »Sorgen? Darum geht's nicht, ich hab keine Sorgen.«

Das war einerseits sehr beruhigend zu hören, andererseits begriff ich immer weniger. »Freut mich wirklich. Rechnest du etwa zusammen, ob du dir eine Heirat leisten kannst? Ich meine, es ist doch sehr vorausschauend, wenn du das vorher machst und nicht wie Alexander ...«

Er lachte kurz und trocken auf. »Daß Frauen immer nur ans Heiraten denken, hab ich hier und da gehört, aber von dir hab ich das wirklich nicht ...« Statt den Satz zu vollenden, rechnete er weiter, dabei hätte ich gern auch den Rest gehört, um daran anknüpfen zu können.

Hatte er andeuten wollen, daß mir der Gedanke an seine oder an meine Heirat fern liegen sollte? Noch einmal versuchte ich, aus seinen Kritzeleien schlau zu werden und gab dann auf. Dumm war nur, daß sich seine innere Gespanntheit längst auf mich übertragen hatte.

Zwei Tagen später forderte er mich auf, meinen Hut aufzusetzen und ihn in die Stadt zu begleiten.

»Und wohin? Willst du mich dem Komitee als Sängerin vorstellen?« neckte ich leicht gereizt, denn Wilhelm hatte sich über den Grund für seine Grübeleien auch weiterhin beharrlich ausgeschwiegen. »Mit meiner Gage sparst du dir eine Menge, und wenn du öfter Zeit für mich hättest, wäre ich mit dem Singen auch weiter.«

Wilhelm betrachtete mich erstaunt. »Hast du den Eindruck, du kommst nicht genug voran? Das ist kein schlechtes Zeichen, denn es deutet darauf hin, daß du vor einem Sprung auf die nächste Stufe stehst.« Er winkte eine Portechaise heran.

Die Chaise hielt vor einem Haus in der Alfred Street, das sich klein und unscheinbar zwischen zwei größere zwängte. Wilhelm ließ den Klopfer gegen die Tür fallen, wir lauschten auf das Nachhallen des dumpfen Tons. Im Inneren rührte sich nichts.

»Hm.« Wilhelm trat nervös von einem Fuß auf den anderen. »Der Mann müßte daheim sein, er hat mir gesagt, er geht so gut wie nie aus.«

»Meinst du nicht, du könntest mir wenigstens jetzt verraten, warum wir hier vor einer geschlossenen Tür stehen?« fragte ich ärgerlich, ich haßte diese Geheimniskrämerei. »Weißt du, ich hab's nicht so mit den Überraschungen, seit uns Alexander mit seiner Verlobung gekommen ist.«

Wilhelm grinste lausbubenhaft. »Du denkst doch nicht tatsächlich, ich habe die Absicht – also wirklich, Lina, was für eine Idee!«

»Wieso denn? Was ist daran so abwegig? Außerdem bin ich in dieser Familie doch immer die letzte, die Neuigkeiten erfährt. Ihr überrumpelt mich doch jedesmal.«

Nach kurzem Zögern war ich zurück auf die Straße getreten, als hinter uns die Tür knarrte. Durch unser Geplänkel hatten wir die Schritte im Flur überhört.

Ein kleiner Mann mit einem langen traurigen Gesicht und seltsam hängenden Augenlidern erschien im Türspalt und betrachtete uns abwägend.

»Also haben Sie es sich doch überlegt, Mr. Herschel?« Er machte keine Anstalten, uns hereinzubitten, warf mir aber einen neugierigen Blick zu.

»Meine Schwester, Miss Herschel. Mr. Henry, könnten wir die Angelegenheit drinnen bereden?«

Zögernd ließ der Mann die Tür weiter aufschwingen. Mein Blick fiel auf seine Hand am Türrahmen, der Zeigefinger trug eine verschorfte Wunde, und alle Nägel waren entweder schmutzig und eingerissen oder bis aufs rohe Fleisch abgefeilt. Abgestandene Luft schlug uns entgegen, es roch nach altem, ranzigem Öl und etwas mir unbekanntem Schärferen. Auf alle Fälle war es ein unangenehmer Geruch. Voller Abwehr folgte ich in ein schlauchartiges, mit Möbeln vollgestelltes Wohnzimmer, das nach hinten zu einem ebenso unansehnlichen Garten hinaus lag. Den Möbeln schenkte ich keine Beachtung, die verkratzten Tische und Stühle verschwanden ohnehin beinahe unter den seltsamsten Gerätschaften. Ein paar gläserne Linsen, wie sie in Fernrohren gebraucht wurden, jede Menge Werkzeuge, astronomische Tabellen, Erdkugeln in den verschiedensten Größen und sogar eine Himmelskugel.

Wilhelm wischte mit einer verstohlenen Handbewegung über die ausgebreiteten Instrumente und flüsterte mir auf deutsch zu: »Ich bau mir eigene Teleskope. Und zwar keine, mit denen du mit Mühe gerade mal die Jupitermonde sehen kannst, sondern …«

Mr. Henry hüstelte. Dafür also brauchte Wilhelm Geld! Ich hatte von Spielleidenschaft gehört und von Männern, die ihr Vermögen mit leichtfertigen Frauenzimmern durchbrachten, aber ich hatte keine Ahnung, daß der Teufel auch einen Mann an den offiziellen Lastern vorbei in den Ruin führen konnte.

Ein Musiker, der optische Präzisionsinstrumente baute, lag noch immer völlig außerhalb meiner Vorstellungskraft, trotz oder vielleicht gerade wegen seines dilettantischen Versuchs mit der Pappröhre. Die Hoffnung, er wäre eventuell nur auf die Linsen und ein, zwei Werkzeuge erpicht, schwand, als ich sah, wie er auf alles und jedes die Hand legte, während er Zahlen murmelte.

Unfähig, Einspruch zu erheben, saß ich wie angenagelt auf einem Stuhl, bis der Kauf mit einem Handschlag besiegelt worden war, aber wahrscheinlich hätte Wilhelm sowieso nichts aufhalten können. Außerdem war es sein Geld, das er im Begriff stand zu verschleudern, ich selbst besaß nicht einen Shilling.

Unser Knecht holte die Erwerbungen mit einem kleinen gemieteten Fuhrwerk ab, und einen Tag später sah es in unserem Salon nicht sehr viel anders aus als in Mr. Henrys Wohnzimmer. Mr. Henry, vermutete ich, konnte jetzt endlich wieder am Tisch auf die übliche Art Tee trinken, wir dagegen nicht mehr.

Ratlos hockte ich auf einer Stuhlkante, einen Globus im Rücken, der unangenehm gegen mein Kreuz drückte, und schaute mich um. Ich wußte nicht, wie ich Ordnung schaffen sollte. Unordnung war mir ein Greuel.

Stumpfe Linsen, häßliche Röhren und ein Berg Putz- und Polierwolle, den Wilhelm achtlos auf eine sehr schöne Kommode aus hellem, seidigem Mahagoniholz getürmt hatte. Ein langer Strang hing von der Platte herab und wedelte in einem schwachen Luftzug, als führe auch das Putzzeug ein subversives Eigenleben.

Sehr geschickt bewegte sich Wilhelm zwischen Tisch und Kommode, während ich ihm nur wie gelähmt zuschauen konnte.

»Linsenfernrohre sind veraltet, mußt du wissen, ich habe vor, mir ein Teleskop nach Huygens Beschreibung zu bauen. Deswegen habe ich ja auch das gemietete Ding ein paarmal auseinandergeschraubt, um mich grundsätzlich damit vertraut zu machen. Stell dir ein echtes Spiegelteleskop vor, ein noch besseres als das von Newton erfundene.«

Als ich sah, wie er in seinen Schätzen kramte, fror ich richtig vor Entsetzen und verstand überhaupt nichts mehr, denn ich konnte nicht fassen, was auf einmal über uns hereingebrochen war.

Nachdem er eine Ecke mit dem Ellbogen freigeschoben hatte, legte Wilhelm einen metallenen Spiegel neben mir auf den Tisch, ergriff meine Hand und führte sie über die Oberfläche.

»Merkst du, was es damit auf sich hat?«

»Was soll das?« fragte ich ärgerlich, riß mich los und versteckte die Hand abwehrend unter der Achsel. Schade war, daß wir gerade keine Schüler erwarteten, nicht einmal das Mädchen störte uns oder sonst irgend jemand. Wilhelm ließ sowenig locker wie früher beim Mathematikunterricht und blickte gespannt auf mich herab.

»Du mußt doch was gefühlt haben.«

»Wilhelm, du willst wirklich wissen, was ich gefühlt habe?« fragte ich aufgebracht. »Alles?«

Geschmeidig ging er neben meinem Stuhl in die Hocke und brachte seine Augen auf gleiche Höhe mit meinen. Früher hatte mich das immer entzückt, diesmal aber begegnete ich seinem Blick voller Abwehr.

»Ja, ja, was hast du gespürt, als du über den Spiegel gefahren bist? Sag's mir.«

Wir starrten uns an, bis ich den Kopf abwandte. Natürlich ahnte er meinen Widerstand, scherte sich aber keinen Deut darum. Ich hatte aufgegeben, ich verschluckte die ätzende Bemerkung, die nichts als die Wahrheit gewesen wäre: Daß du einen Narren aus dir machst, genauso wie aus mir auch, wenn das so weiter geht.

Statt dessen sagte ich laut: »Der wölbt sich ja nach innen.« Denn das hatte mich wider Willen überrascht.

Wilhelm strahlte überschwenglich und erhob sich.

»Richtig, das ist das ganze Geheimnis. Isaac Newtons Erfindung: Ein konkav gekrümmter Spiegel, der die Glaslinsen ersetzt. Der Spiegel kommt ganz unten in die Röhre und reflektiert von da das einfallende Licht auf einen kleinen ebenen Spiegel, den ich schräg oben montiere, so daß die Strahlen seitlich ins Okular gelenkt werden. Du schaust nicht mehr von unten hindurch wie bei einem einfachen Fernrohr. Durch die Reflektion ergibt sich ein Hin und Her der Lichtstrahlen, und man kommt mit einem kürzeren Rohr aus.«

»Du sparst also vor allem am Rohr?« Es machte mich krank, regelrecht krank, an das viele vergeudete Geld zu denken. Isaac Newton interessierte mich gegenwärtig nicht die Spur.

»Das auch. Aber das Bild eines Newtonreflektors ist viel genauer, du hast weniger Verzerrungen und nicht so viele Farberscheinungen, die vor allem durch die Linsenränder entstehen, du kennst es ja. Der alte Kauz Henry hat mir auch ein paar Gußformen für Spiegel verkauft. Ich werde mir eigene Spiegel gießen.«

»Warum hat Mr. Henry überhaupt all das Zeug an dich verkauft?«

Wilhelm wand sich ein bißchen.

»Der Mann ist nicht mehr der jüngste, und viel Geld hat er mit der Arbeit nicht verdient, er ist ja nicht einmal gelernter Optiker. Du siehst doch ein, daß ich alles nehmen mußte? Ich will keine halben Sachen machen.«

Er sah mich so offen und abwartend an, als wäre ihm meine Meinung doch wichtig. Mir fiel ein, daß er mir meine Vernunft vor nicht allzulanger Zeit erst vorgehalten hatte, nun wäre eine Gelegenheit gewesen, sie ihm zu beweisen. Mr. Henrys Kram hätte, wenn es nach mir gegangen wäre, ein hübsches Feuer ergeben, bevor wir zu unseren Aufgaben zurückgekehrt wären. Vater hätte auch so gedacht.

Mir war wirklich ziemlich elend zumute. Am Ende ist der Vernünftige dem Unvernünftigen unterlegen, der seine Leidenschaften auslebt, weil für ihn nur so das Leben selbst zu seinem Recht zu kommen scheint.

9

Unter den Gerätschaften von Mr. Henry befanden sich ein paar Spiegel, denen der letzte Schliff fehlte. Wilhelm mußte sie also fertig polieren, was nichts anderes hieß, als mit Polierwatte und speziellen Sanden und Pasten in kleinen Kreisen stundenlang über die gewölbte Oberfläche zu fahren.

Weil ich keine Wahl hatte, ließ ich mich auf ein Bündnis mit Wilhelm ein. Ich polierte für ihn, bis mir der Arm schwer wie ein Mühlstein von der Schulter hing, während mein Bruder über Konstruktionszeichnungen saß. Dafür nahm er sich täglich eine Stunde Zeit für meinen Unterricht, und ich sang so schlecht, bis ich endlich seine volle Aufmerksamkeit auf mich gezogen hatte. Das war notwendig, denn ich hatte mir insgeheim ein ehrgeiziges Ziel gesetzt. Bis Ostern wollte ich so weit fortgeschritten sein, um endlich öffentlich auftreten zu können. Wenn ich erst einmal als Sängerin anerkannt war und durch meine Auftritte zum Familieneinkommen beitrug, konnte Wilhelm nicht mehr wie bisher alle Entscheidungen über meinen Kopf hinweg treffen.

»Du drückst wieder unerträglich auf die Stimmbänder«, beschwerte er sich einmal.

»O nein, Wilhelm, ich singe einen schwingenden, langen Ton wie er dem *Miserere Allegris* an dieser Stelle angemessen ist, das ist ein Gesang voll gesetzter Trauer, aber wenn es nach dir ginge, würde aus mir ein trillernder Papagei.«

Ich hatte immer mehr Grund zu der Annahme, daß mir Wilhelm zwar eine Menge über die Gesangstechnik vermitteln konnte, ihm aber jedes Gespür für das Wesentliche fehlte. Er hörte die Musik, aber er fühlte sie nicht wirklich. Um ihr Geheimnis zu ergründen, verirrte er sich bis zu den Sternen, aber er begriff sie nur als Zahlensystem. Mein Bruder war auf eine bestimmte und mir unverständliche Weise taub.

Schon bald nach dem Erwerb der astronomischen Ausrüstung stellte ein junger Tischler in unserem Salon Holzböcke auf, um ein hölzernes Teleskoprohr von einiger Länge zu bauen. Anscheinend machte ihm die Enge im Salon so wenig aus, daß er sogar bei der Arbeit ein paar Lieder sang, allerdings nur die übelsten Gassenhauer.

Als Wilhelm einmal unversehens in die Stube trat, verstummte der Mann respektvoll, während mein Bruder das Gerüst inspizierte. Es war so gut wie fertiggestellt, in ein paar Tagen konnte mit der Montage des Metallzylinders begonnen werden.

»Würde es Ihnen etwas ausmachen, das Lied zu wiederholen?« fragte Wilhelm überraschend.

Ehrlich gesagt, hatte ich zumindest mit Verlegenheit gerechnet, auf alle Fälle mit Bescheidenheit, der junge Mann trat jedoch, ohne zu zögern, ans Pianoforte, nickte mir auffordernd zu, und ich tat ihm den Gefallen, ihn zu begleiten. Unsere Verwunderung über seinen ungezwungenen und gar nicht mal schlechten Vortrag amüsierte ihn.

»Mr. Herschel, ich kenne keinen ehrlichen Handwerker, der sich nicht aufs Singen versteht. So ein Lied hat Rhythmus, der sich auf die Arbeit überträgt, so daß sie uns flotter und gleichmäßiger von der Hand geht.« Flüchtig schaute er in die Noten auf dem Pianoforte. »Wir singen natürlich nur die einfachen Sachen.«

»Aber Sie haben die Stimme zu den ernsthafteren. Ich suche noch Leute für einen neuen Chor. Wie wär's mit Ihnen?«

Auf diese Weise kam Wilhelm zu seinem ersten Sänger für einen Chor aus Tischlern und Zimmerleuten, mit denen er häufig bei uns zu Hause die Proben abhielt. Und wie den ersten, den sympathischen Josiah Hammersmith, verpflichtete er nach und nach die anderen zu kleineren Schreinerarbeiten. Er konnte darauf rechnen, daß sie ebenso bereitwillig seine Anweisungen ausführten wie beim Singen. Wilhelm hatte sogar derartigen Spaß an seinem Handwerkerchor, daß er eine Reihe von Trinkliedern, Rundgesängen und Psalmen dafür komponierte. Außerdem kosteten uns diese Männer weniger Gage als etwa der Damenchor, der aus berufsmäßig singenden Frauen bestand, die die Bäder bereisten. Für sämtliche Stimmen, manchmal an die hundert, schrieb ich die Noten aus.

Wenn ihm die Musik Zeit ließ, experimentierte Wilhelm mit Metallegierungen, um weitere Hohlspiegel in den von Mr. Henry erworbenen Formen zu gießen. Ich weiß noch, daß dreiundzwanzig Teile Kupfer, dreizehn Teile Zinn und ein Teil Antimon ein gutes weißes Metall ergaben. So ein fertig gegossener Spiegel erscheint wie ein blindes Auge, das durch unendliche Geduld sehend gemacht werden muß. Die vom Guß stehengebliebenen Grate und Huckel sind mit der Feile in höchstens vier bis fünf Stunden leicht zu beseitigen. Wenn die Oberfläche nicht mehr ganz wie gestockte Milch aussieht, beginnt die feinere Arbeit mit Schleifsanden, später mit Polierschlämmen. Nachmittage, Tage, Nächte. Wenn ich glaubte, fertig zu sein, spürte Wilhelm oft minimale Abweichungen von der perfekten Krümmung auf, die das Bild der Sterne verzerren würden. Nicht mehr als Winzigkeiten, die aber weiteres Schleifen erforderten. Mit Wilhelms Blick schulte sich zwangsläufig auch meiner, gemeinsam wurden wir zu Experten, es genügte uns schließlich, sacht mit den Fingern über das Metall zu fahren, um die Rundung zu prüfen. Keine Maschine hätte eine solche Präzisionsarbeit leisten können.

Wilhelms Fingernägel rissen ein, wurden bis auf die Fingerkuppen abgeschliffen, ich sah Mr. Henrys Hände vor mir, bevor ich meine betrachtete, die nicht besser aussahen. Wenn Wilhelm die Hand hob, um den Chor zu dirigieren, und auch noch seine beim Schleifen zerrissenen Spitzenmanschetten sichtbar wurden, schämte ich mich. Und er nahm sich noch weniger Zeit für unwichtige Dinge wie Umziehen oder Essen. Kam er von der Oktogon-Kapelle, wo er die Orgel in der Frühmesse gespielt hatte, so legte er nur den Rock ab, um sich in die zurückgelassene Arbeit an den neuen astronomischen Instrumenten zu stürzen, ohne Rücksicht darauf, daß er sein bestes Hemd trug. Sobald die Sonne untergegangen war, stieg er aufs Dach zu seinen Sternbetrachtungen.

Anfang Oktober kehrte Alexander aus dem Sommerengagement zurück. Ich war neugierig, wie er auf Wilhelms ausufernde Freizeitbeschäftigung reagieren würde und hoffte wohl insgeheim auf Kritik.

Da er ja jetzt für einige Monate in Bath bleiben würde, traf er mit größerem Gepäck ein, unter dem sich eine sperrige Kiste befand. Zu meiner Überraschung enthielt sie eine Drehbank, die Alexander in Bristol besorgt hatte und in seinem Schlafzimmer aufstellte. Es hatte also keinerlei Zweck, mit ihm über Wilhelm zu reden. Die beiden hatten bereits eine Übereinkunft getroffen, von der ich nicht einmal etwas geahnt hatte. Innerhalb von wenigen Tagen wies ihn Wilhelm ein und ließ sich nun von ihm beim Schleifen und Polieren ablösen. Arbeiten wie das Drehen der Holzgehäuse für die Okulare besprach er jetzt mit unserem Bruder, so daß ich ziemlich unvermittelt in die Position einer gewöhnlichen Hilfskraft absank.

Der Ärger über meine Degradierung ging nicht sehr tief, denn ich war ganz dankbar für die Entlastung. Ohnehin war ich meist zum Sterben müde, weil ich bis in die Nächte hinein wieder einmal hundert Notensätze kopierte, die für eine wichtige Aufführung der Saison benötigt wurden.

10

»Sie starren Thomas Linley an«, rügte mich Mrs. Colebrook.

Sie saß neben mir, in Witwenschwarz gehüllt und doch seltsam erblüht, seit ich sie das letzte Mal gesehen hatte. Ihre Haut hatte sich von den üblen Schminken erholt und geradezu einen Pfirsichteint entwickelt, der sie wesentlich jünger erscheinen ließ. Eventuell war die Witwe doch nicht so alt, wie ich geglaubt hatte. Als ich ihr gleich bei der Begrüßung kondolierte, hatte ihr Griff nach einem schwarzgeränderten Taschentuch routiniert gewirkt, eine Geste, die der Anstand diktierte, kein tiefes Gefühl. Ihrem Ehemann schien sie nur sehr mäßig nachzutrauern, was mir eingedenk des leichenbitterhaft steifen Kerls absolut verständlich war.

Wir lauschten den letzten Takten eines Konzerts von Wilhelm, in dem Alexander die erste Geige spielte. Es handelte sich um ein kleineres Engagement mit halbem Orchester in den Assembly Rooms, zu denen außer dem Konzert- und Ballsaal ein Teesalon und ein Spielzimmer gehörten. Die Flügeltüren standen offen, wir hörten durch den Beifall das Gemurmel der Spieler, deshalb war mein Blick vom Orchester abgeschweift.

Es gibt Regeln für menschlichen Anstand, und zu diesen gehört, daß man einen Mann nicht so unverhohlen anstarrt wie ein altes Bild, das man in einem überraschenden Moment wiederentdeckt. Mich überwältigte die Erkenntnis, daß die Wirklichkeit schöner und reizvoller war als jede noch so sehnsüchtige Erinnerung.

Widerwillig riß ich meinen Blick von dem jungen Mann los, der wie bei jenem Londoner Konzert an einer Säule lehnte, das Profil mir zugewandt.

»Ich fragte mich gerade, ob er Elisabeth Sheridan mitgebracht hat, das wäre für meine Brüder nicht gerade günstig.«

Mrs. Colebrook ließ sich, was mein Interesse am jüngeren Linley betraf, bereitwillig täuschen. »Ich fürchte ja. Um genau zu sein, ich mache mir Sorgen um Ihren Bruder und seine Geschäfte.«

»Haben Sie etwas Konkretes gehört?« fragte ich erschrokken und wandte noch einmal rasch den Kopf, um wenigstens für einen letzten Glücksmoment etwas von meinem geheimen Traum zu erhaschen. Erst jetzt bemerkte ich, daß Thomas Linley mit leicht geneigtem Kopf in eine Unterhaltung verstrickt war. Gerade, als mich Mrs. Colebrook am Ärmel zupfte, drehte er sich in meine Richtung. Unsere Blicke hätten sich kreuzen müssen, ich fixierte aber nur die reizvolle junge Dame, die aus dem Schatten der Säule getreten war und sich ihm vertraulich zuwandte, als gehörte sie zu ihm.

Auf einen Schlag ernüchtert, sank ich tiefer in meinen Polsterstuhl. Mrs. Colebrook drückte mir ein Papier in die Hand.

»Diesen Flugzettel habe ich erst vor einer Stunde erhalten. Es ist sicher noch nicht allgemein bekannt, aber Mrs. Sheridan wird in einigen Konzerten ihres Vaters auftreten. Morgen steht es gewiß im *Chronicle.*«

Die junge Dame war nicht Mrs. Sheridan, aber wie diese nach der letzten Mode sehr elegant, geradezu raffiniert gekleidet, auf ihrem dunkelblonden Haar saß ein Hütchen aus Samt, Spitze und kleinen schillernden Federn, genau jene Art Nichts, das ein halbes Vermögen kostete. Allein der Anblick dieses Huts ließ mich vor Neid verzweifeln.

»Das ist, bei Licht besehen, kein so großes Unglück, denn wir haben ja Miss Farinelli«, sagte ich ohne Überzeugung.

Wilhelm hatte eine ausgezeichnete italienische Sängerin engagiert. Ihr Auftauchen bei uns hatte leider meine Hoffnung zunichte gemacht, in dieser Saison selbst aufzutreten. Um genau zu sein, ich war unsagbar enttäuscht, daß mich Wilhelm nicht einmal in Betracht gezogen hatte. Außerdem verdächtigte ich ihn, mit Miss Farinelli ein Verhältnis angefangen zu haben, denn er schickte mich häufig unter einem Vorwand weg, wenn sie zu Proben ins Haus kam. Was Frauen betraf, hatte ich ihn ja nie für einen Heiligen gehalten, diese Affäre kränkte mich aber doch, weil sie sich bei uns zu Hause abspielte. Immerhin glaubte ich nicht, daß er in Hinblick auf Miss Farinelli an eine Ehe dachte. Das doch wohl nicht. Trotzdem mißgönnte ich ihr jede Stunde Aufmerksamkeit, die ihr Wilhelm widmete.

»Das wird unter Umständen nicht reichen, um die Saison erfolgreich zu bestehen. Wie ich vernahm, befaßt sich Ihr Bruder nicht mehr nur mit der Musik.«

Den Anflug von Kritik in Mrs. Colebrooks Bemerkung überhörte ich glattweg und stürzte mich in das Gespräch mit ihr, um nicht weiter über meine diversen Enttäuschungen grübeln zu müssen.

»Mein Bruder befaßt sich zur Zeit mit der Klassifizierung der Sterne. Sehen Sie, Hipparch, ein antiker griechischer Astronom, war der erste, der die Sterne nach ihrer Helligkeit in sechs Klassen einteilte, und bei dieser Einteilung ist es geblieben, obwohl Hipparch mit bloßem Auge nur einige tausend erkennen konnte, die er in seinen Sternenkatalog aufgenommen hat. Mit einem Teleskop entdeckt man sehr viel mehr, und eine der Aufgaben der modernen Astronomie, denen sich Wilhelm widmen wird, ist, die Sterne nicht nur neu zu katalogisieren, sondern ihre Entfernung zur Erde zu berechnen, wozu die alten Griechen und alle vor ihnen nicht in der Lage waren. Mit ihren primitiven Instrumenten konnten sie ja keine Parallaxen feststellen. Sie wissen nicht, was eine Parallaxe ist? Sie ergibt sich, wenn man von zwei verschiedenen Standpunkten oder zu unterschiedlichen Zeiten den gleichen Stern anpeilt, den dabei entstehenden Winkel mißt und zur Basis in Beziehung setzt. Es ist eigentlich nur eine simple Aufgabe der Geometrie.«

Mrs. Colebrook hatte mir mit wachsendem Staunen zugehört, was mir schmeichelte und mich gleichzeitig tröstete. Um so mehr überraschte mich ihr Kommentar.

»Wenn ich Ihnen einen Rat geben darf, nehmen Sie Worte wie Parallaxe und Geometrie nicht leichtfertig in den Mund, so etwas könnte als Anmaßung mißverstanden werden oder als Verschrobenheit. Für letztere müssen Sie mindestens Sechzig sein, damit man sie Ihnen nachsieht. Die Wissenschaft ist nun einmal nicht unsere Domäne.« Was sie sagte, war nicht als Scherz gemeint, ohne Frage sprach sie in vollem Ernst und musterte mich eindringlich, um sich der Wirkung ihrer Rede zu vergewissern.

»Aber Mrs. Colebrook«, wandte ich ein, »was soll ich denn tun, wenn mich mein Bruder in seine Forschungen einweiht? Weghören, um mein Gehirn nicht mit unstatthaftem Wissen zu belasten? Gebete murmeln und mich taub stellen?«

Mrs. Colebrook schüttelte mißbilligend den Kopf. »Ich bemerke nur, daß Sie sich in etwas verrennen, dessen Folgen Sie noch gar nicht absehen können. Ich weiß nicht, wie die Gesellschaft in Hannover beschaffen ist, hier in England macht sich eine Frau damit jedenfalls lächerlich und schlimmer als das ...« Mit einem weiteren Seitenblick legte sie eine bedeutungsschwere Pause ein.

»Was noch?« fragte ich nach, ich fand aus meinem Staunen nicht mehr heraus.

»Aber Miss Herschel! Eine Frau mit wissenschaftlichen Ambitionen ist nicht mehr gesellschaftsfähig, das müßte Ihnen doch einleuchten.«

Sie ließ mich verdattert sitzen. Den Zettel hatte sie wieder an sich genommen und machte sich auf, Wilhelm über die Ankunft Mrs. Sheridans zu unterrichten und ihn vermutlich daran zu erinnern, daß er in erster Linie als Musiker in Bath Erfolg haben wollte, sie besorgte sozusagen ihre Maßregelung der Herschels in einem Abwasch. Über mein Eindringen in die hehre Welt der Wissenschaft hatte ich mir bislang keine Gedanken gemacht. Da mein gesellschaftlich erfahrenerer Bruder Wilhelm dies von mir forderte, schien es damit ebenso seine Richtigkeit zu haben wie mit dem Singen. Daß es beim Singen unter gewissen Umständen einen Haken geben konnte, hatten mich allerdings Miss Farinelli und Miss Catlin gelehrt. Daß auch dem Rechnen und den Sterntabellen etwas Anrüchiges anhaften mochte, zumindest wenn ich oder eine andere Frau sie in die Hand nahmen, ergab eine Wendung, die bedacht sein wollte.

Mir selbst überlassen, schlenderte ich, in Grübeleien versunken, zum angrenzenden Spielsalon. Nach dem Ende des Konzerts wartete ich darauf, daß meine Brüder mit mir den Heimweg antraten. Eventuell würde ich Wilhelm auf Mrs. Colebrooks Bedenken ansprechen, eventuell gelänge es mir, bei ihm Betroffenheit auszulösen. Ich habe mich bereits verdächtig gemacht, würde ich sagen, ich stehe im Begriff, meinen untadeligen Ruf zu verspielen, mein guter Ruf liegt in deiner Hand. Würde ihn das nur ein bißchen nachdenklich machen, ihn etwa aufhalten?

»Miss Herschel, ich hatte gehofft, noch ein Wort mit Ihnen wechseln zu können.«

Abrupt blieb ich stehen und schaute mich um. Als Thomas Linley ohne seine weibliche Begleitung hinter der Tür hervortrat, wurde mir klar, daß ich bei meinem ziellosen Umherstreifen in Wirklichkeit auf der Suche nach ihm gewesen war. Stumm schaute ich zu, wie er mich mit einem graziösen

Schwenken des Dreispitzes begrüßte, den er sodann routiniert wieder unter den Arm klemmte.

Nur zu gern hatte ich ihn sehen, aber deshalb noch lange nicht sprechen wollen. Zum Reden mit ihm fehlte mir, mit der Erinnerung an seine elegante Begleiterin belastet, das Zutrauen. Auch wenn ich mich jetzt allein mit ihm befand, stand die andere unsichtbar neben ihm.

»Worüber sollten wir denn sprechen?« Mein Ton war undamenhaft ruppig, Mrs. Colebrook hätte wieder Grund zu einem Tadel gehabt. Ich hätte ihr erklären können, daß ich nicht wendig genug war, um mich in einer schwer einschätzbaren Begegnung behaupten zu können, noch dazu mit einem Traumbild, das im Begriff stand, mich durch seine bloße Anwesenheit in Herzschmerz und kolossale Verwirrung zu reißen, mit der ich mich mit Sicherheit lächerlich machte, so ohne alle Aussichten.

Andererseits dachte ich nicht daran, der Begegnung auszuweichen. Ich schaute ihn abwartend an, dabei verlor sich mein Blick unaufhaltsam an seiner geschwungenen Kinnlinie, dem runden Grübchen unterhalb des Mundes, dem Mund selbst, der sinnlichen Bewegung seiner Lippen beim Sprechen, ich war schon beinahe gefangen, seine Stimme klang so verführerisch wie in meinen halb vergessenen Träumen von ihm.

»Über alles, was Sie wollen, Miss Herschel, ich habe Sie in London vermißt. Außerdem haben Sie mir einen Tanz versprochen.«

Daß er sich daran erinnerte! Das hieß doch nichts anderes, als daß er genau wie ich diese erste Begegnung mehrmals im Gedächtnis durchgespielt hatte, sonst hätte sich die Erinnerung bei all den vielen Begegnungen mit anderen seitdem nicht gehalten, und das konnte nur bedeuten, daß ich ihm nicht gleichgültig war. Dahinter steckte zumindest Interesse, und Interesse war der erste Schritt zur Zuneigung.

Unwillkürlich erwiderte ich sein Lächeln viel zu herzlich und bemerkte zu spät, wie sein Blick aus den Augenwinkeln heraus von mir abglitt und durch den Saal hinter mir schweifte, ehe er zu mir zurückkehrte.

»Ihre Schwester, Mrs. Sheridan, ist nach Bath zurückgekehrt, habe ich gerade gehört.« Mein Ton hätte allein der Höflichkeit wegen eine Spur wärmer sein können.

Linley lächelte jetzt, als würde er mich mühelos durchschauen, als wüßte er, daß ich nichts lieber täte, als auf den schwelenden Konflikt zwischen den Herschels und den Linleys abzuheben, um zu verdeutlichen, auf welcher Seite jeder von uns stand, nämlich rechts und links von einer unsichtbaren, aber steinharten Mauer.

»Nur für zwei Abschiedskonzerte. Für eine Sängerin ihres Formats ziemt es sich nicht, sich ohne offiziellen Abschied zurückzuziehen. Es werden ihre letzten Konzerte sein.«

»Für immer?« Die Frage hatte er mir praktisch in den Mund gelegt.

»Sie ist jetzt eine verheiratete Frau. Richard Sheridan duldet es nicht, daß sie weiter auftritt.«

»Was sollte die lange Ausbildung für einen Sinn haben, wenn sie ihr Können so wegwirft? In London habe ich Schauspielerinnen und Sängerinnen gesehen, die ebenfalls verheiratet waren.« Als Vertreterin der Herschels hätte mich seine Antwort hochzufrieden machen müssen. Warum also protestierte ich dagegen, daß Richard Sheridan seiner Frau das öffentliche Singen verbot?

Thomas Linley lächelte weiter charmant, sein Ton wurde aber eine Spur kühler. »Meine Schwester ist eine Dame.«

»O Gott« – bei solchen Gelegenheiten konnte ich nie den Mund halten –, »hat sie daran gedacht, als sie mit Mr. Sheridan auf und …« Ich stockte, hatte aber längst zuviel gesagt. »Ach, was soll's. Wie haben sich die beiden eigentlich kennengelernt?« Auf einmal erinnerte ich mich an den häßlichen Verdacht Mrs. Colebrooks, daß mein Bruder dabei die Hand im Spiel gehabt haben könnte. Wenn es so gewesen wäre, stand seine Rechnung im Begriff aufzugehen. »Sie müssen es mir nicht erzählen, es sind ihre Familienangelegenheiten«, endete ich hastig.

Thomas Linley rückte näher an mich heran, es hatte etwas Intimes, wie er sich mit einer Hand leger am Türflügel abstützte und sich gleichzeitig mir zuneigte, nicht anders als sich Alexander bei einer familiären Mitteilung aufgeführt hätte.

»Wir haben beide die gleiche Herkunft, Miss Herschel, Musikerfamilien, die zusammenhalten, in denen jeder Dinge versteht, die Außenstehende irritieren würden.«

Wollte er mir einen versteckten Hinweis auf die Rolle Wilhelms geben? Unwillkürlich wich ich einen Schritt zurück.

»Und die uns sofort einleuchten? Interessante Vorfälle wie das Konkurrenzgerangel unter Kollegen zum Beispiel? Es steht doch etwas mehr als nichts zwischen Ihrem Vater und meinem Bruder.«

»Mag sein, aber wir beide sollten uns bei aller Loyalität nicht davon vereinnahmen lassen.«

»Sollten wir das nicht, wir beide, sind Sie ganz sicher?«

Wieso sollte ich ihm trauen? Es sprach zuviel gegen ihn und viel zuwenig für mich, wenn man die Sache von der anderen Seite betrachtete. Elisabeths Versicherungen über mein gutes Aussehen hatten mich nie restlos überzeugt. Gerade an diesem Abend war ich nicht besonders sorgfältig zurechtgemacht, denn ich hatte bis zuletzt Noten kopiert, tatsächlich hatte ich eben Tintenflecke an den Fingern bemerkt und verbarg meine Hände hinter dem Rücken wie ein Schulmädchen. Ein lächerliches Auftreten. Meilenfern von der Begegnung, wie ich sie mir genau für diesen Raum erträumt hatte. Das Schicksal erwies sich wieder einmal als äußerst kleinlich, indem es meinen Wünschen so wenig entgegenkam.

Ich trat nicht direkt die Flucht an, folgte aber sofort dem ersten, ungeduldigen Wink Alexanders, ließ Linley stehen und hängte mich bei meinem Bruder ein.

»Elisabeth Sheridan wird zweimal in der Saison auftreten, und dann seid ihr sie für immer los«, teilte ich ihm hastig mit, bevor er selbst etwas sagen konnte.

»Sie schon, aber nicht die Linleys. Die jüngere Schwester Mary wird ihr bald als Sängerin nachfolgen, Thomas hat sie heute abend mitgebracht, hast du sie nicht gesehen? Die hübsche Kleine in dem rostfarbenen Kleid. Sag mal, hab ich mich getäuscht, oder hast du eben mit Thomas Linley geredet? Ihr habt ja sehr vertraut miteinander getan.«

Es wäre mir lieber gewesen, Alexander hätte nicht die Identität der Unbekannten an Linleys Seite enthüllt.

»Bist du sicher, daß das Mädchen an der Säule neben ihm Mary Linley war, ganz sicher?«

Alexander lachte spöttisch auf. »Ich kenne die Linley-Brut in- und auswendig. Wenn du so lange in Bath wärst wie ich, würdest du ein Linley-Gesicht auch auf Anhieb erkennen. Aber hab ich dich nicht schon mal vor der Sippschaft gewarnt?«

»Demnächst also Mary. Ich erinnere mich, daß Mrs. Colebrook sie erwähnt hat. Und was glaubst du, wie lange die sich halten wird? Zwei Jahre, drei Jahre, bevor sie wie Elisabeth als brave Ehefrau in der Versenkung verschwindet?« Meine Stimme klang so gequetscht wie eine verstopfte Baßtrompete.

Alexander machte sich los, um zwei Damen im Vorübergehen zu grüßen. »Ich weiß nicht genau, worauf du hinauswillst, aber Mary Linley könnte, statt zu heiraten oder in Bath bei ihrem Vater zu versauern, nach London gehen und einen Impresario für sich verpflichten.«

»Sicher. Dem sie dann nächtens das Bett wärmt, wenn er sie nicht für ein bißchen Protektion an einen reichen Gönner verhökert.«

»Falls du dabei irgendwie an dich denkst: Vertrau du nur mir und Wilhelm.«

»Es wird mir ja wohl nichts anderes übrigbleiben«, schrie ich ihn beinahe an.

11

Wilhelm hielt eine Probe in der Oktogon-Kapelle ab, zu der ich ihm ein paar Noten nachtragen wollte, ich wählte aber einen Umweg, der mich am Pump Room gegenüber der Abteikirche vorbeiführte, dafür hatte ich meine Gründe. So ein Pump Room ist ein anmutiger Ort der Geselligkeit, nicht zuletzt weil auch hier häufig musiziert wird. Selbst wer nicht trinkt oder musiziert, trifft sich hier für die eine oder andere Verabredung.

Um ehrlich zu sein, ich spähte bei jedem Gang in die Stadt nach Thomas Linley aus. Denn längst bedauerte ich es, mich nicht ordentlich von ihm verabschiedet und ihm keine Gelegenheit gelassen zu haben, mit mir eine weniger vage Verabredung zu treffen als auf dem Ball in London. Auch hätte ich mir dringend gewünscht, das Mißverständnis mit seiner jüngeren Schwester in den Assembly Rooms aufzuklären, obwohl er es vermutlich nicht einmal bemerkt hatte. Genauer gesagt, ging es mir darum, den schlechten Eindruck, den ich mit meinem schroffen Verhalten auf ihn gemacht haben mußte, durch ein liebenswürdigeres Auftreten auszugleichen.

Direkt vor dem Pump Room fing mich Rudolph zwei ab, ehe ich einen Blick hineinwerfen konnte. Er trat neben mich und zog mir die Noten aus der Hand, als wären wir sehr vertraut miteinander.

»Ah, ja, die Noten für das *concerto spirituale*, das hier unlängst einigen Beifall gefunden hat. Die Subskriptionslisten habe ich gesehen.«

Ganz sicher, daß er mir wie ein Hund nachfolgte, war ich zügig weitergegangen, er trug ja jetzt die Noten für mich. Ich wußte natürlich, worauf er anspielte. Sowohl Linley als auch mein Bruder veröffentlichten die Subskriptionslisten ihrer Konzerte – Linley hatte wohl damit angefangen –, um klarzustellen, wer aufgrund der hochgestellten Persönlichkeiten auf der Liste das bedeutendere musikalische Ereignis zu bieten hatte. Jeder, der etwas Geld hatte, Apotheker, Ärzte, Notare und Landadlige, ebenso wie die gemeinen Krämer, Bäcker und Schneider, wollte auf den Listen genannt sein. Daher erwiesen sie sich zwar als Anreiz für potentielle Besucher, wirkten aber doch einigermaßen kurios. Auf alle Fälle war ich nicht bereit, mit meinem Begleiter darüber zu reden, und streckte die Hand nach den Blättern aus.

»Bitte, ich hab's eilig, mein Bruder braucht die Noten für eine letzte Probe.«

Rudolph zwei schwenkte übermütig die Papiere. »Das ist

nicht Ihr Ernst, das ist verkehrte Welt. Sie geben erst das Konzert, und hinterher halten Sie die Proben ab?«

Wenn ich gewollt hätte, hätte ich jetzt von der Verpflichtung nach Bristol erzählen können, denn der Ruhm dieser makellosen Aufführung in Bath war bis in das Nachbarbad gelangt. Mit dem *concerto* sollte dort die Saison eröffnet werden, während die in Bath gerade endete.

»Tja, wissen Sie«, ich lief immer rascher, »mein Bruder duldet keine Nachlässigkeiten, er treibt unsere Musiker auch über die Saison hinaus in Hinblick auf die nächste bis zur äußersten Vollkommenheit, und erst, wenn sie erreicht ist, entläßt er das Orchester, aber das dauert noch ein Weilchen.«

Rudolph, der sich tapfer an meiner Seite hielt, schien ein bißchen verunsichert. »Ich hatte an einen Wechsel gedacht und wollte Sie bitten, sich für mich bei Ihrem Bruder zu verwenden. Aber wenn er zu solchen Überspanntheiten neigt ...«

Abrupt blieb ich stehen und bedachte ihn mit einem strengen Blick. »Wenn Ihnen die Sache der Musik nicht vollständig am Herzen liegt, wenn kein heiliges Feuer in Ihren Adern brennt, sind Sie bei meinem Bruder an der falschen Adresse.«

Obwohl mich seine ungläubige Miene reizte, verkniff ich mir das Lachen und sogar das leichteste Grinsen, um ihm ja keinen Hinweis darauf zu liefern, ob ich ihn veralberte oder nicht. Er sollte ruhig etwas zum Nachdenken haben. Rasch nahm ich ihm die Noten ab und lief nach einem kleinen Knicks davon. Ich war mir sicher, daß er mir nachstarrte und Bath einen Tag später um das eine oder andere Gerücht über die verrückten Herschelgeschwister bereichert sein würde.

Im übrigen hatte er mich wütend gemacht. Es war ja ganz offensichtlich, daß seine Aufmerksamkeit überhaupt nicht mir persönlich gegolten hatte.

Ziemlich verärgert betrat ich die Kapelle und ging schnurstracks durch den Mittelgang nach vorn. Wilhelm wartete schon ungeduldig auf mich.

Den Musikern war Müdigkeit anzumerken, Unkonzentriertheit oder Lustlosigkeit. Die Probe, die Mr. Street, einer der beiden Eigentümer der Kapelle, trotz des Engagements nach außerhalb erlaubt hatte, fanden viele wohl überflüssig.

Nach der Probe blieb ich mit dem Nachfolger Mr. Bulmans zurück und sammelte die Noten ein, während er die Pulte für den Abtransport nach Bristol zusammentrug. Mein Blick streifte nur einmal die einsame Gestalt in einer der letzten Stuhlreihen ganz hinten, ich wunderte mich, daß der Mann keine Anstalten traf zu gehen. Es kamen zuweilen Passanten herein, wenn sie die Musik von draußen hörten, es war nicht ganz korrekt, aber letztlich hinderte sie niemand. Bestimmt war es nicht meine Aufgabe, den Mann hinauszuweisen.

Zur Kontrolle sah ich die Noten durch und stieß dabei auf ein Blatt, das weder zu Pergolesis *Stabat mater* noch Marcellos *Psalmen* gehörte; es handelte sich um einen Psalm Wilhelms, der von der letzten Probe irgendwie zwischen die anderen geraten war. Damit das nicht noch einmal passierte, trug ich das Blatt zu einem Seitengelaß der Kapelle unter der Orgelempore, wo zusätzliche Stühle standen und die Talare des Pfarrers hingen. Dort befand sich auch ein eingebauter Kasten, in dem wir Noten aufbewahrten. Ich steckte den Psalm in ein dickes, in Leder gebundenes Buch, das die ausgeschriebenen Stimmen zu einer Reihe weiterer Psalmen und anderer Musikstücke Wilhelms enthielt. Darunter lag das Orgelbuch mit den Gesamtpartituren. Beide Bücher bildeten quasi das Resultat der Arbeit vieler Jahre. Wenn man das bedenkt, ist es erstaunlich, daß wir sie in einem Kasten aufbewahrten, zu dem der Schlüssel für jedermann greifbar an einem Bord darüber hing. So leichtsinnig hätten wir nicht sein dürfen.

Als ich mich umwandte und jemanden erblickte, der sich lässig an den Türrahmen lehnte und die eine Hand ausstreckte, um die Tür offen zu halten, erschrak ich zunächst. Hatte ich sie nicht hinter mir geschlossen? Der Mann war Thomas Linley, wie ich erst jetzt erkannte, der letzte, den ich an diesem Ort erwartet hätte. Er fuhr gleichfalls zusammen und trat hastig auf mich zu.

»Verzeihen Sie, ich bin ein Esel, Sie so zu erschrecken.«

»Das sind Sie wirklich«, bestätigte ich unverblümt und hätte mir am liebsten auf die Zunge gebissen. Eröffnete man so ein Gespräch mit einem Mann, dem man wochenlang vergeblich nachgejagt war?

Zerknirscht verbeugte er sich.

»Ihretwegen wäre ich imstande, mir die passenden Ohren wachsen zu lassen.«

Sein Ton gefiel mir, der Übermut in seinen Augen sprang unversehens auf mich über. Ich knickste tief und blickte spöttisch zu ihm auf.

»Sie sollten den Schwanz nicht vergessen.«

»Wenn es Ihnen nur gefällt, akzeptiere ich alles, was Sie mir aufbürden, Miss Herschel.«

»Vor allem gefällt es mir, jetzt nach Hause zu gehen, es gibt hier für mich nichts mehr zu tun.«

»Für mich erst recht nicht. Wir haben nicht gerade den gleichen Weg, aber darf ich Sie trotzdem nach Hause begleiten?«

Warum nur war er hier?

»Haben Sie die gesamte Probe gehört? Hat Ihnen die Musik gefallen?«

Er antwortete nicht sofort, sondern verließ mit mir die Kapelle und blieb an meiner Seite, als wäre es selbstverständlich, daß ich gegen seine Begleitung nichts einzuwenden hatte. Hatte ich auch nicht, allerdings hielt mein Verstand noch an einem Rest Mißtrauen fest, eingedenk der Begegnung vorhin mit Rudolph zwei.

Passanten, die ich nicht kannte, grüßten uns zuvorkommend, einige musterten uns neugierig. Da ich diese Beachtung nicht gewöhnt war, erregte sie mich unwillkürlich. An der Seite eines attraktiven Mannes war plötzlich alles intensiver gegenwärtig: die sonnengelb leuchtenden Säulen am Pump Room, die breite, gepflasterte Straße dahinter, die eleganten Kutschen, die von livrierten Dienern getragenen Sänften, die koketten Federhüte der Damen, am Ende sogar ich selbst. Ein schwindelauslösendes Hochgefühl, gegen das ich mich mit letzter Kraft wehrte. Durfte ich Thomas Linley auch nur ein bißchen über den Weg trauen?

»Was die Probe betrifft: Die Stücke kenne ich natürlich zur Genüge. Auf das Wie kommt es an.«

»Das ist ja wohl eine Binsenweisheit. Noten sind schwarze Kleckse auf Papier.«

»Die mit einem Bogenstrich lebendig werden. Ihr Bruder ist ein großer Musiker.«

Trotz des höflichen Kompliments spürte ich seinen Vorbehalt, immerhin war er ehrlich und verzichtete auf ölige Schmeicheleien, das ließ mich hoffen. Ich wurde neugierig.

»Was ist Musik demnach für Sie? Mein Bruder ist der Meinung, daß das Geheimnis der Musik in einer mathematischen Formel zu suchen sei.«

»Klingt mir nach Euler und anderen Phantasten. Sehen Sie, ich habe vor einigen Jahren in Italien, während ich bei Nardini studierte, einen jungen Mann in meinem Alter kennengelernt, Wolfgang Amadeus Mozart. Wir haben uns beim Musizieren angefreundet. Wie Ihr Bruder komponiert er, und ich möchte behaupten, daß er sehr viel von der Mathematik der Musik versteht, seine Musik ist nämlich von großer Klarheit und Heiterkeit, wie sie nur ein ganz logisch denkender Geist zustande bringt.«

»Aber das ist nicht das Wesentliche, nicht wahr?«

Er lächelte mich herzlich an, ohne zu antworten, sein Blick war entwaffnend offen. Wie schon einmal in dem Londoner Theater konnte ich mich seiner Verführung nicht entziehen, unwillkürlich seufzte ich hingerissen.

»Haben Sie Ihren Freund Mozart wiedergesehen seit Italien?«

»Wir schreiben uns, und er schickt mir Noten, ich bin süchtig danach. Wenn ich sie spiele, vergesse ich die Welt, auch mich selbst, mich überkommt eine ganz außerordentliche Leichtigkeit, als würde sich alles wunderbar erhellt in dieser Musik wiederfinden.«

»›Wunderbar erhellt‹ klingt sehr schön«, sagte ich leise.

Nur allzu gern hätte ich der Musik dieses Mozart gerade jetzt beim Gang durch die Stadt gelauscht, ich stellte mir lebhaft eine beschwingte Untermalung vor, einen so raschen Takt wie meinen Herzschlag, glaubte aber nicht ernsthaft, daß meine augenblickliche Hochstimmung noch zu steigern war. Thomas

Linley und ich empfanden im Hinblick auf Musik das gleiche, das verband uns auf eine Weise, wie sie mit Wilhelm nie möglich war. So jemanden wie Thomas hatte ich vermutlich schon mein ganzes Leben lang gesucht. Es kam einem Wunder gleich, daß wir uns gefunden hatten und er jetzt an meiner Seite ging. Wie vielen Menschen ist es denn vergönnt, dem einen, einzigen zu begegnen, dessen Seele das exakte Pendant zur eigenen bildet?

Meine nächste Bemerkung, die eigentlich nur einer momentanen Leere in meinem Kopf entsprang, hätte ich mir sparen sollen.

»Wird Ihre Schwester Mary bald den Platz von Elisabeth einnehmen?«

Linley wandte sich in einer raschen Drehung des Kopfes von mir ab. Ich Tropf hatte ihm die Laune verdorben.

»Möglicherweise wird Mary in der nächsten Saison auftreten.« Der Blick, mit dem er mich nun musterte, war unangenehm kühl. »Ich hätte lieber gewußt, wann beginnen Sie Ihren Part im Wettstreit der Herschels gegen die Linleys?« In seiner Stimme klang Unnachgiebigkeit auf. »Das Schicksal ist durchaus gnädig mit Ihnen verfahren. Elisabeth stand seit ihrem zwölften Jahr auf der Bühne, ich seit meinem zehnten, seien Sie froh, daß Sie erst erwachsen werden durften. Mary ist gerade erst fünfzehn geworden.«

»Es ist aber auch kein Vorzug, so lange warten zu müssen. Und was den Streit betrifft, es war doch Ihr Vater, der meinem Bruder erst kürzlich in einem Artikel einen ›gemeinen und verachtenswerten Charakter‹ angelastet hat.« Warum konnte ich nicht meinen Mund halten? Ein Spaziergänger drehte sich nach uns um, also fielen wir schon unangenehm auf, ich zumindest, weil ich zu laut gesprochen hatte.

»Nachdem Ihr Bruder meinen Vater einen ›Monopolisten der Benefizkonzerte‹ tituliert hatte. Finden Sie das eine geschmackvoller als das andere?« Thomas ließ jetzt ebenfalls die Zügel schießen.

Unversehens wußten wir nicht mehr weiter, deshalb legten wir das ganze letzte Stück in einem ungemütlichen Schweigen zurück. Das Gleichmaß unserer Schritte löste sich auf, ich stolperte neben ihm einher, um nicht den Anschluß zu verlieren, denn er ging jetzt rascher. Für meine Ungeschicktheit hätte ich mich ohrfeigen mögen. Erst als unser Haus in Sicht kam, verlangsamte er das Tempo, blieb stehen und verneigte sich gemessen.

»Werden Sie mir demnächst Gelegenheit geben, mich weiter mit Ihnen zu streiten?«

War seine Bemerkung nur ironisch oder auch versöhnlich gemeint? Verunsichert deutete ich einen Knicks an.

»Streiten? Ich streite mich nicht, bisher war ich eine durchaus friedfertige Natur, und in die Angelegenheiten meiner Brüder mische ich mich grundsätzlich nicht ein – falls man mich nicht geradezu darauf anspricht. Trotzdem danke ich für die Begleitung und wünsche Ihnen einen guten Heimweg, Mr. Linley, die letzten Schritte komme ich allein zurecht.«

Auf einmal überfiel mich Angst. Angst, Wilhelm könnte mich mit Thomas sehen und mir ähnlich unangenehme Fragen stellen wie Alexander. Auf einmal verwünschte ich mich, weil ich Wilhelm nie direkt auf Thomas Linley angesprochen hatte. Daß ich nie von meiner Begegnung mit ihm in London erzählt hatte. Auf einmal erschienen mir die Heimlichkeiten, die ich jetzt nicht ohne weiteres aufdecken konnte, nicht ohne mich in Verfänglichkeiten zu verirren, unverzeihlich.

Ich ließ Thomas keine Zeit, etwas zu entgegnen, wandte mich nicht mal nach ihm um, sondern sprang die wenigen Stufen zum Eingang hinauf und öffnete aufatmend die Haustür. Dann drückte ich sie von innen ins Schloß und lehnte mich dagegen.

Warum stritt ich überhaupt über die Familienquerelen zwischen den Linleys und den Herschels mit Thomas? Aus purer Dummheit, mußte ich zugeben, schließlich war ich nicht sehr erfahren in Liebesdingen.

12

Über meine Gefühle für Thomas hätte ich schon gern mit jemandem geredet. Elisabeth mit ihrer praktischen Ader wäre eventuell die Richtige für so ein intimes Gespräch gewesen.

»Meinst du, ich kann ihm vertrauen?« hätte ich sie gefragt. Sie hätte das Nähzeug beiseite gelegt, sich gemütlicher in ihrem Stuhl zurechtgerückt und sich mit aller Anteilnahme auf eine längere Unterhaltung eingelassen.

»Ich denke, du liebst ihn.«

»Ja, sicher …«

»Ohne Vertrauen kann man überhaupt nicht lieben, entweder du liebst oder du mißtraust.«

»Und woher weißt du das? Warst du schon einmal mit Haut und Haaren und allem, was dazugehört, verliebt, stand dir vor Verlangen der Verstand still?«

»Mein liebster Anselm …« Maliziös hätte sie die mageren Schultern gehoben.

»Und was ist mit Jakob?«

»Was soll mit Jakob sein?«

Elisabeth war mir nicht einmal in meiner Phantasie eine Hilfe.

Wilhelm hätte mein Vertrauen verdient, ich hätte es ihm sogar geschuldet. Keinesfalls wollte ich ihm so in den Rücken fallen, wie es Alexander mit der Bulmangeschichte fertiggebracht hatte. Eigentlich mußte ich nur noch meinen Mut zusammenraffen und dann einen ruhigen Moment abwarten, in dem er mir endlich richtig zuhörte.

Ein paar Tage später erhielt ich ein Billett von Thomas Linley. Zum Glück konnte ich das Schreiben persönlich in Empfang nehmen, ich mochte mir nicht mal ausdenken, welche Fragen mir Alexander oder gar Wilhelm gestellt hätte, wenn der Bote einem von ihnen das Billett ausgehändigt hätte.

Immerhin wurde mir klar, daß die Heimlichkeiten zwischen Thomas Linley und mir mit diesem Briefchen vermutlich eine neue Stufe erreichen würden. Ganz kühn lud er mich zu einer Spazierfahrt ein. Einerseits freute ich mich, andererseits löste der Vorschlag geradezu Panik in mir aus, denn ich wußte nicht, wie ich reagieren sollte. Die Einladung anzunehmen, ohne mit Wilhelm vorher darüber zu sprechen, kam überhaupt nicht in Frage. Um mir eine Strategie zurechtzulegen, brauchte ich Bedenkzeit, sah mich aber außerstande, gefaßt und kühl nachzudenken und kam mir innerhalb von zwei Stunden immer mehr wie eine der hohlköpfigen Gänse vor, denen ich auf den Londoner Gesellschaften begegnet war und über die ich mich so gern lustig gemacht hatte. Junge Frauen wie Sarah und Georgina. Natürlich hätte ich kurz und bündig eine Absage erteilen können. Dazu war ich aber erst recht nicht in der Lage, und so verfiel ich am Ende auf einen Ausweg. Ich lehnte die Einladung ab, schrieb Thomas aber, daß ich gelegentlich entlang des Avon spazierenging, vorzugsweise an Sonntagnachmittagen.

Obwohl sich der nächste Sonntag nicht sonderlich zum Flanieren eignete, setzte ich meinen Hut auf und redete Wilhelm den Gedanken aus, mich begleiten zu müssen. Er schien froh, bei seinen astronomischen Berechnungen und Büchern bleiben zu dürfen.

Nachdem ich beinahe eine Stunde mutterseelenallein am Flußufer entlanggegangen war, kam ich mir nur noch albern vor und verwünschte den Einfall, auf den ich mir soviel eingebildet hatte. Offensichtlich dachte Thomas Linley nicht daran, meinem Wink Folge zu leisten. Alles, was ich wollte, war, rasch den feuchten Uferwiesen den Rücken zu kehren. Möglicherweise hatte ich mich einfach nur falsch ausgedrückt, schließlich schlängelte sich der Avon in einer Menge Windungen durch die Stadt, und ich hatte für meinen Spaziergang nicht die von den Bathern bevorzugte Uferpromenade gewählt. Jedenfalls sahen Thomas Linley und ich, als wir uns dann doch noch trafen, beide wie streunende Katzen aus: etwas struppig vom Wind und etwas feucht vom Sprühregen. Das war aber nicht so wichtig. Mein Schirmchen nützte nicht viel, bot aber den Vorwand, meinen Begleiter so dicht wie möglich an mich herantreten zu lassen. Von dem Augenblick an machte mir der Regen überhaupt nichts mehr aus.

Zufällig streifte mein Blick seinen Hals und blieb an einer Stelle kurz unter seinem Ohr hängen, an der sich eine Strähne ringelte, die das samtene Haarband nicht erfaßt hatte. In Gedanken umfaßte ich Thomas' Nacken, auf der Suche nach dem Punkt, der mir seinen Herzschlag mitteilen würde.

Noch während ich das Gras am Ufer des Avon roch, die schwere Regenluft und vor allem den Duft des Mannes vor mir – Puder, Gesichtswasser, Kleider, von den Ausdünstungen seiner Haut durchtränkt, Kolophonium –, eilte meine Phantasie in Riesenschritten voraus.

Thomas nahm zur Begrüßung meine Hand und küßte sie behutsam und lange, und dann die zweite. Das war keine konventionelle Geste mehr, sondern ein Bekenntnis, und ganz kurz dachte ich: Hoffentlich übersieht er meine eingerissenen Nägel, dann aber spürte ich nur noch seine Lippen weich auf meiner Haut, Lippen mit sanft geschwungenem Venusbogen voller Hingabe und Zärtlichkeit, mir blieb der Atem stehen, ich zitterte vor Begierde.

Meinen Schirm erfaßte unterdessen eine Windbö und trug ihn davon. Wie ein Riesenrad trudelte er den Weg entlang und überschlug sich. Unwillkürlich hab ich aufgeschrien. Thomas machte sich, ganz Kavalier, unverzüglich daran, die Verfolgung aufzunehmen. Wäre ich wirklich eine Dame gewesen, hätte ich ihn rennen lassen. Er lief ein bißchen ungeschickt, so, als wäre er das Rennen nicht gewöhnt, und das spornte mich unvermittelt an. Außerdem dachte ich, er holt den Schirm ja nie ein. Deshalb raffte ich meine Röcke bis zu den Knien und setzte ihm nach. Sobald wir gemeinsam den Ausreißer einfingen, brachen wir unwillkürlich in Lachen aus, das bewahrte mich davor, mich für mein Betragen auch nur ein bißchen zu schämen. Thomas wischte sich lachend über das feuchte Gesicht, strich die Haare zurück, und diese Geste kam mir bereits seltsam vertraut vor.

Danach sind wir entspannt weitergegangen und haben den Regen als sanfte Berührung genossen, nach der wir von Zeit zu Zeit beide die Hand ausstreckten. Geredet haben wir über Nichtigkeiten: die Aussicht, das Wetter, egal was, solange der Grundton der gleiche blieb, die Wärme in der Stimme, das Timbre, das sein Gefühl für mich verriet.

Erst viel später sprachen wir über Sängerinnen und Schauspielerinnen.

»Eine Frau muß genau wissen, auf welche Kreise sie sich

einläßt, diese Berufe bringen es mit sich, daß ihre Vertreterinnen allesamt«, Thomas legte eine minimale Pause ein, »leichtlebig sind.«

Ich war sicher, er wollte eigentlich Huren sagen. Meine Brüder waren leichtlebig und dennoch anerkannte Musiker, und kein Mensch scherte sich darum, was sie außer der Musik sonst noch trieben. Sie wurden in die ehrbarsten Häuser eingeladen und mit Respekt behandelt.

»Sie wollen mir weismachen, daß jede Frau, die sich entschlossen hat, auf einer Bühne zu stehen, notwendigerweise der Unmoral verfällt?«

Thomas betrachtete mich prüfend. »Jede Frau auf einer Bühne wird zur Schau gestellt. Sie kann die hehrsten Absichten haben und sich der hohen Kunst widmen wollen, aber letztlich dient sie bloß dem Vergnügen der Leute. Das schafft bereits eine gewisse Zwielichtigkeit. Außerdem weiß jedermann, daß ein Künstler auf Veranstalter, Proklamateure und vor allem auf Protektion angewiesen ist. Eine Frau kann hinter den Kulissen ein untadeliges Leben führen, es glaubt ihr dennoch keiner.«

»Ihren Schwestern auch nicht?«

Er lächelte, obwohl er hätte wütend sein müssen, weil ich wieder einmal seine Schwestern ziemlich hinterhältig ins Spiel brachte.

»So weit ich weiß, hat noch nie jemand den Ruf Elisabeths in Frage gestellt, wenn man vom Klatsch nach der Flucht mit Sheridan absieht, und Mary zählt noch gar nicht. Sie lassen sich ungern von ihrem Kurs abbringen, nicht wahr?«

»Verwundert Sie das so?« Auf einmal wurde ich ungeduldig, ich war diesen Gesprächsgegenstand herzlich leid. Auf dem Avon glitt ein Boot an uns vorüber, mit vier Ruderern besetzt. Was die jungen Männer zu diesem feuchten Vergnügen veranlaßt hatte, war mir rätselhaft. Ihnen schien jedenfalls der Regen, der auf bereits aufgeweichte Perücken und Haarbeutel tropfte, auch nichts auszumachen. Einer erhob sich halb und winkte nachlässig, vielleicht fragte er sich gerade ebenfalls, wieso wir hier bei diesem Wetter herumliefen.

»Wissen Sie«, fuhr Thomas fort, »meine Schwestern stehen immerhin unter dem Schutz der Familie. Mein Vater …«

Unhöflich unterbrach ich ihn. »Ich werde nie für jemand anderen als meinen Bruder Wilhelm singen. Und können wir jetzt bitte über etwas anderes reden?«

Mein heftiger Tonfall hatte ihm wohl die Sprache verschlagen. Er blieb stehen und musterte mich schweigend und vielleicht auch unsicher. Eigentlich hatte ich nur über nichts mehr reden wollen, was weitere Unstimmigkeiten hervorrufen würde. Als ich sein unglückliches Gesicht wahrnahm, fragte ich mich, ob er zurückzucken würde, wenn ich einfach meinen verwirrten Kopf an seine Schulter und den Arm um seine Taille legte, während mein Schirm unser beider Gesichter vor dem Regen schützte.

Auf dem Fluß glitt das Ruderboot davon, immer undeutlicher in der verhangenen Regenluft. Ein paar Augenblicke noch klangen die Stimmen wie ein gespenstisches Echo zu uns herüber.

Später am Abend habe ich die Stunden am Fluß auf der Suche nach einem verborgenen, tieferen Sinn in unserem Gespräch in Gedanken noch einmal durchlebt, kam aber zu keinem nennenswerteren Ergebnis als diesem: Du sagst das eine, meinst aber noch etwas anderes.

13

Am nächsten Sonntagnachmittag bestand Wilhelm darauf, mich zu begleiten. Vielleicht war er mißtrauisch geworden und wollte sehen, was mich schon wieder zum Avon trieb. Er rannte aber derart, daß ich kaum Schritt halten konnte, und er redete unentwegt von den Sternen.

»Es gibt so viel zu tun, und es geht alles so langsam voran«, murrte er, während er aufmerksam den Weg hinabspähte, statt die Blicke über den ruhigen Fluß und die am jenseitigen Ufer ansteigenden, von Schafen beweideten Hügel schweifen zu lassen.

»Ja, Wilhelm.«

Ich hielt ebenfalls Ausschau und fragte mich dabei beklommen, wie ich möglichst unverfänglich und heiter ein Gespräch einleiten sollte, falls wir auf Thomas stießen. Bisher hatte ich mit Wilhelm noch nicht über ihn geredet, weil mir die richtigen Worte fehlten. Mir war aber inzwischen aufgegangen, worüber ich mit Thomas Linley am vergangenen Sonntag eigentlich gesprochen hatte, beziehungsweise, was er mir zu verstehen geben wollte. Irgendwann war mir eine Unterhaltung mit Deborah eingefallen, bei der sie mich nach Musikerehen befragt hatte. Offensichtlich gab es für Thomas in meinem Fall nur zwei anständige Alternativen: Singen für Wilhelm oder eine Ehe ohne Bühnenauftritte. Allerdings traten an den Londoner Theatern gelegentlich auch Sängerinnen auf, über die keine anrüchigen Geschichten in Umlauf waren, das mußte auch Thomas bekannt sein. Aber vielleicht waren das tatsächlich Ausnahmen.

Mein Leben sollte nur der Liebe eines Mannes gewidmet sein? Allerdings würde ich es mit Thomas besser treffen als Sophia mit ihrem Ekel Griesbach, die mir bisher bei jedem Gedanken an eine Ehe sofort als abschreckendes Beispiel vor Augen gestanden hatten. Aber schon in der Bibel steht: Du wirst Vater und Mutter verlassen, um zu heiraten, ich nahm einfach mal an, daß das Bibelgebot Brüder einschloß. Wie würde ich mich also verhalten, wenn uns Thomas entgegenkam?

»Man muß sich nur mal vorstellen, daß wir etwa eintausendfünfhundert Jahre auf der Stelle getreten sind und wie die Wiederkäuer Ptolemäus nachgebetet haben, der lediglich zusammengeschrieben hat, was Pythagoras, Aristoteles, Platon und andere vor ihm verbreitet haben. Der Kerl hat nicht einen eigenen Gedanken gehabt. Dabei lag die Wahrheit längst auf der Hand. Es glaubte ihr nur keiner.«

»Ja, Wilhelm.« Mittlerweile schien mir gewiß, daß er mit Thomas rechnete, irgendwie mußte er von unserem Spaziergang am Fluß erfahren haben, anders konnte ich mir dieses Ausschauhalten nicht erklären. Wer hatte uns außer den Ruderern gesehen? Ich verwünschte mich dafür, daß ich nicht besser achtgegeben hatte. Aber möglicherweise ergab sich ja überhaupt kein Konflikt, Wilhelm schätzte Thomas doch, er hatte es mehrfach bekräftigt, es hatte mich nur nie ganz überzeugt. Ich war jetzt wahrhaftig gespannt, wie es weitergehen sollte.

»Anaxagoras hat sich bereits zutreffende Gedanken über die Mondphasen gemacht und den Mondschein als reflektiertes Sonnenlicht identifiziert, während Aristoteles hundert Jahre später über den Mond nichts als Blödsinn zum besten gab, den dieser Esel Ptolemäus dann noch vierhundert Jahre nach Aristoteles verbreitete.

Und Aristarch von Samos hat die Sonne richtig als Mittelpunkt unseres Planetensystems erkannt. Er vermutete sogar, daß die Sonne viel größer als die Erde ist und sehr weit entfernt, und er hat die Bewegungen der Erde beschrieben: daß sie die Sonne umkreist und sich dabei um sich selbst dreht und daß dagegen der Eindruck, Planeten, Sterne und Sonne kreisten um sie, auf nichts als einer optischen Täuschung beruht. Die Sterne waren übrigens für ihn ferne Sonnen. Das war den Griechen einfach zuviel, so wie sie schon Anaxagoras' Behauptung, die Sonne sei etwa so groß wie der Peloponnes, für maßlos übertrieben hielten.«

Auf dem Avon glitt diesmal kein Boot vorbei, es regnete auch nicht, nur ein alter Herr mit einem Hund kam uns entgegen und grüßte gemessen. Hatte doch einer der Ruderer mich und Thomas erkannt? Warum war ich so davon überzeugt, daß Wilhelm nach ihm ausschaue und auf eine Begegnung spekuliere? Sein eintöniger Monolog über die Astronomie der alten Griechen ließ nicht im entferntesten erkennen, daß ich in seinen Gedanken überhaupt eine Rolle spielte. Wilhelm sprach mit dramatischen Gesten, ich mußte mich vorsehen, daß mich nicht aus Versehen seine Hand traf. An der Biegung des Flusses, an der neulich das Ruderboot verschwunden war, kehrte er um, auf einmal hatte er Eile, etwas in seinen Büchern nachzuschlagen. Anscheinend fiel ihm erst vor unserem Haus wieder ein, daß ich neben ihm ging, denn erst jetzt wandte er sich mit einer Frage an mich.

»Hast du letztens das Partiturenbuch mit nach Hause genommen?«

»Warum sollte ich, du hast mir nicht gesagt, daß du es brauchst.«

»Ich brauche es nicht. Es war nur ein Zufall, daß ich heute morgen nach dem Gottesdienst den Kasten aufgeschlossen und nachgesehen habe. Die regulären Noten lagen ja wie immer auf der Orgelbank.«

»Es kann nicht verschwunden sein«, sagte ich desinteressiert.

Warum war Thomas nicht gekommen, was hatte ihn aufgehalten?

»Die Frage ist vielmehr, wohin ist es verschwunden? Das Buch mit den ausgeschriebenen Stimmen fehlt auch.«

»Das ist schon merkwürdig. Du machst dir wirklich Sorgen?«

Wenn mir Thomas auch nur das geringste Interesse entgegenbrachte, hätte er mich treffen müssen. Würde mich Wilhelm freigeben, wenn Thomas um meine Hand anhielte? War das denkbar, daß er auf mich verzichtete, nachdem er soviel Zeit auf meinen Unterricht verwandt hatte und mit mir rechnete? Nicht nur mit meiner Hausarbeit, auch mit meiner Assistenz bei seinen Sternerkundungen und meiner Gesellschaft, wenn ihm langweilig war. Eine Herschelsängerin bei den Linleys? Einfach unmöglich.

»Gedanken, Sorgen noch nicht. Sorgen noch längst nicht. Obwohl ... es gibt, bei Licht besehen, keine vernünftige Erklärung für das Verschwinden«, er blickte starr die Straße entlang, auf der sich eine Kutsche näherte, und wartete, bis sie an uns vorbeigerattert war, »außer Diebstahl.«

Als ich ins Haus trat, hielt mich unser Mädchen auf. Sie kramte einen versiegelten Brief aus ihrer Schürze und knickste ängstlich.

»Der Brief ist gestern für Sie abgegeben worden, Miss, während Sie in der Abendandacht waren. Der Bote hat gesagt, er ist für Sie, aber ich habe ihn in der Schürze vergessen.«

Wenn ich das Mädchen ausgescholten hätte, wäre Wilhelm nur aufmerksam geworden. Daran lag mir nicht das geringste, denn ein flüchtiger Blick auf die Handschrift hatte mir schon so gut wie sicher verraten, wer mir geschrieben hatte. Bevor ich aber in mein Zimmer hinaufhastete, um in aller Ruhe das Siegel zu erbrechen, lief ich rasch Wilhelm nach, mir waren, noch während ich den Brief in meinem Ärmel verschwinden ließ, ein paar unangenehme Gedanken gekommen.

»Hast du den Beschließer der Oktogon-Kapelle wegen der Bücher befragt?«

Wilhelm hatte sich bereits in seinem Studierzimmer niedergelassen, aber keine Anstalten getroffen, sich in seine Sternkataloge und Berechnungen zu vertiefen. Seine Hände lagen ungewöhnlich reglos auf dem blanken Tisch.

»Wir haben zusammen überlegt, wann wir die Bücher zuletzt gesehen haben, das muß vor etwa einer Woche gewesen sein. Alexander war das letzte Mal vor dem Konzert in Bristol bei uns, kann also auch nichts mit dem Verschwinden zu tun haben, das wäre ja noch die einfachste Erklärung. Auf alle Fälle schreibe ich ihm. Der Diener wies mich darauf hin, daß ab und zu Leute in die Kapelle kämen, die dort an sich nichts zu suchen hätten. Aber es ist doch etwas anderes, ob sich jemand zum Verschnaufen in die letzte Reihe setzt oder herumschlendert und dabei die Örtlichkeiten ausspäht. Ich habe auch alle Choristen gefragt, und die Frau von Josiah Hammersmith sagte, sie hätte, als sie einmal ihren Mann abholte, jemanden bemerkt, der ihr nicht ganz unbekannt vorkam, in der Woche nach dem Konzert in Bristol. Sie gibt mir Bescheid, wenn sie den Mann zufällig wiedersieht, er sei noch recht jung und gut gekleidet gewesen.«

Demnach hatte er bereits eine regelrechte Detektivarbeit geleistet, um das Verschwinden der Bücher aufzuklären. Daß ihm die Sache so wichtig war, hatte er vorher nicht durchblicken lassen. Ich mußte mich dringend ebenfalls damit befassen, ein Gedanke hatte mich ja zu ihm getrieben, eigentlich mehr als ein Gedanke der Sorge, eine schreckliche Ahnung, der er gerade noch etwas Nahrung gegeben hatte. Ein gut gekleideter Fremder in der Oktogon-Kapelle. Hatte ihn der Zufall dorthin geführt oder eine Absicht? Sicherlich hätte ich mir den jungen Mann genauer beschreiben lassen können.

»Wilhelm, das wird sich aufklären. Wer sollte denn Interesse an deinen Partituren haben?«

Die Antwort lag auf der Hand: natürlich ein Musiker, der aus den Partituren Kapital schlagen konnte. Ziemlich ratlos ließ ich Wilhelm allein, ohne diese simple Wahrheit auszusprechen. Die Bedrücktheit, die mich auf einmal ergriff, wollte ich erst später ausloten.

Thomas Linley schrieb mir, er habe überraschend mit seinem Vater, den Schwestern und dem jüngeren Bruder nach London reisen müssen. Schwager Sheridan habe einen Coup an einem Londoner Theater im Auge, an dem sich die Familie Linley beteiligen solle. Er aber würde die ganze Zeit in London an eine zärtliche Freundin mit einem Faible für Regentage denken, denn er habe unseren Spaziergang sehr genossen. Wir müßten uns wiedersehen, sobald er abkömmlich sei. Mit mir zu reden sei ihm so wichtig. Und meine Stimme zu hören, mein ungekünsteltes Lachen und daß ich rennen könne wie ein Junge. Diesen Brief würde er einem Freund mitgeben, er hoffe, er gelange sicher in meine Hände, und ich würde ihm die späte Nachricht verzeihen.

Sehr langsam Wort für Wort las ich das kurze Schreiben und weigerte mich, mehr als belanglose Koinzidenzen zu vermuten. Die ganze Familie Linley, allesamt ehrgeizige Musiker, reist auf unbestimmte Dauer nach London, um dort irgendwie groß herauszukommen, und zur gleichen Zeit verschwinden Wilhelms unersetzliche Partituren. Die Zusammenhänge drängten sich viel zu offensichtlich auf, um wahr sein zu können, der Verdacht war viel zu häßlich und unwürdig.

Diesen Verdacht überhaupt gefaßt zu haben, machte mich fast krank, mir war hundeelend zumute, ich machte mir Vorwürfe, ich schämte mich zutiefst. Dennoch hatten sich die Gedanken nun einmal eingestellt und wollten nicht mehr verschwinden.

Ohne mit Wilhelm vorher darüber zu reden, besuchte ich Mrs. Hammersmith. Ihre kleinen schwarzen Augen lachten unentwegt, das ganze, breitflächige Gesicht verzog sich, während sich die rundliche junge Frau mit dem strähnigen

Blondhaar in den Hüften drehte und unentwegt giggelte, sie brachte nicht einen Satz korrekt zu Ende, immer wieder schlug sie sich die Hand vor den Mund, als könnte sie es nicht fassen, über die gleiche Sache noch einmal befragt zu werden. Über das Äußere eines jungen Mannes erschöpfend Auskunft zu geben, stürzte sie offensichtlich in die tiefste Verlegenheit.

»Oh, Miss Herschel, so jung noch, hübsch …«, wieder ging ein Teil im Gekicher unter, »stattlich gewachsen. Ja, was soll ich noch sagen, ein eleganter Herr halt, ja, ja, hinten in der Kapelle … hellgelbe Kniehosen.«

Entmutigt verließ ich sie. Thomas Linley hatte bei unserem Spaziergang gelbe Kniehosen getragen. Alexander besaß ebenfalls welche, und je mehr ich darauf achtete, desto mehr entdeckte ich in der Stadt, ich war geradezu begierig, Männerbeine in gelben Kniehosen zu erspähen, denn mit jedem Paar schien der Verdacht von Thomas ein Stückchen abzurücken.

14

Ich hastete über den Markt, ständig auf der Suche nach Deckung. Meine Haare hatte ich nur nachlässig unter eine schlichte graue Leinenhaube gesteckt, man hätte mich leicht für ein Küchenmädchen halten können, das war mir aber vollkommen gleichgültig. Mein Äußeres hätte mir nicht gleichgültiger sein können in den vergangenen Wochen.

Der Sommer ging zu Ende, und ich hatte nicht eine Zeile aus London erhalten, nicht einmal ein Gerücht von dort gehört. Ich spürte die ganze Demütigung einer Getäuschten, ich mußte immer wieder an Deborah denken, genau das mußte sie empfunden haben, exakt diesen vernichtenden Schmerz. Eine ständige, herzzerreißende, elende Unruhe.

Und vorhin hätte ich beinahe aufgeschrien, hatte mich aber noch rechtzeitig gefaßt.

Es war eine unglaublich unglückliche Situation gewesen: Nur einige Meter vor mir, wo die Reihen der Marktstände einen kleinen runden Platz freiließen, entdeckte ich in einer

Gruppe schwatzender junger Leute, von denen keiner nach Hausarbeit aussah, Thomas Linley und seine Schwester Elisabeth. Als er den Kopf in meine Richtung drehte, dachte ich nur noch an mein vernachlässigtes Aussehen. Alle Gründe dafür fielen mir ein, das ewige Notenkopieren, die auf dem Dach bei der Sternenguckerei verbrachten Nächte, die mich tagsüber vor Müdigkeit taumeln ließen, die Gesangsproben, die Waschtage, alles, was mich davon abhielt, Zeit auf mein Äußeres zu verschwenden – nur an meine Resignation wollte ich nicht denken, während ich blitzartig hinter einem Esel Deckung suchte, der mir mit seinem Schweif durchs Gesicht fuhr, weil ich ihm zu nahe kam.

Der Geschmack und der Geruch von Eselsdreck, beschämender ging's wirklich nicht mehr. Hastig hatte ich mich umgewandt und die Flucht ergriffen.

»Aber so hören Sie doch, warum bleiben Sie denn nicht stehen, wie weit muß ich Ihnen noch hinterherlaufen? Jetzt sagen Sie doch: Hat Sie dieser Esel getreten?«

Allem Anschein nach hatte ich den Boden der Scham noch nicht erreicht, ein Stück fehlte. Thomas Linley sah mir prüfend ins Gesicht, nachdem er mich erst aufgehalten und dann zu sich herumgedreht hatte.

»Miss Herschel, sind Sie wohlauf?«

Jetzt half nur Tapferkeit weiter. Langsam, aber nicht verstohlen, wischte ich mir über das Gesicht, wobei ich etwas Krümeliges an der Hand spürte.

»Und das noch.« Thomas tupfte mir mit ernstem, konzentriertem Blick etwas von der Nase.

Mir wurden die Knie weich vor Zärtlichkeit. So vertraut, so familiär ging er mit mir um, das hätte ich nie erwartet, das war herzergreifender als jede Liebeserklärung. Um ein Haar hätte ich mich völlig hingerissen gegen ihn sinken lassen.

Er sah erhitzt aus, wieder einmal hing ihm das Haar ins Gesicht, das gab ihm einen jungenhaften Charme, er mußte hinter mir hergerannt sein, an allen Ständen vorbei, vor den Augen der Leute. Auf seine Würde bedacht war er wirklich nicht, also konnte auch ich getrost auf meine pfeifen.

Schon wieder mutiger schaute ich mich um. Elisabeth und ihre Begleiter waren nicht mehr zu sehen, wir hatten sie weit hinter uns gelassen.

»Wollen Sie nach Hause?«

Vehement schüttelte ich den Kopf. »Was machen Sie hier? Ich dachte, Sie wären in London. Ich habe kein Wort mehr von Ihnen gehört.«

Der Blick aus seinen schönen blauen Augen wirkte ein bißchen schuldbewußt. »Ich wollte Ihnen so oft schreiben. Sie haben doch meinen ersten Brief bekommen?«

Thomas war der schönste Mann, der je von mir Notiz genommen hatte. Schon deshalb betete ich ihn unverhohlen an.

»Sie haben mir nur Ihre plötzliche Abreise mitgeteilt.«

»Mein Schwager Richard Sheridan hat das Drury Lane Theater in London gepachtet. Mein Vater wird den Posten des Direktors übernehmen. Im Augenblick stellen wir ein Orchester zusammen und arbeiten ein Programm mit ganz neuen Stücken aus. Aber das ist alles noch geheim.«

So viel hatte ich gar nicht erfahren wollen, vor allem nichts über geheime, neue Musikstücke. Wo sie die wohl her hatten?

»Dann wundert es mich, Sie hier auf dem Markt zu treffen.« Mit aller Kraft hielt ich meine Gedanken im Zaum und versuchte, mich vollständig auf die Situation zu konzentrieren, hatte aber damit meine Schwierigkeiten. Bemerkte er denn nicht mein vernachlässigtes Aussehen? Inzwischen war ich weitergegangen, und er hielt ganz selbstverständlich neben mir Schritt.

»Elisabeth wollte einige Dinge aus ihrem Elternhaus holen, deshalb habe ich sie begleitet, in ein paar Tagen reisen wir zurück.«

Dafür, daß mir jede Regung vom Gesicht abzulesen war, habe ich mich immer verwünscht. Nur ein kurzer Besuch, nicht mehr, und er hat nicht einmal daran gedacht, sich mit mir in Verbindung zu setzen. Wahrscheinlich bin ich ihm erst wieder eingefallen, als er mich zufällig hier auf dem Markt gesehen hat. Ich drehte mich weg von ihm, damit er meine Enttäuschung nicht bemerken konnte.

»Vermissen Sie nicht manchmal London? Würden Sie nicht

lieber in London leben?« Seine Stimme klang verführerisch weich, fast schon zärtlich.

»Ach, London«, ich seufzte, »Sie haben jetzt Ihre ganze Familie dort?«

Mir wurde bewußt, daß ich den Weg zur Oktogon-Kapelle eingeschlagen hatte, ich schleppte meine Rüben, die Tüte Mehl und ein totes Huhn zur Kapelle und wußte nicht, warum, wagte aber jetzt auch nicht umzukehren.

»Wir sind ein Familienunternehmen.«

»Ihren Bruder Oziah habe ich überhaupt noch nie gesehen.«

»Oziah?« Thomas lächelte versonnen. »Stellen Sie sich einen siebzehnjährigen Schlacks mit meinem Gesicht und meiner Figur vor, dann haben Sie Oziah.«

Mir kroch etwas den Rücken hinunter, Furcht vermutlich, Abwehr. Mrs. Hammersmith' Giggelstimme überdeckte in meinem Ohr die meines Begleiters:

»Ein junger Mann, Miss Herschel, gut gebaut, wirklich, sehr schlank, elegant, braunes lockiges Haar, ein sehr junger Mann, Miss Herschel.«

»Dann könnte man Sie direkt verwechseln?« Die Sprödigkeit hatte sich gerade erst in meine Stimme eingeschlichen, die Worte knarrten richtig, weigerten sich, herauszukommen, das verstand ich gut, ich wollte mich auch standhaft weigern, weiterzudenken, aber mein Verstand gehorchte nicht, er neigt zur Gründlichkeit.

»Das nun nicht gerade. Werden Sie wieder einmal Ihre Freundin Mrs. Colebrook in ihrem Haus in London besuchen? Dann lade ich Sie ins Drury Lane Theatre ein.«

Noch zwei Biegungen nach links, die Straße hinunter zur Oktogon-Kapelle. Bis dahin mußte ich etwas herausgefunden haben, um an der Seite von Thomas auch nur eine Spur Glück zu empfinden ohne Gewissensbisse Wilhelm gegenüber.

»Seit wann ist Oziah denn schon in London?«

Ein rascher Seitenblick zeigte mir sein Stirnrunzeln, den Anflug von Unmut, bevor sich seine Züge wieder glätteten und die Höflichkeit die Oberhand gewann.

»Es sollte mir schmeicheln, daß Sie soviel Anteil an meiner

Familie nehmen, es macht mir Hoffnung, daß Ihr Interesse ein wenig auch mir gilt. Oziah? Seit dem Frühjahr.«

In Gedanken rechnete ich zurück, vergewisserte mich, wann mich Thomas in der Oktogon-Kapelle angesprochen hatte und stellte dann eine sehr präzise Frage dazu, die ihn so überrumpelte, daß er stehenblieb.

»Miss Herschel, ich versteh Sie nicht. Warum fragen Sie so etwas? Warum ist dieses Datum wichtig?«

Es waren nur noch ein paar Schritte bis zur Oktogon-Kapelle, deren Portal hoffentlich nicht verschlossen war. Nur noch einen Augenblick und dann die Tür aufreißen, hineinflüchten und die widerwärtige Szene vergessen.

Thomas Linley wirkte irritiert, sah mich fragend an, beinahe strafend. Vollkommen unschuldig. Der grazile achteckige Bau in meinem Rücken weckte keinerlei Schuldgefühle in ihm, keine alarmierenden Erinnerungen.

Ich dagegen fühlte mich unwohl mit meinem Verdacht gegen ihn, ich hatte die sonderbare Vorstellung, daß er mir vom Gesicht abzulesen sein müßte.

»Leider versteh ich Sie wirklich nicht, Miss Herschel«, sagte er leise und strich mir dabei eine Locke aus der Stirn, versonnen, selbstvergessen, »dabei möchte ich es so gern.«

Mir drückte ein Eisengewicht gegen die Brust, aber es war nicht der Marktkorb, der mir den Atem nahm.

»Ich käme sehr gern zu Ihnen nach London ins Theater«, hörte ich mich zischeln, mit flacher enger Stimme, die verschliffenen Silben verstand ich selbst kaum, »wenn ich nicht hier so eingebunden wäre.«

»Denken Sie an meine Schwester Elisabeth. Sie hat ihren Kopf durchgesetzt, und der Familienzwist löst sich nun in Wohlgefallen auf.«

Das hätte er nicht sagen sollen.

»Ich werde meinen Bruder nicht hintergehen, Mr. Linley, niemals.« Die Tür schon fast im Rücken, trat ich weiter zurück.

»Um Gottes willen, Miss Herschel, das ist ein Mißverständnis, warten Sie, so dürfen Sie nicht gehen«, er streckte die Hand aus, um mich zurückzuhalten.

Die schwere Tür kam mir bei meiner leichten Berührung bereits entgegen. Sie schwang von innen auf, denn unser Kirchendiener steckte den Kopf heraus, wahrscheinlich hatte er die Stimmen gehört und war neugierig geworden.

»Bitte, glauben Sie nichts Schlechtes von mir«, rief mir Thomas nach. In einer fassungslosen Geste hob er die Schultern, jetzt tat er mir leid und ich mir auch, aber das Gespräch hatte mich so erschöpft, daß ich mich nur noch mit einem knappen Nicken abwandte und aufatmete, als die Tür hinter mir zufiel.

Der Diener kam mir nach.

»Ihr Bruder ist nicht hier, Miss Herschel.«

»Ich weiß, Mr. Fuller, ich will nur einen Augenblick Atem schöpfen, es war sehr heiß auf dem Markt.«

Als ich nach Hause kam, putzte Wilhelm ein Rohr, in das er einen neuen Spiegel einsetzen wollte. Eine Weile schaute ich ihm zu, dann beschloß ich, mir endlich über ein paar Dinge Klarheit zu verschaffen.

»Die Linleys sind in der Stadt. Ich habe Elisabeth mit ihrem Bruder gesehen.«

Wilhelm brummte nur abwehrend.

»Elisabeth war mal deine erste Sängerin und die Brüder deine Schüler.«

Wilhelm legte das Putztuch beiseite und strich bedächtig mit der Hand über das lackierte Holz.

»Thomas war begabter als Oziah, der nur kurze Zeit Unterricht bei mir genommen hat, bevor du nach England kamst. Welcher Bruder ist denn nun mit Elisabeth hier?«

»Dann sind die beiden Linley-Söhne bei dir so ziemlich aus- und eingegangen.« Einen Moment wußte ich nicht, wie ich fortfahren sollte, entschied mich aber dann, die entscheidende Frage so unverblümt wie möglich zu stellen.

»Könnte Thomas Linley das Orgelbuch genommen haben? Er wird gewußt haben, wo es lag.«

Wilhelm stützte sich auf das Rohr und starrte mir konzentriert in die Augen, bis mir auch der letzte Rest Blut aus den

Wangen gewichen war. Ich fühlte richtig, wie mein Kopf immer leerer wurde.

»Dem alten Linley traue ich alles Mögliche zu, ich glaube aber nicht, daß er so dreist war, in die Oktogon-Kapelle zu marschieren, den Kasten aufzuschließen und sich die Bücher unter den Arm zu klemmen.«

Er hatte mich absichtlich mißverstanden, mein Verdacht gefiel ihm so wenig wie mir.

»Nicht der alte Linley«, flüsterte ich trotzdem.

Wir waren beide ziemlich erschöpft, ich hatte den Zeitpunkt für diese Aussprache schlecht gewählt, allerdings fehlte mir auch die Aussicht auf einen besseren. Wilhelm schaffte es zuweilen, sechzehn Stunden ununterbrochen zu polieren, und es blieb mir nichts weiter übrig, als ihm währenddessen wie einem Kind Bissen in den Mund zu schieben und ihm einen Becher mit Kaffee oder Tee an die Lippen zu halten, damit er wenigstens hin und wieder etwas zu sich nahm. Warum ich seine Besessenheit mitmachte, weiß ich nicht genau. Als Ablenkung vermutlich. Wenn er müde wurde, las ich ihm bei bewölktem Himmel halbe Nächte lang vor, die Novellen von Sterne, die kompletten Werke von Fielding. Mit Wilhelm geriet ich gelegentlich in einen somnambulen Traumzustand, der anhielt, bis wieder ein Stück fertiggestellt war. Tatsächlich hatte ich sogar einen leisen Triumph empfunden, als der neueste Spiegel eingesetzt worden war und sich durch ihn ein Fenster mehr in die Himmelstiefe öffnete.

»Etwa mein Schüler Thomas?« sagte Wilhelm so nachdenklich, als hätte ich ihm einen ganz neuen Gedanken eingegeben. »Der alte ist ein Giftzahn, ein Lästermaul und so verschlagen wie ein Roßtäuscher, tja, aber Thomas! Er war immer einer von den besten Schülern, die ich hatte, und dabei von einer arglosen Liebenswürdigkeit. Ich mochte Thomas sehr gern, schade, daß er so einen Affen zum Vater hat.«

Unschwer konnte ich verfolgen, wie mein perfider Verdacht von Wilhelm Besitz ergriff und ihm zusetzte, so daß er begann, in unserem beengten Wohnzimmer hin- und herzustreifen. »Die Menschen ändern sich. Ich hatte bisher angenommen, daß sich Thomas gegen den schlechten Einfluß des Vaters behaupten könne, andererseits hat er sich selbstverständlich immer auf seine Seite geschlagen. Familie geht schließlich vor Freundschaft.« Er warf mir einen scharfen Blick zu, drehte einen Stuhl um und setzte sich rittlings darauf, die Arme über der Lehne gekreuzt. »Na, da hast du ja was gesagt.«

Zu schwach, weiter zu stehen, hatte ich mich ebenfalls gesetzt, einen Strang Putzwolle ergriffen und war mir damit an die Nase gefahren, weil sie juckte. Ich wagte nicht mehr aufzuschauen. Um uns herrschte ein Chaos, das mich sonst verzweifeln ließ. Das Pianoforte diente vorwiegend als Ablage für astronomische Gerätschaften, das Cello stand wie eine weggelegte Puppe in der Ecke. Von der früheren Eleganz des Salons war nichts übriggeblieben. Längst mokierten sich Besucher über die umherfliegenden Putzlumpen und meinen verrückt gewordenen Bruder.

Regungslos blieb ich sitzen und betrachtete ihn unauffällig. Soeben hatte ich ihm einen massiven Floh sehr zu meinem eigenen Schaden ins Ohr gesetzt. Wie hatte ich so außerordentlich dumm sein können? Zum Weinen bereit, verzog ich das Gesicht.

»Nun, Lina«, Wilhelm lächelte mich aufmunternd an, »mit der Wolle sollst du nur die Spiegel polieren, nicht dein Gesicht, das ist auch so hübsch genug für jeden Mann.«

Ich lachte zaghaft. Einen Augenblick war ich versucht, ihm von Thomas Linley in der Oktogon-Kapelle zu erzählen, nur um einer letzten Probe oder Bestätigung willen. Wie er in der Tür gelehnt hatte, wie er nähergetreten war, den Blick auf den Kasten geheftet und das Bord mit dem Schlüsselhaken. Das hatte also alles eventuell doch eine finstere Bedeutung. Weil aber jedes Bekenntnis möglicherweise meine Gefühle für diesen schönen, jungen Mann aufdecken würden, der mir in wenigen Stunden soviel intensivere Aufmerksamkeit gewidmet hatte als meine Brüder in all den Jahren, schwieg ich. Ich selbst war genau in diesem Augenblick von seiner Unschuld überzeugt und hatte meinen Verdacht an Oziah geheftet.

15

Mein erster Konzertauftritt fand in einem flach gewölbten, zwei Stockwerke hohen Saal statt, der Flügeltüren zum Garten besaß und eine umlaufende Galerie, auf der das Orchester spielte. Ein großer vielarmiger Lüster hing vom Plafond so tief herab, daß ich von meinem Podest mit einem leichten Heben des Kopfes in das Geglitzer der Kristalle blickte, in farbige Funken, die mich schwindlig machten.

Dabei hatte es so ausgesehen, als würde ich überhaupt nie auftreten, denn Wilhelm hatte sich in dieser Saison noch mehr als zuvor in die supralunare Sphäre der Fixsterne zurückgezogen.

Das klingt natürlich überspannt. Erscheint aber im nachhinein nur logisch. Die Musik bildete ja nicht sein Lebenselixier, sondern lediglich den Brotberuf, dem er sich nur wegen unserer Herkunft verpflichtet fühlte. Die Querelen mit Linley senior wie auch das Verschwinden der Noten boten ihm eine Art zusätzlicher Rechtfertigung, sich gekränkt ein Stück mehr von der Musik ab- und der Astronomie zuzuwenden.

»Ich habe keine Lust mehr, mich mit einem Gauner wie Linley zu messen«, hatte er mir kategorisch erklärt, »ich mach keine Konzerte mehr, Linley kann sie alle haben.«

Vermutlich brachte es nichts, ihn auf Mr. Linleys momentane Verpflichtung in London hinzuweisen, die diesem wenig Zeit ließ, Wilhelm in Bath ins Gehege zu kommen.

»Dann kann ich ja nach Hannover zurückkehren, denn du wirst keine Sängerin mehr benötigen.« Es war mir auch diesmal nicht ernst mit meiner Drohung, aber in letzter Zeit dachte ich tatsächlich hin und wieder mit einer gewissen Sehnsucht an Hannover. Obwohl ich Wilhelm bei seinen astronomischen Arbeiten tatkräftig unterstützte, kam mir das Leben zwischen zwei Polen immer konfuser vor und Wilhelm selbst zunehmend verschrobener. Im Englischen heißt verrückt »lunatic«, diese Wortbildung schien mir einen sprechenden Hinweis auf seinen Geisteszustand zu liefern. In schwachen Momenten hielt ich es für denkbar, daß er wirklich in Geistesgestörtheit verfiel und ich mit ihm, denn möglicherweise konnte ich mich ja bei ihm anstecken. Mir war nach Weglaufen zumute, am liebsten aber nicht nach Hannover, sondern direkt in Thomas Linleys Arme. Nur, wie sollte ich das anstellen?

»Hör mich um Gottes willen zu Ende an. Lady Lothian hat mir ein großartiges Angebot unterbreitet. Sie organisiert für uns Konzerte in privatem Rahmen und rechnet damit, bis Saisonende wenigstens zwei Dutzend auf die Beine zu stellen. Wir werden eine Menge Geld verdienen und uns außer um die Musik um nichts kümmern müssen, und nur das erlesenste Publikum hört uns zu.« Er lächelte mich begütigend an. »Du wirst singen, sicher wirst du das.«

Jetzt, wo ich vor einem erlesenen Publikum stand, schwindelte mir wieder vor Angst. Erst gestern hatte ich Wilhelm gestanden, daß sich mein Hals ekelhaft wund anfühlte. Demonstrativ war ich den ganzen Tag lang mit einem feuchten Wickel herumgelaufen. Mein Bruder hat mich sofort durchschaut und machte mir Mut mit der Erklärung, ich sei der Anforderung des Auftritts gewachsen, andernfalls hätte er ihn nicht in Erwägung gezogen. Danach ignorierte er mein nervöses Gehabe und nickte nur verständig zu meinem Unwohlsein. Das verginge rechtzeitig.

Seit ihm Lady Lothian die Organisation der Konzerte aus der Hand genommen hatte, fühlte er sich noch mehr berechtigt, sich verstärkt der Sternenkunde zu widmen. Immerhin hatte er beschlossen, alle Aussagen früherer Astronomen eigenhändig zu überprüfen und nichts auf puren Glauben hinzunehmen. Er wollte einen neuen Sternenkatalog erstellen und den gesamten nördlichen Himmel durchmustern, mit Hilfe des ersten Teleskops, das wir im Februar fertigmontiert hatten. Das Rohr maß riesige dreieinhalb Fuß. Kaum hatte er jedoch das Ding auf unserem Rasenplatz hinterm Haus aufgestellt, da plante er bereits ein »siebenfüßiges«, danach sollte ein »zehnfüßiges« folgen, um »den Grenzen des Kosmos und der Schöpfung auf die Spur zu kommen«. Als mir das Ausmaß seiner gigantischen Pläne bewußte wurde, erwartete ich beinahe, daß oben im Himmel jemand mahnend den Zeigefinger hob und uns ein paar Sternbrocken zur Warnung auf den Kopf warf. Hybris wird früher oder später immer bestraft.

Es war vielleicht doch noch zu früh für einen öffentlichen Vortrag. Mehr als ich es mir ausgemalt hatte, war ich auf mich allein gestellt, und begriff, daß ich diese Situation nicht besonders gut aushielt, daß ich eben doch ein schwaches Weib war, gerade noch fähig, mich mit aller Kraft an einen Mann zu klammern. Für die Welt der Bühnenkünstler war ich nicht geboren, nach diesem Auftritt würde ich Wilhelm den Entschluß mitteilen, nie wieder öffentlich zu singen.

Damit wäre auch ein Konflikt zwischen Thomas Linley und mir, der sich aus meinen Ambitionen als Sängerin ergeben könnte, ausgeräumt. Sobald er mir aus London schreiben würde, daß ich ihm dort willkommen sei, würde ich Mrs. Colebrook bitten, wieder einige Wochen bei ihr zu Gast sein zu dürfen.

Erleichterung durchflutete mich, ich ließ sie in mir ansteigen, jeden Gedanken auslöschen, ich machte den Mund auf und sang.

Das Geglitzer des Lüsters verdichtete sich zu Sterngeflimmer. Die Sterne sind nicht nur hell, sondern sprühen in unglaublichen Farben, die keineswegs nur durch die Lichtbrechung in Linsen oder Spiegeln hervorgerufen werden. Der holländische Optiker Dollond hatte einige Jahre zuvor ein Spiegelteleskop ohne Farbverzerrungen entwickelt. Solche sündteuren Dollondteleskope baute Wilhelm mittlerweile nach, und ich entdeckte in den Bildern, die die Spiegel zurückwarfen, die tatsächliche Buntheit der Sterne: das Purpur von Aldebaran, das Gold der Capella, das Diamantweiß der Wega, das Saphirblau von Albireo, dem Kopf des Schwans.

Der letzte Ton meiner Arie verklang. Keiner der Zuhörer regte sich. Meine auf einmal tränenschweren Lider zwangen mich, die Augen zu senken. Dabei bemerkte ich, wie sich Lady Lothian und Mrs. Colebrook einen Blick zuwarfen, beide hoben gleichzeitig die Hände, waren aber nicht nur die ersten, die klatschten, sondern die mir auch *encore* zuriefen. Andere stimmten stürmisch in den Ruf ein, sie sprangen sogar auf, um ihrem Begehren Nachdruck zu verleihen.

Hilfesuchend drehte ich mich nach Wilhelm um, der die Galerie schon beim ersten Ruf verlassen hatte und nun an meine Seite eilte, um mir lächelnd die Hand zu reichen. Sacht dirigierte er mich, bis ich in einen tiefen, anmutigen Knicks sank, um den Beifall gebührend entgegenzunehmen. Er trug seinen neuesten Rock aus rostrotem Tuch über einer erdbeerroten Seidenweste, ein distinguierter Herr von untadeligem Auftreten, keine Spur devot.

Zu diesem ersten, offiziellen Auftritt vor zahlendem und wohlmeinendem Publikum hatte auch ich mir für zehn Guineen ein neues Kleid anfertigen lassen dürfen. Ich hatte mich für einen Ton zwischen dem Taubenblau von Elisabeth Sheridans Seidenkleid und dem Edelsteinblau von Albireo entschieden.

Mit meinem Applaus hätte ich zufrieden sein können, an meinem Erfolg war nicht länger zu zweifeln. Dennoch mußte ich mich mit stummen Fragen an Wilhelm wenden: War ich wirklich gut? Hast du bemerkt, daß ich es keineswegs bei der technischen Perfektion, die du mich gelehrt hast, beließ? Musik sollte mehr als simple Rhetorik in Noten sein und nicht nur hohler Wohlklang, sondern alles spiegeln, was das Leben bereichert: Schmerz, Lust und Freude, alles das, was ich gerade in der letzten Zeit außergewöhnlich reichlich genossen hatte.

Nach zwei Wiederholungen trippelte Mr. Palmer, der Besitzer des Theaters von Bath, auf extravagant hochhackigen Schnallenschuhen auf mich zu und legte mir seine parfümierte Kinderhand auf die Ärmelrüschen.

»Liebste Miss Herschel, Sie werden eine Zierde jeder Bühne sein, Sie können überall auftreten, verlassen Sie sich auf mein Urteil.«

Ich schaute mir den wunderschön in bestickten rosa Atlas gekleideten Herrn genau an: ein schwarzes Samtpflästerchen klebte auf seiner mehlweißen Wange und machte die Bewegungen seines Mundes halbherzig mit. An seiner gepuderten

Perücke vorbei suchte ich Wilhelms Blick zu erhaschen, ich hörte dabei meine Stimme wie ein hohles Echo klingen.

»Ich werde nie für jemand anderen als meinen Bruder singen.«

»Das will ich hoffen, Schwesterchen, nach all der Mühe, die wir mit dir hatten.« Alexander stand feixend, die Violine in der Hand, hinter mir. »Aber mal im Ernst«, flüsterte er mir ins Ohr, »dieser rosa Geck neben dir hat nicht so unrecht: Du singst schon ganz manierlich.«

Da wußte ich endlich sicher, daß ich gefallen hatte, ich brauchte von niemandem weiter Bestätigung.

16

Ein Jahr später Anfang Mai hatten wir Gäste zu einem Hauskonzert eingeladen, für das ich den Salon in eine halbwegs respektable Ordnung gebracht hatte. Nach dem Konzert blieb Mrs. Colebrook ganz still sitzen. Als ich mich an ihr vorbeischob, deutete sie mit einem Finger auf den leeren Stuhl neben sich. Ich folgte dem Wink und setzte mich auf die Stuhlkante, bereit, jederzeit aufzuspringen. Unsere Magd trug ein Tablett mit Teezeug herein, es war meine Aufgabe, den Gästen den Tee zu reichen. Aber Mrs. Colebrook schien in einer besonderen Stimmung zu sein, versonnen hing ihr Blick an Wilhelm. Ich nahm an, daß sie mir etwas Nettes über meinen Bruder sagen wollte.

»Ihr Bruder geht immer noch dem Spleen mit diesen technischen Instrumenten nach.«

Sie deutete in eine Salonecke, in der das nur notdürftig mit einem Tuch verhüllte, siebenfüßige Teleskop stand.

»Nur zur Entspannung, Mrs. Colebrook.«

»Und wie ich vermute und gehört habe, unterstützen Sie das auch noch.«

»Nein, wirklich nicht«, log ich.

Angelegentlich schaute Mrs. Colebrook auf meine Hände, die aber auch gar nichts von meinen absonderlichen, unweiblichen Nebentätigkeiten verbargen.

Den letzten Sommer, Herbst, Winter und das Frühjahr über hatten wir an den Teleskopen gearbeitet. Die schlimmste Arbeit war noch immer das Schleifen und Polieren der Spiegel. Es war absolut eintönig, der gebeugte Nacken schmerzte mit jeder Stunde mehr, den rechten Arm konnte ich an manchen Tagen nicht mehr gerade ausstrecken oder ohne Anstrengung heben, und bestimmte Drehungen ließ das Handgelenk zeitweilig nicht mehr zu. Selbst nachts im Traum polierte ich unentwegt weiter. Einkaufen, Gemüseputzen, Nähen, Stopfen, Kerzenziehen, kurz, jegliche stupide Hausarbeit, die ich mir mit unserem Mädchen teilte, war mir als Erholung geradezu willkommen.

Während der ganzen Zeit hatte ich drei Briefe von Thomas erhalten.

»Liebste Caroline, darf ich Sie so nennen?« begann der erste.

»... wenn wir doch endlich ungestört miteinander reden könnten, es gibt so vieles zwischen uns zu klären. Ich käme so gern, Liebste, um Dir persönlich eine Frage zu stellen, für die das Papier als Übermittler nicht taugt, denn von Deiner Antwort hängt so vieles für mich ab«, endete der dritte, und seit diesem dritten, der vor vier Wochen eingetroffen war, hatte ich gelernt, was es tatsächlich heißt, die Tage zu zählen. Eine auslaugende Tätigkeit, die einen Teil von dir täglich vierundzwanzig Stunden beschäftigt, die dich in Atem hält wie ein ziehender Zahn, jede Minute, jede Sekunde extra gerechnet.

Wilhelm zu fragen, ob er mich für ein paar Wochen entbehren könnte, war mir im vergangenen Jahr unmöglich gewesen. Seit meinem Debüt trat ich regelmäßig als Sängerin auf und war derart in Verpflichtungen zwischen Haushalt, Musik und Astronomie eingebunden, daß sich diese Frage erübrigte. Ich hoffte auf Thomas' Ankunft. Danach würde sich alles weitere ergeben. An seinen Absichten bestand für mich kein Zweifel, an meinen auch nicht mehr.

Gestern entpuppte sich der schöne Albireo als Doppelstern, ich sah sofort ein Symbol für mich und Thomas darin. Albireo gehört zum Schwan, also schickte ich ihn aus, um Thomas ein

Bild von uns beiden zu zeigen, soweit schon war aus mir eine heillose Romantikerin geworden.

Mrs. Colebrook lächelte mich begütigend an.

»Glauben Sie mir, ich verstehe durchaus, daß die Zuneigung zu Ihrem Bruder Sie verleitet. Aber Sie dürfen nicht so blind sein. Sich Exzentrizitäten zu leisten, ist eine gefährliche Angelegenheit, wenn man auf öffentliches Wohlwollen angewiesen ist. Es kursieren die sonderbarsten Gerüchte im Ort, auch über Sie, und deshalb rate ich Ihnen nochmals, mehr auf sich zu achten.«

Ich war nicht in der Stimmung, mir Gedanken über meinen Ruf zu machen. Kein Zweifel, sie meinte es gut mit mir, auch mit Wilhelm, mit ihm eventuell besonders, denn es fiel mir auf, wie exquisit sie sich für diese schlichte Gelegenheit aufgeputzt hatte. Ihr Kleid aus hellrosa Seide, aufgeschürzt über einem cremefarbenen Unterkleid und mit winzigen Perlen bestickt, wäre als kleinere Ballrobe durchgegangen. Wenn man selbst zärtliche Neigungen erfahren hat, erkennt man sie untrüglich bei anderen. So brachte ich nichts als liebevolles Verständnis für die Witwe und ihren rührenden Versuch auf, bei Wilhelm mehr als nur freundschaftliche Gefühle zu erwecken.

»Sie haben recht, aber was meinen Part bei diesen wissenschaftlichen Beschäftigungen betrifft, so leiste ich nicht mehr als ein Bub in seinem ersten Lehrjahr, ich mache mich ein bißchen nützlich, mehr nicht, und was ich mache, ist ganz und gar unbedeutend.«

Mrs. Colebrook traute mir nicht, das war unschwer an dem Blick zu erkennen, mit dem sie mich streifte, bevor sie wieder angelegentlich nach Wilhelm ausschaute.

»Wenn er doch die jetzige Gelegenheit nutzen würde. Er könnte praktisch Alleinherrscher der hiesigen Musikszene sein, wo Linley doch fest in London engagiert ist.«

Erst jetzt begann mich das Gespräch zu interessieren. »Hat er Erfolg dort?«

»Sheridan hat mit ihm zusammen Garricks Anteile am Drury Lane Theatre erworben, das wissen Sie vermutlich. Aber Linley übernahm überdies den Posten des Musikdirektors. Er komponiert für seine Aufführungen am Theater, und – ja, man kann sagen, er findet großen Beifall.«

Etwas irritierte mich. Es war sonst nicht ihre Art, so verhalten über Erfolge zu sprechen, von denen vermutlich ganz London sprach. Sie hatte die Stimme gesenkt und etwas theatralisch nach meiner Hand gegriffen und seufzte elegisch.

»Armer Mr. Linley! Sein Erfolg kann ihn nicht freuen, seit er seinen ältesten Sohn verloren hat.«

»Mrs. Colebrook, was reden Sie da?«

»Sie haben es noch nicht gehört? Ich dachte, das wüßte hier bereits jeder. Mr. Linleys ältester Sohn …«

»Dann habe ich Sie doch verstanden. Thomas Linley hat sich neu orientiert? Und Mr. Linley hat seine Stelle im Orchester neu besetzen müssen, das bringt Unruhe mit sich. Aber was meinten Sie mit ›verloren‹, das klingt so überaus dramatisch, ich fürchte, ich kann Ihnen immer noch nicht ganz folgen.«

Ich war nicht bei Verstand, als ich das sagte.

Verstimmt zog Mrs. Colebrook ihre Hand zurück. »Thomas Linley ist ertrunken, als er Ostern eine Bootspartie mit Freunden unternahm. Der Kahn ist gekentert. Drei der jungen Leute sind unbeschadet ans Ufer geschwommen, aber Thomas hat wohl das Boot oder ein Ruderschlag am Kopf getroffen, jedenfalls ist seine Leiche ein Stück die Themse hinuntergetrieben. Aber ich sollte Ihnen diese schrecklichen Einzelheiten nicht erzählen, mir fällt ein, daß Sie Thomas Linley kannten, Sie haben sich einmal so nett mit ihm unterhalten. Aber – Sie weinen ja!«

Der Schlag, den ich erhalten hatte, löschte jegliche Empfindung aus, nicht einmal blankes Entsetzen konnte sich noch Bahn brechen. Kein Aufstöhnen, keine Ohnmacht, nur ein Gefühl wie Eis.

Nachlässig wischte ich mir über die Wangen. »Wirklich traurig, was mit Mr. Linley passiert ist, da haben Sie völlig recht, aber ich dachte eben daran, wie himmlisch meine Brüder heute abend gespielt haben, so wie in alten Zeiten bei uns zu Hause in Hannover, als mein armer Vater noch lebte.«

Ein bißchen schwerfällig erhob ich mich, um endlich meinen Hausfrauenpflichten nachzugehen und Tee einzuschenken, es war gleichgültig, was Mrs. Colebrook von mir dachte. Von mir aus durfte sie mich für ein herzloses Ungeheuer halten. Tatsächlich hatte ich daran gedacht, daß es jetzt nur noch meine Brüder gab, an die ich hier in England mein Herz hängen konnte.

Mit einem Mal überkam mich eine unglaubliche Ruhe, eine bodenlose Entspanntheit, als wäre ich nicht mehr wirklich vorhanden, sondern aufgelöst in einem weichen konfusen Nebel, ich dachte noch, so verhält es sich wohl mit dem eigenen Tod.

KAPITEL 5

Von c zu e

Die große Terz schafft das Dur-Geschlecht, erzeugt Süchtigkeit, ein Verlangen nach unaufhörlichem Geplapper, nach Austausch in einer Seelenverwandtschaft, kurz nach Gefühl.

1

Wilhelm legte mir so unvermittelt die Hand auf die Schulter, daß ich zusammenschrak. Wir saßen am Tisch und arbeiteten gemeinsam an seinen astronomischen Aufzeichnungen. Im Augenblick allerdings arbeitete nur er, denn ich war völlig abwesend und starrte wie so häufig in den vier Wochen seit Thomas' Tod die nackte Wand an. Gerade hatte ich gedacht, daß ich mich genausogut in den Avon stürzen könnte, wie dies triste Leben länger fortzuführen.

»Lina, auf der Seite, die ich gerade durchgesehen habe, sind dir vier Fehler unterlaufen.«

Er hielt mir das Blatt vors Gesicht, die Zeilen tanzten, weil ich meinen Blick nicht auf sie einstellen konnte.

»Ach, ja?« sagte ich teilnahmslos.

»Und auf der da«, er kramte über meinen Kopf hinweg zwischen den ausgebreiteten Blättern, »sind es mindestens drei, wenn ich nicht etwas übersehen habe. Du schreibst falsch, du rechnest falsch, es ist alles für die Katz.«

»Für die Katz? Das tut mir aber leid.« Ich gab nicht einmal vor, als interessierte mich die Angelegenheit, sondern starrte weiter mit leerem Blick vor mich hin.

Wilhelm stand auf, ergriff die Seitenlehne und zog mich samt Stuhl mit einem Ruck zu sich herum.

»Ich seh doch, was mit dir los ist.«

Vor Überraschung riß ich die Augen weit auf.

Auf einmal wurde seine Stimme weich, er beugte sich zu mir herab. »Arme, kleine Lina, ich hab dich halb zu Tode gehetzt, die viele Arbeit hat dich krank gemacht. Es ist höchste Zeit, für dich nach einem Arzt zu schicken.«

Mir hilft kein Arzt, hätte ich sagen können, er kann keine Toten erwecken. Ich schüttelte nur stumm den Kopf.

»Du bekommst zu wenig Schlaf, du hast schwarze Ringe unter den Augen und bist so blaß wie noch nie, und alles meinetwegen.« Es klang zerknirscht, mein großer Bruder fühlte zum ersten Mal Reue, weil er mir so viel aufbürdete, weil er glaubte, daß mich die Liebe zu ihm und meine Hingabe krank gemacht hätten. Das rührte mich doch tatsächlich. Seine Freundlichkeit, diese bubenhafte, egozentrische Zerknirschung stand ihm gut, und sie erwärmte mich so überraschend wie ein Sonnenstrahl im tiefsten Winter, der ja auch nur eine Illusion von Wärme hervorruft, während die Luft schneidend kalt bleibt.

Meine Augen füllten sich mit Tränen, ich ließ sie fließen und sank nach vorne, mein Bruder fing mich auf und drückte meinen Kopf an sich.

»Ruh dich aus, zerstreu dich ein wenig, besuch Freundinnen. Es ist so überaus verdrießlich für mich, wenn du nicht richtig bei der Sache bist, das hält mich auf, wo ich doch noch so viel vorhab, wie das Zehnfuß-Teleskop, das endlich fertig werden müßte.«

Man sollte auch für Zuwendungen dankbar sein, die nicht ganz uneigennützig vergeben werden. Ich verstand Wilhelm, ich verstand ja alles.

2

Trauer, Schmerz, Verlassenheit und zermürbendes Bedauern rauschten durch meinen Körper, strömten wie eine Flut durch meine Kehle nach außen, in diesem Strömen konnte ich mich selbst vergessen. Nur wenn man bereit ist, sich vollkommen dem Schmerz zu überlassen, ist er auszuhalten. Die Töne, der Rhythmus, der Gesang waren meine unauflösliche Verbindung zu Thomas, jetzt stand nichts mehr zwischen uns, keine kleinlichen Bedenken, keine vorsichtigen Ängste, kein Kalkül, nur der Tod, und der Tod war zu überwinden, indem ich sang. Der Gesang erlaubte mir, alle Trauer zu durchleiden, ohne zusammenzubrechen. Ich wollte leiden, mußte leiden, die Hingabe an das Leiden, an die Trauer, war das einzige Geschenk, das ich Thomas jetzt noch machen konnte.

Ich hatte mir angewöhnt, ab und an das Pianoforte aufzuklappen und ganz für mich zu singen. Arien, Kantaten, am liebsten aber Tonleitern. Unwillkürlich fanden sich zu diesen eintönigen Übungen innere Bilder ein, wie die von stetig fallenden, leisen Regentropfen an den Uferwiesen des Avon an einem bestimmten, sehr bedeutsamen Sonntagnachmittag, den ich gar nicht oft genug aufleben lassen konnte, ich führte ihn durch alle Jahreszeiten.

Auch ein halbes Jahr später bei unserem ersten großen gemeinsamen Auftritt, im Weihnachtsoratorium, während des *Misereres*, sah ich sehr deutlich ein Boot auf dem Avon durch den Regen gleiten, an jenem längst vergangenen Sonntag, und fühlte die volle Bedeutung dieses Unglückszeichens, während Thomas noch lebendig an meiner Seite ging, gutgelaunt, ganz nah bei mir.

Im aufklingenden *Gloria* liefen wir im hellen Sonnenschein durch die warmen Gassen der Stadt, von allen als Paar erkannt und begrüßt, so einen beglückenden Moment hatte es ja gegeben, und ich war gewillt, ihn für alle Zeiten festzuhalten. Thomas an meiner Seite, als mein Gefährte, nur wir zwei. Eine Zweisamkeit, die alle anderen auf eindeutige Weise ausschließt. Sie rücken ab, sie stehen jenseits einer gläsernen Wand, wir sperren sie bewußt und entschieden aus jenem Raum aus, der in Gedanken, Gefühl und körperlicher Nähe nur uns gehört.

Nach der Messe fand ich mich von Leuten umringt, sogar von Unbekannten. Die ersten drückten mir nur stumm und ergriffen die Hände. Lady Lothian schob ein paar von ihnen beiseite, um mich wortlos umarmen zu können. Erst als sie Wilhelm herankommen sah, plapperte sie los.

»Hat sie nicht großartig gesungen? Wie ein Engel, der in der Weihnachtsnacht auf die Erde herabgestiegen ist. So andächtig wie heute ist mir noch nie zumute gewesen.«

Das war sicherlich ein merkwürdiges Lob, wo sich Wilhelm doch in jeder freien Stunde darum bemühte, mit mir zusammen den umgekehrten Weg einzuschlagen. Ihm schien das aber gar nicht aufzufallen, denn seinem Gesichtsausdruck nach war er mit Lady Lothian völlig einer Meinung.

Sofort nachdem Alexander wie jedes Jahr im Herbst aus Bristol zurückgekehrt war, hatten wir mit den Proben für die üblichen Aufführungen in der Oktogon-Kapelle begonnen sowie für einige Konzerte anderwärts, denn Wilhelm hatte seine Abstinenz vom offiziellen Konzertleben teilweise aufgeben müssen, hauptsächlich weil wir dringend Geld für seine astronomische Nebenbeschäftigung brauchten.

Mit einem schalkhaften Lächeln wandte er sich an mich. »Jetzt bist du wohl meinem Unterricht entwachsen.«

»Was redest du denn da?« Benommen schüttelte ich den Kopf, ich wollte meine Erinnerung an Thomas noch ein bißchen festhalten. Eigentlich wäre ich gern hinausgelaufen, um mit meinen Erinnerungen allein zu sein.

Wilhelm trat ganz dicht heran. Während er Lady Lothian fixierte, spürte ich beruhigend fest seinen Arm um meine Taille.

»Aber ja, doch«, sagte er eindringlich zu mir. »Du kannst allen trauen, die du hier versammelt siehst. Ich bin ja selbst ganz ergriffen, und das passiert mir nicht so schnell. Obwohl du die vorgegebenen Tempi nicht immer eingehalten und manche Töne zu breit angelegt hast. Nächstes Mal mußt du ...« Reumütig brach er ab und küßte mich auf die Wange, ich roch den Puder auf seiner Perücke.

Nun hatte er den Zauber zerbrochen, der mich bis dahin gefangen hielt. Er hätte mich nicht aufwecken und mir zeigen sollen, daß ich nun ganz allein in meiner kristallenen Sphäre war, daß nichts als Wüste und Leere um mich herrschte und eine verstörende Stille. In meinem Innern sprach niemand mehr zu mir.

3

Mr. Palmer begegnete mir an einem kühlen Märztag bei der Abteikirche vor dem Pump Room, den ich gerade mit meinem Marktkorb passierte. Ich glaubte nicht, daß ich mich mit meinem altmodischen Hut, dem groben wollenen Umschlagtuch und dem Korb voll dunkelgrünem Kohl besonders als Begleitung eines modebewußten Mannes empfahl. Trotzdem sprach er mich an, als wäre ich in changierende Seide gekleidet und begleitete mich unaufgefordert, ohne jedoch Anstalten zu machen, mir galant den Korb abzunehmen.

Mein Weg führte am Theater vorbei, möglicherweise war es auch seiner. Mit ein paar Verbeugungen komplimentierte er mich hinein, und schwatzte mir etwas von einer Opernaufführung vor. Während ich mich noch fragte, worauf er hinaus wollte, führte er mich die Stufen zur Bühne empor, postierte mich vorn an die Rampe, trat etwas zurück, eilte aber noch einmal auf mich zu und wand mir den Korb aus den Händen.

Ein scheel dreinblickender Saaldiener rückte im Parterre Stühle, Mr. Palmer unterband das störende Scharren, indem er einmal herrisch mit dem Schuh aufstampfte. So lächerlich wie außerhalb des Theaters kam er mir hier nicht vor. Nur wenig Licht fiel durch schmale, seitliche Fensterschlitze neben der Bühne und ließ die Logen hinter halb vorgezogenen gelbgoldenen Samtportieren verdämmern. Der Geruch von Wachskerzen und den Parfüms des letzten Aufführungsabends hing im Raum, es war nicht besonders schwer, sich den Saal voll besetzt zu denken, erfüllt von Geplauder und unverhofftem schrillem Gelächter.

»Sehen Sie, Miss Herschel« – Mr. Palmer war unbemerkt hinter mich getreten –, »genau hier möchte ich Sie als Cleopatra sehen, wenn wir *Julius Cäsar* aufführen.«

»Eine Händeloper, und ich soll auftreten?«

Es war unangenehm stickig im Saal, daher ließ ich mein schweres Umschlagtuch fallen, und in einer plötzlichen Eingebung nahm ich den häßlichen Hut ab und schüttelte den Kopf, bis sich meine Haare locker auf die Schultern ringelten.

»Nicht nur Ihr Bruder schätzt Händel, auch ich will den alten Meister zum Leben erwecken. Kennen Sie die Oper? So gut, daß Sie die Musik hören können, jetzt, hier? Können Sie begreifen, wie die Musik den Raum bis zum letzten Platz füllt, sehen Sie, wie das Publikum Atem holt und dabei vor Erwartung bis zu den Stuhlkanten rutscht, und ist Ihnen klar, daß ein Augenblick absoluter Stille herrscht, bevor Sie den ersten Ton singen? Einen so reinen, vollen Ton wie im Weihnachtsoratorium?« Er flüsterte jetzt in mein Ohr: »Alle stehen auf, sie gieren danach, die Arie noch einmal zu hören und noch einmal, sie wollen jeden Ton festhalten und Ihre Stimme, Miss Herschel, vor allem Ihre Stimme.«

Am Ende der ersten Arie hörte ich das unvermeidliche *Encore*-Geschrei aufbranden. Mr. Palmers Finger schlossen sich wie lange Spinnenbeine um meine Schultern, als er mich ein wenig hin- und herbewegte, damit ich auch ja das ganze Theaterpanorama von rechts nach links, von Loge zu Loge in meine Phantasie einbezog. Mir ekelte vor seinen Fingern.

Die Berührung war aber als Bestätigung einer Offerte gemeint, die mir in diesem Raum die ungeteilte Aufmerksamkeit eines sachverständigen Publikums garantierte, wenn ich bereit war, mich auf alle Bedingungen einzulassen. Ich wollte nicht so tun, als ob ich das Angebot nicht voll und ganz verstand, deshalb hielt ich still, während sich Mr. Palmers haarige Finger zu meinem bloßen Hals vortasteten.

Der Geck mußte sich seiner Verführungskunst sehr sicher sein. Tatsächlich drang er in einen Leerraum ein, in ein großes Nichts. Wahrscheinlich hörte ich ihm deshalb zu und beobachtete mich selbst dabei. Ich war die Frau auf der Bühne, die sich betatschen ließ und gleichzeitig jemand, der scheinbar unbeteiligt jede Regung dieser Frau wie mit einem Seziermesser bloßzulegen suchte, um sich ihrer zu vergewissern. Abscheu? Widerstreben?

Ja, warum denn nur?

Die Ehe ist in aller Regel auch nicht mehr als ein Abkommen zu beiderseitigem Nutzen, mit einem tieferen Gefühl kann man nicht unbedingt rechnen, es ist die Ausnahme.

Selbstverständlich bot mir der Theaterdirektor keine Ehe an, wohl aber eine Absprache. Der Unterschied zu offener Hurerei bestand lediglich darin, daß ich es voraussichtlich nur mit ihm und nicht mit wechselnden Freiern zu tun haben würde.

Ich erinnerte mich an den Blick, den mir Sophia durch die Tür zugeworfen hatte, als sie nackt auf dem Bett lag und auf Griesbach wartete, der wieder über sie herfallen würde. Auch sie hatte einen durchaus üblichen Preis für die Erlösung aus der Plackerei als Magd bezahlt, nur darum war es ihr wohl gegangen, das wurde mir nun sonnenklar, als ich mir den Abscheu in ihrem Blick vergegenwärtigte, auch den vor sich selbst, der halt zum Spiel dazugehörte.

Für Mr. Palmers Zuwendung müßte ich obendrein dankbar sein, denn auf der Bühne stehend, überfiel mich eine weitere Erkenntnis: So im Mittelpunkt aller Aufmerksamkeit konnte man sich auch sehr einsam fühlen.

»Mr. Palmer, gegenwärtig kommt für mich ein anderes Engagement als das bei meinem Bruder nicht in Frage. Aber ich danke Ihnen für Ihr Angebot.«

Er bückte sich nach meinem Hut, klopfte den Staub ab und reichte ihn mir, den Kopf dabei schief geneigt.

»Sie glauben doch nicht wirklich, daß das mein letztes Angebot ist? Ich weiß schließlich, wie eine exquisite Stimme umworben sein will.«

Der Kerl hatte eine feuchte Aussprache, ich fragte mich, wie weit der Ekel noch zu steigern sein würde.

In der Nacht hockte ich einige Meter von Wilhelm entfernt auf einem Klappstühlchen, vor mir eine abgeschirmte Kerze, und kratzte mit einer Feder geduldig Sternhöhen und Sternzeiten aufs Papier. Nebenbei, auf einen weiteren Zuruf wartend, dachte ich an Mr. Palmers Offerte. Die Cleopatra ist für einen hellen, strahlenden Sopran eine ausnehmend schöne Rolle, die einen Reigen großartiger Arien wie das Largo: *Es blaut die Nacht, die heiße Nacht Ägyptens* bietet. Allein in diesem Titel schwang bereits eine suggestive Verlockung. Während ich gerade beinahe unsichtbar unter dem riesigen eisigen Nachthimmel fror, ein Staubkorn in der gleichgültigen

Unendlichkeit, würden im anderen Fall die Sterne des Theaterhimmels funkeln, wunderbar abgestimmt auf meine silbrige Robe. Ich würde nicht im mindesten in Gefahr schweben, mir Frostbeulen an den klammen Händen zu holen. Nur das viele Eis in meiner Seele, das immer noch nicht schmelzen wollte, wäre wahrscheinlich erhalten geblieben. Das flüchtige Interesse, das mit der Begegnung im Theater aufgeflackert war, war unversehens wieder in Stumpfheit versunken.

4

Gegen Ende des Frühjahrs wurde trotz unserer musikalischen Engagements und der damit verbundenen Arbeiten wie Noten kopieren und Proben abhalten ein zehnfüßiges Teleskop fertig. Es fehlten nur noch die Okulare, deren Gehäuse Wilhelm aus Kokosnußschalen herstellte, eine diffizile Arbeit an der Drehbank. Auf unserem Rückweg von einem Konzert am Samstagabend sprach er davon voller Vorfreude, denn er liebte das Getüftel sehr.

»Wollt ihr noch Tee trinken oder etwas essen?« fragte ich in der Hoffnung, daß die beiden ablehnten. Der Himmel hatte zum Glück nicht aufgeklart, es sah danach aus, als käme ich einmal vor Mitternacht ins Bett.

»Geh du nur hinauf, wir brauchen nichts mehr.« Wilhelm legte mir die Hand auf die Schulter und schob mich auf die Haustür zu. »Alex und ich schleifen nur noch die Stecheisen. Das heißt, ich schleife, wenn mir Alex die Laterne hält.«

»Wär's nicht besser, wenn ihr das morgen machtet, bei Tageslicht?«

An sich war mir egal, was die beiden vorhatten, wenn sie mich nur schlafen ließen. Der große Schleifstein, ein mühlradähnliches Gebilde, eingehängt in ein massives Holzgestell und mit einer Kurbel zum Drehen versehen, stand im Hof hinter dem Haus. Ich hatte Respekt vor ihm, weil er sich, erst einmal in Schwung gebracht, mit einer tückischen Gewalt in alles fraß, was ihm nahe kam.

»Morgen geht's nicht wegen der englischen Sonntagsruhe. Wir würden uns bei unserem Hausbesitzer schön unbeliebt machen. Es dauert ja auch nicht lange, das haben wir heute noch rasch erledigt. Sonst müßten wir bis Montag warten und ...«

Ich war bereits auf dem Weg ins Bett. Das widerliche Kratzen und Jaulen, das bald aus dem Hof heraufdrang, hörte ich zwar beim Auskleiden, das plötzliche Verstummen nahm ich dagegen im Wegdämmern nicht mehr richtig wahr, schrak aber beim darauffolgenden Gepolter im Flur noch mal auf. Gebt endlich Ruhe, murrte ich im stillen.

Als Alexander meinen Namen brüllte, zog ich mir die Decke höher, schwer wie Blei lag ich im Bett, ich pochte auf das Recht jedes Lastesels, mal ausruhen zu dürfen. Die Nächte, in denen ich ausreichend Schlaf bekam, waren so rar, daß ich mich an die letzte nicht einmal erinnern konnte. Seit einem Jahr spürte ich sowieso nur ständig eine dumpfe, melancholische Erschöpfung.

Alexander stieß meine Tür auf. »Hörst du nicht? Wilhelm hat sich verletzt.«

Mein Bruder hing auf einem Stuhl und stöhnte leise. Blut tropfte von seiner Hand auf die grauen Steinplatten in der Waschküche und hatte dort bereits eine kleine Lache gebildet, in der sich das Licht der Kerze spiegelte. Blut wie dunkler Lack. Vorsichtig nahm ich die Hand auf, vor lauter Blut war die eigentliche Verletzung nicht zu erkennen.

»Was ist passiert?«

»Er hat sich den Nagel beim Schleifen abgerissen«, erklärte Alexander.

Vor Entsetzen zog ich unwillkürlich die Luft hörbar durch die Zähne ein. Schließlich wußte ich, wie schmerzhaft selbst kleine Verletzungen an der Hand waren, denn ich hatte mich oft genug mit einem Küchenmesser geschnitten.

»Wie konnte das bloß geschehen?«

»Unachtsamkeit«, antwortete Alexander knapp, »wir hätten halt mit der Arbeit warten sollen, es war schon zu spät für so etwas.«

Wilhelm hielt den Kopf abgewandt, er schaute in eine dunkle

Küchenecke und drehte sich jetzt zu mir um. In seinem Blick lag ein geradezu kindliches Flehen, als er langsam die unverletzte Hand nach mir ausstreckte.

»Hol Wasser, Lina, tu was, es ist nicht auszuhalten.« Er krächzte so heiser, daß er kaum zu verstehen war.

Ich riß mir das Umschlagtuch herunter und legte es ihm um die zitternden Schultern, dann rannte ich zum Spülstein. Wasser in einen sauberen Krug füllen, Verbandszeug zusammensuchen. Die Schere klirrte überlaut auf dem Tablett. Vor Nervosität bildete sich ein Klumpen in meinem Magen, der aufs Herz drückte. Während ich behutsam den Finger verband, hielt Wilhelm den Blick fest auf mich gerichtet, nicht ein einziges Mal schaute er auf das, was ich machte. Jedesmal, wenn ich den Kopf hob, begegnete ich seinem Blick und der Hoffnung auf Erlösung. Als hinge es ganz allein von mir ab, daß die Hand wieder in Ordnung kam, der Schmerz verschwand und damit auch die Verstörung. Kaum war ich fertig, neigte er sich erschöpft vor, bis sein Kopf auf meiner Schulter ruhte.

Meine Hand umfaßte seinen Nacken, strich beruhigend über die Haut, schob sich an eine bestimmte Stelle unter dem Ohr, wo der Puls klopfte. Wilhelm seufzte leise, es klang schon ruhiger. Sein Kopf drehte sich in meine Halsgrube, sein Atem beruhigte sich, ich spürte das Gewicht seines Kopfes und des erschlaffenden Körpers.

So hatte ich einmal den Jüngsten von Sophia gespürt, als ich den kleinen Kerl ins Bett trug. Sein Kopf lag an meiner Schulter, sein dünnes Ärmchen schlang sich um meinen Hals, das andere pendelte frei meinen Rücken herab. Ein weicher, schlafschwerer Körper, eine Last, die man gern trägt, süßer Kinderatem. Eine Welle von Zärtlichkeit überflutete mich. Wilhelms Atem roch ein bißchen säuerlich, vielleicht wegen des ausgestandenen Schrecks, das eigene Blut auf den Boden tropfen zu sehen.

Alexander zog Wilhelm besorgt zurück, vielleicht befürchtete er eine Ohnmacht. Wilhelm war aber bei Bewußtsein, seine Augenlider flatterten.

Er seufzte noch einmal tief, stützte sich einhändig auf meiner Schulter ab und versuchte aufzustehen.

»Das war's dann wohl. Jetzt kann ich morgen nichts machen und bis abends hier verschimmeln.«

»Das überlebst du auch noch«, sagte Alexander brüsk.

Er half mir, Wilhelm die Stiege hinauf zu Bett zu bringen, bevor ich mich selbst einen Stock höher wieder in mein Zimmer schleppte.

An den folgenden Tagen vertrat Alexander Wilhelm als Organist, über diese zusätzliche Verpflichtung verlor er kein Wort, ich über meine ja auch nicht. Zunächst versorgte ich die Verletzung, und das hieß, regelmäßig den Verband wechseln, immer in der Furcht, die heikle Wunde könnte sich entzünden und eitern. Beim Essen schnitt ich Wilhelm das Fleisch klein und reichte ihm die Bissen auf der Gabel. An sich hatten wir das schon früher so gehandhabt, wenn ihm die Zeit zu schade war, sie nur mit Essen zu verbringen. Diesmal war es anders, seine Hilflosigkeit machte ihn abhängig von mir.

Trotzdem ging er auch jetzt, soweit wie möglich, einer Arbeit nach. Etwas ungeschickt polierte er mit links, die verletzte Hand hinter den Rücken haltend, denn nichts haßte er mehr als Untätigkeit. Hin und wieder stöhnte er bei einer falschen Bewegung auf, wollte aber von Schonung nichts wissen. Nach einigen Tagen sah ich mich genötigt, ihm ein paar Vorhaltungen zu machen.

»Hör mal, Wilhelm«, begann ich streng.

Er schaute rasch auf, musterte mich, kniff die Augen zusammen. »Lina, wir bauen ein zweites Siebenfüßiges. Sobald ich das da« – er hob die verbundene Hand – »los bin.«

Aufgebracht ließ ich die Gabel mit dem Fleisch auf den Spiegel fallen, mitten in die grauen Putzschlieren.

»Hundertfünfzig Pfund«, warf Wilhelm rasch ein, »soviel wird das Siebenfüßige einbringen.« Mit zwei Fingern klaubte er die Gabel auf und hielt sie mir hin. »Das hättest du nicht gedacht, was?« Er grinste.

Wie der Unfall gezeigt hatte, barg die Beschäftigung mit der Astronomie Gefahren, die Wilhelm seine Existenz kosten konnten. Diesmal hatte er nur einen Nagel eingebüßt, aber es war ja nicht schwer, sich Schlimmeres auszumalen, dazu brauchte ich mir nur die rasiermesserscharfen Stecheisen zu vergegenwärtigen: Wenn ein Fingerglied glatt abgeschnitten wäre oder eine Sehne durchtrennt, hieße das, nie wieder einwandfrei Orgel spielen oder alle Löcher auf der Oboe abdecken zu können. Bliebe ein Finger steif, würde er eine Geigensaite nicht mehr greifen können.

Die Vorstellungen trieben mir den Puls hoch.

»Welcher Idiot soll denn so ein Instrument kaufen?« schrie ich. »Und dann noch für so einen Haufen Geld?«

Wilhelm verdiente etwa vierhundert Pfund im Jahr, und das galt als reichliches Einkommen, Alexander brachte es auf knapp die Hälfte. Also Dreiviertel vom Jahresverdienst eines gewöhnlichen Musikers für ein Gerät, mit dem höchstens ein Hofastronom etwas anzufangen wußte, und die Hofastronomen, davon ging ich aus, waren bestens mit Teleskopen versorgt.

»Du bist nicht auf dem laufenden. Privatobservatorien sind groß in Mode. Ich könnte dir aus dem Stegreif einige in einem Umkreis von – na, sagen wir mal – zweihundert Meilen nennen. Wir werden die Preise der Londoner Optiker unterbieten und vor allem bessere Instrumente liefern als sie. Die Leute werden uns die Tür nach unseren Teleskopen einrennen.« Er lächelte jetzt eindeutig überlegen.

Wortlos nahm ich ihm die Gabel ab, legte sie vorsichtig auf den Teller und trug diesen hinaus, taub für das, was mir Wilhelm hinterherrief. Ich hatte schon verstanden. Nicht daß ich etwas dagegen einzuwenden hatte, viel Geld zu verdienen, aber die Idee, Teleskope zu bauen und zu verkaufen, erschien mir ziemlich abwegig. Zumindest so lange, bis ich darauf kam, über John Locke und Wilhelms Verhältnis zu ihm nachzudenken. Von seinem ersten Englandaufenthalt hatte mein Bruder eine Schrift Lockes über den menschlichen Verstand nach Hause mitgebracht. Dieses Buch besaß er noch, und ich machte mir endlich die Mühe, einmal hineinzuschauen. Locke vertraute der Erfahrung mehr als dem Buchwissen oder anders ausgedrückt, er empfahl, sich nicht auf Theorien zu verlassen, die andere entwickelt hatten, sondern selbst die Dinge zu erforschen. Und genau das tat Wilhelm, er hatte es mir ja ohnehin einmal erklärt. Nicht nur die Sternbeobachtungen, sondern alle seine Experimente in der Optik waren nur so zu verstehen, und sie führten dazu, daß seine Instrumente tatsächlich die der alteingesessenen Optikermeister an Qualität übertrafen.

5

An diesem Tag trug ich ein leichtes Kleid, das meinen Hals frei ließ. Es war wirklich warm, ich hatte auf ein Fichu verzichtet und legte nun auch noch meinen Strohhut ab. Diese zusätzliche Entblößung mußte Mr. Palmer, der mit der Teekanne hinter mich getreten war, wie eine Aufforderung vorgekommen sein. Während er mir eingoß, streifte er meinen Nacken.

Mr. Palmer hatte mir soeben, ein paar Monate nach unserem ersten, vielleicht nicht ganz zufälligen Treffen auf der Straße, die Rolle der Calisto in Cavallis gleichnamiger Oper angeboten. Neugierig war ich einer Einladung zu einer Teestunde gefolgt, die in seinem Privatbüro neben dem Theaterfoyer stattfand.

Es mochte sein, daß ich von der Atmosphäre des Raums beeinflußt war, der wie ein Boudoir wirkte, voller exquisiter Requisiten wie Seidenumhänge und Samtmasken, denn ich lauschte Komplimenten, die sich nicht nur auf meine Stimme bezogen, und dachte sogar flüchtig über das Alter des Stutzers nach. Vermutlich war er ein, zwei Jahre jünger als Wilhelm.

»Ach, ist das heiß«, seufzte ich und lehnte mich zurück, als hätte ich vor Erschöpfung die Hand nicht bemerkt, die wie erwartet nach vorn glitt.

Die Rolle der Calisto sagte mir durchaus zu, schon weil sie auch etwas mit den Sternen zu tun hat. Calisto war eine Nymphe, der Jupiter nachstellte und die von Juno, Jupiters eifersüchtiger Gattin, voller Zorn über die außereheliche Romanze in eine Bärin verwandelt wurde. Jupiter hat Calisto als Wiedergutmachung einen Platz am Himmel zugewiesen, dort steht sie noch heute, in der Antike als *die* große Bärin bekannt und heute nur noch als der große Bär. Nicht weit von ihr hat Bootes seinen Platz, der Bärenhüter, ihr Sohn. Sein hellster Stern, Arctus, ist mir ein sehr lieber Orientierungspunkt am späten Frühjahrshimmel.

In den letzten Monaten war einiges geschehen. Inzwischen war ich zur ersten Sängerin aufgestiegen und hatte damit begonnen, den Chor zu schulen. Wilhelm hatte das siebenfüßige Teleskop mit einem anständigen Gewinn verkauft und sofort eine Bestellung für ein fünffüßiges vom gleichen Auftraggeber erhalten. Über seinen ersten Erfolg als Optiker hätte ich mich freuen müssen, es gelang mir aber nicht so richtig.

Unvermutet hatte mich ein leichter Brechreiz befallen, deshalb beugte ich mich nun doch wieder vor. Leider hatte ich nicht bedacht, daß Mr. Palmer durch diese Bewegung, bei der ich die Schultern unwillkürlich abwehrend zusammenzog, ein tieferer Einblick in mein Dekolleté gewährt wurde. Im Spiegel gegenüber sah ich, wie ihm beim Anblick meiner weißen, runden Brüste beinahe die Augen aus dem Kopf quollen. Ich kam mir ziemlich kühl vor, wie ich uns so genau studierte, allmählich begriff ich das Spiel. Nur mein Magen wollte partout nicht mitmachen. Es sah ganz danach aus, als würde ich mich mit meinem überwältigenden Ekel abfinden müssen, während sich Mr. Palmer mit dem Anblick meines Körpers vergnügte. Hastig hielt ich meine Tasse so, daß er zurückweichen mußte.

»Sie sollten sich auch einschenken, den Tee allein zu trinken, bin ich nicht hergekommen. Bitte nehmen Sie doch wieder Platz.«

Mr. Palmer gehorchte bereitwillig. Sowie er mir gegenüber saß, erkannte ich, daß ich den richtigen Ton getroffen hatte. Er war keineswegs entmutigt, sondern sah in mir nun eine gleichrangige Spielerin. Je geschickter ich auswich und ihn hinhielt, desto schöner und befriedigender wäre für ihn am Ende die Eroberung.

Die Rolle der Calisto habe ich nicht angenommen, und ganz im Sinne des Spiels bekannte Mr. Palmer bekümmert, daß meine starrsinnige Ablehnung ihn verzweifeln ließe. Meine Absage formulierte ich natürlich so, daß ein Schimmer Hoffnung für zukünftige Angebote übrigblieb, wir waren noch nicht fertig miteinander.

»Vielleicht sollten wir einmal ganz geschäftsmäßig über die Gage reden.« Sein abschätzender Blick war kein Kompliment, ich verstand auch das, schließlich sollte nun geschachert werden.

Mir war durchaus bewußt, was der Theaterdirektor neben seinen erotischen Avancen zu offerieren hatte: eine gewisse Selbständigkeit und finanzielle Unabhängigkeit. Weiß der Teufel, warum ich nicht alle Bedenken über Bord warf und zugriff. Wilhelm hatte gerade mit einem weiteren Siebenfüßigen begonnen und plante, eine neue Metallmischung für den Spiegel auszuprobieren. Außerdem taugte die alte Gußform nichts mehr, auch für den Mörtel wollte er mit neuen Rezepten experimentieren. Jemand hatte ihm geraten, dem Mörtel Pferdedung beizugeben. Das hieß, das ganze Zeug mußte gemischt und dann in einem Mörser gestampft und schließlich gesiebt werden. Ein Haufen Arbeit, eine stinkende dazu, und wer kam außer Wilhelm selbst dafür in Frage? Nur ich natürlich.

»Ich seh Sie Ihre Nase krausen, ich hätte so etwas Plebejisches wie Geld einer Dame gegenüber nicht erwähnen dürfen und bitte vielmals um Verzeihung«, sagte Mr. Palmer reumütig.

Ich wagte nicht, ihm etwas über getrockneten Pferdemist zu erzählen, und so haben wir die bestrickende Unterhaltung nicht fortgeführt.

6

»Mrs. Colebrook kommt um zwölf zur Geigenstunde.«

Wilhelm hatte mich doch nicht an diesem klaren Oktobertag morgens um zehn in der Küche aufgesucht, wo ich gerade mit einiger Mühe eine gute und reichliche Mahlzeit plante, die möglichst wenig kostete, um mir etwas mitzuteilen, was ich ohnehin wußte? Interessanterweise wirkte mein Bruder nervös und weniger selbstsicher als sonst.

»Du hast nicht vor, außer Haus zu gehen? Es wäre mir lieb, wenn du bei der Stunde anwesend wärst.«

Obwohl ich ihn gern sofort hinausgescheucht hätte, musterte ich ihn argwöhnisch. »Du hast hoffentlich keinen Streit mit Mrs. Colebrook angefangen oder sie irgendwie verärgert.«

»Nein, nein, es wäre mir nur lieb, wenn du dich zu uns setzen würdest. Du könntest uns den Tee servieren, eventuell sogar etwas vorspielen, du weißt ja, Mrs. Colebrook ist manchmal etwas langsam im Begreifen.«

Das war mir, ehrlich gesagt, neu, auch wenn ich sie nicht gerade für eine begnadete Musikerin hielt. Wilhelms Gesicht rötete sich ein wenig, während er immer eifriger wurde, um eine offensichtliche Verlegenheit zu überspielen, die mir zunehmend Spaß machte.

»Es ist nicht so leicht, ihre Bogenhaltung zu korrigieren, in letzter Zeit ist sie darin nachlässiger geworden, und wenn ich es ihr an dir demonstrieren könnte ...«

Im stillen bewunderte ich Mrs. Colebrook, die Wilhelm durch ihre angebliche Ungeschicktheit zwang, hin und wieder den Arm um sie zu legen und ihr zu zeigen, in welchem Winkel sie den Bogen anzusetzen hätte, wobei sie sich an ihn lehnen könnte. Eine hübsche Szene, die ich mir ohne jede Eifersucht ausmalte, ich selbst hätte mir so eine Umarmung ja ebensogern gefallen lassen. Nur als Zeichen brüderlicher Zuneigung freilich, nicht als erotisches Geplänkel, dafür nahm mich ja Mr. Palmer ins Visier. Ja, wenn Wilhelm mal wieder die Arme um mich legte, von mir aus nur zur Demonstration der korrekten Bogenhaltung, das wäre mir schon sehr recht gewesen. Bei ihm wußte ich mich gut aufgehoben. Was er gegenwärtig von mir erwartete, konnte ich mir freilich durchaus denken.

»Das solltest du ihr unbedingt selbst zeigen, der direkte Weg ist der beste. Und denk bitte daran, daß Mrs. Colebrook zu unseren bevorzugten Freunden gehört, auf deren Wohlwollen wir jetzt mehr denn je angewiesen sind, sei also höflich, liebenswürdig, na, einfach so charmant, wie sie es erwartet.«

»Wenn ich das tue« – Wilhelm verdrehte die Augen in komischer Verzweiflung –, »hängt sie mir sofort am Hals, und wie ich aus der Situation herauskommen soll, ohne sie zu kränken, ist mir schleierhaft.«

Es freute mich, daß ich Wilhelm soweit gebracht hatte, Farbe zu bekennen.

»Du magst die Witwe auf einmal nicht mehr?« hakte ich gewissenhaft nach.

»Mein Gott, mögen! Lina, stell dich nicht dümmer, als du bist. Das Problem ist, daß sie mich auf einmal mehr mag, als mir lieb ist. Also, bitte, hilf mir.«

»Ich muß zum Markt, wir brauchen Rückenfett, ein bißchen Fleisch und Gemüse zu einem Stew.« Rasch vergewisserte ich mich, daß er Anzeichen von Panik zeigte. »Aber ich glaube«, fuhr ich scheinbar nachdenklich fort, »ich könnte es so einrichten, daß ich gegen zwölf mit meinem Flickkorb im Salon sitze.«

Wilhelm warf mir einen dankbaren Blick zu. »Mach, was du willst, nur sei pünktlich zur Stelle.«

Das war ich dann, und wie ich vermutet hatte, kam auch Mrs. Colebrook etwas vor der vereinbarten Stunde, denn sie konnte das Zusammensein mit Wilhelm wohl nicht abwarten. Ich erkannte sofort, daß es höchste Zeit wurde, mich ein bißchen um Wilhelms Herzensangelegenheiten zu kümmern. Mrs. Colebrook hatte sich mit einem geblümten Kleid und einer Tändelschürze ländlich schlicht aufgemacht und trug nur ganz kleine Tournüren, die einer eventuellen Annäherung nicht im Wege standen. Für ein wirklich ländliches Kleid war das Mieder allerdings zu tief ausgeschnitten. Einigermaßen verblüfft musterte ich die mädchenhaft schmale Taille. Bisher schien mir Mrs. Colebrook eher zu einer gewissen Rundlichkeit zu neigen. Die Kurzatmigkeit, mit der sie sich übervorsichtig auf einem Stuhl niederließ, verriet mir einiges von ihrer grundsätzlichen Entschlossenheit.

»Scheußliche Arbeit, dieses Flicken« – sie warf einen mißbilligenden Blick auf die Strümpfe, die aus dem Flickkorb hingen –, »warum werfen Sie die kaputten Dinger nicht weg?«

»So eine Verschwendung würde Wilhelm niemals dulden. Sehen Sie« – ich schob einen Finger durch das kastaniengroße Loch in der Ferse des Strumpfs, an dem ich gerade arbeiten wollte –, »seit ich es das letzte Mal geflickt habe, ist es nur unwesentlich größer geworden, und die Stopfstelle sollte beinahe vollständig im Schuh verschwinden.«

Die Witwe schaute sich kopfschüttelnd in unserem wie immer chaotischen Salon um. »Also, ich wüßte, was ich hier zu tun hätte.«

»Ohne Frage, Mrs. Colebrook. Ich glaube, man könnte Wilhelm einen rücksichtslosen Egoisten schimpfen, weil er wirklich jeden Penny für die Astronomie ausgibt und mir nicht einmal erlaubt, für dreimal ausgebesserte Strümpfe Ersatz zu besorgen. Mir gegenüber ist er aber großzügig, er hat mir erst letztes Jahr einen neuen Unterrock bewilligt, und denken Sie doch bloß an das Kleid zu meinem Debüt, das war, warten Sie mal, vor drei Jahren.«

Mrs. Colebrook saß so aufrecht, als hätte sie einen Stock verschluckt, während ihr Atem weiterhin in kurzen Stößen aus der Lunge pfiff. Einzig ihr Blick wirkte richtig lebendig. Um die Augen begann die Schminke, die sie wieder zu dick aufgetragen hatte, abzublättern.

»Ihr Bruder ist ein Mann, der offenkundig die Vorzüge eines gutgeführten Hauses und einer Familie nicht so recht schätzengelernt hat.«

»Aber keineswegs, immerhin waren wir sechs Kinder zu Hause ...«

Mrs. Colebrook setzte dazu an, mich zu unterbrechen, ich mußte mich beeilen, außerdem rechnete ich jeden Augenblick mit Wilhelms Eintreten. »Ich käme nie auf die Idee, meinen Bruder muffig oder eigenbrötlerisch zu nennen, nur weil er grundsätzlich beim Essen seine astronomischen Bücher liest und sich außerhalb der Saison um acht Uhr mit den Büchern ins Bett legt, wenn er nicht aufs Dach steigt, um die Sterne zu betrachten.«

»Und seit wann geht das schon so?«

»Unser Vater hatte ihn frühzeitig für die Musik bestimmt.

Seine wahre Leidenschaft galt dagegen seit seiner Kindheit den Sternen und der Wissenschaft, die lassen ihn nun nicht mehr los, und eigentlich ist das nicht das schlechteste. Es sind doch Männer wie er, die uns neue Horizonte eröffnen. Mittlerweile bin ich überzeugt, daß er eine große Aufgabe vor sich hat.« In dem Augenblick, wo ich es aussprach, glaubte ich selbst daran, das hieß, ich wollte daran glauben, denn schließlich mußte ich der Witwe gegenüber so eindeutig wie möglich auftreten. »Stellen Sie sich vor: Mit seinen neuen Teleskopen lassen sich die Jupitermonde viel genauer als früher beobachten, und wir wissen jetzt, daß Beta Albireo ebenfalls ein Doppelstern ist, obwohl wir das längst wegen der periodischen Veränderung der Helligkeit vermutet hatten.«

Mrs. Colebrook hörte mir, glaubte ich, nicht richtig zu, verfolgte aber meine Bemühungen mit Stopfnadel und Stopfei und bemerkte selbstverständlich, wie ja schon früher, die Spuren, die Feilen und anderes Handwerkszeug im Verein mit scharfer Paste auf meinen Händen hinterlassen hatten. Sie straffte sich, zuckte die Schultern und beugte sich ein bißchen nach vorn.

»Würden Sie mir eine ungewöhnliche Bitte erfüllen? Lokkern Sie mir das Mieder, bevor mich dieser Panzer noch umbringt.«

Kurz darauf fragte ich mich, ob ich die Unterhaltung wirklich klug geführt hatte. Die wilden Zeiten als jugendlicher Heißsporn lagen allmählich hinter Wilhelm, mit Lady Lothian pflegte er nur noch eine platonische und keine zärtliche Freundschaft mehr, was ich daraus schloß, daß sie es war, die mich immer häufiger bat, ihren Stunden beizuwohnen, weil sie meine Gesellschaft schätzte. Eine nette, ruhige Ehe mit einer nicht nur vermögenden, sondern auch umgänglichen Frau hätte für alle Beteiligten nur Vorteile geboten. Ich hätte einen Teil meiner Verantwortung und meiner Verpflichtungen auf sie abwälzen können. Für diese Überlegung war es wahrscheinlich zu spät, trotzdem versuchte ich, noch etwas zu retten, indem ich die beiden allein ließ und erst nach dem Unterricht mit dem Teetablett wieder hereintrat. Mrs. Colebrook lächelte mich freundschaftlich an, während sie sich die Handschuhe überstreifte.

»Für mich keinen Tee heute, aber ich danke Ihnen für Ihre guten Absichten.«

7

Nicht, daß wir uns direkt in Geldverlegenheiten befanden. Knapp dran waren wir allemal, weil Wilhelm im vergangenen September seinen Organistenposten an der Oktogon-Kapelle verloren hatte. Mr. Street, der Miteigentümer der Kapelle, hatte alle Anteile seines Kompagnons, Mr. de Chair, übernommen und sofort einen anderen Organisten bestellt. Ich war bestürzt, als mir Wilhelm seine Entlassung mitgeteilt hatte.

»Aber warum? War Mr. Street nicht mehr mit dir zufrieden?« Mir fiel ein, daß Wilhelm neuerdings außer Noten Astronomieunterlagen zu den Proben mitnahm und sich gelegentlich darin vertiefte, während um ihn herum jeder fiedelte, wie er wollte. Wenn Mr. Street etwas Nachteiliges über Wilhelm in Bath verbreitete, würde es bald richtig schlecht für uns aussehen.

»Ach was, Street fühlte sich zurückgesetzt, weil ich lieber mit de Chair das Programm besprach als mit ihm. Der Mann ist ein etwas nickeliger Kunde.«

»Ja, und? Was soll jetzt aus uns werden?« Meine eigene Konzerttätigkeit erwähnte ich gar nicht erst.

»Jetzt« – Wilhelm grinste, was ich angesichts der Lage völlig unpassend fand –, »jetzt, Linakind, werden wir den Bathern mal vorführen, wie wir uns eine richtige Musiksaison mit Konzerten und Oratorien vorstellen. Ich habe schon einiges mit dem Manager der Assembly Rooms abgesprochen und außerdem eine Vereinbarung mit der St. Margaret-Kapelle getroffen. Kein festes Engagement, das würde mir gar nicht passen, aber wir werden dort einiges aufführen.«

Die Saison 1776/77 wurde aber ein Reinfall, ein bei nüchterner Überlegung vorhersehbarer. Alexander und ich, wir legten uns mächtig ins Zeug, es war uns aber letztlich nicht möglich, einen grundsätzlichen Mangel auszugleichen. Um es kurz zu veranschaulichen: Es kam nicht gerade selten vor, daß Wilhelm in den Konzertpausen hinausrannte, eins der kleineren Fernrohre installierte und sich in den Sternenhimmel vertiefte. Es gab Konzertbesucher, die das nicht amüsant fanden, und zu den Kritikern gehörte auch der Manager der Assembly Rooms. Gegen Ende der Veranstaltungen gab er bekannt, daß er für die nächste Saison Linley als Konzertmeister verpflichten würde, er habe bereits die nötige Vereinbarung getroffen. Größer hätte unsere Blamage kaum ausfallen können.

Einen Abend, bevor Alexander ins Sommerengagement nach Bristol wechselte, sprach ich ihn auf die Geschichte an, sie betraf ihn ja auch.

»Hat er mit dir darüber geredet, wie es jetzt mit uns weitergehen soll?«

Alexander zuckte die Schultern. »Irgendwie geht's immer weiter, mach dir nicht zuviel Sorgen.«

»Es muß ihn doch ungeheuerlich kränken, so abserviert worden zu sein. Jahrelang hat er sich um das Bather Musikleben verdient gemacht, und jetzt heißt es Linley statt Herschel. So klar und so vernichtend eindeutig hat das bisher noch nie jemand zu sagen gewagt.« Noch immer kam ein deutlicher Anflug von Trauer, Verlangen und das Gefühl von unwiederbringlichem Verlust in mir auf, sobald ich den Namen Linley aussprach. Daß man doch nie davon frei wurde. »Und Wilhelm ist immer weniger bei der Sache.«

»Ziemlich zerstreut, der Gute«, brummte Alexander.

»Zerstreut, mein Gott! Die Musik interessiert ihn ja kaum noch. Und dabei ...«

Ein abschätzender Seitenblick traf mich.

»Und dabei könntest du als Sängerin jetzt so richtig zum Zuge kommen, was?«

Ich dachte an die wunderbaren Arien der Calisto, schüttelte aber abwehrend den Kopf. »Es ist nur so, daß ich Wilhelm einfach nicht verstehe. So eine Kränkung brennt einem auf der Seele, und ich weiß genau, daß es ihm nahegeht. Ich habe wenigstens dreimal versucht, ihn darüber in ein Gespräch zu ziehen. Aber nichts, bloß Schweigen oder lediglich Ausflüchte. Nicht einmal mir schüttet er das Herz aus.«

Alexander rutschte unbehaglich auf seinem Stuhl herum. »Ach, was du nur wieder hast. Ich will auch nichts darüber hören. Es wird doch nichts besser dadurch.«

»Er liegt schon wieder mit seinen Astronomiebüchern im Bett, dabei ist es noch nicht neun. Kannst du das begreifen?«

Als ich einsah, daß auch mit Alexander kein Gespräch zustande kam bis auf eine quälende oder belanglose Konversation, zog ich mich zurück. Drei Menschen auf drei Räume verteilt, weil sie sich nichts zu sagen hatten. Jeder für sich in seinem Mauerkasten hinter verschlossener Tür. Allein für mich konnte ich wenigstens ungestört an Thomas Linley denken und vielleicht an das eine oder andere Gespräch, das wir gehabt hätten.

8

Als hätten wir nicht schon genug Sorgen, traf eines Tages im Juli 1777 ein Brief ein, der mich veranlaßte, Wilhelm bei seiner Lieblingsbeschäftigung zu stören, dem Drehen der Okularfassungen aus Kokosnußschalen. Einen Augenblick sah ich ihm dabei zu, er schien so glücklich, alle Widrigkeiten unserer Lage für den Moment vergessen zu haben, denn er summte eine Melodie aus *Judas Maccabäus*.

»Wilhelm«, ich rüttelte ihn an der Schulter.

Ärgerlich fuhr er auf. »Was gibt es?«

»Lies das!« Ich hielt ihm das Schreiben vor die Augen, damit er die Drehbank nicht weiter antrieb.

»Lina, sag's mir, wenn's etwas Wichtiges ist.« Mit einer Hand schob er den Brief beiseite.

»Also interessiert es dich nicht, daß Dietrich verschwunden ist?«

»Dieser dumme Hund«, sagte er, nachdem er mir den Brief nun doch abgenommen und gelesen hatte. Dann seufzte er einmal tief auf, strich mit einer Hand liebevoll über die Rundung des angefangenen Werkstücks und drehte sich zu mir um. »Wenn ich mich beeile, erwische ich die Abendpostkutsche nach London. Pack mir ein paar Sachen zusammen und schreib an Alexander, nein warte« – er hielt mich auf dem Weg zur Tür auf –, »das erledige ich noch selbst.«

Eine Stunde später waren alle Vorbereitungen getroffen, um unseren jüngsten Bruder von einer Torheit abzuhalten. Dietrich, hatte uns Mutter wissen lassen, habe vor seinen Freunden damit geprahlt, daß er zu den Westindischen Inseln segeln wolle. Zusammen mit ein paar anderen Taugenichtsen.

Obwohl er es nicht wünschte, bestand ich darauf, Wilhelm zur Poststation zu begleiten. Er lief dann auch so rasch, daß ich nur mit Mühe neben ihm Schritt hielt. An eine Unterhaltung war überhaupt nicht zu denken. Als er in der Kutsche saß und sich zum Abschied hinausbeugte, klammerte ich mich am Wagenschlag fest, einen Fuß auf dem Trittbrett.

»Wilhelm, du schreibst mir sofort, ja?«

»Sobald ich etwas in Erfahrung gebracht habe.«

»Und was wirst du mit Dietrich anfangen, wenn du ihn gefunden hast?« Meine Stimme zitterte, wenn ich nicht aufpaßte.

»Das kann ich dir jetzt noch nicht sagen, Lina.« Eine leichte Ungeduld klang in seiner Stimme auf.

»Wirst du ihn direkt nach Hannover zurückbringen?« Sprich weniger schrill, ermahnte ich mich.

Wilhelm runzelte die Stirn und faßte meine Hand, um sie zu lösen. »Bitte, Lina, tritt zurück, die Kutsche fährt jeden Augenblick ab.«

»Was soll ich Alexander schreiben, wenn ich nichts von dir höre? Soll er herkommen?«

Wilhelm beugte sich weiter heraus. »Ich habe Alexander alles Wichtige mitgeteilt. Jetzt spring zurück, Lina.«

Die Kutsche ruckte an, ich winkte ihr heftig nach, bis sie um die Ecke verschwand. Die ganze Zeit dachte ich an das, was ich nicht gesagt hatte: Bitte, Wilhelm, laß mich nicht allein mit dieser quälenden Unruhe und Unsicherheit.

Auf einmal wußte ich nichts mehr mit mir anzufangen und

malte mir schreckliche Situationen aus, wie etwa daß die Postkutsche ein Rad verlor und umstürzte. Das kam alle nasenlang vor, und gerade bei Nacht waren die Straßen gefährlich, denn der Kutscher konnte kaum die Schlaglöcher erkennen und ihnen noch weniger ausweichen als bei Tage. Wilhelm verletzte sich schwer, sie mußten ihn unter dem Wagen hervorziehen, ich sah die Szene in allen drastischen Einzelheiten vor mir.

Nach zwei Tagen dann endlich traf eine Nachricht von ihm ein.

In Dover habe er erfahren, schrieb er, daß vorerst kein Segler von Holland nach Westindien in See stechen würde, Dietrich müßte daher entweder in Holland festsitzen oder sich nach England durchschlagen. Er selbst würde weiter nach Hannover reisen, eventuell sei Dietrich ja auch umgekehrt.

Dietrich war aber inzwischen in Wapping gestrandet, hockte in einem kleinen Gasthaus und schickte mir von dort einen kläglichen Brief.

Alexander nahm sich Urlaub, um ihn nach Bath zu holen, blieb jedoch zunächst zwei Wochen mit ihm in London bei Freunden, um ihn dort aufzupäppeln. Drei Tage nach den beiden kehrte auch Wilhelm heim. Kaum hatte er das Haus betreten und gehört, daß wir einen Arzt hatten kommen lassen, wollte er auch schon zu Dietrich in die Dachkammer stürmen. Ich hielt ihn auf.

»Das läßt du bleiben, bis ich dir gesagt habe, was der Arzt angeordnet hat.«

»Lina, das hat Zeit.« Voller Ungeduld versuchte er, sich an mir vorbeizudrängen.

»Wilhelm Herschel, du hörst mich an und machst nicht alles zunichte, was wir bisher für den Jungen getan haben.« Außerdem wollte ich ihn auf den Anblick eines lang aufgeschossenen, mageren Herings mit tiefen Schatten um die Augen und einem unerträglichen Jammerblick vorbereiten. Wilhelm hatte sich vermutlich noch nicht genügend von jenem Bild eines ewig heiter grinsenden Kobolds gelöst, den wir in Hannover zurückgelassen hatten.

»Ihr habt dem jungen Dachs doch hoffentlich keine Vorwürfe gemacht? Das wäre nun wirklich das falscheste.«

Ich war verblüfft. »Für was hältst du uns eigentlich? Natürlich haben wir kein Wort darüber verloren, daß unser Kleiner auf die irrsinnige Idee verfallen ist, zu den Westindischen Inseln zu segeln, mit einem Hemd zum Wechseln und einigen Groschen, die er sich zuletzt zusammengebettelt hatte, nachdem ihm das Geld ausgegangen war. Seine Kumpane haben ihn schon in Holland im Stich gelassen. Er ist so ziemlich auf den Hund gekommen, meint auch der Arzt und hat ihm eine Diät verordnet. Bratäpfel und Gerstensaft, etwas anderes verträgt er nicht. Guck also nicht so mitleidig, wenn wir gleich unser Nachtmahl einnehmen.«

Auf strikte Bettruhe hatte der Arzt nicht bestanden. Von innerer Unrast getrieben, lief Dietrich mit Leidensmiene hin und her, während wir uns zum Abendessen gesetzt hatten und uns um eine normale Unterhaltung bemühten. Plötzlich sprang Wilhelm auf.

»Das ist ja nicht auszuhalten. Komm an den Tisch, Dietrich. Stell einen Teller für ihn hin, Lina, ich pfeif auf das Geschwätz des Doktors. Kalter Braten und Brot sollen für einen jungen Burschen schädlich sein und diese Bratäpfel, deren schrumpelige Haut am Gaumen kratzt, gesund? Wer glaubt denn so was! Und dann noch dieser ekelhafte englische Gerstensaft! Schmeckt doch wie Pisse, oder etwa nicht? Los, Alexander, hol den Portwein.«

Es war wie eine Wiederholung aus vergangenen Zeiten. Meine Brüder saßen zusammen am Tisch, aßen, unterhielten sich, alle drei mit glänzenden Augen, eine verschwörerische Gemeinschaft, an der ich kaum einen Anteil hatte.

Ich sah mich wie eine aufgezogene mechanische Puppe hin- und herrennen, unserem Jüngsten mütterlich über das wunderschöne Blondhaar streichen, das mich so anzog, und keinem fiel auf, daß ich mich an der Unterhaltung nur unwesentlich beteiligte. Je mehr sie sich ereiferten und aufstachelten – sie waren längst über die Familiennachrichten hinaus und bei der Musik angekommen –, desto mehr bemühte ich mich, ihnen die äußeren Umstände des Abends so angenehm wie möglich zu gestalten. Wie kam ich bloß dazu?

Es war nicht weiter verwunderlich, daß Dietrichs Genesung unter soviel Fürsorge rasche Fortschritte machte. Er erhielt ja auch genau das, was er brauchte: geistige Anregung durch die Brüder, vor allem durch Wilhelm, der sofort generös seine Beziehungen spielen ließ, um ihm zu einträglichen Engagements zu verhelfen, und simples, körperliches Wohlbehagen durch die treusorgende Schwester. Ich hatte jetzt drei gedankenlos fordernde Brüder am Hals, neben allen anderen Verpflichtungen.

Dietrich sollte insgesamt zwei Jahre in England bleiben, meist in London, bevor er nach Hannover zurückkehrte. Anfangs, als es ihm noch schlechtging, verließ er kaum das Haus, und so verbrachte ich viel Zeit mit ihm allein, während die anderen unterwegs waren. Wir musizierten öfter miteinander, wir sprachen über Hannover, die Straßen, die Läden, den gotischen Zierrat am Rathaus, die Bierkutscher und ihre gewaltigen Rösser, wir ließen kaum etwas unerwähnt, was gemeinsame Erinnerungen heraufbeschwören konnte. Selten dagegen haben wir uns über Mutter oder Jakob unterhalten, das waren gefährliche Bereiche, denen Dietrich auswich. Daraus schloß ich, daß ihn eventuell ein ähnlicher Überdruß fortgescheucht hatte wie mich damals. Ganz kamen wir allerdings nie dahinter, was ihn zum Weglaufen bewogen hatte, möglicherweise verhielt es sich ähnlich wie bei Wilhelm: Den einen trieb es zu den Sternen, den anderen nach Westindien.

An einem dieser Abende, nicht lange nach Wilhelms Rückkehr, stieg Dietrich mit mir aufs Dach hinauf, denn ich hatte ihm etwas Besonderes versprochen. Während ich die Schutzhülle des Siebenfüßigen beiseite schlug und an den Schrauben für die Einstellung drehte, stimmte ich ihn auf den atemberaubenden Blick durch das Instrument ein.

»Wenn du versuchst, ein bißchen zu schielen, praktisch mit dem Augenrand wahrzunehmen, siehst du am schärfsten.«

Über uns hing eine blasse Vollmondscheibe. Gespannt beobachtete ich, wie Dietrich den Kopf vom Okular hob und aufstand. Durch seine blonden Haare fuhr der Nachtwind.

»Tja, also der Mond ist voller Löcher. Wenn du mich fragst, gefällt er mir mit bloßem Auge betrachtet besser. Da sieht er nicht wie ein angefressener Käse aus.«

»Dietrich, diese Löcher ...«

Er winkte ab. »Ich geh besser schlafen, mir ist kalt. Wie hältst du das bloß so stundenlang hier oben aus? Alexander hat mir erzählt, Wilhelm sitzt mit dir die halbe Nacht vor diesen Instrumenten. Für mich ist das nichts.« Fröstelnd schlug er die Arme um sich.

Nachsichtig lauschte ich auf seine Tritte, die sich die klapprige Stiege hinab verloren, dann nahm ich selbst den Platz hinter dem Okular ein und dachte daran, wie ich zum ersten Mal einen genaueren Blick auf den Mond werfen durfte.

»Siehst du diese kraterartigen Vertiefungen?« hatte Wilhelm gefragt.

Nach wie vor leistete ich lediglich Handlangerdienste. Zwar bemühte ich mich, Zusammenhänge zu erkennen, aber da ich mich ständig mit irgendwelchen Einzelheiten beschäftigen mußte, fehlte mir der Zugang zum Ganzen. Wilhelm unterrichtete mich auch längst nicht mehr in Mathematik, ich hatte die »Bärenschule« hinter mir gelassen, obwohl ich ihrer noch immer bedurft hätte. So manches Mal fühlte ich mich durchaus überfordert, und an solchen Abenden fiel es mir schwer, ihn meinen Unwillen nicht merken zu lassen. Dies war so ein Abend. Ich sollte also den Mond betrachten, von dem wir kaum etwas wußten, der aber im Fernrohr so nah erschien, als könnten wir endlich ein paar seiner Geheimnisse lüften. Vor allem war er keine substanzlose, blasse Scheibe mehr, sondern er zeigte sich als mächtiger, kugeliger Himmelskörper mit eigenen Landschaften, die ich durchmusterte.

»Sie sind alle kreisrund! So was ist kein Zufall. Ich werde jeden Krater vermessen und beweisen, daß hier Intelligenz im Spiel ist«, fuhr Wilhelm enthusiastisch fort.

»Der liebe Gott hat den Mond durchlöchert? Wozu?« spottete ich gereizt.

»Ach woher. Denk mal nach, Lina. Denk an Giordano

Bruno und das, was er über das Weltall gesagt hat. Galilei hat übrigens das gleiche wie ich über die Mondkrater vermutet.«

»Andere Menschen? Na, ich weiß nicht, das würde ja wohl alles auf den Kopf stellen, was wir von Kindesbeinen an geglaubt und gehört haben, denk doch mal an die Bibel und an Adam und Eva. Die Geschichte kann es ja wohl nicht zweimal gegeben haben und wenn nicht, wie sollen diese Menschen denn dort hinaufgekommen sein?«

Wilhelm ließ mich ausreden, im vollen Mondlicht sah ich, daß er die Arme verschränkt hielt und zu mir herabsah. Wahrscheinlich lächelte er.

»Sie gehören dorthin. Es handelt sich allemal um menschenähnliche Wesen, vielleicht sind sie aber auch exakt nach dem gleichen Muster wie wir gemacht. Verstehst du jetzt, daß ich mich mit dem Mond beschäftigen muß?«

Es ist durchaus etwas anderes, ob man eine kalte, tote Steinkugel besichtigt, die sinnlos durch das All kreist, oder ob man eine womöglich bewohnte Welt beobachtet. Der Raum zwischen dieser Welt und der unseren füllte sich auf einen Schlag mit abenteuerlichen Gedanken und Gefühlen. Jetzt war ich doch überwältigt, in einer solchen Nacht ist man nur zu geneigt, beinahe alles für möglich zu halten. Energisch schob ich den Stuhl zurück und deutete auf die Sterne, die, vom Mond überstrahlt, nicht sehr hell leuchteten.

»Und die da? Und die Planeten?«

Wilhelm beugte sich zu mir hinab. »Alles Welten, beseelt, bewohnt wie unsere, warum sollte Gott sie sonst geschaffen haben? Nutzlose Materie? Bestimmt nicht. Wir sind garantiert nicht allein im Universum.«

Ich sprang auf und winkte heftig mit beiden Armen zu den Sternen, besonders aber zum Mond hinauf, schließlich steht er der Erde am nächsten.

»Sag mal, was machst du da?«

»Vielleicht können sie längst von dort oben bis zu uns schauen, mit noch besseren Teleskopen als deinen. Sie sollen uns nicht für Stoffel halten, deshalb grüße ich sie schon mal.«

»Du bist ein Kindskopf«, brummte Wilhelm, aber meine Sternengrüße amüsierten ihn doch.

Mein Bruder war kein Ketzer, sondern ein tiefgläubiger Mensch, wenn er auch im Begriff stand, die Bibel auf den Kopf zu stellen. Ich hielt es für einen großen Vorzug, daß ich die erste war, der er seinen Gedanken mitteilte. Wenn ich verstand, was er sagen wollte, warum nicht auch andere?

Thomas von Aquin hielt die irdische Menschheit für die einzige, weil sie schließlich von Christus erlöst wurde, und er hätte es wahrscheinlich als Blasphemie betrachtet, in Erwägung zu ziehen, daß der Gottessohn auch noch andere Welten besucht haben könnte. Nach Aquin wurde dieser Glaube Kirchengesetz und zu einem der Gründe, warum Bruno auf dem Scheiterhaufen endete und die Astronomie so wenig vorankam. Ich fand die Vorstellung, daß der Sternenglanz kein bloß mechanisches Geflimmer sei, sondern auch Zeichen von Leben und Liebe in einer unermeßlichen, dunklen Ödnis, mehr als nur tröstlich. Zum ersten Mal begann ich, Wilhelms Sternenleidenschaft voll zu begreifen.

Dietrich dagegen machte sich noch tagelang über den löchrigen Käse am Himmel lustig, und Wilhelm und ich schwiegen dazu. Manche Wahrheiten kann man nicht mit allen teilen.

9

Noch im Herbst 1777 zogen wir zurück in die New King Street, diesmal jedoch in das Haus Nr. 19. Mit diesem Umzug war ich sehr einverstanden, weil sich damit die Wege zu den wichtigen Plätzen in der Stadt wieder verkürzten. Außerdem war mir das Haus am Avon zu einsam gelegen. Zu unserer neuen Unterkunft gehörte ebenfalls ein rückwärtiger Hof, den zwei Schuppen säumten, die nicht nur Wilhelm Freude bereiteten. Wir nutzten sie nämlich sofort als Werkstatt, so daß unser Salon wieder einen ehrbaren Anstrich erhielt, den Mrs. Colebrook gleich bei ihrem ersten Besuch nach dem Umzug anerkennend registrierte. Sie strahlte förmlich Zustimmung aus und meinte, es sei ja doch noch nicht alle Hoffnung vergebens.

Nach der Geigenstunde paßte ich sie ab. Ihre frohe Laune und ein gewisses kokettes Gehabe machten mich stutzig. War zwischen ihr und Wilhelm etwas vorgefallen, was ich wissen müßte? Auf ihr Interesse an allem, was uns betraf, bauend, bat ich sie, mit mir nach draußen auf den Hof zu kommen. Vom letzten Regen waren lauter Pfützen stehengeblieben, es sah ganz danach aus, als sollten wir uns die Schuhe verderben. Trotzdem raffte sie sofort entschlossen ihre Röcke, um mir zu folgen.

Erst als ich die knarrende Holztür in den größeren Schuppen öffnete, fuhr sie ein wenig zusammen und zog ihr Schultertuch fester um sich. Das Innere wurde nur spärlich vom Novemberlicht erhellt, das durch zwei kleine, schmutzige Fenster in den Seitenwänden hereinfiel. Damit wir im Dusteren nicht über etwas stolperten, hatte ich eine Laterne mitgenommen. Sobald ich sie entzündet hatte und es auf einen Schlag heller wurde, zumindest in unserer unmittelbaren Umgebung, quiekte es in den dunklen Ecken, und Mrs. Colebrook quiekte auch.

»Das sind nur Mäuse«, sagte ich gedankenlos, »die Ratten geben keinen Laut von sich.«

Ob Mrs. Colebrook nur wegen der dumpfen Kälte in dem alten Schuppen, in dem es nach Schmutz, Verwahrlosung und allem möglichen wenig Angenehmen roch, schauderte, wußte ich nicht. Jedenfalls gab ich mich betont unbekümmert. Sie begann ein halblautes Selbstgespräch, zumindest fühlte ich mich nicht direkt angesprochen, während sie im Lichtkegel der Lampe mit übertrieben vorsichtigen Schritten zwischen dem Schleifstein und einem halbfertigen Gerüst für ein zwanzigfüßiges Teleskop herumtappte. Vor einem Bottich mit Mörtel und Pferdemist blieb sie stehen. Vermutlich versuchte sie, das Bild des eleganten Musikers Wilhelm Herschel mit den rohen und häßlichen Gerätschaften in diesem Schuppen in Einklang zu bringen und benahm sich dabei wie jemand, der unvermutet in den schwarzen Abgrund einer Seele schaut. Ich sah, wie ihre Schultern in Abwehr zuckten, und hörte mir mit halbem Ohr ihren sattsam bekannten Vortrag über den Segen einer Familie an, die der abenteuerlichen Verirrung rasch ein Ende setzen würde.

Frauen wie sie waren nur schwer dazu bereit, von hergebrachten Vorstellungen über ordentliche Verhältnisse abzugehen. Sicher wollte sie Wilhelm vor sich selbst retten und mich gleich dazu. Ihre beiden jungen Cousinen hätte sie glücklich verheiratet, betonte sie.

»Sie sollten endlich einmal ernsthaft über eine eigene Familie nachdenken«, mahnte sie, lauter werdend.

»Von Familie bin ich hier in England geradezu umzingelt«, entgegnete ich liebenswürdig und zählte ihr sämtliche Familienmitglieder auf. Denn inzwischen lebte auch Georg, der älteste Sohn Sophias hier, Wilhelm hatte ihm eine Stelle als Geiger in der Privatkapelle der Königin verschafft, und drei seiner Brüder, Friedrich, Carl und Michael, machten sich gerade auf, ihm zu folgen.

Erst kürzlich hatte Wilhelm scherzhaft gemeint, mit dieser Verstärkung sei die Position der Familie im öffentlichen Musikleben genügend gefestigt, um ihm mehr Freiheiten zu erlauben. Für die Astronomie natürlich.

»Das hier ist eine ungesunde Umgebung, vor allem für Sie. Sie sollten diesen Schuppen überhaupt nicht betreten«, sagte Mrs. Colebrook streng, weil sie mich dabei ertappte, wie ich nebenbei in den Bottich langte, um das Gemisch zu prüfen, was an sich nicht nötig war, es hatte mich nur eine ungeheure Lust überkommen, die Witwe noch weiter zu reizen.

Zum Glück trug ich ein einfaches Hauskleid, deshalb wischte ich mir scheinbar unbekümmert die Hände am Rock ab und nahm belustigt den Abscheu wahr, mit dem Mrs. Colebrook mich beobachtete. Nachdem wir den Schuppen verlassen hatten, hielt sie Abstand. Mein Rock stank allerdings nach getrocknetem Pferdemist, mir selbst war das ziemlich gleichgültig.

»Nein, so was.« Mrs. Colebrook blieb schnaufend mitten im Hof stehen. »Die Höflichkeit gebietet mir zwar zu schweigen, aber meine Zuneigung zu Ihnen ist mir wichtiger, Sie wissen ja, in meiner Position kann man sich schon einmal über die Etikette hinwegsetzen, so viel Souveränität muß sein.«

Ich war gespannt auf das, was noch folgen mußte, und amüsierte mich bereits im voraus. Schließlich hatte ich sie herausgefordert. Sollte sie sich doch aufplustern.

Im ersten Stock, an einem der Salonfenster, nahm ich eine flüchtige Bewegung wahr.

»Es ist alles sogar noch viel schlimmer, als ich dachte, und Sie glauben gar nicht, wieviel Mühe es mich bisher gekostet hat, Sie gegenüber der Gesellschaft zu verteidigen.« Offensichtlich hatte sie sich dieses Gespräch bereits vorher zurechtgelegt, und ich hatte ihr mit dem Besuch im Schuppen noch einen günstigen Anknüpfungspunkt geliefert.

»Sie mußten mich verteidigen? Wieso? Und überhaupt, wem gegenüber?«

»Wie können Sie in Ihrem Alter nur so naiv sein! Seien wir doch einmal ehrlich zueinander. Sie sind kein junges Mädchen mehr, über dessen Torheiten man hinwegschauen könnte, Miss Herschel.«

»Um mir solche Vorhaltungen anzuhören, stehen wir hier frierend im Hof herum? Na, danke für den Hinweis.«

Als ich mich umwandte, um schnurstracks ins Haus zurückzukehren, rief sie mir nach.

»Aber jetzt hören Sie doch zu. Es ist doch sonst niemand da, der den Mut aufbringt, Ihnen die Augen zu öffnen.«

»Sie wollen mir die Augen öffnen? Wozu? Ich sehe ausgezeichnet.«

»Gar nichts sehen Sie« – ihre Hängebacken zitterten vor Aufregung, als ich neugierig wieder auf sie zutrat –, »nichts haben Sie von dem bemerkt, was um Sie herum vorgeht. Es ist Ihnen womöglich nicht einmal aufgefallen, daß Sie zu den üblichen Visiten und Tees kaum noch eingeladen werden, und wenn Sie Ihre Konzertauftritte nicht hätten …«

Jetzt hatte sie mich wirklich verblüfft. Über die Abnahme lästiger Einladungen war ich bis dahin recht froh gewesen. Vor einiger Zeit hatte ich hier und da eine Einladung mit einem

Hinweis auf meine Arbeit abgesagt und war davon ausgegangen, es hätte sich herumgesprochen, ich sei zu beschäftigt, um meine Zeit mit Höflichkeitsbesuchen zu vertrödeln.

»Was haben Sie gesagt?«

Der eine Fensterflügel stand jetzt ein wenig offen, und ich meinte wieder, eine Bewegung wahrzunehmen. Sicherlich drangen unsere Stimmen bis hinauf zum ersten Stock, denn es hallte ein wenig im Hof.

»Was ich Ihnen die ganze Zeit begreiflich machen will, weil ich es für meine Freundschaftspflicht halte, ist, liebste Miss Herschel, daß niemand Sie mehr einlädt, weil Sie sich mit völlig unpassenden Dingen beschäftigen, weil Sie sich auf Gebieten umtun, für die unsereins nicht gemacht ist, und auch noch offen darüber reden. Wenn Sie doch wenigstens das lassen würden. Mit etwas Zurückhaltung wäre ja schon etwas gewonnen.«

»Moment mal, nur weil ich etwas mehr als üblich von Mathematik verstehe, wissenschaftliche Bücher lese und keinen Hehl daraus mache und außerdem Sterntabellen handhabe und mich überhaupt als Gehilfin meines Bruders auf die Astronomie verlegt habe, lädt mich keine Dame der Bather Gesellschaft mehr ein? Wollten Sie mir das begreiflich machen?«

»Etwas mehr als das.« Ihre Stimme klang eindeutig zänkisch, allerdings hatte meine ebenfalls den Konversationston verlassen. »Ich bin ja nicht wie die anderen, ich werde Sie auch weiter zu mir bitten, weil ich genau weiß, Sie handeln aus purer Unwissenheit. Dabei habe ich Sie vor Jahren schon gewarnt, aber Sie haben nicht auf mich hören wollen. Sie nehmen nicht ernst, was ich Ihnen sage. Ich kenne genügend Damen, die Sie für überheblich halten.«

»Für überheblich? Wie meinen Sie das? Weil ich meine Lektüre nicht auf die üblichen Schauerromane beschränke?«

»Jetzt sind Sie überheblich. Um es genau zu sagen, Sie erheben sich über unser Geschlecht, Miss Herschel. Ihr Verhalten bedeutet nichts weiter als Ignoranz und Verachtung für alle, die sich um Sitte und Anstand bemühen. Jemand wie Sie unterhöhlt das feine Gefüge unserer Gesellschaft. Ihr Benehmen ist schändlich, Sie müßten nur einmal hören, wie allenthalben bereits in den Salons über Sie geklatscht wird.«

Zweifellos übertrieb sie gewaltig, und diese lächerliche Übertreibung erkannt zu haben, gab mir meine Ruhe wieder.

»Liebste Mrs. Colebrook, Sie sollten sich meinetwegen nicht ereifern, das tut Ihrem Blutdruck, das sehe ich doch an Ihrem hochroten Gesicht, überhaupt nicht gut. Und was diese Einladungen zu Tees und Visiten betrifft: Ich brauche die Gesellschaft von Laffen, Schmeichlern, Schwätzern und Hohlköpfen nicht. Mir genügt mein Bruder und meine Arbeit mit ihm, sie bedeutet mir sehr viel.«

»Ja«, Mrs. Colebrook schniefte, fuhr aber tapfer fort mit dieser unerquicklichen Unterhaltung, »das Verhältnis zu Ihrem Bruder ist der andere kritische Punkt. Sie sind seit gut fünf Jahren in England, oder sind es bereits sechs? Daß Sie anfangs unsicher waren, ist sehr gut zu verstehen, Sie waren auf ihn angewiesen, nicht wahr? Das hat auch Ihnen eine Verpflichtung auferlegt, aber nach so vielen Jahren immer noch diese Ergebenheit! Manchmal denke ich, immer das rechte Maß einzuhalten, ist nicht einfach. Doch, ich kann sehr gut begreifen, daß Sie so an ihm hängen. Aber Sie sollten unbedingt einmal an sich denken. Ein Bruder ist kein Ersatz für einen Ehemann, und Sie sollten endlich heiraten und eine gute, anständige Ehe führen. Es ist noch nicht zu spät, für einen geeigneten Kandidaten zu sorgen. Ihr Bruder versäumt in dieser Hinsicht ganz gehörig seine Pflicht. Auch das ist nicht in Ordnung.«

Ich war mir jetzt sicher, Wilhelm lauschte dort oben am Fenster.

»Ich soll mir jemanden wie Ihren verstorbenen Gatten anhängen lassen? Einen Klops, dessen Gegenwart jeden erstarren läßt? Was hat Sie die Ehe mit diesem unliebenswürdigen Mann gekostet, und das nur, um versorgt zu sein!«

Alle Farbe wich aus ihrem Gesicht, jetzt hatte ich sie wirklich verletzt. Genau das wollte ich auch, ich hatte mir genug von ihr anhören müssen. Stumm stapfte sie an mir vorbei auf das Haus zu, die Tür klappte hinter ihr zu. Bis dahin war ich unbeweglich stehengeblieben, dann aber rannte ich zurück zum Schuppen, um den Riegel vorzuschieben, Wilhelm sollte mich nicht bei einer Nachlässigkeit ertappen.

Als wir uns zum Abendbrot setzten, wandte ich mich an ihn, bevor er selbst etwas sagen konnte.

»Möglicherweise hast du jetzt eine Gönnerin weniger. Ich glaube nämlich nicht, daß Mrs. Colebrook noch Wert auf unsere Bekanntschaft legt.«

Wilhelm kratzte sich am Kinn. Würde er zugeben, daß er uns belauscht hatte? Würde er darüber nachdenken wollen, was ich für ihn auf mich nahm?

»Mrs. Colebrook ist eine Wetterfahne, sie muß sich ein bißchen hierhin und dahin drehen, darin liegt ihre Daseinsberechtigung. Ich habe gemeint, euch unten im Hof gehört zu haben.« Es klang nicht danach, als wollte er sich auf eine tiefere Erörterung einlassen.

10

Da kam schon wieder einer von den nichtsnutzigen Gaffern, die abends nichts Besseres zu tun hatten, als durch die Gassen zu schlendern und dann auf der anderen Seite dieses monströse Gestell mit dem genieteten Eisenrohr zu entdecken. Viel mehr ließ sich von der anderen Straßenseite ja nicht erkennen. Ich hatte es ausprobiert, weil ich wissen wollte, was zu sehen war. Die Apparatur war natürlich das markanteste. Wesentlich aufregender als der mittelgroße Mann in der Hausjacke und mit der meist vom Bücken hinter dem Okular und dem angestrengten Sterngucken verrutschten Perücke. Ganz zuletzt, eventuell nur flüchtig und ein bißchen fragend, würde der Blick auf die kleine, dunkel gekleidete Frau fallen, die mit der engen, weit ins Gesicht reichenden Haube und dem schon sehr verhüllenden Umschlagtuch überhaupt nicht einzuordnen war. Eine derart verhüllte Gestalt reizte nicht zum Hingucken.

Weil ich das genau wußte, blieb ich diesmal so lange auf

meinem Posten, bis der Passant im Begriff stand, die Straßenseite zu wechseln und auf uns zuzukommen. Und auch dann noch reichte die Zeit, um meine Unterlagen zusammenzuraffen und leise zu verschwinden.

Mrs. Colebrooks Vorhaltungen waren doch nicht ganz ohne Eindruck auf mich geblieben. Unsere Freundin meinte es ja nur gut mit mir. Besonders lange war sie nach unserer Auseinandersetzung auch nicht böse gewesen, nach nur einer Woche erschien sie pünktlich zur Geigenstunde und behandelte mich so mitleidig, als stünde nun endgültig fest, daß ich dabei war, den Verstand zu verlieren. Auf das, was Verrückte äußern, braucht man ja nichts zu geben. Sie war daher die Güte selbst, nichts als huldvolles, personifiziertes Verzeihen. Hätte sie sich anders verhalten, hätte sie geschmollt und für eine gesteigerte üble Nachrede gesorgt, hätte ich sie vielleicht nicht ernstgenommen. Mittlerweile aber sah ich mich gezwungen, jedesmal die Flucht zu ergreifen, wenn jemand auf uns zusteuerte und Wilhelm auf die komische Apparatur auf dem Gehsteig ansprach. Wilhelm scherte sich nicht mehr darum, was die Bather Bürger und fremde Besucher von ihm dachten, wenn er auf der Straße arbeitete, weil ein spezielles Himmelsobjekt von dort aus am besten ins Visier zu nehmen war. Zum Ritual solcher Zufallsbegegnungen – und es war erstaunlich, wie schnell sich solche Begegnungen häuften und wie rasch sich so ein Ritual ausgebildet hatte –, gehörte ein Blick durchs Teleskop, den Wilhelm großzügig jedem gestattete, der darum bat. Wenn man es genau bedachte, war es eine gute Methode, um dem Gerede über ihn die Spitze zu nehmen, nur mir brachte diese Maßnahme nichts als Verdruß ein.

Dabei hätte sich Wilhelm jetzt auch wieder unbeschwerter der Musik zuwenden können. Zur allgemeinen Überraschung war nämlich auch Linley in der Saison 1777/78 mit seinem Musikprogramm gescheitert. Er hatte nicht mehr Besucher als wir zu verzeichnen, was vielleicht daran lag, daß er ständig zwischen Bath und London pendelte und für keine Aufgabe genügend Zeit aufbrachte. Etwas Derartiges äußerte Wilhelm so gleichmütig, daß nur zu deutlich wurde, wie wenig ihn das alles einschließlich seiner Kränkung noch anging.

Zwar hatten wir weiterhin unsere zweitrangigen Musikengagements, die uns ein mageres Einkommen bescherten, aber in erster Linie war Wilhelm damit beschäftigt, insgesamt über hundert Mondberge und Krater zu vermessen und jedes Meßergebnis wenigstens dreimal zu überprüfen. Einen solchen Aufwand hätte er einmal für ein Konzert aufbringen sollen. Diese übertriebene Akribie ärgerte mich nicht wenig. Ich wußte eben noch nicht, zu welchen sensationellen Ergebnissen seine Pedanterie noch führen sollte.

Auch diesmal zog ich mich in ein Zimmer im Erdgeschoß zurück und öffnete das Fenster einen Spalt breit, so daß ich, ohne selbst gesehen zu werden, alles sah und hörte, denn die beiden auf der Straße standen kaum zwei Meter von mir entfernt. Wilhelm und ich könnten eigentlich in Zukunft auf diese Weise immer arbeiten, ging mir auf: Er stünde mit dem Teleskop draußen und riefe mir halblaut die Ergebnisse zu, die ich, in der Kammer verborgen, notieren würde. Damit ließe sich auch das Problem der exakten Zeitmessung lösen, denn die Pendeluhr an der Stubenwand gab die Zeit zuverlässiger an als jede Taschenuhr. Sobald der Mann seinen Weg fortgesetzt hatte, würde ich Wilhelm meine Überlegungen mitteilen.

Die durch die Passanten und andere Schwätzer verursachten Unannehmlichkeiten nahm Wilhelm mit einer philosophischen Gelassenheit.

»Ich werde nicht mehr eingeladen, weil ich meine Zeit mit Sterntabellen verbringe«, hatte ich ihm vor nicht allzu langer Zeit einmal erklärt.

Wilhelm lachte erheitert. »Die Meinung von Mrs. Colebrook und ihresgleichen ist nicht das Maß der Dinge. Zum Glück gibt es noch andere. Lady Lothian zum Beispiel ist anderer Ansicht.«

»Ich weiß, Wilhelm, ich habe sie direkt auf den Tratsch über mich angesprochen, und sie hat genauso gelacht wie du gerade. ›Aber meine liebe Miss Herschel‹, hat sie gesagt, ›wir leisten uns doch alle unsere kleinen Eigenheiten.‹ Glaubst du, daß mir das eine Beruhigung ist?«

»Was eine Lady darf, darf eine Miss Herschel noch lange nicht? So etwa?« meinte er, nun doch etwas nachdenklicher. »Mach es so wie ich. Mich kümmert es nicht, was andere über mich denken oder verbreiten. Ich bleibe bei meinen Eigenheiten und werde beweisen, daß man sich mit einer gewissen Sturheit am Ende mit seinen Ideen durchsetzt.«

»Wilhelm«, flehte ich, »ich will doch nur in Ruhe mit dir leben.«

»Was sollte dich denn daran hindern, wenn nicht du selbst?«

»Es sollte also nur eine Frage der Standhaftigkeit sein? Ich weiß nicht, ob ich das genauso fertigbringe wie du.«

»Aber wir sind doch ein Gespann, nicht wahr? Wir tun alles gemeinsam.«

Ich schaute nach der Uhr. Wilhelm ließ wieder einmal nicht die leiseste Ungeduld erkennen, sondern plauderte weiter mit dem Unbekannten. Diese Verzögerung kostete auch meinen Schlaf, da hatten wir wirklich etwas gemeinsam.

Der Fremde stand dem Alter nach in den besten Jahren, er war etwas untersetzt und trug eine dicht gelockte kurze Perücke, die die Rundheit seines Schädels herausstrich und mich vermuten ließ, daß wir es mit einem Advokaten zu tun hätten oder einem Richter, auf alle Fälle aber mit einer Respektsperson. Dennoch ersuchte er beinahe unterwürfig, mit unverkennbarem Eifer um den schon obligatorischen Blick durchs Teleskop. Wilhelm und ich lauschten den »Ahs« und »Ohs«, in die der Mann angesichts genau jener Mondkrater ausbrach, die meinem Bruder Dietrich nur ein Gähnen entlockt hatten.

Diese kindliche Begeisterung rührte mich ein bißchen, trotzdem wünschte ich den Mann zum Teufel, weil er Wilhelm zusätzlich mit einer überschwenglichen Dankesrede aufhielt, bevor er sich endlich trollte.

»Noch drei von der Sorte und der Abend hat sich richtig gelohnt«, beklagte ich mich ironisch, nachdem ich wieder auf die Straße getreten war.

»Irgendwann ist einer dabei, der etwas mehr davon versteht …« Der Rest verlor sich in einem Gemurmel, Wilhelm vergaß von einem Moment auf den andern alles um sich herum, und ich wandelte mich zu dem, was er an mir schätzte: eine Hand, die schrieb, die das Mikrometer einstellte, die ihm Kaffee reichte, wenn er danach verlangte, und die später vor dem Zubettgehen das Feuer im Kamin schürte, damit wir in behaglicher Wärme den Ertrag der Nachtwache durchsprechen konnten.

Gleich am nächsten Morgen stellte sich der fremde Herr erneut bei uns ein. Dr. William Watson, ein Arzt, der sich angelegentlich für Astronomie interessierte. Es erbitterte mich, daß Wilhelms Bewunderer uns nun schon bis an den Frühstückstisch verfolgten. Wilhelm hatte ihn hereingebeten und an den Kaffeetisch geführt. Ich erhob mich, um zu flüchten, sah mich aber plötzlich außerstande dazu und sank auf meinen Stuhl zurück. Sollte das jetzt immer so weitergehen? Noch in der Nachthaube, einen Morgenumhang übergeworfen, hatte ich allerlei Blätter mit den astronomischen Berechnungen der letzten Nacht um mich verteilt, Tinte und Federhalter standen griffbereit neben meinem Teller mit dem Weizenbrot, das ich nebenbei aß. Nur ein Blinder konnte nicht merken, was sich bei uns abspielte. In Erwartung eines weiteren vernichtenden Urteils über Miss Herschel, die sich anmaßte, in eine Männerdomäne einzudringen, sah ich zu dem kleinen, rundlichen Doktor auf und begegnete einem Blick voller Wohlwollen und Begeisterung.

»Ah, Miss Herschel, wie schön, wie schön!« stammelte er mit Rührung, zog meine Hand vom Tisch und küßte sie überschwenglich.

Mit der anderen Hand raffte ich meinen Umhang vor der Brust zusammen, auf so eine stürmische Begrüßung war ich nicht vorbereitet. Während ich noch verlegen nach einer galanten Entgegnung suchte, um ja nicht stoffelig zu erscheinen, griff er bereits über meinen Teller hinweg.

»Ich darf doch?« Er hielt sich ein Blatt vor Augen, während ich konsterniert den Blick Wilhelms suchte.

War der Mann ein bißchen verrückt? Dr. Watson senkte das Blatt und lächelte mich herzlich an.

»Was hat Ihr Bruder doch für ein Glück mit solch einer gescheiten Schwester! Nein, ganz phantastisch, was Sie hier notiert haben. Und diese akkurate Schrift.«

Von nun an war Schluß mit der Verschämtheit und den Heimlichkeiten, zumindest wenn uns Dr. William Watson die Ehre erwies, denn er war so erstaunlich unvoreingenommen, mich von Anfang an als Teil von Wilhelms Arbeit zu akzeptieren. Er hatte die Lage der Dinge übrigens schon am ersten Abend durchschaut, das Versteckspiel hätte ich mir sparen können, wie er mir später mal launig erklärte. Ich nahm an, daß er bereits vorher Bescheid wußte.

Schon bei diesem gemeinsamen Frühstück drängte er Wilhelm ohne Umschweife dazu, Mitglied der Philosophischen Gesellschaft von Bath zu werden, die ein Publikationsorgan unterhielt, das sich für die Veröffentlichung seiner Beobachtungsergebnisse bestens eignete.

Wilhelms Veröffentlichungen riefen ein freundliches Echo hervor. Da ich den Text nach seinen Angaben sorgsam aufbereitet hatte, wuchs ich allmählich in die Rolle einer ständigen Sekretärin, ohne darum groß gefragt worden zu sein.

Aufgrund dieser Artikel fühlten sich einige Schüler Wilhelms berufen, auch Leute bei uns einzuführen, die mit Musik nichts zu tun hatten. Sir Harry Engelfield oder Dr. Blagdon, ein Mitglied der Royal Society, besuchten uns, tranken Tee im Salon und hörten zu, wenn mein Bruder über die methodische Durchmusterung des Himmels sprach, während ich so tat, als verstünde ich nichts von Wilhelms Forschungen und würde nur seine Erkenntnisse notieren.

Dr. Watson erwies sich als hartnäckigster Anhänger, denn er kam fast täglich, hörte sich an, was es Neues gab, verbreitete selbst Neuigkeiten und las uns Briefe vor, die ihm Sir Joseph Banks, der Direktor der Royal Society, geschrieben hatte oder andere Mitglieder der illustren Gesellschaft. Durch die Vermittlung Dr. Watsons kamen außerdem weitere wichtige Bekanntschaften zustande wie die mit Alexander Aubert, einem Privatastronomen, der ebenfalls Teleskope baute. Unsere, stellte Wilhelm anläßlich eines Besuches bei Aubert befriedigt fest, waren den seinen überlegen.

Ich weiß nicht mehr, ab wann es mir so vorkam, als sei die Musik jetzt der Zeitvertreib zwischen der Arbeit.

11

Bis zu diesem 13. März 1781, einem Datum, das sich für immer in mein Gedächtnis eingebrannt hat, hatte Wilhelm außer hundert Mondkratern einen netten Katalog von neu entdeckten Sternen beisammen. Es wären bei weitem mehr gewesen, wenn er sich wie die anderen Astronomen mit einfachen Beobachtungen begnügt hätte. Aber Stern ist nicht gleich Stern. Abgesehen von Doppelsternen gibt es noch Vierfachsterne und offene Sternhaufen, zu denen die Plejaden gehören, und Kugelsterne – kugelförmige Zusammenballungen unermeßlich vieler Sterne – und Nebel wie den bekannten Orionnebel. Sie alle untersuchte Wilhelm, wenn er sie ins Visier nahm, mehrmals in einem bestimmten Zeittakt auf ihre Helligkeit und ihre Position hin, damit ihm auch kleinste Abweichungen von den ersten Feststellungen nicht entgingen. Manche Sterne neigen zu Abweichungen wie das relativ unscheinbare Objekt, das er im Zuge seiner systematischen Suche soeben angepeilt hatte.

»Könnte ein unbekannter Komet sein«, sagte Wilhelm, nachdem er mir einige Nachtstunden lang seine Beobachtungsdaten zugerufen hatte. Es war eine kühle, sachliche Bemerkung. Tatsächlich war sie zu kühl und sachlich, selbst für eine Belanglosigkeit, aber die gab es ja ohnehin nicht am Himmel. Jeder Mondkrater hat seine tiefere Bedeutung, das hatten mich seine mühseligen Untersuchungen bereits gelehrt.

Ein unbekannter Komet war so ziemlich das Aufregendste, was man als Astronom überhaupt entdecken konnte. Einen Kometen zu entdecken und für sich registrieren zu lassen, bedeutete soviel, wie sich einen Adelsbrief unter Astronomen zu verdienen. Und Wilhelm war wohlgemerkt gar kein richtiger Sternenkundler, sondern ein Dilettant, den manche zwar inzwischen schätzten, andere dagegen nach wie vor nicht ernst nahmen. Offiziell galt er immer noch als Musiker.

»Ich muß sofort Dr. Maskelyne eine Nachricht schicken, er sollte es als erster erfahren«, sagte Wilhelm.

»Willst du nicht noch ein bißchen warten, bevor du mit Dr. Maskelyne die ganze Royal Society aufscheuchst?«

Diesen Dr. Maskelyne betrachtete ich im Gegensatz zu Dr. Watson nicht als unseren Freund, dabei war die Bekanntschaft mit ihm auf die gleiche Weise zustande gekommen. Etwa vor einem Jahr hatte neben dem Teleskop wieder einmal ein Unbekannter gestanden. Seiner Aussprache war die vornehme Herkunft anzuhören, ein intensives Genäsel und charakteristisches Langziehen bestimmter Silben, das ich nie so herausbringen würde. Ein Kerl, der sich lang und hager vor meinem Bruder aufgebaut hatte und Aufmerksamkeit auf herrische, um nicht zu sagen anmaßende Art einforderte. Ein unangenehmer Zeitgenosse, der plötzlich den Kopf in meine Richtung wandte, so daß ich die scharfen Züge kurz mustern konnte, bevor ich verschreckt und gleichzeitig aufgebracht zurücktrat, um nicht bei meinem undamenhaften Treiben ertappt zu werden.

Ich war in der Kammer im Erdgeschoß näher ans offene Fenster getreten, um zu sehen, wer uns nun schon wieder von der Arbeit abhielt. Mittlerweile führte ich während der Sternbeobachtung meine Assistententätigkeit völlig im Verborgenen aus.

Nur wenig später schleppte Wilhelm sein Instrument ins Haus, obwohl die günstige Zeit für die Observierung der Venus, der er sich gerade widmete, noch nicht vorbei war. Von Neugier getrieben, suchte ich ihn sofort in seinem Studierzimmer auf, wo er sich bereits in Notizen versenkt hatte.

»Wir hatten eine Auseinandersetzung über die Planetenbahn«, sagte Wilhelm, ohne aufzuschauen, »über die Berechnung des exakten Venusdurchgangs, um genau zu sein.«

»Ich hoffe nur, der Mann war in der Lage, auf Anhieb Sternzeit und Tageszeit zu unterscheiden.«

»Das nehme ich doch an, schließlich handelte es sich um Dr. Maskelyne.«

»Maskelyne?« echote ich verdutzt.

»Er ist Direktor der Sternwarte in Greenwich.«

Ich spähte Wilhelm, der sich in wilder Eile in eine Berechnung vertieft hatte, über die Schulter.

»Ach *der* Dr. Maskelyne, von dem du mir früher mal erzählt hast. Der den Uhrmacher Harrison so lange wegen überflüssiger Beweise für die Ganggenauigkeit seiner perfekten Schiffschronometer drangsalierte, damit das Preisgeld aus dem Longitude Act auch ja nicht an einen Uhrmacher ginge.«

»Harrison hat das Geld bekommen, das hab ich dir ebenfalls erzählt.«

»Wenn es nach Maskelyne gegangen wäre, hätte er es nie gekriegt.«

»Maskelyne war nur korrekt.«

»Ach, und was gab's gerade auf der Straße? Ihr habt euch doch nicht wirklich um die Venus gestritten?«

Wilhelms Augen leuchteten, als er sich zu mir herumdrehte, er sprach voller Bewunderung. »Der Mann ist ein Teufelskerl.«

»Das heißt, er sitzt demnächst in unserem Salon und schwingt Reden, während ich mich still in eine Ecke verdrücke? Wilhelm, wann werden wir denn wieder einmal ganz für uns sein? Ich mag diese Invasionen nicht.«

»Maskelyne ist keine Invasion, er ist unsere Zukunft.«

Maskelyne repräsentierte mehr noch als Watson die Royal Society, das Mekka der Wissenschaft und aller, die in der Wissenschaft zu Ehren gelangt waren. Hinter Maskelyne standen nur noch Sir Joseph Banks und der König. An Maskelyne führte für Wilhelm kein Weg vorbei.

Nach achteinhalb Jahren engen Zusammenlebens und -arbeitens kannte ich meinen Bruder genau genug, um zu spüren, welche Erregung ihn angesichts des Kometen befallen hatte. Je ruhiger, gefaßter und scheinbar unbeteiligter er äußerlich wirkte, desto mehr innere Spannung bedrängte ihn, auch wenn ich all das wußte, hätte ich mir gewünscht, daß er sich nicht gar so verschloß.

Eins stand auf alle Fälle fest: Der anvisierte Stern bewegte sich aus eigener Kraft. Wir berechneten seine Bahn, und die gab Wilhelm viel zu denken. Nichts paßte so richtig in die üblichen Schemata, der Stern erwies sich als ein außerordentliches, jedes gängige Maß sprengende Phänomen. Allerdings nur, wenn man sich wie Wilhelm die Mühe mit einer Beobachtung über einen längeren Zeitraum machte. Wer den flimmernden Punkt – ach was, das Pünktchen – am Himmel zufällig durch die Linse eines gewöhnlichen Fernrohrs erblickte, dem sagte das Sternlein gar nichts. Eins unter Tausenden ähnlicher.

Erst ein paar Tage später äußerte Wilhelm massive Zweifel an seiner Kometentheorie. Es mußte sich um etwas anderes als einen Schweifstern handeln. Kometen bewegen sich auf einer ziemlich geraden Bahn an der Erde vorbei, die Bahn dieses Sterns krümmte sich dagegen eindeutig. Anfangs glaubte ich, Wilhelm habe sich in seinen Messungen vertan.

Drei Wochen später bat er Dr. Watson um eine intime Unterredung. Während er vor uns auf und ab lief, weil seine Unrast ihn nicht auf einem Stuhl hielt, drehte er ein paar Blätter Papier zwischen seinen Händen zu einem Zylinder.

»Vielleicht ist es ja ein Irrtum, Mr. Watson«, erklärte er, »aber ich habe alle Meßergebnisse mehrfach überprüft und die Bewegung mit den bekannten Formeln durchgerechnet. Das Objekt hat zudem einen Durchmesser. Ich habe es mit verschiedenen Okularen betrachtet und mit jeder stärkeren Vergrößerung nahm der Durchmesser proportional zu. Der Rand ist vollkommen scharf und exakt begrenzt, und es ist nicht die Spur eines Schweifs oder einer Nebelhülle zu erkennen.«

Watson ließ die Hände zwischen den Knien hängen und starrte auf den Teppich, auf dem Wilhelm seine Runden zog.

»Verstehen Sie, bei aller Liebe zur Wissenschaft, es kann sich nicht um einen Kometen handeln«, ergänzte mein Bruder.

»Tja«, sagte Dr. Watson, »da bin ich aber ratlos.«

Leider war Dr. Watson ja kein Berufsastronom. Wilhelm hatte auf mein Anraten erst einmal an ihm eine Theorie ausprobieren wollen, die sich alles in allem reichlich abenteuerlich anhörte. Es war nicht ganz einfach, dem Doktor auf die Sprünge zu helfen, wir mußten das Rätselraten noch etwas fortführen.

Deshalb malte ich mit einem Kohlestift einen Kreis auf ein Stück Papier und begann dann, um diesen Kreis, den ich noch mit einem auffälligen Strahlenkranz versehen hatte, Ellipsen zu zeichnen. Auf jeder Ellipsenbahn hockte ein kleiner schwarzer Tupfen wie ein Schönheitspflästerchen auf einem Wangenbogen. Zerstreut, die Stirn vom Nachdenken durchfurcht, beobachtete mich Dr. Watson.

»Auf der Kometentheorie kann man nur beharren, wenn es einem an Vorstellungskraft gebricht, also ein Komet kann es einfach nicht sein, nicht nach all den Beobachtungen und unserer tagelangen Rechnerei.« Wilhelm wurde schon beinahe überdeutlich.

Mit mir hatte er es leichter gehabt. Eine Woche lang hatte er seine Idee allein mit sich herumgetragen, aber dann brauchte er jemanden, mit dem er sie teilte. Wir hatten ja beide die alte Schiefertafel im Kopf, die schon seit Jahren darauf wartete, hervorgekramt zu werden. Einer begann mit dem Griffel auf dem Schiefer zu kratzen, setzte Zahlen dazu, und der andere führte die Zeichnung fort, und so weiter. Über den Tisch gebeugt, unsere Köpfe auf gleicher Höhe, lag Wilhelms Arm um meine Taille, er hatte mich dicht an sich herangezogen. In einem so bedeutsamen Moment kann es nicht zuviel Nähe geben.

Es roch nach billigen Wachskerzen. Ich hatte mir das Mieder aufgeschnürt, um besser atmen zu können, Wilhelms Hemd stand am Hals so weit offen, daß das dunkle Haar auf seiner Brust hervorschaute. Wer uns von außen betrachtete, hätte auf die Idee kommen mögen, ein liederliches Paar vor sich zu haben. Es hätte uns nicht gekümmert, wahrscheinlich war es der einzige Abend, an dem wir jeden Besucher vor der Tür stehengelassen hätten. Wir wünschten keine andere Gesellschaft, wir genügten uns vollkommen. Unser intensives Zwiegespräch über Zahlen und Kurven kann man sich inniger gar nicht vorstellen. Es ist ja keine Kleinigkeit, mit einer gekrümmten Linie und einem Punkt mal eben ein völlig neues Abbild der Welt zu schaffen. Eins, das an diesem Abend noch uns allein gehörte. Am Ende haben wir mit all diesen verstreuten Papieren auf dem Tisch eine Weile still zusammengesessen, nur unsere Gedanken flüsterten noch miteinander.

Watson räusperte sich umständlich und schielte auf meine primitive Zeichnung, ich war gerade bei der sechsten Ellipse angekommen. Als sich der Doktor wieder abwandte, um sich erneut angelegentlich dem Teppich zu widmen, verlor ich jeden Mut. Ich hatte ihn wirklich für aufgeweckter gehalten. Aber vielleicht war es einfach zu viel verlangt, Wilhelms Theorie zu folgen. Es wurde langsam ungemütlich in einem schon zu lang anhaltenden Schweigen.

»Wenn es kein Fixstern ist und kein Komet, sich aber aus eigener Kraft auf einer gekrümmten Bahn bewegt ...« Dr. Watson stockte, um tief ein- und auszuatmen. »Ja, und was am Himmel hat denn überhaupt einen meßbaren Durchmesser außer der Sonne und dem Mond? Kein uns bekannter Stern auf alle Fälle, ja dann bleibt ...« Wieder entstand eine Pause, eine einzige lange, gedankenschwere, nervenaufreibende Stille. Als Dr. Watson endlich den Kopf hob, sah ich, daß er stark blinzelte.

»Herschel, wenn Sie recht haben, wenn Sie tatsächlich recht haben, mit dem, was Sie da andeuten und was ich kaum auszusprechen wage, so ungeheuerlich ist es, haben Sie unsere Welt verändert, das wäre eine Revolution.«

Als uns vor etwa zwei Wochen dämmerte, daß Wilhelm auf etwas Besonderes gestoßen war, gönnte ich es ihm als Lohn all der Mühe von Herzen, auch wenn es gewisse Bedenken schürte.

Denn finanziell standen wir im Augenblick so schlecht wie noch nie da. Wilhelm hatte sich verpflichtet, die Oratorien in der Fastenzeit selbst zu finanzieren, daher kam er für die Honorare der Musiker und Sänger im voraus auf. Es war eine Fehlinvestition, weil wir zu wenig zahlende Besucher hatten. Unterricht gab Wilhelm kaum noch, denn die Astronomie ließ ihm keine Zeit dazu. Sie hatte sich zu einem Ungeheuer ausgewachsen, das viel zuviel Aufmerksamkeit und Geld fraß. Der Verkauf der Teleskope hingegen hatte sich noch nicht weit genug entwickelt, um einen finanziellen Ausgleich zu schaffen.

In den letzten beiden Jahren waren wir zwei weitere Male umgezogen, von der New King Street in eine billigere Wohnung und dann wieder zurück in die New King Street, ins selbe Haus, weil sich das andere Quartier als zu unbequem erwiesen hatte. Die ganze Zeit über war Wilhelm von einer nervösen Unruhe befallen und ich mit ihm, wir wagten ja immens viel und wußten nicht, was dabei herauskommen würde. Mir blieb ohnehin nichts anderes übrig, als alles mitzumachen, die Umzüge wie die astronomische Arbeit. Nach unserem letzten Umzug hatten wir nicht einmal alle Möbel wieder aufgestellt und die Schränke eingeräumt, als Wilhelm das Siebenfüßige in den Hof hinterm Haus getragen hatte und gleich darauf auf diese eigenartige Bewegung eines unbekannten Sterns gestoßen war.

Ich räusperte mich. »Die Welt verändert ja wohl nicht. Diesen speziellen Stern hat es schon vorher gegeben …«

»Ja, ja, Miss Herschel, ich pflichte Ihnen bei.« Watson war aufgesprungen, und jetzt lief er umher, da Wilhelm endlich innehielt und sich mit einer Hand auf den Tisch stützte. »Aber unsere Vorstellung von ihr hat er verändert. Seit zweitausend Jahren, ach, was sag ich, noch viel länger, stand die Zahl der beweglichen Objekte am Himmel unverrückbar fest. Wie haben Sie das geschafft, Mr. Herschel?«

»Indem ich über den Saturn hinaus geblickt habe«, antwortete Wilhelm trocken.

»Es liegt an Ihrer Methode, Herschel, an dieser Genauigkeit.« Watson unterstrich seine Worte mit einem gereckten Zeigefinger. »Und natürlich an Ihren hervorragenden Instrumenten. Da wird Maskelyne aber Augen machen. Es ist die größte Entdeckung seit Kopernikus. Nun zeigen Sie schon, was Sie in der Hand haben, ich kann es nicht mehr erwarten, einen Blick darauf zu werfen, und hoffe nur, ich verstehe auch alles.«

Watson nahm Wilhelm die Blätter ab und strich sie auf dem Tisch glatt.

An sich war es ja so einfach gewesen, wie Wilhelm angedeutet hatte: Wir brauchten nur ein paar exakte Beobachtungen. Die Anwendung der Keplerschen Planetengesetze ergab dann den Rest.

Kepler hatte die alte Astronomie ziemlich gründlich ausgemistet, übrig blieben seine drei Gesetze. Das erste beschreibt die elliptische Bahn um die Sonne, das zweite besagt, daß sich ein Planet auf seiner Bahn in Sonnennähe schneller bewegt und langsamer in Sonnenferne. Das äußerst interessante dritte Gesetz sagt etwas über die Entfernung zur Sonne aus. Die Quadrate der Umlaufzeiten der Planeten verhalten sich wie die Kuben ihrer mittleren Entfernung von der Sonne, oder einfacher ausgedrückt: Je weiter ein Planet von der Sonne entfernt ist, desto geringer ist seine mittlere Geschwindigkeit. Das ist schon alles.

Newton machte dann die Keplerschen Erkenntnisse verständlicher durch seine Theorien über die Gravitation. Eigentlich wollte jeder Planet auf gerader Bahn an der Sonne vorbeifliegen, wurde aber von ihrer Masse unaufhaltsam angezogen. Weil dabei der erste Bewegungsimpuls immer noch wirksam ist, stürzt der Planet nicht einfach in die Sonne, sondern wird auf eine gekrümmte Bahn gelenkt, Ablenkung und Anziehung funktionieren so, daß sich die elliptische Bahn ergibt. Alles in allem mutet das Ganze wie ein perfektes Perpetuum mobile an.

Es war natürlich eine elende Rechnerei gewesen. Sie ergab, daß der neue Trabant doppelt so weit von der Sonne entfernt war wie der Saturn und sich entsprechend langsamer bewegte. Daten über diese Bewegung zu bekommen, kostete eine Menge Mühe und viele Wiederholungen unserer Beobachtung. Watson schlug, nachdem er eingeweiht war, gleichsam seine Zelte bei uns auf, und durch den Wind, den er machte, wurde auch mir schließlich klar, was Wilhelm getan hatte: Er hatte Weltgeschichte geschrieben. Heute ist der neue Planet längst zu einer allseits anerkannten Tatsache geworden, zu einer logischen Erweiterung unseres Bildes vom Kosmos, bloß damals verhielt es sich ganz anders. Vor Wilhelm hat niemand in Erwägung gezogen, daß es einen weiteren Planeten überhaupt geben könne, so unumstößlich stand ihre Anzahl seit dem Tag der Schöpfung fest, und es gab in dieser Hinsicht weder etwas zu entdecken noch zu vermuten. Wilhelm hatte alle Astronomen, all die gelehrten und geehrten Köpfe, mit dieser einen Leistung aus dem Feld geschlagen. Allerdings mußten sie das erst einmal anerkennen. Dr. Watson half uns, indem er Wilhelms vorsichtige Korrespondenz mit der Royal Society und allen Astronomen, zu denen er mittlerweile Kontakte pflegte, überwachte.

12

»Ihr Bruder hat die Schranken des Himmels durchbrochen.« Watson strahlte mich an, er schwenkte eine Handvoll Briefe und ein paar Zeitungsartikel vor Wilhelm und mir, als er uns in seinem Überschwang wieder einmal heimsuchte, er wurde überhaupt nicht müde, Wilhelms Triumph auszukosten, ihn gleichsam zu seinem eigenen zu machen. Ich fühlte mich einige Wochen nach der Entdeckung nur noch erschöpft.

»Der Meinung sind aber beileibe nicht alle.« Wilhelm lächelte milde, er hatte häßliche dunkle Ringe unter den Augen, ich nahm sein Gesicht wie ein Spiegelbild wahr.

»Ein paar Nörgler und Skeptiker gibt es immer …«, fiel Dr. Watson ein.

Das ziemlich rasch einsetzende Echo auf Wilhelms erste schriftliche Bekanntmachung über ein Objekt im Sternbild der Zwillinge, an einer Stelle, wo sonst nichts als Leere klaffte, war überwältigend und zwiespältig gewesen. Der Bericht war in der Royal Society vorgelesen worden und am 25. April 1781 in ihrem Hausblatt, den *Philosophical Transactions* veröffentlicht. Recht bescheiden hatte Wilhelm seine Ausführungen *Bericht über einen Kometen* betitelt, sich auf die nachvollziehbaren

Meßergebnisse beschränkt und die naheliegende Schlußfolgerung anderen überlassen.

»Nein, nein.« Wilhelm winkte ab. »Wollen wir doch bei der Wahrheit bleiben. Flamsteeds alter Katalog führt den Planeten bereits auf ...«

»Aber als ganz gewöhnlichen Stern«, erregte sich Watson, »kein Astronom außer Ihnen hat ihn lange und gründlich genug observiert, um den für Planeten typischen Bewegungsablauf zu bemerken. Die anderen weigern sich bloß, anzuerkennen, daß Sie keineswegs zufällig auf den siebten Planeten gestoßen sind, sondern daß bei Ihrer Methode die Entdeckung einfach fällig gewesen war.«

Wilhelms Geniestreich ließ sich auch als unspektakuläre Fleißarbeit betrachten. Die beiden ergingen sich in einem Balzritual, das nicht zum ersten Mal ablief. Sie spielten sich Argumente und Einwände zu, um ihre Wirksamkeit zu überprüfen. Wieder einmal lauschte ich stumm, denn meine Meinung war hier nicht gefragt. Wilhelm brauchte den Doktor als Vorposten der Wissenschaftswelt, die es zu erobern galt.

»Es ist dumm, daß der Planet Ende April in eine unsichtbare Phase eingetreten ist und vor August nicht wieder erscheinen wird. Außerdem fürchte ich, die Teleskope der meisten Astronomen sind gar nicht stark genug, um ihn ins Visier zu nehmen. Es wird nicht leicht werden mit der offiziellen Anerkennung«, gab Wilhelm zu bedenken.

Watson zog einen der Briefe aus seinem Bündel.

»Dr. Hornsby vom Oxforder Observatorium behauptet wie einige andere, daß es sich bei Ihrer Entdeckung um einen Kometen handelt. Werten Sie das als reine Mißgunst inferiorer Geister. Aber Dr. Maskelyne steht auf Ihrer Seite, und seine Meinung ist hier in England der ausschlaggebende Faktor.«

Die Meinung Maskelynes erstaunte mich. Nach seinen Schikanen gegenüber dem armen Uhrmacher Harrison hatte ich ihn eher auf der Kometenseite vermutet. Aber er kam höchst persönlich zu uns gereist, um uns seine eigenen Beobachtungsergebnisse mitzuteilen, denn es war ihm gelungen, in mehreren Nächten hintereinander den Stern zu überprüfen, bevor er unsichtbar wurde.

»Es ist denkbar«, erklärte er pedantisch, »daß es sich um einen Planeten handelt, der sich auf einer recht kreisförmigen Bahn um die Sonne bewegt. Auch ich habe weder einen Schweif noch eine Nebelhülle bemerkt.«

Sein Blick streifte mich bei diesem merkwürdig langsam, geradezu hölzern geführten Gespräch immer nur oberflächlich. Ich bedauerte es sehr, daß uns der liebe Dr. Watson für eine Auflockerung fehlte. Vermutlich hatte ihm Watson einiges über mich erklärt, und das stürzte Maskelyne in Verlegenheit. Eine Frau wie ich, die dem Gespräch mühelos zu folgen verstand und sich sogar hin und wieder durch einen Einwurf beteiligte, statt stickend in der Ecke zu sitzen, stumm und ergeben lauschend, wirkte auf ihn wohl sonderbarer als der Musiker Herschel, der sich nebenbei mit Astronomie befaßte. Dabei war Maskelyne selbst eigentlich Geistlicher, ein Reverend, und eventuell daher nicht in der Lage, meinen Bruder und mich so vorurteilsfrei zu akzeptieren wie der gutmütige Dr. Watson.

13

Eines Tages im späten Dezember stellte Wilhelm ein handliches, kleines Linsenteleskop vor mich hin und sagte in scherzhaftem Ton: »Das ist jetzt deins. Ein Kometensucher.«

Ich war sprachlos.

Daß Wilhelm das Ding Kometensucher taufte, war nicht mal eben so dahergesagt.

Noch vor dem Erscheinen von Wilhelms Forschungsbericht in den *Transactions* hatte mir Dr. Watson einmal, als er in unserem Salon auf meinen Bruder wartete, eine Frage gestellt, die er lange erwogen haben mußte. Fragen wie diese stellte er gern, er liebte ja überhaupt das Emphatische.

»Miss Herschel, wie lebt es sich im Schatten eines Genies?«

Eine passende Antwort überlegte ich mir nicht lange.

»Das haben Sie aber hübsch ausgedrückt. ›Im Schatten‹, das

trifft zu, und so einen Schattenplatz macht einem ja so rasch niemand streitig. Es kann doch wirklich niemand etwas dagegen haben, daß ich mich in diesem Schatten herumtreibe, nicht wahr?« Ich hatte mich vor Augen, wie ich stetig darauf lauerte, jemanden auf der anderen Straßenseite zu entdecken, der sich anschickte, in aufdringlich entschlossener Art die Straße zu überqueren, um sich Wilhelm und dem Teleskop zu nähern.

Die glühende Verehrung in Dr. Watsons Blick galt uncharmanter Weise nicht mir. An sich habe ich nichts gegen ein ausführliches Lob meines Bruders, Mrs. Colebrook hatte mich in dieser Hinsicht ja schon früh genügend abgehärtet.

Meine Antwort verblüffte ihn nicht nur, sie stürzte ihn in Verlegenheit.

»Miss Herschel«, stotterte er, »ich sollte es anders ausdrücken: Wenn Ihr Bruder ein außergewöhnlicher Mensch ist, so kann, nein, muß ich mit gleichem Atem sagen, daß Sie eine außergewöhnliche Frau sind. Ich brauche nur Ihre wertvolle Hilfe in einem schwierigen und unweiblichen Metier zu bedenken, die Sie so treu und uneigennützig auf sich genommen haben. Welcher Mann hat schon so eine Schwester?« Daß er sich ein bißchen verhaspelte, machte ihn mir direkt liebenswert.

Wilhelm hätte mir als Anerkennung für meinen Anteil an seiner Arbeit auch etwas anderes schenken können. Ein neues Kleid zum Beispiel. Oder, wenn ihm so eine Ausgabe zuviel war, eines der raffinierten, mit Fransen besetzten seidenen Sonnenschirmchen, das erst das I-Tüpfelchen für den Aufzug einer Dame bildete, neben einem winzigen, mit teuersten Federn geschmückten Hut selbstverständlich.

Der Kometensucher war aber eindeutig mehr als eine simple Geste der Dankbarkeit, er war eine Auszeichnung.

Kometen, muß man wissen, sind Kundschafter ferner Welten aus den Tiefen jenseits des siebten Planeten, die zu uns gesandt wurden, um uns zu studieren, denn selbstverständlich leben auch auf den Kometen vernunftbegabte Wesen wie auf dem Mond, dem Mars, der Venus und allen anderen Planeten.

Selbst auf der Sonne. Damals jedenfalls glaubte ich daran, weil Wilhelm fest daran glauben wollte.

So sehr war ich daran gewöhnt, in allem, was die Astronomie betraf, von Wilhelm angeleitet zu werden, daß ich bislang nie daran gedacht hatte, eine selbständige Erforschung des Himmels zu betreiben. Den Kometensucher wollte ich als Zeichen seiner Wertschätzung in Ehren halten, ohne ihn zu benutzen, jedenfalls vorerst nicht, mir fehlte sowieso die Zeit dazu.

»Einen zweiten Georgsstern wird es ja wohl nicht zu entdecken geben, oder was meinst du?«

Wilhelm lächelte mich liebevoll an.

»Wahrscheinlich nicht, obwohl, unter uns gesagt, man das nie mit Sicherheit behaupten sollte. Ich fürchte bloß, du wirst dich, was deinen eigenen wissenschaftlichen Ruhm betrifft, mit Kometen begnügen müssen.«

»Georgsstern« oder »georgium sidus« hatte Wilhelm seine Entdeckung als Hommage an unseren König getauft und damit einen ungeheuren Streit vom Zaun gebrochen, in den sich alle führenden Astronomen, Philosophen, Mathematiker und jeder, der Lust hatte, das Maul aufzureißen, einmischte. Ein Planet, ereiferte sich zum Beispiel der deutsche Astronom Johann Elert Bode, gehöre der ganzen Welt und dürfe nicht nach einem Sterblichen benannt werden. Und er schlug eine Alternative vor. Als alle Welt längst nur noch vom Uranus sprach, hieß seine Entdeckung für Wilhelm immer noch eigensinnig der Georgsstern.

Wilhelms Namensgebung bedeutete keineswegs nur eine devote Geste unserem Souverän gegenüber, sondern war mit einem Hintergedanken vorgenommen worden. Schließlich war König Georg III. allgemein als begeisterter Liebhaber der Astronomie bekannt, davon zeugte nicht zuletzt seine Privatsternwarte in Richmond. Aber zu unserer Enttäuschung hüllte sich der König in ein langanhaltendes Schweigen. Daß keine unmittelbare Reaktion erfolgte, war noch zu verstehen, da ja Wilhelms Stern fünf Monate lang nicht mehr zu sehen war. Aber auch danach blieb jedes Zeichen königlicher

Anerkennung aus. Alles, was Wilhelm für sich verbuchen konnte, war die Copley-Medaille, für deren Verleihung wohl Dr. Maskelyne gesorgt hatte. Sie stellte die höchste Ehrung dar, die die Royal Society zu vergeben hatte, und sie wurde Wilhelm wortwörtlich »für die Entdeckung eines eigentümlichen Gestirns« und nicht etwa die eines Planeten zugesprochen. Überdies war er zum Mitglied der Royal Society ernannt worden.

Für mich bedeutete dies vor allem mehr Arbeit, denn Wilhelm veröffentlichte eine Reihe von Beiträgen in den *Philosophical Transactions*, die ich wie gewohnt vorbereitete, das hieß, ich ging den Text durch, überprüfte das Zahlenmaterial auf etwaige Fehler und fertigte eine Reinschrift an. Außer seinen Beobachtungen zu den Mondbergen gab es eine Abhandlung über die Rotation der Planeten auf ihren Achsen. Neben dem Mond und den Fixsternen hatte Wilhelm die übrigen Planeten vom Merkur bis zum Saturn untersucht, es ging ihm ja immer noch darum, das Weltall als Ganzes zu begreifen, seinen verborgenen Sinn.

An jenem Abend, als ich den Kometensucher bekommen hatte, packte ich meine Arbeitsunterlagen und folgte Wilhelm nach draußen. Vielleicht lag es an diesem großartigen Geschenk, daß für mich die Nacht anziehender wurde als der Tag. Wie Wilhelm starrte ich in den Himmel, voller Ungeduld, daß das lästige Blau sich endlich verdunkelte und sich unsere Freunde meldeten, Sirius und Venus und als nächster der mächtige, rot schimmernde Aldebaran. Eine Leidenschaft flammte mit ihnen auf, die mich mehr als jedes Tagesgeschäft und jede theoretische Erörterung über Sternhöhen und Meridiandurchgänge mit Wilhelm verband, obwohl wir über diese geheime Faszination am wenigsten sprachen. Über die weit entfernten Sterne floß etwas von ihm zu mir und umgekehrt. Möglicherweise gibt es für das, dem er nachjagte, keine Worte, keine Begriffe, es ist nichts als Gefühl. Auch die Harmonie des Weltalls, des Kosmos, läßt sich nicht in Zahlen ausdrücken. Es genügt, den Blick in die schwarze Tiefe über uns zu richten, die Augen weit offen, der Dunkelheit überlassen, und allmählich kommen die Botschaften von weit her aus dem Unbekannten, das mit jeder Stunde vertrauter wird.

14

Unbewußt horchte ich seit dem frühesten Morgen, ob nicht ein Räderrattern vor der Tür die Ankunft einer Kutsche ankündigte. Ich wartete auf Wilhelms Rückkehr und stellte mir vor, daß mein Bruder praktisch als neuer Mensch, von königlicher Gnade geadelt, einer Karosse entstieg, deren Tür ein prunkvolles Wappen zierte. Ein roter Teppich würde von herbeieilenden Lakaien ausgerollt, Fahnen flatterten vor dem Haus, der größte Erkunder des Weltalls kehrte heim. Noch im Nachthemd, hackte ich auf einem Brett Mandeln, die mit Rosinen, Rum, Butter und feinstem Mehl einen Festtagskuchen ergeben sollten, der notfalls geeignet war, Trost zu spenden, wenn sich alle Hoffnungen als nichtig herausstellen sollten.

Möglicherweise hoffte ich sogar ein bißchen darauf. So ein Mensch, auf den das königliche Wohlwollen fällt, gehört ja nicht mehr sich selbst.

Fast ein Jahr hatte sich der König Zeit gelassen, bis er Wilhelm endlich eine Einladung zu einer Unterredung im St. James's Palast in London gesandt hatte. Dr. Watson hatte sich ins Zeug gelegt, Sir Joseph Banks hatte sich eingemischt und uns ermutigende Briefe geschickt, damit wir über dem fruchtlosen Warten nicht die Geduld verloren. Nach dieser epochalen Entdeckung, die zu Englands Ruhm beitrug und Wilhelm Anerkennung aus aller Welt einbrachte, war es ein Rätsel, daß Georg III. vom »georgium sidus« nichts wissen wollte, der Offerte, unsterblich zu werden. Eine Blamage sondergleichen.

Trotzdem verbat sich Wilhelm Dr. Watsons gelegentlich heftiges Polemisieren gegen unseren säumigen Souverän und äußerte ein geradezu heiligenmäßiges Verständnis, das mich jedesmal bis zur Weißglut reizte. Konnte er denn nicht wie ein normaler Mensch reagieren? War das etwa zuviel verlangt?

Ende April traf der entscheidende Brief ein. Ein paar Tage später, am Weißen Sonntag, sang ich zum Abschluß der Saison in der St. Margaret-Kapelle voller Hingabe an die Kunst des Gesangs, unter Beschwörung aller Genien der Musik. Ich stand in meinem Festkleid mit raffiniert hochgestecktem Haar in einer Wolke von Parfüm vorn auf der Sängertribüne. Zu Hause hatte ich mein eigenes Spiegelbild nicht erkannt, als der Coiffeur seine Arbeit beendet hatte. Ich war jemand anderes. Ein Phoenix, der die Asche der Nacht abgeschüttelt hatte, der sein funkelndes Gefieder ausbreitete, nicht in eitler Selbstbeschau, sondern um alle in seinen Glanz hineinzunehmen. Es ist das Geheimnis jeder guten Aufführung, daß Publikum und Sänger in einem Augenblick völliger Entrücktheit miteinander verschmelzen.

Es sollte eine Abschiedsvorstellung sein, ich wußte es nur noch nicht.

Direkt nach dieser Aufführung trat ein Herr auf mich zu und stellte sich als Musikdirektor von Birmingham vor. Er habe mir einen Vorschlag zu unterbreiten.

Ich betrachtete den Herrn sehr genau, er glich in keiner Weise Mr. Palmer, denn er trug einen schlichten, gut gearbeiteten Rock in einer gedeckten Farbe, blickte ernst und sachlich, aber gutmütig drein, ein Mann, zu dem eine Frau sofort Vertrauen faßte, von dem man sich vorstellen konnte, er hätte zu Hause drei jüngere Schwestern, um die er sich in einer brüderlich-väterlichen Art kümmerte. Sein Angebot enthielt nicht den leisesten Anflug von Schlüpfrigkeit. Der Mann war in diesem Metier wohl eine Ausnahmeerscheinung.

Ich versprach ihm, mir sein Angebot durch den Kopf gehen zu lassen und ihm Bescheid zu geben.

Noch bevor Wilhelm abreiste, paßte ich Mr. Palmer ab, ich wußte nur zu gut, wann und wo ich zuverlässig auf ihn treffen würde, obwohl wir uns in den letzten Jahren nur zufällig ab und an gesehen hatten. Als er gerade den Pump Room an der Abteikirche verließ, winkte ich ihm.

Offenkundig verwundert, starrte er zu mir herüber, gerade wollte ich noch einmal etwas unsicherer als das erste Mal die Hand heben, da kam er auf mich zugetrippelt.

»Ah, Miss Herschel, hab Sie nicht gleich erkannt.«

Dem Anschein nach hätte ich mir besser nicht einen meiner ältesten Hüte aufgesetzt, er war nur als erster bei der Hand gewesen.

»Sie wünschen?« fuhr er ziemlich geschäftsmäßig fort. Der Mann war unhöflich, ich sah daher nicht ein, warum ich lange um den heißen Brei herumreden sollte.

»Mr. Palmer, da ich Sie gerade sah, fiel mir ein, daß ich Sie als Koryphäe des englischen Musikbetriebs am ehesten um eine Meinung fragen könnte über ein Angebot, das man mir kürzlich unterbreitet hat.«

Er beäugte mich abwartend. Hätte er nicht wenigstens einmal verbindlich lächeln können?

»Also, mir ist angetragen worden, im kommenden Jahr auf dem Musikfestival von Birmingham aufzutreten, was halten Sie davon? Ich habe meine Antwort auf das Angebot noch offengelassen, ich war mir nicht sicher, ob es das richtige für mich ist.«

Sein Blick irritierte mich. Kein Mann sollte eine Frau derart taxierend mustern.

»Miss Herschel, wie Sie zweifellos wissen, gehört das Festival in Birmingham zu den wenigen außerhalb Londons stattfindenden herausragenden Musikereignissen. Was wollen Sie denn noch? Auf was, zum Kuckuck, warten Sie denn?« Er verbeugte sich knapp, entfernte sich ein paar Schritte, blieb abrupt stehen und wandte sich um. »Falls Sie etwas näher Gelegenes doch einmal in Betracht ziehen, meine Bühne steht Ihnen nach wie vor offen. Ihre Stimme jedenfalls ist immer noch erstklassig, hab ich mir sagen lassen.«

Ich betrachtete meinen Rock, der annähernd die gleiche Farbe wie der vom letzten Regen durchweichte Straßenstaub aufwies, und überlegte, ob ich mir Mrs. Colebrooks Vorhaltungen bezüglich meiner Nachlässigkeiten mit der Garderobe nicht doch einmal zu Herzen nehmen sollte. Vor allem stand ich noch wie vom Donner gerührt vor dem Pump Room, als Mr. Palmer auf seinen hohen roten Hacken längst endgültig meiner Gesellschaft entflohen war.

Zusammen mit Dr. Watson war Wilhelm am 8. Mai nach London gefahren, im Gepäck allerlei Gerätschaften. Für sein Siebenfüßiges hatte er ein neues Gestell bauen lassen, das sich in einem handlichen Kasten unterbringen und an jedem beliebigen Ort zusammenschrauben ließ. Außerdem führte er Flamsteeds alten Sternenkatalog mit, den wir neu durchnumeriert hatten, seinen eigenen, noch ganz frischen Katalog von Doppelsternen und diverse Tabellen, kurz alles, was er im Winter vorausschauend zusammengestellt und vorbereitet hatte.

Nach drei Wochen begannen Wilhelms Schüler zu murren, weil er länger ausblieb, als sie gutwillig hinnehmen wollten, so daß ich Alexander bat, nach Bath zu kommen und Stunden zu geben, damit uns die letzten Schüler nicht auch noch davonliefen. Drei Briefe schrieb mir Wilhelm, in denen er sich launig über Langeweile beklagte. Lichtblicke seien nur die Konzerte, in denen Neffe Georg als vorzüglicher Solist auftrat. Ansonsten habe er seine Zeit zwischen fruchtlosen Audienzen zu vertrödeln. Immerhin sprach er auch hin und wieder mit Mr. Aubert und Dr. Maskelyne und ließ sie mit Hilfe des Siebenfüßigen das interessante Phänomen der Doppelsterne bestaunen.

Jetzt wartete ich seit beinahe drei Monaten. Dr. Watson war längst zurückgekehrt und erging sich in Andeutungen, die mich schier wahnsinnig machten. Genaueres sollte uns, Alexander und mir, Wilhelm selbst erzählen, er sei nicht befugt, Geheimnisse zu lüften. Auf jeden Fall bahne sich Großes an, bedeutende Umwälzungen stünden ins Haus.

Als mir Wilhelm endlich per Eilboten seine Heimkehr ankündigte, bestellte ich die Schüler für diesen Tag ab. Dr. Watson tischte ich eine Lüge über den Zeitpunkt der Ankunft auf, damit Alexander und ich Wilhelm wenigstens für die kostbaren ersten Stunden für uns hatten.

Um zehn Uhr stand der duftende Kuchen auf dem Tisch, draußen auf der Straße herrschte noch immer beängstigende Stille. Die Zeit schritt nicht mehr voran. Alexander hatte bereits dreimal die Geige ergriffen, angesetzt, ein paar Takte gespielt und das Instrument weggelegt. Ich betrachtete ihn von der Seite. Was sollten die angekündigten Umwälzungen ihm schon bringen? Während der Saison in Bath ließ er sich von Wilhelm ab und an für astronomische Arbeiten anstellen, das hieß, er fertigte Werkzeuge und Teleskopteile auf der Drehbank, aber bis heute hing sein Herz nicht an diesen Tätigkeiten.

Auf einmal überrollte uns die Zeit. Räderrattern vor der Tür, ein lautes Zungenschnalzen des Kutschers, Alexander und ich rannten hinaus, halfen abladen.

Eine halbe Stunde später saß Wilhelm in seinem Lieblingssessel, und mir fiel auf einmal die Fahrt von Hannover zur holländischen Küste ein, als er mir so fremd vorgekommen war. Etwas von dieser Fremdheit hatte er von London mitgebracht. Alexander spürte es wohl ebenfalls. Er verschränkte die Arme über der Brust und wirkte sehr wachsam.

»Es kommt wieder Geld herein, Lina, das wird die Beträge ausgleichen, die du mir nach London hast schicken müssen. Maskelyne und Aubert haben Teleskope bestellt.« Wilhelm lächelte entspannt.

»Was zahlen sie?« fragte ich rasch dazwischen.

»Genug. Es würde mich nicht wundern, wenn der König ebenfalls eins haben will. Er hat erstaunlich gute Augen, du würdest überrascht sein, was er durch mein Teleskop alles gesehen hat. Die ganze Familie ist in die Astronomie vernarrt. Mehrmals habe ich der Königin und den Prinzessinnen Sophia und Auguste sowie dem Prinzen von Wales die Sterne gezeigt. Der Herzog von Montague war auch einmal dabei. Die Prinzessinnen sind kein bißchen eingebildet oder hochnäsig, man kann sich ganz normal mit ihnen unterhalten.« Nüchtern fügte er hinzu: »Ich teile euch das nur mit, weil ihr ja genau wißt, daß ich nicht eitel ...«

»Na fein, du hast dich mit den hohen Herrschaften prächtig amüsiert«, fiel ihm Alexander gereizt ins Wort.

Wilhelm lachte auf. »Das kann man wirklich sagen.« Er beugte sich vor und zwinkerte belustigt. »Denkt euch nur, einmal mußte ich das Teleskop im St. James's Palast aufstellen, die Damen hatten darum gebeten, weil ihnen das Gras in Greenwich zu naß war. Ich hatte ihnen einen Blick auf den Saturn versprochen. Am Nachmittag hat es sich dann aber so bewölkt, daß klar war, wir würden wahrscheinlich nicht einen Stern zu sehen bekommen. Daher hatte ich mir etwas ausgedacht, um die Damen nicht völlig zu enttäuschen. Ein aus Pappe geschnittener Saturn, vor die Gartenmauer gehängt, so geschickt von ein paar Lampen beleuchtet, daß er wie echt aussah. Die königlichen Hoheiten haben sich über das Kunststückchen sehr gefreut.«

Wir nickten halb gutmütig, halb entnervt, Alexander und ich, und waren bemüht, nicht unmittelbar mit den brennendsten Fragen herauszuplatzen: Was wird jetzt aber aus uns?

Wilhelm merkte endlich, daß er uns mit dem Geplauder nicht länger hinhalten konnte.

»Der gute Watson hat euch sicherlich schon vorbereitet. Der König wünscht, daß ich mich ganz der Astronomie widme und die Musik vollständig aufgebe, sie schicke sich nicht mehr für mich.«

»Was soll das heißen, Wilhelm? Ich kann dich nicht verstehen«, sagte ich rasch.

»Nun ja.« Wilhelm ließ seinen Blick von uns abschweifen, er glitt über die Geige, das Cello und das Pianoforte. »Anscheinend sind die hohen Herrschaften der Meinung, daß sich das Leben eines Musikers mit den üblichen Konzerten, Opern und all diesen Vergnügungen für ein zahlendes Publikum nicht mit der Ernsthaftigkeit eines Wissenschaftlers, eines Hofastronomen, um genau zu sein, verträgt.«

»Jetzt begreife ich«, sagte ich leise, »du rutschst auf der gesellschaftlichen Leiter ein Stück höher und mußt dabei die Musik zurücklassen.«

»Als Broterwerb, Lina, nur als Broterwerb. Ganz leicht wird mir dieser vollständige Wechsel aber nicht fallen, ich habe erst jetzt gemerkt, wieviel Herzblut von mir in der Musik steckt. Aber mir wird keine Wahl bleiben, mir ist keine Wahl geblieben, und ich habe auch sofort handeln müssen. Wir werden uns ein paar Meilen vor Greenwich in Datchet niederlassen, ich hab bereits ein sehr geräumiges Haus gemietet. Es hat einen Hof und einen netten Grasplatz, der sich hervorragend für ein Observatorium eignet. Lina, Alex, wir werden das Dreißigfüßige bauen.« Sein Lächeln wirkte ein bißchen unsicher, von plötzlichen Zweifeln überschattet, während er auf unsere Zustimmung wartete.

»Das meinst du nicht im Ernst, nicht wahr?« Alexander ergriff nach einer bedeutungsschweren Pause das Wort für uns beide. »Es mag durchaus sein, daß die Herrschaften in London in dir nur noch Wilhelm Herschel, den Astronomen, sehen wollen, aber ich bin und bleibe Alexander Herschel, der Musiker. Sobald ich euch beim Umzug geholfen habe, gehe ich nach Bath zurück. Hier liegt meine Zukunft. Und was das betrifft, solltest du auch einmal gründlichst über Lina nachdenken, über Lina Herschel, die Sängerin.«

Alexander hatte nichts Falsches gesagt, aber etwas, womit Wilhelm wohl nicht gerechnet hatte. An der Art, wie er uns beide musterte, so ungläubig, als hätten wir ihn wirklich überrascht und aus einer felsenfesten Gewißheit gerissen, merkte ich, wie selbstverständlich Alexander und ich bis zu diesem Augenblick Teil seiner Pläne waren. Das überraschte wiederum mich.

Er stellte mich vor eine schreckliche Alternative. Aber so einfach, wie er sich das vorstellte, konnte ich auf keinen Fall auf meine Auftritte verzichten.

Manchmal geschah in einem Konzert schon nach einer kurze Tonfolge etwas mit mir. Ein paar wohlbekannte Takte aus einer Kantate und ein schwer beschreibbares, sehnsuchtsvolles Gefühl wurde geweckt, das eindeutig mit niemand anderem als Thomas Linley zusammenhing. Eine Mischung von Empfindungen wirbelte auf, ein Reigen farbiger, verschwimmender Bilder entstand. Bei einer Geige oder dem Pianoforte schwingt ja nicht nur die angeschlagene Saite, ähnlich klang in meinem Innern beim Singen immer etwas anderes mit. Je exquisiter die Aufführung, je exponierter mein Standort auf der Bühne, desto mehr konnte sich der Klang auf meinen geheimen Saiten funkelnd und glitzernd wie Kristall ausbreiten.

Mein wirkliches Leben schien in diesen vollkommenen Tönen zu schwingen.

Die Frage war nun, ob ich nach Birmingham gehen könnte, um dort meine Karriere als Sängerin fortzuführen. Ich hatte nicht einmal zu Ende gedacht, da meldete sich ein Unbehagen, eine verblüffende Lahmheit im Weiterdenken. Je intensiver ich mir meine Zukunft ohne Wilhelm vorstellte, desto mehr schüttelte es mich, und doch war da auch das heftige Ziehen in die andere Richtung. Ein Hin- und Hergezerre, das mich innerlich bereits wundscheuerte und über alle Maßen bedrückte.

»Lina, die Astronomin. Klingt irgendwie ein bißchen anmaßend, nicht wahr?« sagte ich mit zitternder Stimme.

»Entschuldigt, ich habe mich unverantwortlich hinreißen lassen. Na ja, ich habe immer geglaubt, es sei doch klar, daß wir drei zusammenbleiben. Ich meine ja nicht, daß du vollständig auf die Astronomie einschwenken sollst, Alex. Wenn du bei uns wohnst, finde ich bestimmt ein Engagement für dich in London. Und was dich angeht, Lina, ich wünsche mir schon sehr, daß du nach Datchet mitkommst und wir dort unsere Arbeit fortführen. Leider überschlägt sich jetzt alles, nachdem der König drei Monate getrödelt hat. Also, ich will dich beileibe nicht drängen, aber ich muß bald wissen, wie du dich entscheidest.«

15

»Es ist ein Skandal, ich sag es Ihnen so frei heraus, wie ich es empfinde.« Dr. Watsons erregte Stimme drang klar zu mir auf die Straße heraus, als ich zwei Stunden später von einem kurzen Gang zum Markt heimkam.

Den Doktor mußte eine hellsichtige Ahnung hergetrieben haben, denn Wilhelm hatte sicher nicht in meiner Abwesenheit nach ihm geschickt.

Rasch stieg ich die Treppe zum Salon hinauf, rannte zum Fenster und schlug es zu, es sollte nicht jeder Vorübergehende Einblick in unsere Angelegenheiten nehmen. Erst danach stellte ich den Marktkorb ab, mitten ins Zimmer. Einigermaßen erstaunt schaute Dr. Watson auf den nackten Vogelhals, der über den Korbrand hing.

»Es ist«, wiederholte er leiser, bückte sich, griff in den Korb und betastete den Kapaun, »ein ziemlich starkes Stück, das kann man sagen.«

»Lina ist losgerannt, bevor sie alles wußte«, sagte Alex. Er saß noch auf dem gleichen Stuhl wie vorher.

»Was weiß ich nicht?« fuhr ich ihn an.

»Daß wir uns dergleichen Festmähler bald nicht mehr leisten können, brat den Vogel also mit Andacht.« Er faltete die Hände über dem Bauch und blickte zur Decke auf.

Ich setzte mich endlich und nahm den Korb auf den Schoß.

»Ein Bettel, Miss Herschel.« Immer noch aufgebracht trat Dr. Watson auf mich zu. »Der König bietet nicht mehr als einen Bettel, ich kenne keinen Monarchen, der eine solche Ehre, wie sie Ihr Bruder ihm und England eingetragen hat, derart billig erkauft hat.«

»Zweihundert Pfund im Jahr, Lina, mehr kriegt Wilhelm nicht für seine Stelle als glorioser königlicher Astronom«, erklärte Alexander. »Hast du unsere Majestät für so einen Knicker gehalten?«

»Das ist ...«, begann ich.

»... ein Skandal«, fiel Dr. Watson ein.

»Das ist die Hälfte von Wilhelms gewöhnlichem Einkommen, Dr. Watson«, stellte ich nachdrücklich fest. »Hast du auch was dazu zu sagen?« wandte ich mich mit zunehmender Bitterkeit an meinen Bruder. »Zweihundert Pfund sind wirklich etwas wenig, wenn wir davon unseren Lebensunterhalt, deine astronomischen Forschungen und noch die Unterstützung unserer Mutter bestreiten sollen.«

Wilhelm wippte mit dem Fuß und wartete, bis wir alle ihn Aufklärung heischend ansahen.

»Für was, bitteschön, erhalte ich denn diese zweihundert Pfund? Hin und wieder werde ich dem König und den Damen seiner Familie und eventuell noch dem einen oder anderen am Hof einen Blick durch die Teleskope gewähren, wenn etwas

Interessantes zu sehen ist, nicht viel anders als jetzt auch, nur daß ich demnächst dafür entlohnt werde. Die übrige Zeit mache ich, was ich will. Warte, Lina, ich bin noch nicht fertig. Mutter wird weiterhin ihre Zahlung erhalten und auch Sophia hin und wieder eine Zuwendung, soweit sie nicht ausreichend von ihren Söhnen unterstützt wird. Und das Geld kommt durch den Verkauf von Teleskopen herein. Das habe ich euch doch schon alles erklärt. Schaut euch diese Briefe an.« Er zog langsam, geradezu feierlich ein mit einem Band umwickeltes Päckchen aus seinem Rock, wir verfolgten gespannt, wie er es aufschnürte. »Berühmte Astronomen, die von dem neuen Stern gehört haben und genau wissen, daß es mein Teleskop war, das die Entdeckung ermöglichte, haben sich über die Royal Society an mich gewandt, weil sie auch so ein Instrument haben wollen. Wir werden aus ganz Europa Bestellungen erhalten und viel Arbeit haben, aber ebensoviel Geld verdienen.«

Es klang allzu phantastisch. Um unseren Widerspruch zu zerstreuen, las er uns einige der Schreiben vor, die er aus London mitgebracht hatte. Ich erinnere mich an einen Brief des Berliner Astronomen Johann Elert Bode, eben jenem, der den Namen »Uranus« für den siebten Planeten vorgeschlagen hatte. Urania war die Muse der Sternenkunde, die Personifizierung des Himmels schlechthin, zumindest in der Antike, und der Name klang sehr schön. Es schien mir noch immer nicht einleuchtend, daß der Vorschlag nicht »Urania« gelautet hatte. Wo die Venus doch ebenfalls ein weiblicher Planet war, warum also nicht Urania? Weil sich nur Männer mit Sternenkunde befaßten? Hatte es je Astronominnen gegeben?

Wilhelm war inzwischen beim Brief von Charles Messiers angelangt, des bedeutendsten Astronomen Frankreichs, den sein König, Ludwig XV., »Kometenfrettchen« nannte, weil er achtzehn Kometen entdeckt hatte.

Solche Briefe bewiesen eindeutig, daß mein Bruder in den Rang europäischer Berühmtheiten aufgestiegen war. Ich schaute mich in unserem Salon um, der mich anfangs durch seine Eleganz verschreckt hatte und der mir inzwischen nur noch behaglich vorkam, nachdem er zwischenzeitlich als chaotische Werkstatt gedient hatte. Jetzt herrschte wieder Reinlichkeit und eine untadelige Ordnung, die zu dem Musiker Herschel paßte und die seinen Schülern das Gefühl gab, sich einem Meister in angenehmen Verhältnissen anzuvertrauen, eine gelungene Harmonie äußerer und innerer Zustände, an der ich mittlerweile meinen Anteil hatte. Dabei würde es dann wohl nicht bleiben. Wilhelm würde den König empfangen müssen, schon jetzt sprach er sehr geläufig von Herzögen und Prinzen, als wären sie sein normaler Umgang. Damit ergab sich das zusätzliche Problem, ob ich mich auch zu einer Art Hofschranze würde mausern müssen, um noch annähernd Schritt zu halten.

Nachdem er seine kostbaren Briefe auf den Tisch gelegt hatte, rieb er sich die Hände und blickte uns einen nach dem anderen an, um zu sehen, ob wir noch einen Einspruch wagen würden.

»Dann wäre die Finanzfrage ja geklärt. Und um keine Zeit zu verlieren, werde ich noch vor dem Umzug den Spiegel für das Dreißigfüßige gießen. Den nehmen wir mit nach Datchet, so ein Dreißigfüßiges ist eine gute Einführung für einen neuen Hofastronomen in unmittelbarer Nähe zu den Observatorien von Richmond und Greenwich.«

16

Stundenlang mußten wir wieder das Mörtel- und Pferdemistgemisch stampfen und sieben. Nur Dr. Watson begeisterte sich für diese Tätigkeiten, wie für alles, was Wilhelm anfing, und ich hatte nichts einzuwenden, als er mir den schweren Stößel aus der Hand nahm, während er mich treuherzig anblickte.

»Bei allem Respekt, Miss Herschel, das ist keine Beschäftigung für eine Dame, nicht mal für eine so unerschrockene wie Sie.«

Rasch verließ ich den Schuppen, bevor er erkennen konnte, auf welche Drecksarbeit er sich da einließ. Später verbat ihm sein britisches Ehrgefühl, von seiner Mithilfe beim Spiegelgießen wieder Abstand zu nehmen.

Zum eigentlichen Guß kam er zu spät. Wilhelm hatte sich einen eigenen Schmelzofen zugelegt und extra Metallgießer eingestellt, denn den Ofen zu bedienen, war nicht ganz unkompliziert, zumal sich niemand in unserem Schuppen noch so recht bewegen konnte. Außer dem Schmelzofen und der gewaltigen Gußform aus Mistmörtel und Ziegeln verstellte ein Kran, der den fertigen Spiegel aus der Form hieven sollte, den freien Raum.

An diesem Tag flößte mir der Schuppen ebensoviel Unbehagen ein wie seinerzeit Mrs. Colebrook. Möglicherweise verstörte mich eine Vorahnung, als ich noch einmal nach dem Rechten sah. Für den Spiegel mußte eine Menge Metall erhitzt werden, ich sah, wie die Arbeiter die Brocken in den schon glühenden Ofen füllten. Jedesmal, wenn einer die Klappe öffnete, fauchte ein Schwall Hitze heraus. Der Ofen lebte, er schüttelte sich wie im Zorn, mir wurde so bang zumute wie einem Kind.

»Mach, daß du hier rauskommst, so ein Guß hat seine Tücken.« Wilhelm hatte mich um die Taille genommen und schob mich auf die Schuppentür zu, er selbst wollte zusammen mit Alexander den großen Moment nicht verpassen. Unser erster Riesenspiegel.

»Ja, und ihr?«

»Lauf, Schwesterchen, es ist gleich soweit.« Jetzt ergriff mich auch noch Alexander am Arm und zerrte mich zur Tür. »Du hast gehört, was der große Bruder gesagt hat. Marsch in die Küche.«

Ich stand in der Küche und hing verschiedenen Gedanken über herrschsüchtige ältere Brüder nach, als ein irres Getöse mich zusammenfahren ließ. Im gleichen Moment spürte ich sogar eine Erschütterung des Bodens und rannte bereits, bevor ich noch wußte, was passiert war. Irgendwie kam mir blitzartig das Erdbeben von Lissabon in den Sinn.

Den Hof erfüllten dichte Staubschwaden, die sofort in den Augen brannten, und ein überwältigender Gestank nach verbranntem Pferdemist verpestete die Luft. So etwas Widerliches hatte ich noch nie gerochen. Zuerst erkannte ich keine Einzelheiten, hörte nur jemanden husten und stolperte, meine Schürze vor Mund und Nase gepreßt, auf den Schuppen zu. Aus dem Gemäuer kroch mir Rauch entgegen und glühende Funken tanzten, und dann sah ich, daß die halbe Schuppenwand weggerissen war. Ich ließ die Schürze fahren und schrie gellend auf.

»Wilhelm!« Ich holte tief und qualvoll Luft. »Wilhelm! Alexander!«

»Sie finden die beiden dort drüben, Miss, auf dem Ziegelhaufen.« Einer der Arbeiter war neben mir aufgetaucht und deutete seitwärts in den Rauch. »Sie dürfen nicht in den Schuppen, da brennt's noch, wir müssen löschen.«

Ich hörte schon nicht mehr hin. Durch den Dunst, der sich allmählich verzog, tappte ich weiter.

Der Ziegelhaufen, zwei zusammengesunkene Gestalten.

»Wilhelm!« Ich langte über die Steine und rüttelte ihn von hinten an der Schulter. »Sag bloß was, bist du verletzt?«

Er wandte sich um, sein Gesicht war von einer Staubschicht bedeckt. Weiße Flocken rieselten ihm aus den Augenbrauen, als er nur stumm den Kopf schüttelte.

»Bist du sicher?«

»He, Schwester«, rief Alexander, »ich bin der Verletzte, vielleicht kümmerst du dich mal um mich.«

Hastig lief ich um die Steine herum, kniete mich vor den beiden hin und tupfte vorsichtig mit dem Schürzensaum eine Schramme an Alexanders Schläfe ab, aus der Blut tropfte. Es hatte eine hellrote Spur durch den Staub auf seiner Wange gezogen.

»Was ist passiert?«

Wilhelm starrte glasig vor sich hin.

»Der Ofen ist vorzeitig ausgelaufen und hat die Gußform gesprengt«, antwortete Alexander statt seiner. »Mensch, Lina, auf einmal flogen uns die Brocken um die Ohren, gut, daß du nicht dabei warst. Wir konnten uns grad so durch die Tür retten, zum Glück stand sie offen.«

Die Arbeiter kamen herangeschlurft, benommen umringten sie uns. Staubige Gesichter, in denen noch das Entsetzen stand. Es wurde Zeit für mich, etwas zu tun.

Wie eine Gruppe Kinder führte ich die Männer in die Küche und kochte Tee für alle. Wilhelm wollte eigentlich gleich den Hof aufräumen, sank aber statt dessen erschöpft auf einen Stuhl.

Später ging ich mit Dr. Watson hinunter, um ihm die Trümmer zu zeigen, die er unbedingt sehen wollte, und er war derart entsetzt, daß er sich auf den gleichen Ziegelhaufen fallen ließ wie meine Brüder vorher.

»Dieser Unfall erscheint mir wie ein Menetekel. Vielleicht haben wir in London alles falsch angefangen, viel zu wenig durchdacht. Und es betrübt mich außerordentlich, daß Sie aus Bath weggehen.« Er klopfte einladend auf die Ziegel neben sich, und ich konnte seinem bittenden Blick nicht widerstehen, obwohl ich Ziegelstaub auf meinem Rock nicht besonders schätzte.

Sogleich ergriff er meine Hände. Die seinen fühlten sich warm und kräftig an, sie tasteten sich rasch meine Arme hinauf. »Ihnen ist aber wirklich nichts passiert?«

Kopfschüttelnd machte ich mich frei. »Ich war nicht einmal in der Nähe.«

»Wenn es nach mir gegangen wäre, hätte man Ihrem Bruder Richmond angetragen, dort wäre er sehr gut aufgehoben und hätte diese gefährlichen Experimente nicht nötig, oder er könnte zumindest erfahrenere Leute dafür anheuern.«

»Dann würden wir aber auch wegziehen, nicht wahr? Die königliche Privatsternwarte? Aber ich dachte ...«

»Demainbray taugt nicht viel, der Mann ist seit Jahren so gut wie scheintot, lange macht er's jetzt nicht mehr. Eine richtige Observatoriums-Uhle.« Treuherzig schaute er mich an, ein Freund Wilhelms, der mich in seine Freundschaft einbezog.

»Sagen Sie, Dr. Watson, pardon – Wilhelm sagte mir, daß Sie in den Ritterstand erhoben wurden –, also Sir Watson ...« Ich deutete eine kleine Reverenz an, während Dr. Watson wieder meine Hände faßte.

»Ach, lassen Sie doch die Förmlichkeit, was wollten Sie mich fragen?«

»Warum hat der König erst so spät auf Wilhelms Entdeckung reagiert?«

»Wegen des Krieges in Amerika. Das verblüfft Sie wahrscheinlich. Lassen Sie es mich erklären. Seit der Niederlage bei Yorktown letzten Oktober sind die Untertanen seiner Majestät hier in England den Krieg leid und wollen, daß die Kolonien aufgegeben werden. Aber der König ist nicht damit einverstanden, er hat sogar mit Abdankung gedroht.«

»Ach deswegen«, sagte ich nachdenklich, »darauf wäre ich nicht gekommen. Es hat mir jemand erzählt, in den Londoner Clubs gäbe es Wetten, ob und wann der König wirklich abtritt.«

Eine so despektierliche Wiedergabe von Kneipengeschwätz hatte der Doktor nicht von mir erwartet. Ein bißchen pikiert rückte er von mir ab und ging wenig später ins Haus zurück. Ich blieb sitzen und dachte über »Observatoriums-Uhlen« nach. Ein halber Nachtmensch war ich bereits. Das Aufstehen in der Frühe fiel mir zunehmend schwer, das späte Zubettgehen dagegen leicht, allmählich glitt ich aus dem Tageslauf der anderen. In dem unbekannten Datchet sah ich mich nachts herumgeistern, wenn alle normalen Leute schliefen, ein tagblinder Vogel, der das Licht der Sonne scheut.

17

»Heute hast du doch Zeit, etwas Ordentliches zu kochen, ja? Es muß nicht gleich ein Kapaun sein, etwas Roastbeef mit grüner Sauce und Gemüse tät's auch.« Wilhelm schielte unbehaglich in den Grützetopf, den ich zum Frühstück mitten auf den Tisch gestellt hatte.

»Immer nur diesen Papp ...«, maulte Alexander jetzt ebenfalls.

»Wovon soll ich's denn nehmen?« Ich sprang auf, warf den Löffel auf den Tisch und rannte die Treppe hinunter und auf den Hof. Blind vor Wut starrte ich geradeaus in Richtung Fluß, um unser neues Haus auf gar keinen Fall mehr sehen zu müssen. Wohin ich hätte weiterlaufen können, wußte ich nicht, außer der Gärtnersfrau kannte ich niemanden in dem Ort, der nur aus geduckten Häusern an ein paar schlecht gepflasterten Straßen bestand.

Die Fremdheit, die mich in Bath anfangs so bedrückt hatte, hatte ich nicht noch einmal erleben wollen, aber ich steckte bereits mittendrin. In Datchet gab es fast nur Bauernvolk und so gut wie niemanden, der etwas anderes als Korn und Runkeln im Kopf hatte. Ein verlorener Posten, der ohne Alexander bald noch einsamer würde.

Die Frau des Mannes, der das Unkraut im Hof und im Garten schnitt, hatte sich meiner angenommen und mir die paar Läden gezeigt, in denen ich einkaufen konnte. Säcke mit gelben Erbsen oder Dörrobst neben Leinenballen und hölzernen Schöpflöffeln, so primitive Läden gab es in ganz Bath nicht. Nur bei den Preisen konnten die Kaufleute in Datchet mithalten und setzten noch eins drauf. Ich dachte zunächst, mich verhört zu haben, und fragte, unter dem Blick der Gärtnersfrau und des Ladenschwengels errötend, gleich dreimal nach und kaufte dann sehr wenig.

Wir begnügten uns also mit Brot, Grütze und ein paar Rettichen, ohnehin kamen wir kaum zum Essen, so daß die magere Kost nicht weiter auffiel – hatte ich mir gedacht. Aber an diesem zweiten Sonntag hatte Wilhelm mit seiner Enttäuschung nicht mehr hinterm Berg gehalten.

Er war mir unbemerkt nachgekommen und faßte sacht meine Schulter.

»Du mußt ein bißchen Geduld haben. Sieh mal, wir haben hier ideale Bedingungen für unsere Arbeit: In den Ställen richten wir eine ausgezeichnete Werkstatt ein, in der wir Spiegel gießen und schleifen, und aus dem Waschhaus machen wir eine richtige Bibliothek.«

Mit einer weitausholenden Armbewegung wies er über unsere neue Bleibe samt baufälligem Schuppen und frisch gemähtem Grasplatz, als würde er mir ein Königreich zu Füßen legen.

Na, ich dankte auch recht schön dafür.

Erst am letzten Tag vor dem Umzug, als die meisten Möbel

aufgeladen und die Wagen mit Wilhelms kostbaren Instrumenten vorausgefahren waren, hatte ich mir die Zeit genommen, dem Musikdirektor von Birmingham eine höfliche Absage zu schicken. Bis dahin hatte ich diesen endgültigen Schritt hinausgezögert. Ich wußte ja noch nicht, daß ich im Begriff stand, die Dummheit meines Lebens zu begehen.

Hätte ich dieses Haus vorher gesehen, hätte ich es mir wohl anders überlegt. In einem Punkt war Wilhelm allerdings vollkommen aufrichtig gewesen: Das Haus bot eine Menge Platz für uns, wir verliefen uns fast darin, es war nicht schwer für meinen Bruder, mir und Alexander in den ersten Tagen nach Belieben aus dem Weg zu gehen.

Dummerweise mußte ich auch noch ohne weibliche Bedienung auskommen, zumindest in den beiden Wochen nach dem Einzug, aber alles in allem war das vielleicht ein Glück für mich.

Wäre ich nicht tausendmal am Tag mit Eimern voller Dreck die Stiegen heruntergelaufen, nachdem ich gescheuert, gekratzt und gewienert hatte, um mir jeden Quadratmeter dieses verrotteten Kastens eigenhändig zu erobern – ich hätte mich auf einen Stuhl fallen lassen, mich angewidert umgeschaut und wäre umgehend mit Alexander nach Bath zurückgekehrt.

Das Schrecklichste an diesem Haus stellte nicht die Verwahrlosung dar, gegen die man ja etwas tun konnte, sondern die ungünstige Lage in einer Niederung am Fluß, wo am Abend die feuchten Schwaden vom Ufer heraufstiegen und in den Garten bis zum Haus krochen und sich schwer auf Lunge und Gemüt legten.

»Und wo soll ich waschen?« Ich schniefte, Wilhelm klopfte mir heiter auf die Schulter.

»Wir haben doch genug Zimmer, wozu brauchst du ein ganzes Waschhaus? Alles in allem ist der Hof groß genug, um das Zwanzigfüßige aufzustellen, und sicher kommt noch ein Dreißigfüßiges dazu. Und …« – er zog mich an der Hand tiefer in den Garten hinein – »… in ein paar Jahren stellen wir genau an dieser Stelle ein Vierzigfüßiges auf. Wenn ich das jemand anders als dir erzählen würde, glaubte er mir nicht, aber du kennst ja meine Pläne. Der ›georgium sidus‹ ist gar nichts im Verhältnis zu dem, was ich in Zukunft durch meine Forschungen entdecken werde.«

»Hör auf mit deinen Phantastereien. Ich weiß, was das alles kostet und was du an Geld bei dem mißlungenen Guß verloren hast! Das holst du nie und nimmer mit ein paar lumpigen Aufträgen für Teleskope herein, und schon heute weiß ich nicht, wie ich das Fleisch für eine anständige Mahlzeit bezahlen soll und den Tee und den Kaffee. Du hast nicht die mindeste Ahnung von den hiesigen Preisen.«

»Lina, wir sind aufs Land gezogen, da können wir von Eiern und Schinken leben, die kosten beinahe nichts.«

Ich schrie ihn an, denn anders war ihm nicht beizukommen. »Beinahe nichts ist auch noch zuviel.«

Plötzlich setzte ein heftiger Sommerschauer ein. Ich fühlte mich wie festgehalten von diesem warmen Guß, der mich im Nu durchweichte und sich mit den Tränen mischte, die ich nicht länger zurückhalten konnte. Es schien mir, als bestünde der Regen aus nichts als Tränen, die unaufhörlich aus meinem Innern hervorquollen, eine regelrechte Sintflut, der ich hilflos ausgesetzt war. Durch den Regenvorhang verschwamm Wilhelms betretene Miene, es erleichterte mich aber doch, daß er die alberne Heiterkeit endlich abgestreift hatte.

»Außerdem will ich hier nicht verrotten und sowieso lieber singen und ...«

Wahrscheinlich war ich bei dem Regen nicht zu verstehen, es genügte ihm aber, mich so erbärmlich wie eine ertrinkende Katze vor sich zu sehen, um seinen Arm um mich zu schlingen und mich energisch zum Haus zurückzuführen. Wir tappten durch die Nässe, an gurgelnden Wasserrohren und überlaufenden Regentonnen vorbei, unsere Köpfe steckten unter seinem Rock, wir bildeten ein seltsam zusammengewachsenes Paar.

»Du darfst nur nicht den Mut verlieren«, schrie er mir ins Ohr, als wäre ich unversehens taub geworden.

Mut wozu? fragte ich mich.

Im August fuhr Wilhelm für zehn Tage nach Bath und holte das kostbare Metall vom verunglückten Spiegelguß ab, aber von einem Teil ließ er, bevor der Schmelzofen weggerissen wurde, noch einen Zwölf-Zoll-Spiegel für das Zwanzigfüßige gießen, der tatsächlich heil aus der Form kam. Ein Segen für uns, denn der alte zersprang im ersten Frost.

Kaum war er abgereist, redete mir Alexander ins Gewissen, mich nicht so einfach im Kielwasser Wilhelms treiben zu lassen, sondern mein Schicksal in die eigenen Hände zu nehmen.

»Du könntest immer noch in Birmingham zusagen. Aber entscheide dich bald«, beschwor er mich.

»Abgesagt ist abgesagt, außerdem braucht mich Wilhelm.«

»Sieh einmal etwas klarer, wo Wilhelm gerade nicht da ist und dich herumscheucht. Er ist sich selbst genug, du spielst auf ewig nur den Handlanger.«

»Du bist mir ein netter Bruder. Wilhelm hat dich nach England geholt, als es dir schlechtging, und dir eine Existenz ermöglicht, alles auf seine Kosten. Er hat sich um Dietrich gekümmert und mich ausgebildet.«

Er wedelte mit der Hand, als wollte er eine Fliege verscheuchen. »Fang mir bloß nicht davon an. Alles hat er für uns getan, nicht wahr? Und daraus ist dann unsere Verpflichtung zu ewiger Dankbarkeit erwachsen. Daß wir eine Familie sind, hat schon Vater immer betont, die Herschels halten zusammen. Wie sollte gerade ich etwas dagegen sagen? Aber so ein Stück eigenes Leben muß auch sein. Wir können selbst denken, handeln und entscheiden. Du auch.«

»Vielleicht fehlt mir aber doch etwas«, sagte ich matt.

Im Grunde genommen wollte ich, daß Alexander mich mahnte und drängte, damit ich das Gefühl hatte, immer noch zwischen zwei Möglichkeiten entscheiden zu können. Aber bei jedem Gespräch wich ich am Ende aus.

Anfang Oktober verließ er uns und kehrte nach Bath zurück. Die Trennung empfand ich nicht nur als schmerzlich, sondern irgendwie endgültig, was natürlich vollkommen unsinnig war. Noch auf dem Kutschentritt stehend, hatte er mich herzlich nach Bath oder Bristol eingeladen. Es war wohl so, daß ich mit ihm mein anderes Schicksal davonfahren sah.

Alexander hat kurz danach geheiratet, diese Heirat war der wahre Grund für seine Weigerung, mit uns in Datchet zu leben. Nach seiner früheren Erfahrung hatte er nicht gewagt, uns von seiner zweiten Verlobung zu erzählen. Ohne Frage kränkte mich seine Verschwiegenheit, hatte ich doch angenommen, daß wir ein herzliches und entspanntes Verhältnis zueinander gefunden hätten. Selbst Dietrich war nicht lange nach seiner Rückkehr aus England mit gerade einmal einundzwanzig Jahren eine Ehe eingegangen. Damit waren Wilhelm und ich die einzigen ledigen von sechs Geschwistern.

18

Den Mantelsack packte ich. Wilhelm hatte mich darum gebeten. Obwohl ich wußte, was er benötigte, fragte ich nach.

»Brauchst du ein Extrapaar Strümpfe, und welche sollen es sein?«

Wilhelm war sehr konzentriert damit beschäftigt, das Siebenfüßige reisefertig zu machen. Dafür hatte er es mitsamt dem Gestell auseinandergeschraubt, um alles zusammen in die dafür eingerichtete Kiste zu verpacken. Natürlich klappte das nur, wenn man jedes Teil exakt in den vorgesehenen Platz einpaßte, dazu brauchte man Übung. Diese Vorbereitungen mochte ich nicht. Wenn Wilhelm so angestrengt über seiner Kiste hockte, die verschiedenen Teile um sich verstreut, die er eins nach dem anderen in der Hand wog, schon über den Zusammenbau nachdenkend und alles, was das für ihn bedeutete, fühlte ich mich bereits unglücklich.

Wie geübt er mittlerweile war. Ich dagegen hatte die größten Schwierigkeiten auch nur das Nachthemd und die Nachtmütze ordentlich zusammenzurollen, dabei leistete der Stoff keinerlei Widerstand, nur meine Finger.

»Lina, ich bin doch nur eine Nacht fort.«

Eine Nacht allein in einer unwirtlichen Behausung.

»Du könntest dir nasse Füße holen, wenn du das Teleskop auf dem Rasen aufbauen mußt.«

Alexander fehlte mir, ich hätte am Abend ein bißchen mit ihm musizieren können. In Datchet gab es so gut wie keine Musik, selbst sonntags beim Gottesdienst wurde kaum gesungen, so daß ein Gottesdienst sich kaum lohnte.

»Pack mir halt noch ein Paar weiße Strümpfe ein, die passen immer. Ich nehm ja den guten dunkelblauen Rock mit.«

Wilhelm war im Begriff, zum König nach Queen's Lodge aufzubrechen. Allein, ohne mich. Es würde wohl wieder vor der Sternguckerei einen Imbiß im kleinen, aber erlesenen Kreis der königlichen Familie geben, mit sechs bis acht verschiedenen Gerichten auf großen Porzellanplatten, die im Schein von einem Dutzend Kerzen schimmerten, und begleitet von einer Kapelle aus drei bis vier Musikern. Vielleicht spielte mein Neffe Georg.

»Eventuell bin ich ja auch gegen ein Uhr zurück. So besonders klar ist der Himmel nicht.«

Ich glaubte nicht an eine frühe Rückkehr.

»Das sagst du immer, und dann kommst du erst am übernächsten Tag.«

»Der König ist halt sehr interessiert an meiner Arbeit, meist will er mehr wissen, als sich so schnell beantworten läßt. Er hat nach den neuesten Berichten in den *Transactions* gefragt.«

»Also kommst du doch nicht früh. Das war nur so dahergesagt.«

Das letzte Teil des Stativs war in der Kiste verstaut, Wilhelm schloß den Deckel, ich hielt schon eine Weile das Ersatzpaar Strümpfe in der Hand.

»Weil du halt immer so ein Theater machst, wenn ich über Nacht fortbleibe. Wie ein Kind.«

Verstimmt stopfte ich die Strümpfe zu den anderen Kleidungsstücken des Gepäcks.

»Du hast noch keine Nacht in diesem gräßlichen Kasten allein zugebracht.«

Wilhelm nahm den Mantelsack auf und hängte ihn sich über die Schulter.

»Glaub mir, ich würde wesentlich lieber hier bei dir bleiben. Wie willst du den Abend verbringen?«

»Auf jedes Geräusch im Haus achten und mich fragen, wie lange ich diesmal auf deine Rückkehr warten muß. Wenn ich noch Zeit finde, rechne ich an deinem Nebelkatalog weiter«, sagte ich schnippisch.

Nach seiner Abreise kam mir aber eine andere Idee. Ich nahm den Kometensucher, den ich bisher mehr als Schmuckstück betrachtet hatte, und ging mit ihm in den Garten. Um mich vom Grübeln abzulenken, begann ich, den Himmel zu beobachten, in der Hoffnung, Wilhelm bei seiner Rückkehr ein paar bemerkenswerte Erscheinungen melden zu können, die ich aufgezeichnet hatte. Der Abend schien mir sehr geeignet dazu.

Astronomie ist immer eine ernste Angelegenheit, weil sie sich mit etwas Unerreichbarem beschäftigt und dich außerdem mit einem nahezu leeren Raum konfrontiert: Er ist kalt, schwarz und unergründlich. Dort draußen im Garten kam zum Gefühl des Alleingelassenseins rasch eine unbestimmte Furcht hinzu, denn nichts kann so verstörend sein, wie in einer mondlosen Nacht im Zwielicht der Sterne in einem von Gestrüpp durchzogenen großen Garten, der seine Grenzen nicht offenbart, herumzuirren. Kein Mensch in Rufweite. Aus dem Uferschilf ein Geraschel. Gelegentlich streicht ein Nachtvogel in tiefem Flug über dich hinweg. Als hätten die Toten plötzlich eine Stimme, verschrecken dich Eulenrufe.

Der Trick, die Furcht zu besiegen, besteht darin, statt in kalten Angstschweiß gebadet geradeaus in die wispernde Dunkelheit zu starren, sofort den Blick durchs Okular himmelwärts zu richten. Du mußt dir begreiflich machen, daß die absolute Dunkelheit ein Freund der Astronomen ist, dein Verbündeter. Die Astronomie macht aus der Schwärze der Nacht etwas Faszinierendes, sie begünstigt jenen Zustand freudiger Erwartung, in der sich das Unwahrscheinlichste ereignen kann: das Auftauchen eines neuen Sterns, eines noch nie gesehenen Lichts am Himmel. Kein Wunder also, daß in dieser Nacht die Sterne zu meinen Gefährten wurden.

Ein wenig aus Trotz entschloß ich mich, einen eigenen Sternenkatalog zu beginnen – ein Versuch, der mich eine funkelnde halbe Stunde beschäftigte und dann leider kläglich zu scheitern drohte, weil ich selbständiges Arbeiten gar nicht gewohnt war.

Als Wilhelm am darauffolgenden Tag gegen Abend von seinem Besuch bei den Majestäten zurückkam, traf er mich in tiefster Niedergeschlagenheit an. Er versuchte mich aufzuheitern, indem er mir von seinem lockeren Umgang mit den Prinzen und Prinzessinnen erzählte, aber das verstörte mich nur zusätzlich.

»Also, du bist mir heute ein Griesgram. Da hab ich mich beeilt, um nach Hause zu kommen, um mein Schwesterchen nicht so lange allein zu lassen, und jetzt sagst du keinen Ton.«

Ich hob nicht einmal den Kopf von meinem Flickkorb, arbeitete jedoch auch nicht weiter.

»Du hast dich nicht meinetwegen beeilt, sondern wegen deiner Teleskope. Na lauf schon, laß dich nicht aufhalten. Heute hast du das richtige Wetter für deine Forschung.«

»Und du wirst mir dabei helfen.« Er deutete auf den Flickkorb. »Den übergib nur der Magd, für so eine Arbeit ist sie besser geeignet.«

»Bestimmt nicht. Niemand stopft so akkurat wie ich, das habe ich ausgiebigst in der Flickschule gelernt, und dafür hat Mutter gesorgt, sie hat mir nicht den kleinsten Fehler erlaubt und mir genauestens erläutert, auf was es beim Flicken ankommt, ich bin eine Flickexpertin, während die dumme Trine, die wir neuerdings beschäftigen, nur die Löcher mit einem Faden zuzieht, so daß sie gleich wieder aufplatzen, deswegen sitz ich ja hier.«

Wilhelm erhob sich ruhig von dem Sessel, auf dem er neben mir Platz genommen hatte, um eine Pfeife vor der Arbeit zu schmauchen. Ja, es wurde Zeit für ihn, eine klare Nacht war hereingebrochen, und wenn ich jetzt nicht den Mut fand zu sagen, was mir seit gestern auf der Seele brannte, war der günstigste Moment verstrichen. Wilhelm stand bereits an der Tür.

»Du hast mir den Kometensucher geschenkt und nichts als

Hohn damit im Sinn gehabt. Du weißt genau, daß ich mit dem Gerät nicht richtig umgehen kann.«

»Was?« Er hielt die Klinke in der Hand und spähte sehnsüchtig zum Fenster, durch das die schwarze Nacht hereinschaute.

»Du hast mich doch gehört. Ich kann mit dem Ding nicht umgehen. Mein Wissen in der Astronomie ist nichts als Flickwerk, voller Löcher und lächerlicher Risse, die ich allein nicht stopfen kann.«

Normalerweise, wenn ich einmal eine Gelegenheit nutzte, für mich ein bißchen Sternkunde zu betreiben, befand sich Wilhelm in meiner Nähe. Ich brauchte nur zu rufen, wenn ich in bezug auf einen Sternenort unsicher war. Das hatte mich über meine Unbeholfenheit hinweggetäuscht, daß ich eben doch noch nicht wußte, wie ich ein interessantes Himmelsobjekt, auf das ich gestoßen war, ohne zeitraubendes Nachschlagen in einem der Sternkataloge bestimmen konnte.

Zögernd kam er wieder heran. »Aber ich helfe dir doch jedesmal, wenn du eine Frage stellst. Hab ich dir schon mal nicht geantwortet?«

Erst nickte ich zustimmend, dann zuckte ich mit den Schultern. »Immer freundlich, immer höflich und hilfsbereit, das bist du. Aber der hohe Herr nimmt sich nicht die Zeit, mit mir die Grundlagen und eine nennenswerte Systematik zu erarbeiten, die mich zu selbständigem Forschen befähigt. Ich sollte nur rasch abgerichtet werden, genauso wie früher, als du mir in deinem Mathematikunterricht die Brocken zugeworfen hast.«

Während er mich abwartend musterte, zog ich einen Zettel aus dem Mieder und entfaltete ihn provozierend langsam, denn ich wollte erleben, wie lange Wilhelm seiner Ungeduld standzuhalten vermochte. Ich sah doch, wie er mit den Fußspitzen wippte, und wußte genau, daß er nur an seine Sternnebel dachte.

»Weißt du, was das ist? Mein Zettel mit dem Einmaleins. Du hast es mich ja nie richtig gelehrt. Deshalb brauche ich bei allen Berechnungen von Sternhöhen und Venusdurchgängen diesen vermaledeiten Zettel.«

Jetzt setzte er sich umständlich wieder neben mich, legte mir die Hand aufs Knie und seufzte tief.

»Na, wenn es so ist, müssen wir uns wohl mal hier und da eine Stunde zusammen hinsetzen und Sternkunde pauken.«

Rasch hielt ich seine Hand fest. »Nicht hier und da. Regelmäßig. Ich will nicht um jede Stunde betteln müssen.«

Er erhob sich.

»Können wir nun rausgehen?« Mit seiner Geduld war es vorbei.

19

An diesem Abend hatte ich genug damit zu tun, mit meinen Arbeitsunterlagen und meinem kleinen Kometensucher den Weg im Finstern zu finden. Vor uns ragte das zwanzigfüßige Teleskop auf, das endlich aufgebaut war, allerdings hatten die Zimmerleute von Datchet erst ein Behelfsgerüst zusammengenagelt, dem noch reichlich viele der zu ausreichender Stabilität notwendigen Zwischenstreben fehlten. Es hatte bisher keine Galerie, von der aus man bequem durchs Okular sehen konnte, sondern nur ein lose aufliegendes Brett. Nicht mehr als eine Wackelkonstruktion, trotzdem war Wilhelm nicht davon abzuhalten, hinaufzuklettern.

Mir wäre lieber gewesen, er hätte gewartet, bis die Zimmerleute ganz fertig geworden wären, aber mein Bruder wollte nichts davon wissen. Seit dieses unfertige Ding in unserem Garten stand, lebte ich in einer unbestimmten Furcht, die mich etliche Male am Tag dazu trieb, mich zu vergewissern, daß es Wilhelm gutging, selbst wenn er gar nicht daran dachte, hinaufzuklettern. Vielleicht hatte das Nachschauen und Vergewissern auch schon früher angefangen, es hatte sich einfach so eingeschlichen. Ohne Alexander waren wir unweigerlich näher zusammengerückt. Unser Leben und Arbeiten hatte sich mittlerweile derart verwoben, daß jegliche Trennlinie verschwamm. Ständig war etwas zu besprechen, nachzusehen, zu planen, auszutauschen. Bei allem, was ich in die Hand nahm, war mir Wilhelm gegenwärtig. Und irgendwann im letzten

Dezember war mir auf einmal klargeworden, daß ich nie den Mut gehabt hätte, vor ein Publikum zu treten, ohne Wilhelm hinter mir zu wissen. Am wohlsten fühlte ich mich in seiner Nähe.

Aber weil ich ihm immer zur Hand war, hatte ich bis zu diesem Dezember in meinem eigenen Katalog gerade einmal vierzehn Sterne verzeichnet. Nicht daß das wichtig gewesen wäre, denn im gerade zu Ende gehenden Jahr 1783 hatten wir gleich mehrere Abhandlungen in den *Transactions* veröffentlicht: Wilhelms neueste Erkenntnisse über den Durchmesser seines Sterns, des Uranus, über die Veränderungen am Fixsternhimmel seit Flamsteeds Aufzeichnungen und über die Eigenbewegung des Sonnensystems. Außerdem beschäftigte sich mein Bruder sehr nachdrücklich mit dem allgemeinen Aufbau des Himmels, wobei ihn die Nebelsterne am meisten faszinierten, weil sie schwer in das, was er bisher wußte, einzuordnen waren.

»Es ist vielleicht zu früh, darüber zu sprechen und schon gar zu schreiben. Wahrscheinlich muß ich mir genau überlegen, wie ich's ausdrücke«, sagte er und griff nach einer Querstrebe, um sich hochzuziehen.

»Na, was denn?«

»Man könnte sagen, der siebte Schöpfungstag hat noch gar nicht stattgefunden, wir sind erst beim sechsten. Über die Nebel, die ja schon seit einiger Zeit auch von anderen Astronomen beobachtet und aufgezeichnet werden, hat sich keiner so recht Gedanken gemacht. Was soll denn so ein Nebel sein?«

»Eine Atmosphäre um einen Stern?« Ich wollte ihn noch ein bißchen in Bodennähe festhalten, es schien mir auf einmal sehr wichtig zu sein, und wirklich blieb er etwa einen Meter über mir auf einem schmalen Brett stehen.

»Keineswegs. Die sieht anders aus, denk nur an die Sonne. Nein, was wir als Nebel sehen, ist tatsächlich ein Stern, der im Werden begriffen ist. Der Schöpfungsakt ist nicht abgeschlossen, sondern setzt sich fort, in den Nebeln sehen wir Sterne in verschiedenen Stadien der Entwicklung.«

»Dann müßte es eher der erste oder zweite Schöpfungstag sein, und wir kämen noch gar nicht vor.«

Jetzt stieg er doch weiter, dazu klang seine Stimme immer erregter, ich hätte ihn nicht zu so einem intensiven Gespräch verleiten sollen. Wie leicht konnte er dabei einmal fehltreten. Das Licht meiner abgeschirmten Laterne leuchtete ihm ja kaum.

»Lina, dort draußen ereignen sich die großartigsten Dinge. Ich habe es dir gesagt, laß uns bessere Teleskope bauen, und wir schauen bis zu den Grenzen des Universums, die wir heute nicht einmal erahnen. Der Kosmos füllt sich vor unseren Augen. Da kreist keine tote Materie in festgelegten Grenzen, da passieren ganz andere Dinge, und wir stecken buchstäblich mittendrin. Nach meinen Beobachtungen breitet sich das All ziemlich gleichmäßig um unser Sonnensystem aus. Ich habe in jede Richtung geblickt und überall eine annähernd gleiche Anzahl von Objekten gefunden, von Nebeln, Sternen, Doppelsternen und Sternhaufen.«

Er war nun oben angelangt, und nichts war passiert, ich durfte aufatmen. Und ein bißchen nachdenken, solange er sich hinter dem Okular einrichtete.

Wilhelm war ein gläubigerer Mensch als ich. All sein Streben wurzelte im Glauben an Gott und an die Unsterblichkeit der Seele. Daraus schöpfte er seine Heiterkeit und die Gleichgültigkeit gegenüber unseren irdischen Angelegenheiten, gerade das, was mich des öfteren verzweifeln ließ oder wütend machte. Er war wohl auf der Suche nach Gott dort draußen und dem Ort der Seele, denn irgendwo mußte sie hin, nachdem sie die Erde verlassen hatte. Die alten Griechen dachten, die Seelen hausten auf den äußeren Planeten, stiegen praktisch von Planet zu Planet immer weiter in den Himmel auf.

Wilhelms Seele sehnte sich nach diesen Sphären, die er in seinen Teleskopen entdeckte, und nach einer Harmonie, gegenüber der ihm die irdische nebensächlich erschien.

Obwohl es wahrscheinlich umsonst sein würde, justierte ich meinen Kometensucher. In dem Himmelsfleck, den ich anpeilte, war mit Kometen kaum zu rechnen, ich nahm ja nur jene Areale ins Visier, die mir Wilhelm übrigließ, was mir allerdings nicht viel ausmachte. Ich dachte nur selten daran, wie reizvoll es sein könnte, selbst einen dieser Botschafter aus einer entlegenen Welt zu entdecken. Natürlich legte ich den größten Eifer an den Tag, wenn sich Wilhelm die Zeit nahm, mich in praktischer Sternenkunde zu unterrichten, und wie vorauszusehen war, mußte ich mir die Stunden erbetteln, aber ich blieb dabei so hartnäckig, daß mir Wilhelm nicht mehr so leicht wie damals beim Gesangsunterricht auskam. Abgesehen davon, war er auf mich angewiesen, mehr noch als früher, und ich hatte keine Hemmungen, diesen Umstand als Druckmittel auszunutzen. In diesem Jahr hatte er mir gezeigt, wie ich mit einem Siebenfüßigen die Doppelsterne nachmessen und mit einem Passageinstrument den Meridiandurchgang einwandfrei bestimmen konnte, das hieß, den höchsten Punkt der Sternbahn zu errechnen, der sich ergibt, wenn der eigene Ortsmeridian die Sternbahn kreuzt.

Sehr geschickt hatte ich mich bei all dem bisher nicht angestellt. Irgendwie wiederholte sich das Ausmaß an Schwierigkeiten, mit denen ich am Anfang meiner Gesangsausbildung zu kämpfen hatte. Aber da ich mit diesen fertig geworden war, hoffte ich zuversichtlich, auch die neuen zu überwinden, letztendlich lag mir ja daran, Wilhelm eine perfekte Gefährtin zu sein.

Nach ein paar Stunden eilte ich ins Haus. Leider war ich wieder nicht dazu gekommen, meine eigene Arbeit voranzutreiben, denn Wilhelm hatte mir von oben so viele Beobachtungen und Meßergebnisse zugerufen, daß ich sie schnell in eine Ordnung bringen mußte. Außerdem wollte ich wegen der Sternzeiten nach den Uhren schauen.

Ich hatte das Uhrenzimmer soeben erreicht, da hörte ich von draußen ein furchterregendes Getöse. Es war genauso entsetzlich, wie ich es mir seit Wochen in meiner Phantasie ausgemalt hatte.

Die Laterne in der Hand, stürzte ich in den Garten zurück und starrte auf den Fleck, wo sich gerade noch die Balken erhoben hatten und jetzt ein letzter zu Boden polterte. Ein Fall aus fünfzehn Fuß oder fünf Metern Höhe ist keine Kleinigkeit. Das Licht der Laterne reichte nicht weit und schuf überall nur flackernde Schatten. In diesem Gewirr sah ich wirklich nicht viel. Meine Kehle war wie ausgedörrt, ich bekam keinen Ton heraus, als ich zu rufen versuchte, während mein Blick zwischen kohlschwarzen Schatten und den dunklen Balken herumirrte, den Zipfel eines braunen Rocks suchte oder einen braungewandeten Arm, vielleicht nur eine bleiche Hand. Mir drehte sich der Magen um, je mehr mir meine Phantasie vorgaukelte. Ein gebrochenes Genick, ich sah es schon vor mir, mein Herzschlag stolperte, der Atem auch.

Meine Schulter zuckte im Schreck, als jemand von hinten danach faßte, erst leicht, dann fester, dann spürte ich, wie jemand die Arme um mich schlang.

»Lina, Lina«, flüsterte mir Wilhelm ins Ohr, »mir ist nichts passiert, so beruhige dich doch. Hör auf zu zittern, jetzt gib mir schon die Laterne, du läßt sie noch fallen und steckst die Trümmer in Brand.«

Mir war übel.

Er nahm mir die Laterne ab, trat damit dicht an den Trümmerhaufen heran und ließ den Lichtschein kreisen. Dann streckte er die Hand aus.

»Schau, Lina, wir haben Glück gehabt, der Spiegel ist heil geblieben, wir holen ihn morgen heraus.«

Ich wandte nicht einmal den Kopf in die angedeutete Richtung, sondern stolperte Wilhelm nach, bis ich ihn fassen konnte, ich mußte spüren, daß er lebte, jetzt, wo das ganze Desaster in meinem Kopf vollständig angekommen war. Der Trümmerhaufen war gewaltig, er hätte mehr als einen Mann erschlagen können.

»Wieso bist du nicht verletzt?«

»Nun schau nicht so, als wäre ich ein Gespenst. Ich muß wohl etwas geahnt haben, jedenfalls bin ich heruntergeklettert, bevor das Gerüst zusammenbrach. Na, vielleicht habe ich ein Brett oder einen Balken dabei verschoben und bin selbst schuld an dem Debakel. Macht nichts. Die Zimmerleute werden's richten.«

Es hatte keinen Zweck, ihm Vorhaltungen zu machen, im Augenblick fühlte ich mich auch viel zu schwach dazu.

Gleich am nächsten Tag ließ Wilhelm den kostbaren Spiegel aus den Trümmern heben, danach gingen die Zimmerleute daran, das Gerüst wieder aufzurichten, und mein Bruder würde es benutzen und an die Stabilität kaum einen Gedanken verschwenden.

20

Zwei Wochen später stand das Gerüst wieder. Die Arbeiter hatten uns am Nachmittag verlassen, um mit ihren Familien zu feiern. Wir hätten das ebenfalls tun sollen, und meiner Ansicht nach hieß es die Vorsehung herausfordern, daß Wilhelm darauf bestand, selbst in der Silvesternacht der Sternbeobachtung nachzugehen.

Ein großer Nachteil der Riesenteleskope war, daß die Gesamtmaschinerie sich nur schwer bewegen ließ, dazu brauchte man, wenn man selbst hinter dem Okular saß, einen Helfer. Denn es war unsinnig, vom Gerüst zu klettern, es selbst zu bewegen und danach wieder hinaufzusteigen, um eventuell festzustellen, daß man es zuviel oder zuwenig gedreht hatte. Dieses Gerüst hatte Wilhelm entworfen. Um Kosten zu sparen, hatte er alles eingesetzt, was einigermaßen billig zu haben war und sich für den vorgesehenen Zweck eignete. So saß je ein Fleischerhaken, in den man Seile einhängen konnte, rechts und links an der drehbaren Plattform. Die Dinger waren mit ihren mörderischen Spitzen schon bei Tag gefährlich.

Während ich durch den Schneematsch einen Weg um das Gestell herum zur Kurbel suchte, rief Wilhelm von oben: »Lina, mach schnell, der Himmel bezieht sich wieder.«

Ich hastete durch die Finsternis, stieß gegen etwas Hartes, Scharfes und versuchte, mich mit den Händen am nächsten Balken abzufangen. An diesen Fleischerhaken hatte ich gar nicht sofort gedacht, es war, als griffe etwas höchst Lebendiges, Aggressives nach mir. Biß zu. Verbiß sich. Rucken, Zerren, ungeschicktes Ziehen, tieferes Verbeißen. Die Panik hielt sich noch in Grenzen, aber die Dunkelheit setzte mir bereits zu, natürlich auch der Schmerz.

Richtig schlimm wurde es erst, als Wilhelm, fünf Meter über mir auf seinem Brett beschäftigt, auf mein erstes, zu zaghaftes Rufen nicht reagierte.

Es hatte in dieser Nacht erst gar nicht nach einer Gelegenheit zu astronomischen Beobachtungen ausgesehen, denn der bewölkte Himmel, aus dem am Tag ordentlich viel Schnee gefallen war, hatte uns bis zehn Uhr im Haus gehalten. Dann endlich klarte es auf.

»Was machst du so lange?« rief Wilhelm wieder ungeduldig von oben.

Ich mußte gegen das Gebimmel der Glocken anschreien, die gerade ein neues Jahr einläuteten. Mittlerweile doch von Panik übermannt, schrie ich, als hinge mein Leben davon ab, und vielleicht war es ja auch so.

Immer nur den Namen, zu mehr reichte der Atem nicht. Aber mein ganzer Körper schrie ihn, meine schweißnassen Hände, das glühende Bein, die Angst in meinem Kopf. Es gab keine Faser, die nicht nach Wilhelm schrie. Wie in Feuer getaucht, kam ich mir vor, noch nie hatte ich mich so im Schreien verausgabt.

Und dann dauerte es endlos lange, bis er zu mir heruntergekommen und die Laterne, die abgeschirmt bei meinem Arbeitsplatz stand, geholt hatte. Der Haken war mir durchs Kleid tief ins Fleisch gedrungen, wir versuchten vergeblich mit dem Wust von Rock und Unterröcken fertig zu werden, während ich das Gefühl hatte, daß mein Bein zu einer einzigen, heiß aufgeblähten Wunde anschwoll. Trotz der Kälte war ich in Schweiß gebadet, klapperte aber andererseits mit den Zähnen.

Am Ende hat Wilhelm beidhändig mein Bein gepackt und mich losgerissen. Es war diese Widerhakenspitze, die mich nicht freigeben wollte und die sich bis zum letzten Augenblick festkrallte. Sie auf der einen Seite und Wilhelms Hände auf der anderen und mein Bein dazwischen.

Halb ohnmächtig sank ich gegen ihn, und er mußte mich beinahe zum Haus tragen, denn ich konnte kaum auftreten. Als ich dann die klaffende Wunde im Lampenschein freilegte – ich hatte tatsächlich einen Brocken Fleisch verloren –, wandte sich Wilhelm plötzlich ab und wankte zum Tisch.

»Wilhelm«, schrie ich ihn an, »geh bloß nicht weg, du mußt mir jetzt helfen, ich brauche dich.«

Stöhnend schaute er auf seine aufgestützten Hände, als könne er nicht fassen, was sie getan hatten. »Oh, Lina, das ist zu grauenhaft, ich kann das nicht einmal ansehen, es ist …« Er stotterte nur noch zusammenhangloses Zeug.

Warum ließ er mich gerade jetzt im Stich? Nur einen Meter stand er von mir weg und war so entfernt wie der Mond. Zwischen uns eine Eiswüste, ein tiefes Meer, etwas Unüberwindliches. Vor lauter entsetztem Staunen spürte ich das Hämmern in der Wunde nicht mehr, aber über meine Hand und den Schenkel lief warm das Blut.

»Na, hör mal!« Meine Stimme war die eines Geistes.

Als handelte es sich gar nicht um mein eigenes Bein, hielt ich mit den Fingern die Wunde zusammen, aus der das Blut auch weiterhin unentwegt auf den Fußboden rann. »Findest du nicht, ich sollte jammern und die Fassung verlieren und du bleibst ruhig und überlegt?«

Woher hatte ich nur diese plötzliche Kaltblütigkeit, vielleicht war es jedoch gar keine Kaltblütigkeit, denn das Wesentlichste war immer noch dieses ungeheure Erstaunen über den Jammerlappen am Tisch.

Immerhin kam er von sich aus auf die Idee, die Frau eines Bediensteten zu holen, die allerdings beim Anblick der Wunde gleichfalls die Nerven verlor und nur aufgeregt und ängstlich herumstammelte. Daher mußte ich mich allein verarzten, nachdem ich die beiden soweit gebracht hatte, mir wenigstens Verbandszeug herbeizuschaffen.

Um die Blutung zu stoppen, drückte ich die Ränder der Wunde soweit als möglich zusammen und streute behutsam Schießpulver darauf, damit der schreckliche Spalt schneller austrocknete. Zuletzt wand ich einen langen Streifen Leinwand straff um das Bein, das Ende zwischen die Zähne geklemmt. Den Schmerz spürte ich nicht mehr stark, ich blieb so gefaßt, daß ich mich selbst beobachten konnte und mehr noch meinen Bruder, der sich weiter entsetzt im Hintergrund hielt.

»Weißt du was, Wilhelm«, sagte ich, als ich mit der Bandage fertig war, »es ist ja noch ein Glück, daß sich der Himmel bezogen hat, du hättest so oder so nicht weiterarbeiten können.«

Er schüttelte nur stumm und abwehrend den Kopf, hoffentlich schämte er sich wenigstens. Jetzt erinnerte ich mich an den Unfall mit seinem Finger, auch damals hatte er den Anblick von Blut nicht ertragen, aber es war seins gewesen, und ich hatte gedacht, daß ihn das aus der Fassung brachte. Später half er mir die Treppe hinauf in meine Kammer.

Ich hielt ihn noch eine Stunde an meinem Bett fest, obwohl es bereits spät in der Nacht war und er vor Müdigkeit immer wieder auf dem Stuhl zusammensackte. Bei den Schmerzen, die bis in die Zehen ausstrahlten, war für mich an Schlaf ohnehin nicht zu denken. Im Grunde aber wollte ich den Eindruck verwischen, er habe mich in einem entscheidenden Moment im Stich gelassen. So ein Eindruck durfte sich nicht festsetzen, wir mußten noch vor dem Morgengrauen unser altes Vertrauen wiederherstellen. Während mir das Nachthemd unter der Decke von all dem kalten Schweiß am Körper klebte und ich darum rang, ja nicht etwas von meiner Erschöpfung und Verstörung zu verraten, redete ich nur so dahin. Wenn es mir gelang, damit das alte, gemütliche Bild einer grundsätzlichen, unerschütterlichen Einheit heraufzubeschwören, würde sie auch Wirklichkeit werden.

Am nächsten Tag dachte keiner von uns daran, nach dem Arzt zu schicken. Dr. Lind kam aber aus eigenem Antrieb, nachdem er von dem Unfall gehört hatte, und brachte Salbe und Verbandszeug mit, richtige Charpie, und zeigte mir, wie ich damit umgehen sollte.

Da der Himmel im Januar überwiegend bedeckt blieb, war ich nicht gezwungen, mit meinem Humpelbein ganze Nächte mitten im Winter draußen zu verbringen. Trotz der Schonung heilte das Bein schlecht. Als der heftigste Schmerz nachgelassen hatte, spürte ich dennoch ständig ein Ziehen und Klopfen in der Wunde, und nach sechs Wochen bat ich Dr. Lind, sie sich noch einmal anzusehen.

»Mit so einer Wunde«, belehrte er mich, »verbringt ein Soldat sechs Wochen im Hospital.«

»Dann freut es mich, daß Sie mir das jetzt erst sagen, wer weiß, was ich mir sonst für Gedanken gemacht hätte.« Ich lächelte Wilhelm, der nach der Untersuchung gleich wieder in den Salon trat, beruhigend zu, es genügte ja, daß ich leiden mußte.

21

In den langen Tagen des nachfolgenden Sommers sind einige Spiegel für sieben- und zehnfüßige Teleskope fertiggeworden. Mein Bruder vertraute meiner Erfahrung jetzt derart, daß er mir Spiegel von den ersten groben Schleifarbeiten nach dem Gießen bis zur Feinpolitur vollständig überließ. Ein Exemplar für Sir Watson war auch dabei, und es war mir eine Freude, ihm einen perfekten Silberglanz zu geben, den nicht eine optische Verwerfung trübte.

Sir Watsons Vater wohnte in der Nähe von Datchet, daher kam unser Freund uns so oft wie möglich besuchen und holte seinen Spiegel persönlich ab.

An diesem Tag vollendeten wir gerade einen weiteren für den König. Wilhelm und ich hielten noch die Tücher in der Hand, mit denen wir die Reste der Polierpaste abgewischt hatten.

Bewundernd fuhr Sir Watson mit der flachen Hand über die Oberfläche.

»Das ist aber nicht der Ihre.« Wilhelm schmunzelte, dann aber stöhnte er unverhofft auf. »Wir müssen noch drei davon anfertigen. Vier zehnfüßige Teleskope hat der König bestellt, samt den Gerüsten. Ich sollte mich ja nicht beklagen, auf diese Aufträge sind wir angewiesen, und es mag eine Gnade des Königs sein, wenn man von seinem astronomischen Interesse mal absieht. Aber …« – Wilhelm wischte sich mit dem Lappen den Schweiß von der Stirn – »… die Arbeiten halten mich doch nur auf. Ich bin mittlerweile fünfundvierzig, wer weiß, wieviel Zeit mir bleibt, um das zu schaffen, was ich mir vorgenommen habe. Ich will jetzt bald daran gehen, ein Vierzigfüßiges zu bauen.«

Es war nicht das erste Mal, daß er dieses gigantische Projekt erwähnte. Das Gerüst allein würde alle Häuser Datchets bis auf die Kirche überragen. Mir war natürlich nicht gerade wohl bei dem Gedanken, daß Wilhelm auf diesem Riesending mindestens dreißig Fuß über der Erde schweben würde, unter sich Balken, die eine Neigung entwickeln mochten, sich selbständig zu machen. Brach er sich dabei wirklich das Genick, würde ich nicht mal genug Geld für ein Armenbegräbnis haben.

Sir Watson klopfte mit den Knöcheln auf den Spiegel, der ein dunkles Brummen von sich gab.

»Es ist eine Schande, wie der König Sie behandelt, das habe ich erst unlängst in Bath auf einer Gesellschaft frank und frei geäußert, und ich habe an Sir Banks ein paar Briefe geschrieben. Die Last der Forschung darf nicht allein auf Ihren Schultern ruhen, während die Gesellschaft ebenso wie der König den Nutzen davon hat.«

Einige Zeit später traf tatsächlich ein Brief Joseph Banks' ein. Wir bereiteten gerade einen Umzug nach Old Windsor vor. Durch unser Dach in Datchet tropfte nämlich derart der Regen, daß wir uns ein neues Haus hatten suchen müssen. Umzüge gehörten ja längst zu unserem Leben

Sir Banks Brief hat Wilhelm beflügelt, im neuen Haus Instrumente und Werkzeuge auszupacken, noch bevor ich den Hausrat im alten vollständig in Kisten und Koffer verstaut hatte.

Banks teilte uns mit, daß uns der König für den Bau des Riesenteleskops zweitausend Pfund gewährte. Georg III. erwies sich also doch als spendabler König, aber mich freute die Überraschung mit den zweitausend Pfund nur mittelmäßig, weil ich immerzu das Gerüst vor mir sah und eine unerträglich große Truppe von Arbeitern, die in unserem Garten herumtrampelte, hämmerte und sägte. Ich würde nicht eine Minute Ruhe haben.

Im April 1786 zogen wir schon wieder um, diesmal nach Slough, in ein nettes Haus mit Garten.

In Old Windsor hatten wir eine Wirtin gehabt, die Anstoß an unseren Arbeiten im Werkstattschuppen nahm, weil sie den Lärm nicht vertrug, und sie wollte auch nicht das Kommen und Gehen all der Leute dulden, die für uns tätig waren, die Schreiner, Drechsler, Zimmerleute, Maurer und Schmiede. Sie wohnte in der oberen Etage und kam beinahe täglich hinunter, um nachzusehen und sich außerdem über die Materialhaufen zu beklagen, die wir im Garten lagerten: Pferdemist, Mörtel, Ziegelsteine, Balken und Eisenteile. Wir brauchten dringend einen Ort für uns, an dem uns niemand dreinredete.

Die Bedingungen, unter denen wir unsere Forschungen betrieben, waren nie ganz einfach gewesen. In Datchet zum Beispiel hatte der Fluß regelmäßig den Garten überschwemmt, dabei drang Wasser in das gemauerte Fundament des Zwanzigfüßigen ein und ließ es bröckeln, und selbst an besseren Tagen schlug sich die Feuchtigkeit nachts an den Fernrohren nieder und lief gelegentlich in Bächen an diesen herab. Wir kamen kaum damit nach, die Okulare abzuwischen.

Auf Wilhelms Forschungen hatten diese Widrigkeiten keinen Einfluß. Trotz all der Feuchtigkeit, betonte er Besuchern gegenüber immer wieder, sei die Beobachtung von Sternen möglich und die Ergebnisse einwandfrei.

In den Winternächten, in denen das Thermometer auf zehn Grad unter Null fiel, rieb er sich mit roher Zwiebel Gesicht und Hände ein, um drohenden Erkältungen zu entgehen. Einige Male wurde er dennoch krank, schwer sogar, wie ich ja auch, da ich alles mit ihm teilte. Sir Watson schalt uns, weil wir so unbekümmert mit unserer Gesundheit umgingen. Immerhin hörten wir so weit auf ihn, daß wir auf ein günstigeres Arrangement verfielen, das sowohl der Arbeit als auch meinem Wohlergehen diente. Da das neue Gerüst des Zwanzigfüßigen dicht genug am Haus stand, richteten wir wie in Bath ein Zimmer im Erdgeschoß ein, in dem ich die Uhren beobachtete und auf die Zurufe Wilhelms wartete, um sie zu Papier zu bringen. Eine schöne Lösung, wenn man davon absieht, daß ich auf diese Weise überhaupt nicht mehr zu eigenen Beobachtungen kam.

22

Er würde mich wieder einmal allein lassen. Und diesmal nicht nur für ein paar Tage. Alexander war vor drei Tagen bei uns eingetroffen, zusammen mit seiner Frau Patricia, einem bildschönen Geschöpf, das wenig sagte. Ich hatte die beiden auf einen Spaziergang geschickt, um mit Wilhelm allein sprechen zu können, es war die letzte Gelegenheit, ihn umzustimmen.

»Ich kann mit einem Teleskop besser umgehen als Alexander.«

Wilhelm wirkte ein wenig ungehalten, denn wir führten diese Unterredung nicht zum ersten Mal.

»Lina, es ist alles entschieden. Gepackt haben wir auch schon.«

»Ich wäre in einer Stunde reisefertig, und Alexander würde zusammen mit seiner Patricia sicher gern das Haus hüten. Überleg doch mal. Den beiden muß es hier wie im Paradies vorkommen, wo sie in Bath nur die zwei Zimmerchen haben. Das ist doch kein Leben in so einer Enge. Und er könnte hier die Arbeiten bestimmt besser beaufsichtigen. Auf einen Mann hören die Arbeiter immer noch lieber als auf eine Frau.«

Wilhelms Gesicht verzog sich gequält.

»Es wird kaum weitergearbeitet, wenn ich weg bin, auch das haben wir ausreichend besprochen. Zum letzten Mal: So ein Zehnfuß-Teleskop samt Gestell ist ziemlich gewichtig, und ich brauche einen kräftigen Mann zum Zufassen, vor allem wenn's bei der Überfahrt stürmisch wird. In Göttingen dann weise ich die Kollegen allein ein, Alex kommt nicht einmal bis dahin mit. Ich lasse ihn in Hannover bei Mutter.«

Das war der springende Punkt für mich. Auf Befehl des

Königs würde Wilhelm eins der größeren Teleskope dem Göttinger Observatorium als Geschenk überreichen. Sozusagen in diplomatischen Diensten der Krone. Und danach würde er sich Zeit für einen ausführlichen Besuch in Hannover nehmen.

»Mutter habe ich, laß mich mal nachrechnen, seit vierzehn Jahren nicht mehr gesehen, seit ich in England bin. Und ich habe eine Schwester, die ich in meinem ganzen Leben, in immerhin sechsunddreißig Jahren, kaum gesehen und gesprochen habe. Was sind das denn für Verhältnisse? Uns bleiben nur Briefe, die Sophie und Mutter nicht einmal selbst lesen können. Und ich weiß nicht mehr, wie die beiden aussehen.« Diesmal ließ ich meine Stimme absichtlich zittern, ich wollte nichts auslassen, wenn ich schon meine schwersten Geschütze auffuhr. »Wilhelm, ich bin genau wie du immer noch in Hannover zu Hause.«

Ehrlicher wäre es gewesen, zuzugeben, daß ich in England nicht mehr zu Hause sein konnte, wenn er dieses Land verließ. Dabei hatten wir jetzt einen Platz gefunden, an dem wir uns wohl fühlten.

Slough war uns beim Einzug wie die Erfüllung verschiedener Träume erschienen. Wir hatten uns für ein Haus mit hohen gemauerten Kaminen und großen, weißgestrichenen Fenstern entschieden, die viel Licht einließen, es war ausladend und behäbig, es war ein Heim, nicht nur eine Bleibe auf unbestimmte Zeit. Zum ersten Mal nach unserem Wegzug von Bath hielt ich meine düsteren Stimmungen für gebannt.

Wilhelm interessierten naturgemäß besonders die Schuppen und das Waschhaus. Im Garten stellte er sich sofort das Vierzigfüßige vor, das er noch bauen wollte, das Wunderding, mit dem er das All bis in die fernsten Winkel durchforschen würde.

Fast vom ersten Tag an herrschte eine hochgestimmte erwartungsvolle Spannung, die von Wilhelm ausging und auch mich ergriff und sich auf jeden ausdehnte, der unsere Arbeit von nun an mit uns teilte. Immerhin waren das zuweilen dreißig bis vierzig Mann.

Alle großen Buchen und Eichen sowie die Fliederbüsche ließen wir fällen, weil sie die freie Verfügbarkeit des Gartens einschränkten. Ein ebenes, leeres Terrain entstand, das ein bißchen wüst anmutete. In der Mitte wurde eine Grube für das Fundament des Riesenteleskops ausgehoben, das aus zwei übereinandergesetzten, konzentrischen Steinringen gemauert wurde, mit ihrer mathematischen Form setzten sie ein erstes Zeichen für die Zukunft.

Als im Sommer das Gestell in die Höhe wuchs, lag Wilhelm oft in der größten Hitze über dem obersten Balken, um Schrauben einzudrehen und um jedes Detail selbst zu überprüfen. Eine halsbrecherische Arbeit, der ich nicht ohne Herzklopfen zusehen konnte.

Der Spiegel wurde gegossen, und diesmal gelang gleich der erste Guß. Wir freuten uns unbändig darüber, es war bisher unser größtes Wagnis gewesen. Nachdem er abgekühlt war, schliffen und polierten vierundzwanzig Männer in zwei Schichten zu je zwölf ohne Unterlaß, Tag und Nacht. Es gab damals noch keine Maschine, die diese Arbeit hätte exakt genug ausführen können. Ebenso anhaltend wie die Schleifgeräusche war aus der Schmiede, dem ehemaligen Waschhaus, das Klingen von Eisen zu hören. Der Schmiedehammer klopfte den Takt, in dem wir arbeiteten, aßen und schliefen. Beinahe jeder Raum im Haus war in kurzer Zeit mit Materialien und Werkzeugen aller Art und den astronomischen Instrumenten so vollgestopft, daß mir nicht einmal genügend Platz blieb, um mein Schreibpult aufzustellen, oder eine Ecke auf einem Tisch, um einen Sternatlas aufzuschlagen. Ich wußte nicht, wo ich die vielen Manuskripte unterbringen sollte, um sie vor Mäusen und dem Zugriff fremder, flinker Finger zu schützen. Denn an keinem Ort, wo wir bislang gehaust hatten, wurde so viel gestohlen wie in Slough. Direkt unter unseren Augen verschwanden Werkzeuge und selbst Möbel wie Tische oder Stühle, es war ja nicht möglich, hinter jedem Tagelöhner zu stehen oder jeder Magd, die für uns wusch, bügelte, kochte oder putzte.

Alexanders Frau würde mir bei der Beaufsichtigung und

Leitung des Haushalts keine Hilfe sein, das wurde mir bald klar. Ich würde kaum mit ihr reden können und hätte auch nicht gewußt worüber. Sie interessierte sich weder für Musik noch für Astronomie. Vor unseren Riesenteleskopen und der Arbeitermeute hatte sie regelrecht Angst.

Gleich, nachdem Wilhelm und Alexander abgefahren waren, ging ich daran, alles Messing an den sieben- und den zehnfüßigen Teleskopen zu polieren. Leider waren dabei nur die Hände beschäftigt, so konnte sich doch noch eine gewisse Niedergeschlagenheit ausbreiten, dabei hatte ich ja gedacht, diese Schwäche überwunden zu haben. Während ich an einem der Tische saß und in konzentrischen Kreisen über das Messing fuhr, es anhauchte und polierte, ein steter, auf die Dauer dumm machender Wechsel, hockte mir eine diffuse Traurigkeit wie ein Alp im Nacken. Um ihr zu entgehen, verordnete ich mir für den nächsten Tag mehr Bewegung und räumte den Polierschuppen rund um den riesigen neuen Spiegel auf, der durch die angetrocknete Paste stumpf aus seinem provisorischen Holzbett zu mir heraufschielte. Ich wies den Gärtner an, den anderen Arbeitsschuppen aufzuräumen, abends besserte ich dann noch ein Stück Zaun aus.

Auf die Art entging ich auch der Unterhaltung mit Patricia, die meist allein in ihrem Zimmer saß und nähte.

Nach zwei Wochen traf der erste Brief ein, den ich meiner Schwägerin mit nicht sehr fester Stimme vorlas.

Wilhelm schrieb mir aus Hannover, daß er unsere Geschwister und die Mutter gesund und wohl angetroffen habe. Jakob sei etwas älter geworden, und Sophia habe einige weiße Haare bekommen, unsere Mutter sehe für ihr Alter aber erstaunlich gut und rüstig aus. Ich spürte nur, wie stark ich sie beneidete, weil sie zusammen waren, miteinander redeten, sich austauschten, eine große, lebhafte Familie, zu der mir unbekannte Kinder gehörten, denn Dietrich war inzwischen Vater geworden und auch Jakob hatte ja Nachwuchs. Mir fielen Gelegenheiten wie meine Konfirmation ein, als auch alle beisammen gewesen waren und ich nicht dabei sein konnte. Ich bedauerte mich wie früher, ich war diejenige, die immer nur abseits stand.

Wilhelm hatte mir einen Haufen Arbeit dagelassen mit genauen Angaben, wie sie auszuführen sei. Es handelte sich vor allem um seinen Katalog von tausend Nebeln, die er entdeckt hatte und die in ein überschaubares System gebracht werden mußten. Mein Ziel war, ihm seinen Katalog mit allen Berechnungen über Erscheinungsort und Zeit jedes Sterns in einer druckfertigen Reinschrift bei seiner Rückkehr vorlegen zu können. Es half mir ein bißchen über meine Trübsal hinweg, etwas so Verantwortungsvolles für ihn tun zu dürfen.

Wenn es draußen dunkel wurde, fiel ich vollends der Einsamkeit anheim. Im Haus hielt ich es dann nicht mehr aus. Sobald sich Patricia zum Schlafen zurückgezogen hatte, ging ich in den Garten, suchte einen Platz, der noch nicht aufgewühlt oder mit Materialien belegt war, eine hintere, ziemlich finstere Ecke, und stellte für ein, zwei Stunden meinen Kometensucher auf. Die Sterne kamen mir nun besonders fern vor und kalt. Als hätte es nie auch nur die leiseste Verbindung gegeben. Meine Freunde grüßten mich nicht, als hätten wir die gemeinsame Sprache verlernt. Ich mußte sie zwingen, mit mir Kontakt aufzunehmen.

Zunächst begann ich mit einer etwa zwanzigfachen Vergrößerung, mit der ich den Himmel in einem Gesichtsfeld von ein bis zwei Grad Abend für Abend durchmustern wollte.

Am 1. August, etwa um zehn Uhr, fiel mir ein Stern auf, der diffus blieb, während alle anderen mir einigermaßen scharf vor dem Okular standen. Ein Stern zwischen dem großen Bären und dem Haar der Berenice, der einem Nebel zum Verwechseln glich, aber wohl keiner war. Am Ende einer längeren Beobachtung trug ich in mein Tagebuch ein, daß ich auf ein Objekt gestoßen sei, das sich in der folgenden Nacht möglicherweise als Komet erweisen würde. Dabei hatte ich wieder in einer Himmelsgegend geforscht, für die keiner der Sternkataloge, die ich eilig am nächsten Tag zu Rate zog, einen vermerkte.

Verständlicherweise dachte ich in erster Linie über meine Entdeckung nach, berechnete aber dennoch hundertfünfzig Nebelsterne für Wilhelms Katalog, um mein selbstgesetztes

Ziel nicht zu gefährden. Leider regnete es den ganzen Tag, und es schien nicht so, als würde sich das Wetter bis zum Abend bessern. Gegen neun Uhr wurde es schließlich draußen heller, die Wolken verzogen sich aber unerträglich langsam. Gegen elf war das erste Stück freien Nachthimmels zu sehen, ich rannte ins Haus, um den Kometensucher zu holen. Um eins hatte ich die Gewißheit: Ich hatte einen Kometen entdeckt!

Ich glaubte mir selbst nicht. Ein dünner Wolkenschleier überzog wieder den Himmel, Herkules und Bootes verschwanden, ich zog die Schrauben an meinem Instrument nach und wischte das Okular sauber, merkte aber dann, daß etwas mit meinen Augen nicht stimmte. Auf einmal schien mir, als sähe ich nicht mehr so scharf wie sonst. Ich blinzelte, starrte ins Dunkel geradeaus, holte tief Luft und visierte wieder den Himmel. Mein Schweifstern war noch da, mein Komet, mein Himmelsbotschafter, den ich ganz allein, ohne meine gelehrtere Hälfte aufgespürt hatte, so selbständig, wie mich Alexander seit Jahren wünschte.

Als ich den Garten verließ, mußte ich an das Gespräch in Bath denken, in dem uns Wilhelm den Umzug nach Datchet angekündigt hatte. Ich bin jetzt Caroline Herschel, *die Astronomin*, hätte ich meinen Brüdern sagen können.

Kapitel 6

Von e zu g

Die kleine Terz treibt das Zwiegespräch des Menschen mit sich selbst, zwischen eigensüchtigem und selbstlosem Ich, voran, wendet aber alles, was anklingt, ins Gegenteil um: Aus Dur wird Moll.

1

Die Uhr, nach der ich die Sternzeiten zu berechnen pflegte, hatte gerade zwei geschlagen. Vor einer halben Stunde war mein Komet hinter einer dicken Wolkenbank verschwunden. Damit klang die geradezu fiebrige Erregung ab, die mich bisher angetrieben hatte, nur ein Rest, der die Müdigkeit in Schach hielt, blieb mir noch. Ins Bett gefallen wäre ich jetzt trotzdem gern, aber ich hatte zwei Briefe zu schreiben, mit denen ich nach allen Regeln der Zunft den Schritt in die Öffentlichkeit vorzubereiten gedachte. Jedes Wort mußte genau erwogen werden. Schließlich war ich mir bewußt, mit wem ich es aufnahm, nämlich schlichtweg mit der Elite der Wissenschaft. Mit meiner Entdeckung hatte ich ihr möglicherweise einen Leckerbissen weggeschnappt, allen voran Charles Messiers, dem Kometenfrettchen.

Die gesamte Elite war ja vom Ehrgeiz zerfressen. Ich war mir sicher, daß Charles Messiers jede Nacht auf Jagd ging, um seine Frettchenzähne in jedes aussichtsreiche Objekt zu schlagen und nicht mehr loszulassen. Er oder ich würde die Frage lauten. Denn noch stand nichts fest, noch fehlte die Anerkennung, der offizielle Beweis.

Das Ergebnis der Jagd würden die mitbestimmen, an die ich mich in meinen Briefen wandte. Sie konnten die Briefe nach einem flüchtigen Blick auf den Absender erst einmal beiseite legen, weil sie wußten, Wilhelm war verreist. Was sollte seine Schwester, die Hilfskraft, schon von ihnen wollen? Wenn sie die Briefe dann doch mit einer entscheidenden Verzögerung lasen, blieb für mich unter Umständen nur ein flaues Bedauern übrig, während Charles Messiers meinen Kometen kassierte mitsamt dem gebührenden Ruhm.

Einer der Briefe sollte an Dr. Blagdon, den Sekretär der Royal Society, der andere an Alexander Aubert gehen. Beide Herren kannte ich persönlich. Nur hatte ich mich noch nie in eigener, wissenschaftlicher Sache an sie gewandt. Es war daher nicht so einfach, meine Befangenheit zu überwinden und mich unvermittelt auf das Niveau der Herren hinaufzuschwingen.

Da ich damit rechnen mußte, nicht ernstgenommen zu werden, legte ich drei Zeichnungen bei, die die Bewegung des Kometen zwischen den Sternen Nr. 54 und Nr. 53 Ursae Majoris und Nr. 14 bis 16 Comae Berenice innerhalb einer bestimmten Zeitspanne dokumentierten. Ich ließ keinen Zweifel daran, daß ich in der Lage war, die Kometenbahn zu berechnen und den Kometen selbst in einer klaren Beschreibung von den ihn umgebenden Sternen abzuheben. Immerhin hatte ich Erfahrung in der Abfassung astronomischer Berichte.

Erst dann ging ich schlafen, verbrachte aber eine höchst unruhige Nacht. Mehrmals stand ich auf, von einer nicht zu bezähmenden Unsicherheit getrieben, warf einen Blick auf meine Zeichnungen, las die Briefe nochmals durch und suchte sie mit einer manischen Besessenheit nach Fehlern ab. War der Ton, in dem ich die Schreiben abgefaßt hatte, der richtige?

Wilhelm, als längst von den Fachkreisen anerkannter Astronom, hätte kein Problem damit gehabt, ich dagegen war zu einem diffizilen Eiertanz gezwungen, bei dem ich vorsichtig zwischen der Eitelkeit und dem gönnerhaften Wohlwollen der Adressaten zu lavieren versuchte.

Die Briefe mußten am Morgen des 3. Augusts, zwei volle Tage nach meiner ersten Sichtung des Kometen, ihre Adressaten erreicht haben.

Obwohl ich mich von vornherein auf Verzögerungen eingestellt und die schlechteste Entwicklung der Dinge bereits vorweggenommen hatte, half mir das nicht im mindesten beim unerträglichen Warten auf Antwort. Warten kann innerhalb kürzester Zeit zur Lebensaufgabe werden. Das heißt, man lebt nicht mehr, sondern wartet. Am Nachmittag des 4. unternahm ich mit Patricia einen ausgedehnten Spaziergang, um mich für zwei Stunden vom Anblick der Uhren und ihrem heimtückisch gemächlichen Verticken der Zeit zu befreien. Ich rechnete hundertfünfzig Nebel für Wilhelms Katalog nach, eine völlig oberflächliche Beschäftigung, wie auch ein paar Besorgungen, ein Besuch bei Bekannten und das scheinbar anteilnehmende Zuhören, als mir Patricia in einer ausufernden Jammertirade die Wehwehchen schilderte, an denen sie vorgab zu leiden.

Am 5. hatte mich die Ewigkeit eingeholt, denn so mußte es sein, wenn man aus der Zeit herausfällt, das Ticken der Uhren hatte keine Bedeutung mehr, die Zeit war im Warten festgefroren. Am 6. weigerte sich Patricia, wieder mit mir spazierenzugehen, denn ihr schmerzten noch vom letzten Mal die Füße. Deshalb lief ich allein im Sturmschritt über die Felder, um die Zeit zu treiben, und entdeckte, daß auch dort draußen nur Stillstand herrschte. Nicht ein Lüftchen bewegte das reife Korn, und kein Vogel sang. Gespenstisch, so eine Sommerstille.

Als ich zurückkehrte, lag auf der Anrichte in unserer kleinen Eingangshalle ein rot gesiegelter Brief. Mit angehaltenem Atem das Siegel aufbrechen, den Bogen entfalten, glattstreichen. Die Buchstaben tanzten eigenwillig aus den akkuraten Reihen. Ausatmen, dann die Luft einströmen lassen, dabei streng auf das Zwerchfell achten. Ein neuer Anlauf, ganz von unten, von der Unterschrift her. Dr. Blagdon hatte geschrieben. Die Augen ein bißchen auf jedem Wort ruhen lassen, sie bremsen, wenn der Blick unkontrolliert fliegen will. Dann endlich der erste Satz.

Er habe, teilte Dr. Blagdon mir in sehr höflichem Ton mit, meine Angaben über den Kometen wegen unaufschiebbarer Verpflichtungen bisher nicht überprüfen können, aber die Nachricht an alle Berufenen und Interessierten in der Society weitergegeben und bereits die Sternwarten in München und Paris informiert.

Er hatte Messiers auf die Spur des Kometen gesetzt!

Das saß. So war das, wenn man vorsichtig einen Fuß über die Grenzlinie schiebt und einem gleich so ein Brocken darauffällt.

Meine Entdeckung wurde ohne Rücksprache mit mir ans Licht der Öffentlichkeit gezogen. Mir wurde himmelangst bei dem Gedanken, mich unter Umständen, falls etwas an meiner Arbeit nicht stimmte oder falls ich ein bedeutendes Detail übersehen, etwa eine Berechnung nicht korrekt ausgeführt hatte, in ganz Europa unsterblich zu blamieren. Eine Zumutung war Blagdons Satzbrocken, dem ich mich ohne Wilhelms Rückendeckung entgegenstemmen mußte. Plötzlich fiel mir Elisabeth ein, sie hätte wahrscheinlich gesagt, ich fürchtete mich immer noch vor dem Bären.

Ja, ich fürchtete mich, gestand ich mir ein, dabei hatte ich den Brief nicht einmal zu Ende gelesen. Dann aber wurde mir richtig flau vor Sorge.

Die gelehrten Füchse und die neuigkeitshungrigen Wölfe würden sich ein Stelldichein bei mir geben, und ich würde das Huhn sein, das sie zusammen zerreißen wollten. Blutige grinsende Fänge und von mir nur ein paar umherstiebende Federn übrig. Ich überlegte, ob ich Patricia überreden sollte, für ein paar Tage mit mir nach Bath zu ihren Verwandten zu fahren, aber sie hatte sich den Nachmittag für ihre wöchentliche Migräne reserviert. Einige Stunden später, als ich immer noch konfus über Fluchtmöglichkeiten nachdachte, fielen dann überraschend und mit größter Selbstverständlichkeit die Füchse und Wölfe ein, ein jeder mit Blutgier im Blick: Sir Banks, Lord Palmerston, Dr. Blagdon selbst und ein paar mir unbekannte Mitglieder der Royal Society.

Dr. Blagdon begrüßte mich, indem er meine Hand in seinen beiden schaufelförmigen Pranken verschwinden ließ. Ich guckte, wo sie denn bei diesem ersten Übergriff geblieben sei, da wurde sie bereits auf- und abbewegt wie ein Pumpenschwengel.

»Meine liebe Miss Herschel! Ich habe keine Mühe gescheut, Ihre Entdeckung publik zu machen. Die Herren hier wünschten den Kometen zu sehen, ohne lange zu warten, und ich gestehe ebenfalls, ich kann mir die Sensation nicht entgehen lassen. Das Problem ist, daß es keinem von uns bisher gelungen ist, den Schweifstern auszumachen. Falls es wieder nur an

Ihren fabelhaften Instrumenten liegt, werden Sie uns Ihr Geheimnis verraten müssen. Es liegt also jetzt ganz bei Ihnen, uns Ihre Entdeckung vorzuführen.«

Ich blinzelte abwägend zu ihm hoch. An sich war ich den Umgang mit Wissenschaftlern mittlerweile gewöhnt. Wenn Wilhelm verreist war, mußte ich die Herrschaften empfangen, die oft genug nach nur kurzfristiger Ankündigung eintrafen und dies und jenes wissen und durch die Teleskope die Sterne betrachten wollten. Anfangs hatte ich wie auch jetzt einen ziemlich dicken Kloß im Hals gehabt, der sich verflüchtigte und einer Art Enttäuschung wich, sobald ich gemerkt hatte, daß alles, was ich sagte, nur als Wilhelms Echo aufgefaßt wurde. Faktisch war ich für die Leute gar nicht richtig vorhanden gewesen – bis zu diesem Abend.

Zuerst einmal begrüßte ich die anderen Herren. Sir Banks gehörte eindeutig zu den Füchsen, das merkte man an dem listig unauffälligen Blick, mit dem er durch den Spalt in den Vorhängen nach draußen schielte, den Fuß schon zur Tür gewandt, um der erste am Teleskop zu sein. So ein gewiefter Fuchs will sich nicht lange mit der Vorrede aufhalten. Zum Glück hatten wir einen einigermaßen sternklaren Himmel. Ich betete im stillen, daß es so bliebe, bis ich wenigstens meine Demonstration abgeschlossen hatte. Auf dem Weg in den Hof wandte ich mich an Dr. Blagdon:

»Werden Sie meinen Kometen unter Ihren Schutz nehmen?«

Klar sah ich voraus, daß ich ohne die Protektion eines anerkannten Wissenschaftlers keine nennenswerte Chance auf offizielle Anerkennung haben würde. Dr. Blagdon reagierte, wie von mir erhofft, allerdings griff er schon wieder nach meiner Hand und drückte sie, auch diesmal hielt ich still, hatte ich mir doch rasch vorgenommen, ein paar Regeln Mrs. Colebrooks zu beherzigen. Gib dich bescheiden und ruhig, ermahnte ich mich, und werde erst aufsässig, wenn sie dir allzu dumm kommen. »Meine liebe Miss Herschel«, posaunte Dr. Blagdon über den Hof, »falls sich Ihre Angaben als zutreffend erweisen sollten, ist Ihre Entdeckung bei mir und der Society in den besten Händen, Ihr Bruder wird an unserer Anteilnahme und Fürsorge nichts auszusetzen haben.«

Sir Banks schob sich wie auf ein Stichwort heran. »Eigentlich hatte ich erwartet, Ihren Bruder anzutreffen, ich dachte, er sei schon zurück von seiner Reise.«

Banks hatte auch die Figur eines Fuchses, eines richtigen Eckenschnüfflers. Schlank und wendig schnürte er neben mir durchs Gras, hatte seine Augen überall und schien dabei ganz Wohlwollen, richtig aufgeräumt, als wäre ihm nicht bewußt, was er gerade gesagt hatte. Nicht einmal Banks traute mir zu, meine Entdeckung selbständig gemacht zu haben, nur deshalb waren die Herren so rasch herbeigeeilt, sie trauten mir absolut nichts über das hinaus zu, was sie seit Jahren von mir kannten. Keiner von ihnen sah etwas anderes in mir, als die gewissenhafte Sekretärin, die stumpf nach Diktat schrieb. Sie konnten nicht fassen, daß ich im Begriff stand, aus Wilhelms Schatten herauszutreten. Sie hatten an einen Witz geglaubt.

»Bitte, meine Herren«, meine Stimme klang fest, beinahe hart, mit einem Mal hatte ich meine devote Haltung satt und beschlossen, sie sofort aufzugeben, »löschen Sie Ihre Laternen, bei so viel Licht ist eine Sternbeobachtung nicht möglich, wie Sie wissen. Ich justiere nun mein Teleskop. Treten Sie bitte einen Augenblick zur Seite.«

In der Handhabung eines Herschelteleskops machte mir keiner etwas vor, schließlich war ich nicht unwesentlich an seiner Herstellung beteiligt. Ich gab meine Erläuterungen präzise und beantwortete ihre bohrenden Fragen ohne Scheu und ohne Schnörkel. Mit glasklarer Nüchternheit. Kein Gesäusel in der Stimme, keine Lockerheit, die sich Wilhelm erlaubt hätte. Sie fragten noch einmal nach ihm, anscheinend immer noch nicht vollständig von seiner Abwesenheit überzeugt. Von nun an setzte ich alles auf die eine Karte, den Kometen selbst, er mußte durch seine bloße unumstößliche Existenz für mich sprechen. Dabei hätte ich es doch lieber ganz anders angefangen: voll unverhohlenem Jubel über meine Leistung.

Einen Tag später erreichte mich endlich ein Brief von Mr. Aubert. Nach den üblichen Einleitungsfloskeln schrieb er, ich hätte meinen Namen unsterblich gemacht und nichts weniger als den gerechten Lohn für harte Arbeit erhalten.

Zumindest er sah einen kausalen Zusammenhang zwischen Aufwand und Ergebnis, der den Herren am Abend vorher nicht so recht aufgefallen war. Nach Wilhelm hatte also jetzt auch ich meine eigene Unsterblichkeit erreicht. Der Komet der Caroline Herschel, der selbst in Jahrhunderten den Beweis für meine Arbeit auf einer eleganten, elliptisch gekrümmten Bahn in den Himmel schrieb. Da würde auch Messiers vielleicht nicht länger lauern, ob er mir meine Beute entreißen könnte.

2

»Wir waren noch in London auf einen Schlenker in der Society. Ich habe dabei mit Blagdon gesprochen.« Wilhelm zwinkerte mir zu, wir standen an der Kutsche und hatten uns gerade mit einem Kuß auf die Wange begrüßt.

Der Fleck, wo mich seine Lippen flüchtig berührt hatten, brannte auf einmal.

»Sag jetzt nicht, du hast mit Blagdon über etwas gesprochen, was ich dir doch selbst mitteilen wollte, ich allein. Sag mir nicht, Blagdon hat mir meine Überraschung kaputtgemacht.«

»Komm erst einmal herein.« Wilhelm griff nach seiner Reisetasche und zog mich mit sich zur Tür. Ich wollte Widerstand leisten. Was sollte jetzt aus meinem großen Augenblick werden, wenn die Überraschung schon keine mehr war? Meine Chance, das erste unverfälschte Staunen auf Wilhelms Gesicht zu studieren, war vertan. Jede Regung würde nun eine zurechtgelegte sein, eine aus zweiter Hand. Etwas hatte sich bereits zwischen uns geschoben.

Im Salon drückte ich ihm stumm den Sternenkatalog in die Hand, in dem er sofort zu blättern begann. Aber dann ließ er ihn sinken, sah mich an und klopfte mit der freien Hand einladend auf den Stuhl neben sich.

»Der Katalog kann warten, ich bin sicher, es ist alles richtig und vollkommen zu meiner Zufriedenheit, was mich herzlich freut, aber nicht halb soviel, wie das, was mir Mr. Blagdon berichtet hat. Ja, ja, wink nicht ab. Er hat mir deinen Brief gezeigt und die Berechnungen samt der Beschreibung, die ich lediglich auf die Schnelle überflog, weil mir Blagdon unbedingt alles andere mitteilen mußte, was sich in meiner Abwesenheit in Richmond und Greenwich getan hat. Dein Komet sieht wirklich wie ein Nebel aus?«

Ich horchte auf den Klang seiner Stimme, um doch herauszufinden, ob mir Ton und Modulation über die Worte hinaus etwas Wichtiges verraten konnten.

»Was hat dir Blagdon sonst gesagt? Wie schätzt er meine Entdeckung ein? Und hat er schon etwas aus Paris gehört? Von Messiers? Blagdon und die anderen, Banks, Palmerston und ein paar von der Society, wollten nicht bleiben, nachdem ich ihnen den Kometen gezeigt hatte – meinen Kometen.«

Wäre Wilhelm nicht verreist gewesen, hätten sie sich Zeit genommen, um die Entdeckung gründlich durchzusprechen, mein Bruder hätte mich gebeten, für Tee zu sorgen, und dann hätte ein Gespräch unter Fachleuten stattgefunden. Mit mir allein wußten sie nicht so recht etwas anzufangen.

»Oh, Blagdon war voller Lob, du kannst zufrieden sein. Du hast es geschafft, Lina. Du hast ihnen gezeigt, wozu du fähig bist.«

»Und was ist mit dir? Wenn du hier gewesen wärst, hättest du den Kometen aufgespürt.«

Natürlich hätte er das, denn ich hätte in der Kammer neben dem zwanzigfüßigen Teleskop gehockt und wäre mit Aufzeichnungen zu den Nebeln, die er gerade untersuchte, beschäftigt gewesen. Würde sich jetzt etwas zwischen uns ändern?

Wilhelm erging sich ausführlich über dieses seltsame Objekt am Himmel, das ich entdeckt hatte, und unterstrich jede Bemerkung mit den Händen. Er sprach nicht zu einer Schülerin, sondern zu jemandem, der genauso wie er über die schwierigen und rätselhaften Erscheinungen der Astronomie Bescheid wußte. Irgendwann sagte er nebenher, er habe nichts anderes von mir erwartet, als er mir das Instrument zur Verfügung stellte.

Konnte ich auf mehr hoffen?

Mrs. Colebrook hatte nicht recht gehabt, als sie mir vorwarf, mich zu sehr auf Wilhelm zu konzentrieren. Sie verstand nichts von einer Arbeit, die auf einem minutiösen Zusammenspiel beruhte und ein weites, unerforschtes Feld umfaßte. Meine Hoffnungen und meine Freuden waren in keiner Weise mit den ihren zu vergleichen. Und natürlich liebte ich meinen Bruder, das machte unsere gemeinsame Arbeit und unser Leben so wunderbar.

»Das hättest du nicht gedacht, als du noch Winkel anhand von Tortenstücken bestimmen mußtest, nicht wahr?« schloß er launig.

Er lächelte ein bißchen zu mechanisch, zu konventionell. Nicht ganz aus dem Herzen kommend. Ein kleiner Vorbehalt lag in diesem Lächeln. Warum sonst grub er die Geschichte über meine kläglichen Anfänge ausgerechnet jetzt aus? Die einfältige Lina, über Tortenstücken brütend, sich schon in den einfachsten Winkelteilungen verirrend. So eine konnte nicht nach allen Regeln einen Kometen aufspüren. Aus Zufall dagegen schon.

Seinen Blick suchend, vermochte ich nicht ganz klarzusehen, spürte aber diesen Vorbehalt auf. Mit beiden Händen mußte ich danach greifen und ihn wegreißen.

»Du gehst mit mir die Berechnungen durch, ja? Jede einzelne.«

Während ich mich vorbeugte, lehnte er sich zurück und lachte, den Kopf zur Seite gewandt, denn Alexander trat mit Patricia herein, die beiden hatten sich gleich nach der Begrüßung zurückgezogen.

»Alex, ich habe gerade gedacht, wir setzen uns zum Essen, und wenn du einverstanden bist, spielen wir danach eine kleine Serenade zur Unterhaltung der Damen. Wie in Hannover.«

»Ja, warum auch nicht?« sagte ich halbwegs munter, obwohl mir die Enttäuschung ans Herz griff.

Daß Wilhelms Interesse so rasch abflauen würde, hatte ich nicht erwartet. Hätten wir gemeinsam rechnen können wie damals, als wir uns über die Bewegung des Uranus Klarheit verschaffen mußten, hätte ich herausfinden können, was ihm meine Entdeckung bedeutete.

Alexander nahm einen Stuhl, drehte ihn mit einem Schwung herum und setzte sich rittlings darauf. Patricia stellte sich abwartend hinter ihn, eine Hand auf seiner Schulter.

»Erst hab ich noch eine Frage an unsere Schwester. Na, sag mal, Lina, woran hast du gedacht, als du deinen Kometen entdeckt hast?«

»An Anaxagoras.«

»An wen?«

Natürlich hatte ich nicht an einen längst toten Griechen gedacht, nicht im entferntesten, sondern an ihn, meinen Bruder Wilhelm, der jetzt lebendig und mit einem verwunderten Lächeln neben mir saß.

»An Anaxagoras. Er wurde verhaftet, weil er die Meinung vertrat, daß der Mond aus gewöhnlicher Materie gebildet und daher nicht göttlich sei. Er beging sozusagen Blasphemie.«

»Ja und?« Alexander blinzelte ungläubig. »Ich dachte, du erklärst jetzt, wie wenig du es bereust, das Singen aufgegeben zu haben.«

»Wenn du schon weißt, was ich sagen will, warum fragst du dann noch? Ich habe auch an Kopernikus gedacht, er hat erst in seinem letzten Lebensjahr gewagt, mit seiner bahnbrechenden Theorie, die das bisherige astronomische Wissen in Frage stellte, hervorzutreten. Sein Hauptwerk wurde auch prompt auf den Index der katholischen Kirche gesetzt, und dort steht es noch, wo doch seit mehr als zweihundert Jahren feststeht, daß er recht hatte. Und Galileo Galilei erst! Er hat neunzig Jahre nach Kopernikus seine heliozentrische These widerrufen müssen, er ist verurteilt worden, und das Urteil wurde bis heute nicht aufgehoben.«

Mit diesen Beispielen, die Wilhelm natürlich bestens bekannt waren, wollte ich ihn ein bißchen aufstacheln. Er hatte mich vor Jahren von dem für mich geplanten Kurs abgebracht, und nun war ich auf dem neuen ein bedeutsames Stück allein weitergelaufen. Würde er damit zurechtkommen? Seine Heiterkeit hatte zugenommen, er schüttelte sich innerlich vor Lachen, wie seine Hand bewies, die sacht aufs Knie klopfte.

Alexander strich sich über den Mund. »Und eine Frau hat sich an der Astronomie noch nie die Finger verbrannt? Also wenn du falsch singst, pfeifen sie dich allenfalls aus. Du brätst nicht in der Hölle.«

Patricia beugte sich herab und flüsterte Alexander etwas ins Ohr. Er grinste.

»Patty sagt, sie würde das Höllenfeuer einem inquisitorischen Gespräch, wie es neulich mit Dr. Blagdon und Konsorten stattgefunden hat, vorziehen.«

»Morgen nacht«, mischte sich Wilhelm endlich ein, »zeigst du mir als erstes deinen Kometen.«

Ich begriff. Morgen nacht, wenn wir auf niemanden Rücksicht nehmen mußten.

3

Am späten Nachmittag stand ein Paar im Hof und schaute sich verwundert um. Mir kamen die beiden so vor, als hätten sie sich verlaufen. Die Dame wirkte mit ihrem auf das Kleid abgestimmten blaßrosa, von Seidenfransen gesäumten Sonnenschirmchen und dem exquisit gekräuselten, glänzend nußbraunen Haar wie einem Gemälde Gainsboroughs entstiegen. Der Mann neben ihr kaschierte seine nicht unbeträchtliche Leibesfülle mit einem gutgeschnittenen Rock in Rostrot, bildete also eine farblich gesehen perfekte Ergänzung zu der rosa Dame. Dagegen kniete Wilhelm gerade im Hemd, die Ärmel weit aufgekrempelt, auf einem Balken, etwa fünf Fuß über dem Erdboden, und ich lief in meinem gewohnten Aufzug herum, also unscheinbar grau, was mir aber nur in Gegenwart solcher Besucher so richtig auffiel.

Mit einem beladenen Tablett in den Händen war ich aus

dem Haus getreten. Wilhelm und ich wollten den Tee auf der Umrandung des Fundaments für das Vierzigfüßige einnehmen. Zehn Minuten für uns, während ringsum gebohrt, gehämmert und gesägt wurde, ein Kordon von Lauten und Rufen, in dem wir uns behaglich einzurichten vermochten.

Leider konnte ich nicht einfach so tun, als wären diese Besucher nicht da, denn es war ja klar, daß wir es nicht mit dahergelaufenen Leuten zu tun hatten, den üblichen Gaffern, die sich wie die Schmeißfliegen von den riesigen Teleskopen angezogen fühlten. Außerdem wirkte dieser Mann nicht ganz gesund. Das Rot des Rocks biß sich gewaltig mit dem eines glühenden, aufgequollenen Gesichts, der Mund stand offen und japste zum Erbarmen nach Luft. Ich hatte gar keine Kutsche kommen hören, und normalerweise läuteten Besucher vorn an der Eingangstür. Sie mußten also, wie es das gewöhnliche Volk zuweilen machte, einfach ums Haus herumgegangen sein. Noch dazu schauten sie sich um, als wären sie gerade aus einem Traum erwacht, meinem Gefühl nach keinem ganz angenehmen, zumindest, wenn ich den Gesichtsausdruck der Dame richtig deutete.

»Ach, bitte«, sprach sie mich unversehens an, »würden Sie Dr. Herschel oder Miss Herschel herbitten?«

Amüsiert schaute ich auf das Tablett. Im gleichen höflichen Ton, der nichts von meinen Gedanken preisgab, erteilte ich meine Antwort.

»Miss Herschel haben Sie bereits gefunden.«

Diesmal reagierte der Herr schneller und zog galant, aber unbeholfen den Hut. Ich dachte, gleich fällt er vornüber.

»Entzückt, Sie kennenzulernen, Miss Herschel. John Pitt ist mein Name, meine Frau und ich sind praktisch Ihre Nachbarn.«

»Verzeihen Sie meinen Irrtum, Miss Herschel«, sagte seine Frau leichthin.

Natürlich verzieh ich Mrs. Pitt. Wie konnte sie auch wissen, daß mir ein paar Strähnen ins Gesicht fielen und ich diese fleckige Schürze trug, weil ich gleich wieder ans Polieren gehen würde und sich daher die Mühe nicht lohnte, mich für eine kurze Pause präsentabel herzurichten. Erstaunlich fand ich aber doch, daß in ihrer Stimme keine Verlegenheit aufklang, als sie so ruhig zugab, mich für das Dienstmädchen gehalten zu haben.

Nach diesem peinlichen Irrtum ihrerseits hoffte ich, die beiden ohne viel Aufhebens, aber mit einigem Anstand loswerden zu können. Eine direkte Unhöflichkeit solchen Leuten gegenüber würde mir Wilhelm übelnehmen. Daß sie ihn noch nicht entdeckt hatten, war mein Vorteil.

Inzwischen war ich den Umgang mit allen möglichen Leuten gewohnt, diese aber nicht immer mit mir. Um das zu erklären, muß ich ein bißchen ausholen. Seit ich vor zwei Jahren meinen ersten Kometen entdeckt hatte, hatten wir etliche Teleskope verkauft. Die Liste unserer Aufträge wuchs stetig und ließ erkennen, daß alles von Rang und Namen in Europa unsere Instrumente verlangte.

Der König von Spanien orderte ein Fünfundzwanzigfuß-Teleskop für 3100 Pfund neben einigen siebenfüßigen für etwa 150, die Zarin ein Zehnfuß-Teleskop für 210 Pfund, die Kaiserin von Österreich ein siebenfüßiges, ebenfalls für 210. Neben diesen gekrönten Häuptern und etlichen aus dem Hochadel zählten selbstverständlich beinahe alle bedeutenden Astronomen zu unseren Kunden. Wilhelm hatte es sich zum Prinzip erhoben, ein Instrument nicht eher aus der Hand zu geben, bis es höchsten Ansprüchen, also seinen eigenen, genügte. Mehr konnte niemand verlangen.

Zehn Jahre früher und manche der Namen auf den Bestelllisten hätten mir eine die Knie erweichende Ehrfurcht eingeflößt, und nie hätte ich mir träumen lassen, einigen dieser Herrschaften persönlich zu begegnen. Dabei konnte das gar nicht ausbleiben, denn zu Wilhelms Aufgaben als königlicher Astronom gehörte es ja, jederzeit zur Demonstration astronomischer Ereignisse für Hofkreise zur Verfügung zu stehen, und wie im Falle der Wissenschaftler hatte ich ihn auch hier in seiner Abwesenheit zu vertreten. Es kam also die allererste Gesellschaft zu uns. Außer dem König samt Familie oder Königin Charlotte mit den Damen ihres Gefolges, eine Menge

Prinzen und Herzöge. So klein und unscheinbar, wie ich war, hörte man mir zu, ohne mich selbst sonderlich zu beachten, das enthob mich jeder Notwendigkeit, meine ungewöhnliche Tätigkeit immer aufs neue zu rechtfertigen. Allerdings glaube ich, daß die Hofgesellschaft eher dazu bereit war, jemanden wie mich zu akzeptieren, schließlich waren sie seit den Zeiten der Hofnarren und fahrenden Bänkelsänger an sonderbare Gestalten gewohnt. Nur das hochachtbare Bürgertum der höheren Beamten und Großkaufleute hatte noch seine Schwierigkeiten mit mir.

Wilhelm stieg vom Gerüst herab. Dabei beobachtete ich ihn verstohlen aus den Augenwinkeln, führte in Gedanken seine Hand, damit sie ja nicht fehlgriff, und stellte ihm auch noch die Füße auf die richtigen Streben. Unten angekommen, rollte er sich die Ärmel herunter, bis ihm die zerrissenen Manschetten über die Hände hingen, und schaute dabei prüfend nach oben.

Rasch wandte ich mich an die Besucher.

»Sie möchten sicherlich Ihre Karte abgeben, nicht wahr?«

»Also eigentlich hatten wir gehofft …«, setzte Mr. Pitt an.

Ich lächelte kühl. »Ich verstehe vollkommen. Nur ist Dr. Herschel im Augenblick äußerst beschäftigt und absolut unabkömmlich. Der Hof hat sich angekündigt, und das erfordert immer eine gewisse Vorbereitung. Schließlich kann man seine Majestät schlecht warten lassen.« Ohne das Tablett wäre es mir leichter gefallen, wenigstens ein bißchen hoheitsvolle Autorität zu entfalten, um die beiden zu einem hastigen Rückzug zu bewegen.

Wilhelm spähte nun in unsere Richtung. Wenn er nicht mehr ausschließlich sein Gerüst im Kopf hatte, mußte ihm das Paar auffallen, und dann würde es zu spät sein, um meine Teepause mit ihm zu retten.

Auf einmal strahlte Mr. Pitt auf und ging mit ausgestreckter Hand schwerfüßig meinem Bruder entgegen, er hatte sich von seinem desolaten Aufzug nicht täuschen lassen.

»Dr. Herschel, wenn ich mich nicht irre.«

Die beiden Pitts lebten in Upton, einige Meilen von Slough entfernt, und hatten einen Spaziergang zum Haus des berühmten Astronomen unternommen. In Mr. Pitts Augen schimmerte unverkennbare Bewunderung.

»Ach bitte«, sagte Wilhelm ohne Umschweife, »kommen Sie doch herein und trinken Sie den Tee mit uns, wir wollten uns ohnehin gerade dazu niederlassen, im Salon, wenn ich bitten darf.«

Diese Leute gehörten nicht auf unseren Hof, wo es von Arbeitern wimmelte, die sich mit rauhen Stimmen etwas zuriefen, und das übliche Durcheinander herrschte. Erst nach Einbruch der Dunkelheit nämlich hoben sich die hohen Gerüste im Mond- und Sternenglanz als majestätische Silhouetten vom Nachthimmel ab, so daß es leicht fiel, über die Pferdemist-, Balken- und Ziegelhaufen hinwegzusehen. Dann schwieg das Getöse aus den Werkstätten, weihevolle Stille herrschte und unsere meist illustren Besucher, allesamt Sternenkundige oder wenigstens Enthusiasten, waren leicht in unseren Bann zu ziehen. Jetzt am hellen Nachmittag setzte mir nur der Ärger über die Störung zu. Im Salon wollte ich die beiden auch nicht haben.

Ich mußte schon beinahe drohend Mr. Pitt angestarrt haben, er ließ sich aber nicht beirren.

»Es wäre uns eine große Ehre, mit Freuden nehmen wir die Einladung an, aber nur, wenn wir nicht zu ungelegen kommen. Ihre Schwester hat uns soeben erklärt, wie beschäftigt Sie sind. Dagegen sind wir zwei, meine Gattin und ich, nur Müßiggänger, im Begriff, Ihnen die kostbare Zeit zu stehlen.«

»Ich bin beschäftigt, Mr. Pitt, aber dies ist meine Teepause. Außerdem freue ich mich, Sie als unsere Nachbarn hier bei uns begrüßen zu dürfen. Meine Schwester ist manchmal etwas streng, sie nimmt die Arbeit inzwischen wichtiger als ich.« Wilhelm lächelte die beiden verbindlich an, während er mit einer freundlichen Geste zum Haus wies.

Ich hätte jetzt genausogut umgehend an meine Arbeit zurückkehren können, unsere Pause war eh verdorben. Obendrein würde mich Wilhelm unterschwellig seinen Unmut spüren lassen. Seit ihn Dr. Maskelyne und Dr. Watson auf der Straße angesprochen hatten, hielt er viel von Zufallsbekanntschaften. Winke des Schicksals nannte er sie, obwohl sich die meisten lediglich als unerträgliche Zeiträuber entpuppt hatten. Schon im voraus wußte ich, wie er beim Tee meinen Blick meiden und an mir vorbeisprechen würde. Dabei ging es mir doch nur darum, ihn vor solchen Störungen zu schützen.

Mrs. Pitt hatte uns sehr aufmerksam beobachtet, ohne eine Miene zu verziehen, sie wartete, bis Wilhelm und ihr Gatte voranschritten, dann wandte sie sich an mich.

»Sie müssen uns diesen Überfall verzeihen. Wir haben wohl nicht genügend nachgedacht. Wissen Sie, ich habe einige Jahre hier gelebt, meine Mutter ist Mrs. Baldwin, von der Sie das Haus gemietet haben. Es ist also mein Elternhaus, und da kommt es einem seltsam vor, nicht einfach vorbeizuschauen, um all das, was einem vertraut ist, wiederzusehen. Aber wenn ich mich jetzt so umsehe, fällt mir auf, wieviel sich verändert hat, seit ich hier nicht mehr wohne.« Sie hatte einen vollendet leichten Plauderton angeschlagen.

Trotzdem wurde ich mißtrauisch. Hatte Mrs. Baldwin ihre Tochter geschickt, um nach dem Rechten zu sehen? Mrs. Baldwin hatte Wilhelm aber zugesichert, daß er mit dem Haus machen könne, was er wolle, solange er keine Wände einreiße, und selbst das Fällen der Bäume war mit ihrer Erlaubnis geschehen. Eingedenk unserer Erfahrungen in Old Windsor hatten wir jedes Risiko vermieden. Nun erhob sich die Frage, ob sich Mrs. Baldwin eventuell dieser Absprachen nicht mehr entsann.

Obwohl wir im Innern des Hauses nichts verändert hatten, konnte von einer wohnlichen Atmosphäre keine Rede sein. Dessen wurde ich mir beschämt bewußt, als ich die Pitts in unserem Salon zwischen all dem astronomischen Arbeitsmaterial sah. Direkt neben Mr. Pitts Ellbogen stand eine neue Drehbank, die gerade erst geliefert worden war.

Mrs. Pitt ließ sich überhaupt keine Kritik anmerken, und selbstverständlich kam sie nicht auf die Idee, ein Wort zu äußern, das sich in dieser Richtung interpretieren ließ, dafür war sie zu sehr Dame, und genau das verunsicherte mich so. Mir waren die etwas grobschlächtigeren Hüterinnen des gehobenen bürgerlichen Lebensstils wie Mrs. Colebrook lieber, bei denen wußte ich immer sofort, woran ich war.

Der Tee erfrischte Mr. Pitt, und bereits nach der zweiten Tasse begann er eifrig, Wilhelm mit Fragen zuzusetzen, die ein besonderes Interesse an der Astronomie verrieten. Es blieb meinem Bruder kaum anderes übrig, als das Paar herumzuführen. Ein Grund mehr, die beiden zu verwünschen. Mr. Pitt bat sich aus, durch das zwanzigfüßige Teleskop zu schauen, dabei waren nur Wolken an einem inzwischen verblassenden Abendhimmel zu sehen. Wilhelm hatte schon beim Tee von unseren Forschungen erzählt und fuhr nun damit fort.

Während wir Teleskope bauten, liefen ja gleichzeitig Versuche, ihre Qualität oder die Handhabung zu verbessern. So war es Wilhelm gelungen, das Gewicht der größeren Spiegel zu reduzieren, indem er die Rückseiten halb hohl in einem Waffelmuster goß, nebenbei sparten wir dadurch Materialkosten. Alles in allem sollten in den Jahren zweitausendeinhundert Versuche zusammenkommen, alle sorgfältig in einem Journal verzeichnet.

Mr. Pitt zeigte sich beeindruckt, Mrs. Pitt lächelte mit jener Unergründlichkeit, die bei einer Dame zuverlässig auf Langeweile schließen läßt. Ich konnte es ihr nicht einmal verdenken.

»Wenn Sie bereit sind, ein halbes Stündchen zu warten«, schloß Wilhelm, von seinem Vortrag selbst begeistert, »werden Sie die Venus durch das Objektiv betrachten können.«

Wilhelm hatte Gefallen an Mr. Pitt gefunden, sonst hätte er dieses Angebot nicht gemacht, das ihn eine weitere Stunde von der Arbeit abhalten würde. Dazu kam es aber nicht, weil inzwischen eine Kutsche eingetroffen war, um verabredungsgemäß das Ehepaar abzuholen, denn Mr. Pitt war der Rückweg zu Fuß zu beschwerlich. Mrs. Pitt wollte nicht länger bleiben, überhaupt schien mir, hatte sie diesen Ausflug, der wohl auf einem Wunsch ihres Mannes beruhte, nur seinetwegen unternommen und sehr umsichtig geplant. Bevor sie abfuhren, hatten sie uns zu sich eingeladen.

»Was hältst du von den beiden?« fragte ich. »Ich weiß nicht, ob wir sie wirklich besuchen sollten. Wann denn auch?«

»Ach, Lina, sei nicht immer so abweisend. Es hätte uns etwas Schlimmeres passieren können, als in nächster Nachbarschaft auf ein so nettes, verständiges Ehepaar zu treffen.«

Etwas Reserviertheit oder ein Anflug von Überdruß wären mir lieber gewesen, aber damit war bei Wilhelm nicht zu rechnen. Er hieß immer noch so ziemlich alle, selbst blutigste Laien, wenn sie sich nur ein bißchen für Astronomie erwärmten, bei uns willkommen, es war ihm ein Herzensbedürfnis.

4

»Es tut mir leid«, sagte Mrs. Pitt zu mir, »daß ich von Ihrem Metier so gar nichts verstehe. Ich habe nur gelernt, wie man einen Haushalt führt.«

Wir waren ein bißchen zu zeitig zum Lunch eingetroffen, und Wilhelm hatte sich mit dem Hausherrn sofort in die gut bestückte Bibliothek zurückgezogen. Ein Diener in betreßter Livree machte sich am Eßtisch zu schaffen. Neugierig beobachtete ich ihn dabei, wie er die Kristallgläser in einer Linie ausrichtete und dafür sogar in die Hocke ging und an der Tischkante entlangspähte. Die kostbaren, bemalten Porzellanteller drehte er so lange, bis bei allen das Blumenmotiv genau zum Stuhl wies. Während Mary Pitt auf eine Antwort wartete, sah ich, wie dieser Diener auch noch das Besteck auf exakt die gleiche Höhe brachte, in der gleichen Reihenfolge der einzelnen Teile. Ich war schon froh, wenn bei uns überhaupt jeder einen Teller, Löffel, eine zweizinkige Gabel, ein Messer und ein Glas vor sich stehen hatte.

Die Pitts kamen, seit wir Bekanntschaft mit ihnen geschlossen hatten, zum Glück für unsere Arbeit nur selten zu uns herüber, aber ab und an besuchten wir das Paar in Upton, denn Mr. Pitt litt unter einer Herzschwäche, die ihn mehr oder weniger ans Haus band. Zur Familie gehörte ein kleiner Sohn, ein zartes Kerlchen, das nur ein- oder zweimal seine Aufwartung machte, ebenso wie eine etwa gleichaltrige Nichte, die die Pitts aufgenommen hatten. Es war im Gegensatz zu unserem ein sehr ruhiger Haushalt.

»Wenn ich mich nur hin und wieder darauf beschränken könnte«, sagte ich geziert, »aber man hat ja als Mitarbeiterin eines Gelehrten so viel anderes zu tun.«

Mrs. Pitt hatte zwar große, glänzende Augen, mit denen sie mich auf eine unangenehm stetige Art musterte, aber eine etwas lange, vorne verdickte Nase und einen breiten Mund und konnte daher kaum als Schönheit gelten, das tröstete mich etwas.

»Und es macht Ihnen gar nichts aus, sich so sehr für Ihren Bruder einzusetzen? Es ist sicherlich eine sehr schöne und wertvolle Gemeinschaft, und Ihr Bruder sorgt ja auch für Sie.«

»O nein«, sagte ich gelassen, »so ist es nicht. Ich sorge für mich selbst. Ich habe meine eigenen Mittel.«

An sich war Mary Pitt eine der letzten, der ich diese Neuigkeit mitzuteilen wünschte. Es reizte mich aber, zu sehen, wie sie darauf reagierte.

»Oh, gewiß«, sagte sie höflich, aber mit vollkommen ausdrucksloser Stimme.

Dummerweise traten in diesem Augenblick Mr. Pitt und Wilhelm zu uns herein, und hinter ihnen erschien ein zweiter Diener mit der großen Suppenschüssel, so daß mir keine Gelegenheit blieb, das Thema zu vertiefen, was sich wahrscheinlich ohnehin nicht gehört hätte. Immerhin handelte es sich um die Erfüllung eines langgehegten Traums, man könnte fast sagen eines Lebenstraums.

Es war nicht so, daß ich in der Vergangenheit wirklich einmal Mangel gelitten hätte. Außerdem vertraute mir Wilhelm völlig und überließ mir die Kasse mit seinem Geld, aus der ich alle Ausgaben bestritt. Es genügte, wenn ich in den Rechnungsbüchern »für Car.« vermerkte, um anzuzeigen, daß ich etwas für mich gekauft hatte. Vermutlich lag es gerade an diesem übergroßen Vertrauen, daß ich mich so gehemmt und ängstlich fühlte, für mich Geld auszugeben, außerdem wußte ich doch auch gar nicht, was ich rechtens beanspruchen durfte. Aufs Jahr gerechnet, waren nie mehr als sieben bis acht Pfund für meine eigenen Bedürfnisse zusammengekommen, und jeder Penny davon verursachte mir Magenschmerzen. Angesichts der Rechnungen, die so gut wie ständig bei Londoner Eisenhändlern, Gießern und Optikern offenstanden, hatte ich jahrelang Alpträume von einem Bankrott. Und wenn Geld da war, rann es mir nur so durch die Finger.

Eigentlich widerstrebte es mir seit jenem Besuch in London bei Mrs. Colebrook, von Wilhelms Geld etwas für mich auszugeben. Immer spürte ich ein nicht zu unterdrückendes Unbehagen, allzu oft erinnerte ich mich an die Londoner Vergnügungen, für die Wilhelm nachträglich hatte aufkommen müssen, eine Erinnerung, die mich jetzt noch manchmal beschämte. Die Finanznöte, die wir später überstehen mußten, machten mich ebenfalls nicht ausgabenfreudiger. Und beim Bau des Vierzigfüßigen hatte sich mein Bruder so gründlich verkalkuliert, daß unsere finanzielle Lage trotz der lukrativen Teleskopverkäufe vor einigen Monaten einen neuen traurigen Tiefpunkt erreicht hatte.

Der liebe Sir Banks hatte uns wieder aus der Misere geholfen.

»Wir erhalten wahrscheinlich noch einmal einen Batzen Geld vom König«, teilte mir Wilhelm erleichtert mit, nachdem ein Brief von Banks eingetroffen war. »Banks hat mir eine Sonderaudienz beim König verschafft und das Thema Geld bereits vorher angeschnitten. Wenn alles gutgeht, haben wir bald ein paar Sorgen weniger. Ich weiß, daß dich unsere maroden Finanzen bedrücken. Wir geben das Geld schneller aus, als wir es verdienen.« Er schmunzelte jetzt wahrhaftig. »Aber wenn wir genug bekommen, sollst du auch etwas davon abhaben. Mit dem Geld kannst du dann machen, was du willst, eigentlich schuldet dir der König einen meßbaren Dank für deine Forschungsarbeit.«

Ich gab einer Eingebung nach, die mich hier und da bereits beschäftigt hatte. »Wenn du wirklich etwas für mich erreichen willst, bitte den König doch, daß er mir ebenfalls ein Jahresgehalt aussetzt.«

Es war ein Vorschlag, der Wilhelm nicht besonders gefiel, davon zeugte sein Gesichtsausdruck, den ich schließlich in allen Schattierungen kannte.

»Das klingt so, als hätte ich nicht gut für dich gesorgt, Lina.«

»Doch, das hast du«, beeilte ich mich, das Mißverständnis aufzuklären, »es ist nur so, daß ich mir ein kleines dauerhaftes Einkommen wünsche, das mich unabhängig macht. Du glaubst gar nicht, was mir das bedeuten würde. Versteh mich doch, ständig lebe ich in dem Gefühl, dir auf der Tasche zu liegen, deshalb zähl ich jeden Penny dreimal, bevor ich ihn für mich ausgebe.«

»Und ich dachte immer, ich tue alles in meiner Macht Stehende, um dich zufriedenzustellen.« Er schaute unglücklich und zugleich beleidigt drein, weil er dachte, daß ich an seiner Güte und Fürsorge zweifelte, und das wäre wirklich ungehörig gewesen. Dabei zielte mein Vorschlag nur darauf ab, unser Glück noch etwas perfekter zu gestalten. »Eigenes Geld! Als würdest du dich gegen mich absichern wollen.«

Es war mir nicht leicht gefallen, das Thema Unterhalt überhaupt anzusprechen, und das Gespräch darüber setzte mir immer mehr zu. Ich hatte nicht damit gerechnet, daß ich meinen Wunsch derart stark verteidigen müßte.

»Niemals, Wilhelm. Warum sollte ich das auch nach so vielen Jahren? Nimm mir meine Bitte nicht übel. Ich hatte gedacht, gerade du verstehst mich. Wo wir uns ständig mit Geldproblemen herumschlagen, die mich nachts nicht schlafen lassen, wenn ich überhaupt zum Schlafen komme.«

Er schüttelte den Kopf. »Lina, ich werde immer für dich sorgen und immer für dich dasein. Aber wenn du es wirklich wünschst, wenn es dir so ein Anliegen ist ...«

Dieses Leiden in seiner Stimme, die tiefe Betroffenheit, der Blick.

Es gelang mir nicht, ihm zu verdeutlichen, was mich bewegte, weil ich es mir zunächst selbst klarmachen mußte. Ganz sicher war ich mir nur, daß ich mich aus einer für mich quälenden finanziellen Abhängigkeit befreien wollte. Ich stellte mir vor, daß sich mit einem eigenen Salär zwischen uns eine Art Gleichwertigkeit ergeben sollte, wobei ich mir des Unterschieds zwischen Wilhelms Werk und meinem bescheidenen Beitrag durchaus bewußt blieb. Dafür war ich bereit, diese kleine Verstimmung Wilhelms in Kauf zu nehmen. Wie ich seine Gutmütigkeit einschätzte, würde sie nicht lange vorhalten.

Es wäre nur ein angenehmer Nebeneffekt gewesen, wenn ich mir endlich unbeschwert hier und da eine kleine Ausgabe hätte erlauben können.

Der König sprach ihm weitere 2000 Pfund für das Riesenteleskop zu und 200 Pfund jährlich für dessen Unterhalt, von denen wir die fälligen Instandhaltungsarbeiten würden bezahlen können und einen Diener, der das Riesending bewegte.

Auf einmal schwammen wir im Geld, denn auf einen Schlag konnten wir unsere Schulden bezahlen und hatten noch etwas übrig. Wenn ich den Verdienst aus dem Teleskopverkauf mitberechnete, dann sollte es bis zu einem kleinen Wohlstand und allgemeiner Sorglosigkeit nicht mehr ganz so lange dauern. Was für Aussichten!

Das aufregendste und allerschönste waren allerdings fünfzig Pfund Jahresgehalt für die Assistentin des Dr. Herschel, für seine Schwester Caroline, die Kometenjägerin. Mir war eine Last von der Seele genommen, die Mary Pitt nicht ermessen konnte. Ihr Vater hatte in der City ein Vermögen verdient, das er zum großen Teil der Tochter vermachte, die dieses Geld mit in die Ehe gebracht hatte. Offensichtlich ließ sich davon behaglich leben.

Daß ich mir Mrs. Pitt gegenüber nicht als Habenichts, als schlechtgekleideter Niemand vorkam, lag an meinen fünfzig Pfund.

5

Ein halbes Jahr später traf ich auf einer kleinen Gesellschaft bei den Pitts auf eine Dame, mit der mich seit einiger Zeit bereits eine besondere Freundschaft verband. Ich hatte nicht gewußt, daß sie ebenfalls eingeladen war.

Tatsächlich kennengelernt, wenn man den Anfang unserer

Begegnungen so bezeichnen will, hatten wir uns vor vielen Jahren in Madame Küsters Stickschule. Sie war jenes zehnjährige Mädchen gewesen, das mir so aufmunternd zugelächelt hatte. Wiedergetroffen hatte ich sie als Hofdame, die Königin Charlotte auf einen Besuch bei uns in Slough begleitete.

Mittlerweile war aus ihr eine anziehende, elegant gekleidete Frau geworden. Nach meinem üblichen Vortrag über Himmelserscheinungen war sie mit einem ungewöhnlich warmherzigen Blick auf mich zugetreten. Nein, ich hatte sie nicht sofort erkannt, sondern erst, als sie meine Erinnerung auffrischte. Dabei hätte mir ihr Blick etwas sagen müssen, die Augen eines Menschen ändern sich im Laufe der Jahre am wenigsten. So einen mitfühlenden, herzlichen Blick vergißt man nicht. Mrs. Beckedorffs Freundschaft war das Schönste, was mir meine Bekanntschaft mit dem Hof einbrachte. Sie hatte einen Kammerherrn des Königs geheiratet und war dadurch nach England gekommen.

Sobald uns die Herren nach dem Lunch allein ließen, überredete mich meine Freundin zu einem kleinen Spaziergang in den Garten der Pitts. Sehr viel Mühe brauchte sie dazu nicht aufzuwenden, denn mir war ebenso wie ihr das Luftschnappen lieber als das belanglose Geschwätz unter Frauen, die nur darauf warteten, daß die Herren ihren Portwein in der Bibliothek ausgetrunken hatten.

»Sie wirken heute ernster als sonst. Sie haben nicht einmal gelächelt, als Ihr Bruder so anschaulich erzählte, wie er vor Jahren bei einer seiner ersten Audienzen die Prinzessinnen mit einem künstlichen Saturn unterhalten hat. Ein Schatten an der Gartenmauer. Aber wahrscheinlich haben Sie die Geschichte einmal zu oft gehört.«

Wilhelm könnte ich immer zuhören, die Hauptsache war ja, daß er zu mir sprach.

Ich lächelte etwas gezwungen. »Da mögen Sie recht haben.«

Wir schlenderten eine Weile schweigend durch einen Garten, der im Gegensatz zu unserem auch wie einer aussah: Reihen kugelig geschnittener Bäume, rechts und links gestutzte Buchsbaumhecken um zierliche Blumenbeete, dahinter kurz getrimmte Rasenflächen und in der Mitte ein Rosenrondell mit Springbrunnen. Die Rosen blühten gerade auf, es war ein milder Abend, und der Mond leuchtete beinahe taghell. Keine Nacht für die Astronomie, wenn man nicht den Mond selbst ins Visier nahm. Wir waren aber noch immer mit Nebeln beschäftigt, mit dem zweiten Tausend. Und tagsüber mit dem Vierzigfüßigen und …

»Ich mache mir solche Sorgen«, platzte ich heraus.

»Um was machen Sie sich Sorgen?«

Anteilnehmend legte sie mir die Hand auf den Arm, die zarte Berührung gab mir die nötige Sicherheit, um weiterzusprechen. Auch die Nacht trug zu meiner Offenheit bei, in so einem Schummerglanz von Mond und Sternen spricht es sich entspannter. Wörter und Sätze werden zu leichtgewichtigen Schatten, die über unseren Köpfen schweben, um unbefangen betrachtet zu werden. Eine Nacht der Bekenntnisse.

»Mein Bruder macht mir Sorgen, weil er selbst so sorglos mit sich umgeht. Unter dem Puder können Sie seine Gesichtsröte nicht bemerkt haben. Aber Dr. Watson hat ihn erst letzte Woche zur Ader gelassen und mahnt ihn ständig, sich etwas mehr Ruhe zu gönnen. Ich versuche, sie ihm zu verschaffen, aber das ist nicht einfach.«

»Es fehlt ihm an Einsicht?«

Überrascht blieb ich stehen. »Woher wissen Sie das?«

Sie lachte leise. »Sie dürfen nicht vergessen, mit wem ich verheiratet bin. Der Hof kennt auch keine Ruhepausen.«

»Er behauptet, ich führe mich wie ein Zerberus auf, wenn ich Besucher wegschicke, die sich nicht angemeldet haben, oder wenn ich hier und da mal eine Einladung verschwinden lasse wie die zum heutigen Abend. Wir ertrinken in Einladungen. Aber Ihretwegen bin ich jetzt froh, hier zu sein. Mrs. Pitt hatte sich mit einem zweiten Billett direkt an Wilhelm gewandt, damit hatte ich nicht rechnen können. Danach warf er mir vor, mich zwischen ihn und seine Freunde zu stellen. Als wenn ich jemals so etwas beabsichtigt hätte. Leider weiß ich manchmal nicht mehr, wie ich all die Belastungen eindämmen oder wenigstens steuern soll. Arbeiten müssen wir ja auch noch.«

»Ja, Sie beide sind *die* Herschels, eine nationale Berühmtheit oder besser noch eine europäische.«

Die Herschels, ein unzertrennliches Doppelgestirn, das sich vor dem Aufbruch nach Upton, bei einem letzten Blick auf Hut und Frisur, verstimmt im Spiegel betrachtet hatte. Eine beredte Stummheit sprach aus dem Spiegelbild, eine Summe von Vorwürfen und Mißhelligkeiten, die sich zwischen uns aufgetürmt hatte und die erst wieder zerschmolz, als mir Wilhelm die Hand auf die Schulter legte und seine Wange trotz der Schminke sacht an meiner rieb.

»Sei ein bißchen fröhlich und unbeschwert heute abend«, hatte er gefleht, »ein wenig Amüsement dürfen wir uns schon gönnen.«

Ich hatte wie unter Tränen gelächelt, nur um ihn zufriedenzustellen.

Es wurde wie so oft ein Amüsement mit vierzig Leuten, die den berühmten Astronomen mit Fragen bedrängten, sobald die Musiker ihr kleines Divertimento beendet hatten. Noch beim Lunch mußte all dieses unwichtige Gerede ertragen werden, denn als Berühmtheiten führten wir pausenlos ein Leben in Öffentlichkeit. Dazu gehörte das steife Sitzen, bis einem der Rücken weh tat, sowie das konventionelle Lächeln, das an den Mundwinkeln zerrte. Als einziger Trost blieb mir die sehnsuchtsvolle Hoffnung, nach der Rückkehr eine halbe Stunde im Negligé bei Wilhelm auf der Bettkante zu hocken und endlich entspannt mit ihm plaudern zu können. Richtig schön würde es, wenn er nicht sofort nach seinem *Ferguson* griffe, der aufgeschlagen auf dem Nachttisch bereitliegen würde. Kein Summen anderer Stimmen mehr, kein allseitiges Haschen nach Wilhelms Aufmerksamkeit. Eine Intimität, um die ich tagsüber vergeblich kämpfte.

»Es lastet so vieles auf Ihnen, von dem sich Außenstehende gar keinen Begriff machen können«, fuhr meine Freundin fort.

Die Rosen dufteten, zwischen ihnen wuchs nicht ein Unkräutlein, wie selbst im Mondlicht zu erkennen war. Wir näherten uns dem Springbrunnen, dessen silberner Strahl eine nackte Venus überspülte.

»Und doch ist es immer noch nicht genug, was ich für ihn tue. Schauen Sie sich nur diesen Garten an. Ich habe mich schon oft gefragt, wie Mrs. Pitt die Wüste bei uns erträgt, wenn sie zu Besuch kommt.«

»Ich glaube nicht, daß ihr das Kummer macht, sie kehrt ja jedesmal hierher zurück.«

»Warum macht es mir dann Kummer, sobald sie unser Haus betritt und ihr Blick auf unsere Unordnung fällt?«

»Sind Sie da nicht ein bißchen zu heikel in Ihren Empfindungen? Ich schätze Mary Pitt als eine sehr liebenswürdige Frau, die kein größeres Vergnügen kennt, als es ihrem Mann und sich selbst schön und behaglich zu machen, solange sie dazu noch Gelegenheit hat. Eigentlich lebt sie nicht anders als ich.«

»Warum habe ich aber in Ihrer Gesellschaft nie das Gefühl, irgend etwas falsch zu machen?«

»Wahrscheinlich, weil ich Ihre Art zu leben sehr bewundere und Mary Pitt das nicht tut. Ihr ist nur ihre eigene Art wichtig, während ich es großartig finde, daß Sie den Mut aufbringen, so unkonventionell zu sein, etwas von höherer Mathematik und Astronomie zu verstehen. Für mich sind Sie ein Hoffnungsschimmer, was das Leben von Frauen betrifft. Lassen Sie daher Mary Pitt auf ihre Weise zurechtkommen, und tun Sie nur unbeirrt das gleiche.«

Ja, das würde ich. Ich würde mich auch weiterhin wehren, damit uns die Leute mit ihrem Enthusiasmus nicht zu Tode hetzten. Die überzähligen Freunde, die sich vermehrten wie Fliegengeschmeiß im Sommer. Es ist erstaunlich, wie viele Freunde man hat, wenn man erst berühmt ist.

6

Mr. Pitt, den wir ja eigentlich nur leidend kannten, war gestorben. Einige Wochen waren seit der Beerdigung vergangen, da machte mich Mrs. Beckedorff darauf aufmerksam, daß sich Mrs. Pitt sehr einsam und verlassen fühlte, ein Zustand, in dem ich mich auskannte, der an mein Mitgefühl appellierte und einen Anflug von schlechtem Gewissen hervorrief. Als ich mich zu einem Besuch aufraffte, schloß sich Wilhelm an, nachdem ich ihm von der desolaten Seelenlage der Witwe erzählt hatte.

»Wir sollten uns schämen«, sagte er unterwegs, »daß wir nicht längst daran gedacht haben. Wann sonst sollte sich denn Freundschaft beweisen? Manchmal glaube ich, die Leidenschaft für eine bestimmte Sache fördert eine Art Unmenschlichkeit, einen Mangel an Zartgefühl, gegen den man sich wehren muß.«

»Das Wort Unmenschlichkeit würde mir im Zusammenhang mit dir zu allerletzt einfallen. Außerdem warst du hauptsächlich mit Mr. Pitt befreundet und nicht mit seiner Ehefrau. Du mußt dir also bestimmt keine Vorwürfe machen.«

»Aber sie ist ein sehr liebenswürdiger Mensch, das kann man nicht anders sagen.«

Wilhelm blieb stehen. »Nein, wirklich Lina! Einen Menschen in seiner Trauer allein zu lassen, gehört sich nicht. Ich bin betroffen, ich schäme mich einer Herzlosigkeit, die eine Frau wie sie nicht verdient hat.«

Aus seiner Stimme sprach Wärme, ungekünstelte, ehrliche Anteilnahme. Es war mir ein Rätsel, für wie viele Menschen er derartige Gefühle aufbrachte, denn die Pitts hatten nie zu unseren engeren Freunden gehört.

Trotz der Trauer, die ihr Gesicht deutlich und für alle sichtbar verschattete, freute sie sich ganz offen, uns zu sehen.

»Sie glauben nicht, wie sehr ich es begrüße, Sie bei mir zu haben. Verstehen Sie mich nicht falsch. John fehlt mir über alle Maßen. Aber es ist ein merkwürdiger Zustand, so plötzlich von allem gewöhnlichen Leben getrennt zu sein, als wäre man selbst schon begraben. Mir sind nur wenige Freunde geblieben, denn eine Witwe hat ja keinerlei gesellschaftlichen Wert. Ich hoffe, Sie wissen, was sie tun, wenn Sie freiwillig den Verkehr mit mir aufrechterhalten.«

Auch wenn es gefühllos klingt, zum ersten Mal fühlte ich mich ihr ebenbürtig. Der geflieste Boden in der großen

Eingangshalle glänzte bei unserem Eintreten so sauber wie immer, die lindgrünen Samtportieren an den Fenstern des Salons fielen in tadellos gerafften Falten, das Silberzeug auf dem indischen Mahagonitisch mit den gedrehten Beinen blitzte wie frisch vom Silberschmied geliefert. Die gleiche Gediegenheit wie immer, kein Hauch von Verfall oder nur Unordnung, und doch bedeutete diese Makellosigkeit keinen Stachel mehr für mich.

»Wenn es Ihnen nichts ausmacht, außer Haus zu gehen, würden wir uns freuen, Sie bald bei uns zu sehen, und wir werden uns alle Mühe geben, Sie ein wenig aufzuheitern«, sagte ich freundlich.

Diesmal wollte ich nicht hinter Wilhelm zurückstehen, sein gutes Herz mußte den Maßstab für meins abgeben, auch darin würde ich ihm nacheifern, das Streben nach Höherem, Vollkommenerem, nach einem Leben jenseits von Kleinlichkeit, das er mich zu lehren suchte, paßte hervorragend zu dem allgemeinen Thema, das uns beherrschte: der Harmonie des Himmels.

Etwa ein Jahr später saßen wir eines Abends mit Dr. Watson in unserem Salon beieinander. Ich hatte rasch einige Papiere vom Tisch geräumt, so daß die nur wenig zerkratzte, polierte Oberfläche zur Geltung kam, und das Feuer schüren lassen. Die Flammen spiegelten sich in blankgeputzten Silberleuchtern. Diese moderate Verbesserung unserer häuslichen Verhältnisse hatten wir dem Einfluß Mary Pitts zu verdanken, dem ich mich nicht hatte entziehen können. Ich legte sogar wieder einigen Wert auf meine Kleidung. Hier und da gab ich etwas mehr Geld für mich aus, auch wenn mir knisternde Taftunterröcke und Seidenkleider nie das gleiche bedeuten würden wie Mrs. Pitt. Es ging mir nur darum, bei Vergleichen nicht zu schlecht abzuschneiden.

Dr. Watson lächelte verhalten, er saß Mary Pitt gegenüber, die gerade erst das Trauerschwarz abgelegt hatte. Sie sah recht anmutig aus in einem lavendelfarbenen Kleid, das sie mit schwarzgeränderten Rüschen der kleinen Trauer hatte zieren lassen, als wollte sie dezent auf einen Schmerz verweisen, der noch gegenwärtig war.

»Außer einem guten Gespräch unter Freunden vermag die häusliche Behaglichkeit mehr für den Seelenfrieden eines Mannes auszurichten als tausend Gebete«, sagte Dr. Watson salbungsvoll. Sein Blick streifte angelegentlich Mrs. Pitt. »Wir Männer wissen den Frauen viel zu wenig Dank für eine Wohltat, die sie uns in aller Unaufdringlichkeit erweisen und in der doch, so banal das klingt, das Geheimrezept jeder guten Ehe liegt. Oder wie denken Sie darüber, Mr. Herschel?« Er schmunzelte.

Ich schaute nur deshalb zu Mrs. Pitt hinüber, weil ich fürchtete, daß Dr. Watson dabei war, leidvolle Erinnerungen wachzurufen, für so einen groben Klotz hatte ich den Doktor bisher nicht gehalten.

Und wirklich glänzten Mrs. Pitts Augen ein wenig feucht, als sie sich wie gebannt auf Wilhelm richteten.

»Ja« – jetzt sah er sie ebenfalls an –, »die Vorteile einer guten Ehe liegen auf der Hand. Wir leben in Gesellschaft und gehen weniger einsam durchs Leben. Und es gibt zumindest eine Person, die gut von uns denkt, die sogar unsere Fehler verzeiht und die uns liebt. Die sicherlich fühlt wie wir, und da sie mit uns lebt, am Ende wohl auch so stirbt wie wir.«

Der Abend sollte mir in Erinnerung bleiben: Die beiden Männer, die über die Ehe faselten – Watson war nämlich verheiratet und sah sich deshalb als Experten –, Mary Pitt, die sich nicht oder nur wenig an dem Gespräch beteiligte und versonnen das Feuer betrachtete, die Hände im Schoß gefaltet. Ab und zu begegnete ihr Blick wieder dem Wilhelms. Mir war nicht wohl an diesem Abend. Dabei dachte ich selbstgefällig, daß wir beide, Wilhelm und ich, eine Ehe weiß Gott nicht nötig hätten.

Dennoch ließ mich das Thema auch an den folgenden Tagen nicht los, ich mußte sogar Mrs. Beckedorff von diesem Gespräch erzählen, das, je länger ich darüber nachdachte, mehr und mehr eine geheime Bedeutung annahm.

Mrs. Beckedorff starrte mich mit großen Augen an, nachdem ich ihr die Szene am Kamin anschaulich geschildert hatte.

»Oh!« Sie schlug die Hand vor den Mund.

»Was meinen Sie mit Oh?« fragte ich leicht ungehalten.

»Das wissen Sie nicht? Hat Ihr Bruder keine weitere Andeutung gemacht?«

Es war zum Verzweifeln mit ihr, konnte sie nicht hin und wieder das damenhafte Gehabe ein bißchen vergessen?

»Bitte, was für eine Andeutung? Was geht hier vor?«

Verlegen wandte sie sich ab. »Dann kann ich Ihnen auch nichts weiter dazu sagen, das ist nicht meine Sache. Nur eins: Was Ihr Bruder über die Ehe sagte, ist nur zu wahr.«

7

Er wollte mich im Stich lassen. Ganz im stillen hatte er einen Schritt vorbereitet, der uns auseinanderriß. Unsere Gemeinschaft zu Fall brachte. Allen Ernstes hatte er daran gedacht, mich in die Eiswüste der Einsamkeit zu schicken. Mein Sternenbruder ließ mich allein, nahm seinen Glanz mit, wechselte den Standort – eine Ungeheuerlichkeit unter Fixsternen –, um ein anderes Gestirn zu umkreisen. Er überließ mich der Kälte des leeren Raums, der Dunkelheit.

Wilhelm wollte Mary Pitt heiraten.

In dieser trüben, wolkenreichen Jahreszeit, mitten im November, war er einfach hingegangen und hatte ihr einen Heiratsantrag gemacht. Ohne mich vorher einzuweihen. Ohne meine Meinung einzuholen, mein Einverständnis. Nichts.

Aber glücklicherweise war die Gefahr bereits vorbei.

Mary Pitt hatte abgelehnt. Für so einsichtig hatte ich sie gar nicht gehalten, denn sie gehörte bestimmt zu den Frauen, die geheiratet werden wollten. Mit dieser Ablehnung kamen richtig warme Gefühle für sie auf und spülten den Schock weg, den mir Wilhelm versetzt hatte. Wenigstens beinahe. Ein bißchen wirkte er noch. Meine Hände waren noch eiskalt.

Es war nicht mehr als eine dumme Laune. Manche Männer werden früh schon ein wenig sonderbar, und deshalb mußte ich in Zukunft besser auf Wilhelm aufpassen. Das sollte mir nicht wieder passieren, daß er Gedanken an einen Unterrock verschwendete, der nicht mir gehörte. Ein Mann von fünfzig Jahren, der mich mit Trauerflor im Blick anschaute, als er mir alles beichtete. Gut zehn Minuten für die Schilderung des Antrags, eine geschlagene Stunde für die Absage. Die Zeit hätten wir auch besser nutzen können.

Mary Pitt, rechnete ich kühl aus, war etwa drei Jahre älter als ich, was wollte er also von einer Frau, die ihre besten Jahre hinter sich hatte?

»Was erwartest du von mir?« fragte ich spöttisch. »Daß ich ihre Absage bedaure? Sehen wir die Sache doch mal vernünftig. Glaub mir, Mrs. Pitt ist klug genug, mit ihrem Leben allein zurechtzukommen. Sie hat dies Mädchen, ihre Nichte, ins Haus geholt, ihr Sohn wird heranwachsen und seine Freunde mitbringen, und sie wird keinen Anlaß mehr haben, sich über die Stille zu beklagen. Ich weiß ja nicht, was sie dir über ihr einsames Leben erzählt hat, wenn ich nicht dabei war. Ich finde sie angenehm und recht charmant, aber sei ehrlich, würde das denn genügen? Sei froh, daß aus der Sache nichts wird.«

Aus der Art, wie Wilhelm das Schweigen zwischen uns anwachsen ließ, meinen Blick meidend, die Arme in Abwehr über der Brust gekreuzt, schloß ich, daß ich das Falsche gesagt hatte.

»Auf ihr Geld kannst du auch nicht erpicht sein«, setzte ich noch eins drauf.

Er lächelte nur versonnen, als würde er mich bereits aus ganz speziellen Gedanken und Gefühlen ausschließen.

Ich konnte nur hoffen, daß Mary Pitt bei ihrer Absage blieb. Der Frieden in unserem Haus war aber nachhaltig gestört. Alle meine Versuche, das alte Vertrauensverhältnis wiederherzustellen, schlugen fehl, wir sprachen immer weniger miteinander. Kleine Gereiztheiten wuchsen sich zu Streitereien aus. Im Frühjahr, nach einer heftigen Auseinandersetzung mit mir, verreiste Wilhelm plötzlich. Er habe in London zu tun und müsse auch Mr. Aubert wieder einmal besuchen, hatte er mir erklärt, soweit klappte die Verständigung gerade noch, bevor er, nur mit dem Nötigsten in einer Reisetasche, die Flucht ergriff. Und dann tauchte ebenso überraschend Dr. Watson auf, um mich ein bißchen aufzuheitern, wie er gemütlich erklärte. Ich roch gleich den Braten, Wilhelm hatte ihn als Vermittler geschickt.

Daß er diese Schlange überhaupt gefragt hat, hätte ich gern unverzüglich losgegiftet, die sich mit ihrer Vornehmtuerei und ihrem verständnisvollen, abgeklärten Lächeln bei uns eingenistet hatte, mit ihrer nichtigen Konversation und ihrer Kompetenz, was einen respektablen Haushalt betraf!

So ein Schritt war nicht vorstellbar, nicht zu verstehen, zu verzeihen schon gar nicht. Ein fünfzigjähriger Mann, der ein ausgefülltes Leben führte, auf Freiersfüßen wie ein verliebter Stutzer. Er machte sich ja lächerlich! Das war aber nicht der entscheidende Punkt, keineswegs. Der Pakt zwischen uns sah nicht vor, daß sich einer von uns nach diesen vielen Jahren einfach so davonstahl und obendrein so tat, als wäre es die natürlichste Sache der Welt.

»Ich weiß, warum Sie mir Ihre Aufwartung machen. Und ich dachte, Sie wären auch mein Freund. Also reden Sie, aber nicht um den heißen Brei herum.«

So direkt auf den Zweck seines Besuchs angesprochen, verschlug es ihm nicht die Sprache, wohl aber die Aufgeräumtheit. Er blickte merklich ernster, eigentlich schon unangenehm berührt drein.

»Zunächst einmal ...« Umständlich nestelte er eine Tabakdose hervor und dehnte danach die Zeremonie des Schnupfens aus, anscheinend um sich auf seine Rede zu besinnen. Mir kam natürlich bereits beim Zuschauen die Galle hoch.

»Nun, alle Freunde Ihres Bruders sind der Ansicht, er hätte eine schlechtere Wahl treffen können. Ja, ich gebe offen zu, ich habe sogar Auskünfte über die Witwe Mary Pitt eingeholt und nur Gutes über sie erfahren. Sie genießt einen untadeligen Ruf und lebt in angenehmen Verhältnissen.«

»Hat Wilhelm Sie mit einer solchen Nachforschung beauftragt?«

»Miss Herschel, Ihr Bruder tut nichts Unüberlegtes.«

»Gewiß nicht. Er hat den Fall einer möglichen Eheschließung samt der dazugehörigen Kandidatin also mit allen guten Freunden besprochen, er hat Erkundigungen eingezogen, diskret vermutlich, und das Für und Wider abgewogen. Nein, nichts Übereiltes. Alles wäre demnach in schönster Ordnung, wenn es mich nicht gäbe. Das findet wohl auch Mary Pitt, und alle sind auf ihrer Seite, eine Menge früherer Freunde von mir, denn auf einmal haben sich ihre Türen vor mir verschlossen.«

Das war nichts als die Wahrheit. Weil ich nicht bereit war, still und bescheiden zurückzutreten und klaglos meinen Platz einer anderen zu überlassen, stand ich wieder einmal allein da, wurde mißachtet und geschnitten. Inzwischen hatte ich erfahren, daß ich immer nur ein Notbehelf an der Seite eines bedeutenden Mannes gewesen war.

»Sie sind auch gegen mich«, sagte ich so ruhig wie möglich, aber recht bitter.

Dr. Watson legte rasch seine Hand auf meine, breite Finger, die meine unter sich begruben, keine begütigende Geste, sondern das übliche Ducken, das mir immer wieder zugemutet wurde. Er tat so, als wäre ich ein uneinsichtiges Kind, das zur Räson gebracht werden mußte. Mit Güte, Verständnis und Festigkeit.

»Wie oft habe ich Ihnen in den letzten Jahren gesagt, Ihr Bruder braucht jemanden, der darauf sieht, daß er regelmäßig Entspannung findet, der ihn notfalls zwingt, die Astronomie zu seinem eigenen Wohlergehen hin und wieder ruhen zu lassen. Sehen Sie, ich mache mir die größten Sorgen um seine Gesundheit.«

»Ich etwa nicht?«

»Miss Herschel, eine Ehefrau sieht manche Dinge anders ...«

»Als eine Schwester?«

»Die Ehe ...«

»Sie haben sich bereits ausführlich über die Ehe verbreitet, ich erinnere mich an das Gespräch, es ist nicht nötig, sich zu wiederholen. Ich könnte Ihre Ausführungen aber ergänzen, indem ich Ihnen etwas über all die unglücklichen Ehen erzähle, von denen ich weiß, angefangen von der meiner Schwester.

Niemand, Dr. Watson, kennt Wilhelm so gut wie ich und kann wie ich für ihn sorgen.«

Watson rutschte unbehaglich auf seinem Sessel herum, genau wie Wilhelm, als wir vor ein paar Tagen in diesem Raum unsere Auseinandersetzung hatten. Mary Pitt, hatte ich erfahren, fürchtete die enge Bindung zwischen Wilhelm und mir, sie war der Grund für eine Absage, die Wilhelm nicht akzeptieren wollte.

»Wenn es so ist, daß du zwischen Mary Pitt und mir wählen mußt, dann geh ich zurück nach Hannover. Ich will dir beileibe nicht im Weg stehen«, hatte ich ihn angeschrien.

Wilhelm schüttelte vehement den Kopf und zwang mich, in einem Sessel Platz zu nehmen, um ihn in Ruhe anzuhören.

»Lina, ich werde Mary nicht heiraten, wenn ich auf dich verzichten müßte, das kommt überhaupt nicht in Frage. Auf keinen Fall gebe ich meine Arbeit auf, und du bist nun einmal meine liebste und wichtigste Assistentin.«

»Wilhelm«, fuhr ich gedämpfter fort, »ich will nicht von dir beiseite geschoben werden. Du kennst die Witwe Pitt noch nicht sehr lange, wiegt diese kurze Zeit unsere gemeinsamen Jahre auf? Zumindest scheint das so für unsere Freunde zu sein, sie alle kehren sich gegen mich.«

»Niemand kehrt sich gegen dich. Ich sage es dir noch einmal: Auf dich und meine Arbeit zu verzichten, kommt für mich nicht in Frage, du mußt doch wissen, daß ich dich nie belüge oder dir etwas Übles wünsche.«

»Du hast gesagt, ich kann immer auf dich zählen, du bist für mich da, so wie ich für dich.«

»Aber ich werde immer für dich sorgen.«

»Du redest doch bestimmt nicht vom Geld, ja?«

Um das Reißen in meinem Innern zu übertönen, schrie ich wieder. Es klingt so entsetzlich schrill, wenn so ein fest geknüpftes Gewebe, aus dem dein Leben besteht – nicht das äußere, sondern das innere –, zerrissen wird.

Zerwürfnisse mit Wilhelm hatte ich immer gehaßt. Blicke, die ihn nicht mehr erreichen, die am Spiegel seiner Augen abprallen. Wir wissen, daß die Entfernungen zwischen den Sternen ungeheuer sind, selbst zwischen jenen, die, von hier unten betrachtet, so nah beieinander erscheinen. Du siehst diese zwei geschwisterlichen Lichter, die sich ja eigentlich jede Nacht vertrauensvoll die Hand reichen könnten, und fängst an zu rechnen. Du rechnest und mißt noch einmal nach und rechnest weiter, und dann staunst du, daß du die zwei überhaupt mit einem Blick wahrnehmen kannst.

Wilhelm und ich hielten uns im gleichen Raum auf, und doch trennte uns eine Entfernung wie die zwischen Alpha und Beta Albireo, die nicht einmal der schnellste Vogel in seinem Leben bewältigen könnte. Kein Mensch läuft so weit, auch wenn er älter als Methusalem würde. Es hatte keinen Sinn, daß ich die Hand hilfesuchend nach ihm ausstreckte. Bei dieser Entfernung würde er die ausgestreckte Hand bestimmt nicht sehen können. Für eine Verständigung jeglicher Art war es einfach zu weit. Es war eigentlich nur noch sein Bild, das ich vor mir sah, wie das Licht der Sterne von sehr weit weg zu mir gesandt. Nur mit einem Bild läßt es sich nicht leben.

Ich ertappte mich dabei, ihm noch mehr Behaglichkeit in unserer häuslichen Atmosphäre zu versprechen und auch, einmal am Tag das volle Teezeremoniell durchzuführen, das ihm anscheinend mehr bedeutete, als ich erwartet hatte.

Ratlos und niedergeschlagen sah ich lediglich die unerfreuliche Affäre eines alternden Mannes. Eine Verirrung, der Wilhelm nicht mit einem eindeutigen Bekenntnis zu mir ein Ende setzte, denn es war vor allem von seiner Arbeit die Rede, die ihm soviel bedeutete, und dann von der Rolle, die ich dabei spielte.

Wilhelm hatte mich all die Jahre hinters Licht geführt, mich belogen, mich verführt zu diesem Leben mit ihm. Es gab keine Seelenfreundschaft, keine Harmonie des Himmels, nach der wir gemeinsam streben konnten, nur den fatalen Wunsch eines Mannes nach ein bißchen Behagen.

Watson räusperte sich. »Ich muß Ihnen etwas im Vertrauen sagen, damit Sie die Lage besser begreifen. Es ist damit zu rechnen, daß Ihr Bruder in ein paar Jahren in den Adelsstand erhoben wird. Damit wird er sich neuen Verpflichtungen stellen müssen, ein Sir Herschel tritt anders auf als ein einfacher Mr. Herschel, von ihm wird erwartet, daß er ein angemessenes Haus führt und zu repräsentieren versteht.«

Unversehens brach ich in Tränen aus. Ich verließ den Salon, weil es nichts mehr zu bereden gab, rannte in mein Zimmer hinauf und schloß die Tür ab. Jetzt hatte ich wirklich alles verstanden. Ich war eine schrullige, alte Jungfer, die in häßlichen Kleidern herumlief. Ich hatte nicht genug Zeit mit Coiffeuren und Tailleuren verbracht, in der irrigen Annahme, es käme auf Wichtigeres an. Dabei hatte ich wohl glatt übersehen, daß der Kopf unter keinen Umständen der wichtigste Teil einer Frau ist. Mit einer Observatoriums-Uhle wie mir konnte Wilhelm nicht angemessen repräsentieren. Die Mahnung Mrs. Colebrooks, Wilhelm hätte aus mir eine Vogelscheuche gemacht, hätte ich eben doch ernst nehmen sollen. Ungestraft erhebt sich keine Frau über ihr eigenes Geschlecht, das hatte mir Mr. Watson, der einige Jahre mein Freund gewesen war, bestätigt.

8

Nur zwei Vertraute waren mir geblieben, beide suchte ich in meiner Verzweiflung auf.

»Diese Mrs. Pitt«, sagte die Witwe Colebrook ungezügelt giftig, »scheint mir eine jener berechnenden Personen zu sein, der ein Unschuldslamm wie Sie nicht gewachsen ist. Ich habe Ihnen immer geraten, auf Ihren verehrten Bruder aufzupassen. Er kann sicher nicht dafür, daß ihm die Witwe Avancen macht. Selbst wenn er kein Genie wäre, wäre er immer noch ein liebenswürdiger und entzückend weichherziger Mann, ein wahrer Schatz für jede Frau. Schüren Sie nur das Feuer gegen diese Harpyie, und ich werde von London aus sehen, was ich für Sie zu tun vermag.«

Nach einer Weile, in der sich Mrs. Colebrook zu immer wüsteren Beschimpfungen Mrs. Pitts verstieg, sah ich mich gezwungen, nette Dinge über eine Frau zu sagen, die ich hassen wollte. Mich mit Mrs. Colebrook gemein zu machen, gelang mir immer weniger, so daß ich sie am Ende niedergeschlagener als zuvor verließ, nachdem sie recht böse auf mich geworden war, weil ich ihr nicht rückhaltlos beipflichtete. Der Ärmsten mißfiel die Sache aus ganz anderen, aber leicht zu durchschauenden Gründen jetzt ebenfalls.

Mrs. Beckedorff, die ich gleich danach aufsuchte, immer noch auf der Suche nach handfester, aber sinnvollerer Unterstützung, verhielt sich besonnener.

»Ich verstehe gut«, begann sie behutsam, »daß es Sie schmerzt, von Ihrem Platz an der Seite Ihres Bruders vertrieben zu werden. Aber es gibt Bedürfnisse des Herzens, die eine Schwester nicht erfüllen kann. Sie selbst haben wohl nie geliebt.«

An Liebe hatte ich überhaupt noch nicht gedacht.

Wilhelm hatte mir einmal erklärt, er glaube, das Leben sei ganz von Gefühlen durchwachsen und das Ideal der Philosophen, bis ans Ende ganz ohne Emotionen in einem hölzernen Stoizismus zu verharren, sei unmenschlich. Diese Intensität des Gefühls hatte ich vor allem an mir selbst erlebt, während Wilhelm mir stets sehr temperiert vorgekommen war, aber ich liebte ihn ja auch wegen dieses ausgeglichenen Wesens. Der Taumel des Verliebtseins, den ich durch Thomas Linley kennengelernt hatte, war aber etwas, was ich mir bei einem Mann von fünfzig Jahren, einem Gelehrten, einem von der Wissenschaft Besessenen, nun wirklich nicht vorstellen konnte.

»Und was«, fuhr Mrs. Beckedorff fort, »geben Sie denn wirklich auf? Ihre Arbeit mit Ihrem Bruder wird fortbestehen, Sie werden Ihre Gespräche führen, Ihren Austausch, aber die banale Sorge um seine Hemden und Strümpfe werden Sie getrost jemand anders überlassen. Wenn Sie sich dagegen sperren, werden Sie ihn am Ende nur ganz verlieren.«

Ich verzichtete darauf, ihr die Lösung zu erläutern, auf die Mary Pitt gekommen war. Es würde zwei Wohnungen geben, eine in Upton und eine in Slough, beide mit Dienstboten versehen. In Slough sollte ich ganz für mich in zwei Dachkammern hausen, in einem Teil des Gebäudes, der eigentlich nur als Werkstatt genutzt wurde, und durch ein Sprachrohr sollte mir Wilhelm seine Beobachtungsergebnisse mitteilen, damit ich sie wie gewohnt aufschrieb.

Was das heißen sollte?

Mary Pitt fürchtete mich dermaßen, daß ich nicht mit Wilhelm würde reden dürfen, wenn sie nicht dabei war. Nicht einmal die Sternenkunde würde sie uns in der alten Gemeinsamkeit lassen, nicht einmal die. Und im Haus meines Bruders war ich nicht länger erwünscht. Eine unbedeutende Verwandte, die man Ostern zu Tisch bittet, um den übrigen Gästen zu zeigen, daß man auf Familie Wert legt und überhaupt weiß, was sich gehört. Mein Leben war ein Scherbenhaufen, alles, was ich bisher geleistet hatte, auch jeder Verzicht, umsonst. Jeder weitere Tag eine Hölle.

Ich haßte Mary Pitt, ich haßte Wilhelm, ich haßte mich, wobei der Selbsthaß der war, der am meisten schmerzte. Mein Leben war nichts mehr wert – ich war nichts mehr wert.

Am nächsten Tag sah ich meine Sachen durch und packte zusammen, nun doch entschlossen, nach Hannover zurückzukehren. Mitten zwischen halbgeleerten Schubladen, hastig vollgestopften Schachteln und offenen Koffern ließ ich mich entmutigt auf einen Stuhl fallen. Es klopfte, und ohne daß ich »Herein« gerufen hätte, öffnete sich die Tür.

»Du packst?«

Wilhelm war erst am Vortag von seiner Reise zurückgekehrt, seitdem war ich ihm aus dem Weg gegangen, denn in seiner Gegenwart bekam ich kein Wort mehr heraus.

»Lina!«

Faß mich jetzt nicht an, oder ich fang an zu schreien, faß mich um Gottes willen nicht an, schau mich nicht an, ich ertrag dich nicht. Nur wirres Zeug schoß mir durch den Kopf.

Aus den Augenwinkeln sah ich, wie er die Hand nach mir ausstreckte, da konnte ich wenigstens wieder sprechen.

»Du kannst mich nicht zurückhalten. Ich geh zurück nach Hannover, dort bin ich zu Hause, wie ich doch hoffe, dort schiebt man mich nicht beiseite oder entläßt mich wie eine Dienstmagd, da bin ich immer noch die Tochter.« Jetzt schrie ich sogar, ich sprang auf und stieß ihn mit beiden Fäusten vor die Brust, so daß er rückwärts taumelte. Von diesem Angriff überrascht, erschraken wir beide, beschämt wirbelte ich herum und trat rasch ans Fenster. Um meine Fassung wiederzugewinnen, mußte ich ihm unbedingt den Rücken zukehren.

»Laß mich allein, es ist alles gesagt, es ist nichts mehr hinzuzufügen.«

9

Alexander spielte auf der Orgel etwas von Palestrina und Händel, mein Bruder selbst hatte das Programm zusammengestellt und bescheiden auf eigene Kompositionen verzichtet. Es hatten sich nicht sehr viele Leute in der kleinen Kirche von Upton an diesem Maitag versammelt, notgedrungen hatte ich den für mich reservierten Platz ziemlich weit vorn eingenommen, es war mir aber mit einer halben Drehung des Kopfes möglich, über die Stuhlreihe hinter mir in den Kirchenraum zu schauen. Mein Blick sollte sich im Dunkel unter der Orgelempore verlieren, damit ich die Töne besser auf mich wirken lassen konnte. Vor allem die Bässe riefen ein Echo in meinem Körper hervor und verdichteten sich zu einem Grabgesang.

Es war ja ein Abschied, den ich hier beging, so ein letzter Abschied ohne Wiederkehr, dem nur noch die endlose ewige Reihe der Erinnerungen folgen sollte. Ja, ich erinnerte mich. An Mr. Palmer und seine Angebote und an das des Theaterdirektors von Birmingham, an dem nun wirklich nichts auszusetzen gewesen war, so wenig wie an dem Mann selbst. Die letzte Erinnerung, die ich heraufbeschwor, betraf meine Liebe zu Thomas Linley, sie krönte diese Reihe schmerzlicher und völlig absurder Verzichte, ein kalter Zorn auf das Paar am Altar überkam mich. Meine Augen brannten, meine vom vielen Weinen und den letzten durchwachten Nächten geröteten Augen. Völlig verbohrt hatte ich unbedingt noch bis zu diesem Tag den Katalog über das zweite Tausend von Nebelsternen fertigstellen müssen, denn ich legte den größten Wert auf diesen punktgenauen Abschluß, so korrekt, wie ich noch am selben Tag, diesem Tag, dem 8. Mai, zur Hochzeit meines

Bruders Wilhelm, meinen Posten als Herrin des Hauses aufgab, weil ich alles dazu Nötige pflichtschuldigst erledigt hatte und nun nicht mehr gebraucht wurde.

Nicht weit vom Brautpaar stehend, hörte ich den Trauspruch, dessen Bedeutung die akzentuierte Sprechweise des Pfarrers unterstrich.

»Es ist nicht gut, daß der Mensch allein sei, ich will ihm eine Hilfe schaffen als sein Gegenüber.« Etwas Schlimmeres hätte er nicht sagen können.

Als hätte er meine Bitterkeit gespürt, wandte sich Wilhelm nach mir um, unsere Blicke trafen sich, hingen einen Moment ineinander, er lächelte mir versöhnlich, beinahe beschwörend zu.

Auf Mary Herschels beleidigenden Vorschlag hatte ich mich nicht eingelassen und mir nicht weit von dem Haus, in dem ich bisher gelebt hatte, noch vor der Hochzeit eine Wohnung genommen. Am Tag nach der Hochzeit betrat ich mein ehemaliges Heim in Slough als erste, öffnete zum Lüften die Fenster, schloß danach die Schuppen auf und erwartete unsere Arbeiter. Ich ging in den vertrauten Stuben herum wie ein verirrter Gast, eigentlich war es mir unmöglich, sie noch richtig wahrzunehmen. Im Salon und den Arbeitsräumen war jetzt alles mit einer dünnen, aber undurchdringlichen Schicht Fremdheit überzogen.

Als frischgebackener Ehemann übernachtete mein Bruder meist in Upton und kam gegen neun Uhr oder später herüber. Zum Glück begegnete ich Mrs. Herschel nur selten in Slough. An die Abmachungen hielt ich mich peinlich genau, obwohl ich sie gar nicht akzeptiert hatte, und lehnte anfangs sogar jedes persönlich werdende Gespräch mit Wilhelm ab, denn ich fürchtete mich davor, von meinen bitteren Gefühlen überwältigt zu werden. Nach unserer letzten Auseinandersetzung hatte ich gegen Mitternacht immer noch zwischen halb gepackten Sachen gesessen. Diese Arbeit würde ich nicht beenden, ich wußte es. Nur hier in England, sah ich ein, konnte ich überhaupt noch weiterleben, ganz von Wilhelm getrennt zu sein, würde ich nicht ertragen, ohne ihn, glaubte ich, fehlte mir sogar die Luft zum Atmen.

Als er sich einmal erkundigte: »Wie geht es dir?«, schwappte eine solche Welle von Bitterkeit in mir auf, daß ich regelrecht erschrak, denn ich hielt mich vor plötzlich ausbrechender Schwäche nur mühsam auf den Beinen und fragte mich, wie das bloß möglich sei.

Seinem Blick ausweichend, riß ich mich zusammen und klopfte mit der Feder auf ein Blatt vor mir. »Ich habe eine Aufzeichnung aus dem letzten Jahr über den Vulkan, den du auf dem Mond entdeckt haben willst, gefunden. Wenn ich mich zwischen den Impaktisten und den Vulkanisten entscheiden sollte, stimme ich für die Impaktisten und ihre eigentlich logische Theorie, das Meteoriteneinschläge die Mondkrater verursacht haben. Um ehrlich zu sein, habe ich auch nie an deine alte These geglaubt, daß Mondbewohner diese Krater gegraben haben. Warum hätten sie so etwas Unsinniges tun sollen?«

Die Society hatte Wilhelms Theorie über tätige Mondvulkane als zu spekulativ zurückgewiesen. Über solche Rückschläge ging ich jetzt kühl hinweg, gab mich überhaupt sehr geschäftsmäßig und sah, wie sich seine gutwillige Miene änderte. Seine Bedrücktheit spiegelte nur unvollkommen meine eigene, nur wollte ich mir keine Blöße erlauben.

Leid tat mir Wilhelm nur, weil das Vierzigfüßige, als es endlich fertig montiert war, seine hochgespannten Erwartungen nicht einmal annähernd erfüllte. Schlicht gesagt, es taugte nicht viel, für alle Beobachtungen, die er damit machte, hätte das Zwanzigfüßige ausgereicht. Eines der Probleme bestand darin, daß sich das Riesending selbst an geringfügige Änderungen der Witterung nur schwer anpassen konnte. Durch die weite Öffnung des Tubus drang die Nachtluft ungehindert ein und setzte sich als Niederschlag auf dem Spiegel ab. Es war mühsam, ihn immer wieder freizuwischen, außerdem oxidierte er ziemlich rasch, weil die Metallmischung viel Kupfer enthielt. Alle paar Monate mußte der zentnerschwere Spiegel – er maß fünf Fuß im Durchmesser – ausgebaut und nachpoliert werden. Dazu kam, daß sich die Maschinerie ja nur sehr umständlich bewegen ließ. Das ganze Gerüst stand auf kleinen Rollen, die in einer Rinne im Fundament liefen, all das war perfekt konstruiert, aber die Masse des Ganzen zu gewaltig, um sich leicht mit den Rollen zu drehen. Bis eine andere Position erreicht war, hatten sich die Beobachtungsbedingungen am Himmel oft so verändert, daß nichts Gescheites mehr dabei herauskam.

Die Vergeblichkeit unserer Anstrengungen, der finanzielle Aufwand, der uns am Anfang an den Rand des Ruins getrieben hatte, ließ mich nicht gleichgültig. Als Wilhelm einmal besonders auffällig an dem monströsen Rohr entlangschaute und den Blick wieder senkte, begegneten sich unsere Blicke. Gleichzeitig ließen wir beide entmutigt die Schultern sacken, und ich sagte im tiefsten Einverständnis: »Hätten wir das Desaster nur vorher geahnt.«

»Immerhin haben wir den Kartenmachern etwas geschenkt. Sie tragen das Ding jetzt als Wahrzeichen der Gegend ein.«

Ich nickte. »Das hätten wir ihnen auch billiger machen können.«

10

Meine Robe war aus Seide, kein heller Stoff, denn helle Stoffe mochte ich nun überhaupt nicht mehr tragen, dazu fühlte ich mich noch immer viel zu bedrückt, aber ich hatte den besten Schneider von Upton kommen lassen, das Kleid saß perfekt. Ohne Eitelkeit stellte ich fest, daß ich gut aussah. Mein Aussehen führte ich darauf zurück, daß ich mich ja nicht mehr um alles und jedes kümmern mußte, was Wilhelm betraf, das hatte Mrs. Beckedorff ganz richtig vorausgesehen.

Ich saß in Mary Herschels wunderbar eingerichtetem Salon inmitten einer Schar vornehmer Gäste, ließ mich von Lakaien bedienen und wartete auf meinen Auftritt. Meine Schwägerin hatte sich in den Kopf gesetzt, ihren Salon zu einem Anziehungspunkt der feinen Gesellschaft zu erheben. Sie veranstaltete erlesene musikalische Aufführungen, um ein Gegengewicht zur Astronomie zu schaffen und Wilhelm zu veranlassen, wieder zu Oboe und Violine zu greifen oder sich ans Cembalo zu setzen. Zu ihrem Erstaunen hatte ich mich von meinem Bruder nicht lange bitten lassen, wieder zu singen, denn dabei konnte ich ihm demonstrieren, was ich für ihn aufgegeben hatte.

Mary Herschel sah nicht gut aus, die Schminke vertuschte die Flecken auf der Haut nur unvollkommen, sie hatte jetzt mehr rote Äderchen und Falten als ich und hielt sich nicht sonderlich gerade, sondern ein bißchen schmerzverkrümmt – offensichtlich hatte sie sich noch nicht von der Geburt erholt. Ja, tatsächlich, im dritten Jahr ihrer Ehe mit Wilhelm hatte sie einen Sohn geboren, vor vier Monaten erst war der kleine John zur Welt gekommen.

Auch dieses Ereignis hatte unsere Arbeit nicht lange stokken lassen. Trotz seiner befriedigenden neuen Häuslichkeit hielt es Wilhelm ohne die Astronomie nicht aus, und außerdem hatte er sich im Ehevertrag ausdrücklich ausbedungen, in seinen astronomischen Forschungen keinerlei Einschränkung dulden zu müssen.

In den vergangenen Jahren hatte ich meine eigenen Forschungen vorangetrieben. Daher hatte mir vor zwei Jahren Messiers in einem freundlichen Brief zur Entdeckung meines zweiten Kometen gratulieren können. Außer mit ihm schrieb ich mich regelmäßig mit Laplace, dem berühmten Mathematiker und Astronomen, und überhaupt mit vielen meines Fachs. Sie alle nahmen inzwischen ebenso gebührend Anteil an meiner Arbeit wie ich an ihrer.

An diesem Konzertabend präsentierte einer der Anwesenden einen Überraschungsgast. Sein Name, überdeutlich in die Versammlung posaunt, ließ alles Gerede verstummen. Vor uns stand Joseph Haydn persönlich, ein Mann in fortgeschrittenem Alter, dem an seiner Haltung, den hängenden Schultern und dem etwas verschwommenen Blick anzumerken war, daß er ein nicht sehr lange zurückliegendes seelisches Leiden noch nicht völlig überwunden hatte. Unter der Perücke schaute uns ein beinahe grobes Gesicht mit tiefverschatteten, dunklen

Augen entgegen. Der Maestro winkte ab, er wünschte keine besondere Aufmerksamkeit. In der vorigen Saison hatte er wahre Begeisterungsstürme auf allen wichtigen Bühnen Londons entfacht. Das gebildete Publikum war nur zu froh, ihn in England zu haben, und beeilte sich, ihn den Kummer über den Tod seines geliebten Dienstherrn, des Fürsten Esterházy, vergessen zu lassen. Aber zu deutlich hing ihm eine Melancholie an, die meine eigene spiegelte.

An meinen Gefühlen hatte sich nicht sehr viel geändert. Genauer gesagt am Ausbleiben aller Empfindungen wie Freude, Begeisterung, Entzücken. Alle Farben des Lebens waren zu einem grauen Brei geronnen. Es war seltsam, so ohne Farbeindrücke zu leben, nur in verschwimmenden Schatten. Spinnenfäden dunkler Gedanken wuchsen in meinem Kopf, sobald ich nicht einer konkreten Aufgabe nachging, und drohten, mir Arme und Beine zu fesseln, so daß ich manchmal wie eine uralte Frau einen Fuß vor den anderen setzte. Eine Art Seelenrheumatismus hatte mich befallen, schlimmer als jeder körperliche, weil es dafür keine Linderung gab.

Nur wenn ich wie auch dieses Mal beim Singen aus dem Fenster starrte und allen Gesichtern auswich, gelang es mir, mich Ton für Ton aus dem gegenwärtigen Leben fortzustehlen, rückwärts zu laufen, zu rennen, zu springen, bis ich irgendwo ankam: auf dem Marktplatz von Bath, am Ufer des Avon, in einem Londoner Ballsaal. Und ich fragte mich, ob mir wohl Thomas Linley begegnen würde. An was sollte ich sonst schon denken?

Doch wohl nicht daran, daß ich ja mittlerweile zwanzig Jahre in England lebte und in dieser Zeit nicht einmal meine Mutter und meinen Geburtsort wiedergesehen hatte. Auf einmal fühlte ich mich wieder so fremd in England wie Joseph Haydn.

Weil er nicht applaudierte, wagte es auch sonst keiner, er blieb in Gedanken oder ein Nachklingen der Musik versunken in seinem Sessel sitzen, die Hände um den Silberknauf seines Spazierstocks gefaltet. Unruhe machte sich um ihn breit, mit einer derartigen Unhöflichkeit hatte niemand gerechnet.

Plötzlich schrak er auf und augenblicklich verstummte das Gewisper ringsum.

Ich stand noch neben dem Cembalo, Wilhelm war aufgestanden und hatte seine Hand neben meine gelegt, die sich mit den Fingerspitzen auf dem Cembalokasten abstützte.

»Miss Herschel«, schnarrte Joseph Haydn, er sprach meinen Namen englisch aus, »Sie haben mir gerade eine große Freude mit ihrer wunderbar reifen Stimme gemacht, in der eine Menge mitschwingt. Sie haben Erinnerungen geweckt, die ich dem Klang Ihrer Stimme verdanke.«

Er verstummte wieder. Das war dann wohl das Lob des großen Maestros, eine höfliche Bestätigung, daß meine Stimme nun eine Nuance tiefer lag als vor zwanzig Jahren. Ein paar Gäste versuchten einen dünnen, zaghaften Applaus, allmählich artete die Veranstaltung in eine Peinlichkeit aus.

»Würden Sie mir«, mischte sich Haydn auf einmal ein, »die Ehre erweisen, in der kommenden Saison für mich in London zu singen? Ich habe mir gerade durch den Kopf gehen lassen, welche Partien sich für Ihre Stimme am besten eignen, einige Arien, in denen sie angemessen strahlen wird, fallen mir natürlich sofort ein. Aber zu allererst möchte ich wissen, ob ich mit Ihnen rechnen kann.«

War das Angebot ernstgemeint?

»Na, bravo, und jetzt *encore, encore*«, schrie der Herzog von Bath erleichtert.

Auf einmal klatschten alle, als könnten sie nicht mehr an sich halten, und stimmten in das *Encore*-Rufen ein.

Wilhelm hatte sich halb erhoben und war dann auf den Schemel zurückgesunken.

»Du willst doch nicht wirklich?« fragte er leise.

»Du mußt wieder spielen«, forderte ich ihn auf und machte mich zu einer Wiederholung meiner Arie bereit, seine Frage ignorierend. Ich wollte ihn nervös sehen.

Am Morgen hatte ich mit Wilhelm an der Wiege des kleinen John gestanden.

»Ich rechne damit«, hatte mein Bruder feierlich erklärt, »daß du mir hilfst, ihm alles beizubringen, was uns wichtig ist.

Wir wollen doch mal sehen, ob er nicht mit sechs Jahren mit einem Quadranten umzugehen vermag.«

»Vorher sollte er ein bißchen Mathematik lernen, und dafür bist du zuständig. Aber lehr ihn das Einmaleins gründlich und schludere dabei nicht so wie bei mir.«

Mittlerweile war ich darin geübt, meinem Bruder gegenüber jenen leicht frivolen, unverbindlichen Salonton anzuschlagen, wie ihn jede Dame beherrschte. Dabei betrachtete ich den Knirps, der schon mit vier Monaten seinem Vater ähnlich sah. Ich hoffte aber, daß sich sein Näschen nicht zu einem Zinken auswuchs.

Nach dem zweiten Applaus wandte ich mich an Haydn.

»Ich danke Ihnen für das Angebot. Für einen Meister wie Sie zu singen, ist eine Ehre und eine Freude für jede Sängerin. Wir müssen uns in Ruhe darüber unterhalten. Wie wäre es, wenn wir ein wenig im Garten promenierten?«

Etwas mühsam kam Herr Haydn von seinem Sessel hoch und nahm meinen Arm. An Wilhelm vorbei verließen wir das Haus, absichtlich vermied ich es, seinem Blick zu begegnen, er sollte uns folgen, während wir den geraden Weg auf die Venus zu nahmen.

»Ich darf Sie doch in Slough besuchen«, fragte Haydn, »und durch Ihre Teleskope schauen? Ich war in der königlichen Sternwarte in Richmond und habe dort gehört, wo die wahren Experten für die Sterne zu finden sind.«

Haydn besuchte uns einige Male in Slough und fühlte sich sehr wohl bei uns. Am liebsten brachte er seine Zeit in den Schuppen zu und stöberte zwischen rostigen Eisenteilen, Kokosnußschalen, alten Lappen, Sägen und Bohrern und anderem Werkzeug herum. Der Geruch nach Ölen, Pasten, Holz und Pferdemist stieß ihn dabei keineswegs ab. Das alles habe, erklärte er, so etwas beruhigend Reales und gleichzeitig, wenn man daran dachte, wozu es diente, Phantastisches an sich. Auf dem Fundament des Vierzigfüßigen sitzend, teilten wir mittags mit ihm unsere Schmalzbrote und Wilhelm erzählte ihm von den Marsmenschen und den Sonnenbewohnern.

»Ich werde wenigstens eine Oper darüber schreiben mit ein paar Arien allein für Sie, Miss Herschel«, versprach er mir.

Tatsächlich hat er später ein hinreißendes Oratorium komponiert, dem er den Titel *Die Schöpfung* gab, und eine lustige Oper: *Il Mondo della Luna*. Da stellte längst alle Welt die abenteuerlichsten Spekulationen über die Sterne an, es war geradezu Mode geworden. Besonders spaßig hat Haydn die Trabanten des Uranus gefunden, die Wilhelm ihm durch das Objektiv des Zwanzigfüßigen zeigte.

»Arme Bürschchen, die dort auf den kleinen Monden leben müssen. Kann ihnen bei dem Herumgesause nicht schwindlig werden?«

»Wahrscheinlich«, antwortete Wilhelm, die Frage ernst nehmend, »merken sie die Drehung nicht mal.«

Ich habe Maestro Haydn nie eine klare Antwort erteilt, obwohl ich ernsthaft über sein Angebot nachdachte und es auch einmal kurz mit Wilhelm erörterte, nur um zu sehen, wie er sich wand, als er mir widerwillig zuriet.

11

Als John zehn Jahre alt war, nahm ihn sein Vater mit nach Paris. Wilhelms Ruf als Astronom hatte sogar Napoleon erreicht, der ihn zu einer Audienz bat. Damals war Napoleon noch kein Kaiser, trat aber schon wie einer auf. Wilhelm hielt sein Interesse an der Sternenkunde für oberflächlich, obwohl ihm der erste Konsul einige Fragen stellte, die zumindest ein Grundwissen verrieten. Napoleon betrachtete die Asteroiden, die zwischen Mars und Jupiter auf einer eigenen Bahn um die Sonne kreisen, als Trümmer eines explodierten Planeten, als Reste eines gigantischen, kosmischen Unfalls, der den Plan der Schöpfung unvollkommen erscheinen und an der Allmacht Gottes zweifeln ließ. Ohne Frage barg seine Theorie einen interessanten Ansatz. Aber statt sich auf eine längere Diskussion mit einem Experten einzulassen, verließ Napoleon beinahe mitten im Satz den Saal, ein unhöflicher Patron, über den sich Wilhelm sehr ärgerte.

»Weißt du«, erklärte er, als er mir die Begegnung mit Napoleon schilderte, »sein Christentum ist nichts als blanke Heuchelei, wo er doch Gott für einen Pfuscher hält.«

Während Wilhelms Abwesenheiten hütete ich das Haus in Slough und empfing die Besucher. In diesen Jahren bereiste kein Gelehrter oder gebildeter Mann England, ohne bei uns vorzusprechen. Das weithin sichtbare Gerüst des Riesenteleskops zog die Menschen immer noch magisch an, wie es ja auch schon, als es nicht einmal fertig war, die Pitts hergeführt hatte.

Im Jahr nach dem Parisbesuch, 1803, erreichte uns die erste Todesnachricht aus Hannover: Meine Schwester Sophia war im März gestorben. Nicht lange danach starb auch unsere Mutter, und einige Monate später wurde Jakob auf einem Feld vor der Stadt erwürgt aufgefunden, ein unaufgeklärter Mord, der uns völlig rätselhaft blieb. Jakob hatte uns kurz nach der Jahrhundertwende für einige Wochen besucht, ein alter Herr, der wenig Ähnlichkeit mit dem unangenehmen, überheblichen Burschen von früher aufwies und mit dem ich daher ziemlich gleichmütig umgehen konnte, wir hatten uns nicht viel zu sagen. Sein Bild stand mir noch einigermaßen lebhaft vor Augen, während mir von Sophia und Mutter nur verschwommene Eindrücke geblieben waren. Trotzdem traf mich die Nachricht ihres Todes hart. Denn in meinen schwärzesten Stunden hatte ich mich in Gedanken zu ihnen geflüchtet, wohl wissend, daß auch sie sich längst verändert hatten, aber meine Sehnsucht hatte sie festgehalten und zurechtgerückt. Irgendwo mußte ich mich ja zu Hause fühlen, es mußte auch für mich einen Ort geben, wo Schwere und innere Kälte von mir abfielen.

Wenn ich zurückschaue, ist es ein bestimmter Tag im Oktober 1807 gewesen, an dem das fragile Gleichgewicht meines derzeitigen Lebens ins Trudeln geriet. Ein Tag, der einen klaren Abend versprach, obwohl sich der Himmel gegen Mittag für zwei Stunden bezogen hatte. Wir waren ganz froh darüber. Am Morgen hatten wir den Spiegel des Riesenteleskops ausgebaut; was wir jetzt nicht brauchen konnten, war Wärme, die uns beim Polieren zusätzlich schwitzen ließ. Hinter Wilhelm lagen anstrengende Wochen. Der schöne, warme Herbst hatte die Besucher in Scharen hergetrieben. Wer nur das allergeringste Interesse am Bau des Himmels erkennen ließ, durfte noch immer darauf vertrauen, daß ihm Wilhelm seine Zeit schenkte. Die Großartigkeit und Vollkommenheit von Gottes Schöpfung zu begreifen, stehe jedem zu, sagte er entschuldigend, wenn ich ihn wie früher mahnte, seine Zeit nicht mit jedem zu verplempern. Schließlich verfügten wir über einen Diener, der für die Leute ein paar Erklärungen zum vierzigfüßigen Teleskop auswendig gelernt hatte.

Am Tag vorher hatte in der Zeitung gestanden, ein Komet sei am Himmel aufgetaucht, der mit bloßem Auge zu sehen sei. Es war kein neu entdeckter, sondern einer, der der Wissenschaft schon längere Zeit bekannt war. An diesem Abend, es war bereits nach sechs Uhr, als wir gerade die Arbeiter entlassen hatten und die Schuppen schlossen, hörten wir plötzlich das Geratter einer Kutsche, Peitschenknallen und dann erschollen lebhafte Kommandos. Dem Lärm nach näherte sich eine Karosse mit wenigstens vier Pferden, sie brachte also keine gewöhnlichen Besucher, die sich schnell abspeisen ließen. Ein Wagenschlag wurde geöffnet, das Zuschlagen der Tür ging in neuem Pferdegetrappel unter. Als sich die ersten Besucher im Garten einfanden, fuhren weitere Kutschen vor. Fünfzig bis sechzig Schaulustige in Hofkleidung, die miteinander plauderten und sich gegenseitig auf diese und jene Merkwürdigkeit im Garten des Astronomen aufmerksam machten, umringten uns schließlich. Viele Bekannte in einer Gesellschaft aus dem königlichen Schloß, die es sich in den Kopf gesetzt hatte, sich den Kometen durch eines der besten verfügbaren Teleskope zeigen zu lassen, also durch unseres.

Dieser Komet war zweifellos einer von der spektakulären Sorte, weil sein Schweif aussah wie lang über den Himmel wehendes Engelshaar. Ein phantastisches Gebilde, über drei bis vier Bogenminuten silbrig glitzernd. Wilhelm und ich hätten den Abend gern für uns gehabt. Die Kometen waren unsere besonderen Leckerbissen, die wir lieber allein zu zweit genossen, ein Tête-à-tête, bei dem wir uns romantisch über Poldistanzen und Parallelkreise unterhielten und unsere Hoffnung, der Komet möge nah genug an uns vorbeiziehen, um ein paar Einzelheiten ins Visier zu bekommen. Als wahre Astronomen hegten wir keinerlei Bedenken, der Stern könne der alten Erde schaden. Wir gingen davon aus, daß uns die Besucher aus dem All als Abgesandte des Himmels freundlich gesonnen waren.

Die Gesellschaft, zu der mehrere Herzöge und Fürsten gehörten, sowie viele Offiziere, ein General und einige Damen, blieb bis nach Mitternacht. Ich hatte nicht weniger Fragen zu beantworten als mein Bruder und sah ihn nur von Zeit zu Zeit in der Menge auftauchen, in einen dünnen Rock gekleidet, noch erhitzt vom Polieren.

Zweifellos hätte ich besser auf ihn achten müssen. Eventuell hätte Fürst Gallitzin, der mich am hartnäckigsten mit seiner Wißbegier bedrängte, ja Verständnis gezeigt, wenn ich ins Haus geeilt wäre, um Wilhelm einen wärmeren Rock zu holen. Auf einen lauen Tag folgte nämlich eine kalte Nacht, die die Sterne über uns funkeln und glitzern ließ, während Wilhelm in dem dünnen Tuch schauderte. Endlich fuhr die Gesellschaft wieder ab. Wilhelm stützte sich schwer auf meine Schulter und hob müde zu einer Abschiedsgeste den Arm.

Plötzlich fiel mir eine Bemerkung Mrs. Colebrooks ein, die weder in einem Zusammenhang mit diesem Abend noch mit der Kutschlaterne stand, die bedächtig am letzten Wagen schaukelte und einen trüben, roten Lichtschein auf die Pflasterung und das Herbstlaub der Bäume am Straßenrand warf. Der Herbst versetzte uns Astronomen im Gegensatz zur übrigen Menschheit doch gewöhnlich in Aufbruchstimmung, wir freuten uns auf lange Nächte der Sternbeobachtung am grandiosen Winterhimmel. Ich hatte Mrs. Colebrook besucht, und nicht zum ersten Mal registrierte ich, wie sehr sie in den letzten Jahren in die Breite gegangen war, nachdem sie den Wunsch aufgegeben hatte, dem Witwenstand zu entrinnen. An diesem Tag trug sie ein aufwendig gerafftes Kleid, in dem sie besonders tonnenförmig wirkte. Mit mir dagegen war die Zeit genau umgekehrt verfahren.

»Schauen Sie nur, ich werde immer magerer«, beklagte ich mich, »meine Arme sehen ja aus wie die Hanfstricke an unserem größten Teleskop.«

Mrs. Colebrook wandte sich von der Kredenz ab, auf der neben der Teekanne eine Schale mit Buttergebäck stand, und griff sich ungeniert mit beiden Händen unter ihren ausladenden Busen.

»Wenn Sie mich so anschauen, seien Sie bloß froh drum. Bei Ihnen bleibt nur noch wenig übrig, was im Grab verrotten kann.«

Ich lachte, nicht im mindesten pikiert.

Der Druck auf meiner Schulter vermittelte mir eine Vorstellung, was die beinahe siebzig Jahre bedeuteten, die hinter Wilhelm lagen und deren Spuren nicht länger zu übersehen waren. Schlimme Erkältungen hatten ihn all die Jahre begleitet. Während er neben mir zu husten begann, ahnte ich, daß ihn bereits die nächste heimsuchte und diese einen vollkommen erschöpften Körper treffen würde.

12

Wilhelm kämpfte gegen die Krankheit, indem er zunächst mit ihr wie mit allen anderen verfuhr: Er zog dickere Strümpfe an, wickelte sich einen Schal um den Hals, löffelte tapfer Schleimsuppen und fuhr mit seiner Arbeit fort.

Als er das Bett hüten mußte, kam ich täglich, um mit ihm die anstehenden Arbeiten zu besprechen, wie seinen Beitrag für die *Philosophical Transactions* über einen Kometen, den er beobachtet hatte, um seine Größenklasse und die Art seines Lichts zu bestimmen. Am Krankenbett sitzend, dachte ich daran, was passieren würde, wenn er jetzt auch noch stürbe. Tatsächlich war es mir unmöglich, diesen Gedanken weiterzuverfolgen.

Ende Februar sprach der Arzt von einer lebensbedrohlichen

Krise und untersagte alle Besuche. Die drei Wochen, die ich in Upton ausgesperrt blieb, nutzte ich, um wieder einmal umzuziehen. Es war der sechste oder siebte Umzug seit Wilhelms Heirat. Denn viel länger als zwei Jahre hielt ich es in den verschiedensten Unterkünften nicht aus, obwohl sie mir mehr oder weniger nur als Schlafstätten oder Schreibstuben dienten, auf deren Wohnlichkeit ich keinerlei Wert legte. Wozu auch?

Drei Wochen verrichtete ich meine Arbeit nur sehr mechanisch, ich war nicht mit ganzem Herzen dabei.

Am 22. März schickte mir Mrs. Herschel eine eilige Nachricht, daß ich unbedingt kommen sollte. Ich rannte die paar Meilen bis Upton, von bösen Vorahnungen getrieben.

Erstaunlicherweise fand ich Wilhelm in der Bibliothek. In seinen Schlafrock gekleidet, kam er mir einige Schritte entgegen, er mußte meine Stimme in der Halle gehört haben und konnte unser Wiedersehen so wenig erwarten wie ich. Er blieb am Kamin stehen, als er mich eintreten sah, und hielt sich am Sims fest.

»Laß den Arzt reden, was er will, Lina, es geht bald mit unserer Arbeit weiter. Was macht der große Spiegel?«

Möglichst unauffällig musterte ich sein ausgemergeltes Gesicht unter der Nachtmütze, das mehr als zuvor von der großen Nase beherrscht wurde. »Wenn du den Kamin als Stütze brauchst, solltest du dich setzen oder wieder hinlegen.«

Mit Wilhelm zimperlich umzugehen, wäre ein Fehler gewesen. Es hätte ihm den Mut genommen, gegen die Krankheit anzukämpfen.

Als wir über den Spiegel redeten, der schon wieder blind zu werden drohte, munterte der Ärger Wilhelm sichtlich auf. Aber nach einer halben Stunde sackte er im Sessel zusammen und preßte die Hand aufs Herz. Noch bevor das Gespräch zu verebben drohte, klingelte ich nach dem Diener, der ihm ins Bett helfen sollte.

»Du entschuldigst mich jetzt? Ich erwarte noch eine kleine Gesellschaft aus dem Schloß, die sich für heute angekündigt hat.«

Mir listig zublinzelnd, schaute er auf. »Komm nur sobald wieder, wie sie dich lassen. Wenn ich gar nichts mehr tun und mich nicht mehr beschäftigen darf, sterbe ich.«

Ich hatte mit versteckten Vorwürfen Mary Herschels gerechnet, als ich mir in der Halle meine Handschuhe überstreifte.

»Aber Sie wollen nicht schon wieder gehen?« protestierte sie.

»Ich habe so viel zu erledigen und bin nur schnell wegen Ihrer Nachricht hergeeilt.«

»Dabei habe ich Ihnen noch nicht einmal gedankt.«

»Wofür?«

Überrascht schaute sie mich an. »Das wissen Sie nicht? Was sonst, als ein Gespräch mit Ihnen, richtet ihn auf und flößt ihm Zuversicht ein? Wenn nicht die Ärzte gewesen wären, ich hätte Sie längst um diesen Besuch gebeten.«

»Das Gespräch hat ihn aber angestrengt.«

Sie lächelte. »Seit zwei Tagen versucht er aufzustehen, und ich habe ihm diese Unterredung versprochen, wenn er es bis in die Bibliothek schafft.«

13

1812 erwarb John sein Universitätsdiplom. Er hatte die Schule mit Erfolg und Eifer durchlaufen, und auch sein Studium mit Bravour geschafft. Mary Herschel hatte aus ihm einen Theologen machen wollen, aber es zog ihn zur Jurisprudenz, und insgeheim hofften Wilhelm und ich, daß er sich irgendwann auf unsere Seite schlagen und fortführen würde, was wir angefangen hatten. Klug genug war er allemal, und er hatte eine Menge bei uns gelernt.

Drei Jahre später verließ Alexander England für immer.

Mittlerweile war seine Frau Patricia gestorben, und er selbst wirkte mit seinen siebzig Jahren greisenhafter als Wilhelm. Es war sein Wunsch gewesen, nach Hannover zu gehen, und um ihm dort ein sorgenfreies Leben zu ermöglichen, setzte ihm Wilhelm eine Rente aus. Ein gerechter Lohn für seine jahrelange

Mitarbeit. Daß ich meinen anderen Bruder hier in England verlieren sollte, wollte mir zunächst nicht einleuchten. Daß er gebeugt ging und die Schultern schiefzog, schien mir kein ausreichendes Zeichen von Schwäche. Eine Geige ist ja nun wirklich kein so schweres Instrument, um nicht auch von jemand mit den Kräften eines Kindes gespielt zu werden. Aber Alexander hatte seinen Schwung verloren, den er brauchte, um sich im Musikbetrieb zu behaupten, und er sehnte sich nach Hause, und das hieß noch immer, nach Hannover. Innerlich weilte er schon nicht mehr ganz bei uns.

Am letzten Tag gingen wir zusammen in den Garten und schauten den Arbeitern zu, die das Riesenteleskop oder das, was davon übrig war, auseinandernahmen. Ein Jahr vorher war das Gerüst zusammengebrochen und hätte um ein Haar meine beiden Brüder erschlagen. Zunächst hatten wir die Trümmer stehenlassen und nur den Spiegel gerettet.

Zwischen den morschen Balken spannten sich Silberfäden im Wind des Altweibersommers. Ein Arbeiter hob den Hammer und klopfte die Dübel heraus. Holzmehl rieselte. Der obere Balken fiel herab und riß die Fäden mit sich. Überall Verfall.

Alexander und ich sollten uns lebend nicht wiedersehen. Ein Abschied für immer, dessen Schwere uns bewußt war. Wir weinten und klammerten uns aneinander, bis der Postillion, verärgert über das Zögern, sein Horn blies. Der Wagenschlag fiel zu. Ein Winken. Eine leere Straße, auf der Staub wirbelte.

14

Wilhelm erlebte noch, daß sich sein Sohn der Astronomie zuwandte und erster Sekretär der neugegründeten Royal Astronomic Society wurde, der er als Präsident vorstand. Er selbst wurde endlich in den Ritterstand erhoben und erhielt beinahe jedes Jahr eine andere Würde, eine Medaille oder eine Ehrenurkunde.

Auch ich habe eine Menge Ehrungen erfahren, allerdings erst viel später.

Vor mir liegt ein Zettel, den ich betrachte, wenn ich mich erinnern will. Auf diesem Zettel hat mir Wilhelm am 4. Juli 1819 mitgeteilt, ein großer Komet stehe am Himmel. Er bat mich, ihm zu Hilfe zu kommen, um dieses seltene astronomische Ereignis zu studieren.

Sechs sachlich nüchterne Zeilen, die nicht ein überflüssiges Wort enthielten. Mit den Jahren ist das Papier dünner geworden und die Schrift verwischt, weil ich so oft darüber gestrichen habe, viele Male in mehr als zwanzig Jahren, in den letzten aber öfter, um die Erinnerungen lebendig zu erhalten.

Unser letzter Komet.

Gegen diesen Zettel bedeuten mir meine Ehrungen rein gar nichts, und nur der Ordnung halber möchte ich sie hier einmal aufführen:

Gestern, an meinem 96. Geburtstag, erhielt ich den Besuch Alexander von Humboldts, der mir die Goldmedaille des Königs von Preußen überbrachte. Eine sehr schöne, große Münze mit dem Portrait des Königs, eine Ehrung, die nicht allzu häufig und schon gar nicht an Frauen verliehen wird. Mehr Spaß hat mir das Gespräch mit Humboldt gemacht, wir kennen uns aus Slough und haben uns bereits damals gut miteinander unterhalten. Mit Wissenschaftlern fällt mir der Umgang noch immer leicht, obwohl ich nicht mehr über jede neue Entdeckung und jeden Fortschritt in meinem Metier auf dem laufenden bin. Anteil nehme ich aber noch allemal.

Natürlich haben wir vor allem von Wilhelm gesprochen, das war mir wichtiger als das Lobgehudel über meine Leistungen, das Humboldt auch fix hinter sich gebracht hat. Er sagte, die Münze spräche ja letztendlich für sich. Bevor er ging, habe ich ihm etwas vorgesungen, weil er mich darum gebeten hatte. Meine Stimme hat weder unmäßig gezittert, noch im Ton danebengelegen.

1838 bin ich zum Ehrenmitglied der irischen Akademie ernannt worden, nachdem mir 1835 zusammen mit Miss Sommerville die Ehrenmitgliedschaft der Royal Astronomic Society zugesprochen worden war. Hinter dieser Ehrung steckte sicherlich mein Neffe John. Miss Sommerville und ich sind die einzigen weiblichen Mitglieder. Die Gesellschaft hatte sich dazu entschlossen, gleich zwei aufzunehmen, damit eine nicht allein für sich dasteht.

Gefreut hat mich die Goldmedaille der Royal Astronomic Society, die ich 1828 für die Herausgabe von Wilhelms Nebelkatalogen erhielt, weil sie mich mit Wilhelm in Zusammenhang bringt. Für mich ist sie ein wertvolles Dokument unserer gemeinsamen Arbeit.

Humboldt fand wohl, daß ich noch sehr kregel für mein Alter bin, da ich keinerlei Anzeichen von Altersschwachsinn erkennen lasse und mich nicht dauernd wiederhole. Dabei kommt es mir aufs Wiederholen durchaus an. Etwas anderes bleibt mir nicht, da mich Altersgebrechen anderer Art keineswegs verschont haben.

Zum Beispiel sehe ich derart schlecht, daß ich die Gesichter der Sänger und Schauspieler auf der Bühne nur verschwommen wahrnehme, mal mehr, mal weniger. Das schränkt mein Vergnügen an den Aufführungen, die ich immer noch gern besuche, empfindlich ein. Wegen dieser Sehschwäche hat es auch wenig Sinn, daß ich nachts das Rohr des Kometensuchers durch das offene Fenster schiebe und den Himmel nach Auffälligkeiten durchmustere. Die Aussicht, die sich mir über den engen Dächern Hannovers bietet, ist eh nicht gerade lohnend. In den ersten Jahren habe ich an meinem eigenen Sternenkatalog weitergearbeitet, aber die Sache schließlich aufgegeben und John alle Unterlagen darüber zugeschickt. Soll er damit machen, was er will.

Weil ich nichts mehr zu tun habe, als meine Papiere nach Bruchstücken der Vergangenheit zu durchforsten, die ich John, seiner Frau und den Kindern als Andenken anbieten kann, schlafe ich tagsüber viel. Mein Leben war in den letzten Jahren ohnehin mehr als öde. Meine Geschwister sind jetzt alle tot. Alexander starb vor Wilhelm und Dietrich fünf Jahre nach ihm, ich bin leider die letzte von uns sechsen. Von den mir verbliebenen Verwandten besuchen mich manchmal Dietrichs Töchter.

Meine größte Stütze ist aber meine Magd, außer ihr sehe ich

oft den ganzen Tag keinen Menschen. Die Leute gehen hier ja schon um neun Uhr abends zu Bett, wenn ich erst richtig munter werde, nachdem ich den ganzen Vormittag und manchmal den halben Nachmittag verschlafen habe.

Mit Mrs. Beckedorff bin ich immer noch befreundet. Sie brachte einmal ihre zehn Enkel mit, die sie in einer Reihe vor mich hinstellte. Die Kleinen sollten die gelehrte Frau sehen, waren aber sehr erstaunt, weil sie sich irgendwie gedacht hatten, daß ich größer sein müßte und nicht so ein Zwerg. Gelegentlich holt mich Frau Beckedorff zu einem Theaterbesuch ab.

Ein halbes Jahr nach dem Tod der Königin am 17. November 1818 war meine alte Freundin mit ihren Kindern nach Hannover zurückgegangen, drei Jahre nach Alexander. Lange konnte ich nicht mit diesem weiteren Verlust fertigwerden.

Wilhelm hat sich um mich gekümmert, wer auch sonst? Deshalb hatte er mir das Billett geschickt, er wußte, daß ich mich über die Nachricht freuen würde, und hat mich gleich aufgefordert, zu Tisch zu kommen und den Tag mit ihm zu verbringen, damit wir dann gemeinsam die Karten und Instrumente vorbereiteten.

Ich hatte Mary Herschel dabei zugeschaut, wie sie die Abendtafel decken ließ mit all dem blitzenden Kristall und der großen Silbervase, in der schwere, duftende Köpfe vollerblühter Rosen nickten. Marys Kleid war auf das Gelb der Rosen abgestimmt. Diese kleinen Alltagsfreuden, die Wilhelm so viel bedeuteten, weil er eben bis in die Fingerspitzen ein Mann von Kultur war, genoß ich ohne einen Schimmer häßlicher Nebengedanken oder hämischer Schadenfreude. Als sich eine der Rosen vorzeitig entblätterte und ein Blütenblatt direkt in Marys Weinglas segelte, fischte ich es zuvorkommend für sie heraus und legte es dem Diener auf das Silbertablett, das er mir mit stoisch unbewegter Miene hinhielt. Ich sah, wie Wilhelms Mundwinkel zuckten.

Mein Bruder trug einen blaßblauen, sommerlich leichten Rock mit blanken Silberknöpfen, aus den Ärmeln ergoß sich eine Dreifachkaskade von Spitzengeriesel. Als wir zwei

Stunden später auf einer Bank im Garten dem Sonnenuntergang zuschauten, stopfte er sich achtlos die Spitzen in die Ärmel zurück. Jetzt kam meine Zeit.

»Der Komet, Wilhelm«, begann ich.

Wie sollten wir uns nicht gleichzeitig an eine Fünfjährige erinnern, die hoch hinauf zu den Sternen deutet, auf den Schultern des älteren Bruders reitend.

»Ja, Lina, so hat es mit uns beiden wohl angefangen. Ich hab dir deinen ersten Kometen gezeigt. Ich wollte, wir könnten zusammen in Hannover sein, oben auf den Schanzwerken, und unsere Augen wären so gut wie früher. Unten würde die Ihme glitzern.«

Der Ton der Stimme, die Rührseligkeit, paßte nicht ganz zu meinem Bruder.

»Nun sollten wir aber mal langsam.«

Überraschend hielt er meine Hand fest, damit ich sitzen blieb.

»Fast fünfzig Jahre haben wir Seite an Seite im großen Buch des Schöpfers gelesen.«

»Und sind wahrscheinlich über die ersten Seiten nicht hinausgekommen«, fiel ich trocken ein. Meine Augen schwammen ein bißchen, das mochte aber an der Hitze liegen, die Luft hatte sich nur wenig abgekühlt.

»Du hast acht Kometen entdeckt«, fuhr Wilhelm fort, »wenn ich dich nicht so beansprucht hätte, wären es mehr gewesen.«

»Und wenn schon! Das Kometenfrettchen hätte ich nie eingeholt, und wenn doch, weiß ich nicht, was ich gesagt hätte, wenn man mir auch so einen charmanten Namen angehängt hätte.«

Wilhelm schmunzelte. »Den hast du doch längst. Du bist unsere Kometenjägerin. Schau mal da, die Venus.«

Wir warteten, bis der Abendstern in voller Pracht glühte, und ich ließ mich darauf ein, in unseren Erinnerungen zu kramen, wobei wir uns vorwiegend über Fehlversuche, Unfälle und Katastrophen unterhielten, die uns belustigten, weil alle Schrecken ausgestanden waren. Währenddessen dunkelte der

Himmel von einem verwaschenen Violett zu jenem Samtschwarz, das wir so liebten.

Erst gegen zwölf Uhr schließlich richtete ich den Kometensucher aus, mit dem wir beginnen wollten. Mittlerweile standen fünf Planeten, einer goldenen Perlenkette gleich, am Firmament und dazwischen, wie farbige Edelsteine, unsere anderen teuren Freunde.

Da wir sehr leise waren und nicht einmal ein verschlafener Vogel einen Laut von sich gab, konnten wir uns einbilden, die Sphärenmusik zu hören, die Töne, die von Stern zu Stern schwingen und harmonisch die riesigen Zwischenräume füllen und die schönsten Intervalle anklingen lassen: die Oktave, die sich von der Sonne bis zum Uranus spannt, die Quinte von der Sonne bis zum Mars und die Quarte vom Mars zum Uranus. Die große Terz schlägt eine Brücke zwischen Sonne und Venus und die kleine zwischen Venus und Mars. Es ist doch sehr einleuchtend.

Wilhelm hat mit seiner Entdeckung des siebten Planeten tatsächlich den Schlüssel gefunden, wir sahen seinen Stern zwar nicht mit bloßem Auge, wußten aber doch, daß er da war. Ja, und in dieser Nacht hörten wir ihn: Die Oktave ist nichts als der große leere Raum der Seele, den ein ganzes Menschenleben füllt, der Urakkord. Wahrscheinlich kann ihn jeder nur einmal hören.

In dieser Nacht hat sich Wilhelm keine Erkältung zugezogen, sondern erst einige Wochen später. Mit der aktiven Sternbetrachtung, mit der nächtelangen Suche hinter dem Okular des Zwanzigfüßigen bei jeder Witterung war es vorbei. Im Frühjahr 1822 erkrankte mein Bruder erneut, und diesmal erholte er sich nicht mehr. Mit kurzen Unterbrechungen blieb er ans Bett gefesselt, Mary, John und ich wechselten uns ab, um ihm vorzulesen, mit ihm zu sprechen und ihn aufzuheitern.

Jeden Tag ging ich für einige Stunden nach Upton und kehrte anschließend in mein einsames, freudloses Dasein in einer winzigen Wohnung zurück, bei irgendwelchen Leuten, die mich nichts angingen.

Anfang August trat eine trügerische Besserung ein, so daß Wilhelm bei uns im Salon sitzen konnte. Bei Licht betrachtet, war es nur sein Wille, der den schwachen Körper zu dieser Anstrengung ermutigte. Scheinbar sorglos wünschte ich ihm eine gute Nacht, als ich mich verabschiedete.

Man kann den Schmerz des Verlustes nicht proben, die Trauer nicht vorwegnehmen oder sich wirklich darauf einstellen. Bei der schweren Erkrankung von 1807/08 und einigen späteren glaubte ich, mich auf die unvermeidliche Trennung vorbereitet zu haben. Tatsächlich ist es nicht vorstellbar, daß jemand, den man von ganzem Herzen liebt, in einem Augenblick noch da ist und im anderen nicht mehr.

Am 22. oder 23. August hatte ein Abschied stattgefunden; etwas Bedeutendes, was sich aber leicht und nebensächlich anhörte, war gesagt worden, ich könnte nicht mehr angeben, was und wann genau, denn direkt nach Wilhelms Tod setzte eine Betäubung ein. In den langen Monaten davor agierte ich merkwürdig zweigeteilt. Die eine Hälfte gab sich souverän und fürsorglich allen Betroffenen, vor allem Mary und John gegenüber, und die andere erstarrte vor Angst angesichts einer dunklen, nicht auslotbaren Bedrohung. Wilhelm starb am 25. August. Von da an spürte ich überhaupt nichts mehr, abgesehen von einem zentnerschweren Alpdruck, dem ich in einer eigenartigen Geschäftigkeit zu entgehen suchte.

Am 9. September wurde Wilhelm auf dem Friedhof in Upton beigesetzt, zwei Tage später begann ich meine Habe nach den Dingen durchzusehen, die ich nach Hannover mitzunehmen gedachte. Dietrich hatte ich bereits geschrieben und ihn gebeten, mich abzuholen und vor allem, mich bei sich aufzunehmen.

Mary Herschel und John waren entsetzt, als ich ihnen meinen Entschluß mitteilte. Meine Schwägerin bot mir sogar ein paar Zimmer in ihrem Haus an, weil sie nicht allein leben mochte, denn John wohnte damals in London und kehrte erst später in sein Elternhaus zurück. In meinem Leid klammerte ich mich aber an den Gedanken, nach Hannover zurückzukehren, nur dort schien es mir möglich, die kurze Zeit abzuwarten, bis auch meine Lebensuhr stillstünde. Ich war einfach kopflos, eine hirnlose Idiotin, die davonrannte, statt nachzudenken.

Allerdings hatte ich mir nicht vorstellen können, daß ich noch mehr als zwanzig Jahre aushalten mußte, davon die ersten fünf mit meinem Bruder Dietrich, der sich in einen nörgelnden, mir ewig widersprechenden Greis verwandelt hatte.

Das Hannover meiner Kindheit habe ich nicht wiedergefunden. Die Gassen und Häuser müssen geschrumpft sein, und das Licht ist trüber geworden. In Upton dagegen hätte ich Johns Kinder aufwachsen sehen können. Finanzielle Sorgen hätte ich keine gehabt. Wilhelm hat mir in seinem Testament eine Leibrente ausgesetzt. Hundert Pfund im Jahr, ich wüßte nicht, wofür ich die ausgeben sollte.

Wie gesagt, bin ich gestern sechsundneunzig geworden, und jetzt kann es ja nicht mehr ganz so lange dauern. Bis es soweit ist, werde ich die Zeit nutzen, um alles, was für mich persönlichen Wert hat, zu John und seiner Frau nach England zu schicken, die mich gebeten haben, für sie und die Kinder aufzuschreiben, was ich noch von meinem Leben weiß. John soll den Kometensucher haben. Meine hannoversche Verwandtschaft ist zu dumm und ungebildet dafür, sie würde das Instrument sofort zu Geld machen. Schon jetzt bestehlen sie mich, und ich muß ihnen bei jedem Besuch auf die Finger schauen.

Solange mein Kometensucher hier steht, will ich ihn ausrichten und benutzen, wann immer meine Sehkraft es gestattet. Ein bißchen Sterngeflimmer seh ich schon noch. Außerdem hilft mir die Einbildungskraft. Es ist schade um diese vielen Jahre, in denen Wilhelm einen großen Vorsprung errungen hat. Ich hoffe aber zuversichtlich, daß er auf dem Uranus auf mich wartet, damit wir gemeinsam weiter in die Unendlichkeit reisen können.

Lebensstationen der Caroline Herschel

14.1.1707	Geburt des Vaters Isaak Herschel
1732	Heirat mit Ilse Moritzen
12.4.1733	Geburt Sophia Elisabeths, der ältesten Tochter
20.11.1734	Geburt Heinrich Anton Jakobs, des ältesten Sohnes
15.11.1738	Geburt Friedrich Wilhelms, des Lieblingsbruders von Caroline
13.11.1745	Geburt Johann Alexanders
16.3.1750	GEBURT CAROLINE LUKREZIAS
13.9.1755	Geburt Dietrichs, des jüngsten Kindes der Familie
15.11.1755	Wilhelm, Jakob, Schwager Griesbach und Vater Isaak gehen mit dem Regiment für knapp ein Jahr nach England
26.7.1757	Wilhelm und Jakob emigrieren nach England
1761	Caroline erkrankt schwer an Typhus
2.4.1764	Carolines Konfirmation und erster Besuch Wilhelms in Hannover nach sieben Jahren
Nov. 1766	Wilhelm wird Organist in Bath
22.5.1767	Vater Isaak stirbt
1769	Alexander reist zu Wilhelm nach Bath und bleibt bis 1815 in England
16.8.1772	Caroline verläßt mit Wilhelm Hannover und zieht nach England
1773	Beginn der astronomischen Studien Wilhelms
etwa 1773/74	Erste Auftritte Carolines als Sängerin
Sept. 1776	Wilhelms Entlassung als Organist
1777–1779	Dietrich bei den Geschwistern in Bath
1779	Bekanntschaft der Herschels mit Dr. William Watson

13.3.1781	Entdeckung des Uranus
1782	Letzter großer Auftritt Carolines am Weißen Sonntag, nicht lange danach Umzug nach Datchet
1786	Umzug nach Slough
1.8.1786	Caroline entdeckt ihren ersten Kometen
8.5.1788	Heirat Wilhelms mit Mary Pitt, geb. Baldwin
21.12.1788	Caroline entdeckt ihren zweiten Kometen, insgesamt werden es acht sein, von denen wenigstens drei von anderen Astronomen bereits früher gesichtet wurden
7.3.1792	Geburt von Wilhelms Sohn John
20.3.1803	Sophia Elisabeth stirbt
	Mutter Ilse stirbt
1815	Alexander kehrt nach Hannover zurück
1821	Alexander stirbt
25.8.1822	Wilhelm stirbt in Slough
1822	Rückkehr Carolines nach Hannover
1827	Dietrich stirbt
1828	Caroline wird die goldene Medaille der Royal Astronomic Society verliehen (Wilhelm hatte sie bereits 1781 erhalten)
1832	Schwägerin Mary Herschel stirbt
1835	Caroline wird zum Ehrenmitglied der Royal Astronomic Society ernannt
1838	Caroline wird zum Ehrenmitglied der Akademie von Dublin ernannt
16.3.1846	Alexander von Humboldt überbringt Caroline die Goldmedaille des Königs von Preußen
9.1.1848	CAROLINE STIRBT

Nachbemerkung

Die Handlung des vorliegenden Romans fußt auf den Erinnerungen Caroline Herschels. Nur die Liebesgeschichte mit Thomas Linley ist frei erfunden, die Person allerdings nicht. Der Sohn des Bather Musikdirektors wird von seinen Zeitgenossen als äußerst liebenswürdig beschrieben, er hat Mozart in Italien kennengelernt, und er ertrank als junger Mann bei einer Bootstour. Vielleicht hätte aus Caroline und Thomas tatsächlich ein Liebespaar werden können, zu wünschen wäre es Caroline allemal gewesen.

»Man muß sich die Kunden des Aufbau-Verlages als glückliche Menschen vorstellen.«

SÜDDEUTSCHE ZEITUNG

Streifzüge mit Büchern und Autoren:
Das Kundenmagazin der Aufbau Verlagsgruppe erhalten Sie kostenlos in Ihrer Buchhandlung und als Download unter www.aufbau-verlag.de.

aufbau
VERLAGSGRUPPE

Eva Maaser: Kommissar Rohleff auf einer ganz heißen Spur

Das Puppenkind

In der Fußgängerzone von Steinfurt wird in einem abgestellten Kinderwagen eine Babyleiche gefunden, die einer Puppe täuschend ähnelt. Wie sich herausstellt, ist das Kind fachgerecht präpariert worden. Zusätzliche Brisanz erhält der Fall, als ein Baby entführt wird. Kommissar Rohleff und sein Team ermitteln fieberhaft, um das Leben dieses Kindes zu retten. »Mit einem Paukenschlag nach dem andern hält uns die schrilldüstere Geschichte im Griff ... Hitchcock im Münsterland.« MÜNSTERSCHE ZEITUNG

Kriminalroman. 304 Seiten.
AtV 1636

Tango Finale

Zu einer kunstvollen Statue gefroren, lehnt eine mit Eis überzogene Unbekannte am Ufer des Steinfurter Bagnosees. Kommissar Rohleffs Team hat wieder einen mysteriösen Fall mit einer schönen Leiche – und das im Karneval. Die Tote scheint Türkin zu sein. Doch Rohleffs Spürsinn führt ihn zu einer Tangotruppe. »Ihre Leichen sind die schönsten im ganzen Land. Eva Maaser spielt virtuos mit abstrusen Phantasien und verborgenen Leidenschaften.« MÜNSTERSCHE ZEITUNG

Kriminalroman. 228 Seiten.
AtV 1816

Kleine Schwäne

Es sieht fast romantisch aus, wie das Mädchen da in einem schwanenweißen Kleid am Ufer eines abgelegenen Sees ruht. Aber das Kind ist tot. Ehe Kommissar Rohleff und die Ermittlerin Lilli Gärtner eine Spur haben, wird ein weiteres totes Mädchen gefunden. Ein Serienmörder muß am Werk sein. Plötzlich nimmt Lilli ihre Umgebung mit anderen Augen wahr, sogar Mann und Töchter scheinen sich verändert zu haben. »In die vertraute Idylle bricht das Gespenstische, das Grauenhafte ein.« OLDENBURGISCHE VOLKSZEITUNG

Kriminalroman. 272 Seiten.
AtV 1353

Die Nacht des Zorns

Mord ist nie schön. Aber dieser übertrifft an Brutalität alles, was Kommissar Rohleff je untergekommen ist: Der Tote, den Müllmänner in einem Container in Steinfurt finden, ist regelrecht zerfleischt worden. Kurz darauf verschwindet einer der Ermittler samt seinem Motorrad. Überhaupt scheinen Biker eine besondere Rolle in diesem Fall zu spielen. Hat der Kollege mit dem Mord zu tun, oder hat er sich auf die Spur der Motorradgang gesetzt? Aus Südfrankreich trifft eine gräßliche Botschaft von ihm ein.

Kriminalroman. 272 Seiten.
AtV 2096

AtV

Eine Zeitreise in die Vergangenheit. Historische Romane bei AtV

TITUS MÜLLER
Die Priestertochter
Titus Müller läßt die magische Welt des 9. Jahrhunderts wiederaufleben – die Welt der Waldgeister, Märtyrer und Götzen. Das Pferdeorakel von Rethra fordert ein Menschenopfer, doch Alena, die bildschöne und kluge Tochter des Hochpriesters, verliebt sich in den stattlichen Feind. Während sich Franken und Slawen zur Schlacht rüsten, kämpft Alena in den Wäldern östlich der Elbe um ihre verbotene Liebe.
Historischer Roman. 458 Seiten. AtV 1990

SUSANN COKAL
Mirabilis
Bonne Mirabilis eilt der Ruf des Wunderbaren voraus. Als sie ein Kind aus einer Bärengrube rettet, wird Radegonde, die geheimnisvollste und reichste Frau der Stadt, auf Bonne aufmerksam.
»Keine Frauengestalt hat mich in den letzten Jahren mehr beeindruckt als Bonne Mirabilis. Ein magisches, wunderbares, überraschendes Buch.« DONNA W. CROSS, AUTORIN DER »PÄPSTIN«
Historischer Roman. Aus dem Amerikanischen von Andrea Voss 489 Seiten. AtV 1930

MARIA HELLEBERG
Die Kurtisane des Kaisers
Sie ist eine leidenschaftliche, bildschöne und geistreiche Frau. Sie tröstet die Männer mit ihrem Gesang und ihrem Körper. Sie heißt Thaïs und ist eine der berühmtesten Frauen der Antike. Im Gefolge Alexanders des Großen bereist sie Weltreiche, erlebt blutige Schlachten und das zügellose Treiben bei Hofe. Ein bewegendes Frauenporträt von der Autorin des internationalen Bestsellers »Die Winterkönigin«.
Historischer Roman. Aus dem Dänischen von Kerstin Schöps. 329 Seiten. AtV 1944

ALEXANDER LOHNER
Die Jüdin von Trient
Als in der Karwoche des Jahres 1475 der kleine Simon tot aufgefunden wird, verdächtigt man die jüdischen Bürger Trients des Ritualmordes. Brunetta, die junge Frau des Kaufmanns Samuel, streitet tapfer, aber schließlich vergeblich um das Leben der Angeklagten. Ein beispielloser Machtkampf und ein infames Intrigenspiel entflammen zwischen Franziskanern, Fürstbischof und Papst.
Historischer Roman. 469 Seiten. AtV 2025

Mehr Informationen erhalten Sie unter www.aufbau-verlag.de oder bei Ihrem Buchhändler

AtV